RENZO ROSSO

# Der Chronist des Papstes

W0277974

*Buch*

Man schreibt das Jahr 1032. Eingebettet in den sabinischen Bergen, liegt das Kloster von Farfa: Hier führt der junge Mönch Vildericus ein beschauliches Leben, das sich nur nach den ewigen Gesetzen Gottes und dem immer währenden Kreislauf der Natur richtet. Seine Leidenschaft sind die Bücher, und mit wahrer Meisterschaft kopiert Vildericus die alten Schriftrollen und Kladden. Aber die Heiterkeit und Ruhe seines Lebens finden ein jähes Ende: Er wird nach Rom an den Hofstaat des Papstes gerufen, um fortan die päpstlichen Geschäfte auf Papier festzuhalten. Von einem Tag auf den anderen sieht sich Vildericus in eine fremde Welt geworfen, eine Welt, die bestimmt ist von Macht und Geld, Gier und Neid. Mit Schrecken beobachtet er die Auseinandersetzungen zwischen dem Papst und dem römischen Imperator, die Aufstände des Volkes, das in bitterster Armut lebt, und die täglichen Intrigen innerhalb des päpstlichen Hofes. Als Papst Johannes XIX. stirbt, wird der junge Benedikt als Nachfolger gewählt, ein grausames, verwöhntes vierzehnjähriges Kind einer reichen römischen Familie. Benedikt ist fasziniert von Vildericus' Gottesfürchtigkeit, und in seiner Niedertracht reizt es ihn, den Mönch hineinzuziehen in seinen Dunstkreis von Gemeinheit und Bosheit. Alle Mittel sind ihm dabei recht, sodass Vildericus eines Tages unter mysteriösen Umständen in einer Gasse Roms zusammenbricht. Doch er hat Glück im Unglück: Die junge Dorotea nimmt sich seiner an und pflegt ihn gesund. Eine tiefe, zärtliche Verbundenheit erwächst aus dieser Begegnung, und von nun an muss Vildericus sich nicht nur gegen die furchtbaren Machenschaften des Papstes wehren, sondern auch gegen diese Liebe, die seine Berufung ihm eigentlich verbietet …

*Autor*

Renzo Rosso ist in Triest geboren und lebt in Rom. Als Autor und Dramaturg hat er bereits mehrere Bücher in Italien veröffentlicht, von denen einige mit renommierten Preisen ausgezeichnet worden sind. Mit »Der Chronist des Papstes« befand sich Renzo Rosso – gemeinsam mit Andrea Camilleri, Olov Enquist und Ian McEwan – unter den Finalisten für den Preis »Premio Mondello 2002«.

# Erster Teil

# I

Der Garten wurde von einer steinernen Brüstung eingefasst, die die Stützmauer in einer Höhe von etwa zehn Metern über dem Erdboden krönte. Hier trafen sich häufig die Ordensbrüder in den wenigen Minuten der Erholung, die ihnen nach dem Refektorium zustanden, und wenn sie dann allein waren, ohne die argusäugige Anwesenheit des Verwalters oder des Priors, wurden diese Minuten zu Augenblicken, in denen sie einander kleine Geheimnisse oder Erinnerungen an ihre Familien anvertrauten – was von der Ordensregel aufs Strengste untersagt war. Mit noch gedämpfteren Stimmen wurden diese Vertraulichkeiten von den Neuigkeiten aus der Welt dort draußen ergänzt, die das Getuschel der Diener an ihr Ohr getragen hatte und die sie nach Art aller Eingesperrten sogleich ausschmückten und verbogen. Er hingegen, Vildericus von Sutri, kam fast immer allein zu dieser Mauerbrüstung. Der Abtei den Rücken zukehrend, ließ er seinen Blick über das weite Land schweifen, über den Hügel dort unten, der der Kruppe eines Stiers zu gleichen schien, und über den Berg, der sich hinter diesem erhob. Dort sah man zwischen den dunkleren Flecken der Wälder und den helleren der Saatfelder das magische Schachbrett der Olivenhaine, das weiße Geschlängel der Pfade und der Straße und das erdfarbene, schäumende und immer gekräuselte Band des Baches. Kurz gesagt, die Gesamtheit der Natur, wie er sie sich hier in Farfa erträumte, welche auch Rom und das Meer mit einschloss – Symbole, die vor allem anderen von seiner Fantasie geschaffen worden waren – und die seinen Geist in jenen grenzenlos luftigen Raum über sich lenkte, auf beunruhigende Weise weit fort von der Realität.

Selten waren diese Augenblicke des Friedens, und an diesem Tag obendrein noch getrübt von der Furcht, mit seinen unbedachten Worten gegen ungeschriebene, jedoch nur allzu bekannte Vorschriften verstoßen zu haben, als er nämlich vor dem Verwalter das Verhalten der Dekane und Laienbrüder den Bauern gegenüber beklagt hatte. Man behandele sie fast wie Sklaven, hatte er zu bemerken gewagt, dies aber sogleich bereut. Jedoch im nächsten Moment schon nicht mehr, denn in seinem Innern hatte er nach dem Vorbild seines Vaters die Gleichheit in Christus immer demütig, doch auch sehr stark empfunden.

An diesem Tag, es war der 3. September des Jahres 1032, wurde seine gewohnte Kontemplation an der Mauerbrüstung von einem Geflüster gestört, das lauter als üblich von der Seite an sein Ohr drang. Zunächst schrieb Vildericus diese Tatsache der Aufregung zu, die die Mönche immer befiel, wenn unten im Dorf der spätsommerliche Jahrmarkt bevorstand, und er drehte sich um, um an der heiteren Vorfreude teilzunehmen. Doch er bemerkte sofort, dass viele der Ordensbrüder miteinander tuschelten und zu ihm herübersahen. Es blieb ihm kaum die Zeit, sich nach dem Grund dieses Verhaltens zu fragen, als bereits der Klosterpförtner Eraclio, sich den Weg durch eine der Gruppen bahnend, näher kam, ihn beim Namen rief, als wolle er sich selbst vergewissern, dass der Angesprochene der Gesuchte war, und sagte:

»Unser hochwürdiger Abt, Hugo von Celano, hat mir aufgetragen, dir mitzuteilen, dass er eine Unterredung mit dir wünscht. Er erwartet dich in seinem Studierzimmer.«

»Sofort?«

»Wann denn sonst?«, antwortete der grobe Mensch, drehte sich um und ging bis zum Eingang des Haupthauses voraus, dort jedoch ließ er ihn allein eintreten. Vildericus war, seit er acht Jahre zuvor in den Orden eingetreten war, noch nie zum Abt gerufen worden. Während der sechs Monate seines Noviziats hatte Hugo von Celano ihm wohl höflich zugehört, wenn er ihm bei den Befragungen über die erlernten Ordensregeln die knappen Antworten gab, die von ihm erwartet wurden, doch nach seiner endgültigen Aufnahme hatte sich ihr Gespräch auf die Anweisungen beschränkt, die der Abt zu den Schriften gab, die Vildericus zu kopieren hatte, und zu der Schriftart, die er verwenden sollte. Anweisungen, die ihm überdies meist vom Prior übermittelt worden waren. Wohl hatte der Abt ihm in der letzten Zeit eine besondere Behandlung angedeihen lassen, indem er ihn von der Pflicht befreite, die Arbeit in der Bibliothek zu den für die dritte und die neunte Stunde vorgeschriebenen Gebeten zu unterbrechen. Außerdem war ihm eine Zelle zugewiesen worden, die er allein bewohnen durfte. Doch wenn Hugo von Celano andererseits bisweilen auf einem seiner Spaziergänge im Kreuzgang oder im Garten innehielt, um mit anderen Mönchen zu sprechen, so hatte er dies mit ihm noch nie getan.

Wenn man bedachte, wie viel ihn von diesem Ehrfurcht einflößenden Mönch trennte, der ihn nun zu sich gerufen hatte, und wenn man dazu noch die über Jahre hinweg gesammelten Erzählungen über das strenge Wesen des Abtes und, als letzte gewichtige Tatsache, diesen so gewagten Satz über die Bauern bedachte, so mag es nicht verwundern, dass sich Vildericus, als er die Treppen in das erste Stockwerk des Haupthauses hinaufstieg, in einem so zittrigen und angstvollen Zustand befand, dass ihm fast die Sinne schwanden. Als er mit gesenktem Kopf die letzte Stufe erklommen hatte, stieß er mit dem schwarzen Rock des Priors zusammen, der ihn wortlos in das Schreibzimmer führte, um dann die Tür hinter ihm zu schließen.

Zunächst sah Vildericus nur zwei hohe Fenster, durch die ein gleißendes Licht fiel, und dann ein Kruzifix, das an der weißen Wand dazwischen hing, darunter einen großen dunklen Tisch und schließlich den gefürchteten Abt, der die Ellbogen aufgestützt und den Kopf in die Hände geschmiegt hatte. Ohne die Augen von dem Pergament zu heben, in dem er gerade las, sagte er: »Gelobt sei der Name des Herrn. Heilig. Heilig. Heilig. Komm näher.«

Vildericus kniete nieder und antwortete auf diese tiefe Stimme leise mit dem gewohnten »Gelobt in alle Ewigkeit« und wiederholte dreimal die abschließende Formel, dann hob er endlich den Kopf. So aus der Nähe betrachtet, erschien ihm der Abt weniger groß und Achtung gebietend, als er zuvor auf ihn gewirkt hatte. Er war vielmehr schlank, fast hager zu nennen, vielleicht wegen der fleischlosen Nase und der hohen Jochbeine, die die Wangen eingefallen erscheinen ließen. Er hätte vermutlich noch weitere derartige Betrachtungen angestellt, wenn sein Blick, der von der Stirn des Gegenübers herabgeglitten war, nicht diesen Augen begegnet wäre, die ihn so scharf und prüfend ansahen, dass ihm der Atem stockte und er nicht mehr Herr seiner Hände war, die zu zittern begonnen hatten. So verlor er, als er auf die Aufforderung hin, sich zu setzen, nach dem Stuhl griff, das Gleichgewicht und fand sich auf dem Boden sitzend wieder, den Kopf unter dem Tisch. Als er sich wieder aufgerappelt hatte, wollte er um Verzeihung bitten, bemerkte dann aber, dass sein Gegenüber ungerührt geblieben war und dem Zwischenfall keinerlei Aufmerksamkeit zollte.

»Ich habe hier die erste Seite deiner Arbeit. Die Schrift ist sehr gut ausgeführt, und mir scheint, dass nichts vom Original fehlt. Ich habe auch die anderen Manuskripte gesehen. Du hast gute Fortschritte gemacht. Ist dies das vierte?«

»Das fünfte, Herr.«

»Ich weiß, ich weiß. Der heilige Benedikt hat es so in seiner Ordensregel geschrieben, aber ich glaube nicht, dass seine Brüder ihn so genannt haben. Ich ziehe es vor, zu glauben, dass wir nur einen Herrn haben, einen einzigen *Dominus*, und dass ich, verglichen mit ihm, nur ein Schatten bin.«

»Doch nennen Euch viele so.«

»Aber du sollst das nicht tun, das will ich nicht.«

»Dann also: Abbas?«, fragte Vildericus mit dünner Stimme.

»Dieses Wort kommt aus dem Aramäischen zu uns. Es heißt ›Vater‹ in seiner ursprünglichen Bedeutung. Nun beruhige dich. Ich habe lange mit dir zu sprechen. Doch vor allem anderen will ich wissen, ob du, wenn du eine Schrift kopierst, dich damit aufhältst, sie zu lesen und zu verstehen.«

»Sollte ich das nicht tun?«

»Aber natürlich. Wenn Gott dich mit Verstand ausgestattet hat, so wäre es Sünde, ihn nicht zu nutzen. Nun, welche Gedanken hat diese Schrift bei dir erweckt?«

Für einen Augenblick hatte der junge Mönch den Eindruck, als habe er anstelle des Gehirns ein leeres Behältnis und als fülle sich dieses nur langsam mit flüchtigen Worten. Dann aber sah er mit geschlossenen Augen endlich den Passus aus dem Timaios vor sich, der ihn so nachdenklich gemacht hatte, die so präzise Beschreibung, wie die Götter …

»Dass man«, begann er und schluckte den Speichel hinunter, der sich in seinem Mund gesammelt hatte, »den heidnischen Göttern die Erschaffung des Menschen zuschreibt, was mir … nun … ich möchte nichts Gotteslästerliches oder … Teuflisches sagen … nein … nun, ich habe an die Magie gedacht … und dann ist es im Grunde ein Akt des Hochmuts, denn der dies geschrieben hat, ist ein Mensch …«

»Und ergo?«

»Nun, ich will damit sagen, es ist, als hätte er sich mit Gott, dem Vater der Genesis, auf die gleiche Stufe gestellt.« Er hielt einen Moment inne, um Luft zu schöpfen und um sich wieder der Gedanken zu entsinnen, die ihm zugeflogen waren, als er jene Schrift Platons in der Übersetzung des Calcidius kopiert hatte. »Dann habe ich zu verstehen gemeint … dass im Menschen eine Art Trieb sei, einen von der eigenen Art zu erschaffen, eine perfekte Kopie von sich selbst, ohne durch den Leib einer Frau und ohne durch das … durch das Tor des Todes zu gehen.«

Vildericus schwieg und lauschte dem Schweigen seines Gegenübers, dann senkte er den Blick, um diese Augen nicht länger ertragen zu müssen, die keine Lider zu haben schienen.

»Wir haben andere Schriften mit drei weiteren Dialogen des Platon. Doch diese sind in Griechisch geschrieben, welches ich nicht im dafür erforderlichen Maße beherrsche, und wir haben hier leider keinen Calcidius. Was den Timaios betrifft, so ist uns nicht bekannt, welche und wie viele Teile Calcidius in seiner Übersetzung ausgelassen hat, und somit können wir über dieses Werk nur Vermutungen anstellen. Ich habe gehört, dass Montecassino eine Übersetzung von Cicero besitzt, doch dort hütet man das Eigene allzu eifersüchtig; man würde sie uns nie aushändigen. Wir müssen uns mit dem zufrieden geben, was wir haben. In jedem Fall ist es gut, wenn du das Werk beendest, denn so kannst du mit besseren Argumenten darüber nachdenken. Wie viel Zeit benötigst du noch?«

Vildericus versuchte, sich daran zu erinnern, wie viele Seiten ihm noch zu schreiben blieben. Es waren nur noch wenige. Er wusste wohl, dass er langsam arbeitete – vielmehr nicht eigentlich langsam, sondern sehr genau, das war es –, eine Seite am Tag vermochte er zu schaffen, dann würde er auf den Jahrmarkt im Dorf unten verzichten müssen, auf dieses heitere und weibliche Stimmengewirr, auf den Geruch von Wein … Er antwortete: »Ich bin fast fertig. Es bleiben mir noch zwei Seiten, Abbas.«

Der Abt ließ sich gegen die Lehne des Stuhles sinken, hob die Hände vor das Gesicht und rieb sich mit den Fingerspitzen die Stirn, als wolle er eine plötzliche Müdigkeit vertreiben. Der junge Mönch befürchtete schon, ihn enttäuscht zu haben, was er bedauerte, aber vielleicht bedurfte es nur einer kurzen Ruhepause, die er keinesfalls stören wollte. Außerdem legte sich plötzlich über diese reglose Gestalt das Bild seines Vaters, des verlorenen Vaters – der massige Körper und dieser große Schädel, den er als Kind gefürchtet und angebetet hatte, wenn er in dem Lehnstuhl vor der Wand ihres Haus in Sutri saß, dieselbe

Bewegung der Hände, die er zum eingefallenen Gesicht eines Kranken hob …

»Ich habe auch deine Notizen gelesen. Diese Übungen, die du hin und wieder auf den Pergamenten machst, die nicht mehr zu gebrauchen sind, um deine Schrift zu verbessern. Auch diese Beschreibungen von Bäumen, Blumen … Pferde magst du wohl sehr gerne … Du bist von einem gewissen« – er nahm ein Blatt auf, das vor ihm auf dem Tisch lag – »Theodorus, Erzpriester der Pfarrgemeinde Santa Lucia, unterrichtet worden, in Latein, Grammatik, Musik, sogar in Rhetorik, wie ich hier lese. Ich vermute, dass er dich gelehrt hat, die Natur zu beobachten. Weshalb?«

»Er sagte, wenn der Messias von Lilien und Vögeln gesprochen habe, so bedeute dies, dass er sie mit Achtung betrachtet habe … vielleicht auch mit Liebe.«

»Du beobachtest auch die Menschen, diese kleinen Beschreibungen der Menschen aus Sutri sind sehr genau.«

»Sollte ich das nicht, Abbas? Wenn Ihr mich anweist, das nicht zu tun, so beuge ich mich Eurer Entscheidung.«

»Hier in diesem Kloster ist es in der Tat eine wenig praktizierte Art, die Welt zu betrachten. Und das ist vielleicht ein Irrtum. Nein, auch dies kann dir für das Kommende nützlich sein. Es ist jedoch seltsam, wenn man die übliche Unwissenheit der Geistlichen bedenkt … gewiss, dieses Land hält immer Überraschungen bereit … und ein Landpfarrer wie dein alter Priester muss ein gelehrter, vielleicht sogar ein weiser Mann gewesen sein …«

»Er hatte eine bemerkenswerte Familie. Sie hat ihm erlaubt, viel zu reisen, nach Frankreich, in die deutschen Lande, er ist auch in Cluny gewesen, und in Ravenna hat er den Erzbischof Gerbert von Aurillac kennen gelernt, der dann …«

»… Papst Silvester II. wurde!«

»Und er ist ihm nach Rom gefolgt, weil dieser ihn an seiner Seite haben wollte.«

»Ein Papst mit einer außerordentlichen Kultur, und also auch … jetzt verstehe ich. Eine letzte Neugierde möchte ich noch befriedigt haben: Man hat mir mitgeteilt, dass du dich lange mit den Briefen des Paulus an die Römer beschäftigt hast, dass du sie wiederholt zur Einsicht verlangt hast.«

»Das ist eine sehr schwierige Lektüre, ich befürchte, ich habe nur wenig davon verstanden, Abbas.«

»Einige Teile sind gewiss nicht sehr verständlich, vielleicht auch durch Verschulden der Kopisten. Ist das alles? Oder gibt es noch etwas, das dich nicht überzeugt?«

»Oh, nur eine Kleinigkeit.«

»Welche? Sag es mir.«

»Paulus von Tarsus wird wohl mit einem der Apostel gesprochen haben, aber er hat Jesus nicht gekannt und hat seine Stimme, seine Worte, nicht selbst vernommen …«

»Das stimmt, aber …«

»Er besteht sehr auf Gottvater, man könnte fast sagen, dass Jahwe und seine Gesetze – auch wenn er alles tut, um das von sich zu weisen – für ihn wichtiger sind als Christus …«

»Nicht Jahwe! Für ihn und für unseren Glauben ist es der göttliche Vater unseres Erlösers.«

»Insbesondere hat mich ein Abschnitt erstaunt, in dem er sagt, dass Gott seinen eigenen Sohn in sündigem Fleisch gesandt hat und deswegen die Sünde dieses Fleisches verdammt hat … als sei er es selbst gewesen, der Christus zur Kreuzigung verdammt hat, zu jenem bitteren Leiden am Kreuze.«

»Eine derartige Lektüre kann tatsächlich zu einem solchen Missverständnis führen, doch sieh, Paulus gebraucht diesen Begriff auf symbolische Art … und immer in der Gegenüberstellung des Fleisches als einem Ort der Sünde … und des Geistes als einem Ort der Gnade.«

Die Augen des Hugo von Celano sahen ihn scharf an, und Vildericus senkte den Blick. Er fürchtete, den Eindruck hinterlassen zu haben, er sei hochmütig. Waren doch seine Gedanken aufrichtig gewesen, so hatte sein Feuer den Abt vielleicht ermüdet, denn als seine ängstliche Ungewissheit etwas gewichen war, bemerkte Vildericus, dass der Abt angestrengt atmete – was ihn beim Sprechen zu längeren Pausen zwang – und dass seine Stimme immer leiser geworden war. Jetzt drückte er die Handflächen gegen die Schläfen und nahm seine Rede wieder auf: »Ich muss dir etwas Schwieriges mitteilen, eine schwierige Aufgabe, die dich aber reizen könnte, und überdies schwer zu erklären. Daher bitte ich dich, mir aufmerksam zuzuhören. Seit vielen Jahren werden in Rom keine Register oder Chroniken über die Ereignisse des päpstlichen Hofes und natürlich auch über die der Stadt mehr geführt. Seit nahezu vierzig Jahren schreibt niemand mehr am *Liber Pontificalis*, was, wenn man es genau überlegt, angesichts der Güte dieser Arbeit auch kein Schaden ist. Doch bittet der Kardinalbischof von Portus – ich weiß nicht, ob aus eigenem Antrieb oder im Auftrag Papst Johannes XIX. – um unsere Hilfe ... Jetzt möchte ich dich über eine ganz besondere Seite der Beziehungen, die in der letzten Zeit zwischen unserem Kloster und dem päpstlichen Hof herrschen, unterrichten. Es mag dir davon hier drinnen auch schon etwas zu Ohren gekommen sein – ich weiß nicht, ob der Wahrheit verpflichtet und aus verantwortlichem Mund ...«

Ein heftiger Hustenanfall unterbrach ihn. Vildericus hatte bereits einen an einem Ende des Tisches stehenden Krug entdeckt, der eine grünliche Flüssigkeit enthielt, wohl ein Trank aus Kräutern oder ein Zitronenwasser; er füllte einen Zinnbecher, der daneben stand, und reichte ihn dem Abt, der die Geste des jungen Mönches wohlgefällig zur Kenntnis nahm. Dann trank er einen Schluck, und als er sich beruhigt hatte, nahm er den Faden seiner Rede wieder auf, wobei er nun langsamer sprach und zunehmend schwerer atmete: »Ein nicht gerade friedliches Verhältnis. Das Kloster hat so reiche Besitztümer, dass sie die Begierde des Nächsten erregen. Doch die Edikte der Kaiser – das Erste von Karl dem Großen, das Letzte von

Otto III. – sichern uns seit über einem Jahrhundert völlige Unabhängigkeit zu. Wir haben dem Druck nicht nachgegeben, dem wir vor allem in der Zeit der Herrschaft der Crescentier ausgesetzt waren. Ein Druck, der unsere Freiheit und unsere Ordensregeln einer uns fremden Herrschaft unterwerfen sollte, nicht mehr jener höchsten, an die uns unsere Regeln und die Verehrung des Symbols Petrus binden, der sie verkörpert ... oder verkörpern sollte ... sondern vielmehr an ihre eigenen äußeren ... Familien...bindungen ...«

Der Husten war unerbittlich. Vildericus hätte gerne an seiner Stelle gesprochen, um diesem Mann, der offensichtlich krank war, diese so lange, wenn auch kostbare Rede zu ersparen, doch was wollte er ihm damit sagen? Ihm, der nur ein nichtswürdiger und unwissender Ordensbruder war? Das Gesicht des Abtes wurde grau und blass und überzog sich mit roten Flecken, vielleicht war auch er vom römischen Fieber eingeholt worden, so wie die Brüder Paulus und Clodovis, die gestorben waren in diesem furchtbaren, verzehrenden Sommer, der die feuchte und dumpfe Hitze mit ihrem giftigen Pestgestank und den Insekten sogar bis zu ihnen heraufgebracht hatte.

»Dieser Kardinal, von dem ich dir erzählt habe«, sprach Hugo von Celano weiter, »hat mich gebeten, ihm jemanden zu schicken, der ein Meister des Schreibens ist, der einen gesunden Verstand und einen offenen Geist besitzt, in einem Maße jedoch, dass es nicht mit den kanonischen Regeln der Kirche im Widerspruch steht. Jemanden, der diese Leere zu füllen vermag und sie mit möglichst genauen und angemessenen Aufzeichnungen ausgleicht. Ich habe dich für diese Aufgabe ausgewählt.«

Rom! Tausende von Malen erträumtes Rom, Babel, elende Hure, Weltreich, Dämmerung, Untergang, auch vom Vater erträumtes Rom ...

»Halte das Vertrauen, das ich dir bezeuge, in Ehren, verhalte dich immer so, wie du dich hier in Farfa verhalten hast. Du wirst tun, was sie dir befehlen, doch in deinem Innern bewahre dir unsere Lebensart, denn Rom ist eine Stadt der Gewalt und des moralischen Verfalls, und die Augen sind doch allzu oft das erste Tor zur Sünde. Du wirst für sie schreiben, und du wirst für mich schreiben. Diese beiden Aufgaben werden sich voneinander unterscheiden: Für sie tust du es so, wie sie es von dir wünschen, und das Ergebnis kann Wahrheit und Lüge enthalten; für mich erwarte ich nur die Wahrheit von dir, wie auch immer diese ausfallen möge. Das ist alles.«

Die Wahrheit! Das Wort rief in diesem Moment eine eigenartige Wirkung bei Vildericus hervor: Etwas in seinem Kopf floss plötzlich in das bittere Wasser eines fürchterlichen Verdachts: Nicht Verlockung überkam ihn, sondern ein eiserner Ring schien sich um seine Brust zu legen, und der Stolz wandelte sich in die bedrückende Gewissheit. Es war dieser unbedachte Satz gewesen: Sie hatten beschlossen, ihn aus dem Kloster zu entfernen. Dies war seine Strafe. Sie würden ihn aus dem Orden ausschließen ... nach Rom, allein, in diesen ersehnten Pfuhl ... die Schadenfreude des Mannes, der seine Mutter geheiratet hatte!

»Fortgehen, von hier ... das heißt, Abbas, dass ich aus dem Orden ausgestoßen bin? Man hat Euch zugetragen, was ich über die Bauern gesagt habe?«

Diese stechenden Augen, die auf ihn gerichtet waren – er konnte nicht erraten, was sie ausdrückten, doch er senkte den Blick nicht, obgleich er spürte, wie ihm die Röte ins Gesicht schoss.

»Eine aufrechte Seele«, antwortete der Abt, »zeigt sich manchmal auch in einem unbedachten Satz; nein, nicht die Bemerkung über die Bauern. Ja, die Worte, die du über die Bauern gesprochen hast, haben mich erreicht, doch sie sind nicht schändlich. Im Grunde hast du nichts weiter getan, als eine Frage zu berühren, die unseren Glauben immer bekümmern wird: die Frage der Armut, der Vorherbestimmung und der Gnade.

Der einzige Grund, weshalb ich gerade dich für diese Aufgabe ausgewählt habe, ist die Achtung, die ich vor dir gewonnen habe. Doch sieh zu, dass du sogleich jeglichen Hochmut erstickst, der sich in deiner Seele ankündigt. Du schreibst in der Tat sehr gut, mit Verstand und Maß.«

Er neigte den Kopf zur Seite und fügte hinzu:

»Nein, ich will aufrichtig sein, es gibt noch einen anderen Grund, einen zweiten für das, was ich mir vorgenommen habe: Seit du hier bei uns lebst, hast du an den Erzpriester von Sutri fünf Briefe für deine Mutter geschrieben ...«

»Ich habe mir immer die Erlaubnis geholt.«

»Aber ja doch, das weiß ich wohl. Den Letzten, wenn ich mich recht entsinne, vor zwei Jahren. Du hast niemals Antwort erhalten. Nicht einmal von ihm, von diesem Theodorus. Ich habe daraus den Schluss ziehen müssen – und glaube mir, mit keinem geringen Kummer –, dass die Bande zu deiner Familie zerrissen sind. Nun hast du eine andere Familie, die aus vielen Brüdern im Geist besteht, und wenn es stimmt, dass uns vor allem die Gemeinschaft im Wort unseres Herrn einigt, so ist es auch richtig, dass jeder von uns, und ich vor allen anderen, für jeden anderen von uns, Sorge tragen und alles tun muss, was ein Leid erleichtern kann.«

Der Schmerz, den der junge Mönch in seinem Herzen spürte, breitete sich in seinem ganzen Körper aus, und die fiebrige Kälte in seinen Gliedern stellte seine Nerven auf eine harte Probe. Er konnte seinen inneren Aufruhr kaum im Zaum halten, und so schossen ihm die Tränen in die Augen.

»Meine Mutter ... so muss ich denn unseren Orden verlassen, die Gesänge unserer Bruderschaft, die gemeinsamen Gebete. Ich, Herr, fühle mich hier ... in Sicherheit.«

»Ich weiß. Doch in Rom gibt es drei Klöster der Kongregation von Cluny, und zwei davon sind die unsrigen. Du wirst den Orden nicht ganz verlassen, wenn du ihn nicht verlassen willst. Ich setze mein ganzes Vertrauen in dich und entbinde dich von der gewissenhaften Befolgung der täglichen Pflichten unseres göttlichen Amtes. Was das heilige Abendmahl angeht, so mache ich mir den Rat des Odo von Cluny zu Eigen: Es ist nicht notwendig, es oft vorzunehmen, es ist allein wichtig, dass die Reue aufrichtig und streng sei ... Du wirst Dinge sehen, die du noch nie gesehen hast, Vildericus, und andere werden dich mutlos machen, doch es werden dir nur wenige Momente verbleiben, in denen du darüber nachdenken kannst, was dir fehlen könnte. Aber in den Augenblicken der Ruhe, die dir diese schreckliche und heilige Stadt zugestehen wird, kannst du dich mit unseren Ordensbrüdern dort vereinen, und es wird sein, als wärest du hier bei uns.«

Der Abt legte die Hände zusammen und betrachtete Vildericus schweigend, der noch immer den Kopf auf die Brust gesenkt hatte. Dann erhob er sich, kam näher und sagte, er würde alle anderen wichtigen Dinge über die Reise vom Prior erfahren. Der junge Mönch fiel auf die Knie, und als der Abt ihm die rechte Hand auf das Haupt legte, nahm er diese und küsste sie.

Er fand den Prior vor der Tür auf ihn wartend. Dieser teilte ihm den Namen des Bauern mit, mit dem zusammen er am folgenden Montag abreisen würde, unterrichtete ihn über die auf dem Aventin gelegene cluniazensische Abtei, in der er in den ersten Tagen aufgenommen werden würde, und wo er künftig die an Hugo von Celano gerichteten Briefe würde abgeben können, und über den Lateranpalast, Sitz des Kardinalbischofs von Portus. Bei diesem solle er mit den Empfehlungen vorstellig werden, die er am folgenden Tage ausgehändigt bekommen würde.

Der Prior hatte sich bereits verabschiedet und war schon im Begriff, sich umzudrehen, um in das Studierzimmer des Abtes zu treten, als er es sich noch einmal anders überlegte und, den rechten Zeigefinger erhoben, sagte:

»Du weißt sicherlich von den Gewalttaten und Übergriffen, die wir seit Jahren von Seiten der Grafen der Sabina, das heißt, von den Crescentiern, haben erleiden müssen und noch erleiden. Es ist noch nicht allzu lange her, dass unser Hofgut in Castelnuovo und das Schloss in Catino von ihnen eingenommen worden sind. Bis vor etwa zehn Jahren war die Stadt fest in ihrer Hand, Rom gehörte ihnen, und auch der Papstsitz. Dann sind sie durch das Eingreifen des Kaisers aus allen Befehlsämtern vertrieben worden, und die Tusculaner haben sich dort niedergelassen, auch im päpstlichen Palast. Du wirst sie überall vorfinden, und erwarte keine Heiligen. Es hat den Anschein, als seien sie unsere Verbündeten, denn sie sind dem Kaiser treu ergeben so wie wir. Du aber musst sehr vorsichtig sein und dir angewöhnen, dein Gesicht als Maske zu tragen, eine starre und undurchschaubare Maske. Jedes Urteil sprich nur vor dir selbst aus, und das vorderste Gebot, um in diesem Sündenpfuhl zu überleben, heißt: Vorsicht, außerordentliche Vorsicht.«

»Sündenpfuhl, Herr?«

»Du kennst die Römerbriefe des Paulus. Gewiss ist die Kunde über Nero auch bis zu ihm gedrungen. Wenn wir dann die Große Hure des Johannes nehmen …«

»Auf welchen Abschnitt des Briefes bezieht Ihr Euch?«

»Auf einen der Ersten: Dort, wo er – natürlich an die im Römischen Reich und insbesondere in der Hauptstadt üblichen Gebräuche denkend – von den Frauen spricht, die den Umgang, für den sie geboren sind, gegen jenen eingetauscht haben, der wider die Natur geht, und von den Männern, die ihre Begierde in unheilvollen Beziehungen untereinander entzünden und den Samen im eigenen Körper empfangen. Du sollst immer mit offenen Augen umhergehen, jedoch halte dich von dergleichen Schändlichkeiten fern. Lass dir vom Vestiarius in der Kleiderkammer zwei Kutten und zwei Kukullen aus guter Wolle geben und die notwendige Wäsche. Auch die Unterkleider sollen aus Wolle sein. Ich fürchte, dass der Winter nach diesem heißen Sommer recht hart werden wird. Bitte ihn, dazu noch einen Pelz – Widder oder Ziege – in den Reisesack zu packen.«

»Danke, Herr.«

Der Prior folgte ihm mit dem Blick, bis Vildericus die Treppe erreicht hatte, dann öffnete er die Tür zum Studierzimmer des Abtes und trat ein.

»Wie hat unser junger Ordensbruder es aufgenommen?«

»Er hat befürchtet, dass wir ihn aus dem Orden verstoßen wollten, doch dann …«

Ein Hustenanfall schnitt ihm den Satz ab. Der andere Mann setzte sich ihm gegenüber, und nachdem er ihn ermahnt hatte, die Inhalationen mit einem Extrakt aus Lorbeer und Eisenkraut wieder aufzunehmen, sagte er: »Ich habe Euch bereits mein Erstaunen über diese Wahl ausgedrückt. Glaubt Ihr tatsächlich, dass wir ihm vertrauen können?«

»Absolut. Wir werden ihn verlieren, das ja, aber nicht sofort.«

Der Gesichtsausdruck des Priors zeigte ein großes Erstaunen.

»In gewisser Hinsicht«, fuhr der Abt fort, »habe ich ihn aus denselben Gründen erwählt, aus denen er uns an einem bestimmten Punkt auf seinem Lebensweg verlassen wird.«

»Ich versichere Euch, das verstehe ich nicht. Vildericus ist einer der besten Ordensbrüder, die wir haben: aufrecht, respektvoll. Kaum ein anderer beachtet die Regeln unserer nicht einfachen Lebensweise so genau, und soweit ich mich erinnere, ist er niemals getadelt worden … Und doch …«

»Ich bin überzeugt, dass er uns mit diesen Tugenden würdig vertritt. Und doch … was?«

»Er ist zutiefst anders als die anderen.«

»Sieh her, Suppone, genau das ist der Vorteil; für uns, um ein Bild zu erhalten, das der Wirklichkeit nahe kommt: Er hat einen offenen, neugierigen Geist, er hat eine gute Beobachtungsgabe, auch für die Natur. Du wirst bemerkt haben, dass er, wenn sie in den Garten gehen, niemals mit den anderen herumsteht und redet, er betrachtet immer die Landschaft außerhalb des Klosters. Fast alle sind dem Orden beigetreten, um die Welt zu verlassen, um ihr zu entfliehen; er ist hierher gekommen, um mit einem großen Schmerz fertig zu werden. Zum Zweiten glaube ich, dass in seinem Geist nur Platz für unseren Herrn Jesus Christus ist. Und das ist eine Eigenschaft, die ich mit großer Aufmerksamkeit beobachtet und hoch bewertet habe.«

»Mir scheint, er hat die Kirchenväter gelesen, den heiligen Augustinus …«

»Er hat viel mehr gelesen, die Logik von Boethius und sogar Plinius. Er liest auch, während er schreibt, und zwar mit großer Aufmerksamkeit. Gerade seine Lektüre ist der dritte Punkt. Ich hätte es ihm verbieten können, aber wie kann man einem solchen Geist die Nahrung verwehren, die er so dringend braucht? Und schließlich ist er des Schreibens mächtig, und zwar äußerst kundig. Du musst volles Vertrauen in meine Wahl haben. Mit einem solch wachen Geist wird er uns in Rom sehr nützlich sein. Und außerdem wird Vildericus niemals seinen Glauben verlieren. Vielleicht, wie ich schon gesagt habe, wird er uns verlassen.«

## 2

Als Vildericus das Läuten der Glocke vernahm, umfingen ihn noch die strudelnden Wasser des Flusses, die ihn mitzureißen drohten, und zogen das Erwachen in die Länge. Als er dann endlich den Traum von sich abgestreift hatte, versuchte er herauszufinden, an welchem Ort er sich befand, doch beherrschten ihn in den ersten Augenblicken noch die Reiseerlebnisse, die Bilder des Vortages, von jenem heftigen Regen verschleiert, der sie in der Ebene überrascht hatte, ihn und den Wagenlenker … Die nicht enden wollenden Aufenthalte an den Straßenposten wegen der Zölle, die sie zu bezahlen hatten, und die halb gemurmelten Flüche des Bauern über die hochmütige Anmaßung der Geldeintreiber … die drei Soldaten, die vom Ufer des

Flusses her aufgetaucht waren und die Hälfte der Wagenladung geplündert hatten. Er erlebte noch einmal das stumme Entsetzen, als der Wagen das Tor des Klosters Farfa durchfahren hatte, doch dann glitt sein Blick zum Fenster der Zelle: Jetzt hatte er die Ankunft am Kloster Santa Maria vor Augen. Wegen der Wolkendecke, die über der Dämmerung lag, war es schon fast dunkel gewesen. Er hatte sich in der Klosterküche trocknen können, freundlich waren sie gewesen, diese unbekannten Ordensbrüder. »Ist das einer der Hügel Roms, wo ihr euch hier befindet?« Seine Frage hatte sie zum Lachen gebracht, ein Lachen, in dem keinerlei Bosheit lag.

Die Zellentür ging auf, und eine im Gegenlicht dunkle Gestalt sagte, der Abt Enricus von Manciano erlaube ihm, noch ein wenig zu schlafen, denn gegen die Müdigkeit, die er auf seiner Reise unter solch widrigen Umständen angesammelt haben musste, sei der Schlaf einer einzigen Nacht nicht ausreichend. Es schien sich um einen Laienbruder zu handeln, der sich mit Hildebrandus vorstellte. Vildericus war bereits aufgestanden, und als er sich, im tiefsten Innern dankbar für diese Erlaubnis, wieder auf das Lager strecken wollte, schlug ihm der junge Mann die Bettdecke auf. Der Abt erwarte ihn zu Mittag, fügte er hinzu, als er an der Tür war, dann schloss er sie hinter sich. Schlaf! Seine bevorzugte Fluchtstätte! Er zog sich die Decke über den Kopf. Auch die Kälteschauer beförderten dieses uralte Gefühl, nur in dieser dunklen Höhle, Schwester Nacht, geborgen sein zu können, und darüber die Decke des gestirnten Himmels, das scheuende Pferd im Hof von Sutri, der Himbeerstrauch, die Wärme der Küche in der Januarnacht, in der sein Vater gestorben war … im unterbrochenen Traum war seine Mutter erschienen. Sie beobachtete ihn vom Flussufer her … unter einer Weide stehend … unbeweglich …

Er wurde eine Stunde vor der vom Abt festgesetzten Zeit mit einer Tasse warmer Milch geweckt, die ihm jemand zusammen mit einer Scheibe Brot auf die Kommode stellte. Nachdem er sich gewaschen hatte, ging er in die Kirche – ein großräumiges, dreischiffiges Gebäude mit den dicken Mauern einer Festung, deren Apsis in feierlicher Schlichtheit gehalten war. Das Licht fiel durch die kleinen seitlichen Luken und durch die beiden hohen Fenster an der Stirnseite herein, die unterhalb des Kreuzes eine vielfarbige Blume auf den Boden malten. Er kniete vor dem Altar nieder in der Absicht, seinen verwirrten Geist mittels der Vertrautheit eines festgeschriebenen Gebetes in Ordnung zu bringen, doch dann wandte er sich direkt an Jesus Christus und bat ihn, ihm in dieser Lage Beistand zu leisten, in der er sich wie ein Gladiator in der Arena mit den Löwen fühlte, in dieser Stadt, die ihn bereits zu verschlingen begonnen hatte, als er gerade die Stadtmauer bei der Porta Salaria durchquert hatte, die Stadt mit ihren Palästen, die er durch das Verdeck des Wagens hindurch ausmachen konnte, die überschwemmten Flächen, die vielen weißen Säulen ohne Gebälk, die riesigen leeren Fensterhöhlen einer gewaltigen Ruine, im grellen Schein der Blitze …

Abt Enricus von Manciano empfing ihn herzlich. Er wisse seit drei Wochen von seiner Ankunft. Die Worte, die Hugo von Celano in seinem von Vildericus überreichten Brief verwendet habe, sagte er, seien höchst schmeichelhaft. Auch Stefanus, der Kardinalbischof von Portus, sei unterrichtet und erwarte ihn. Er halte sich am heutigen Tage im Lateranpalast auf. Er sei ein Beschützer des Klosters, ein rechtschaffener Mann wie kaum ein anderer, einer, der keine Frauen habe, recht wohlhabend sei, doch erfüllt von den höchsten christlichen Tugenden – an diesem Punkt hielt er mit seinen Erläuterungen inne und fragte Vildericus, warum er ein solches Erstaunen zeige.

»Herr, Ihr habt gesagt: ›keine Frauen‹, warum? Ist es üblich, dass auch Kardinäle Frauen haben oder …«

»Die meisten von ihnen. Das ist ein von der ganzen Weltgeistlichkeit ausgeübter Brauch, der bis in die tiefste Vergangenheit reicht und so fest verwurzelt ist, dass ich nicht sehe, wer ihn ausrotten könnte. Wir allein, wir Mönche, sind dagegen gefeit, allerdings seit noch nicht allzu langer Zeit. Sogar in deinem Farfa, ich vermute, du weißt von den schamlosen Ereignissen des letzten Jahrhunderts, von diesem Lumpen von Campone und anderen, die ihm gleich waren. Du musst darüber hinwegsehen, denn das ist die Wirklichkeit. Du musst so tun, als bemerktest du nichts.«

»Muss ich das wirklich?«

»Ich fürchte, ja. Ich wünsche mir, dass deine Aufgabe dich so viel wie möglich an dein Schreib- und Lesepult gefesselt hält, wenn man dir ein solches in dein Zimmer stellt. Jetzt aber werden wir im Refektorium erwartet. Ich esse heute mit den Ordensbrüdern, auch um dich allen vorzustellen. Komm mit mir, dann wird dich dieser junge Mann, den du bereits kennst, zum Lateran begleiten.«

Gleich nach dem Mahl verließen Vildericus und sein Führer das Kloster. Der Regen hatte aufgehört, doch der Himmel war mit gewaltigen Wolken verschiedenster Form verhangen, hohe, weich und weiß aufgetürmte, die fast unbeweglich über dichten schwarzen Wolken thronten, die ihrerseits von einem kräftigen Wind nach Westen getrieben wurden und an ihren Rändern widerstrebende senkrechte Wolkensäulen mit sich führten, denen die verborgene Sonne eine rötliche Farbe verlieh. Am Fuß des Aventin wandten sie sich nach rechts den Überresten der Porta Capena zu. Entlang der Via Appia standen ohne ersichtliche Ordnung inmitten des sumpfigen Morastes hunderte von halb zerfallenen Hütten, hinter denen majestätische Ruinen aufragten. Hildebrandus, sein aufgeregter und fröhlicher Führer, sprach ohne Unterlass auf ihn ein: über den Ursprung dieser Ruinen, die genaue Herkunft dieses Gewimmels von Flüchtlingen aus der Campania, die unter ohrenbetäubendem Geschrei um Stände mit Gemüse und Fleisch, dunklem Brot und Haufen gebrauchter Kleidungsstücke herumstanden. Sie nahmen einen Pfad, der links von der Via Appia abzweigte und leicht ansteigend durch einen Eichenwald führte. Zwischen den Bäumen lagen kleine Lichtungen, gehütet von Figuren aus Marmor oder Stein ohne Köpfe und Arme, ein Bachlauf, über den Hildebrandus nicht zögerte zu verkünden, er käme aus den Albanischen Bergen und sei dazu bestimmt, sich in den Tiber zu stürzen. An dessen Ufern erblickten die beiden weiter vorn einige Liebesdienerinnen in Erwartung von Kunden, ein Anblick, der den schweigend Vorangehenden erröten ließ. Am oberen Punkt des Anstieges, dort, wo der Wald endete, vernahmen sie raue Schreie, die sich mit Flüchen abwechselten. Auf einer mit allerlei Abfällen bedeckten Fläche erschien vor ihnen ein alter Mann, der völlig nackt war und der, den Blick zum Himmel gerichtet, gegen Jupiter und Ceres wetterte, wobei er die Harpyien verfluchte, die ihm jene beiden gesandt hätten, um ihn zu quälen. Sie gingen an der Porta Metronia und an den Zöllnern vorbei, bei denen sich Bauern mit großen Körben auf den Köpfen drängten, und sie erreichten, an der Stadtmauer entlanggehend, den Lateran. In der Mitte eines riesigen Platzes ragte die Basilika auf, daneben ein Palast, der von einigen müßigen Männern in Waffen bewacht wurde.

»Das ist es: das Patriarchium, der Lateranpalast, die verschwenderisch ausgestattete Heimstätte des Papstes. Dort drinnen wirst du leben.«

Vildericus war stehen geblieben, um die Basilika zu bewundern. Dies war also das Herz der Gemeinschaft der Christen, dies waren die Mauern, die die Heiligkeit beherbergten und von denen aus die strahlende Kraft des Glaubens Pilger aus allen vier Himmelsrichtungen der Erde anzog! Er hätte sicherlich noch weiter vor den vielen Bildern verweilt, die derlei Metaphern bei ihm hervorriefen, wenn nicht sein Führer ihn aufgefordert hätte, den Blick auf eine kleinere Tür des Palastes zu lenken, aus der sich genau in diesem Moment eine Menschenmenge ergoss: Männer und Frauen, in der Mehrheit Alte, viele von ihnen lahm und in zerlumpten Kleidern, sich aufeinander stützend.

»Sie haben die Armenspeisung erhalten«, sagte Hildebrandus. »Jeden Tag bekommen hundert Arme eine warme Suppe im Refektorium dort unten. So rettet der Erbe Kefas, das heißt der Erbe Petri, seine Seele.«

Vildericus hatte bereits festgestellt, dass der junge Mann auf eine ungestüme Art und Weise sprach, die aus einer verhaltenen Schüchternheit hervorzubrechen schien, wie er es auch von einigen seiner Mitbrüder in Farfa kannte, die plötzliche Bitterkeiten mit Erröten und mit ebenso häufig auftretenden, melancholisch-verschlossenen Stimmungen vereinten. Als ob sich die Augen, anstatt hinauszuschauen, dem Innern zuwendeten und dort eine öde und düstere Landschaft erblickten, aus der sie bisweilen zu entfliehen bestrebt waren, indem sie sich mit nervösen Ausbrüchen zu befreien versuchten. Er fragte seinen Begleiter, aus welchem Grund er dem Orden in Santa Maria beigetreten sei.

»Nun musst du die Empfehlungen vorzeigen, sonst lassen sie uns nicht hinein«, antwortete ihm dieser. »Ich bin bereits hier gewesen, ich begleite den Abt immer, wenn er seine Runde dreht, und ich kenne die Stadt gut. Seit ich denken kann, hat es hier noch nie Überprüfungen gegeben, doch letzte Woche hat jemand aus der Schatzkammer eine ganze Menge wertvoller Dinge gestohlen. Von den Dieben gibt es natürlich keine Spur, und jetzt schlottern alle vor Angst. Du wirst sehen, sie werden uns durchsuchen.«

»Du hast nicht geantwortet.«

»Ich bin nicht dauernd im Kloster. Ich bin kein Laienbruder und habe auch nicht die Absicht, Mönch zu werden. Der Abt ist mein Onkel, er hätte mich gerne bei sich, doch ich bin nur hierher nach Rom gekommen, um Studien zu betreiben.«

»Woher kommst du?«

»Aus Soana im Süden Tusziens.«

Sie hatten den inneren Hof und eine Treppe überwunden

und kamen nun in das Vorzimmer der Generalkanzlei, die voller Menschen war. Ein Subdiakon teilte ihnen mit, dass der Kardinalbischof von Portus beschäftigt sei und dass sie warten müssten. Sie lehnten sich an eines der Fenster.

»Und du, woher kommst du?«

»Aus Sutri.«

»Deine Familie?«

»Mein Vater ist tot. Er war Bauer. Meine Mutter hat noch einmal geheiratet.«

»Mein Vater, Bonizone, handelt hingegen mit Getreide, doch er ist ein Mensch, dem das Glück nicht hold ist. Wir sind nicht arm, wir haben ein wenig Land, einige Ar Weidefläche, Olivenhaine, die fast jedes Jahr von Ungeziefer heimgesucht werden und deren Öl besser für Lampen geeignet ist. Ist es denn bei dir wahre Berufung gewesen?«

»Ja.«

»Ich weiß noch nicht, ob ich sie gehabt habe. Ich lerne gerne, und wenn man lernen will, dann muss man hierher kommen. Mein Onkel hat mir geholfen, und ich habe einen guten Lehrmeister.«

»Und der Glaube?«

»Oh, Glaube, ja, tiefer Glaube, besser, der Diener Gottes zu sein als irgendeines anderen. Er gibt dir Sicherheit … Und ich will die Weihen empfangen … Doch warte! Ich habe dir nicht gesagt … ich nehme an, du weißt nichts über die Rangordnung hier drinnen?«

»Nein.«

»Also, dann hör zu. Die wichtigsten Ämter sind ihrer zwei: Der Primicerius, das ist der Vorsteher der Kanzlei, und der Protoscriniarius ist der Herr über die Sekretäre und Archivare und schreibt die päpstlichen Bullen. Dann sind da der Saccellarius, der den Goldschatz verwaltet, der Arcarius, das ist der Herr über die *Judices palatini,* die päpstlichen Richter, und schließlich der Erzdiakon des Kollegiums der Kardinäle.«

Der Subdiakon kam herbei und rief Vildericus. Hildebrandus hieß er zu warten. Vildericus wurde in einen großen Saal am Ende eines langen Ganges geführt, der ebenfalls voller Menschen, Laien und Geistliche, war. Der Saal schien leer zu sein, außer einem riesigen, mit Papieren bedeckten Eichentisch und einigen Bänken. An der Wand hingen verblasste Gemälde, auf denen Heilige und Märtyrer zu sehen waren. Eine schmale Nebentür öffnete sich, und ein Mann erschien – groß und massig, kahlköpfig, mit dichten, weißen Augenbrauen und weißem Bart; er trug eine Hose aus grobem Stoff und ein weißes Hemd derart, dass der junge Mönch ihn für einen Laien hielt.

»Gefällt dir die Malerei, junger Mann? Setz dich nur, setz dich, du bist also die Leihgabe von Hugo von Celano, lass mich doch einmal dieses Papier sehen. Ich dachte, er würde mir eine reifere Person schicken, doch das macht nichts, es ist gut so. Vildericus von Sutri, ich kenne Sutri, ich habe dort immer hervorragendes Wildschwein gegessen … Ich sehe, dass du schon sehr jung in diesen Hort der Strenge gekommen bist. Es ist besser, wenn du gleich erfährst, dass du nicht mit mir zu tun haben wirst – nicht dass das ein großer Schaden wäre. Der höchste Würdenträger, mit dem du hier drinnen zu schaffen haben wirst, ist Protoscriniarius Bosone von Anagni, doch du wirst unter Primicerius Johannes arbeiten, der in Kürze hier erscheinen wird.«

Die Tür wurde von einem Mann aufgestoßen, der ein schwarzes Ordenskleid mit goldener Stickerei auf dem Brustlatz trug und mit raschen Schritten auf den Kardinal zuschritt. Er beugte sich zu ihm vor und flüsterte ihm etwas ins Ohr. Vildericus konnte den entsetzten Ausruf des Kardinals eher von seinen Lippen ablesen, als dass er ihn hörte: »O mein Gott, noch einer!« Der Mann richtete sich wieder auf und sagte: »Man muss ihn davon in Kenntnis setzen.«

»Warum, glaubst du denn nicht, dass er es schon weiß?«

»Offiziell, meine ich.«

»Das kommt dem Primicerius zu. Hast du ihn unterrichtet?«

»Ja. Doch er möchte, dass du das tust. Du weißt, wie man ihn nehmen muss, im Sinne von … du hast mich verstanden.« Er hob den Kopf und neigte ihn leicht zur Seite, um dem jungen Fremden ein Zeichen zu machen. Der Kardinal sah Vildericus an. Wenn er es wünsche, sagte dieser, würde er hinausgehen. Ohne zu antworten, wandte sich der Kardinal wieder dem anderen Mann zu.

»Wie viele waren es?«

»Zwei. So scheint es jedenfalls, doch die Berichte über den Fall sind sehr unterschiedlich.«

»Hat man sie gefasst?«

»Glaubst du das?«

Der Kardinal schloss für einen Moment die Augen und ließ einen tiefen Seufzer vernehmen, der von Beunruhigung und Unmut sprach, dann erwiderte er: »Seine Heiligkeit ist zur Jagd ausgefahren, nach Blera, und wird heute Abend zurückkehren. Wo er doch sonst in seine Heimatgegend fährt, nach Süden hin. Es ist auch seltsam, meinst du nicht, dass er bei einem solchen Unwetter, wie es heute Morgen geherrscht hat, ausgefahren ist. Er wird Pilze suchen gegangen sein. Nun, ich werde ihn erwarten.«

Der Besucher deutete eine Verbeugung an und verließ den Raum. Der Kardinal stand auf, ging zu einem Fenster und blieb dort lange schweigend und unbeweglich stehen. Dann sagte er, ohne sich umzuwenden: »Vildericus von Sutri, ich vermute, Hugo wird dir vor deiner Abreise bereits etwas über die Arbeit, die dich hier erwartet, mitgeteilt haben, historische Schriften wirst du wohl gelesen haben, ich weiß nicht, Tacitus oder Prokop?«

»Ja, Herr, Tacitus. Vor einem Jahr hat uns Montecassino die ersten beiden Bücher seiner *Historien* zugeeignet, die mir Hugo von Celano in seiner Güte zur Lektüre gegeben hat. Über Prokop habe ich eine lange Note bei Simplicius gelesen.«

»Ich frage mich ... ich frage mich, ob jemals etwas über dieses Land geschrieben worden ist, das nicht von Schmach und Schande sprechen musste ... Oh, damit wir uns richtig verstehen, nicht dass du geheißen bist, einen *Gotischen Krieg* zu schreiben ... Omar!«, rief er in Richtung der Seitentür, »wo zum Teufel hat sich dieser kleine Nichtsnutz versteckt?« Er ging zum Tisch zurück und setzte sich. »Worüber hatten wir gesprochen?«

»Dass Ihr Euch von mir keinen *Gotischen Krieg* erwartet.«

»Nun, weißt du, es ist nicht so, dass hier an Kriegen Mangel herrscht. Kennst du die Inschrift auf dem Grab Stephans VI., jenem für die Schreckenssynode Verantwortlichen, bei der einem toten Papst der Prozess gemacht wurde? Ah, nein, du bist ja erst gestern hier angekommen, richtig ... in letzter Zeit konnte man hier die Jahre, die ohne Händel vorbeizogen, an den Fingern einer Hand abzählen. Und als genügten die zwischen dem römischen Adel nicht, kommen nun auch noch die Byzantiner, die gleich den Schlangen eine Weile unbeweglich verharren und dann ganz plötzlich emporschnellen. Sie schicken uns Botschafter mit vielen Geschenken und marschieren in der Zwischenzeit womöglich auf Neapel ... nun, nimm schließlich noch die langobardischen Grafen von Capua und Salerno hinzu ... Jener, der soeben hier gewesen ist, ist der Arcarius Gratianus, einer der *Judices palatini*; ich werde veranlassen, dass du mit ihm sprechen kannst, morgen vielleicht, du wirst auch mit ihm zu tun bekommen ... Was hast du von dem, was zwischen uns gesprochen wurde, verstanden?«

»Dass ein Unglück geschehen ist.«

»Von welchem zu schreiben ... hier hast du ein solches Beispiel ... du dich angemessenerweise zurückhältst. Der suburbicarische Bischof von Ferentino ist ermordet worden. Er war sehr wohlhabend, hatte vor allem Land, große Besitztümer unten im Tal und zwei Festungen.«

»Ein reichliches Erbe also. Wem gebührt die Nachfolge in der Diözese?«

Der Kardinal hielt inne, um im Gesicht des jungen Mönches zu forschen, dann antwortete er mit einem unbeteiligten Tonfall, der nach einstudierter Höflichkeit klang.

»Seiner Heiligkeit.«

»Wird er es einem Familienmitglied überlassen?«

Der Kardinal erhob sich, ging um den Tisch herum, stellte sich hinter den jungen Mönch und legte ihm die Hände auf die Schultern.

»Das Blut der Bewohner dieser Stadt ist, vielleicht wegen der Hunnen, Griechen und Goten, wer weiß das schon, allzu durchmischt. Du gehst durch die Straßen, siehst diese Kreaturen, die da umhergehen, Dinge erwerben, Dinge verkaufen, in die Kirche gehen … und denkst, es seien menschliche Wesen? Nein! In der Mehrheit handelt es sich um Tiere, wilde Raubtiere, und Klugheit ist eine von ihnen wenig geschätzte Eigenschaft. Vildericus, bist du langobardischer Abstammung? Hast du jemals etwas über die Langobarden gelesen?«

»Ja, Herr.«

Vildericus spürte die Anwesenheit eines anderen Menschen und drehte sich um: ein Knabe, nicht älter als acht Jahre, war hinter seinem Rücken erschienen; lockiges Haar, olivfarbene Haut, zwei schwarze, funkelnde Augen, wie er sie noch nie gesehen hatte.

»Du hast nach mir gesucht?«, wandte er sich fragend an den Kardinal.

»Ich wette, du hast dich wieder schlafen gelegt, pass auf, dass ich nicht die Peitsche hole … Geh und sieh einmal nach, ob du Primicerius Johannes triffst, sag ihm, dass der Geschichtsschreiber, den wir erwartet haben, angekommen ist. Nun lauf schon.« Und kaum war dieser fort: »Er ist mein Sklave, das heißt, um es genauer zu sagen, er ist der Sohn sarazenischer Sklaven, du weißt, jene, die vor etwa fünfzig Jahren in die Sabiner Berge eingedrungen sind – du wirst davon gehört haben – und unter anderem auch dein Farfa zerstört haben. Einige wurden gefangen genommen, in Wahrheit nur wenige, unter diesen ein Junge, der dann eine ägyptische Sklavin heiratete und sein Vater wurde. Doch die beiden, seine Eltern, sind am Fieber gestorben, als er ein Jahr alt war, da habe ich ihn zu mir genommen. Um ehrlich zu sein, er ist ein kleiner Teufel, doch für einen Alten ist ein solches Kind … nun, er ist sehr gerissen und flink, und er erheitert mich und leistet mir Gesellschaft. Du, wie alt bist du?«

Vildericus antwortete nicht; diese letzten Worte des Kardinals drangen wie aus einer großen Entfernung zu ihm, er war benommen, verwirrt und durch das Gerede, die Ungewissheit und die Angst, die in der Luft lagen, entmutigt. Und von dem Wortschwall, den dieser Mann über ihn ergoss, fühlte er sich dem geringsten Anflug einer Laune von jeglicher Seite ausgeliefert. Er war ohnmächtig und so fern von jenem einfachen, geduldigen und ruhigen Christus Farfas, fern von jenem Scriptorium, fern von den Ställen des Klosters und dem stillen Nachdenken in der Ruhe und Harmonie einer vertrauten Landschaft und dazu gezwungen, sich ständig dem Neuen zu stellen und die anderen zu verstehen, um zu überleben …

»Du hörst mir ja gar nicht zu«, sagte der Kardinal.

»Herr, die Reise, und ich habe nicht … in Farfa gab es einen festgelegten Tagesablauf …«

»Ich verstehe dich, natürlich, du wirst dich daran gewöhnen müssen. Ich hatte dich gefragt, wie alt du bist.«

»Sechsundzwanzig Jahre.«

Vildericus wurde von einer heftigen Übelkeit befallen. Er wollte gerade aufstehen und hinausgehen und hatte die Handflächen bereits auf die Sitzfläche der Bank gelegt, als die Tür aufging und drei Männer eintraten. Sie trugen bunte Jacken und weite Hosen und warfen sich, nachdem sie die Mützen vom Kopf gezogen hatten, bäuchlings zu Boden, wobei sie die Arme nach vorn streckten wie Büßer, die von einer fürchterlichen Schande erdrückt werden. Der Kardinal hatte sich auf die

Ellbogen gestützt, beugte sich nach vorn und sagte lachend: »Ihr verfluchten Spitzbuben.«

»Ehrwürden«, fing einer der drei an, indem er ein wenig den Kopf hob, »erteilt uns die Absolution für alle unsere Sünden, vergangene, gegenwärtige und zukünftige.«

»Amen«, beendeten die anderen beiden die Tirade.

»Gioacchino, wenn ihr, du und deine Kameraden, nicht eines Tages zur Vernunft kommt, dann lasse ich euch einsperren. Vielmehr, ich werde den Präfekten bitten, mit euch wegen Ketzerei kurzen Prozess zu machen und euch auf dem Scheiterhaufen zu verbrennen.«

»Gauklerhirne, Herr«, antwortete derjenige, der den Kopf erhoben hatte, »schmecken besser in Öl gebraten als auf dem Feuer geröstet, und um sie so scharf zu erhalten, wie sie es im Leben gewesen sind, müssen sie mit Pfeffer bestreut werden.«

»Wir sind keine Ketzer«, sagte ein anderer mit gespielt weinerlicher Stimme, »denn wir sind heilig und geweiht.«

»Welch eine Unverschämtheit! Wie solltet ihr heilig und geweiht sein?«, fragte der Kardinal, den diese Frechheit sichtlich erheiterte.

»Weil wir glatte Wangen haben und die Haare kurz tragen, wie dieser junge Mönch dort. Er hat das Gesicht eines Heiligen, und wenn sein Gesicht …«

»Das genügt, du Galgenstrick. Ich hatte euch befohlen, die Darstellung der Passion Christi nicht mit profanen Stücken zu durchsetzen, doch ihr hattet sogar die Dreistigkeit, vor Seiner Heiligkeit ein kleines Intermezzo zu spielen, das von Liebeleien und Ehebruch handelt.«

»In Latein«, merkte der Letzte der drei an, »einer Sprache, die nur selten gesprochen wird von …«

»Halt den Mund!«

»Und er hat uns Beifall gespendet«, sagte der Zweite.

»Er schon, aber nicht sein Gast, jener Deutsche mit dem langen Bart, der Bischof von Ingelheim, der das Lateinische besser versteht als ihr. Er wird die Angelegenheit sicherlich dem Kaiser berichten. Erhebt euch. Johannes XIX. gewährt euch seine Vergebung und hat mich beauftragt, euch diese zehn Goldstücke zu geben. Und jetzt geht. Ich werde Mitte des Monats November wieder nach euch verlangen, für den Geburtstag meiner Schwester in Portus. Aber ohne Jongleure.«

»Gott wird Euch dafür belohnen«, sagten die drei Männer fast im Chor, küssten ihm die Hand und verließen den Raum.

»Vildericus, wach auf! Der Anblick dieser Taugenichtse hat dich völlig gebannt. Ich wette, dass du noch nie solchen Timelici begegnet bist.«

»Timelici?«

»Schauspieler, Komiker. Es ist nun nicht so, als sei uns die Kunst der Rezitation gänzlich unbekannt – was uns eben die Lüge oder die Überheblichkeit eingeben, doch jene … Ich werde nie begreifen, welcher Natur sie sind. Ich vermute, sie sind zwischen Mann und Frau angesiedelt, ein Zwischengeschlecht, ein Zwittergeschlecht. Erst treiben sie dich zu Tränen, dann weinen sie selbst, um einen Augenblick später in unbändiges Gelächter auszubrechen und dich so zum Lachen zu bringen, dass du meinst, sterben zu müssen. Es beginnt wieder zu regnen.«

In diesem Moment erschien Omar an der Tür und kündigte die Ankunft von Primicerius Johannes von Galeria an. Nachdem dieser den Kardinal gegrüßt und Vildericus ein undeutliches Zeichen gemacht hatte, brachte er ihn in das letzte Stockwerk und zeigte ihm den Raum, der ihm als Schreibzimmer dienen sollte, und die kleine angrenzende Kammer, in der er schlafen würde.

»Muss ich mich immer hier aufhalten?«, fragte Vildericus.

»Nein, das musst du nicht. Deine Arbeit sichert dir eine beträchtliche Bewegungsfreiheit innerhalb der Stadtmauern zu, die Città Leonina, die Tiberinsel und Trastevere eingeschlossen. Wenn du die Stadt verlassen musst, werde ich dir einen Geleitbrief ausstellen. Du wirst dich daran gewöhnen, dich überall zu bewegen, die Ohren offen zu halten und die Neuigkeiten, die dir der Erinnerung würdig erscheinen, auszuwählen. Die Zelle in Santa Maria wirst du behalten, und ich werde veranlassen, dass dir auch eine im Kloster Sant' Agnese gegeben wird. Das wird dir sehr förderlich sein, denn es befindet sich im Zentrum Roms, im fünften Stadtbezirk, und auch dieses Kloster gehört zu Farfa ... Deine Mahlzeiten oder andere notwendige Dinge erhältst du hier oder in einem der beiden Klöster. Es wird dir an nichts fehlen, doch du musst allein für dich sorgen, du wirst zu Anfang keinen Diener erhalten. Du wirst mich über alles unterrichten, aber vor allem über deine Arbeit. Du wirst mit einer Zusammenfassung beginnen, von der Wahl Johannes XIX. bis zum heutigen Tage. Ich werde dir die Aufzeichnungen geben, die in diesem Zeitraum von zwei Subdiakonen verfasst wurden, die in der Bibliothek arbeiten. Ich werde die endgültigen Fassungen genehmigen. Morgen oder übermorgen werde ich dich Seiner Heiligkeit vorstellen. Auch deshalb ist es besser, wenn du drei oder vier Tage hier bleibst. Viel Glück!«

Vildericus konnte kaum antworten, zu viele Eindrücke hatten sich in dieser kurzen Zeit in seinem Kopf angesammelt, und seine ganze Disziplin schien dahin zu sein. Wenn er bereits die Erfahrung der Seekrankheit gemacht hätte, so wäre er nun überzeugt, daran zu leiden. Diese Hierarchie, die er bereits beim Betreten des Palastes wahrgenommen hatte, war in der Tat gewaltig. Niemals würde er sich die unterschiedlichen Gewänder merken können, die er bereits auf allen Gängen bemerkt hatte, die unterschiedlichen Verbeugungen – jene, in der man sich tief herunterbeugte und die Hand küsste, jene, bei der man sich darauf beschränkte, dem anderen die Hand zu geben –, es musste hunderte verschiedener Ämter geben. Und wie würde er die Wichtigkeit der Neuigkeiten bestimmen können, wenn er nicht einmal die Stellung derer kannte, die damit zu tun hatten? Oh, wie einfach war doch das Evangelium! Dort waren Christus und um ihn herum die Apostel, es gab Johannes den Täufer und das Volk, vielleicht noch ein paar mehr, doch ... ja, er würde sich an das Evangelium des Matthäus oder das des Lukas halten, dort gab es keine Götzenverehrung, es gab keine Unterwürfigkeit in den Evangelien, keine Primicerii, suburbicarischen Bischöfe und Saccellarii!

Er sah sich um: ein Schrank, zwei Bänke, drei Stühle, eine Kniebank und ein Tisch. Darauf befanden sich die Schreibfeder, die Tintenfässer, das Pergament zum Löschen, die beiden Wasserfläschchen, die Schwämmchen. An der Wand hing eine Ikone mit einem Christus in byzantinisch erhabener Pose, so wie er sie gar nicht mochte, ein Fenster ... Er ging zum Fenster hinüber. Es regnete so stark, dass es so aussah, als liefe das Wasser an den Innenseiten der acht Fensterscheiben herunter. Eine Art Gefangener. Wer weiß, für wie viele Jahre. Was mochte wohl seine Mutter sagen, wenn sie es erführe ... Er erinnerte sich plötzlich wieder an den Studiosus, diesen Hildebrandus, der noch auf ihn wartete. Er musste sich von ihm verabschieden, damit dieser nach Santa Maria zurückkehren konnte.

## 3

*An Hugo von Celano*
*Von Vildericus von Sutri*
*Am 15. Oktober 1032*

*Gelobt sei der Herr.*
Novas res cognoscere homini novo asperrimum est. *Bitter kommt es den Unerfahrenen an, neue Dinge kennen zu lernen. Ich befürchte, dass die Hindernisse, die sich mir bei der von Euch aufgetragenen Aufgabe in den Weg legen, meine Fähigkeiten, sie zu überwinden, übersteigen. Die Stadt verwirrt meinen Geist. Sie ist voller erstaunlicher und hässlicher Dinge (im Übrigen weiß ich, dass*

*Ihr sie wohl kennt), die antiken Bauwerke rufen, auch wenn von ihnen nur noch riesenhafte Ruinen geblieben sind, Gefühle großer Begeisterung und zugleich der Bestürzung hervor, denn das Bewusstsein, dass auch jene, die den Gipfel der Größe erklommen haben, in den Abgrund stürzen können, erweist sich als über die Maßen beunruhigend. In einem solch hoffnungslosen Zustand befinden sich auch jene Gebäude, die neben oder auf den Ruinen erbaut wurden, allerdings nicht so sehr die profanen als vielmehr die Kirchen und Basiliken. Es geschieht darüber hinaus, dass die Freude und das Entzücken über diese wahrhaftigen Zeichen des Glaubens an deren Pforten Halt machen, denn in ihrem Innern scheint der Glaube durch erlahmte Gewohnheit verblichen zu sein, was zunächst der erschütternden Ungelehrtheit der Priester zu verdanken ist. Man könnte meinen, sie kennten das Psalterium kaum und flüchteten sich aus Unvermögen in die Predigt. Ich habe viele Kirchen aufgesucht, und was mich am meisten erstaunt hat, ist ein Verhalten, für welches ich noch keine Erklärung habe: Sobald die Messe vorüber ist, versammeln sich viele Menschen auf dem Kirchplatz zu einem mit leisen Stimmen und großer Inbrunst vorgetragenen Gebet, welches schließlich übergeht in ein Raunen, als würden hier Geheimnisse oder Vertraulichkeiten ausgetauscht. Eine üble Gewohnheit des Geistes ist der Pessimismus, doch es bleibt mir nicht verborgen, dass jene, die für das Volk der Christen Sorge tragen, einen geringen Teil auf die Labung der Seelen aufwenden und einen größeren auf die Labung der Körper.*

*Ich habe nunmehr begonnen, mich in der Pyramide des päpstlichen Hofes und in der Hierarchie der päpstlichen Verwaltung zu orientieren, welche aber aufgrund eines dicht geflochtenen Netzes familiärer Beziehungen noch undurchschaubarer wird. Ich habe lange und geduldige Unterredungen mit Eurem Freund Stefanus, dem Kardinal von Portus, gehabt. Ich habe Primicerius Johannes von Galeria kennen gelernt, der mir unmittelbar vorsteht und meine Arbeit begutachten wird. Er ist ein Mann weniger Worte, jedoch nicht verschlossen. Die Befangenheit, die er hervorruft, ist nicht Er-*

*gebnis des Hochmutes. Er liest zweimal in der Woche die Messe in der Lateranbasilika, und ich fehle nie, denn seine Auslegung der synoptischen Evangelien, die er ohne jegliche Erläuterung vornimmt, ist von einer solchen Eindrücklichkeit, dass sie lebendiger und leuchtender wirkt als jegliche andere Interpretation. Er war es auch, der mich schließlich Johannes XIX. vorgestellt hat, einem Mann unbestimmten Alters, mit einer gewissen Leibesfülle und spärlichem Haar, jedoch mit flinken Augen, die er beständig überall umherschweifen lässt, als wäre er in Unruhe. Zurzeit schreibe ich für den* Liber Pontificalis *die Ereignisse seit dem Augenblick seiner Wahl zum Papste auf. Wäre ich ein sorgfältiger Chronist, so müsste ich die Hälfte der Aufzeichnungen auf die Gewalt verwenden, die, gemäß der vertraulichen Schriften, die ich in der Bibliothek gefunden habe, die armen Menschen dieser Stadt in ihren Klauen hält. Die letzte und vielleicht Aufsehen erregendste aller Bluttaten ist jene gewesen, die vor kurzer Zeit in Ferentino geschehen ist, wo der suburbicarische Bischof getötet worden ist. Es ist dabei insbesondere anzumerken, dass im Umkreis des Heiligen Stuhles nicht so sehr die Vermutungen über die möglichen Täter in aller Munde sind, als vielmehr jene über seine Nachfolge. Es wird für gewiss genommen, dass der Betreffende Anastasius von Tusculum sein wird, ein Verwandter des Papstes.*

*Die letzte Nachricht, die ich Euch mitteilen muss, betrifft das Wetter. Man spricht hier davon, dass ein solch regenreicher September ein Ereignis ist, das seit Menschengedenken noch niemals vorgekommen ist. Doch es gibt noch etwas, das die allgemeine Verunsicherung vergrößert: Griechische Flüchtlinge, die aus Thessalien und vom Peloponnes kamen, haben die Nachricht mitgebracht, dass ihre Heimatregionen von schweren Regenfällen heimgesucht worden sind und dass auch in Apulien, welches sie auf ihrer Reise durchquert haben, die Menschen unter so heftigen Überflutungen zu leiden haben, dass sogar die Aussaat und natürlich auch die künftige Ernte in Gefahr kommen.*

*Ich wünsche mir, dass Eure Gesundheit wiederhergestellt ist. Ich muss davon absehen, von Heimweh zu sprechen, doch Farfa, Ihr und meine Mitbrüder leben immer noch in meiner Gegenwart.*

## 4

An diesem Morgen hatte ihm jemand eine Feuerschale und einen Sack mit Kleinholz in das Schreibzimmer gebracht, sodass Vildericus die Decke von den Schultern nehmen konnte, unter der er bis dahin wegen der schneidenden Kälte jener Novembertage gefröstelt hatte. Zwei Tage zuvor hatte er Primicerius Johannes jene zehn Seiten übergeben, in denen er die unzähligen von den beiden Subdiakonen in der Bibliothek niedergeschriebenen Notizen zusammengefasst hatte. Und während er auf dessen Urteil wartete, dachte er über die Themen nach, mit denen er die Chronik der Gegenwart beginnen wollte. Hinge es von ihm ab, von einer Freiheit, die er nicht besaß, so hätte er gerne die Kleidungsstücke des Papstes beschrieben, die Fellmützen nach byzantinischer Art, die mit Silber verzierten Schuhe, den von Gold gesäumten Pallium. Er überlegte, dass er mit dem Regen beginnen würde, dass er vom Schlamm schreiben wollte, der einen guten Teil der Straßen bedeckte, vom Acqua Virgo, das das ganze Marsfeld mit einer gelblichen Flüssigkeit bedeckte, und von der steigenden Zahl der Bettler. Er würde auch darauf hinweisen, dass das Mehl knapp zu werden begann, oder auf die Bande von Räubern, die, von einem Reiter mit verhülltem Haupt angeführt, die Basilika San Pietro beraubt und dort reichlich Teppiche, fünf goldene Kandelaber und das Kreuz vom Sarkophag Leos IV. mitgenommen hatte. Nein, es war besser, zunächst mit dem Kardinal von Portus oder mit Johannes von Galeria zu sprechen, um keine unnötige Arbeit zu tun. Obendrein hatte ihm die allgemeine Stimmung, die im Palast herrschte, den Eindruck vermittelt, dass hier schlechte Nachrichten keinem gefielen.

Kurz darauf kam ebenjener herein, Primicerius Johannes, in

der Hand die Papiere, die Vildericus ihm gegeben hatte. Er setzte sich ihm gegenüber, und sein düsterer Gesichtsausdruck versprach nichts Gutes.

»Ich habe es gelesen. Du schreibst gut, wenn auch nicht in deiner Schreibweise von Farfa. Das Lateinische geht dir gut von der Hand. Mit vielen Punkten bin ich einverstanden. Doch ob wir den Abschnitt über die Verwüstungen durch das deutsche Heer des Saliers Konrad übernehmen können, weiß ich nicht, darüber müsste man noch Gewissheiten haben.«

»Über das Blutbad, das unter den Einwohnern Ravennas angerichtet worden ist«, widersprach Vildericus, »befindet sich unter den Schriften der beiden Bibliothekare auch eine Notiz des Bischofs.«

»Ich kenne sie, doch in dieser Notiz ist auch zu lesen, dass es eben die Einwohner Ravennas waren, die den Kaiser herausgefordert haben.«

»Das stimmt, doch die Abneigung Fremden gegenüber …«

»Für uns Christen gibt es keine Fremden. Es gibt nur Gläubige oder Häretiker. Zumindest der Form nach. Jedenfalls lassen wir diesen Teil noch offen. Was das restliche Kapitel über den Aufstand der Römer angeht, so muss dieses ganz gestrichen werden. Woher hast du diese Auskunft? In den Papieren, die man dir gegeben hat, steht davon nichts.«

Jetzt ruhte ein kalter Blick auf Vildericus, doch er fühlte sich von jener geistigen Aufrichtigkeit getragen, die in Farfa gestärkt worden war, und er senkte seinen Blick nicht.

»In der Stadt, Herr. In der Stadt spricht man von einhundertfünfzig Toten unter den Römern.«

Sein Gegenüber, das nun nicht mehr in den Papieren blätterte, hatte die Stirn in die rechte Handfläche gestützt.

»Und der Kardinal von Portus«, fügte Vildericus hinzu, »hat mir bestätigt, dass man an den Ufern der Tibermündung dreißig Leichen gefunden hat. Denn die deutschen Soldaten haben sie, nachdem sie sie getötet hatten, in den Fluss geworfen.«

Nun mochte der Primicerius tun, was er wollte. Er war es, der hier befahl. Die gefalteten Hände berührten jetzt die Nase, während die Daumen am Unterkiefer lagen. Er dachte nach.

»Konrad II., Kaiser und Patrizier der Römer, ist mit unserer Mutter Kirche vereint. Er stützt und hilft uns. Für den Moment möchte ich nichts tun, was ihn erzürnen könnte. Es werden viele sein, die diese Chronik lesen werden, und böse Zungen gibt es schon genug. Da ist noch ein weiterer Punkt, den ich fürchte, anfechten zu müssen. Es ist richtig, dass Johannes XIX. im letzten Jahr Meinungsverschiedenheiten mit Odilo, dem Abt von Cluny, gehabt hat. Ich habe diese Angelegenheit ganz persönlich verfolgt, und ich würde nicht von Angriffen sprechen. Seine Heiligkeit hat ihm den Bischofssitz von Lyon angetragen, und als er ablehnte, hat Johannes ihm zu verstehen gegeben, dass er gegen die römische Kirche ungehorsam sei. Hier würde mir eine Abschwächung der Formulierung genügen. Ich will dir sagen, mein junger Mönch, dass du meine Hinweise akzeptieren musst, auch wenn es dir schwer fällt.«

Vildericus senkte den Kopf. Dass er demjenigen, der ihm vorstand, die Stirn geboten hatte, offenbarte seinen Stolz. Die Selbstgefälligkeit des Geistes musste verbannt werden, nur die Übung in Bescheidenheit würde ihm wieder das geistige Gewand Farfas verleihen. Er sagte: »Ich bitte Euch um Vergebung. Ich hatte die Absicht, Euch meine Gründe zu erklären, doch ich habe gefehlt. Ich werde Euren Anweisungen stets Folge leisten. Ich werde gehorchen, ohne meine Meinung hinzuzufügen.«

»Nein, das nicht.« Ein Lächeln war über das ernste Gesicht gehuscht. »Ich schätze einen aufrechten Geist wie den deinen, und wenn ich nicht mehr mit dir streiten könnte, so würde ich mich langweilen.«

Es klopfte an der Tür, jemand stieß sie einen Spalt breit auf, es war einer der Subdiakone aus den Schreibstuben des Primicerius. Er gab sich einen Ruck, trat ein, deutete eine Verbeugung an und murmelte etwas, das keiner der beiden verstehen konnte.

»Entweder sprichst du lauter von dort hinten, oder du kommst näher!«

»Draußen ist eine Frau, die mit Euch sprechen möchte, über ...«

»Hebe den Kopf, ich habe dich nicht verstanden, worüber will sie mit mir sprechen?«

Der Subdiakon trat näher an den Tisch heran, Schweißtropfen perlten über sein Gesicht, und flüsternd sagte er:

»Über das Verbrechen, über den Mord an diesem ... diesem Bischof von Ferentino.«

»Sie hat sich in der Adresse geirrt. Sie muss zu den Santi Apostoli, zum Konsul Alberich von Tusculum gehen, er ist der Verwalter der Gerechtigkeit.«

»Ich habe es ihr gesagt, doch sie beharrt darauf. Sie sagt, nur Ihr dürftet sie anhören, für den Frieden aller.«

»Nein!«

Der Primicerius schien sichtlich verärgert und unschlüssig, und Vildericus spürte, dass auch bei seinem Gast die Neugierde wuchs, und in der Tat, nachdem er sich als Zeichen gründlicher Überlegung den Bart gekratzt hatte, sagte er dem Subdiakon, er möge sie eintreten lassen. Es war eine junge Frau, deren blauer Kapuzenmantel sie von Kopf bis zu den Füßen einhüllte. Sie zog sich die Kapuze vom Kopf und wollte niederknien, doch der Primicerius bedeutete ihr, dies zu unterlassen, und bat sie zu sprechen. Als sie eingetreten war, hatte Vildericus sich erhoben.

»Ich möchte mit Euch allein sprechen, Herr.«

»Sagt mir vor allem anderen, wer Ihr seid. Was diesen jungen Mönch angeht, so ist er eine Person meines Vertrauens, seine Diskretion macht ihn für Euch unsichtbar. Vildericus, würdest du unserem Gast einen Platz anbieten?«

Der junge Mann nahm einen Stuhl und stellte ihn neben die

Frau, die sich mit offensichtlicher Erleichterung setzte. Er nahm den leichten Rosenduft wahr, der sie umgab.

»Ich bin die Tochter des Senators Goffredo, der Euch sicher bekannt ist. Mein Vater ist … war entfernt verwandt mit dem armen Aegidius, dem Bischof von Ferentino. Mein Name ist Maria Dorotea, und meine Pfarrgemeinde ist San Giovanni, deren Kirche man von Eurem Fenster aus erblicken kann.«

»Wollt Ihr die Beichte ablegen?«

»Die Beichte?«

»Seit einigen Jahren haben wir das Sakrament der Beichte eingeführt. Wusstet Ihr das nicht?«

»Es handelt sich hier nicht um eine Beichte. Ich muss Euch einen Traum erzählen.«

Der Primicerius sprang auf die Füße.

»Ihr kommt hierher, um mir einen Traum zu erzählen?!«

»Es ist wichtig, Herr, wenn Ihr ihn erfahren haben werdet …«

»Wir werden von einer Flut falscher Bilder überschwemmt, ein Morast aus Trugbildern, der sogar bis in unsere Kirchen dringt! Dort draußen« – er deutete mit ausgestrecktem Arm zum Fenster – »gibt es noch Menschen, die, nachdem sie die Madonna angebetet haben, Ipsos, den Gott der nächtlichen Trugbilder, anrufen.«

»Ich habe ihn gesehen, er hat zu mir gesprochen.«

»Allmächtiger Gott im Himmel, wer ist ›er‹?«

»Das Opfer, Herr, der ermordete Bischof.«

Der Primicerius ging drei Schritte auf das Fenster zu. Er versuchte, seine Beherrschung nicht zu verlieren, indem er einen tiefen Atemzug nahm, dann drehte er sich um, setzte sich wieder und sagte: »Nun gut. Lasst hören.«

»Meine Familie ist aus Funaro, doch einige Jahre haben wir in Ferentino gelebt. Der Traum … ich war dort in diesem Haus, in jenem Zimmer, in dem ich als Kind gelebt habe. Dort befand sich noch all mein Spielzeug aus Holz und Stoff, größer als in der Wirklichkeit, das Licht war sehr stark, wie das Sonnenlicht im Sommer, und das ganze Zimmer war davon erfüllt, obgleich die Fenster geschlossen waren. Mein Blick ruhte auf einer meiner Lieblingspuppen, der aber der Kopf fehlte, genauso, wie es auch vor vielen Jahren gewesen ist, als ein Bluthund im Garten den Kopf abriss, vielleicht im Spiel. Der Kopf lag auf dem Boden, und als ich ihn sah, wurde das Licht schwächer, und ein starker Regen begann, gegen die Fenster zu trommeln. Und dann, dann ging die Tür auf, und er erschien, er, den ich immer Onkel genannt habe ... er trug ein weißes Gewand, das aber voller Blut war, das überall austrat, auch aus dem Mund, schwarzes Blut. Und er sprach, doch ich hörte ihn nicht, und dann, ich glaube, ich hatte ihm gesagt, dass ich ihn nicht verstünde, sprach er lauter. Er sagte mir, dass er keinen Frieden bekommen könne, er trüge alle seine Sünden mit sich und müsse zwischen den Schatten wandeln, denn derjenige, der ihm das Leben genommen habe, habe ihm nicht die Zeit gelassen, sich noch an Gott zu wenden ...«

»Ich verstehe«, sagte der Primicerius.

»Das ist nicht alles, Herr. Er sah mich an, als ob er erwartete, dass ich ihn fragte, und also fragte ich ihn, wer ihn ermordet habe ... Er antwortete mir, dass derjenige, der ihn getötet habe, sein Brot gegessen und ihn mit falscher Ehrerbietung umworben habe. Dann tauchte hinter ihm ein eigenartiges Wesen auf, von Kopf bis zu den Füßen in Schwarz gekleidet, das Gesicht war verhüllt, und so vermochte ich nur zwei fürchterliche Augen zu erkennen ... Er beugte sich über meinen Onkel, hielt ihn am Haar fest, bei dieser Berührung schien es, als löse sich der Kopf auf, doch ich hörte noch seine Stimme, dass ich die Benediktiner von Cluny bitten sollte, für ihn zu beten.«

Die junge Frau ließ den Kopf auf die Brust sinken. Sie schien erschöpft zu sein. Vildericus starrte sie an, doch er durchlebte noch einmal den Traum, in dem ihm sein Vater erschienen war, den Traum, der in seiner Erinnerung aufbewahrt gewesen war.

Jene melancholische Heiterkeit, die so viel ausgedrückt hatte – eine Einladung, das Fleisch und die Welt in die tieferen Schichten der Seele zu verbannen. Dann durchbrach der Primicerius die Stille und sagte: »Habt Ihr das bereits anderen erzählt?«

»Nein, Herr.«

»Jetzt aber muss ich Euch die Beichte abnehmen. Im Namen des Vaters, des Sohnes und des Heiligen Geistes frage ich Euch: All das, was Ihr mir soeben mitgeteilt habt, ich wiederhole – alles –, habt Ihr das wirklich geträumt? Es war wirklich nur ein Traum?«

»Ja, Herr. Ich weiß, dass es sich um ein Trugbild handelt, doch die Erscheinung eines Menschen, der sein Leben so beendet hat, ohne Frieden zu finden, wird wohl etwas bedeuten.«

»Die Meinungen der Kirchenväter über die Träume gehen auseinander. Für manchen sind sie die Frucht unserer Einbildung. Und der heilige Augustinus schließt es aus, dass es eine Beziehung zwischen den Lebenden und den Toten geben kann.«

»Jedoch«, fiel Vildericus ein, »räumt er ein, dass manche Visionen von den Engeln gebracht werden.«

»Diese Möglichkeit hat aber eine Kehrseite: Die Engel können gut oder schlecht sein.«

»Ein guter Engel, Herr«, sagte die junge Frau. »Ich habe den unendlichen Schmerz in jener Stimme gehört und werde sie nie vergessen.«

»Es verhält sich so, dass sowohl ich als auch mein junger Freund hier in der Lage sind, die Wirklichkeit zu deuten – schlecht nur, das versteht sich –, nicht aber die Träume.«

»Jedoch«, hub Vildericus wieder zu sprechen an und wandte sich an den Primicerius, »könnten wir sie fragen, wenn wir auch sonst nichts tun können, ob ihr Onkel Schwierigkeiten mit den weltlichen Kanonikern seines Kapitels wegen ihrer Güter hatte und ob sie weiß, über wie viele von ihnen er verfügte.«

Der Primicerius sah den jungen Mönch überrascht, jedoch mit einem raschen beifälligen Lächeln an.

»Er hatte vier von ihnen in seinem Kapitel«, antwortete die Frau, »doch wir wissen nicht, ob es Schwierigkeiten gab, denn er hat nie darüber gesprochen. Aber ich glaube es nicht: Er war von allen gut gelitten.«

»Kennt Ihr diese Leute?«, fragte der Primicerius.

»Nur einen. Der war schon seit langer Zeit bei ihm. Ich weiß, dass der Jüngste von ihnen erst vor kurzem gekommen ist. Er hat einen von ihnen ersetzt, der nach Anagni gehen musste. Ich hatte keine Zeit, ihn kennen zu lernen.«

»Lebte Euer Onkel vielleicht ... mit einer Frau?«, fragte der Primicerius.

»Ja, seit drei Jahren. Doch ich habe sie nie gesehen.«

»Gut«, fuhr der Primicerius fort. »Ich weiß nicht, welche Schlüsse wir aus Euren Träumen ziehen können. Aber ich verspreche Euch, wir werden darüber nachdenken.«

Das war die Verabschiedung. Alle erhoben sich, der Primicerius begleitete die junge Frau zur Tür, die vor dem Hinausgehen Vildericus ein Zeichen zum Gruß machte. Nun verhieß die Angelegenheit schwierig zu werden. Der Primicerius war ohne Zweifel derjenige, der als Kopf der Kanzlei sich am ehesten im Zwiespalt befand, in dieser Rolle, die eine Entscheidung bei dieser besonderen Auseinandersetzung mit der Wirklichkeit erforderte. Die Spur, die dieser Traum nach sich zog, führte in zwei entgegengesetzte Richtungen: Die Erste blieb ohne jegliches Ergebnis und schrieb der Frau den hellsichtigen Charakter einer fantastischen Begegnung zu. Die zweite Spur würde, ließe man die Vernunft pflichtgemäß und eifrig ihren Dienst tun, den Primicerius so weit bringen, sie als eine mögliche Initiative der Verwandten zu betrachten, die sich eines erfundenen Traumes bedienten, um den eigenen Verdächtigungen, wie begründet auch immer, ein Gewand zu verleihen. Eine zweifelsfrei heikle und gefährliche Angelegenheit, und Vildericus fühlte dies fast körperlich. Die Neugierde oder die Verpflichtung zu einer gründlichen Untersuchung genügten nicht, um die Hemmung zu überwinden und einen großen Stein hochzuheben, um zu sehen, was sich unter ihm verbarg, auch auf die Gefahr hin, eine Viper zu entdecken und aufzuscheuchen.

»Was denkst du darüber? Einen Fall wieder aufzurollen, den der Konsul schon als Werk von Verbrechern bestimmt hat, wäre äußerst ungewöhnlich.«

»Ist es der Konsul, Herr, der die Untersuchung leitet?«

Der Primicerius hob den Kopf, den er bis dahin gesenkt hatte, um besser über die Angelegenheit nachdenken zu können, und sah Vildericus mit prüfendem Blick an. Doch als er in dessen Gesicht nur die Zeichen reiner Unschuld erkannte, löste sich seine Überraschung in einem leichten Lächeln auf.

»In vielen Fällen erteilt der Älteste der Richter dem Konsul die Ermächtigung.«

»Hat er es auch in diesem Fall getan?«

Johannes von Galeria schien über die Antwort nachzudenken, die er geben sollte, vielleicht weil er, ohne es zu wollen, einen sehr heiklen Punkt berührt hatte.

»Die päpstlichen Richter … sieh einmal, Vildericus, hier bei uns haben die Gesetze die Gabe, ein wenig biegsam zu sein. Bisweilen könnte man Zweifel bekommen, ob sie nur im Geschwätz der Prokuratoren und der Advokaten existieren oder aber im Dunstkreis der Gerechtigkeit.« Und die Stimme senkend, als würde er nur noch mit sich selbst sprechen, schloss er: »Das Gesetz ist der Papst. Wenn der Papst weise ist, wird es ein gutes Gesetz sein.«

Das Gesetz, der Papst, Spinnweben, am Ufer des Tibers waren Skorpione, die Raben ließen ihr raues Krächzen von den Uferbäumen hören – Vildericus stand am Eingang eines dunklen Stollens, oder vielleicht hatte man ihn schon hineingeschoben, und sagte: »Seit ich mich in dieser Stadt befinde, höre ich jeden Tag von Familien, die gegen Familien kämpfen, Feindseligkeiten, alle bewaffnet, um den Feind zurückzudrängen und als Erste an den fetten Trögen zu sein. Ich weiß, dass der Konsul der Bruder des Papstes ist, doch jener Älteste der Richter, ist auch er ein Verwandter der Grafen von Tusculum?«

Der Primicerius flocht die Finger ineinander, hob die Arme und lehnte den Kopf dagegen, als wollte er seine Glieder strecken und sich ausruhen. Dann sagte er:

»Wenn ich die Hand auf diese Kohlen legte, was würde dann geschehen, was meinst du, Vildericus?«

»Ihr würdet Euch verbrennen.«

»Genau. Würdest du mit mir nach Ferentino gehen wollen?«

»Gewiss, Herr.«

## 5

Wie vorauszusehen gewesen war, musste sich Vildericus anstrengen, um auf dem Rücken seines Pferdes einen sicheren Halt zu finden. Doch das Tier, das ihm der Primicerius aus den Ställen des päpstlichen Palastes hatte zur Verfügung stellen lassen – ein schöner heller Rotbrauner –, war ein sanftes Geschöpf. Und obgleich Vildericus die Ratschläge des Stallknechtes befolgte, hatte er doch sogleich den Eindruck, dass ihm das Pferd selbst die größte Hilfe war, denn es schien seine Gangart der steifen Haltung und dem unsicheren Gleichgewicht seines Reiters anzupassen. Vildericus war noch vor Sonnenaufgang aufgestanden, um sich angemessen auf diese neue Übung vorzubereiten, und als zwischen den Wolken eine fahle Sonne erschien und der Primicerius den Stall betrat, konnte sich seine Lehrzeit, auch dank seiner Jugend, als vollendet bezeichnen lassen.

»Bist du bereit?«, fragte der Primicerius.

»Ich hoffe, ja.«

»Behindert deine Kutte dich nicht?«

»Nicht allzu sehr, Herr.«

Sie machten sich auf den Weg. Als sie die Porta Prenestina

hinter sich gelassen hatten, kam ihnen ein Ritter in Waffen entgegen. Es war Bertrando von Narni, der Sohn eines Senators und Mitglied der kaiserlichen Garde. Der Primicerius hatte Vildericus bereits zuvor darüber in Kenntnis gesetzt, es handelte sich um einen Freund, der sie auch auf dem Rückweg begleiten und ihre Eskorte bilden würde, denn die Straßen waren unsicher. Der junge Mönch betrachtete bewundernd die Kleidung und die Waffen des Ritters: das Kettenhemd, die eisernen Arm- und Beinschienen, die scharfen Sporen, den Schild aus Leder und Eisen, der an der Flanke des Pferdes hing. Er fragte sich, was wohl Hugo von Celano sagen würde oder, schlimmer noch, zu welchen Bemerkungen die Ordensbrüder in Farfa fähig gewesen wären, wenn sie ihn in dieser Begleitung sähen.

Sie nahmen die Via Casilina. Schon bald setzten sich der Primicerius und der Ritter in Trab, und Vildericus' Pferd verfiel ohne jeglichen Befehl seines Reiters in dasselbe gleichmäßige Tempo. Der junge Mann spürte die vom Schirokko weiche Luft auf seinem Gesicht und auf den Händen, mit denen er sich fest an die Zügel klammerte, um ihn das Land, die herbstlichen Stoppelfelder, gesprenkelt mit dem dunklen Grün vereinzelter Ölbäume und kleinerer Eichenwälder, träge und schläfrig im grauen, klaren Widerschein der tief hängenden Wolken, die ihn weit forttrugen in einen grenzenlosen Frieden. Dies war ein Augenblick reinen Glücks, der Geist frei von Gedanken, schlichte Freude.

»Vildericus, wir müssen schneller reiten«, sagte der Primicerius, der an seine Seite gekommen war, »wir müssen die Pferde antreiben, wenn wir noch vor der Dunkelheit ankommen wollen. Fühlst du dich sicher genug? Du musst dich ein wenig nach hinten lehnen, kräftig die Waden in die Flanken des Pferdes drücken und die Zügel etwas lockerer lassen.«

»Ich werde es versuchen. Doch hier ist ohnehin das Pferd der Herr.«

Sie fielen in den Galopp, und wie schon zuvor machte Vildericus' Pferd alles von selbst. Wären die drei in diesen ersten Momenten auf einen aufmerksamen Beobachter getroffen, so wäre dieser der Überzeugung gewesen, dass der Dritte von ihnen, der mit der Mönchskutte, sogleich herunterfallen und in den Staub rollen würde. Doch bald schon fühlte Vildericus, dass sich die Übereinstimmung seines Körpers mit dem weisen und gütigen Tier wieder einstellte, und der Ritt wurde zu einem freudigen Erlebnis. Wenn er in die entgegengesetzte Richtung ritte, so käme er nach Sutri, und er könnte das Pferd vor dem Eingang seines Hauses zügeln ... es war der scharfe Wind in seinem Gesicht, der ihm die Tränen in die Augen trieb. Der herausgerissene Schössling hatte im Kloster von Santa Maria wieder Wurzeln schlagen können, und keiner würde ihn mehr davonjagen, jetzt, wo er in der warmen Geborgenheit dieser neuen Familie Schutz gefunden hatte, die wie jene in Farfa einstimmig die Lobgesänge auf den Herrn anstimmte ... nein, das Haus in Sutri schien verschüttet zu sein ... für immer.

Zur Mittagszeit hielten sie an einem Gasthaus in der Nähe von Lugnano, wo sie rasteten und eine Mahlzeit einnahmen, dann galoppierten sie weiter und erreichten in der Abenddämmerung Ferentino. Für die Nacht kamen sie in den Gästeräumen des Klosters der Heiligen Cyrill und Methodius unter, das ein Kloster griechischer Mönche war. Am nächsten Morgen fanden sich Vildericus und Johannes in der Kirche ein. Ein Diakon hielt gerade die Messe. Nur wenige Gläubige waren anwesend, in der Mehrzahl Frauen, einige Alte, zwei Kinder. Einige der Frauen wandten sich bei ihrem Eintritt um und sahen sie an. Auch der Akolyth drehte sich um. Er kniete vor dem Altar, das Weihrauchfass in den Händen.

Die Kirche war ein einfacher dreischiffiger Bau, hatte im Halbgewölbe der Apsis zwei rubinrote Glasfenster, ein schlichtes Ziborium, nur zwei Seitenaltäre, auf dem Boden des Mittelgangs einige Mosaiken, eine Christusfigur aus Terrakotta und, als einzige Kostbarkeit, zwei große silberne Leuchter neben dem Altar.

Als am Ende der Messe die Gläubigen die Kirche verließen und der Diakon sich in die Sakristei zurückzog, kam der Akolyth auf sie zu. Eine kurze, schief sitzende Kutte verlieh ihm ein fahriges und zerzaustes Aussehen. Er war mittleren Alters, hatte ein zerfurchtes Gesicht und Augen in verwaschenem Blau. Er hieß Antonius, und als er den Namen und den Rang des Primicerius erfuhr, verstärkte sich die ohnehin schon beachtliche Blässe seines Gesichtes.

»Ich möchte, dass du mir ganz genau erzählst, wie und wo euer Bischof gestorben ist.«

»Die Gesandten des römischen Konsuls sind bereits hier gewesen; ich habe ihnen schon alles erzählt.«

»Diese weitere Untersuchung ist nötig, da wir einige genauere Angaben für eine mögliche Seligsprechung brauchen. Nun?«

»Ich habe ihn dort hinten gefunden, vor dem Ziborium. Ich kann Euch die genaue Stelle zeigen, wenn Ihr wollt.«

Die beiden folgten ihm den Mittelgang entlang. Der Akolyth stieg die drei Stufen zu dem Podest, auf dem sich das Ziborium befand, hinauf.

»Hier ist es gewesen, hier hat er gelegen, an der Ecke.«

»Wann hast du ihn gefunden?«

»Am frühen Nachmittag.«

»Bist du allein gewesen?«

Es gelang dem Mann nicht, das Zittern seiner Lippen und seiner Hände zu beherrschen, und er schluckte heftig.

»Ja. Ich war gekommen … der Bischof hatte sich über den Schmutz beschwert. Der Ostiarius lässt sich seit einiger Zeit nicht mehr blicken. Er ist krank. Einige Gemeindemitglieder helfen uns aus, aber an diesem Tag … nun … ich war hierher gekommen, um den Altar und die Christusstatue sauber zu machen, und …«

»Wann hast du ihn zuletzt lebend gesehen?«

»Zur Mittagszeit. Wir waren zusammen hinausgegangen.«

»Wohnt Ihr bei ihm? Esst Ihr mit ihm?«, fragte Vildericus.

»Nein, ich wohne auf der anderen Seite des Dorfes.«

»Was ist mir dir? Warum zitterst du so?«

»Ich weiß es nicht. Es nimmt mich mit, wenn ich daran denke, an ihn, wie er hier so auf dem Boden lag.«

»Und das Blut? Hat er viel Blut verloren?«

»Blut? Welches Blut, Herr?«

»Wenn man ihm die Kehle durchgeschnitten hat, muss er viel Blut verloren haben.«

»Aber es wurde ihm doch nicht die Kehle durchgeschnitten! Da war kein Blut. Er hatte nur ein wenig dunklen Schaum vor den Lippen.« Und als er das Erstaunen in den Blicken der beiden sah, fügte er stotternd hinzu: »Der Bischof ist vergiftet worden, aber nun ... diese ... Ihr Herren, ich weiß nichts, ich bin ganz verwirrt, ich habe es nicht genau gesehen, wenn sie gesagt haben, dass man ihm die Kehle durchgeschnitten hat, dann wird es so sein. Ich muss jetzt gehen ... Ich bitte Euch, lasst mich gehen ...«

Der Primicerius war bestürzt. Er schloss immer wieder die Augen, als suche er in seinem Innern einen Ausweg aus dieser Verdrehung der offiziellen Darstellung. In Erwartung, dass er etwas sage, sah Vildericus ihn an, dann fragte er den Akolythen, ob nicht vielleicht von Verbrechern oder Räubern die Rede gewesen wäre.

»Ich weiß nichts, Herr.«

»Habt Ihr an jemanden gedacht? Gab es jemanden, der den Bischof hasste? Hatte er Feinde?«

»Nein! Nein, ich weiß wirklich nichts, wie oft soll ich das wiederholen!?«

Der Primicerius schaltete sich ein.

»Kannst du dem Diakon sagen, dass ich ihn sprechen möchte?«

»Er weiß noch weniger als ich. Er stammt nicht aus Ferentino und ist heute zum ersten Mal hier, die vom Kapitel sind in ihre Pfarreien zurückgekehrt, nachdem sie mit dem Konsul gesprochen hatten.«

»Ist der Bischof sehr wohlhabend gewesen?«

»So sagt man. Ich habe gehört, er habe viel Land hier um das Dorf herum gehabt, hunderte von Joch. Wegen der Anzahl der Bauern müsst Ihr Euch an den Gutsverwalter wenden, er wohnt weiter draußen, etwa vier Meilen von hier entfernt. Er beaufsichtigt die Güter.«

»Hatte er Verwandte?«

»Zwei Kinder, von der ersten Frau.«

»Wie? Er hatte eine zweite Frau?«, fragte Vildericus.

»Ja.«

»Lebte sie bei ihm?«, fragte der Primicerius.

»Sie lebt im Haus des Bischofs.«

»Die Witwe«, merkte Vildericus mit leichtem Spott an.

»Kannst du uns etwas über sie erzählen? Über ihr Verhältnis zum Bischof?«

»O nein, ich nicht! Ich habe sie nur zweimal gesehen, sie kommt nur selten in die Kirche. Nein, ich weiß nichts.«

»Wo ist das Haus des Bischofs, neben der Kirche?«

Der Akolyth ging mit ihnen bis zur Tür und zeigte ihnen das Haus: Es stand ebenfalls an dem Platz, ein zweigeschossiges Gebäude, das sich mit seinem Sockel aus Marmorplatten und den verzierten Fenstern, vor denen Töpfe mit Nelken standen, unter den umstehenden bescheidenen Häuschen deutlich hervorhob. Der Akolyth verabschiedete sich, und die beiden Männer blieben noch eine Weile neben dem Brunnen stehen, in dessen Mitte eine Najade aus Stein und einige Fische zu ihren Füßen Wasser aus den Mündern spien.

»Einen Mann vergiften«, sagte der Primicerius, »das ist etwas völlig anderes als einem Mann die Kehle durchzuschneiden.«

Er blieb eine ganze Weile gedankenvoll stehen, dann fuhr er

fort: »Vielleicht wird uns die Frau etwas sagen. Jedoch … ich habe den Eindruck, dass wir hier in eine düstere Gasse geraten sind, um nicht zu sagen, in eine äußerst finstere.«

Eine Dienerin öffnete die Tür und sagte, ihre Herrin sei gerade erst erwacht und sie sollten es sich im angrenzenden Empfangszimmer bequem machen. Sie warteten lange und schweigend. Vildericus fühlte sich nicht wohl, er hätte es vorgezogen, nicht hier zu sein. Eine Konkubine anzuhören, lag jenseits seiner geistigen Ordnung, Hugo von Celano würde ihn tadeln – das Weltbild der Benediktiner schloss Promiskuität bei den Dienern Gottes aus –, doch er würde ihm antworten, dass nicht er es gewesen sei, der verlangt habe, in diese sündige Stadt zu gehen, in der die Hälfte aller Frauen Dirnen zu sein schienen – was aus der aufreizenden Art, sich zu kleiden und sich zu bewegen, zu schließen war. Mehr als notwendig stellten sie ihre Brüste zur Schau und das, was sich hinten wölbte, unterhalb der Hüfte, das Hinterteil … genau … Auch diese Frau, die soeben in den Raum getreten war … noch jung und stolz, dunkel gekleidet und mit einem schwarzen Schleier um den Kopf. Auch sie barg in sich Kräfte, die Hochmut und Gier und sündige Wollust wecken konnten …

»Ich bin überrascht über das, was Ihr mir erzählt, Herr, denn ich weiß nichts von alledem. Dass der Akolyth ein Lügner ist, das hat mir auch schon der Bischof, Friede seiner Seele, gesagt. Ich für meinen Teil habe aber nichts mit dieser für mich so schmerzlichen Angelegenheit zu tun. Zwei Ärzte haben ihn untersucht, der aus Anagni wurde vom Kanzler des Konsuls geholt und hat bestätigt, dass der Bischof gestorben ist, weil man ihm die Kehle durchgeschnitten hat, ein Tod, den er nicht verdiente. Ich bin aus Rom, und dass ich mich jetzt hier in dieser Lage befinde … Ihr habt keine Vorstellung davon, wie oft ich sie immer wieder durchlebt habe, diese wenigen Stunden zwischen dem Mittagsmahl, das er hier mit mir zusammen eingenommen hat, und danach … oh, wenn ich ihn nur zurückgehalten hätte …«

»Was hat er gegessen und getrunken?«

»Ich erinnere mich nicht mehr. Ihr wisst ja gar nicht, welchen Schmerz es verursacht, einen nahe stehenden Menschen zu verlieren …«

Die Frau zwang sich dazu, ihr Kinn in zittrige Schwingung zu versetzen und die Stimme tränenschwer klingen zu lassen. In den Pausen seufzte sie tief, doch Vildericus nahm die wohl bedachte Täuschung hinter diesen unverbindlichen Sätzen deutlich wahr, und auch den Wunsch, durch viele Worte weitere Fragen über weitere Einzelheiten und Tatsachen, die im Dunkeln bleiben sollten, von sich fernzuhalten. Doch er stellte ihr eine weitere Frage: »Ihr sagtet, Ihr wäret Römerin. Wie gedenkt Ihr Euch zu verhalten, wenn der neue Bischof kommt? Werdet Ihr nach Rom zurückkehren?«

Sie deutete ein Schluchzen an, senkte den Kopf und erwiderte:

»Dieser Moment wird gewiss kommen. Ich werde diesen Ort verlassen, der mich so glücklich gesehen hat und an dem ich die schönsten Stunden meines Lebens verlebt habe.«

»Seid Ihr zuvor verheiratet gewesen?«, fragte der Primicerius.

»Ja, eine unglückliche Ehe, eine Ehe der Umstände wegen. Er war Soldat von Beruf und hat mich verlassen. Man hat mir gesagt, dass er sich den byzantinischen Truppen in Apulien angedient hat.«

»Könnt Ihr mir etwas über Eure Familie mitteilen?«

»Mein Vater, Ernesto, ist aus Tusculum, er hat eine Goldschmiedewerkstatt in der Via dei Sacelli, hinter San Lorenzo in Lucina.«

Beim Abschied in der Tür streifte sie mit der Hand den Arm des Primicerius und hauchte: »Sagt in Rom, dass der teure Aegidius, der Bischof, ein guter Mann gewesen war und dass man denjenigen finden soll, der ihn getötet hat.«

Sie holten Bertrando von Narni ab, der sie vor dem Kloster erwartete, und machten sich auf den Rückweg. Auf der Höhe von Anagni ließ das Gewitter, das sich schon am Morgen mit Blitzen und Donnern von der Küste her angekündigt hatte, einen heftigen Regenschauer über sie niedergehen. Der Primicerius, der geschwiegen hatte, seit sie jenes Haus verlassen hatten, ritt jetzt an der Spitze. Um noch rascher voranzukommen, hatte er sich nach vorn über den Hals des Pferdes gebeugt, ohne mit seinem Freund ein Wort zu wechseln. Ein schweigsamer, unheilvoller, anstrengender Ritt, ohne einen einzigen Halt. Der Dampf, der von den schweißnassen Pferden aufstieg, mischte sich mit dem feuchten Nebel, den der Boden auszudünsten schien.

Als sie spät am Abend an der Porta Prenestina ankamen, zügelten sie die völlig erschöpften Pferde unter dem Torbogen. Vildericus, dessen Glieder vor lauter Anstrengung so steif waren, dass er sie nicht mehr spürte, war überzeugt, auf einem Wolf zu sitzen, der vielleicht aber ein Hirsch war oder ein Stier, und weil ihm dieser Eindruck Schwindel und Übelkeit verursachte, ließ er sich an der Flanke des Pferdes herabgleiten, sackte zusammen und stammelte in Richtung des Primicerius, dass er zu Fuß zum Lateran zurückgehen würde.

»Das ist weit. Und ungeachtet des Regens?«

»Ungeachtet des Regens, Herr.«

Doch Johannes von Galeria packte ihn unter den Achseln, schob ihn auf den Rücken des Pferdes zurück, nahm dessen Zügel und führte es im Schritt hinter dem seinen her bis zu den Ställen des päpstlichen Hofes; Bertrando von Narni bildete die Nachhut. Dann begleitete er ihn bis zu seinem Gemach. Am nächsten Tag und auch an den folgenden ließ sich Johannes nicht sehen, sodass Vildericus nach Santa Maria ging, wo er den Rest der Woche – es war die letzte Woche im November – verbrachte. Er war glücklich, die Matutin, die Prim, die Sext und die Vesper mit seinen neuen Ordensbrüdern verbringen zu können, und in den Stunden dazwischen die Neuigkeiten sammeln zu können, die für seine Chronik nützlich waren. Hier half ihm der Abt, der aufgrund seiner Stellung und seiner vielfältigen Verbindungen in der Stadt unerwarteterweise eine unerschöpfliche Quelle des Wissens war. Vom päpstlichen Hof hörte man nur, dass der Papst an einer lästigen Unpässlichkeit litte, und von den Unruhen im Süden kam die Kunde, dass die Truppenbewegungen der Griechen, Langobarden, Sarazenen und der normannischen Söldner sich aufgrund der Unbilden des Wetters ein wenig beruhigt hatten.

Vildericus wäre nicht so bald zum Palast zurückgekehrt, wenn nicht eines Morgens ein Bote des Präfekten der Stadt mit dem Befehl gekommen wäre, er möge sich umgehend in den Räumen des Konsuls Alberich einfinden. Beim Palast der Santi Apostoli angekommen, war er nach einigen Überlegungen zu dem Schluss gelangt, dass es sich wohl um eine Untersuchung betreffs der Reise nach Ferentino handeln mochte. Dieser Gedanke wurde sogleich bestätigt, da er in einen großen Raum im ersten Stockwerk geführt wurde und dort Primicerius Johannes an einem langen, rechteckigen Tisch sitzend fand, an dessen gegenüberliegender Seite drei betagte hohe Prälaten mit roten Umhängen Platz genommen hatten. Jener, der der Konsul Alberich und Bruder des Papstes sein musste, trug eine violette, am Kragen mit schwarzem Samt eingefasste Tunika. Im Hintergrund saß abseits von den anderen ein Schreiber. Der Konsul teilte ihm mit, wer er sei und dass es sich bei den drei Geistlichen um päpstliche Richter handele; der Primicerius sei ihm wohl bekannt. Er bat ihn, seinen Namen, Herkunft und seine gegenwärtige Tätigkeit anzugeben. Vildericus sah sich zum ersten Mal solchen administrativen Formalitäten gegenüber, denn sie wussten sehr wohl, wer er war. Seine Gefügigkeit begann sich in eine stumme Auflehnung gegenüber den faltigen und hochmütigen Gesichtern der drei Richter zu wandeln, die allein aus Streben im Dienste des Glaubens standen und die den Primicerius offensichtlich gerade einem peinlichen Verhör unterzogen. Einer von ihnen fragte ihn, ob ihm der Unterschied zwischen rechtmäßig und unrechtmäßig bekannt sei und ob auch er an der Untersuchung in Ferentino mitgewirkt habe.

»Was die erste Eurer Fragen betrifft«, antwortete er, »ist die einzige Unterscheidung, die mir mein Glaube auferlegt, jene zwischen Gut und Böse. Was die Zweite angeht, so denke ich, dass Ihr darüber bereits unterrichtet seid.«

Zwei der Richter verzogen die Münder zu einem selbstgerechten, verächtlichen Lächeln, der Dritte merkte an, dass es keinen Grund zur Heiterkeit gäbe, wenn dies eine Frucht der Zucht von Farfa sei. Der Konsul befahl ihm, sich engstens an den Sinn der Fragen, die ihm gestellt würden, zu halten, ohne sich in persönlichen Abschweifungen zu ergehen, weshalb er auf die erste Frage mit Nein, auf die zweite mit Ja zu antworten gehabt hätte.

»Nun, mein junger Benediktinermönch«, antwortete einer der drei Prälaten, »du musst uns sagen, ob auch du an dem ungesetzlichen Verhör des Akolythen und der Frau des Bischofs mitgewirkt hast.«

»Zum Teil, ja.«

»Zum Teil, ja. Und mit einer direkter formulierten Antwort?«

»Ja.«

»Ja, Eure Eminenz«, sagte der Konsul.

»Ja, Eure Eminenz.«

»In einem neutralen Tonfall, ohne eine vorgefasste Meinung oder Feindseligkeit gegenüber diesen beiden Menschen?«

»Ja, ganz bestimmt.«

»Uns scheint aber das Gegenteil der Fall zu sein. Uns scheint, dass du und vor allem der hier anwesende Primicerius eine Untersuchung durchgeführt habt, die jeglicher Regel zuwiderlief, wobei auch auf Drohungen zurückgegriffen wurde.«

Der Widerwille gegen diese Lügen war kaum zu ertragen,

und Vildericus wurde die Größe der Gefahr bewusst, der der Primicerius ausgesetzt war. Er war ein Soldat Christi, er musste darauf antworten und diese Verwirrung, die diese niederträchtige Bosheit in seinem Geist angerichtet hatte, niederkämpfen, er musste sich der Wahrheit anvertrauen.

»Du antwortest nicht?«

»Es hat nicht den Anschein, als gäbe es hier Zeugen.«

»Was willst du damit sagen?«

»Ihr habt mein Wort, und vielleicht auch das des Primicerius, und Ihr habt das Wort eines Akolythen und einer Konkubine, die zum Teil der Lüge entsprungen sind, denn eine Seite von beiden sagt die Unwahrheit, und Ihr wisst nicht, welche.«

»Unser junger Mönch«, sagte einer der drei anderen, »versteht sich also als ein Meister der Dialektik und der Rhetorik.«

»Wie kommst du dazu, das zu behaupten?«, fragte ihn Konsul Alberich.

»Weil sie sich widersprechen.«

»Du weißt also nicht«, sagte einer der drei Prälaten, »dass eines jeden Menschen Geist, wenn er einem gewaltsamen Verhör unterzogen wird, geneigt ist, jegliche vorherige Aussage zu widerrufen? Die Abgesandten des Konsuls haben eine ausreichende Untersuchung durchgeführt, und der Konsul höchstpersönlich hat die Ergebnisse beurteilt. Der Akolyth mit einer der Wahrheit entsprechenden Bezeugung, denn er hat sie mit seinem Namen unterzeichnet, hat dieselbe Version gegeben wie die Frau und die Ärzte, die den Leib des Opfers untersuchten: Man hat ihm die Kehle durchgeschnitten, er ist nicht vergiftet worden.«

»Jene Version könnte ihm auch von anderen aufgezwungen worden sein. Und der Primicerius, das kann ich auf das Heilige Evangelium schwören, hat den Akolythen sehr freundlich behandelt.«

»Dieser Mönch scheint mir eher ein Gauner zu sein«, merkte einer der drei Prälaten an. »Er ist respektlos und hochmütig.«

Bei diesen Worten stieg in Vildericus die Erinnerung an seine Schule in Farfa auf. Er erhob sich und ließ sich dann bäuchlings auf die Erde nieder.

»Aber … was tust du da?«, fragte der Konsul.

Alle erhoben sich, um ihn über den Tisch hinweg betrachten zu können.

»Ich habe Euch gegenüber schwer gefehlt. Die Ordensregel des heiligen Benedikt verpflichtet mich, Euch um Verzeihung zu bitten und mich vollständig Eurem Urteil zu fügen, um die Vergebung zu erhalten.«

»Aber ja, aber ja!«, sagte der Konsul, indem er sich wieder niederließ, was die anderen ihm nachtaten, »wir vergeben dir.«

Vildericus erhob sich und nahm seinen Platz wieder ein.

»Ich aber möchte gerne wissen«, nahm einer der drei Prälaten den Faden wieder auf, »aufgrund welcher Tatsachen Primicerius Johannes beschlossen hat, diese so überflüssige Untersuchung anzustrengen. Weißt du das?«

Vildericus atmete tief ein. Das konnte eine Falle sein, und er wusste nicht, was der Primicerius zuvor gesagt hatte.

»Also?«

»Gerede, denke ich, Eure Eminenz, das ganze widersprüchliche Gerede, das man so in der Stadt hörte. Man sprach sogar im Palast davon …«

»Wer?«

»Priester, hoch gestellte Persönlichkeiten, in den Gängen, im Refektorium, es handele sich um ein nicht eindeutiges Verbrechen, eine Frau erklärte, sie habe gehört, der Bischof sei von seinem Diakon getötet worden.«

»Wer, welche Frau?«

»Eine von jenen, die Räume säubern, glaube ich.«

»Würdest du sie wieder erkennen?«

»Nein, Herr, ich war gerade zum zweiten Eingang hereingekommen, ich habe nur auf die Stimme geachtet, nicht auf das Gesicht.«

»Wirst du etwas von dieser traurigen Angelegenheit in der Chronik schreiben, an der du arbeitest?«

»Das kann ich verneinen. Ich soll nur die großen Ereignisse schildern, die den Papst und die Stadt betreffen. Ich muss mich an die Anweisungen halten, die mir Primicerius Johannes gegeben hat.«

Die drei Richter und der Konsul besprachen sich leise, dann sagte der Konsul, es sei genug und Vildericus könne sich zurückziehen. Vildericus kniete vor den Richtern und auch vor dem Primicerius nieder, der seinen Blick mit einem bitteren Lächeln erwiderte, und verließ den Raum. Als er die Tür hinter sich geschlossen hatte, übermannte ihn die nervöse Anspannung, die er bis zu diesem Zeitpunkt hatte beherrschen können. Er war verwirrt und hatte Angst, nicht so sehr um sich selbst als vielmehr um diesen aufrichtigen Mann, den er mittlerweile schätzen gelernt hatte und der wie ein Gefangener dastand, mit totenblassem Gesicht. Wahrscheinlich hatte er seit Tagen nicht gegessen und schlief in den Nächten nicht mehr. Vildericus musste sich gegen die Wand lehnen. Er versuchte, so viel Luft wie möglich in die Lungen einzusaugen und sich auf seine Atmung zu besinnen, denn ein Wahnbild drängte sich ihm vor Augen: Da war ein schwarzer Vorhang, auf dem Boden die Leichname von erstochenen oder erwürgten Männern, hinter dem Vorhang finstere und widerwärtige Gesichter, die ihn zur Seite zogen, damit sie die Leichen betrachten konnten. Er gab sich einen Ruck, er wollte nicht über dieses beunruhigende Erlebnis nachdenken, bevor er nicht beim Herrn um Vergebung für seine Lüge gebeten hatte, die ihm vor den Richtern mit einer erstaunlichen Leichtigkeit über die Lippen gekommen war – das Gerede der Dienerin, die sauber machte, anstelle des Traums jener jungen Frau. Er lief die Treppe hinunter. Neben dem Palast befand sich die Kirche der Apostel Philippus und Jakobus, Jakobus von Zebedäus, Sohn des Donners, Zeuge der Todesangst Jesu. Er hätte sich gerne in seine Arme geflüchtet, doch im Vorraum wurde er von einer schweigenden Menschenmenge aufgehalten, die ihn kaum passieren ließ. In der Mitte dieser Menge befanden sich zwei Männer und eine Frau auf Knien, die Hände auf dem Rücken, einen Riemen aus Leder straff um den Hals gebunden, im Nacken ein Eisenring, an dem eine schwere Kette befestigt war. Einige bewaffnete Wachen hielten die Enden der Ketten, sodass die drei Kettenhunden glichen. Einer der Männer, der Ältere von ihnen, hob den Kopf und sah unter den vor Neugierde bebenden Menschen, die sich um sie drängten, Vildericus' Kutte und sprach zu ihm: »Bruder, hilf mir, auch ich bin einst Mönch gewesen, und jetzt befinde ich mich in einer solchen Lage, unschuldig, wie auch die anderen hier. Jesus auf dem Berge …«

Die Wache, die auf ihn Acht zu geben hatte, ruckte an der Kette, beugte sich über ihn und flüsterte ihm ins Ohr, er solle schweigen, wenn er noch lebend vor die Richter treten wolle. Vildericus hatte sich nach vorne gedrängt, bis er ihn fast berühren konnte. Er sah, dass jenem Mann das Blut aus dem Munde rann, und fragte die Wache, welcher Untaten sich die drei schuldig gemacht hätten.

»Wir haben nur den Befehl, sie festzunehmen, weiter wissen wir nichts.«

»Der Häresie«, sagte die Gefangene.

»Unser Glaube ist rein wie der deine«, sagte der jüngere der beiden Männer, »doch sie werden uns verurteilen.«

Mitleid übermannte ihn – eine schmerzliche Flüssigkeit, die er noch nie geschmeckt hatte –, und er ließ sich neben dem Alten auf die Knie nieder, faltete die Hände und begann mit dem Gebet an den Herrn. Doch er wurde von einem der Wachmänner ergriffen und gewaltsam fortgezogen, bis vor die Tür.

Es regnete in Strömen, und Vildericus flüchtete sich in die angrenzende Kirche, die menschenleer war. Sobald er die Tür hinter sich geschlossen hatte, kniete er nieder. Vor seinem inneren Auge erlebte er noch einmal das Gespräch mit dem Alten und sah die anderen drei Gefangenen … unschuldig hatte sich dieser Mann genannt, und seine Augen waren unschuldig gewesen, verurteilt wozu, zu welcher Strafe?

Noch in Farfa hatten die Ordensbrüder von einem armen Priester aus Ravenna erzählen hören, einem Mann, der vielleicht einen kranken Geist hatte, weil er die Gleichheit der Menschen mit den Bienen predigte, und der dafür vom Bischof jener Stadt zum Tode auf dem Scheiterhaufen verurteilt worden war … Vergiftete Gedanken verwirrten seinen Geist, jener Hinweis auf die Bergpredigt, ein Glaube, der wie eine Tünche war, um das Gemäuer aus Vorrechten zu verbergen. Galt denn das Opfer von Golgatha nichts mehr? Vielleicht hatte ja der Mann aus Nazareth sich geopfert, um zu zeigen, dass die Grausamkeit der Menschen nicht einmal vor Gott Halt machte, um von einer ewigen Gefahr zu künden, damit der Gerechte die Todsünden erkenne, die in den Seelen der Mächtigen zu sprießen vermochten … Und letztlich auch in seiner Seele: Denn in ebenjener Kirche verspürte er den Samen der Gewalt, und er hörte mit Trauer die eindringlichen und zugleich hochmütigen Stimmen jener überheblichen Masken. Sie, nicht Johannes von Galeria, verdienten eine exemplarische Strafe, weil sie die Zeugen beeinflusst hatten …

»Häretiker hat es auch hier gegeben«, sagte einer der Gehilfen des Primicerius, als er am Abend des folgenden Tages zum Lateranpalast zurückgekehrt war, um etwas über den Verbleib von Johannes von Galeria zu erfahren. »Einer aus Preneste, weil er in die Kirchen gegangen ist und dort geschrien hat, dass Christus nur der Gott der Mächtigen sei, und zwei Bauern aus der Gegend von Viterbo, die Stofffetzen an die Bäume hängten und Hühner oder Kaninchen für irgendwelche heidnischen Gottheiten opferten. Dann hat man natürlich aus ihnen ein Opfer gemacht.«

Später, in seinem Zimmer, schlief Vildericus auf seinem Stuhl ein und erwachte dort am nächsten Morgen.

# 6

*An Hugo von Celano*
*Von Vildericus von Sutri*
*Am 24. Dezember 1032*

*Der Herr sei gepriesen immerdar,*
*ich hatte gehofft, mit Euch und meinen Ordensbrüdern den Vorabend jenes Ereignisses zu verbringen, das die Menschen veränderte und ihnen die Gewissheit einer barmherzigen Gerechtigkeit gab, der nichts von dem entgeht, was sie in jenem dichten und dunklen Wald denken und tun, in dem sie leben müssen. In dem auch ich mich befinde und in dem ich Augenblicke, Stunden, Tage verbringe, ohne ein Licht, in bitterster Verzweiflung.*

*Ehrwürdiger Abbas, Vater, der Ihr in der Ferne weilt, es gab sich mir die Möglichkeit, einige Schriften von Romuald zu lesen, dem großen Eremiten aus Camaldoli. Ein alter Gehilfe des Cancellarius hat mir unter einiger Gefahr erlaubt, sie zu konsultieren, denn sie liegen im geheimen Archiv der Bibliothek und sind allein dem Protoscriniarius des Papstes und wenigen anderen am Hofe vorbehalten. Nun, sein Begriff vom Worte Christi in den Evangelien als Wunder, für dessen Offenbarung die Welt untauglich oder unwürdig ist, hat mich im Innersten getroffen. Denn hier, in dieser Stadt, die das Herz des christlichen Universums und der Spiegel Jerusalems sein sollte, gibt es nur einen Augenblick, in dem das Wort noch ein Echo hat – wenn auch ein schwaches –, nämlich wenn das niedere Volk Gottes das Vaterunser betet. Und dieses Volk der Tagelöhner, Handwerker, Diener und Sklaven, das in beständiger Angst vor einer drohenden Hungersnot lebt, sucht das Heilige Wort, so scheint mir, mit einem verwirrten Hunger und einer Verzweiflung, doch selten in der Kirche, die sich nunmehr zu einer mechanischen Liturgie zurückgebildet hat.*

*Vor langer Zeit, ich war damals sieben Jahre alt, nahm mich mein*

*Vater auf dem Karren mit in die Ebene jenseits von Vetralla, wo er drei Weinschläuche und einige Krüge Honig einem reichen Bauern bringen musste, der eine Viehzucht besaß. Es war tiefer Winter, und in den Furchen der Äcker lag der Schnee, den der Nordwind in weißen Wirbeln aufblies. Ich erinnere mich noch: Während mein Vater mit dem Bauern verhandelte, näherte ich mich dem Pferch, um die Tiere zu betrachten: Stiere, Kühe, Kälber. Auf einmal erschienen am Waldrand drei Wölfe, und die Herde begann sich zu bewegen, als sie deren Anwesenheit witterte – zunächst im Kreis herum an der Umzäunung entlang, doch dann, als die Wölfe näher kamen und die Nervosität der Angst wich, in blinder Konfusion, wobei die stärkeren und schnelleren Tiere die langsameren und älteren verletzten und die schwächsten, die Kälber, überrannten. Hier sind die Zäune die aurelianischen Stadtmauern, mit den hunderten von Türmen von Papst Hadrian, die zur Abwehr der Wölfe, die von außen kommen, errichtet wurden. Heute jedoch scheinen sie in ihrem Innern so viele Opfer von Armut, Krankheit und von Begierde einzuschließen, Übel, die von den sich gegenseitig zerfleischenden Mächtigen mit vollen Händen ausgeteilt und verbreitet werden. Ich habe eine Schrift gelesen, die irgendjemand in den Sockel des Monumentes für Papst Silvester II. hat einmeißeln lassen, welches sich neben dem Reiterstandbild des Konstantin auf dem Lateranplatz befindet. Dort ist zu lesen, dass bei seinem Tod zu Beginn des Jahrhunderts der Friede aus der Welt verschwand und die Kirche der Wirrnis preisgegeben war. Verzeiht mir, Abbas, wenn ich nicht aufhören kann, ein solches zu denken: Die düsteren Farben des Elends und des Hungers auf der einen Seite und jene prächtigen des Reichtums auf der anderen geben nicht das Bild einer christlichen Gemeinschaft ab, sondern das einer beschämenden Unordnung.*

*Es heißt, Johannes XIX. ginge es sehr schlecht. Vielleicht um sich die Gunst des Herrn zu erwerben, der ihn an seinen Toren erwartet, hat er das Dekret erneuert, das sein Vorgänger gegen die Simonie und das Konkubinat erlassen hat – es hat jedoch den Anschein, als würde die Botschaft auf taube Ohren stoßen.*

*Was die Ermordung des Bischofs von Ferentino betrifft, so haben sich in der Stadt die unterschiedlichsten und widersprüchlichsten Gerüchte verbreitet, vor allem, nachdem der Papst dem Schwager einer seiner Basen, Anastasius von Tusculum, jene Erzdiözese übergeben hat.*

*Sollte, was ich Euch schreibe, Euer Missfallen erregen, so bitte ich Euch, mir dies mitzuteilen. Ihr seid der Lehrmeister eines Schülers, der nicht gegen Irrtum gefeit ist, doch der Euch immer gehorchen wird. Ich grüße Euch mit der Ehrerbietung eines Sohnes und unveränderter Zuneigung.*

## 7

Es war der Tag des Epiphanienfestes. Am späten Nachmittag bemerkte Vildericus auf den Fensterscheiben seiner Schreibstube den Widerschein sich lebhaft bewegender Lichter, was ihn nicht wenig von der Arbeit, die er gerade verrichtete, abhielt. Das mussten die Fackeln sein, die die Leute des nahen Stadtviertels Celio schwenkten, die, wie er erfahren hatte, in einer Prozession zur Basilika zogen, um die abendlichen Feierlichkeiten des Dreikönigsfestes zu begehen.

Es war ein trauriges Weihnachtsfest, das die Römer der untersten Schichten verbrachten. Die meisten hatten sich in ihren Häusern und Hütten verbarrikadiert, denn sie waren auf eine solche Kälte, die ein eisiger Wind noch verschlimmert hatte, nicht vorbereitet gewesen. Der Schnee auf den Straßen hatte sich in eine dicke Eisschicht verwandelt, die Wasserleitungen waren eingefroren, mit einer einzigen Ausnahme: die Aqua Traiana. Er hätte gerne darüber eine Anmerkung für den *Liber Pontificalis* geschrieben, wie auch über die öffentliche Verteilung von Getreide und Gemüse, die unter anderem mit der Hilfe vieler Klöster durchgeführt worden war, doch es war so wenig verteilt worden, dass am Ende diese Hilfen mehr Proteste als Zustimmung geerntet hatten. Dies ging so weit, dass sich sogar in einem Fall, bei den Basilianermönchen von Sant' Alessio, der Zorn derer, die leer ausgegangen waren, so heftig entlud, dass sie mit unbeherrschter Wut das Innere des Klosters zerstört hatten. Dergleichen Einzelheiten hätte Johannes von Galeria streichen müssen, und daher beschränkte sich Vildericus darauf, nur eine einzige Tatsache aufzuschreiben: dass die Via Appia wegen der großen Überschwemmungen aufgrund der herbstlichen Regenfälle bis hin nach Terracina nicht zu benutzen war.

Er war völlig darin versunken, sorgfältig seine Buchstaben zu schreiben, als die Tür aufging. Es war Primicerius Johannes. Vildericus lief ihm entgegen, nahm seine Hand, um sie zu küssen und um ihm so seine Freude mitzuteilen, denn sprechen konnte er nicht, doch Johannes hielt ihn zurück und sagte leise:

»Der Protoscriniarius ist bei mir, er steht hinter mir, sieh dich vor.«

»Ich bin Bosone«, erklärte der Mann in der Türöffnung. Er war so beleibt, dass seine Arme leicht vom Oberkörper abstanden. »Komm her und begrüße mich. Unser Freund Johannes wird dir schon mitgeteilt haben, dass ich der Protoscriniarius unseres ehrwürdigen Vaters bin.«

Vildericus ging ihm entgegen, verbeugte sich und sagte, er fühle sich sehr geehrt über diesen Besuch.

»Du bist also unser Chronist. Lass mich sitzen.«

Vildericus bot ihm einen Stuhl an, wobei er sich dafür entschuldigte, dass seine Stühle keine Kissen hatten. Der Protoscriniarius musterte ihn scharf, um sich zu vergewissern, dass keine Ironie in diesen Worten mitklang, dann ließ er sich nieder und brachte sich sorgfältig in Positur.

»Ich werde veranlassen, dass du bequemere Stühle bekommst. Setz auch du dich, Johannes, unser junger Freund kann stehen bleiben. Er ist jung, mager und kräftig, wie mir scheint. Bist du froh, deinen Primicerius wieder zu sehen?«

»Ja, Herr.«

»Ja, Hochwürden«, verbesserte Kardinal Bosone.

»Der allerdings kein Primicerius mehr ist, denn er ist eine Stufe herabgesetzt worden. Ich sollte mich darüber grämen, doch es war eine päpstliche Entscheidung, und so ... Du wirst bald den Mann kennen lernen, der seine Stellung eingenommen hat, es ist der suburbicarische Bischof von Trevi, Eusebius. Er wird in einigen Tagen hier sein. Doch du kannst dir immer bei unserem Freund Johannes Rat holen, jedoch unauffällig. Er ist sehr gescheit, scharfsinnig, gebildet. Manchmal versteht er mehr, als zu verstehen gut ist, doch er bleibt ein hervorragender Kopf. Könnte man nicht etwas Holz auflegen? Das Feuer ist fast erloschen.«

Vildericus holte einige Holzscheite und ein Bündel trockener Zweige und schürte das Feuer.

»Ich habe es gelesen, ich habe deine ersten Bemühungen gelesen. Sie sind nicht schlecht. Aber sie sind auch nicht allzu gut. Du hast wohl Titus Livius oder Tacitus gelesen, ist das so?«

»Tacitus, ja, Hochwürden.«

»Aber wo? Ich wüsste nicht, dass Farfa so etwas in seinem Besitz hat.«

»Zwei Bücher, Herr, ein Geschenk von Montecassino.«

»Nun, dann kannst du deine Lektüre vervollständigen. Wir haben hier in der Bibliothek vier Bände; von den Annalen haben wir eine herrliche Ausgabe, die zur Zeit Silvesters II. hierher kam.«

»Ich habe nur einen Teil des ersten Buches gelesen.«

Der Protoscriniarius setzte sich erneut auf dem Stuhl zurecht, um eine bequemere Position zu finden.

»Du solltest jedoch Paulus Diaconus lesen, nicht Tacitus. Tacitus ist Heide. Er beschreibt die Tatsachen, und die Ursachen schreibt er den Menschen zu, ihrem Willen, ihrer Bosheit. Oder ihrem Streben, ihrer Unbeständigkeit und Verderbtheit. Ich glaube jedoch nicht, dass wir Heiden sind. Ich glaube auch nicht, dass Farfa eine dualistische Religion lehrt, wo auf der einen Seite das Ewige, das Geistliche, die Transzendenz steht, und auf der anderen die Materie, der Mensch und seine Belange. Oder hast du hier die Irrtümer jener anmaßenden Gnostiker entdeckt?«

»Nein, Herr«, antwortete Vildericus und korrigierte sich sofort: »Nein, Hochwürden.«

Der Protoscriniarius trug ein Priestergewand in hellem Purpur, das mit Fettflecken übersät war. Er trocknete den Schweiß, der ihm über das Gesicht rann, beständig mit einem großen Leinentuch. Da Vildericus in diesen Momenten den Blick von Bosones Augen lösen konnte, bemerkte er, dass dieser gut sechs goldene Ringe an den Fingern trug, in drei von ihnen waren Juwelen eingelassen.

»Es steht immer etwas hinter dieser Welt der Tatsachen und des Scheins. Nichts auf dieser Erde bewegt sich, ohne dass es von Gott so gewollt ist. Du hast nichts zu trinken hier, nehme ich an. Nein, kein Wasser, Wasser haben wir draußen bereits zu viel gehabt. Du sollst also ohne Bedenken auf die übernatürliche Kraft verweisen, die die Menschen handeln lässt oder die von den Menschen für ihre Sünden erlitten wird: auf die Hand unseres Herrn.«

»Auch der Hunger, Hochwürden?«

Wiederum ein kurzes Zögern, die Augenbrauen zogen sich abschätzend zusammen, doch Vildericus begegnete diesem Blick mit einem Ausdruck von Demut und Unschuld. Der Protoscriniarius wandte sich an Johannes von Galeria, das aufgedunsene Gesicht in einem angedeuteten Lächeln erhellt.

»Johannes, dieser junge Mann wird uns noch einige Nüsse zu knacken geben. Wir brauchen einen Chronisten, keinen als fügsamen und respektvollen Mönch verkleideten Philosophen. Ich habe den Eindruck, ich werde einiges mit ihm zu disputieren haben.«

Und erneut an Vildericus gewandt, fuhr er fort: »Den Hunger erleiden nicht nur wir, halb Europa ist von sintflutartigem

Regen verwüstet, und das wird wohl etwas bedeuten. Wenn du über diese lächerliche Angelegenheit mit der Ruhepause Gottes nachdenkst, wonach an gewissen Tagen die bewaffneten Kämpfe innehalten sollen, so ergibt sich das Bild einer endemischen Barbarei. Du könntest also die Frage stellen, was es mit der Hand des Herrn hier auf sich habe; möglicherweise ist der Herr dieser ganzen Verrücktheit müde geworden und hat seine Hand zurückgezogen … was dennoch eine Weise ist, uns zu führen … Genau! Jedenfalls musst du deine Ausführungen über die Wahl Johannes' XIX. noch einmal schreiben; die Senatoren, die Bischöfe, die Besten der Schulen und der Künste und dieser kleine Haufen Volkes, der dort war, das sind allein Werkzeuge Gottes gewesen. Unter uns müssen wir damit vielleicht auch nicht einverstanden sein, doch du als Chronist tust dies nicht für dich. So lautet die Vorschrift, gleichgültig, ob sie gut ist oder irrt. Und ER hat Romano von Tusculum auf den päpstlichen Stuhl gerufen. Zumindest ist dies die offizielle Version, und du musst dich fügen. So verhält sich das, und für die Zukunft, sollte das geschehen, was wir alle befürchten, wird immer ER es sein, der ihn zu sich ruft. Haben wir uns verstanden?«

»Ja, Hochwürden.«

»Ich hoffe, dass du die kursive Minuskel nur in deinen Entwürfen verwendest. Für die endgültige Niederschrift will ich die Beneventana.«

»Ja, Hochwürden.«

»Noch ein letzter Rat: Traue dem römischen Volk nicht allzu sehr. Es ist tückisch und launisch, und es dreht sich immer nach dem Wind seines Vorteils. Begleite mich, Johannes, ich werde dich sofort verlassen, denn der Papst will mich beständig an seiner Seite haben, bevor seine Augen sich schließen. Du, Vildericus von Sutri, gehab dich wohl. Ich bin zufrieden mit der Wahl, die Hugo von Celano getroffen hat. Du hast viele Fähigkeiten. Und bewahre dir deine Reinheit. Das Gerede, die Fantasien, die Magie und den Neid, die lass den Unwissenden.

Komm mich nur besuchen, wenn du möchtest. Und iss, du bist dünn wie ein in der Sonne getrockneter Fisch.«

Als die Tür ins Schloss gefallen war, blieb Vildericus stehen, in der Gewissheit, dass der Primicerius zurückkehren würde. Er war verwirrt, denn die Worte dieses Fettwanstes besaßen die eindringliche Selbstgewissheit der Macht und waren in ihn hineingeflossen, als sei sein Bewusstsein von seinem Körper getrennt worden; er wollte sich davon befreien, weil er der Barmherzigkeit, der Wahrheit und der Vergebung angehörte, aber auch der Kraft und dem Widerstand der Seele. Er gehörte nicht zu diesen Menschen.

Er tröstete sich mit Gedanken der Auflehnung. Ich kann immer nach Farfa zurückkehren, zu den Gebeten und den Gesängen mit meinen Brüdern, dachte er. Wenn ich ihnen nicht genehm bin, wenn sie wollen, dass ich jedes finstere und unredliche Handeln oder Vorhaben verberge, das sie sich entschließen voranzutreiben, oder dass ich den Herrn störe, um sie zu decken … Jedoch hatte unter den der Stellung und den kanonischen Regeln angemessenen Worten des Dicken etwas Lebendigeres hervorgeschimmert, eine von einem bezwungenen lebhaften Geist schon lau und untätig gewordene menschliche Wärme.

»Vildericus«, sagte der Primicerius, der bereits im Zimmer stand, »du hast dich recht verhalten.«

»Herr, meine Erleichterung ist …«

»Ich setze mich, denn ich bin sehr erschöpft. Ich muss dir einige wenige Dinge sagen. Meine neue Stube ist im unteren Stockwerk. Wenn du zu mir kommst, werde ich dich anhören, wenn du einen Rat möchtest, werde ich ihn dir geben, doch ab jetzt wird die Aufsicht über deine Arbeit in den Händen des neuen Primicerius liegen, den du in den nächsten Tagen kennen lernen wirst. Auch um den guten Eusebius nicht vor den Kopf zu stoßen, wird es besser sein, wenn wir uns nicht zu oft sehen. Meine Lage ist heikel und schwierig. Und all das wegen unserer Reise nach Ferentino; ich bin zu unvorsichtig gewesen.

Ohne es zu wollen und völlig schuldlos bin ich zum Dorn in ihrem Fleisch geworden. Ich musste die bittere Erfahrung machen, dass die Suche nach der Wahrheit hier nicht gestattet ist.«

»Man hat ihn getötet, nicht wahr?«

Der Primicerius machte eine Bewegung, die seinen Unmut verriet, unterdrückte diesen aber sogleich wieder, indem er den Kopf senkte. Und mit einer unbewussten Geste fasste er an das silberne Kreuz, das er um den Hals trug. Dann erhob er sich und sagte: »Ich möchte nicht, dass man dir schadet. Wir müssen uns verabschieden.«

Vildericus drückte die Hand seines Gastes fest und hielt sie einen Augenblick in der seinen, um ihm zu vermitteln, was er aus Respekt, Zurückhaltung, Pflichttreue, Distanz oder Scheu niemals aussprechen würde. Als Johannes sich zum Gehen anschickte, begleitete er ihn bis zur Tür und sah ihm nach, wie er sich durch den Flur entfernte. Ein Freund – der beste, eine Stütze – die einzige, bald würde er ihn verlieren, dessen war er gewiss.

## 8

Die Nachricht, dass der Papst im Sterben liege, verbreitete sich wie ein Lauffeuer im ganzen Palast. Vildericus stieg, von der Bibliothek kommend, gerade die Treppe hinauf und war auf der Höhe des ersten Stockwerks, als er – noch bevor ihn jemand informieren konnte – ein Brausen vernahm, das aus allen Gängen der vier Stockwerke zu kommen schien. Er blieb stehen. Ein Geistlicher kam ihm mit solchem Schwung entgegengelaufen, dass er ihn fast umgerannt hätte, ein zweiter blieb stehen und teilte ihm die Neuigkeiten mit. Mit einem Mal glich die Treppe einem Ameisenhaufen, in den man mit einem Stock gestochert hatte.

In seinem Zimmer fand er den kleinen Omar, das Sklavenkind des Kardinals von Portus, der mit einer Feder ein Pergament mit Kritzeleien versah.

»Wie oft habe ich dir schon gesagt, dass du nicht mit den Federn spielen darfst, ich habe dann Mühe, die Blätter wieder abzukratzen, und von unten bekomme ich immer weniger davon. Schickt dich der Kardinal?«

»Ja, er hat gesagt … ich habe es vergessen.«

»Wo ist er?«

»Beim Papst. Ach, genau: Du sollst sofort dorthin kommen.«

Zum Papst!? Damit ich sein Sterben beschreibe?, fragte sich Vildericus. Wie dramatisch oder wie schlimm dies auch sein mochte, er würde mit den üblichen Schönfärbereien einen nach christlichen Regeln verlaufenden Übergang zeichnen müssen, so wie er ihn für den vorigen Papst hatte beschreiben müssen. Dieser hingegen, Benedikt VII., das hatte er vom Kardinal von Portus erfahren, war schreiend und das Leben verfluchend aus demselben geschieden. Er zog den Jungen weg, der sich nicht vom Tisch und den Federn trennen wollte, nahm ihn auf den Arm, ließ sich zum Spaß zwei Ohrfeigen geben, die er mit einem Klaps auf das Hinterteil vergalt, und machte sich, nachdem er ihn mit einem Kuss auf das Haar verabschiedet hatte, auf den Weg ins dritte Stockwerk. Ein Zeremonienmeister hielt ihn am Eingang zu den Gemächern auf, ein zweiter im Vorzimmer, und ein dritter ließ ihn schließlich ins Schlafgemach eintreten. In genau diesem Moment schrie eine raue, heisere Stimme: »Geht fort … alle!«

Die Umstehenden – etwa zwanzig Personen, unter denen Vildericus Protoscriniarius Bosone, Konsul Alberich, den Kardinal von Portus, Arcarius Gratianus, die beiden Äbte von Santa Maria und Sant' Agnese, den Erzdiakon des Lateran und den Leibarzt erkennen konnte – traten einen Meter vom Bett zurück, blieben dann aber im Halbkreis stehen.

»Wen habt ihr … noch … kommen lassen?«, fragte dieselbe Stimme, die des Papstes.

»Es ist der Chronist, Eure Heiligkeit«, antwortete Bosone.

»Ihr verfluchten Bastarde! Damit die Lebenden lesen können, wie ich krepiert bin! Und wenn meine Zeit noch gar nicht abgelaufen wäre? Was?« Ein Husten, der nicht mehr aufhören wollte, unterbrach ihn. Es war eher ein heiseres Röcheln, in das sich das Pfeifen des Atems mischte. In das darauf folgende Schweigen hinein sprach Kardinal von Portus: »Eure Heiligkeit, wie Ihr verlangt habt, befinden sich die beiden benediktinischen Äbte hier.«

»Die Verwalter des Todes«, versuchte dieser zu scherzen. »Gebt ihnen, was ich festgesetzt habe: das Kreuz aus Elfenbein und alles andere. Und dass sie das ihre tun. Drei Wochen Gebete, mir genügen drei Wochen, und dann der zweite November, auch dieser gebührt mir. Ich will diesen Jungen aus Farfa, den Schreiber, gebt mir zwei Kissen unter den Kopf ... langsam, bei Gott!«

Der Kardinal von Portus winkte Vildericus mit dem Zeigefinger heran und schob ihn an die linke Seite des Bettes. Im Licht der beiden Kandelaber an den Seiten des Bettes schienen das Gesicht und die Hände des Papstes die einer Leiche zu sein, der nur das lebendige Glimmen der Augen geblieben war.

»Sieh mich an, sieh mich nur an ... ich bin verabscheuungswürdig, sag die Wahrheit ... nun? Hast du je schon ... einen Dahinscheidenden ... so aus der Nähe gesehen?«

»Meinen Vater, Eure Heiligkeit.«

»Und hast du ... geweint?«

»Ja.«

»Weißt du, was mir ein Trost ist ... um den Neid der Lebenden zu ersticken? ... Dass es alle trifft. Es gilt euch allen hier ... allen gleichermaßen ... dem Tod anheim gegeben zu sein.«

»ER aber, Eure Heiligkeit, hat uns vom Tod erlöst. Von den Würmern, von der Asche.«

Der Papst schloss die Augen und ließ zwei erstickte Atemzüge vernehmen. Der Arzt, Celestino von Alatri, den Vildericus kannte, da er ihn am Tag seiner Vorstellung an der Seite des Papstes gesehen hatte, nahm seine Hand und fühlte den Puls.

»Geh du weg!« Der Papst hatte die Augen wieder geöffnet und wandte sich, nachdem er sich versichert hatte, dass der Arzt beiseite getreten war, dem jungen Mönch zu und sagte: »Die Ärzte sind alle Dummköpfe … sie wissen nichts … sie haben mich mit scheußlichen Medizinen vergiftet … Das musst du schreiben … sie sollen in die Schulen gehen … ich hätte besser daran getan, jenen jüdischen Arzt zu rufen … doch wir hier, wir verabscheuen diese Sorte … freche … überhebliche … gierige Menschen, das sagen wir über sie … Mörder unseres Herrn … aber ist das wahr? Als ob nicht auch wir das wären.«

Er schloss die Augen wieder. Vildericus sah sich um, alle standen unbeweglich da, schienen zu Statuen geworden zu sein, und die Stille wurde nur vom unregelmäßigen Atmen des Kranken unterbrochen. Dieser bewegte den Mund, als wolle er etwas sagen, und der junge Mönch beugte sich über ihn. Der Geruch, den dieser Körper ausströmte, war Übelkeit erregend.

»Eure Heiligkeit, ich bin nahe bei Euch, aber ich verstehe Euch nicht.«

Der Papst klammerte sich an das rechte Handgelenk Vildericus', und mithilfe dieses Griffs zog er sich unter großer Anstrengung ein wenig hoch, stützte sich auf den rechten Ellbogen und sagte: »Sage Hugo von Celano, er soll es Odilo von Cluny nicht gleichtun … diesem König der Mönche, der so voller Anmaßung ist … sag ihm … er soll die Kirche achten … und die Bischöfe … sonst wird Rom …«

Dann fiel er zurück und befahl Bosone, ihm das Pergament von Farfa zu bringen, und als er es in den Händen hielt, übergab er es Vildericus.

»Dies ist ein Geschenk von mir … ich überlasse der Abtei die Ländereien von Capracolta … und auch seine Gutshöfe und das kleine Schloss … doch ich will seine Messen … ich werde ins Fegefeuer kommen, deshalb brauche ich viele Gebete … eure

Lobpreisungen … für meine Seele … sag ihm, ich komme, um die Fürbitten zu erflehen … er wird mich bei Vollmond sehen … dann werde ich aus dem Grab steigen … ich habe noch rechtzeitig … den Herrn … um Vergebung gebeten … Vergebung für meine … Sünden … denn ich habe große … Schuld … der arme Aegidius von Ferentino … Er … vielleicht hat er mich nicht erhört … ich fühle, der Satan ist hier … hinter jenem Vorhang … und er lacht … er erwartet mich … du musst schreiben … dass ich versucht habe, Gutes zu tun … doch die Waagschale … ist schwerer … als die Gewichte … *nunc dimittis* … sein Wille geschehe …«

Die Hand löste sich von Vildericus' Handgelenk und fiel zurück. Er atmete nicht mehr, und eine dunkle Flüssigkeit rann aus seinem Mund.

»Ich glaube, er ist tot«, sagte Vildericus und zog sich in eine Ecke des Raumes zurück und ließ die Alten mit den beutegierigen Blicken sich um die Leiche streiten. Sogleich begann ein Gesumm wie in einem aufgestörten Bienenstock, und er entfernte sich, ohne von jemandem aufgehalten zu werden. Die Tür zu seiner Schreibstube stand offen, am Fenster konnte er Johannes von Galeria gegen das schwache Leuchten einer bewölkten Dämmerung ausmachen, der mit dem Rücken zu ihm am Fenster stand. Als Vildericus ihn ansprach, zuckte er zusammen und drehte sich mit einem Ruck um, ein Zeichen, dass er völlig in Gedanken gewesen war.

»Ich bin gekommen, weil alle bei dem Kranken sind.«

»Er ist tot«, sagte der junge Mönch, »ich komme von dort, er hat nach mir, dem Chronisten, verlangt. Er wollte mir dieses Pergament mit einer Schenkung für Farfa übergeben.«

»Um sich die Totengebete der Cluniazenser zu sichern. Gibt es letzte Worte, die man in Marmor einmeißeln sollte?«

»Ich würde nicht sagen, dass er in Frieden gegangen ist. Und sein Körper, Gott vergebe mir, hatte den Gestank der Hölle an sich. Warum setzt Ihr Euch nicht, Herr?«

»Gerne, danke. Es geht mir nicht so gut.« Johannes setzte sich und ließ einen schmerzlichen Seufzer vernehmen. »Etwas in mir ist zerbrochen.«

Vildericus öffnete eine Lade des Schränkchens, das hinter dem Tisch stand, und holte eine Flasche hervor.

»Man hat mir aus Farfa diesen Kräuterlikör geschickt. Ich habe nur wenig davon gekostet, er ist leicht, ein Tonikum. Ich werde Euch diesen Becher säubern, der Einzige, den ich besitze.«

»Wenn es der deine ist, so lass gut sein, schenk mir nur zwei Fingerbreit ein.«

Nachdem er getrunken hatte, schwieg er einige Augenblicke, offensichtlich wieder von Gedanken eingeholt. Dann sagte er: »Schreckliche Zeiten stehen uns bevor. Ich habe überlegt, ob ich an Hugo von Celano schreiben und ihn bitten soll, dich wieder zurückzuholen, doch ich habe nicht mehr die Macht, dies zu tun.«

»Warum schrecklich, Herr?«

»Diese Menschen haben den Verstand verloren.«

»Die Tusculaner?«

»Ich kenne sie alle, es gibt keinen in ihrer Familie, der würdig wäre, den päpstlichen Stuhl zu besteigen. Johannes XIX. war der Einzige, der anders war. Voller Fehler zwar, scheinheilig und hinterhältig, unfähig, sich der Freundschaft skrupelloser Menschen zu entziehen, und du weißt ja, welche Posten und Ämter er an seine Verwandten verteilt hat, doch er hatte die Gabe eines wachen Geistes, und er hat sein Schiff durch die Stürme dieser Stadt und dieses Landes recht gut gelenkt.«

»Und Ferentino?«

»Damit hatte er nichts zu tun, das war einer seiner Vettern. Er hat mich vielmehr verteidigt. Wäre er nicht gewesen, so würdest du jetzt für meine Seele beten.«

»Seid Ihr immer noch in Gefahr, Herr?«

Johannes von Galeria hob den Kopf und sah Vildericus an,

dann sagte er: »Ich sollte verschwinden, nicht? In letzter Zeit bin ich von einem Unglück ins nächste geraten. Eines davon ist gewesen … dich nicht mehr an meiner Seite zu haben. Du musst sehr vorsichtig sein. Meine Freundschaft wird dir nichts mehr nützen. Du wirst noch gefährlichere Situationen allein meistern müssen. Und sie werden kommen.«

»Auch ich bedauere …«

»Zum Glück ist dein Charakter diesem Stall voller Fliegen gewachsen. Du bist zurückhaltend und sprichst nur mit jenen, denen du Vertrauen schenkst. Nun, den Tusculanern und denen, die ihnen dienen, schenke niemals Vertrauen. Jetzt muss ich gehen.«

Er ging zur Tür, und bevor er sie durchschritt, drehte er sich um.

»Ist dir das bewusst, Vildericus: Ich muss aufpassen, dass mich niemand aus deinem Zimmer kommen sieht?!«

Das Erlebnis in den Gemächern des Papstes und das Gespräch mit diesem Mann, den er ins Herz geschlossen hatte und der ihn in der Not verteidigen würde, und auch seine Worte, die von unheilvollen Vorahnungen sprachen, versetzten ihn in eine qualvolle Unruhe: Johannes von Galeria mochte wohl von seinem Charakter sprechen, doch er war ein Tonkrug, eine Feder, ein gerade von der Mutter entwöhntes Kalb, das sich inmitten von Wölfen in Schafspelzen wieder fand. Mehr als vier Monate waren seit seiner Ankunft vergangen, und in seinem Exil zeigte sich nunmehr, nach einer anfänglichen zwischen Angst und Neugierde schwankenden Verwirrung, seine eigentliche Befindlichkeit: Zerrissenheit, Sehnsucht, sich in sein Kloster zu flüchten, Verwirrung der Stunden, der Nacht, der Zeit. Auch in Santa Maria oder in Sant' Agnese war er im Grunde ein Fremder, und wenn er sich an Christus wandte, dann geschah es, dass seine Seele ihn fragte, welche von den Glaubensregeln er wohl verletzt haben mochte. Er wollte seine Stellung, seine Pflichten und Aufgaben vergessen, und nahm das Evangelium zur Hand: Die Seiten schlugen sich von selbst bei der Apokalypse auf, an der Stelle, wo das rote Pferd mit seinem Reiter erscheint, dem die Macht gegeben ward, den Frieden von der Erde zu nehmen, damit die Menschen einander töteten. Dann führte ihn die Lektüre zu dem schwarzen Pferd, das für jenen gesattelt stand, der eine Waage hochhielt, und dann das fahle Pferd, dessen Zügel von den Knochenhänden des Todes gehalten wurden und der mit dem Schwert und mit dem Hunger zu töten vermochte. Für einen Moment war Vildericus versucht zu denken, dass der Pfeil der Offenbarung des Johannes in diesen Tagen auf die Stadt gerichtet war und dass die Dinge, die geschehen sollten, dort vor den verschlossenen Augen aller lagen und dass Schwert, Hunger und Waage die echten Insignien dieser Stadt waren, die ihn festhielt wie eine Geisel. Er würde schreiben, was sie befahlen, denn gegenüber dem Abt von Farfa war er zum Gehorsam verpflichtet, doch Hugo von Celano erwartete ein geheimes Schreiben, das die Wahrheit berichtete.

Nach der Vesper verließ er in der Dämmerung den Lateran. Er nahm jene Straße, die zunächst abfiel, dann aber wieder in Richtung Santa Maria Maggiore anstieg. Er hoffte, den Weg zu verkürzen, indem er an San Martino di Tours vorbeiging und dann, nachdem er die Via Longa überquert haben würde, zum Quirinal hinaufstieg. Dort, um die Ruinen der Thermen des Konstantin und den Palazzo Crescenzi herum, standen die Häuser und Läden dicht genug, um zu erfahren, ob sich die Neuigkeit vom Tod des Papstes bereits verbreitet hatte. Auf seinem Weg stieß er auf eine Gruppe Ritter, die in einer Reihe hintereinander hertrabten. Sie trugen dieselbe Rüstung wie der Freund Johannes', mit Schild, Lanze und Schwert, ein Kettenhemd, das bis zu den Schenkeln reichte, und einen Helm mit Federbusch. Es handelte sich also um Mitglieder der römischen Abgesandten der kaiserlichen Garde. Der Letzte in der Reihe hielt sein Pferd neben ihm an und fragte, was er so allein zu dieser abendlichen Stunde treibe. Vildericus antwortete, dass er diese Straße gewählt habe, um zu sehen, wie die Menschen in der Stadt den Tod des Papstes aufnehmen würden, er sei aber auf dem Weg nach Sant' Agnese.

»Gib auf dich Acht und sieh zu, dass du nicht in Gefahr gerätst.«

»Wohlan, wir befinden uns doch nicht im Krieg.«

»Ich habe hier bereits den Tod zweier anderer Päpste erlebt, und diese vorigen Male ist es stets zu Unruhen gekommen. Die Römer sind eine ganz besondere Sorte Mensch: Sie beten den Papst an, solange es nicht an Geld mangelt und genügend Pilger zum Ausnehmen kommen. Stehen jedoch schwere Zeiten vor der Tür und wissen sie, dass in den nächsten drei Monaten nicht der Schatten eines Pilgers zu sehen sein wird, dann schwillt ihr Zorn an, bis er sich schließlich entlädt. Unsere Aufgabe ist es, den Wachen des Präfekten zu helfen, die Ordnung beizubehalten. Nun fort, spute dich und bleibe nicht stehen.«

Der Ritter folgte seinen Kameraden, die ihre Pferde bereits nach links in Richtung des großen Amphitheaters gewendet hatten. Vildericus überlegte, ob er ihnen ebenfalls folgen sollte, denn dieser Weg war der kürzere zum Kloster, doch im Grunde hatten die Worte dieses Mannes seine Neugierde geweckt: Warum sollte es zu Unruhen kommen? Welche Gefühle konnte ein solches Ereignis jenseits von Trauer oder Gleichgültigkeit erregen? Er ging weiter auf dem Weg, den er sich vorgenommen hatte. Am Anstieg zum Quirinal wurde er gewahr, dass viele Menschen auf die Straßen strömten. Überall hatten sich bereits kleinere Gruppen zusammengefunden, aus der Ferne hörte man Rufe und Schreie, und als er auf den Platz der Cavalli di Marmo kam, sah er dort eine große Menge. Es waren weit mehr als hundert Menschen, und alle scharten sich um eine Statue herum. Auf deren Sockel stand neben einer verschleierten Frau, die auf einer Hand den Erdball trug, ein dicker Mann, der offenbar eine leidenschaftliche Rede hielt. Seine Stimme bebte vor Erregung, sodass der Mönch die Worte nicht verstehen und nicht einmal aus der Stimmlage heraushören konnte, ob es sich um Begeisterung oder um Beschimpfungen handelte. Da kamen Soldaten der römischen Miliz, einige Frauen flohen, doch die Männer blieben standhaft und wichen nicht vor den Stöcken zurück, die die Soldaten schwangen, um die Menge zu zerstreuen, und hielten ihnen die Fackeln entgegen. Vildericus hatte noch nie eine solche Situation erlebt, ein solches Schauspiel, in dem Protest und Revolte schwelten. Der Aufruhr entwickelte sich bereits zu einem heftigen Zusammenstoß, als mit herabgelassenem Helmvisier und fast in Schlachtformation die zwanzig Ritter der kaiserlichen Garde, denen Vildericus zuvor begegnet war, erschienen. Die Begegnung war gewaltsam, einige wurden durch die Pferde umgerissen und einige von den Schwertern niedergeschlagen. Sechs Männer lagen auf dem Straßenpflaster und stöhnten, denn sie waren im Kampf verwundet worden. Vildericus ging näher und beugte sich über den, der ihm am übelsten zugerichtet schien. Er hatte eine Wunde am Rücken und blutete stark.

»Junger Mönch, es ist besser, wenn du gehst«, sagte einer der Ritter, der sich hinter ihm befand; es war jener, der zuvor schon angehalten und mit ihm gesprochen hatte.

»Diese Männer sind verletzt und brauchen Hilfe«, antwortete Vildericus fest.

»Das werden die Soldaten erledigen, einige meiner Kameraden sind deutsche Ritter, verschwinde.«

»Dieses Kreuz, das Ihr dort auf der Brust tragt, bedeutet, dass Ihr ein Ritter Christi seid. Auch Ihr müsst Euch um sie kümmern.«

Vildericus ging fort. Empörung, Ohnmacht und der Unmut über den Übergriff machten ihn beben, denn diese Menschen hatten keine Waffen gehabt, sie hatten nur einem Nachbarn zugehört, und auch wenn seine Worte Protestreden gewesen waren, welche Gefahr konnte das schon für eine Stadt bedeuten?

Und wer mochte mit Lanzen und Schwertern bewaffnete Reiter ausgeschickt haben, mit der Vollmacht, Unbewaffnete zu verletzen? Und schließlich wären die Soldaten der Miliz mit Härte vorgegangen, aber ohne jemanden zu verletzen, sie hätten vielleicht sogar diese Menschenmenge zerstreuen können, ohne solche Folgen. Doch als auf dem steilen Anstieg, der zur Via Lata führte, das Licht der Fackeln sich verlor und er von Dunkelheit umgeben war, wichen Widerwille und Empörung einem bislang unbekannten Gefühl, das vielleicht den Widerwillen und die Empörung hervorgerufen hatte, und Vildericus blieb überrascht stehen. Er hatte das Feuer eines physischen Zorns in sich geschürt, eine Glut, die er nie zuvor in seinem Körper verspürt hatte. Doch jetzt, hin und her gerissen zwischen Verzweiflung und der Reue seines Gewissens, vernahm er auch ihr teuflisches Gegenstück: die Freude darüber, ein Mann zu sein. Als er beim Kloster Santa Maria ankam, fragte er nach Enricus von Manciano, und nachdem man ihn zu ihm geführt hatte, bat er ihn, ihm die Beichte abzunehmen. Der Abt versuchte, ihn zu beruhigen, und sagte ihm, dass der Wunsch seines Herzens, den Schwachen zu helfen, keineswegs von der Ordensregel verdammt wurde, auch wenn die Genugtuung eine faule Frucht des Stolzes sein mochte – darüber solle Vildericus nachdenken. Die beste Medizin dafür sei es, ein paar Tage bei den Ordensbrüdern im Kloster zu verweilen, dort könne er auch wieder Frieden für die Seele finden. Die gemeinsamen Gebete und Lieder würden ihn gesunden lassen. Und wenn er in der Abgeschiedenheit seiner Zelle über die Versuchung des körperlichen Stolzes nachsänne, würde ihn dies wieder auf den rechten Pfad der strikten Demut des heiligen Benedikt zurückführen.

Vildericus befolgte den Rat und blieb vier Tage in Santa Maria; es waren die Tage der öffentlichen Trauer und der Totenmessen, die vor und nach der Beisetzung Johannes' XIX. in allen Klöstern und Kirchen abgehalten wurden, an denen sich jedoch in der übrigen Stadt zeigte, dass die vorwiegende Beschäftigung der Römer in einer Zeit öffentlicher Trauer das Plündern war. Ein Opfer der größten Plünderungen war der Lateranpalast selbst. Während der gesamte päpstliche Hof im Refektorium versammelt war, welches den hohen Prälaten für das übliche Ritual des Leichenschmauses vorbehalten war, war es einer Bande von Gaunern gelungen, über die Vorratskeller einzudringen, ungestört in die Gemächer des verblichenen Papstes vorzudringen und einige der Schätze zu entwenden, die dort aufgehoben waren: Goldmünzen, Ikonen, die die byzantinischen Kaiser in den letzten Jahrzehnten den Päpsten zum Geschenk gemacht hatten, ein Kreuz aus Silber, von dem man sagte, es habe Leo dem Großen gehört, Teppiche, die man den Sarazenen abgenommen hatte, Brokatstoffe, kostbare Vasen und Schmuck.

Die Nachricht von diesem Diebstahl brachte Hildebrandus von Soana ins Kloster mit. Er war etliche Tage nach San Giovanni a Porta Latina verbannt gewesen, wo er seine Studien zusammen mit dem Erzpriester Gratianus betrieb, und hatte nun den Palast aufgesucht, um Vildericus zu treffen. Als er erfuhr, wo dieser sich aufhielt, war er sofort zu ihm in seine Zelle geeilt. Der Mönch unterbrach die Gebete und Psalmen der sechsten Stunde und begrüßte seinen jungen Freund freudig, den er nun schon eine ganze Weile nicht gesehen hatte. Dieser berichtete ihm sogleich von dem schändlichen Diebstahl. Der Tonfall seiner Ausführungen schwankte zwischen leichter Entrüstung und bitterer Ironie, sodass Vildericus, der diese Grundstimmung der Ehrfurchtslosigkeit erfasst hatte, sagte: »Ihr sollt euch nicht Schätze sammeln auf Erden …« Und Hildebrandus fuhr fort: »… wo sie die Motten und der Rost fressen und wo die Diebe einbrechen und stehlen …« Und wieder Vildericus: »Sammelt euch aber Schätze im Himmel … Man sieht, dass das Matthäus-Evangelium hier wenig beachtet wird.«

»Du aber solltest zum Palast zurückkehren. Du wirst dir doch das Schauspiel nicht entgehen lassen.«

»Welches Schauspiel?«

»Das Schwindel erregende Hin und Her, das nun mit Blick auf die Ungewissheit der bevorstehenden Wahl in Gang gesetzt wird.«

»Ich hoffe nur, dass der künftige Papst mich nicht mehr haben will.«

»Nein!? Warum denn? Nein! Hier ist der Nabel der Welt, du musst hier bleiben, hier wird die Zukunft vorbereitet.«

»Die Zukunft?! Die Zukunft sollte tausend Jahre in die Vergangenheit zurückkehren.«

Es trat eine Pause ein. Vielleicht ließ das Schweigen von Hildebrandus Vildericus vermuten, dies sei seinem Hinweis auf die Vergangenheit zu verdanken, und tatsächlich begann der Gast zu sprechen: »Die Kirche kann nicht auf eine Führung verzichten, ansonsten würde sie von den Wölfen zerfleischt werden, die um sie herumstreifen. Das Übel ist, dass diese Führung heute nur sich selbst pflegt. In diesen Monaten habe ich feststellen können, wie wenig Gehalt das gegenseitige Verständnis der Mehrheit der Stadtbewohner und der Minderheit dieser unfähigen und verderbten Kurie hat. Und dann all diese Fraktionen! Die eine, die sich auf die Republik oder auf den Senat des römischen Volkes beruft, ist rührend und lächerlich, weil nichts weiter von der alten Größe Roms entfernt zu sein scheint als diese Leute, und wo lediglich die Ruinen, jene fünf oder sechs Paläste mit ihren Verteidigungstürmen, einige christliche Kirchen und die Armut groß sind. Die andere Gruppe, die der Ersten misstraut, behauptet, die wahre Erbin jener Größe zu sein, weil sie sie in ein universelles Primat des Geistes verwandelt hat. Das ist ja zum Teil auch richtig, wir haben große Päpste gehabt, doch sie hat es unterdessen nicht vermocht, sich den feigen Verbindungen mit einem Kaiserreich zu entziehen, das sich heilig und römisch nennt, obgleich es einem deutschen Herrschergeschlecht angehört.«

Der Gast trug diese Worte mit großem Eifer, und ohne Vildericus anzusehen, vor, als ob er, während er sie aus der Tiefe seines Innern hervorzog, dessen Gegenwart vergessen hätte. Er war dabei, sich mit Visionen zu befassen, die wie ein Adler über der Erde schwebten, in einer Höhe, von der aus sogar Christus und seine Botschaft winzig und weit entfernt wirkten.

»Hildebrandus!«, rief Vildericus ihn wieder in die Wirklichkeit zurück.

»Ja?«

»Gestern Abend ist der Bauer aus Farfa gekommen. Er wird bald wieder zurückkehren, und ich muss auf einen Brief von Hugo von Celano antworten.«

»Dann lass ich dich allein. Wir sehen uns im Refektorium.« Als er an der Tür war, drehte sich Hildebrandus noch einmal um: »Du bist anders als ich, doch du bist der Einzige, dem ich meine geheimsten Gedanken anvertraue.«

Vildericus blieb lange mit der Feder in der Hand sitzen. Sein Abt hatte ihn nach Neuigkeiten aus dem Sündenpfuhl gefragt, er konnte ihm aber nur das mitteilen, was er hier in Santa Maria vom Abt und vom Prior erfahren hatte. Er schrieb, dass die Ernennung des künftigen Papstes durch überall herrschende Unordnung noch erschwert werde. Nur über einen Punkt könne in diesen Zeiten Gewissheit herrschen, dass sich, während in den Palästen heimliche Zusammenkünfte mit glühenden Disputen abgehalten wurden, in der ganzen übrigen Stadt eine große Ungeduld breit gemacht habe, die noch unheilvoller werde, seit sich düstere Riten und frevelhafte Exorzismen ausbreiteten. Dies habe man zufällig entdeckt, als man in den weitläufigen Gärten unterhalb des Hügels Pincio neben den verbrannten Überresten einiger kleiner Altäre auch menschliche Knochen und einen Kinderschädel entdeckt habe, als ob die Gerüchte über die Namen der verschiedenen Papstkandidaten Glück oder Unglück verhießen. Wäre er, Vildericus, Jesaia oder Jeremias und hätte er prophetische Gaben, dann würde er erklären, dass die Römer aufgrund ihrer magischen oder häretischen

Ausschweifungen den schlimmsten Zorn auf sich gezogen hätten. Die Kälte und der Hunger jener unerbittlichen Monate genügten nicht, jetzt sei noch ein epidemisches Fieber hinzugekommen, welches auch die Robustesten niederstreckte und die Schwächeren in den Tod führte.

Er fügte hinzu, dass ihm sein Abt sehr fehle, der ihm weit fort zu sein schiene. Was Primicerius Johannes beträfe, in dessen ernster Menschlichkeit er eine Stütze für seine Schwäche gefunden habe, so teile er mit, dass dieser in Ungnade gefallen sei und dass er, um ihn, Vildericus, nicht mit hineinzuziehen, ihn nicht mehr aufsuche. Er übergab den Brief dem Prior von Santa Maria und betrat eine Stunde später den Papstpalast.

## 9

In den Tagen der folgenden Woche herrschte ein fieberhaftes Treiben, dem Vildericus unbeteiligt zusah: Der verwaiste Stuhl Petri zog eine Unzahl von Vermutungen und Prophezeiungen an, die sich weniger aus konkreten Tatsachen als vielmehr aus wirren Auslegungen von Andeutungen des einen oder anderen Kardinals nährten. Gewiss war nur, dass die Tusculaner den Nachfolger aus der Mitte ihrer großen Familie nehmen würden, was aber keineswegs den aufgeblasenen Hochmut der hohen Prälaten dämpfte, die sich verhielten, als hätte ein jeder von ihnen die Hände im Spiel, und dies zumindest in der Funktion eines wichtigen Beraters. Sogar der Kardinal von Portus, der sich gegen Abend in Vildericus' Zimmer einstellte, erging sich in widersprüchlichen und geheimnisvollen Andeutungen: Es sei wünschenswert, dass die endgültige Wahl mit großer Umsicht getroffen werde, die Notwendigkeiten der aktuellen dramatischen Lage erforderten einen Kandidaten mit Format, andererseits seien die Gepflogenheiten und die Praxis die, die sie eben seien, was es wahrscheinlich und sogar sicher mache, dass der rechte Kandidat verworfen werden würde. Vielleicht hatte dieser Mann nur das Bedürfnis, zu reden, seine eigene Unruhe wiederzukäuen und von sich zu geben.

»Ich bin als Ostiarius in den Priesterorden eingetreten«, sagte er, »mit sechzehn Jahren, gleich nach der Wahl Gregors V., des deutschen Papstes, und seitdem, in diesen siebenunddreißig Jahren, habe ich der Wahl von sechs weiteren Päpsten und einem Gegenpapst, Johannes XVI., dem Griechen aus Kalabrien, beigewohnt. Außer den ersten beiden, die vom Kaiser eingesetzt wurden, waren bei allen anderen die Tage und Wochen des Wartens vor der Wahl unruhige Zeiten. Hätte es in diesen Augenblicken im Latium einen ketzerischen oder heidnischen Söldnerführer mit zehntausend Soldaten gegeben, so wären Rom und seine christliche Lehre vernichtet worden. Doch dies hier im Augenblick – ich verspüre es geradezu körperlich – ist die dunkelste aller Zeiten, und vielleicht wird diese Lehre tatsächlich weggewischt.«

Vildericus hörte ihm schweigend, mit gehorsamem Desinteresse, zu. Die Zahl der zur Wahl stehenden Kandidaten, von denen er in den Fluren des Palastes gehört hatte, war auf zehn angestiegen, und sie waren ihm alle unbekannt. Daher war der Versuch, ihn in diese Angelegenheiten mit hineinzuziehen, von vornherein zum Scheitern verurteilt. Der Kardinal merkte dies jedoch und fuhr fort: »Du tust Unrecht, wenn du dich aus diesen Dingen heraushältst, auch du wirst damit zu tun bekommen, denn auch deine Arbeit wird davon bestimmt sein, wer diesen lausigen Thron besteigt. Ganz abgesehen davon« – und hier senkte er seine Stimme –, »dass meine Idee, die Chronik Roms und des Papsttums wieder aufzunehmen, in einigen Räumen des Palastes keine große Begeisterung mehr auslöst. Vildericus, ich habe eine üble Vorahnung ...«

Er unterbrach sich, denn ein Diener war eingetreten, der ein Gefäß trug, in das er das im Krug und in der Karaffe auf dem Tisch verbliebene Wasser schüttete. Aus einem Krug, den er an einem Riemen über der Schulter trug, füllte er frisches Wasser ein. Vildericus hatte diesen Jüngling noch nie gesehen, üblicherweise hatte einer der Diener des Stockwerkes die Aufgabe, frisches Wasser zu bringen, doch er war über den letzten Satz seines Gastes so nachdenklich geworden, dass er den kleinen Zwischenfall erst registrierte, als der Diener das Zimmer schon wieder verlassen hatte.

Der Kardinal nahm die rechte Hand des jungen Mönches, drückte sie und fügte hinzu: »Wenn dies geschehen sollte, so tust du besser daran, zu fliehen und nach Farfa zurückzukehren. Und versuche, meinen Besuch zu vergessen. Jesus Christus möge dich vor dem Herrn der Fliegen bewahren!«

Diese letzten Worte und der veränderte Tonfall, mit dem der Kardinal sie ausgesprochen hatte, hatten Vildericus verunsichert: Auf wen mochte er sich wohl bezogen haben? Und warum bediente er sich dieses Bildes vom Teufel? Warum war er von solch düsteren Vorahnungen befallen? Würde die Kraft Christi nicht gegen jegliche Bedrohung ausreichen, auch wenn diese aus dem Innern der Kirche selbst käme? Der Glaube dieses Mannes hatte durch den beständigen Kampf mit der Gegenwart gelitten. Die Zukunft stand dem Guten immer offen. Endgültiger Tod oder Glaube, Verderbnis oder Hoffnung – immer würde Letzteres obsiegen, im leuchtenden Martyrium des Kreuzes. Doch diese Vorstellungen beruhigten ihn nicht. Kleine Spuren von Misstrauen hatten sich in seinem Geist festgesetzt, und das inhaltsleere Summen in diesem widerwärtigen Bienenstock des päpstlichen Palastes trieb ihn erneut auf die Straße.

Die Nacht war hereingebrochen, ein übermütiger und praller Mond hatte sich dicker als sonst aufgeblasen und hockte auf der Porta San Sebastiano. Die Schatten, die die Umfassungsmauer des alten Kaiserpalastes warf, stiegen an der des gegenüberliegenden Klosters San Bonifacio wieder hinauf. Vildericus war nicht müde, doch er hätte die Augen schließen mögen, sich selbst vergessen, alles vergessen; er fühlte sich von seinem heftig pochenden Herzen eingeengt. Er wünschte sich jemanden herbei, der seinen Glauben teilte, der ihn annähme, mit dem er offen sprechen könnte. Der drohenden Verzweiflung setzte er das Lied vom goldenen und siegreichen Lamm entgegen, das man bei den Festen in Sutri zu singen pflegte, und er sang es mit lauter Stimme, und es breitete sich in der großen Muschel des Circus Maximus aus und begleitete ihn bis zum Portal von Santa Maria in Cosmedin. Sich selbst vergessen, das konnte er nicht. Das satte Mondlicht vergrößerte alles, die Säulen, die Granitblöcke und die umgestürzten Grabstelen, die ihm ihre düstere Drohung entgegenwarfen. Vor dem Janusbogen musste er stehen bleiben, diese riesigen, in Marmor gefangenen Pranken waren das Symbol für die Apokalypse, die in aller Ewigkeit auf der Lauer lag, genau wie der Mond, der sich auf den Glockenturm von San Giorgio gestützt hatte … ein langsam fließender, doch zerstörerischer Strom, der jedes Leben zu den vereisten Ufern trug, auch den Leib seines Vaters, den er – ihm zur Ehre – sorgfältig ins Totengewand gekleidet hatte, eine sinnlose Mühe angesichts des unaufhörlichen Treibens des Sensenmannes … In den letzten Minuten schien sich etwas um seinen Kopf zusammenzuziehen, ein enger eiserner Ring. Der Mond hatte sich vervielfältigt, brennende Stiche wollten seinen Magen durchlöchern, und ihm war, als käme ein Schwert aus seinem Mund. Er schloss die Augen und sah einen Stern, der blutbesudelt war. Sein Geist schwankte im Nebel der Schmerzen. Noch nie hatte er den Schlüssel für den Eingang zur Unterwelt besessen, und er wollte es hinausschreien, doch er wurde von anderen Stimmen niedergeschlagen. Inzwischen rief ihn das Tier mit den vier marmornen Pranken zu sich und lachte, es lachte aus den Mündern dreier Huren. Er durfte sie nicht ansehen und spürte, wie der Boden sich zu ihm erhob, dann verlor er das Bewusstsein …

Mit Mühe nur konnte er die Augen öffnen und sah ein Fenster und das Licht, das durch das Fenster kam. Es war ein kleines, quadratisches Fenster, und er hörte von irgendwoher das Zischen einer Feuerschale, doch er verstand es nicht, weil es ihm nicht gelang, seine Gedanken in Bewegung zu setzen, denn dieses Licht machte ihn horizontal und weiß und schwitzend und glühend, denn sein Körper war mit einem Schaffell bedeckt, und im Innern war das Fieber, das spürte er an dieser aufgedunsenen Hitze um die Augen herum. Er öffnete die Augen ganz, sah über sich die Zimmerdecke, die Balken aus schwarzem Holz, die Bretter aus rötlichem Holz trugen, und er versuchte, sich auf einen Ellbogen zu stützen, doch seine Arme waren kraftlos. Er verstand nichts, er erinnerte sich nicht, doch war dies kein Traum. Dann vernahm er ein Wispern, die Stimme einer Frau und die eines Mannes, die fragte: »Wo?«, und dann fragte sie: »Wer?«, und dann: »Wann?«. Die Antworten drangen nicht bis zu ihm herüber, da erinnerte er sich an den fürchterlichen Ring um seinen Kopf und an den Magen, der versuchte, alles von sich zu geben, und er schloss erschöpft die Augen.

Als er wieder erwachte, war das Licht des Fensters verschwunden, und es waren nur ein schwacher Schein da und Schatten, die über die Decke glitten. Er hob unter Anstrengung den Kopf und sah eine Frau zu Füßen des Bettes stehen, es musste die sein, die zuvor geflüstert hatte. Sie betrachtete ihn mit einem leichten Lächeln und neugierigem Interesse.

»Wie fühlt Ihr Euch?«

»Wo ... bin ich?«

»Das hier ist mein Haus. Wie fühlt Ihr Euch?«

»Ich habe wohl Fieber.«

»Und der Magen, wie geht es mit dem Magen?«

»Ich bin ... ein Benediktinermönch des Cluniazenserordens. Ich träume doch nicht, oder?«

»Nein, ich glaube nicht. Ich heiße ...«

»Wie ... warum bin ich hier?«

»Nun, als ich Euch sah ...«

»Wo?«

»Am Janusbogen.«

Das Tier, die Pranken des Untiers in Marmor gebannt, das Symbol der Apokalypse, der Abstieg …

»Es ist Euch sehr schlecht gegangen, ich glaubte, dass … Ich bin fast über Euch gestolpert. Ich dachte, Ihr wäret tot. Doch Ihr habt noch geatmet, also habe ich um Hilfe gerufen. Es hat eine Weile gedauert, bis jemand gekommen ist, ein Soldat, einer von der römischen Miliz, und mit seiner Hilfe habe ich Euch hierher gebracht, in mein Haus.«

»Ich bitte Euch, vergebt mir … ich bin sehr verwirrt … aber, wann ist das geschehen?«

»Vor vier Nächten.«

»Vier … ich kann nicht bleiben … sind Eure Verwandten hier, Euer Gatte?«

»Ich lebe allein hier.«

»Ich … kann nicht im Haus einer Frau bleiben.«

»Ich verstehe Euch, doch wenn ich Euch dort gelassen hätte … ich habe einen Arzt gerufen, einen, der hier in der Nähe wohnt. Zum Glück ist er sofort gekommen, denn wenn er nicht gekommen wäre … und so habe ich Euch pflegen können. Aber, verzeiht, wenn ich Euch dies frage: Was tatet Ihr dort allein in der Nacht am Janusbogen bei dieser Kälte? Das ist ein Ort, der einem schon am Tage Angst bereitet, und dann noch bei Vollmond! Es läuft einem dort wirklich kalt den Rücken hinunter.«

»Ich wollte nach … ah, ich erinnere mich, zum Kloster Santa Maria.«

»Also stand es tatsächlich geschrieben, dass ich Euch treffen sollte, denn der Weg nach Santa Maria verläuft auf der anderen Seite, beim Aventin.«

»Vielleicht irre ich mich, vielleicht wollte ich nach Sant' Agnese …«

»Habt Ihr Schmerzen im Magen?«

»Im Magen? … Ja.«

»Ich hole eine Lampe.«

Die Lampe befand sich hinter einem Vorhang, den die Frau zur Seite zog. Vildericus bemerkte dort ein Bett, es musste das ihre sein, und er drehte sich auf die Seite, um nichts mehr zu sehen, nicht die Frau, nicht das Bett, auf dem sie ihren Leib ausstreckte, doch sie wandte sich ihm zu und stellte die Lampe auf den nebenstehenden Tisch.

»Ihr müsst Euch zwingen, diesen Heiltrank zu trinken. Bis jetzt habe ich Euch geholfen, doch nun könnt Ihr es selbst tun.«

Ihre Augen waren von einem dunklen Grau, Graugrün, sie hatte dichtes kastanienbraunes Haar und trug ein scharlachrotes Kleid, das an den Brüsten und den Seiten eng anlag.

»Ich helfe Euch, den Kopf zu heben, Ihr müsst alles trinken.«

»Ich mache das selbst«, antwortete er, doch sosehr er sich auch anstrengte, es gelang ihm nicht, als hätte er keinerlei Nerven und Muskeln mehr im Hals und in den Schultern. Die Frau half ihm, sich wieder hinzulegen, hielt ihm sanft den Kopf und half ihm zu trinken. Dann nahm sie ein Tuch und trocknete ihm den Schweiß von der Stirn.

»Ja, Ihr habt hohes Fieber. Ich werde Euch Milch wärmen.«

»Milch? Und dieser Trank, was ist das?!«

»Das ist eine Mischung aus sieben verschiedenen Kräutern. Ich weiß nicht, welche, der Arzt hat sie mir gegeben.«

»Wofür …?«

»Um den Körper zu reinigen, das Gift aus ihm herauszuschwemmen.«

»Welches Gift? Von welchem Gift sprecht Ihr?«

»Der Arzt hat gesagt, Ihr hättet ein Gift zu Euch genommen, jedoch nicht in … wie hat er gesagt? … in tödlicher Dosis.«

»Ich habe kein …«

»Vielleicht jemand anderes. Diese Stadt ist grausam.«

Vergiftet?! Entsetzen überkam ihn. Plötzlich sah er wieder jenen unbekannten Bediensteten vor sich, der in sein Zimmer gekommen war, um frisches Wasser zu bringen.

»Darf ich Euren Namen erfahren?«, fragte die Frau.

»Wie?«

»Wenn Ihr ihn mir nicht sagen wollt, so macht das nichts.«

»Nein, nein. Ich kann nur nicht … Vergiftet! Ich heiße Vildericus und bin in Sutri geboren.«

»Sutri?«

Allmächtiger im Himmel! Jemand hatte versucht, ihn zu beseitigen, sich seiner zu entledigen! Und er wäre in Sünde gestorben. Wegen dieser Sache in Ferentino? Vergiftet wie dieser arme Bischof, eingesponnen in all diese Lügen? Er war jedoch nicht eingeschüchtert, nein, er fühlte Ohnmacht und Geringschätzung, fühlte sich in seinem Glauben verhöhnt, einer lästigen Mücke, einem Insekt gleichgesetzt – sein Blick richtete sich wieder auf die Frau –, ganz im Gegensatz zu diesem armen und bedauernswerten Weib, das ihn gerettet, ihn zu sich genommen und ihn gepflegt hatte …

»Das ist ein Ort, der kaum dreihundert Stadien von Rom entfernt an der Via Cassia liegt.«

Sie hatte karmesinrote Lippen. Er durfte sie nicht anschauen, er durfte nicht mit ihr sprechen.

»Ihr seid nicht aus Rom?«

»Nein, ich bin aus Ravenna. Ich kam vor acht Jahren auf einer Pilgerreise hierher. Dann bin ich geblieben. Zu meinem Unglück. Jetzt aber solltet Ihr schlafen. Schlaf und Ruhe ist nun die beste Medizin für Euch. Ich werde unterdessen Milch holen gehen.«

Die Frau beugte sich über ihn, streifte seine Wange mit der Hand und küsste ihn auf die Stirn. Sie hatte ein breites, volles, schön geschnittenes Gesicht. Und trotz des Ausdrucks von Missbilligung, den er glaubte, in ihren Zügen zu sehen, bemerkte er eine harmonische Anmut des Mundes, die großen Augen … Sie musste ungefähr so alt sein wie er selbst. So gehorchte er ihr denn mit Freuden, auch weil sie eine einfache und ehrliche Sanftmut ausstrahlte, und schlief ein. Die Erwähnung

Sutris versetzte ihn im ersten tiefen Schlaf im Traum auf jene Straße, die sich über den Hügel entfernte und zum väterlichen Haus führte. Der Vater stand vor einem Stier und wollte nicht, dass dieser das reife Korn niedertrampelte, denn zwischen den Ähren war die Mutter erschienen. Sie hatten zu laufen begonnen, denn sie mussten einen Unterschlupf finden. Sein Vater war bereit, auf alles zu verzichten, fortzugehen, und er hätte ihn so gerne gebeten, ihn mitzunehmen, doch er konnte nicht sprechen, ach, die Lippen öffnen zu können und schreien …

Als er erwachte, war jemand im Zimmer, der Worte der Ablehnung und der Entschuldigung flüsterte, Worte, die hinter der Tür waren; Vildericus öffnete die Augen. Es war die Frau, die sprach: »Ich kann nicht«, und wieder: »Ich kann nicht.« Die andere Stimme gehörte einem Mann, der um Einlass bat. »Nein, ich kann nicht, wenn du es unbedingt nötig hast, dann geh nach nebenan zu Marcellina, sie ist frei.«

Es war nicht einfach, diese Worte einzuordnen und auch nicht die Tatsache, dass sie diesem Mann untersagt hatte einzutreten. Vielleicht schämte sie sich, in ihrem Haus einen Mönch zu beherbergen, denn es gab verwirrende Gerüchte über Mönche, schon seit langem. Der Abt von Santa Maria hatte ihm erzählt, dass einige Klöster die Türen für Dirnen öffneten und dass sich dort zur äußerlichen Ausübung des Glaubens die heimliche der Wollust gesellte. Die Frau schloss die Tür.

»Hier ist die Milch, ich wärme sie Euch. Ich müsste auch noch etwas Honig haben.«

»Meinen Namen habe ich Euch gesagt, Ihr jedoch …«

»Dorotea, ich heiße Dorotea.«

Derselbe Name wie der der jungen Frau, die in sein Studierzimmer eingedrungen war, in der Angelegenheit mit Ferentino, doch die Stimme der Frau hatte sich verändert, und sie hatte ihn damals nicht einmal angesehen. Jetzt machte sie sich am Herd zu schaffen, ihr fürsorglicher Ton war einer verhaltenen schmerzlichen Besorgtheit gewichen.

»Ich werde für Euch zum Hindernis, nicht wahr?«

Die Frau hob schnell den Kopf und sah ihn mit blitzenden Augen ernsthaft an.

»Nein, Ihr täuscht Euch.«

»Dieser Freund wollte hereinkommen und mit Euch sprechen, und meine Anwesenheit …«

Sie erstarrte für einen Moment und sah ihn mit einem Blick an, der zwischen zögerndem Staunen und Verwirrung lag. Dann ging sie wieder zum Herd, füllte die warme Milch in eine Tasse, fügte ein wenig Honig hinzu und brachte sie ihm. Vildericus gelang es, sich aufzurichten, indem er sich auf die Ellbogen stützte. Die Frau setzte sich zu ihm und hob die Tasse an seinen Mund.

»Das wird Euch gut tun. Später werde ich Euch ein wenig Fleisch geben und auch etwas Brot. Ihr müsst wieder essen.«

Vildericus fühlte sich sehr unwohl. Auch in Sutri und die wenigen Male in Farfa hatte es ihn immer beschämt, wenn er krank gewesen war. Wie ein verletztes Tier hatte er sich in sein Zimmer oder seine Zelle verkrochen, ohne etwas zu verlangen, sich in den Schlaf zurückgezogen in Erwartung der Genesung, und jetzt hatte er diese Frau vor sich, die ihn behandelte wie eine Mutter … eine liebevolle Mutter. Die Frau stellte die Tasse auf den Tisch, faltete die Hände, senkte den Kopf und seufzte tief. Dann sah sie zu ihm auf und sagte: »Ihr wisst nicht, was ich bin. Ihr habt nicht verstanden, welchen Beruf ich ausübe. Ich verkaufe meinen Körper, um zu leben … ich bin eine Hure.«

Sie erhob sich vom Bettrand und ging zur Feuerschale, wo sie einige Äste und Holzkloben auflegte, um das Feuer wieder zu entfachen, das zu Glut geworden war. Vildericus fühlte plötzlich eine tiefe Scham in sich aufsteigen. Wenn dies die beiden Äbte von Santa Maria und Sant' Agnese erführen, wenn seine Mitbrüder davon wüssten …

»Ich muss gehen. Ich kann nicht hier bleiben. Gott wird

Euch belohnen für das, was Ihr für mich getan habt, doch ich muss fort.«

Die Verzweiflung hat viele Gesichter, und die körperliche Schwäche machte es ihm schwer, diese Worte auszusprechen. Die Frau war hinter den Vorhang getreten. Sie war das einzige Wesen, dem er seinen Kummer würde anvertrauen können, und zugleich musste er sie aus jedem Gespräch ausschließen. Vielleicht war dies eine Prüfung, zu der Christus ihn gerufen hatte, jener Christus, der in seiner unerschütterlichen Güte verdammte und verzieh. Er würde sich an ihn wenden, er würde seine Sinne ausschalten, sich leer machen, um ihn in sich empfangen zu können, und indem er sich mit ihm verband, würde er auch seine Führung annehmen können, seinen Rat. Doch in seiner Niedergeschlagenheit wurde ihm seine Einsamkeit ohne Gnade offenbar. Ohnmächtig, krank, unfähig, sich zu bewegen, in Gegenwart einer Dirne, die seinen Geist verdunkelte, ihn schwanken machte zwischen den düsteren Bildern der Unzucht und den hellen der Großzügigkeit und Liebenswürdigkeit … Er war erschöpft, allein das Dunkel bot ihm in diesem Augenblick eine Rückzugsmöglichkeit; er schloss die Augen, auch um die Tränen zurückzuhalten, die ihm bereits die Wangen hinabrannen.

In den folgenden Tagen bemühte sich die Frau wie vorher um ihn, gab ihm zu essen, half ihm, sich zu waschen, doch ohne je das Wort an ihn zu richten. Vildericus folgte ihr mit dem Blick und sah sich vor, dem ihren nicht zu begegnen, verwirrt, weil er Furcht verspürte, wenn sie ausgegangen war, um Einkäufe zu machen oder um Kunden zur Nachbarin zu führen. Langsam gewann er seine Kräfte zurück, und nach sieben Tagen stand er auf, kleidete sich an und versuchte zu gehen. Er stellte fest, dass er dazu wieder in der Lage war, und beschloss fortzugehen. Die Frau war gerade dabei, Wäsche zu waschen. Er ging zu ihr.

»Ich glaube, ich bin genesen. Das verdanke ich Euch.«

»Auch Eurer Jugend«, antwortete sie, ohne sich umzudrehen.

»Nein, allein Euch. Eurer Güte.«

Sein Herz war schwer von den Worten, die er nicht aussprechen konnte, und er blieb schweigend stehen, bis die Frau sich umdrehte und sagte: »Es ist gut, dass Ihr geht … Ich habe zu niemandem von Euch gesprochen. Ich wusste, dass ich es nicht durfte. Für Marcellina, meine Nachbarin, habe ich die Ausrede gefunden, dass mir nicht wohl sei und dass ich für mich sein wolle. Ich werde auch in Zukunft nichts sagen, zu keinem Menschen, auch wenn man mich danach fragen sollte. Ihr könnt beruhigt sein.«

Doch da war eine Verbindung, Vildericus spürte es, ein Band, das ihre beiden Seelen jenseits der bedrohlichen Gestade der Körper miteinander verknüpfte, Morast und Licht, vielleicht auch der Freispruch von jeglicher Sünde, darin sie gleichgestellt waren unter der unendlichen und unanfechtbaren Vergebung der Gnade.

»Dorotea, die Dankbarkeit für die Barmherzigkeit, die Eure Hilfe möglich machte, Ihr seid ein Wesen …«

»Nein, genug davon. Ich habe es ohne Mühe getan, ich habe es nicht bereut und habe Euch lieb gewonnen.«

Vildericus näherte sich ihr und presste die Lippen aufeinander, damit sie nicht zitterten.

»Wenn etwas in mir Euch beleidigt hat, so bitte ich Euch, vergebt mir.«

»Jetzt solltet Ihr besser gehen. Ich weiß, dass wir uns nie wieder sehen werden, und das schmerzt mich.«

Er flehte den Herrn an, ihm zu helfen. All seine Gefühle drängten ihn zu jener Frau hin, die ihm ein zweites Leben geschenkt hatte, und die Zurückhaltung kostete ihn große Anstrengung.

»Dieser Schal, den ich dort auf den Stuhl gelegt habe, ist für Euch«, sagte sie noch. »Ihr müsst ihn Euch umlegen, es ist sehr kalt. Es ist schon dunkel. Ich werde Euch sagen, wann Ihr gehen könnt, denn ich will nicht, dass man Euch sieht.«

So geschah es. Als er aber draußen stand, hielt er inne und sah sich um. Er wollte den Ort wieder erkennen können, an dem er diese Tage verbracht hatte: Zur Rechten konnte er das Portal der Kirche Santa Anastasia ausmachen, in deren Umkreis einstöckige Gebäude und niedrige Häuser standen, genau wie das jener Frau, mit einer Eingangstür und zwei quadratischen Fenstern.

Er ging in Richtung Lateran. Er wollte allein sein in seinem Zimmer, er musste seine verworrenen Gedanken beruhigen und ordnen. Er brauchte eine gute Stunde, bis er sein Ziel erreicht hatte, denn er hatte sich einige Male ausruhen müssen, fürchtend, dass er es nicht schaffen würde, dass seine Beine ihn nicht mehr tragen würden. Als er sein Zimmer erreichte, war er sehr erschöpft, vor allem nach der Anstrengung des Treppensteigens. Er legte sich sogleich auf sein Lager – es war nicht so weich wie das von Dorotea, der Name Dorotea war sehr schön, und er hatte nicht mehr die Kraft, sich seine übliche Abendlektüre vorzunehmen, die er auswendig wusste, und die Gebete für die Komplet zu sprechen. Er schlief ein … Als er erwachte, war es noch tief in der Nacht. Zunächst glaubte er, dass das Geräusch, das er vernahm, von den Wirren eines langen und angstvollen Traums, der von Schwertern und Masken, Drohgebärden und vielen Schergen handelte, in seinen Ohren klang. Er versuchte, ihn noch zu erhaschen, um vielleicht seine prophetische Aussage zu verstehen, als ihm bewusst wurde, dass das Scharren von Füßen und das Gemurmel von Stimmen aus den Gängen zu ihm drangen. Ein seltsames Vorkommnis, denn abgesehen von etwa einem Dutzend Geistlicher, die hin und wieder hier schliefen, und vom Papst und einigen seiner Diener war der Palast nachts nahezu verlassen. Er kleidete sich an und öffnete die Tür. Priester, Subdiakone und Diener hasteten mit Packen beladen hin und her, hielten zuweilen plötzlich inne, von irgendeinem Zweifel befallen, Rufe waren zu hören, die nach Befehl oder Klage klangen. Sie reichten einander die Pakete und sammelten Papiere auf, die sich daraus gelöst hatten und zu Boden geflattert waren. Panik schien alle erfasst zu haben. Ein Feuer? Doch die Luft war frisch, und es gab nur den Rauch von den Lampen und Kerzen, die die Diener trugen. Vildericus versuchte, einige von ihnen aufzuhalten, indem er ein paar Schritte neben ihnen herlief, und versuchte zu erfragen, was hier geschah, doch keiner hatte Zeit, auf ihn zu achten.

Er ging in sein Zimmer zurück und holte die Lampe, die er angezündet hatte, und schlängelte sich zwischen den aufgeregten Menschen hindurch, stieg zum unteren Stockwerk hinab und klopfte an die Tür des Gemachs von Johannes von Galeria. Einen Augenblick lang befürchtete er, vor dem neuen Primicerius zu stehen. Er wartete vergeblich auf Antwort, dann beschloss er zurückzugehen und wollte sich gerade umdrehen, als die Tür doch einen Spaltbreit geöffnet wurde: Er war es, sein Freund.

»Gott der Herr sei gepriesen!«

Johannes führte ihn in den angrenzenden Raum, der sein Privatgemach war, und verriegelte sorgsam die Tür hinter sich. Vildericus erzählte ihm, was ihm geschehen war. Er sprach von der Frau, die ihn gerettet hatte, und als er erzählt hatte, welchem Gewerbe sie nachging, wartete er schweigend auf ein Urteil. Johannes setzte sich auf die Kante seines Lagers und bat Vildericus, einen Stuhl zu nehmen, der in der Nähe stand.

»Du solltest nicht stehen, du bist noch sehr blass. Und auch sehr mager. Es ist besser, wenn du die Lampe löschst. Gut, so im Dunkeln können wir hoffen, dass uns niemand sieht. Gift! Würdest du jenen Diener wieder erkennen?«

»Ja, vielleicht.«

»Ich hätte niemals gedacht, dass sie etwas gegen dich unternehmen würden. Sonst hätte ich dich gewarnt. Nein, aber … wenn sie dich wirklich hätten töten wollen … Schau, viele kriminelle Seelen nähren stets grausame Absichten, die in gewisser Hinsicht auch voller Ironie sein können. Wir haben entdeckt, dass der Bischof vergiftet worden ist. Wir haben uns in eines ihrer Vorhaben eingemischt und sie gestört. Vielleicht befürchten sie, erpresst zu werden. Und da sie es mit mir nicht machen konnten, denn ich esse seit meiner Rückkehr nur noch unten im Refektorium, mit all den anderen, und das Wasser, das Wasser, das ich trinke, hole ich mir selbst ... daher haben sie sich dich vorgenommen und haben es uns heimgezahlt, indem sie dir Gift verabreicht haben! Vielleicht war es in diesem Fall nur eine Warnung, die natürlich uns beiden gilt!«

Diese Frau, wäre sie ihm nicht zu Hilfe gekommen, bei dieser Kälte ...

»Ja, uns beiden, aber vor allem mir. Dass wir niemals etwas tun sollen, das über unsere eigentlichen Aufgaben hinausgeht. Uns nicht in Angelegenheiten mischen, die uns nicht betreffen. Vor allem in diesen Zeiten müssen sie unbedingt auf Personen zählen können, die vertrauenswürdig und hörig sind.«

»Und die blind sind, wenn ich richtig verstanden habe.«

»Ja, gewiss. Ich gehöre nicht dazu. Ich kam unter Sergius IV. im Jahre 1011 hierher in diesen Palast, und ich habe mich nie auf die Seite der einen oder anderen Familie geschlagen. Ein schwerer Fehler. Sie haben mich gebilligt und waren gezwungen, sich einzugestehen, dass ich ihnen nützlich war, vor allem bei äußerst schwierigen Angelegenheiten. Wenn man sich vor Augen hält, dass wir beide ... wir beide bringen die Kirche nicht wirklich in Schwierigkeiten ... Es erschreckt mich, was gerade in deren Inneren passiert.«

»Hat das, von dem Ihr gerade sprecht, mit all diesen irr gewordenen Menschen dort draußen zu tun? Sie tragen Papiere und mit allen möglichen Dingen gefüllte Beutel fort. Wohin gehen sie?«

»Sie nehmen Reißaus, bevor es zu spät ist. Sie glauben, in Schwierigkeiten zu sein. Für sie ist die Macht wie der Himmel, jetzt steht dort noch die Sonne, doch eine Stunde später kommt ein Regen herab, der einer Sturzflut gleicht … sie suchen sich einen Unterschlupf und warten, bis das Unwetter vorüber ist, oder die Gefahr …«

»Welche Gefahr?«

»Auch ich sollte das tun. Vielleicht gehe ich wirklich fort. Ich hatte gerade darüber nachgedacht. Deshalb hast du mich hier wach und angekleidet angetroffen. Doch nicht nach Galeria, sie würden mich dort aufstöbern. Und du, du könntest dich ins Kloster Santa Maria zurückziehen … Ja, ich muss fort. Abwarten, bis Jahwe das Messer aus Abrahams Hand nimmt, ist nicht meine Sache. Sofort, ja. Das muss ich tun.«

»Von welcher Gefahr sprecht Ihr?«

Es herrschte eine ganze Weile Schweigen, bis Johannes von Galeria ihm antwortete: »Richtig, du bist in diesen letzten Tagen nicht hier gewesen. Die Tusculaner! Sie tun Dinge, die jegliche Vorstellungskraft überschreiten. Wie viel Geld aus ihren Truhen kommt! Sie bestechen alle, Kardinäle, Senatoren, Hauptleute …«

»Um einen der ihren auf den Papststuhl wählen zu lassen?«

»Einen der ihren? Das versteht sich von selbst! Doch warum so viel Gold? Um wen dort hinaufzubefördern? Einen Geistesgestörten? Einen Verderbten wie jenen Johannes, den Neffen von Romano? Oder Gregor, den Sohn des Alberich, der wegen seines Unglaubens und seiner widernatürlichen, unzüchtigen Neigung bekannt ist? Mir haben sie natürlich kein Geld angeboten. Folglich … Geh nun, Vildericus, warte auf das Morgengrauen und beeile dich, zum Kloster Santa Maria zu kommen. Nimm die Lampe mit, zünde sie aber nicht an.«

»Und wie soll ich mich wegen dieses Weibes verhalten, Herr, wegen dieser Dirne?«

»Ich verstehe die Frage nicht?«

»Ich habe mich in ihrem Haus aufgehalten. Viele Tage, ich weiß nicht einmal, wie viele es waren. Doch nicht freiwillig. Sie hat mich auch gewaschen … versteht Ihr? Und sie hat mich berührt, um mich abzutrocknen … sie hat mein Gesicht gewaschen … ich habe von ihren Händen gegessen …«

»Sie hat dich gepflegt, nicht? Ich denke, sie hat dir das Leben gerettet. Hat sie dich vielleicht in Verlegenheit gebracht?«

»Nein, Herr, nein. Muss ich beichten?«

»Du vergisst, dass ich Priester bin. Sie wird außerdem auch Geld für dich verwendet haben, oder nicht?«

»Ja, ich glaube schon.«

»Ich glaube nicht, dass das Zeiten sind, in denen man gut verdienen kann, abgesehen von denen, die Vorräte horten. Sogar den Reliquienverkäufern geht es schlecht. Es wäre recht, wenn du … nun, du solltest ihr dieses Geld zurückgeben. Hier, dies müsste genügen, um deine Schulden zu begleichen. Lehne dieses Geld nicht ab, ich weiß, dass du keines hast. Sagen wir, dass du es mir zurückgibst, wenn du in der Lage bist, dies zu tun. Und jetzt … werden wir uns voneinander verabschieden.«

»Ich danke Euch.«

Der junge Mann streckte im Dunkeln seine Hand dieser Stimme entgegen, doch der Andere nahm ihn bei den Schultern und umarmte ihn fest.

»Gott segne dich!«

»Gott behüte Euch, Herr.«

Als er den Aventin erreichte, war es bereits Tag. Der Abt nahm ihn gütig auf, und er musste keine Erklärungen abgeben. Die Weisheit der Cluniazenser zeigte sich in einem schweigenden Einfühlungsvermögen, das aus tausend mysteriösen Fäden gesponnen war, und in der Brüderlichkeit all ihrer Mitglieder. Sie gehörten dem mystischen Leib Christi an, Großartigkeit und Schrecken der Wirklichkeit waren nicht Teil ihres Lebens und ihrer Gebete. Als der junge Mönch zur Kirche hinunterging und in die gregorianischen Gesänge seiner neuen Brüder einstimmte, fühlte er sich in Sicherheit, behütet durch die melodiöse Kraft ihres Gesangs. Doch er kam nicht so weit, sich an diese friedliche und arbeitsame Stimmung zu gewöhnen, denn am folgenden Morgen überbrachte ihm ein Bote von Protoscriniarius Bosone die Aufforderung, bei Primicerius Eusebius von Trevi zu erscheinen. Der Abt versuchte noch, diese Rückkehr hinauszuzögern, indem er auf den schlechten Gesundheitszustand Vildericus' verwies, doch der Bote erwiderte nur, dass der von ihm überbrachte Befehl unwiderruflich sei.

Der Primicerius machte auf Anhieb den Eindruck eines sanften Mannes. Es war wohl gar nicht sein Wunsch gewesen, diese Rolle einzunehmen, zumindest war dies seiner Gutmütigkeit zu entnehmen und der Distanziertheit, mit der er mit Vildericus sprach. Er verbarg nicht vor ihm, dass es seiner Auffassung nach keiner solcher Eile bedurft hätte, er ging sogar so weit, sich dafür zu entschuldigen, dass er ihm Anweisungen für die kommenden Tage geben müsse. Er selbst sei in diesen Zeremonien nicht sehr bewandert, auch nicht, was die für solcherlei feierliche Messen vorgeschriebene Kleidung beträfe. Die Wahl des künftigen Papstes stehe kurz bevor. Er war in der Tat sehr freundlich, und als er begriffen hatte, dass Vildericus noch keineswegs vollständig genesen war, riet er ihm, sich niederzulegen. Er würde ihm das Mittag- und Abendmahl oder andere Speise und Trank, nach denen er ein Bedürfnis verspüre, ins Zimmer schicken lassen.

»Ist er denn schon ausersehen, der Papst?«, fragte Vildericus.

»Ja, aber der Name des Kandidaten wird erst am Abend vor der Wahl bekannt gegeben.«

»Heute Abend?«

»Eher morgen. Jedoch hat man mir gesagt, dass du eine weiße Stola über deiner Kutte tragen sollst. Wir werden sie dir heute Nachmittag bringen. Du wirst natürlich mit mir kommen. Und wie immer müssen wir uns in die Hand des Herrn begeben.«

In die Hand des Herrn! Welch seltsame Metapher für einen solchen Moment. Dies kam fast dem Pessimismus des Johannes von Galeria gleich, als sei die Wahl bereits auf den Geisteskranken oder den Verderbten gefallen, dachte Vildericus, während er in sein Zimmer zurückkehrte. Sollte ein Geistlicher nicht mehr Vertrauen in den göttlichen Widerschein der Kirche zeigen, in die Gnade, die ihr von Christus verliehen worden war? Und in die gemeinschaftliche Vorstellung der Kirche als seinem Leib? Paulus hatte in seinem Brief an die Epheser geschrieben, dass die Kirche seine Vollendung sei. Er, Vildericus, war mit diesen Ideen und Vorstellungen groß geworden, und jetzt hatte er zwei alte Männer vor sich, die arm geworden waren durch eine Skepsis, die ihren Glauben gefährdete. Entgegen allen düsteren Andeutungen der vergangenen Tage würde der himmlische Führer doch keine Irrtümer oder Böses zulassen ... Vorausgesetzt jedoch, SEINE Führung würde wahrgenommen werden, und die Verantwortlichen wären mit dem Herzen bei der Kreuzigung und mit offenem Geiste bei der Bergpredigt. Vildericus war sehr verwirrt, doch trotz dieser widersprüchlichen und unklaren Gedanken schlief er fast sofort nach den Gebeten zur sechsten Stunde ein. Die körperliche Erschöpfung und die zermürbende, erwartungsvolle Spannung, die auch ihn ergriffen hatte, taten ein Übriges ... er spürte das und war verärgert ... er, der nur dazu aufgerufen war ... als aufmerksamer Zuschauer ... einer Zeremonie ... beizuwohnen ...

Er versuchte, einem schmerzlichen, aufwühlenden Traum zu entkommen. Auf dem Lager im Hause Doroteas ausgestreckt, gelang es ihm nicht, ein Weib zurückzudrängen, das über ihn gebeugt war und die Hände seinem Gesicht näherte ... doch jetzt stand aufrecht neben seinem Bett und mit einer Lampe in der Hand – ein Mann.

»Ich war schon dreimal hier, doch ich wollte Euch nicht wecken. Ich habe das Feuer wieder angezündet. Hier drinnen ist es kalt, wisst Ihr, das ist nicht gut für Euch.«

Es war der Diener, den er kannte, einer, der der päpstlichen Verwaltung angehörte, ein freundlicher Jüngling.

»Zur Vesper habe ich Euch zu essen gebracht, doch Ihr habt nichts angerührt. Ein guter, langer Schlaf. Es ist schon Morgen.«

»Ich erhebe mich sofort.«

»Primicerius Eusebius schickt mich.«

Vildericus kleidetet sich eilig an und ging zur Feuerschale, um sich zu wärmen.

»Lasst hören.«

»Er bittet Euch, ihn morgen zur dritten Stunde in seinem Studierzimmer aufzusuchen. Ich glaube, Ihr müsst nach San Pietro oder nach San Michele in Sassia gehen.«

»Hat man sich auf einen Kandidaten geeinigt?«

»Ja. Ich habe Euch die weiße Stola gebracht, denkt daran, sie umzulegen.«

»Wer ist es?«

»Ich habe nur den Namen gehört, ich weiß nicht, wer er ist. Er heißt Theophylakt, einer der Grafen von Tusculum.«

## 10

In dem Wagen mit Verdeck, der nach San Michele in Sassia fuhr, nahm außer Eusebius von Trevi und Vildericus auch noch der Erzdiakon der Kurie, Philippus von Norma, Platz. Das Wetter war sehr schlecht. Niedrige, ausgefranste Wolken in allen Grautönen bis hin zu tiefstem Schwarz jagten, vom Mistral getrieben, nach Osten. Hier unten hingegen wechselte ein starker Wind mit wütenden Böen – die drei Männer hätten aus vollem Hals schreien müssen, um sich zu verständigen. Doch sie sprachen nicht, und Vildericus, der gewarnt war, weil der Erzdiakon gleich nach dem Einsteigen in finsteres Schweigen versunken war, durchschnitt die lastende Stille von Zeit zu Zeit mit raschen Blicken, die er dem Primicerius zuwerfen konnte. Ein einziger Satz wurde gesprochen, eine Frage, die der Erzdiakon stellte, als sie gerade über die Brücke Ponte Sant' Angelo fuhren: »Wird er überleben?« Dies mochte sich wohl auf ein vorangegangenes Gespräch beziehen oder auf eine Nachricht, die sich im Palast verbreitet hatte und die man bis jetzt vor Vildericus verborgen hatte.

»Sie haben ihn fast totgeschlagen«, antwortete Primicerius Eusebius mit lauter Stimme, um den Wind zu übertönen. »Niemand weiß, in welchem Zustand er ist. Der Herr möge ihm die Kraft zum Überleben geben.«

Vildericus wagte nicht zu fragen, wen sie meinten, sah aber den Primicerius fragend an, der sagte: »Stefanus, der Kardinal von Portus, der dich von Hugo von Celano erbeten hat.«

Den Schrecken und die Wissbegierde, die Vildericus durchfuhren, musste er in sich verschließen, doch das Entsetzen würde er nicht so leicht überwinden können. Wie war das möglich? Ein solch guter und freundlicher Mann ... Als sie ihren Bestimmungsort erreicht hatten, sahen sie, dass die Kirche durch einen Ring aus Wächtern der römischen Miliz abgeschirmt war, die etliche Frauen in Schach hielten. Drinnen standen vor und um den Hauptaltar herum zahlreiche hohe Prälaten, Kardinalbischöfe und Kardinalpriester, von denen die meisten entweder auf den Bänken saßen, die im Mittelschiff aufgestellt waren, oder auf den marmornen Stühlen im Chor. Auch die Beamten des päpstlichen Hofes waren in großer Zahl anwesend. Als die drei die Kirche betraten, wandten sich alle nach ihnen um. Kaum hatten sie jedoch den Primicerius und den Erzdiakon erkannt, nahmen sie ihre Gespräche wieder auf. Hinter den Granitsäulen in den Seitenschiffen standen dicht gedrängt und schweigend viele Geistliche.

»Findet hier die Wahl des Heiligen Vaters statt?«

»Schau dort, dieser Tisch zur Linken des Altars«, antwortete der Primicerius leise, »siehst du all diese verschiedenen Gewänder? Gleich wirst du verstehen, wozu sie dienen.«

Die Kirche war einfach und schmucklos, den einzigen Reichtum bildeten die Säulen, die offensichtlich aus irgendeinem heidnischen Tempel stammten. Auch die Kanzel war fast ohne Vergoldung, außer den zwei kleinen Greifen, die auf den beiden Säulen an der Vorderseite hockten. An den Seitenwänden waren Fresken zu sehen, denen die Feuchtigkeit, die sich in großen Flecken zeigte, zum Teil arg zugesetzt hatte. Vildericus ging zur Wand auf der rechten Seite. Trotz der schon sehr verblassten Farben konnte er die Darstellung des Erzengels Michael mit dem Drachen erkennen. Unter einer weißen Weste sah man den Brustharnisch, der notwendig erschien angesichts dieses Drachens mit seinem riesigen, weit aufgerissenen Maul voller Zähne, zwischen denen die winzigen Körper der Verdammten hingen. Das Missverhältnis zwischen der schlangengleichen Riesenhaftigkeit des Satans und der zarten Gestalt des Erzengels erschreckte Vildericus – als hätte der Maler unter der Unschuld des Gemäldes seine Zweifel über den Ausgang des Kampfes verbergen wollen.

»Das Schwert wird sich gewiss viele Male in diesen Rachen bohren«, flüsterte ihm Eusebius von Trevi über die Schulter hinweg zu, »doch die Bestie wird immer wieder auferstehen, stärker noch als zuvor. Sie kommen.«

Der Primicerius löste sich von ihm und nahm seinen Platz neben dem Erzdiakon wieder ein. Vildericus ging zurück zur Eingangstür und sah Menschen zu Pferde sich nähern. Eine Gruppe von Schwertträgern hatte die Zügel der Rösser gepackt, um sie ruhig zu halten, und half den Reitern aus den Sätteln. Auf der Schwelle des Portals zogen die Ersten die Schwerter aus den Scheiden und legten sie auf den Boden nieder. Unter ihnen konnte Vildericus Konsul Alberich und einen der päpstlichen Richter erkennen, die ihn im Palast bei den Santi Apostoli vernommen hatten. Er verbarg sich hinter einer Säule. Neun von ihnen gingen in Richtung Altar, doch der Letzte war an der Schwelle stehen geblieben. Er trug einen weißen Umhang mit großer Kapuze und verbarg sein Gesicht hinter den Händen, fast in der Haltung eines Büßers. Als der Konsul und seine Begleiter die Kardinäle, die Bischöfe und die Beamten des Hofes begrüßt hatten, wandten sich alle dem Portal zu und stellten sich zu beiden Seiten des Mittelschiffs auf. Petrus von Orte, der älteste der Kardinäle, hatte sich in die Mitte gestellt und gab dem Mann, der an der Tür stehen geblieben war, ein Zeichen. Dieser schritt langsam nach vorn, wobei er immer noch das Gesicht hinter den Händen verborgen hielt. Während ein Subdiakon an seine Seite trat, zog Petrus von Orte die Kapuze herab und machte ihm mit dem Zeige- und dem Mittelfinger der rechten Hand ein Kreuzzeichen auf die Stirn. Vildericus sah, wie seine Lippen sich bewegten, und glaubte, das Wort *tollit* erkennen zu können. Er stand zu weit entfernt, um die vollständige Formel zu hören, auf die der Subdiakon mit knappen Worten antwortete, die vielleicht von jenem knienden Mann wiederholt wurden, der jetzt die Hände vor der Brust gefaltet hielt. An dem dichten Haar, das zu gleichmäßigen Locken frisiert war, glaubte Vildericus zu erkennen, dass es sich hier nicht um einen Erwachsenen handelte. Dann ging der alte Kardinal zu jenem Tisch, nahm einen braunen Umhang und hängte ihn dem Knienden über die Schultern, zog ihn jedoch sogleich wieder weg und ließ ihn zu Boden gleiten, um dann einen der anderen Umhänge zu nehmen, einen grauen, den der Subdiakon unterdessen schon vom Tisch genommen und bereitgehalten hatte. Der fassungslose Ausdruck in Vildericus' Gesicht war offensichtlich einem Geistlichen aufgefallen, der neben ihm stand. Er trat näher an ihn heran und fragte ihn: »So etwas habt Ihr wohl noch nie gesehen, oder irre ich mich?«

»Nein, noch nie«, antwortete Vildericus, der wegen der Einmischung dieses Unbekannten konsterniert war.

»Dies ist der künftige Papst, der Sohn Alberichs von Tusculum, und er ist kein Geistlicher. Sie lassen ihn in aller Kürze die ganzen priesterlichen Weihen durchlaufen. Ostiarius, Lektor, dieser schwarze Umhang ist der des Akolythen, jetzt ist der

Subdiakon an der Reihe – wie Ihr seht, ein recht steiler Aufstieg. Gleich ist der Diakon dran, mit der Dalmatika, und dann bekommt er das Gewand eines Priesters. Das des Papstes bekommt er dann in Sankt Peter. Eine rasche Entwicklung, nicht wahr?«

Vildericus antwortete nur mit »Ja« und »Danke«; er war erschüttert, seine ganze Erziehung, die tiefe Ernsthaftigkeit, die der Altar für ihn bedeutete, die zugleich düstere und vertraute Stimmung, die die Gebete in dem Moment vermittelten, in dem sie zu einem Gefühl der Gemeinschaft mit Christus verhalfen, das alles war hier auf die gewöhnlichen Abläufe einer hochfahrenden hierarchischen Ordnung, einer groben Autokratie, reduziert. Er suchte den Blick Eusebius' von Trevi und wollte ihn bitten, ihn zu entlassen. Der Primicerius stand ganz hinten im rechten Seitenschiff. Er ging zu ihm, und Eusebius drehte sich um und sah ihn an. Die Beklemmung, die Vildericus empfand, stand auf seiner Stirn geschrieben, denn Eusebius sagte leise: »Nein, ich bitte dich, du musst bleiben. Tu es auch für mich.«

Vildericus musste sich diesem Mann fügen, der auf diese Weise mit ihm sprach. Er überlegte, ob er nicht den Blick von diesem traurigen Schauspiel abwenden sollte, doch dann wurde er gewahr, dass er von dem Platz aus, an dem er sich jetzt befand, vielleicht endlich das Gesicht des Gewählten erkennen können würde. Er drehte sich langsam um und sah ihn.

»Aber das ist ja ein Kind!«, rief er aus.

Ein vor ihm stehender Kardinal legte einen Finger auf die Lippen und hieß ihn schweigen, auch der Primicerius, der sich zu ihm umgedreht hatte, legte den Zeigefinger an den Mund, doch dann zog er ihn am Ärmel zu sich heran und flüsterte ihm zu, dass der neue Papst in der Tat gerade erst das fünfzehnte Lebensjahr vollendet hatte.

An der Investitur Theophylakts von Tusculum, die danach in

San Pietro stattfand, nahm Vildericus in einem Zustand fast vollständiger geistiger Abwesenheit teil. Trotz aller Bitten des Primicerius hatte er es vorgezogen, sich zum gemeinen Volk zu gesellen, das mittels Sperren von den Würdenträgern der verschiedenen Orden und Grade getrennt war. Voller Reue wohnte er dem Geschehen bei. Das übliche niedere römische Volk, dachte er beiläufig, das gierig nach ganz speziellen Almosen war, wie man ihm schon so häufig im Palast geschildert hatte – geizig, träge, bereit zu unterwürfigstem Beifall. Doch jetzt entdeckte er in seiner Mitte, vielleicht von seiner natürlichen Neugierde geleitet, dass da etwas war, das dieses Vorurteil untergrub. Gewiss, die Frauen kommentierten den Ablauf des Rituals und ließen sich mit deftigen Witzen über die kostbaren Gewänder dieses oder jenes Kardinals aus, über deren Fettleibigkeit oder die runzligen Gesichter. Doch die Männer schwiegen. Keine Bemerkung, kein Wort. Ein Schweigen, das Entrückung, aber auch entschiedene, missbilligende Verachtung bedeuten konnte. Und schließlich ihr Anblick: Die Kleider, die sie trugen, waren die Aussteuer des Elends, das sich auch in ihren Gesichtern, an den Händen und den ausgezehrten Leibern zeigte. Diese armen Menschen, die immerzu vom launischen Wind der Herren wie Spreu umhergeweht wurden … ah, das Nadelöhr, das der verzweifelte Jesus zum Hüter seines fernen Himmelreichs gemacht hatte! Doch an diesem Punkt bot er diesen schweren Gedanken Einhalt: Er war nicht hier, um zu urteilen. Die Straße, die er gehen musste, bestand einzig aus den scharfen Steinen der Reue und des Sehnens nach dem Messias. Dieser, ja, war ein heimlicher und unfehlbarer Richter mit seiner Waagschale voller Vergebung. »Hilf mir, Herr, hilf mir, mein Gelübde nicht zu brechen«, betete Vildericus leise, »auf dass ich im Verzicht auf mich selbst und auf die Welt stark sei, auf dass die Welt nicht in mich eindringe.« Und er schloss die Augen genau in dem Moment, als Petrus von Orte die Mitra, die schwer von Diamanten und mit Bändern aus Gold besetzt war, auf das Haupt Theophylakts setzte und die Wahl desselben auf den Heiligen Stuhl mit dem vom ihm selbst gewählten Namen Benedikt IX. verkündete. Und er sprach in leicht abgewandelter Form die Worte, die Jesu an Petrus gerichtet hatte, so wie sie von Matthäus berichtet werden: »Und dir sind die Schlüssel des Himmelreichs gegeben worden: Alles, was du auf Erden binden wirst, soll auch im Himmel gebunden sein.« Und er schloss mit einem Wort von Johannes: »Weide meine Lämmer, weide meine Schafe.«

Dann bedeutete er dem neuen Papst, sich den Umstehenden zuzuwenden, und während jener wegen der unvermutet prachtvollen Zeremonie lächelte, breitete Petrus von Orte die Arme aus und hob sie immer wieder, als wolle er alle auffordern, Beifall zu spenden, und rief: »Und jetzt sei dem Volk die Stimme gegeben. Anerkennt ihr ihn?« Für einen Augenblick herrschte ein verlegenes Schweigen, dann spendeten die Kardinäle und Bischöfe zaghaften Beifall und stimmten eine Dankeshymne an den Herrn an. Nur eine Gruppe von Männern, die, ihren Schuhen und den Ziegenpelzen nach zu urteilen, eher vom Land zu kommen schienen, schrie ausgelassen auf das Zeichen eines Priesters hin, der sie vermutlich aus den Gebieten von Tusculum hierher in die Stadt gebracht hatte: »Jaaaa!« Viele der römischen Frauen warteten, bis jene verstummt waren, dann fielen sie in den Gesang ein, doch die Männer schwiegen immer noch, auch nachdem sich die Gefühlsaufwallung dieses Augenblicks gelegt hatte. Vildericus erreichte zeitig den Ausgang. Er wollte in seiner verstörten Seele Frieden schaffen und sich seiner gewohnten Disziplin hingeben. Draußen hatten sich riesige Wolkenberge auf die Dächer gelegt, sodass es Nacht zu sein schien, und dort in der Ferne, in Richtung der Campania, entluden sich wütende Blitze mit gleißenden Speeren in die Erde. Es regnete, ein Vorspiel aus leichten Tropfen kündigte das Öffnen der Schleusen an, und die Pferde der Tusculaner, die von den Sattelknechten an den Zügeln gehalten wurden, stampften nervös. Etwas abseits stand ein Pferd – nicht von einem Knecht gehalten, sondern an einen Mast gebunden –, das die Insignien der Stadt trug. Vildericus erkannte es sofort: Es war der Schecke von Johannes von Galeria. Er näherte sich dem Tier, und es war, als würde auch dieses ihn wiedererkennen. Es nickte einige Male mit dem Kopf, und als der junge Mönch die Hand hob, schob das Tier seinen Kopf näher, damit er es an der Stirn streicheln konnte. Jemand hinter ihm sagte in fremden Worten, die nach der deutschen Sprache klangen: *»Du hast eine natürliche Gabe«* – Vildericus wandte sich um –, *»du liebst die Tiere.«*

Zwei Reiter hatten sich ihm genähert. Sie trugen vielfarbige Mäntel, waren mit Schwertern bewaffnet, und ihre Kopfbedeckungen waren mit Federbüschen geschmückt. Dies war wohl das festliche Gewand der kaiserlichen Garde, die vermutlich die Tusculaner begleitet hatte. Der zur Rechten stellte sich und den anderen vor: »Ich bin Herbert von Ulm, und er ist Wernig. Er hat gesagt, du bist Geschenk von Natur, du liebst die Tieren. Das ist schön. Dein Name, bitte?«

Er nannte seinen Namen und wollte schon weitersprechen, als hinter den beiden Johannes von Galeria erschien. Jener, der Italienisch gesprochen hatte, begriff, dass es nun angemessen war, sich zu entfernen. Er grüßte Vildericus, nahm die Zügel seines Pferdes und die des anderen, dann wendeten sie die Pferde und ritten im Schritt davon.

»Hast du dich an ihn erinnert?«

»Ja, aber auch er sich an mich. Wie geht es Euch, Herr?«

»Hast du gesehen? Meine Vorahnungen haben sich bewahrheitet. Aber schlimmer, viel schlimmer, als ich es erwartet habe.«

Disziplin, Demut, Gehorsam, Hinnahme, gewiss, und doch stimmte irgendetwas in ihm vollständig mit den Gedanken dieses Mannes überein: Musste er sie womöglich ablehnen?

»Erinnert Ihr Euch an den Satz Leos I., in dem er über die Würde von Petrus sagt, dass sie nicht verloren gehen könne, wer auch immer und welcher Art der Erbe sei?«

»Ich werde ihn mir von nun an jeden Tag vorsagen müssen, um nicht aufzugeben, doch Verzweiflung wird uns nicht zugestanden, Vildericus. Hast du von dem armen Teufel gehört, vom Kardinal von Portus?«

»Ja, ich habe bereits für ihn gebetet, und ich werde weiter für ihn beten.«

»Er hatte sich gegen diese Posse aufgelehnt, das war alles. Komm, es regnet zu stark. Mein Pferd kann uns alle beide tragen. Wohin willst du?«

»Zum Palast, Herr.«

»Ich werde dich dorthin begleiten. Und dann werde ich fortgehen; ich bin Geistlicher und möchte nicht zum Schwert greifen müssen.«

Nachdem er aufgestiegen war, half er Vildericus, sich hinter ihn zu setzen, und trieb das Pferd zum Galopp an. Der Regen war plötzlich so stark geworden, dass ein dichter Dunst vom Boden aufstieg.

## 11

Das Fest im *Triclinio Maggiore* hatte bereits begonnen, als Vildericus eintrat, wobei er versuchte, sich hinter dem Rücken von Primicerius Eusebius zu verstecken. Dieser war ebenfalls wenig erfreut, der Feier beiwohnen zu müssen. Es hatte einer sehr deutlichen Einladung des Konsuls Alberich bedurft, um die beiden zum Kommen zu bewegen. Der Empfangssaal, den Leo III. im Zusammenhang mit der Erneuerung einiger anderer Säle hatte erbauen lassen, war bereits voller Menschen. Es waren vor allem die Farben, die Vildericus in Staunen versetzten, alle Farben des Regenbogens von Indigo bis Rot waren vertreten, die Hemden, Jacken, Wämser und Röcke … und dann sah er sie! Frauen, hier! Sie schienen zahlreicher vertreten zu sein als die Männer. Junge und alte. Letztere, wie ihm der Primicerius sagte, waren die Frauen der Kardinäle und Bischöfe; die anderen, die jüngeren, wahrscheinlich Konkubinen. Bei vielen von ihnen, auch bei den älteren, waren die Halsausschnitte der Kleider so tief, dass die Brüste zu sehen waren. Vildericus blickte sofort von dieser zur Schau gestellten Schamlosigkeit weg, sein tosendes Blut machte ihn schwindeln. Auch die Tafel stand im Widerspruch zu seiner Enthaltsamkeit: beladen mit geschmortem, gebratenem und rohem Fleisch, riesige Töpfe mit Gesottenem, Platten mit Früchten, Pyramiden aus Orangen, drei ganze gebratene Schweine, die Äpfel im Maul hatten und von Dienern mit scharfen Messern bereits zerlegt waren. Schalen mit Mandeln, Feigen und Datteln, wer weiß, woher. Und um die Tische herum war das gierige Schmatzen der Gäste zu hören, die einander zur Seite drängten, um sich nichts von diesem Überfluss entgehen zu lassen, auch nicht einen Becher der unzähligen Weinsorten, die Kinderdiener aus kleinen, mit den goldenen Schwertern der Tusculaner verzierten Fässern zapften. Dabei mussten sie versuchen, den Priestern, Bischöfen und Rittern auszuweichen, welche dem Wein bereits kräftig zugesprochen hatten und ihre Hände nach den kleinen Körpern ausstreckten, um sie zu berühren und zu liebkosen. Einige der Gäste lagen bereits auf dem Boden hingestreckt. Ein ekelhafter Geruch stieg aus einer Ecke des Saales auf, wo viele der Betrunkenen sich über einem Haufen trockener Zweige erbrachen.

»Iss auch du«, sagte der Primicerius, »wegen der Ordensregeln habe keine Bedenken, denn du hast es nötig.«

»Ja, ich werde schon essen, aber erst später.« Vildericus hatte am anderen Ende des Saales den neu gewählten Papst Benedikt IX. gesehen, der dort auf einem goldenen Thron saß. Vildericus bewegte sich im Schutz der nach links verlaufenden Saalwand weiter – seine ärmliche Kutte fiel zwischen diesen vielen kostbaren Gewändern allzu sehr auf – und konnte sich hinter einem großen Topf aus bemalter Terrakotta verbergen, in dem ein dicht belaubter Zitronenbaum eingepflanzt war. Der junge Papst saß zusammengekauert da, hielt die Arme eng am Körper und die Hände zwischen die Knie gepresst. Er trug ein langes weißes, mit Spitzen besetztes Gewand, das zum Teil von einem purpurnen Mantel bedeckt war, den er nachlässig über die Schultern geworfen hatte. Es handelte sich offensichtlich um einen kräftigen jungen Mann, mit einem bereits entwickelten Körper, von mittelgroßer Statur. Sein Kopf erschien aus dieser Entfernung recht groß, mit einer kleinen Nase und fleischigen Lippen. Neben ihm stand sein Vater, Konsul Alberich. Die Augen des jungen Mannes huschten durch den Saal, als wolle er seine Wirkung auf die Anwesenden prüfen oder um seine Unabhängigkeit jenem Mann gegenüber zu zeigen. Denn dieser hatte bereits einige Male die Arme in einer seltsamen Pantomime gehoben, vielleicht um ihm vorzumachen, wie er auf dem heiligen Thron zu posieren hatte, um eine seinem Amt angemessene, würdevolle Haltung zu erlangen, nämlich indem er zumindest die Ellbogen auf die Armlehne stützte.

»Ich will Wein«, verlangte der junge Papst mit lauter Stimme, die seine Erregung offenbarte, »und ich will etwas zu essen!«

Mit einem Fingerschnippen rief der Vater einen jungen, mit einem violetten Umhang bekleideten Diakon herbei, der sich nach einem tiefen Knicks neben den Sohn stellte, sich nach vorn beugte und ihm etwas ins Ohr flüsterte.

»Nicht jetzt! Ich habe Hunger«, sagte Benedikt IX., »bringt mir zwei Scheiben von dem Schweinefleisch mit Rosmarin und Wein aus Salerno!«

Der Diakon sagte noch etwas, doch der Jüngling hatte sich bereits erhoben. »Später, ich werde später sprechen.« Und während er die Stufen des runden Podestes, auf dem der Thron stand, hinabstieg, sah er sich um: »Und ihr, was schaut ihr mich so an? Bin ich vielleicht ein Affe? Oder ein Bär aus dem Zirkus?«

Sein Vater trat näher an ihn heran und nahm ihn sacht beim

Arm, doch er entzog sich dem Griff mit einer Geste, die seinen Ärger verriet, und sagte: »Ihr werdet euch an mich gewöhnen, ich bin euer Papst, ihr schuldet mir Gehorsam und Respekt, und ich will, dass ihr mir das zeigt!«

Abgesehen von denjenigen, die auf dem Boden lagen und denen es nicht mehr gelang, aufzustehen, knieten alle nieder, auch diejenigen, die sich gerade an den Tischen die Bäuche voll schlugen; nur drei nach deutscher Art gekleidete Ritter blieben stehen – und Vildericus, der starr vor Staunen war.

»Und der dort, hinter der Pflanze, wer ist das?«

Vildericus trat aus seinem Versteck hervor und kniete nieder.

»Ein Mönch!«, rief Benedikt IX. Er sprang zu ihm hin, warf sich auf ihn, griff ihn bei den Haaren und zog ihm den Kopf nach oben.

»Ein Mönch!« Er wandte sich seinem Vater zu, der ihm gefolgt war. »Du wusstest doch, dass ich keine Mönche in meiner Nähe will! Sie bringen Unglück! Sie sind die Diener des Jenseits und beten nur für die Toten und nicht für die Lebenden!«

Der Konsul nahm seinen Arm und zwang ihn, seinen Griff, mit dem er Vildericus bei den Haaren hielt, zu lockern.

»Beruhige dich!«

»Au! Du tust mir weh! Lass mich!« Er entwand sich der väterlichen Hand.

»Er ist derjenige, der unsere Chronik schreibt, die Chronik Roms und des Papsttums, und der auch über dich schreiben wird!«

»Er soll schreiben, was er will, das interessiert mich nicht. Hier will ich ihn aber nicht haben, schick ihn weg! Und jetzt vergnügt euch, esst, trinkt, vergnügt euch! Ich will die Gaukler sehen!«

Der Konsul half Vildericus auf die Beine und sagte: »Mit der Zeit wird er sich beruhigen. Ich weiß nicht, wer ihm diesen Unsinn in den Kopf gesetzt hat.«

»Das macht nichts, Herr. Es ist wohl angebracht, dass ich

mich zurückziehe. Das ist sein Fest, ich will es ihm nicht verderben.«

»Ich bin dir sehr verbunden.«

Vildericus ging zur Tür. Er spürte, dass die Blicke aller auf ihn gerichtet waren. Der Primicerius näherte sich ihm und sagte, dass er ihn später noch aufsuchen würde. Vor der Saaltür begegnete er den Gauklern, die gerade hineingingen, und siehe, er lächelte ihnen zu. Er war erstaunt über die heitere Ruhe seines Geistes, die ihn leitete, nachdem er die große Tür hinter sich geschlossen hatte, sodass er leise die süßen Gebete zur Vesper flüsterte und dabei an den Dank dachte, den er dem Herrn schuldete, an die Kraft, die ER ihm gegeben hatte, an die Gelassenheit, die ER seinem Herzen verliehen hatte. Als er aber sein Studierzimmer erreicht hatte, musste er eine eigenartige Veränderung in seinem Innern erleben. Ein plötzlicher Zorn überkam ihn, der durch irgendwelche alten Risse in ihn eingedrungen sein musste, und am liebsten hätte er diesen hysterischen Jüngling verprügelt. Noch einmal durchlebte er die Episode mit Glaucus, seinem Schulkameraden, der ihm mit der Hand an die Schamgegend gegriffen hatte. Er hatte ihn damals mit einem gewaltigen Faustschlag von sich fortgeschleudert, sodass Glaucus zu Boden geworfen wurde. »O Herr, vergib mir!«, rief er mit lauter Stimme und kniete vor dem Holzkreuz aus Farfa nieder, das er über den Tisch an die Wand gehängt hatte. »Vergib deinem Soldaten, der solcherlei Schmähungen und Verachtungen hinnehmen muss!« Doch es gelang ihm nicht völlig, den Gleichmut wiederzuerlangen, und er erhob sich, gekränkt und verwirrt, weil die Bilder jener schamlosen Frauen wieder vor ihm aufstiegen! Und dann dieser Überfluss an Fleisch und Wein und Kuchen, während draußen vor diesen geheizten und reich ausgestatteten Sälen, draußen in dieser verabscheuenswürdigen Stadt die Armen vor Hunger starben! Diese Weiber! Welche Prüfungen zu überstehen hatte ihn Hugo von Celano gesandt, wenn dort in San Giovanni, das der

Spiegel des himmlischen Jerusalem sein sollte, solche Frauen mit den fast entblößten Brüsten … Er würde für Hugo von Celano alles aufschreiben, und jeden Satz würde er in die Farben des Missfallens und der Sehnsucht tauchen, denn seine Einsamkeit war die eines Mannes in der Wüste, die Seele der glühenden Sonne der Wirrnis und des Feindes ausgesetzt, der in der Hitze jener schamlosen Frauen triumphiert. Er dachte an seine Mutter und an Dorotea, diese hilfsbereite Hure, und schloss die Augen und sah sie vor sich, großherzig in ihrer schwesterlichen Fürsorge, die ihn wiegte … wie ein Kind …

Vildericus sank zu Boden und begann, mit den Fäusten darauf zu hämmern, weil ihn diese Bilder so verwirrten, ohne Trost, unfähig zu beten …

»Vildericus!«, sagte der Primicerius, der ins Zimmer getreten war. »Du darfst nicht den Mut verlieren! Steh auf! Ich versuche derweilen, das Feuer in der Feuerschale wieder zu entfachen, hier drinnen erfriert man ja. Ich verstehe dich, doch es lohnt sich nicht, glaub mir. Man kann sich über einen von einem Mann mit Bedeutung ausgesprochenen Vorwurf beklagen! Doch ich glaube nicht, dass das hier der Fall ist. Auch ich habe nichts essen können … ich bräuchte ein paar Äste, ah, du bist mir zuvorgekommen, gut. Nein, lass mich das machen, bring du mir diese Kerze und setze dich hier ganz dicht daneben, du musst wieder warm werden. Wir könnten auch ein wenig Wasser kochen und etwas Honig hineintun. Ich hoffe, du hast welchen?!«

»Ja, Herr.«

»Gib mir den Rost und fülle den Topf.«

»Ich habe auch Brot und einen Topf mit Apfelmarmelade.«

»Das ist sehr gut. Wein hast du nicht, nehme ich an.«

»Doch, auch Wein, ich weiß aber nicht, ob er gut ist, ich trinke keinen.«

»Steigt er dir zu Kopf? Ah, siehst du, wie das Holz Feuer gefangen hat? Komm näher, du brauchst diese Wärme und auch ein wenig Wein. Und sag nicht, dass man in Farfa nicht weiß, was das ist.«

»Die Regel lässt ihn zu, doch wer keinen trinkt, hat keinerlei Sanktionen zu befürchten.«

»Die Regel, die Regel! Da oben im Kloster, ja, das verstehe ich, aber hier!? Ich spreche dich davon frei, denn für deinen Organismus wäre es eine rechte Wohltat.«

Vildericus stellte Brot und Wein auf den Tisch, und als das Wasser zu kochen begann, gaben sie etwas Honig dazu. Dann, nachdem sie das Kreuzzeichen gemacht hatten, aßen und tranken sie schweigend.

## 12

*An Hugo von Celano*
*Von Vildericus von Sutri*
*Am 24. März 1033*

*Im Namen des Herrn grüße ich Euch von ganzem Herzen.*
*Ich weiß, dass Enricus von Manciano Euch bereits über die Wahl des neuen Papstes unterrichtet hat. Nach der Wahl fand eine Feierlichkeit im* Triclinio Maggiore *statt, von der ich Euch lieber nichts erzähle. Ich muss Euch aber eine Mitteilung machen, die Euch sehr schmerzen wird. Stefanus, der Kardinal von Portus, der am Vortag der Papstwahl von zwei Häschern angegriffen und niedergeschlagen worden ist, ist vorgestern nach einer kurzen Agonie gestorben. Über die Gründe des Angriffs gibt es viele Meinungen, und einige lassen Fürchterliches ahnen. Was die beiden Verbrecher betrifft, so heißt es, dass sie erkannt und gefasst worden sind. Es heißt weiter, man habe sie in elender Verfassung vorgefunden, geblendet und mit abgeschnittener Zunge. Für sie ist der Scheiterhaufen vorgesehen, eine Bestrafung, die langsam in der Gerichtsbarkeit des Lateran Fuß fasst. Ich habe mich gefragt, ob es in den Evangelien eine Stelle gibt, die eine*

*solche Grausamkeit rechtfertigt. Im Verlauf des letzten Monats ist bereits ein Mann, der der Häresie beschuldigt wurde, mit einer solchen Strafe belegt worden. Man könnte sagen, dass die Richter, die sie verhängen, die Bedingungen, unter denen das Volk in dieser Stadt lebt, nicht kennen. Ich glaube, dass Unterernährung, körperliche Schwäche und die vielen Krankheiten, die dort ihre Ursache haben, tiefe Veränderungen des Geistes zur Folge haben können, sodass er, wenn er von den verschiedenen Wahnbildern heimgesucht wird, durchaus teuflischen Einflüssen ausgesetzt sein kann. Es ist nicht meine Absicht, diese Leute zu verteidigen, auch weil die Religion, die sie ausüben, dem Aberglauben näher zu sein scheint als unseren Doktrinen. Und dennoch kann ich nicht verschweigen, dass zwischen den kindlichen Erwartungen eines Wunders und dem heidnischen Heiligenkult etwas Gewaltsames hindurchscheint: die ersten Anzeichen einer Auflehnung gegen jene Kirche, so wie sie sich vor ihren einfachen Augen zeigt – ein Hort verwerflicher Gebräuche und ein Glaube, der sich in Schauspielerei äußert. In der augenblicklichen Situation, die von Armut gekennzeichnet ist, tun sich unsere beiden Klöster, Santa Maria und Sant' Agnese, durch die treffliche Art hervor, wie sie die Lehren und die Pflichten der Barmherzigkeit anwenden und Abhilfe schaffen. Die beiden Äbte verkaufen wertvolle Gegenstände der Einrichtungen der Klöster, um mit dem erworbenen Geld alle möglichen Waren zu erstehen, die dann täglich an die Bedürftigsten unter den römischen Bürgern verteilt werden. Das Übel ist, dass die öffentlichen Magazine der Lebensmittelverteilung fast immer leer sind, weil die Schiffe aus Salerno mit dem von den Sarazenen in Sizilien erworbenen Getreide nur selten an der Riva Greca anlegen.*

*Mein Abbas, ich gebe zu, dass ich den Eindruck habe, nehme ich diese Papstwahl, den Mord an Stefanus von Portus, den anmaßenden Reichtum einiger weniger und das betrübliche Elend vieler Menschen zusammen, als würde diese Stadt in den tiefsten Irrsinn versinken.*

*Friede sei mit Euch und mit allen meinen fernen Brüdern.*

## 13

Die Entscheidung fiel schließlich mit einem kleinen runden Schafskäse, den der Primicerius ihm gebracht hatte. Er fügte noch ein Stück Brot hinzu, das er aus der Speisekammer des Refektoriums in Santa Maria genommen hatte, und einen Kuchen aus Mandeln und kandierten Früchten, den ihm der Koch auf dem Tisch seiner Zelle hinterlassen hatte. Seit Tagen hatte er diese Idee mit sich herumgetragen, von Zweifeln geplagt, ob sie nicht wider die Ordensregel war, und vom Wunsch beseelt, dieser Frau seine aufrichtige Dankbarkeit zu zeigen. Die Worte des Johannes von Galeria, hinter denen er das Bild Doroteas verbarg, trieben ihn an, doch wenn es dann vor ihm aufschien, verscheuchte er es sogleich wieder. Sich ins Haus einer Hure zu begeben, entsprach nicht den Regeln Clunys, doch er musste zu ihr, mit der ganzen Schlichtheit seiner Seele, um die Anfechtungen der Sünde, die gerissene Schlange, von sich fernzuhalten, die sich um das Herz wand, um dort die Verlockungen des Fleisches zu wecken.

Am Tag nach Ostern wartete Vildericus die Dämmerung ab und verließ Santa Maria, wobei er sich die endgültige Entscheidung für den Moment aufhob, in dem er vor der Eingangstür Doroteas stehen würde. Es war bereits dunkel, als er dort ankam. Er hielt sich im Eingangsportal der Kirche verborgen. Durch das Fenster der Frau drang ein schwacher Lichtschein, in dem keine Bewegungen von Schatten zu sehen waren. Hin und wieder wurde die Tür eines der Nachbarhäuser geöffnet, jemand ging hinein oder kam heraus. Er wollte sie sehen, wollte mit ihr sprechen. Er betete zu Gott, dass sein Wunsch in reine Aufrichtigkeit gehüllt sei, und wollte gerade an die Tür klopfen, als er dahinter das Weinen einer Frau vernahm. Er befürchtete, sich geirrt zu haben. Diese kleinen Häuser glichen einander sehr, und er trat so weit zurück, dass er von neuem berechnen konnte, welche die Tür der Frau war. Nein, er hatte sich nicht geirrt. Er trat heran und klopfte leicht. Sie kam zur Tür und öffnete, nein, sie war es doch nicht, er musste sich entschuldigen und fortgehen, doch diese ältere, hoch gewachsene, schwarz gekleidete Frau, die ein hageres Gesicht und harte schwarze Augen hatte, sagte zu ihm: »Bist du hergekommen, um sie um Verzeihung zu bitten?«

»Wer ist es?«, fragte die Stimme, in der noch das Weinen lag. Es war die Stimme Doroteas, und Vildericus trat einen Schritt in den Raum, um sich zu überzeugen. Sie lag bäuchlings auf dem Bett in der Mitte des Raums, hob den Kopf und schaute sich um. Als sie ihn sah, rief sie aus: »Vildericus!« Mühsam richtete sie sich auf, bis sie auf der Bettkante saß, und dabei versuchte sie, sich mit der rechten Hand die Tränen zu trocknen. Die eine Wange war geschwollen, und auf der rechten Schläfe war ein großer Bluterguss zu sehen. »Schaut mich nicht an.« Indem sie sich zur Seite drehte, bat sie ihn, hereinzukommen und die Tür zu schließen.

»Ist das der junge Mönch, von dem du mir erzählt hast?«

Im Zimmer herrschte große Unordnung, der Tisch war umgestoßen, aus der offenen Truhe hingen zerfetzte Tücher aus Baumwolle, Schüsseln und Töpfe lagen auf dem Boden, darüber Kleidungsstücke, die nur noch Fetzen waren, und der Vorhang, der das Bett verbarg, war zerrissen. Vildericus war bestürzt. »Was ist …«, konnte er nur leise murmeln, denn auf so etwas war er nicht vorbereitet gewesen, das traf ihn ins Mark. Seine Eingebung war ihm in seiner Unbeholfenheit – auch wegen der Gegenwart dieser Unbekannten – abhanden gekommen.

»Welch schlechter Zeitpunkt … oh, verzeiht mir … dies ist Ariana, sie hat mir immer geholfen … ich hatte Angst, nicht … oh, welch eine schlimme Zeit … doch ich bin froh, Euch wieder zu sehen … ich habe mich um Eure Gesundheit gesorgt.« Dann wandte sie sich ihm zu und sagte: »Nein, warum sollte ich mich vor Euch schämen?! Ihr seid ein Mann Gottes …«

»Ja«, fügte die Frau hinzu, »du sollst sehen, wie sie sie zugerichtet haben.«

»Was … was, um Himmels willen, ist denn geschehen?«

Vildericus bemerkte, dass mit Dorotea eine Veränderung vor sich ging: seine Anwesenheit, sein Herz, das ihr in Freundschaft zugewandt war, dieser Beistand, der in seinen Blicken lag, hatten ihr geholfen, die Zuversicht wiederzugewinnen, die sie offensichtlich verloren gehabt hatte …

»Bleibt nicht stehen, dort ist ein Stuhl. Ich bitte Euch. Und legt diesen schweren Umhang ab, es ist jetzt weniger kalt als damals, als ihr hier wart. Es ist auch weniger Rauch im Zimmer, denn ich habe diesen kleinen Kamin anbringen lassen. In Ravenna haben fast alle Häuser einen, hier hingegen … und dann ist dieses Haus hier sehr alt, es müsste einiges gerichtet werden. Doch vielleicht kann ich das nicht rechtzeitig … Ariana, setz auch du dich, komm her.«

»Ja, aber was ist hier geschehen?« Vielleicht um seine Beharrlichkeit ein wenig abzuschwächen oder von ihr fernzuhalten, wandte er sich an die andere Frau: »Waren es Diebe?«

»Ich hatte es vorhergesehen, ich habe die Gefahr nicht vor ihr verborgen«, antwortete diese. »Eine wie Dorotea, die keine wirkliche Berufung für ihre Arbeit hat und deren Seele so schön und gut ist wie ihr Körper, musste früher oder später damit rechnen, dass so etwas geschieht.«

»Ihr hattet es vorhergesehen – was denn?«

»Diese Stadt ist abscheulich. Überall gibt es unterirdische Gänge, tiefe Keller voller Leichen, die nicht begraben sind. Ihre bösen Geister infizieren die Lebenden und machen sie böse, weil sich dort, wo das Gehirn sitzt, kleine giftige Unholde einnisten … Vorhergesehen, ja, alles, denn ich sehe und fühle, wenn Leid und Übel im Hinterhalt liegen … wenn der Herr der Hölle in Gelächter ausbricht, mit seinen spitzen Zähnen … und ich habe all das gesehen!«

Vildericus konnte den Blick nicht von ihren dunklen Augen

abwenden. Die teuflischen Bilder, die ihre raue Stimme und ihre langsame Sprechweise hervorriefen, machten seinen Geist benommen und verursachten ein Gefühl der Beklemmung.

»Wart Ihr zugegen?«

»Ariana hat Visionen«, erklärte Dorotea.

Die Frau verdrehte die Augen nach oben, sodass von den Augäpfeln nur noch ein hexenhaftes Weiß zu sehen war. Auf einmal sah Vildericus wieder Catalina vor sich, die Hexe von Sutri, die herbeigerufen worden war, um den Tod von seinem Vater fernzuhalten. Und so wie diese jetzt vor ihm, war sie langsam zu Boden geglitten und hatte sich auf Händen und Knien niedergelassen. Dann hatte sie die Handflächen über den Boden bewegt wie ein Tier, das mit den Pfoten die Beschaffenheit des Bodens überprüft.

»Ich sehe deinen Weg, junger Mönch, ich sehe die Richtung, die du bereits eingeschlagen hast, du wirst in den Zeiten des Antichrist ein perfektes Werkzeug sein ... dies ist das wahre Jahr tausend ... das Jahr der Apokalypse ...«

»Was sagt sie?«, fragte Vildericus Dorotea leise.

»Sie behauptet, dass jene, welche die Zeit und die Jahrhunderte berechnen, sich geirrt haben, sie glaubt, dass dieses Jahr das Jahr tausend ist, denn man muss ab dem Todesjahr unseres Herrn zählen und nicht ab dem Jahr seiner Geburt.«

Dorotea zog die Frau hoch, deren Gesicht hochrot und schweißbedeckt war, und führte sie an der Hand zu ihrem Lager.

»Komm Ariana, setz dich hierher, vielleicht ist es besser, wenn du ihm deine fürchterlichen Fantasien ersparst.«

»Fantasien?! Ist das, was sie dir angetan haben, vielleicht das Werk von Geistern der Dunkelheit?! Er ist ein Mönch, Dorotea, er weiß, dass die Engel der Hölle manchmal die Gestalt von Mönchen annehmen können!«

»Das waren Männer, verkleidete Lumpen.« Wieder an ihre Verletzungen erinnert, senkte Dorotea den Kopf und atmete stoßweise. »Ich möchte Euch lieber nichts erzählen, Vildericus. Lieber würde ich Euch sprechen hören.«

»Ich weiß nicht, ob ich richtig verstanden habe, aber … es sind also keine einfachen Diebe gewesen.«

»Ich weiß gut, dass eine Hure kein Wesen wie andere ist. Sie darf sich nicht vor den Männern der Gerichtsbarkeit verteidigen, sie ist nur verlorenes Fleisch, und wenn unsere Stunde geschlagen hat, dann werfen sie uns in eines jener namenlosen Gräber vor den Mauern, wo seit Monaten jene begraben werden, die an der Pest oder am Hunger gestorben sind, ohne Namen und ohne Kreuz … Wir sind wie Sklaven, vielleicht noch schlimmer … wisst Ihr, wie viele Sklaven es hier in Rom gibt? Mehr als hundert. Das hat mir ein Soldat der römischen Miliz gesagt … Und solche wie mich? Sag du es ihm, Ariana.«

»Viele. In diesen grausamen Monaten sind viele dazugekommen.«

»Ich bin ein Mensch. Ich kann lesen und schreiben, zumindest das Nötigste, und auch ein bisschen Latein, ich habe ein gutes Gedächtnis, ich bin oft in die Kirche San Vitale gegangen und habe gerne den Priestern zugehört, wenn sie Stücke aus dem Evangelium vorlasen. Ich erinnere mich noch an eines, das gefiel mir besonders gut, vielleicht war es eine dunkle Vorahnung … diese Frau … Maria Magdalena …«

»Als unser Herr ins Haus von Simon dem Pharisäer geht?«

»Diejenige, die seine Füße küsst, die reuige Hure, so hat man sie in Ravenna genannt …«

Vildericus faltete die Hände und schloss die Augen. Er kannte die Stelle aus dem Lukasevangelium auswendig, die von der Sünderin handelte, die sich an Jesu Seite gestellt hatte und seine Füße mit Tränen benetzte und mit Balsamöl salbte … »Christus, mein Herr, schütze diese Frau, so sehr du es vermagst …«

»Junger Mönch, du weißt nicht, wozu gewisse Herren, gewisse Herren Bischöfe, fähig sind … Nicht nur hier, sondern auch draußen in ihren Schlössern! Erzähl es ihm, Dorotea!«

»Manchmal schicken sie jemanden mit einem Wagen, um drei oder vier von uns zu holen, damit sie ihre Launen befriedigen können. Ihre Helfer oder Diener – manchmal noch schlimmer als ihre Herren – sind heute Nachmittag gekommen. Es waren drei. Sie trugen Kutten wie die Eure, Vildericus, nur waren sie von schwarzer Farbe. Sie hatten bereits Marcellina und eine junge Neapolitanerin, die ein Stück die Straße weiter unten wohnt, aufgeladen, doch ich habe Nein gesagt. Dieses Mal habe ich mich geweigert, habe Nein gesagt ... ich hatte Angst ... Vor zwei Wochen sind drei Frauen unseres Gewerbes, die in der Gegend der alten Thermen des Nero gewohnt haben, nicht mehr zurückgekommen. Sie sind verschwunden, und das war nicht das erste Mal. Die Geschichte ist alt. Es geschieht oft, dass man nie erfährt, was mit ihnen in diesen Palästen geschieht ...«

»Ihr habt Nein gesagt, und dann?«

»Ihr seht es hier. Sie haben mich missbraucht, nacheinander, alle drei ... und sie haben mir verboten, meinen Beschützern davon zu erzählen, sonst würden sie mich der Gottlosigkeit und der Ketzerei beschuldigen, doch ich habe keinen Beschützer!«

Er sah sie an, sah, wie sie sprach, ihre Stimme gab den Worten einen dichten, gleichförmig vibrierenden Klang. Ihr Ausdruck verhieß noch viele andere Worte, die insgeheim ihm galten und die ihn einhüllten ... doch er vermochte kaum seinen Zorn und seine Ohnmacht zu beherrschen und spürte, wie sie entgegen aller Disziplin in seinem Kopf wüteten. Die schwarzen Wogen eines blinden Kampfes, der keinen Ausweg kannte als nur den der barmherzigen Besonnenheit, mitleidige Verachtung seiner selbst, des in Demut geschworenen Gehorsams ...

»Jetzt müssen wir eine Sache tun, die du nicht sehen darfst, wenn du ein wahrer Mönch bist – was ich glaube«, sagte Ariana.

»Ich will nicht, dass Vildericus hinausgeht, Ariana.«

»Dann begib dich hinter diesen vom Vorhang übrig gebliebenen Fetzen und dreh dich weg, bis ich dir Bescheid gebe.«

»Worum handelt es sich, Dorotea?«

»Ich muss sie purifizieren«, sagte die Frau.

»Sie purifizieren!? Aber seid Ihr denn keine Christinnen?«

»Natürlich sind wir das, aber auf unsere Art, so wie es eben die Armen sind.«

Vildericus ging ein Stück von dem Bett weg und blieb, den Rücken ihnen zugewandt, unbeweglich stehen, die Augen auf den Boden gerichtet, doch ein Lichtreflex ließ ihn aufsehen. An der Wand hing ein kleiner Spiegel, und darin sah er die gespreizten Beine der Frau, die sich auf dem Lager niedergelegt hatte. Er schloss fest die Augen, dann öffnete er sie wieder. Jetzt waren die Beine nackt, nackt war auch der Leib, und die andere Frau kauerte neben ihr, mit einer kleinen Tasse in der Hand, aus der sich in einem dünnen Strahl genau dorthin eine Flüssigkeit ergoss, wo der Leib in den dunkleren Teil zwischen den Beinen überging. Vildericus kniff wiederum heftig die Augen zu und spürte, wie eine verzehrende Hitze in ihm aufwallte und wie jegliche Nervenkraft ihn verließ, sodass er zu Boden glitt, auf die Knie, das Herz voller Furcht.

»Wir sind fertig«, sagte die Alte. »Was tust du da auf den Knien? Betest du? Ich habe schon die richtigen Gebete gesprochen, du kannst wieder näher kommen.«

Er erhob sich mühevoll, verstört und verwirrt und ging zu den beiden Frauen. Dorotea hatte sich wieder angekleidet und lächelte ihn an.

»Ariana und Ihr, Vildericus, Eure Hilfe … es ist vorbei, doch ich werde es wohl nicht vergessen können. Ich war verzweifelt, wirklich verzweifelt, doch jetzt geht es mir besser.«

»Ich gehe«, sagte die Frau, dann wandte sie sich an den jungen Mönch.

»Lass Dorotea nicht allein, denn trotz ihres Berufes ist sie der aufrichtigste Mensch, den ich kenne. Und wenn du spürst, dass du ein Mann bist, so denke nicht, dass es eine Todsünde ist, wenn man den Trieben und den Gefühlen folgt. Benutze das, was man dich gelehrt hat, vielmehr dazu, den Schwachen zu helfen.«

Die Alte umarmte Dorotea und ging hinaus. Auch er hätte nun eigentlich gehen müssen, doch vielleicht konnte er noch ein wenig bleiben. Sie betrachtete mutlos das Durcheinander in dem Raum, und dabei fiel ihr Blick auf den Beutel, den Vildericus beim Eintreten neben die Tür auf den Boden gestellt hatte.

»Ihr könnt Euren Beutel dort auf die Kommode legen.«

Der junge Mönch nahm ihn auf und reichte ihn ihr.

»Das ist für Euch.«

»Für mich?!«

Nach kurzem Zögern ergriff sie den Beutel und nahm seinen Inhalt heraus. So konnte er sie endlich richtig anschauen. Er hatte sie nicht so groß gewachsen in Erinnerung gehabt, auch nicht, dass diese Augen, deren Grau sich in einem blauen Leuchten erhellen konnte, ihr großflächiges Gesicht wie auch den Mund und die Nase verfeinerten, was ihre kräftige Gestalt schmaler erscheinen ließ. Doch er zog sich in sein düsteres Schneckenhaus zurück und befahl sich selbst, sich loszureißen, jetzt, wo er ihre Hände betrachtete, die langen Finger mit den roten Nägeln …

»Da ist ja sogar ein Kuchen!«, rief sie, und die Flamme der Lampe, die zu ihren leichten Bewegungen flackerte, zauberte einen Schimmer auf ihre Zähne, die sie in einem zunächst noch zaghaften Lächeln sehen ließ, und ihre Wangen begannen sich vor Verlegenheit zu röten. Sie legte die drei Gaben auf die Kommode und ließ die Hände auf dem Brot ruhen.

»Das ist gutes Brot. Ihr habt keine Vorstellung davon, wie Brot sonst hier ist – was alles unter das Mehl gemischt wird.«

»Doch, ich weiß.«

»Nun, wenn Ihr noch nicht gegessen habt …«

»Das ist alles für Euch.«

»Doch setzt Euch, ich bitte Euch.« Und sie nahm sich selbst einen Stuhl und setzte sich ihm gegenüber. »Ihr seid sehr mager, Euer Gesicht … wisst Ihr, als Ihr schließlich fort wart, ist mir etwas in den Sinn gekommen, und ich habe oft darüber nachgedacht, nämlich dass ich Euch nie habe lächeln sehen.«

Vildericus senkte den Kopf. In jenen Momenten, in denen ein plötzliches Gefühl von Einsamkeit ihm den Sinn seiner Existenz raubte, pflegte er sich in das Unglück Christi zu flüchten, um sein eigenes mit ihm zu teilen. Auch jetzt zog er sich dorthin zurück, um sich vor den Blicken dieser Frau zu verbergen, vor ihrer sanften Empfindsamkeit, die sie ihm trotz ihres qualvollen Erlebnisses so natürlich entgegenbrachte, die ihn aber erdrückte und ihm eine widersprüchliche und unbekannte Pein bereitete.

»Wisst Ihr, wer diese drei Männer geschickt hat?«

»Sie geben niemals die Namen ihrer Herren preis, sie haben nur den Namen der Straße erwähnt, nämlich die Straße nach Viterbo. Das ist eine Stadt voller Kirchen und Flüche, die Flammen der Hölle sind dagegen … Ihr seid erst seit wenigen Monaten hier, und obendrein habt Ihr eine besonders schwierige Zeit erlebt, mit Regen und Kälte. Es sind mehr als sechshundert Menschen gestorben … Als meine Familie in Ravenna erfuhr, dass mein Gatte beschlossen hatte, zu fliehen und mich mit sich nach Rom zu nehmen … ah, die Sonne der Ewigen Stadt … Ihr werdet die Nebel vergessen, sagten alle. In den ersten beiden Jahren war es recht angenehm, das ist wahr, doch bereits der letzte Winter ist hart gewesen, ein Vorbote des jetzigen. Solche Unwetter wie in diesem Februar habe ich noch nie erlebt, und die Menschen werden immer grausamer, ich gehe nicht mehr in die Kirche, Vildericus. Doch wie viele gibt es, die ein noch schlimmeres Schicksal haben … In Preneste lebte eine alte Frau, Camilla, die alles über Pflanzen und ihre Wirkungen wusste. Sie machte Menschen gesund, und es hieß, sie habe viel Geld, auch Gold, doch sie wohnte in einer dieser Hütten bei dem alten Theater am Fuß des Kapitolhügels. Sie hat auch mich gesund gemacht, doch sie beging den Fehler, schlecht über die Priester zu sprechen, und daher hat man sie eingesperrt und der Ausübung satanischer Magie angeklagt, und vorgestern, so habe ich gehört, hat man sie hingerichtet – ist das etwa christlich? Oh, hätte ich doch nie Ravenna verlassen!«

»Ihr seid verheiratet – das hattet Ihr mir nicht gesagt. Warum seid Ihr aus Ravenna fortgegangen?«

»Es gab vor acht Jahren einen Aufstand gegen die deutschen Herrscher. Der Kaiser stand mit seinem Heer vor den Toren der Stadt, und mein Gatte sah das voraus, was dann auch geschah, und er hatte sich dagegen aufgelehnt. Nach Rom zu gehen war ein Fehler. Er starb hier. Zwei Wochen nach unserer Ankunft in Rom hat er das römische Fieber bekommen. Wir wollten wieder abreisen, aber er fühlte sich nicht sicher und wollte, dass wir nach Apulien gingen, zu den Byzantinern, doch stattdessen ist er in das Hospital beim Vatikan gebracht worden, und einen Monat später … ich habe ihn am Morgen noch gesehen, er war nur noch Haut und Knochen, und in der folgenden Nacht ist er gestorben. Er hatte ein unseliges Leben, doch immer noch ein besseres, als es das meine ist.«

»Und danach? Warum seid Ihr hier geblieben?«

»Eines Tages werde ich Euch alles anvertrauen. Ich verspreche es Euch, doch jetzt will ich mit Euch zusammen Brot essen und ein wenig Wein trinken, das wird uns gut tun.«

Sie aßen und tranken schweigend, dann erhob sich die Frau und kreuzte die Hände über der Brust, als wolle sie dort etwas festhalten, und sagte:

»Oh, ich bin Euch sehr dankbar! Wisst Ihr, eines Tages bin ich zum Lateran gegangen. Ich hatte gehofft, Euch zu sehen, denn ich habe keine Freunde hier.« Sie nahm das Brot. »Jetzt lege ich es weg.« Sie ging zu einem Bord neben dem Waschtisch. »Trinkt noch ein wenig Wein, nur zu.« Dann legte sie auch den Käse in den kleinen Speiseschrank.

»Es ist Zeit, zu gehen, ich muss noch zum Kloster Sant' Agnese.«

»Nein, ich bitte Euch.«

»Es ist spät.«

»Weiß man im Kloster Bescheid? Wartet man auf Euch?«

»Nein, aber …«

»Es hat wieder zu regnen begonnen, und das sehr stark, hört Ihr? … Ich gestehe, dass ich heute Nacht nicht allein sein will.«

»Ich würde eine schwere Strafe riskieren. Es war bereits eine große Unvorsichtigkeit, heute zu Euch zu kommen, das heißt, nein, das nicht, aber ein schwerer Ungehorsam. Ich hätte es nicht tun sollen.«

»Es ist aber doch keine Sünde zwischen uns.«

Dieses Wort verwirrte ihn. Er trat zum Fenster, um ihr zu antworten, ohne sie ansehen zu müssen. Als seine Mutter aus dem Haus kam, um sich unter den Kirschbaum zu setzen, wollte er zu ihr laufen, ihre Beine umfassen, um den Kopf in ihren Schoß zu legen und ihr alle Zärtlichkeit abzupressen, die sich jedoch in der scharfen Frühlingsluft verlor. Sein Herz zog sich zusammen wegen dieses verweigerten Almosens … Zärtlichkeiten, die ihm nun diese Hände mit den roten Nägeln mit einem leichten, doch verfluchten Beben geben wollten. »Herr, gib mir die Kraft für einen Abschied …«

»Meine Ordensregeln verbieten es mir. Ich fühle, dass ich Euch nicht wieder sehen darf.«

Die Frau holte den Umhang und reichte ihn Vildericus, dann ging sie zur Tür und öffnete sie. Der Regen fiel dicht, eisig und ohne Wind.

»Ich hoffe sehr, Euch wieder zu sehen.«

»Verzeiht mir«, flüsterte Vildericus und ging hinaus.

## 14

Zu viele Decken, ein schlechter Unterschlupf. Etwas bringt ihn dazu, sein Versteck zu verlassen. Es ist schwer, sich auf diesem unbekannten Flur zurechtzufinden, der nur scheinbar ruhig ist, auch wenn die Greife, die die Decke stützen, ihm in ihrer Feindseligkeit vertraut sind. Er beschleunigt seinen Schritt, bis er zu fliegen glaubt, von einem Strom vorangetrieben, der ihm verbietet anzuhalten. Die Türen sind alle verschlossen, außer der Letzten, hinter deren weit geöffneten Flügeln das Licht von Fackeln und Schatten von menschlichen Gestalten zu erahnen sind, Schatten, die auf ihn warten, da, da, die bekannten Priester, in Weiß gekleidet und in Heuchelei gehüllt. Sie wollen, dass er sich flach auf den Steinboden legt, um ihn peinigen zu können. Sie heften sich vielleicht an seine Fersen, doch die Worte des Psalms, die Kraft und Beständigkeit predigen, leiten ihn sicher bis zu der blendend hellen Gestalt einer Göttin, die ihn am Fuß eines umgestürzten Kreuzes empfängt. Es ist angenehm, sich hier zu verlieren. Sein Ich löst sich in der Erschöpfung auf …

»Ja?«, sagte er verwirrt, noch im Schlaf gefangen, der sich nicht abschütteln lassen wollte. Irgendwo hatte es geklopft, wieder einmal dieser beschämende Traum, der nun zerrann … »Ich komme«, rief er, »einen Augenblick noch.« Vildericus erhob sich vom Lager, zog seine Kutte über und ging zur Tür, um zu öffnen.

»*Hora est iam de somno surgere.* Es ist Zeit, aus dem Schlaf zu erwachen. Doch es war gut, dass du dich ein wenig ausgeruht hast«, sagte Primicerius Eusebius noch unter der Tür, und beim Eintreten fügte er hinzu: »In dieser Hinsicht hast du dich in diesem Monat sehr verändert, ich verstehe ja gut, dass du den Regeln folgst, wenn du in Santa Maria oder Sant' Agnese bist, doch hier im Lateranpalast! Es ist richtig, dass du im Laufe des Tages einige eurer Psalmen aufsagst, doch warum übertreiben? Einer der Diener hat mir berichtet, dass du dich auch nachts erhebst, um eine Reihe von Lobgesängen zu beten, und dann die Gebete zur dritten, zur sechsten und zur neunten Stunde …«

»Verzeiht, Herr, ich war eingenickt.«

»Es ist nur natürlich, dass du dich nicht mehr auf den Beinen halten kannst. Nein, das geht nicht. Im Übrigen: Meinst du etwa, ich hätte die Anweisungen von Hugo von Celano nicht gelesen? Er hat es deiner eigenen Verantwortung überlassen, die strengsten eurer Regeln zu beachten oder auszulassen, je nach den Umständen. Das ist doch richtig?«

»Ja, Herr.«

»Auch ich enthebe dich dieser Pflichten, einverstanden?«

Er trat näher an Vildericus heran und legte ihm eine Hand auf die Stirn. »Nein, Fieber hast du nicht. Deine Brüder in Farfa fehlen dir sehr, nicht wahr?«

»Ja.«

»Quält dich noch etwas anderes?«

»Ja.«

»Hast du einen Beichtvater, der dich begleitet?«

»Ja, Herr, in Santa Maria.«

»Sieh mal, Vildericus, Gottvater sitzt nicht immer auf dem Gipfel des Sinai mit der Waage des Pharmakos in der Hand. Er hat es mittlerweile seinem Sohn überlassen, auf uns Acht zu geben. Und ER lebt in unseren Seelen, in der Liebe, die wir ihm entgegenbringen, in seiner Führung, und auch in den Werken, wie auch der heilige Benedikt, euer Führer, sagt. Und zehntausend Gebete machen keine Sünde nichtig. Vorausgesetzt, es wurde überhaupt gesündigt.«

»Ich glaube nicht, schwer gefehlt zu haben, doch manchmal gelingt es mir angesichts der Gewalt nicht, mein Missfallen und auch den Zorn zu beherrschen«, antwortete Vildericus, und die Vorstellung von Dorotea war hinter seinen Worten verborgen.

»Na und? Wer verspürt ihn nicht in diesen Zeiten? Du machst eine gute Arbeit, bist immer sehr ernsthaft, zurückhaltend, und leere Gerüchte und das Geschwätz langweilen dich. Wenn du krank würdest … ich möchte dich nicht verlieren, und dieser Augenblick erfordert von uns allen die größte Aufmerksamkeit. Sobald du mich besser kennst, kannst du mir deine Gedanken anvertrauen. Doch in der Zwischenzeit solltest du mehr schlafen und dich besser ernähren, du bist allzu blass. Hast du wenigstens gegessen?«

»Ja.«

»Komm her, setzen wir uns.«

Die Worte des Primicerius kamen von weit her, und es blieb die Angst, denn der Traum wies auf ein bedeutungsvolles Rätsel hin, das in der Blindheit des Körpers verborgen war. Er wusste nicht, wie er die notwendige Ausgewogenheit finden sollte. Jede Bewegung war ihm fremd, als ob er bis zu diesem Augenblick alles getan hatte, um sich selbst nicht erkennen zu müssen, um sich in einer Wiederholung von Gesten zu verbergen, wankelmütiger Diener seiner Angst, Angst vor den Augen der Hure, vor ihren Schultern, den zarten Wangen, dem Fleisch ihrer Beine ... doch dieser gute Mann hier musste respektiert werden, auch indem er diese zarte und süße Qual verbarg.

»Ich habe mich auch des Stolzes schuldig gemacht, Herr.«

»Oh, da mach dir nichts vor, keiner kann sich davon freisprechen, und die Demut, die das Gesetz eures Klosters vorschreibt, ist ein wirkliches Mysterium wie alle Dinge, die zwei Gesichter haben. Komm her und setz dich. Ich habe hier deine Schriften. Wir müssen darüber sprechen. Alles, was du schreibst, hat eine gewisse Schwere. Eigenartigerweise vermittelt das Ganze einen widersprüchlichen Eindruck, denn das Bild ist zugleich verwirrend und äußerst präzise. Ich beziehe mich hier nicht auf deine Ausführungen über die Normannen bei Aversa oder auf den byzantinischen Statthalter von Bari oder die Venezianer im Adriatischen Meer, sondern auf die Ereignisse hier in Rom und im Latium. Du beginnst mit den Bauern des Grafen von Segni, die sich mit Frauen und Kindern davongemacht haben und über deren Verbleib man nichts weiß. Du führst nichts aus, doch die Geschichte spricht für sich, so scheint es mir. Du hättest vielleicht wenigstens auf die überhöhten Abgaben hinweisen können. Du erwähnst den Anstieg der Diebstähle in den öffentlichen Lebensmittellagern, die aber fast leer gewesen sind, wenn man ehrlich sein will, und die Frage der Sklaven. Und schließlich die beiden Osterprozessionen, die sich zu Aufständen entwickelt haben – auch hier wegen des Brotes – und die damit geendet haben, dass die Backstube von Titto Suevo am Caelius in Brand gesteckt wurde. Und ein Letztes: deine Anmerkungen zu Konrad II., die Krone des Königreichs Burgund und dann seine Ablehnung der Wahl Papst Benedikts IX. – wegen seines Alters, wie ich vermute –, der aber dieselbe Verwirrung bei der Wahl Ottos III. in den deutschen Landen vergessen hat.«

Der Primicerius schloss die Mappe, die die Pergamente enthielt, dann seufzte er tief und sah Vildericus mit einem eigenartigen, prüfenden und zugleich neugierigen Ausdruck an.

»Das ist alles, was ich in Erfahrung bringen konnte.«

»Die Kruste, wie es den Anschein hat. Du urteilst nicht, du stellst die Tatsachen heraus, und dies in äußerst knapper Weise. Bei deinen Ausführungen über die Sklaven hört man über die Entfernung einer Meile hinweg, dass du dich mit großer Anstrengung zurückgehalten hast. Wären wir hier am Hofe von Byzanz, so stünde dir die glänzende Laufbahn eines Geschichtsschreibers offen. Doch wir sind hier in Rom, in einer kleinen Provinzstadt, die, gelinde gesagt, sehr große Ansprüche hat.« Der Alte reckte seine Glieder, fuhr sich mit beiden Händen über das Gesicht und verschränkte sie dann hinter dem Kopf. »Letzte Woche hast du mir Wein angeboten, hast du noch etwas davon? Zwei Fingerbreit sind völlig ausreichend.«

Vildericus holte die Flasche und einen Becher und füllte ihn bis zum Rand.

»Immer noch jener aus Sant' Agnese?« Und nachdem er ihn probiert hatte: »Er ist recht stark – er scheint mir nicht von unseren Weinbergen zu sein.«

»Es ist Wein aus Asti, Herr. Der Prior hat einen Händler zum Bruder, der ihm den Wein zukommen lässt.«

»Es ging mir so gut in Trevi, Vildericus! Dieses Amt macht mir reichlich Angst. Es gibt Tage … schau, hier drinnen gelten ein Ja und ein Nein nicht das, was sie sind. Alles, was ich hier zu hören bekomme oder was ich frage – Meinungen, Urteile, Bekenntnisse –, alles muss ich erst deuten. Johannes von Galeria hatte mich schon gewarnt, aber ich habe nicht geglaubt, dass man einen so hohen Grad der Falschheit erlangen könnte. Alles scheint allein den persönlichen Interessen und dem Misstrauen unterworfen zu sein. Immer auf der Jagd nach Donationen … und die Wollust. Eine solche Lüsternheit habe ich noch nie gesehen! Sie schicken ihre Waffenträger aus – vielleicht hast du bemerkt, dass sie sich mit Söldnern umgeben, als wären sie Herzöge oder Grafen. Gott möge mir diese schlechten Reden vergeben. Sind sie doch voller Wahrheit.«

»Sie schicken sie aus, um was zu tun, Herr?«

»Alles. Sie lassen sie ausspionieren, Informationen und Gerüchte sammeln. Oder sie lassen sie Gerüchte von der allerübelsten Sorte verbreiten. Doch sie schicken sie auch aus, um Frauen zu holen, Dirnen für ihre schamlosen Begierden. Und am Morgen danach sind sie fähig, die Messe zu lesen! Ach, Vildericus, ja sicher, ich hatte in Trevi davon gehört, doch diesen Sündenpfuhl so direkt vor Augen zu haben!«

Dorotea! Die schamlosen Begierden! Übelkeit beschlich ihn, sein Magen wand sich, seine Kehle zog sich zusammen, er betrachtete seine Hände. Der Meister der Täuschung überdeckte den Gestank mit wohlriechenden Düften und die Verdorbenheit mit einer reinen Haut, Dienerin des Fleisches, versteckte Arglist, Schamlosigkeit, von den Genitalien ach so vieler Männer befleckt …

»Dieser alte Fettsack von Bosone, der, wie ich zugeben muss, nicht einmal unsympathisch ist, will deine Arbeit prüfen. Mir traut er natürlich nicht. Ich weiß aus sicherer Quelle, dass er mich in aller Öffentlichkeit als ›vertrottelten Greis‹ bezeichnet hat. Vielleicht bin ich das auch, wer weiß das schon. Was jedenfalls den Kaiser angeht, ich würde alles herausstreichen, Burgund und die Ablehnung der Wahl Benedikts IX. Ich würde auch die Anmerkung über die Landprivilegien in der Marittima streichen, die den Kardinälen von Santa Balbina so rasch zugestanden wurden, denn auch wenn du es nicht sagst, so wird doch deutlich, dass hier Schulden für die vorbehaltlose Unterstützung bei der Wahl Theophylakts von Tusculum beglichen wurden. Aber nur, wenn du einverstanden bist.«

»Einverstanden, Herr.«

»Du könntest dagegen die Prophezeiung – die allerdings eine Gewissheit ist – von der Ernennung Gregors von Tusculum zum Konsul aufnehmen. Er ist der ältere Bruder Seiner Heiligkeit. Für die ist das wichtig.«

»Und der Vater? Was wird aus ihm?«

»Was aus ihm wird? Ah! Was aus dem wirklichen Papst wird – natürlich im Gewand des Beraters bei schwierigen Angelegenheiten? Ich glaube nicht, dass der junge Mann weiß, was der Rhein oder Byzanz sind oder wo sie liegen. Er wird sich den Titel des Hofpfalzgrafen geben.«

Die Tür wurde aufgerissen, und zwei Wachen der römischen Miliz kamen herein, stellten sich zu beiden Seiten auf und ließen den Saccellarius Claudianus eintreten, eine hohe Amtsperson im Lateran, den Vildericus vom Sehen kannte. Die beiden erhoben sich, und der Primicerius flüsterte dem jungen Mönch zu: »*Lupus in fabula*, du wirst sehen.«

»Ich kündige Euch den Besuch von Alberich von Tusculum an«, verkündete der Saccellarius, »Hofpfalzgraf und Vater Seiner Heiligkeit. Sagt ihm, dass es euch eine große Ehre ist.«

»Es ist uns eine große Ehre«, murmelte der Primicerius und kniete sogleich nieder, als der Angekündigte mit einem kleinen Mädchen an der Hand das Zimmer betrat.

»Das ist Sara, die Erstgeborene von Gregorius. Ist sie nicht eine Schönheit?« Und an das Mädchen gewandt, sprach er: »Dieser Mann ist ein Bischof und der andere ein Mönch. Nun lauf zum Fenster, die Schwalben werden zurückgekehrt sein.«

Das Mädchen ließ seine Hand los und ging zum Fenster, wobei es Vildericus mit großen Augen ansah. Die Wachen gingen hinaus und schlossen die Tür.

»Ich sehe, dass hier ein erheblicher Mangel an Stühlen herrscht. Aus Respekt vor dem Alter sollen Eusebius von Trevi und Claudianus sitzen …«

»Sorgt Euch nicht, ich kann stehen«, sagte der Saccellarius.

»Nun, dann ist es an uns, werter Primicerius.«

Vildericus hatte Alberich von Tusculum bisher dreimal gesehen, beim Prozess des Johannes von Galeria, am Sterbebett von Johannes XIX. und bei jenem frivolen Fest anlässlich der Wahl seines Sohnes. In seinen Händen lag der Schlüssel zur Macht. Es waren Hände mit kurzen Fingern, denen das letzte Glied zu fehlen schien, breite Hände, die nicht zu seinem Kopf passten, der schmal wirkte, auch wegen des langen Kinnbartes und der Adlernase … Vildericus wandte sich dem Fenster zu. Das Mädchen sah ihn noch immer staunend und sprachlos an …

»Wie heißt du?«, fragte es schüchtern mit leicht bebender Stimme.

»Vildericus.«

»Ist das wirklich dein Name?«

»Sara, du kannst ihn später fragen. Jetzt sprechen wir.«

»Komm näher«, sagte der Saccellarius zu Vildericus.

»Man hat mir gesagt, dass du das Lateinische gut beherrschst«, sagte der Tusculaner, »kannst du das bestätigen?«

»Die Lektüre der Psalmen und des Evangeliums sind in unseren Klöstern eine tägliche Übung, Herr. Das entspricht natürlich auch der Ordensregel.«

»Ist das alles?«, fragte der Saccellarius, »keine Kirchenväter? Der heilige Augustinus, Prudentius, was weiß ich?«

»Einige Seiten von *De Civitate Dei*.«

»Auch Tacitus, wie man mir gesagt hat.«

»Das wenige, das ich hier in der Bibliothek bekommen konnte. Und zuvor eine Schrift in Farfa.«

»Kardinal Bosone«, flocht der Tusculaner ein, »versicherte

uns, dass du recht gut schreibst. Die Grammatik beherrschst du jedenfalls, nicht wahr?«

»Ja, Herr.«

Alberich von Tusculum wandte sich an den Saccellarius und an Eusebius von Trevi und erklärte ihnen, dass er Vildericus bei den Santi Apostoli kennen gelernt habe, als er noch Johannes von Galeria unterstanden habe, und dass er, zu einer geheimen Angelegenheit befragt, viele scharfzüngige und doppelsinnige Antworten gegeben habe. Dem Primicerius fest in die Augen schauend, fügte er hinzu, dass er daher nicht sicher sei, ob er ihm die Aufgabe tatsächlich anvertrauen solle, für die man ihn nach Rom geholt habe.

»Ich kann mit Gewissheit bestätigen«, sagte der Primicerius, »dass er ein sehr zurückhaltender und ungemein genauer junger Mann ist.«

»Eusebius, es ist bekannt, dass du bereits einen Platz im Paradies hast, doch hier handelt es sich um eine sehr heikle Angelegenheit.« Er wandte sich Vildericus zu.

»Sag mir, junger Mann, ganz offen und ehrlich: Würdest du jemandem Unterricht in Latein geben?«

»Das habe ich noch nie getan.«

»Doch hast du die Grammatik wohl studiert und könntest sie also ebenso gut lehren, oder nicht?«

»Vielleicht ja, Herr. Vielleicht auch nein.«

»Vielleicht ja, vielleicht nein … ich will eine richtige Antwort!«

Jetzt, da sich die Aufregung über die Anwesenheit des eigentlichen Herrn über die römische Kirche in seinem Zimmer gelegt hatte, dachte Vildericus über diesen eigenartigen Besuch und über diese Unterhaltung nach, die nur auf eines hindeuten konnte …

»Viel hinge auch von der Person ab, die ich unterrichten sollte«, antwortete er.

»Was willst du damit sagen?«

»Dass es vom Grad seiner Kultur und vom Alter abhinge. Sollte ich das Lateinische jenem Mädchen dort beibringen, das mich so voller Neugierde ansieht, so würde ich das wohl gerne tun.«

»Ich bin nicht hierher gekommen, um über die Ausbildung meiner Enkeltochter zu sprechen, das wird der Priester von Santa Cecilia übernehmen. Die Aufgabe, die ich dir übertragen will, ist viel schwieriger, sie betrifft eine Person von äußerst hohem Range. Sag du es ihm, Claudianus.«

»Könntest du dir vorstellen, unserem erhabenen Papst einige Unterrichtsstunden in Latein zu erteilen?«

Vildericus sah Eusebius von Trevi einen Augenblick lang an, dann senkte er den Kopf und sagte: »Ich glaube, dessen nicht würdig zu sein, Herr, und dann ...«

»Und dann, was?«, fragte der Tusculaner.

»Euer Sohn, Seine Heiligkeit, hasst Mönche.«

»Oh, diese Geschichte auf dem Fest! Er war erregt, das kann man doch verstehen. Es muss dein Gewand gewesen sein, das ihn nervös gemacht hat, das ist alles. Im Übrigen habe ich soeben mit ihm darüber gesprochen, und er ist einverstanden, auch weil du aus Farfa kommst und der Kaiser Farfa wohlgesonnen ist, wie auch uns.« Er erhob sich und fügte hinzu: »Es kommt wohl nicht infrage, dass du ein anderes Gewand anziehst, nicht wahr?«

»Nein, das ist nicht möglich, ihre Ordensregel bestimmt das«, sprach an seiner Stelle der Primicerius.

»Nun, dann lass uns folgende Abmachung treffen: Wenn du das Studierzimmer betrittst, wird dir ein Diener ein helles Gewand aus Leinen oder leichter Baumwolle geben, welches du über deine Kutte ziehst, haben wir uns verstanden? Du wirst eine angemessene Entschädigung erhalten.«

»Ich danke Euch, Herr.«

»Wenn du es dir verdienst.«

»Das ist richtig. Wenn es denn eine Entschädigung für diese

Arbeit geben soll, so bitte ich Euch, diese einem der Klöster zukommen zu lassen, die mich beherbergen. Wir Benediktiner …«

»… dürfen nichts besitzen, ich weiß, ich weiß. Eusebius, betrachtet Euch als Garanten für diesen Auftrag. Ihr werdet am kommenden Montag beginnen. Ich grüße Euch.«

Er rief das Mädchen, das dem Großvater seine linke Hand gab und mit den Fingern der anderen Hand Vildericus zum Gruß winkte. Die beiden verließen den Raum. Der junge Mönch setzte sich dem Primicerius gegenüber. Diese herbe Überraschung hatte sie sprachlos gemacht, und in ihren Blicken lag ironische Bitterkeit. Der Alte brach als Erster das Schweigen.

»Sorge dich nicht, er ist genauso gebildet wie eine Ziege. Ich weiß nicht, ob er überhaupt seinen Namen richtig schreiben kann. Bist du aufgeregt? Geschmeichelt?«

Vildericus sah sich in der Art, wie er dem Tusculaner geantwortet hatte, bestärkt, denn es war ihm gelungen, einem mächtigen Mann gegenüber jene schwierige Gratwanderung zwischen der strengen Ordensregel und seinem eigenen Ehrgefühl geschafft zu haben, dennoch fühlte er sich am Rande eines Abgrundes, von dem aus sich der Blick jedoch vielleicht auf einen weiteren Horizont richten ließ.

»Ich bin vor allem verwirrt. Ich habe das Gefühl zu fallen. Die Ordnung, in der zu leben ich gewöhnt war, erscheint mir immer weiter weg zu sein. An sich selbst denken zu müssen, an eine Zukunft, und daran, sich verteidigen zu müssen, wenn acht Jahre lang jeder Gedanke denen der Mitbrüder glich und sich im Chor der Disziplin verlor … An mich selbst denken zu müssen verleiht mir immer, heute mehr als je zuvor … ich finde das Wort nicht. Einmal in Sutri spannten Gaukler ein Seil zwischen die Dächer zweier Häuser, und einer lief darüber. Ich zitterte … die Ordensregel belohnt die Verachtung des Ichs und verdammt den Stolz, wenn man einen Tropfen vom großmütigen Blut Christi im eigenen Herzen haben will. Ich habe Angst, die Regel zu brechen oder es schon getan zu haben, und jetzt beginne ich bereits, vor diesem Jüngling Angst zu haben.«

»Nein! Warum? Ein Heiliger aus Gallien hat vor vielen Jahrhunderten gesagt, dass der Glaube ein Schild sei, und du hast einen solchen. Einer jener großen Schilde der römischen Legionäre, wie sie auf den alten Reliefs zu sehen sind, im Forum, an den Seitenwänden der Triumphbögen.«

»Ihr habt ihn doch auch gesehen, Herr, auf diesem Fest der Scham, launenhaft, voller Gewalt ...«

»Gewiss. Das Merkmal der Familie. Du bist fleißig, ernsthaft und trägst die Lehren aus Farfa in dir, du könntest ihn vielleicht zurechtbiegen. Mach dir keine Gedanken, du tust nur die Arbeit, die dir aufgetragen worden ist. Das, was du tust, darf dich selbst nicht berühren. Jetzt füll das Glas noch einmal, die Tusculaner machen eine trockene Kehle.«

»Ich werde auch einen Schluck davon trinken, um mir Mut zu machen.«

Sie lächelten beide. Vildericus fühlte sich in Gegenwart dieses alten, weisen Pessimisten wohl. Bei den Messen in der Kirche riefen die Auslegungen seiner Lektüren des Evangeliums fruchtbare Gedanken hervor, und unter der ruhigen Art seiner leisen und vollen Stimme setzte sich das Gelernte mit denselben unbeugsamen Warnungen im Gedächtnis fest, wie es bei den Lesungen Johannes' von Galeria der Fall gewesen war. Diese beiden Männer waren für ihn vielleicht das spürbare Zeichen der Vorsehung.

## 15

In den folgenden Nächten und vor allem in jener zwischen Sonntag und Montag konnte Vildericus vor lauter Unruhe kaum schlafen, weil er fürchtete, dass es ihm nicht gelänge, sich dieser neuen Aufgabe als würdig zu erweisen. Hinzu kam die Pein, die ihm ebendiese Besorgnis bereitete. Von den Schreibern des Protoscriniarius hatte er eine Schreibtafel, die etwas größer war als die üblichen, und zwei Federn erhalten. Er hatte seine eigene Ausgabe der Ordensregeln des heiligen Benedikt hergenommen, und aus der Bibliothek hatte er sich die Geschichte der Langobarden von Paulus Diaconus geliehen. An jenem Montag stand er wie immer vor Morgengrauen auf, und die Gebete und Psalmen der Matutin, die er mit erhöhter Konzentration aufsagte, damit er sie nicht wiederholen musste, beruhigten ihn schließlich. Weit vor der dritten Stunde war er bereits fertig und setzte sich an seinen Tisch. Er musste lange warten, bis er gerufen wurde.

»Gott im Himmel, die dritte Stunde ist ja schon seit einiger Zeit verstrichen, aber der Papst schläft immer so lange, der Glückliche«, sagte der Jüngling, der erschien, als der Vormittag schon weit fortgeschritten war. »Mein Name ist Celestino, gebt mir die Tafel, wie groß Ihr seid! Wenn Ihr mir bitte folgen würdet.«

Er mochte wohl zwanzig Jahre alt sein und trug ein Gewand mit besticktem Kragen und ein seidenes Wams. Vildericus folgte ihm, ein wenig verlegen, weil er in der Begleitung eines so eleganten jungen Mannes war, der obendrein beim Gehen die Hüften wiegte.

»Er ist von der Leidenschaft des Damespiels ergriffen worden, und er spielt bis spät in die Nacht mit jedem, der ihm in die Quere kommt, am liebsten um Geld. Ihr könnt Euch wohl vorstellen, dass man es nicht wagt, ihn zu besiegen! Ich habe bereits drei Scudi verloren und hoffe, dass er sie mir zurückgibt, denn er ist großzügig, daran gibt es nichts zu rütteln. Beherrscht Ihr das Damespiel?«

»Nein. Doch was heißt das, dass Ihr ihn gewinnen lasst? Welchen Sinn hat dann das Spiel?«

»Nun, den Sinn, ihn zufrieden zu sehen. Im Grunde ist es

nicht schlecht, mit dem Papst zu spielen. Und wehe dem, der ihm auch ansonsten widerspricht. Er ist eben so.«

Die Gemächer Benedikts IX. befanden sich im dritten Stockwerk, dort, wo auch Johannes XIX. gewohnt hatte. Neben der Tür waren zwei Wachen mit Pike und Schwert aufgestellt, im Vorzimmer hielten sich drei Geistliche und zwei Laien auf, die offensichtlich den Aufgaben einer Kanzlei nachgingen. Die beiden jungen Männer betraten einen großen Saal.

»Dies wird der Empfangssaal werden«, erklärte der Jüngling mit leiser Stimme. »Er führt in das Schreibzimmer und in eine kleine Kapelle. Weiter hinten ist das Schlafzimmer mit einem Abort und einem Waschtisch aus schönstem Marmor. Es führt auf einen Wintergarten voller Pflanzen und Blumen hinaus.«

»Kennt Ihr ihn schon lange?«

»Wen, Seine Heiligkeit? Nun, es werden wohl bald zwei Jahre sein, er hat mich aus Santa Cecilia herausgeholt, wo ich die ersten Weihen …«

»Demnach wäret Ihr Subdiakon …«

»Genau …«

»Und weshalb kleidet Ihr Euch auf solche Weise?«

»Er will mich so haben. Warum? Sehe ich nicht gut darin aus? Im Übrigen habe ich mich, um die Wahrheit zu sagen, nicht sehr berufen gefühlt, doch der Pfarrer hat mir einen steilen Aufstieg prophezeit, und erst später habe ich verstanden, warum. Er war nämlich unsterblich in meine Schwester verliebt. Man stelle sich vor, man hätte meine Schwester einem bereits verheirateten Priester gegeben! Und dann hat er mich überredet, in die Dienste der Tusculaner in ihrem Palast in Trastevere zu treten, ein wahrhaftig schöner Handel! Doch jetzt geht es mir gut, ja, wirklich.«

»Und dort, in diesem Palast, was habt Ihr dort getan?«

»Alles, was den Jungen betraf. Wenn er zum Beispiel krank war, habe ich ihm die Mutter oder den Diener ersetzt und habe ihn sogar gefüttert. Habe ihm auch hin und wieder ein wenig die Religion beigebracht, zum Zeitvertreib und auch um seinen Vater zufrieden zu stellen. Er hat eine große Neigung zur Anatomie, vor allem zur weiblichen, er verschmäht aber auch nicht … habt Ihr verstanden?«

»Nein.«

»Nicht wichtig, nicht wichtig … und so bin ich auch jetzt mit ihm gegangen. Er kann nicht ohne mich sein, er zieht mich allen anderen vor, wirklich, ich könnte auf nichts Angenehmeres – und im Grunde auch Einträglicheres – hoffen. In diesen Zeiten …«

Er bewegte geziert die Hände, und bei jedem dritten Wort lachte dieser künftige Priester, und Vildericus kamen jene Fälle in den Sinn, in denen Laienbrüder für faules oder sündiges Verhalten einige heftige Peitschenhiebe bekommen hatten: Farfa oder auch Santa Maria wäre die rechte Schule für diesen Günstling Seiner Heiligkeit.

»Celestino, begleite den Mönch in das Studierzimmer«, sagte ein Diener, der Vildericus half, sich einen Überwurf aus cremefarbener Baumwolle überzuziehen.

Das Zimmer war recht groß, zwei riesige Schränke, zwei Lehnstühle und ein großer Tisch aus Nussbaum mit zwei Stühlen, an dem der junge Papst saß. Die beiden Männer blieben stehen, und der Subdiakon machte Vildericus ein Zeichen zu schweigen.

»Vil-de-ri-cus«, buchstabierte Benedikt IX., der offensichtlich gerade ein Schriftstück durchsah, »was ist das denn für ein Name!? Aus Sutri. Wo, zum Teufel, ist dieses Sutri?«

»An der Via Cassia, in der Nähe von Vetralla«, antwortete Celestino.

Benedikt IX. drehte sich langsam auf dem Stuhl herum, winkte den Subdiakon mit gekrümmtem Finger zu sich heran, und kaum kniete dieser neben ihm, packte er ihn am Hals und flüsterte ihm ins Ohr:

»Du gehst mir jetzt aus den Augen, ich zähle bis drei, und

wenn du bei drei nicht verschwunden bist, dann schneide ich dir den …«

»Ich bebe und zittere. Wer weiß, was Eure Heiligkeit mir abschneiden will«, jammerte der junge Mann in gespielt weinerlichem Ton. »Ich biete Euch meinen ganzen Körper, doch ich will bei diesem gelehrten Mönch bleiben, denn ich bin unwissend wie eine Gans. Ich will auch gelehrt werden.«

Benedikt IX. stieß ihn zu Boden und lachte, dann erhob er sich und bat Vildericus, näher zu treten und ihm genau zu erklären, welchen Auftrag ihm sein Vater erteilt habe.

»Ein wenig Unterricht, Eure Heiligkeit, in Latein.«

»Warum siehst du zu Boden?«

*Fixis in terram oculis* – Hefte die Augen auf den Boden –, so lautete in Farfa das Gebot, wenn man einem Mann begegnete, der über einem stand. In diesem Moment war es nur zu einem Teil die gehorsame Befolgung der Ordensregeln, die ihn davon abhielt, seinem Gegenüber in die Augen zu sehen. Da war auch noch etwas anderes, eine leise Furcht, dass die wirre charakterliche Veranlagung dieses Menschen eine extreme Abneigung in ihm hervorrufen könnte. Doch dann blickte er sein Gegenüber an und sagte, sich seiner Lüge bewusst: »Aus Respekt. Aus Demut gegenüber dem Erben Petri.«

Diese Augen! Hell und begierig mit einem eigenartigen schwarzen Rand, Augen, die mit den Worten nicht in Verbindung standen, bereit, anzugreifen, zu verheimlichen, zu lügen und …

»Hast du vernommen, du elender Lump, wie man sich in meiner Gegenwart verhält?«

»Ich habe es vernommen, Eure Heiligkeit. Von jetzt an werde ich mich niederducken und an Euren Beinen entlangstreichen wie …«

»… eine Schlange. Beachte diesen Heuchler nicht, Vldericus. Ich werde ihn einfach nicht los, er hängt an mir wie ein Blutsauger.«

»Sagt bloß nicht, dass ich auch Blut gesaugt habe, als ich bei Euch an anderem geleckt habe!«

»Und wenn du ›Eure Heiligkeit‹ sagst, so sag es im richtigen Ton!« Benedikt IX. beugte sich nieder und gab ihm zwei schallende Ohrfeigen.

»Und Ihr sprecht den Namen des Mönches richtig aus: Vildericus, nicht Veldericus.«

Benedikt IX. ging einen Schritt auf Vildericus zu, berührte mit einer Hand das helle Übergewand, das dieser sich hatte überziehen müssen.

»Wozu diese Verkleidung?«

»Euer Vater, Heiligkeit, befürchtete, Ihr würdet Euch wiederum erregen.«

Benedikt IX. half Celestino auf die Beine und setzte sich wieder an den Tisch.

»Zieh es aus und lass dein Ordensgewand sehen. Setz dich dorthin, mir gegenüber, und zeig mir, was du da hast.«

Vildericus legte das Mitgebrachte auf den Tisch und erklärte dem Papst, dass er hier eine Schreibtafel habe, die etwas größer sei als die üblichen, damit sie mit zwei Federn gemeinsam darauf schreiben könnten. Den Inhalt der beiden Bücher fasste er kurz zusammen. Er fühlte einen eindringlichen und misstrauischen Blick auf sich gerichtet. Schließlich zog er sich das helle Übergewand aus.

»Warum hast du gerade diese beiden Bücher ausgewählt?«

»Der heilige Benedikt hat eine ganz einfache Schreibweise, und Paulus Diaconus ist etwas anspruchsvoller.«

»Die Ge-schich-te der Lan-go-bar-den?! Ja, aber sind die denn nicht verschwunden? Der Einzige, von dem ich gehört habe, der ist unten im Süden gewesen und hatte einen unaussprechlichen Namen …«

»Waimar von Salerno«, erläuterte Vildericus.

»Ja, genau, fast wie der deine, nicht? Du bist doch kein Langobarde?«

»Ich weiß es nicht. Meine Großeltern waren aus Sutri, und weiter weiß ich nichts. Ich habe diese Schrift gewählt, weil …«

»Wie heißt dein Vater?«

»Er hieß Arichio.«

Der Papst brach in Gelächter aus, in das der Subdiakon sofort einfiel, und zu diesem gewandt, sagte er unter Tränen: »Radicchio! Er hieß Radicchio! Und den hat er auch angebaut! Und alle haben davon gegessen, bis ihnen schlecht geworden ist!«

Vildericus senkte den Kopf und faltete die Hände vor dem Bauch: Dies war der richtige Moment, sich der Demut anzuvertrauen, die im strengen und lieblichen Farfa als höchste Pflicht gelehrt wurde … denn wie auch immer dieser Jüngling geartet sein mochte, auf welche Weise auch immer er gewählt worden war, er war und blieb der Heilige Vater, vor dem er allein die Nichtigkeit seines eigenen verachtenswerten Lebens zeigen durfte …

»Er ist beleidigt, Eure Heiligkeit!«, rief der Subdiakon.

»Keineswegs. Der Heilige Vater kann sagen, was ihm genehm ist, über mich, über meinen Vater, über meine Familie – ich bin sein Diener!«

»Oh, dieser Mönch weiß Spitzen abzubeißen«, stellte Celestino fest.

Benedikt IX. stand auf, packte den Subdiakon bei den Haaren, zog ihn zur Tür, gab dem Jammernden einen Tritt ins Gesäß und schrie, er solle sich für den Rest des Tages nicht mehr sehen lassen. Dann kam er zum Tisch zurück und fragte Vildericus, warum er die Langobarden gewählt habe und nicht die fränkischen oder die deutschen Völker.

»Eure Heiligkeit, ich weiß, dass es eine Geschichte der Franken gibt, die vor langer Zeit von einem Bischof geschrieben worden ist, in dem nur die Anfänge der Geschichte dieses Volkes zu finden sind. Ob es über die deutschen Völker etwas gibt, das weiß ich nicht. Ich habe diese Schrift über die Langobarden auch nur als Übung ausgewählt.«

»Gut, gut. Kannst du würfeln?«

»Nein, Eure Heiligkeit.«

»Und Dame?«

»Nein, ich bedaure.«

»Nun gut, dann machen wir es so: Ich bringe dir die Spiele bei, und du unterrichtest mich ein wenig in Latein. Aber jetzt treffen wir beide eine Vereinbarung: Das Latein der Gebete und der Messen kenne ich, auch wenn mir nicht alles klar ist, aber meiner Meinung nach ist das mehr als ausreichend. Wem könnte ich begegnen, der Latein spricht? Deutsche oder burgundische oder ungarische Prälaten: Die sollen mit dem Protoscriniarius oder mit dem Primicerius sprechen, wofür sind die beiden denn sonst da? Wenn Konrad II. kommt, der so fett ist, dass er schon trieft – wenn er überhaupt Latein kann, dann nur das Responsorium. Der nimmt doch immer einen Übersetzer, und ich werde unseren Bibliothekar Walter von Worms nehmen. Deutsch ist seine Muttersprache, er beherrscht das Lateinische, und unsere Sprache spricht er besser als wir. Wenn es diplomatische Verhandlungen gibt, wird sie mein Vater führen, der schließlich auch die Niederschrift von Dokumenten und Briefen den Schreibern anvertraut. Das heißt, Mönch, dass du dir für deinen Unterricht nicht das Hirn zermartern musst. Du wirst mir eine Kleinigkeit beibringen, ohne Eile, denn ich hasse es, mich zu langweilen, und das Lernen ist wirklich nichts für mich. Haben wir uns verstanden?«

»Ja, Eure Heiligkeit.«

»Wie alt bist du?«

»Siebenundzwanzig.«

»Wie sagt man das in Latein?«

*»Viginti septem.«*

So begann die erste Unterrichtsstunde, die Vildericus dem Papst erteilte. Er erklärte ihm die Deklinationen und die Konjugationen einiger Verben, indem er ihn immer wieder einfache Sätze schreiben ließ. Benedikt IX. schien ihm aufmerksam zu folgen, doch je weiter die Zeit fortschritt, desto mehr hatte Vildericus das dumpfe Gefühl, an eine Schnur gebunden zu sein, deren Ende der andere fest in der Hand hielt und an der er zog, ihn immer näher zu sich heranzog. Mit einem Mal wurde Vildericus gewahr, dass sein Gegenüber ihn eindringlich und argwöhnisch mit kühlem Blick betrachtete, was ihm bestätigte, dass jener mitnichten das Lateinische studierte, sondern ihn, Vildericus.

»Genug jetzt!«, schrie dieser seltsame Schüler, warf die Schreibtafel beiseite und sprang auf. Mit ausgebreiteten Armen, die Hände zu Fäusten geballt, lief er im Zimmer auf und ab, ganz offensichtlich sehr aufgewühlt. Dann kam er zum Tisch zurück, beugte sich zu Vildericus vor und sagte: »Du glaubst, ich sei noch ein Knabe. Du irrst aber, Mönch! Ich bin schnell gewachsen, jedes meiner Jahre zählt deren zwei, und siehst du nicht, dass mir bereits der Bart wächst?« Er richtete sich auf. Allmählich beruhigte er sich und ging zum Fenster, den Blick und die Gedanken in die Ferne gerichtet.

»Sagt mir, wann ich wiederkommen soll«, bat Vildericus.

»Ich will das Datum meiner Geburt nicht mehr hören, niemand soll mehr darüber sprechen, ich habe den Körper und den Geist eines Mannes. Und ich bin der Papst der heiligen römischen Kirche. Und alle – Priester, Bischöfe, Herzöge, Grafen, Senatoren und dieses dreckige römische Volk – schulden mir Gehorsam. Auch mein Vater. Und meine Brüder … Und die Weiber.« Er drehte sich um und lächelte. »Hast du ein Weib?«

Vildericus zuckte zusammen, als habe eine fremde Hand eine offene Wunde berührt, um das Bild von Dorotea hervorzurufen, und er antwortete, dass zu seinem Gelübde auch die Keuschheit gehöre.

»Du willst mir doch nicht sagen, dass du noch unschuldig bist?«

»Doch, Eure Heiligkeit.«

»Auch in Gedanken? Geschieht nichts mit dir, fühlst du

nichts, wenn du eine Frau siehst oder mit ihr sprichst? Fühlst du nicht, wie es im Innern brennt?«

»Wir haben unsere Beichtväter. Auch ich habe hier in Rom meinen Beichtvater.«

»Und hast du ihm dann vielleicht eine Beziehung zu irgendeiner Hure gebeichtet? Oder zur Tochter des Senators Goffredo, diese Maria Dorotea, die in dein Gemach gekommen ist? Wie ist sie? Ist sie schön? Jetzt bist du rot geworden wie ein Krebs, warum denn? Du brauchst dich doch nicht zu schämen.«

Benedikt IX. legte ihm die Hände auf die Schultern.

»Ich habe keine Sünde mit ihr begangen.«

»Sünde?! Das ist doch die natürlichste Sache der Welt. Und wenn du es dir versagt hast … glaubst du, ich achte dich dafür?«

»Eure Heiligkeit, ich bitte Euch, sagt mir, wann ich wiederkommen soll.«

»Du wirst doch wohl nicht mit der Absicht hierher gekommen sein, mir als Vorbild zu dienen?!«

»Nein, Herr, das versichere ich Euch. Ich selbst habe ein Vorbild, und diesem trachte ich mit meinen geringen Kräften zu gleichen, für das Heil meiner Seele.«

»Für das Heil deiner Seele, Mönch, trachte danach, mich niemals aufzubringen.«

Benedikt IX. ging auf eine der Zimmertüren zu. Dort angelangt drehte er sich um und sagte: »Morgen lassen wir den Unterricht ausfallen, ich habe zu tun. Komm am Mittwoch wieder.«

Als er wieder in seinem Gemach war, kniete Vildericus nieder, faltete die Hände und beugte den Kopf. So verharrte er lange, atmete tief, wie ihn der Pförtner von Farfa gelehrt hatte, um jeglichen Gedanken aus dem Kopf zu verbannen, um die Qual der Versuchung durch die Furcht zurückzuweisen. Als schließlich die von diesem Menschen beschmutzten Bilder wieder weiß geworden waren, sprach er, fast ohne die Lippen zu öffnen, damit der Klang der Worte in der Mundhöhle blieb, den

Vers jenes Psalms, der ihn am meisten von allen berührte: »Wie der Hirsch lechzt nach frischem Wasser, so schreit meine Seele, Gott, zu dir. Meine Seele dürstet nach Gott, nach dem lebendigen Gott. Wann werde ich dahin kommen, dass ich Gottes Angesicht schaue? Meine Tränen sind meine Speise Tag und Nacht, weil man täglich zu mir sagt: Wo ist nun dein Gott?«

## 16

*An Hugo von Celano*
*Von Vildericus von Sutri*
*Am 3. Juni 1033*

*Der Herr sei mit Euch und mit allen meinen Brüdern.*
*Seit drei Wochen schon verspüre ich das Bedürfnis, Euch zu schreiben, doch eine Veränderung hat mein Leben schwieriger gemacht: Graf Alberich von Tusculum hat mich beauftragt, seinem Sohn, Papst Benedikt IX., Unterricht in lateinischer Sprache zu erteilen. Soeben habe ich die achte Unterrichtsstunde beendet, und die Bilanz, die ich ziehen kann, ist bescheiden und voller schiefer Töne. Der junge Papst ist wenig begabt für jegliche Art von Studium, er ist schnell abgelenkt und nimmt nur mühevoll die grundlegendsten Erkenntnisse auf, obgleich er mir intelligent zu sein scheint, manchmal geradezu scharfsinnig. Nur dass er diese Eigenschaften für Angelegenheiten des täglichen Lebens vergeudet: Urteile über andere, Erfahrungen – die weit größer sind als seinem Alter angemessen – in jenen Lastern, die einen Teil seiner Welt bestimmen. Die schiefen Töne beziehen sich auf unser Verhältnis. Einmal zeigt er Gleichgültigkeit, dann wieder scheint er sich begierig für meine Person zu interessieren, in einem Moment ist er zudringlich, dann wieder passiv, und plötzlich braust er auf, als habe für ihn auch das Geringste und Bedeutungsloseste einen feindseligen Unterton. Ich würde sagen, in ihm*

*widerstreiten Hochmut, tiefste Unsicherheit, Angst und Aggression. Ich weiß nicht, welches Ergebnis ich bei einem solch eigentümlichen Schüler erzielen kann.*

*Rom hat endlich einen sonnigen Frühling erlebt, Vögel und Pilger sind zurückgekehrt. Dies und die Tatsache, dass nun mehr Lebensmittel aus der Gegend von Neapel und aus Sizilien geliefert werden, tragen dazu bei, dass das Gesicht des römischen Volkes nicht mehr so ausgezehrt und gramvoll aussieht. Und dennoch, auch wenn die schlimmsten Widrigkeiten vorüber sind, so ist das Elend doch größer geworden. Man gewinnt den Eindruck, als schwele ein Feuer des Aufruhrs und der Auflehnung unter der Asche eines kaum verhohlenen Unmuts. Man vernimmt Worte wie »Schande« und »Schmach«, doch auch »heilige Strafe« und »Verrat an der Kirche«, die das Missfallen der einfachen Leute an der Kirchenhierarchie zum Ausdruck bringen. Natürlich sind hier in Rom, wie Ihr selbst besser wisst als ich, die Kämpfe zwischen den Adelsfamilien recht heftig, und es ist nicht ausgeschlossen, dass die Feindseligkeit dessen, der von der Macht ausgeschlossen wurde, jenem gegenüber, der an ihr teilhat, mit allen Mitteln dieses Feuer entfacht, in der Hoffnung, dass der Brand sich in den Palästen der Gegner ausbreite. Es gibt bereits die ersten Anzeichen von Gewalt. In diesen letzten Nächten sind zwei Soldaten, die den Palast bei den Santi Apostoli bewachten, von unbekannter gewalttätiger Hand getötet worden. Und nahe bei den alten Thermen des Nero ist in der vergangenen Woche, auch dieses Mal in der Nacht, ein Ritter der kaiserlichen Garde schwer verletzt worden. Primicerius Eusebius, der Euch grüßen lässt, ist sehr pessimistisch gestimmt.*

*Ich denke oft an die Ruhe Farfas, an unsere Kirche, das Refektorium, meine alte Zelle, den Garten. Und ich denke viel an Euch, an Eure Lehren, an Eure strenge Güte als Vater, als Abbas, und ich wünsche mir, dass Ihr Euch wohl befindet.*

## 17

Bei Tagesanbruch war er bereits wach. Nachdem er die Kerze gelöscht hatte, lief er zum Fenster, um die ersten Sonnenstrahlen zu sehen. Er öffnete es, und ein warmer, feuchter Windstoß kam ihm entgegen. Der schwärzliche Schaum der Wolken flog nach Norden. Dies war ein besonderer Tag, denn auch er würde in Begleitung des Primicerius an der päpstlichen Prozession anlässlich des Festes der heiligen Apostel teilnehmen, die von San Pietro zur Basilika San Paolo führen sollte. Er breitete die Arme aus, um sich vom Wind umschmeicheln zu lassen und sich den dramatischen und gebieterischen Zeichen des Himmelsgewölbes zu öffnen, das sich von Zeit zu Zeit durch die dahinjagenden Wolken sehen ließ. Das Blut begann in seinen Handgelenken und seinen Schläfen zu pulsieren, denn die Zeichen des Himmels bedeuteten Weite und Flucht. Plötzlich verbarg eine dicke Wolkendecke die letzten Sterne, und Vildericus sog so viel Luft in die Lungen ein, wie er nur konnte, um zu seinem gewohnten Atemrhythmus zu gelangen. Doch das sich ausbreitende und immer heller werdende Licht verstärkte das Gefühl einer tückischen Ungewissheit, und inmitten dieses Schauspiels hatte er plötzlich die Waffen wieder vor Augen, die er am Colle Oppio gesehen hatte, und das Gesicht der alten Ariana. Die Begegnung hatte einige Tage zuvor stattgefunden, zufällig vielleicht, auf alle Fälle war sie eigenartig gewesen. Er war durch die Gassen und auf den Pfaden des Hügels entlanggegangen und hatte sich die Basilika San Martino anschauen wollen, vielleicht nur von außen, da die Tageszeit fortgeschritten war. Es war schon dämmerig, in den kleinen Werkstätten und den Hütten der Schlosser und der Gerber, die sich an die majestätischen Ruinen der alten römischen Thermen lehnten, brannten bereits etliche Laternen. Er fühlte sich von Blicken verfolgt. Zwei Frauen hatten sich bekreuzigt, als er vorüberging, und er konnte die Fassade der Kirche bereits erkennen, als er sah, wie vier Männer Schwerter und einige Steinschleudern von einem Karren luden und in einen Stall brachten. Er war in den Schatten eines Torbogens zurückgewichen, und dort verspürte er die Gegenwart einer Person, ganz nah, und die Vorstellung, dass ihm jemand schon seit einiger Zeit folgte und ihn beobachtete … »Ich habe dich wieder erkannt.« Es war eine weibliche Stimme, die einer älteren Frau, und als er sich umdrehte, stand er vor Ariana, die halb heidnische Wunderheilerin Doroteas. Die alte Frau warf ihm vor, die gemeinsame Freundin vernachlässigt zu haben, und dann fügte sie hinzu:

»Gehe übermorgen nicht auf das Fest der Apostel, gehe lieber zu ihr, denn sie hat dich gern.« Und ohne eine Antwort abzuwarten, war sie verschwunden … Ja, als er jetzt diese Waffensammlung wieder vor sich sah und sich an den düsteren Ratschlag erinnerte, verwandelte sich auch die Fassade der Basilika, die sich in der Erinnerung riesenhaft vor ihm auftürmte, in die künstlichen Gesichte eines Traums. Um sich davon freizumachen, sprach er die Laudes, die für diesen fahlen Auftakt des Tages vorgeschrieben waren.

Am frühen Morgen zur dritten Stunde ließ ihm Primicerius Eusebius ausrichten, dass er sich zu seinem großen Bedauern den anderen Kardinälen würde anschließen müssen, dass er aber hoffe, ihn am Ende der Zeremonie in San Paolo zu sehen. Vildericus war dies eigentlich recht, denn die Nähe der Adligen brachte ihn immer auf unangenehme Weise in Verlegenheit. Außerdem war er nicht allein, und es wäre nicht leicht gewesen, diese Menschen dazu zu bringen, seinen Gast zu akzeptieren, der soeben zu ihm gekommen war und ihn gebeten hatte, ihn mitzunehmen: Omar, der sarazenische Irrwisch, der, seit sein Herr und Beschützer getötet worden war, sein Lager irgendwo im Innern des Lateran aufgeschlagen hatte und nicht einen Tag verstreichen ließ, ohne Vildericus aufzusuchen, um sich dort in größerer Ruhe ein Nickerchen zu gönnen oder sich mit Obst und anderen Speisen voll zu stopfen, die Vildericus von seiner Ration im Refektorium abzweigte und extra für ihn aufhob. Omar ging oft mit Vildericus in Rom spazieren, wobei er sich drei bis vier Meter hinter ihm hielt, denn die Ordensregel verbot den Mönchen den vertraulichen Umgang mit Kindern. So gingen sie auch an jenem Tag getrennt hinunter zum Flavischen Amphitheater. Doch sie standen stets miteinander in Verbindung durch kaum wahrnehmbare Gesten des Einverständnisses oder durch ein Augenzwinkern, das sie immer dann austauschten, wenn sie Halt machen mussten. Dies geschah häufig, da sich bei den Wachposten des Konsuls Gregorius, die entlang der Wegstrecke zum Vatikan aufgestellt waren, die Menschen drängten.

Vildericus hatte den Eindruck, dass es viele solcher Posten waren, zu viele im Verhältnis zur Anzahl der Menschen, die von Caelius, Esquilin und Quirinal zum Fluss hinunterströmten. Die Zahl entsprach sicherlich nicht den Vorhersagen, die man an den Vortagen in den Gängen des Palasts von den Geistlichen – Optimisten von Berufs wegen – gehört hatte, die auf Zählungen bei der Prozession im Vorjahr zurückgingen. Als er dann das Forum und den Circus Maximus passiert hatte und in die Nähe des Tibers kam, wurde sein zweiter Eindruck bestätigt: dass hier viel mehr Männer als Frauen waren. Sonst war das Gegenteil der Fall, das hatte er an Weihnachten und an Ostern feststellen können, im Übrigen ein verständliches Phänomen. Und er hörte wieder den Ratschlag der alten Ariana, der alle Anzeichen einer Wahrsagung trug. Er hielt inne, Omar kam zu ihm heran, und sie verließen gemeinsam das Gedränge.

»Zu viele Menschen«, sagte er zu dem Knaben, »wir gehen zusammen auf den Aventin. Von oben können wir die Prozession besser sehen.«

»Das ist schön«, antwortete Omar, der glücklich war, weil er jetzt neben seinem Freund gehen konnte.

Sie stiegen den schmalen Pfad hinauf, der vom Ufer zur

Kuppe führte. Oben angekommen kämpfte sich Vildericus sogleich durch das dichte Gebüsch und konnte den Kaiserpalast sehen; hier musste früher einmal ein fürstlicher Garten gewesen sein.

»Hör mal, hat dich der Kardinal eigentlich taufen lassen?«

»Ja, natürlich. Er hat mir den Kopf nass gemacht, und ich habe mir auch einen rechten Schnupfen geholt.«

»Würdest du gerne in ein Kloster eintreten? Ganz hier in der Nähe befindet sich jenes, in welches ich mich manchmal zurückziehe. Ich könnte ein gutes Wort für dich einlegen, du könntest etwas lernen und wärest in Sicherheit.«

»Gibt es da jeden Tag etwas zu essen?«

»Aber sicher. Auch ein Stück Brot mit einem Becher Milch am Morgen.«

Die Sträucher und die dichten Büsche zwischen den Strandkiefern und den Akazien machten ein Durchkommen fast unmöglich; die Gerüche waren vielfältig, am deutlichsten aber stachen Harz und Poleiminze hervor.

»Letztes Jahr hat mich der Kardinal ins Kloster Sant' Erasmo mitgenommen. Die Messe ist ja manchmal langweilig, aber da drinnen haben alle gesungen und geweint, oder sie waren stumm und steif wie Statuen, außerdem reden die Mönche wenig und sind fast immer traurig. Und ich weiß, dass ihr da drinnen nur Brot und Bohnen esst. Und Fisch. Auch du bist manchmal traurig.«

»Du schwätzt und spielst gerne, ich weiß. Wir reden ein anderes Mal darüber.«

Sie waren am Rand der Felswand angekommen, die fast senkrecht abfiel. Unten befanden sich die letzten Lagerhütten der Griechen, und dort begann die gepflasterte Straße, die am linken Tiberufer entlang bis hin zur Porta Ostiense führte. Sie setzten sich auf die Erde.

»Ist das nicht schön? Der Fluss … da unten die Insel mit der Kirche San Bartolomeo … wenn du den Blick etwas weiter nach links wendest, was kannst du dann oberhalb der Dächer erkennen?«

»Was weiß ich?«

»Dieser riesige Turm?«

»Ach der! Das ist die Hadriansburg.«

»Und wenn du dich noch weiter drehst, können wir von hier das Dach sehen, dieses große Dach, siehst du es?«

»Ha, ich weiß, da war ich schon. Der Kardinal hat mich in der Gegend in eine Kirche mitgenommen und hat gesagt, es ist die schönste in Rom. Da war ein Garten, und er hat mir alles erklärt. Das ist die Basilika von San Pietro. Aber du weißt ganz bestimmt nicht, von wo dieser Wind kommt.«

»Lass hören.«

»Er kommt von dort unten, vom afrikanischen Meer, das hat mir der Kardinal gesagt, die Wolken bringen die Wärme und manchmal den Sand. Gibt es nichts zu essen?«

Vom Mahl vom Abend zuvor hatte Vildericus fünf süße Kringel mitgebracht. Er behielt einen für sich, und die anderen gab er dem Knaben. Dann legte er sich ins Gras. Die niederen Wolken verflüchtigten sich und überließen den Himmel langen Schlieren von fast unbeweglichen Zirruswolken, zwischen denen die Sonnensplitter fast explodierten.

Der Wind war schwächer geworden, und das Blattwerk über seinem Kopf stand manchmal für Momente still. Er solle lieber seine Freundin aufsuchen, hatte die alte Ariana gesagt, vielleicht aber hatte Dorotea auch zur Prozession kommen wollen, und außerdem durfte er nicht zu ihr gehen. Er würde nie wieder zu ihr gehen. Gewiss, er hatte ihr Gesicht oft ganz plötzlich vor Augen, so wie in diesem Moment. Doch er musste aufpassen, auch wenn die Erinnerung an die Augen dieser Frau noch keine Sünde war, so war es doch aber vielleicht Sünde, dieses Behagen jener wohltuenden Ruhe zu erleben, welche er in ihrem Haus, auf ihrem Lager, unter ihrem mütterlichen Schutz empfunden hatte.

»Das Fest! Die Prozession!«, rief Omar. »Sie sind schon nahe bei der Insel.«

Vildericus setzte sich wieder auf: Ein Teil der Gläubigen war wohl über die Ponte Elio gelenkt worden und zog das linke Ufer entlang. Die Gruppe mit dem Papst und den Kardinälen hatte offensichtlich das gegenüberliegende Ufer gewählt. Über diesem entfernten Gewimmel konnte man einige schlaffe Standarten ausmachen, denn der Wind hatte sich gelegt, und Wolkenberge brauten sich über den Sabinischen Bergen zusammen, was die Kontraste dieses grandiosen Bildes noch verschärfte. Seine lebhafte Farbigkeit wurde von einer kräftigen Sonne beschienen, die das Wasser des angeschwollenen und wilden Flusses mit leuchtenden Spitzen sprenkelte …

»Bist du sicher, dass sie hier unten vorbeikommen?«

»So hat man mir gesagt. Die von der anderen Seite des Tibers kommen, werden den Fluss bei dieser Brücke, der Ponte di Santa Maria, überqueren. Sie werden mit den anderen dort zusammentreffen, und wir können sie alle sehen.«

»Ist da auch der dabei, der gemacht hat, dass mein Kardinal ermordet wurde?«

»Wer sollte das sein?«

»Dein Schüler, der neue Papst.«

»Aber was redest du denn da für einen Unsinn!«

»Das wissen doch alle.«

»Hör sofort damit auf! Das ist das Gerede von schlechten Leuten, das du da aufsammelst. Gib Obacht, Omar, wehe, wenn du so etwas noch einmal sagst, dann bist du nicht mehr mein Freund, und ich nehme dich nicht mehr mit.« Die Scheinheiligkeit seiner Worte bedrückte ihn, denn er verbarg seine wahren Gedanken.

»Schon gut, schon gut, verzeih.«

Jetzt konnte man die Hauptprozession sehen. Die von einer Wachtruppe gebildete Spitze, die die Stangen mit den Bannern der Stadt und des Vatikans trug, war nur noch wenige Meter von der Brücke entfernt. Es folgten die *Scholae* der Bistümer und hinter jenen die große Gruppe der Geistlichen. Die Prozession hob sich vom überwiegend traurigen Grau der Menge des armen Volkes ab, denn das Purpur, Grün und Blau der Gewänder von Kardinälen und weltlichen Gebietern und die silbrigen Reflexe der Rüstungen der Ritter des Konsuls und der kaiserlichen Garde leuchteten weithin. Und schließlich kam Benedikt IX. auf seinem Schimmel, in Goldgelb gekleidet und mit der Mitra auf dem Kopf.

»Schau mal! Siehst du diese vier Knaben in weißen Kleidern«, rief Omar stockend, weil ihm ein Gefühl des Neides den Speichel in den Mund trieb, »sie halten die Zügel des Papstes, diese Narren! Solche Lockenköpfe! Die sind doch zum Lachen!«

Die Wachen mit den Bannern waren bereits in der Mitte der Brücke, als Vildericus auf der rechten Seite zwischen Santa Maria in Cosmedin und dem runden Tempel eine Ansammlung von Männern aus dem Volk bemerkte. Unter diesen befanden sich auch viele Soldaten der Milizen aus den Stadtquartieren, jedoch ohne Insignien, und als er sich, durch einen Trommelwirbel aufmerksam gemacht, der von unten zu ihnen heraufdrang, noch weiter nach vorn beugte, entdeckte er eine zweite Gruppe, die am Fuß der Böschung von rechts kam.

»Wie viele Menschen auf die Prozession warten!«, rief der Knabe.

Ja, das hatte Vildericus auch festgestellt, und eine plötzliche furchtbare Ahnung ließ ihm den Atem stocken! Als der päpstliche Zug die Brücke überquert hatte, geriet die Menschenmenge in heftige Bewegung, und viele derer, die sich am linken Ufer befanden, drängten im Laufschritt ans Ende der Gruppe der Kleriker, sodass sie von der nachfolgenden Gruppe getrennt wurde, die sich noch immer auf der Brücke befand. Die beiden Gruppierungen, jene, die sich bei der Kirche Santa Maria in Cosmedin aufgestellt hatte, und die andere gegenüber, bewegten sich vorwärts und griffen schließlich unter fürchterlichem Gebrüll und mit erhobenen Schwertern die Prozession an. Die überrumpelten Soldaten und Ritter wichen ungeordnet zurück und brachten damit ihre eigenen Reihen durcheinander. Von oben vom Aventin konnten die beiden in der aufgescheuchten Menge die ersten Körper von Toten und Verletzten erkennen, die von den Lebenden niedergetrampelt wurden. Die Szene war so schrecklich, dass Vildericus den Eindruck hatte, dass sich ein dunkler Schatten über diesen konzentrisch angelegten Überfall legte. Wenn man sah, wohin die Angreifer ihre Energie lenkten, war es offensichtlich, dass das Ziel sich im Zentrum der Prozession befand und Benedikt IX. war. Nachdem die Soldaten auseinander getrieben und die Priester und Kardinäle in die Flucht geschlagen worden waren, befanden sich die Aufsässigen direkt vor den Rittern der kaiserlichen Garde, die, nachdem sie wieder Aufstellung genommen hatten, nun einen wehrhaften Ring um den Papst bildeten. Omar drängte sich dichter an Vildericus heran, der niedergekniet war und die Hände gefaltet hatte.

»Was tust du?«, fragte er.

»Ich bete zum Herrn, dass er diesem Gemetzel ein Ende bereite.«

Der Knabe tat es Vildericus nach, indem auch er sich auf die Knie niederließ, und dann sah er ihn an, um ihm auch in Haltung und Gesichtsausdruck nacheifern zu können. Doch nach einer Weile wurde er es müde, und als er feststellte, dass die Sonnenstrahlen, die die Hadriansburg beschienen, schwächer wurden, hob er den Blick und …

»Vildericus, die Sonne wird schwarz!«

Eine graue Dämmerung fiel über die Büsche, und im Strudel alter, längst vergessener Symbole, böser Geister nächtlicher Gedanken, die das Zittern der Träume mit düsterem Schrecken umgaben, sah Vildericus die grausigen Bilder der Apokalypse, den Brunnen des Abgrunds, den starken Engel, den Rauch, die

Heuschrecken und die Sterne, die sich vor dem Zorn des Lamms zurückzogen ... das Reich des Tiers eroberte sich das Dunkel ...

»Ja, ich sehe es«, sagte er zu dem Knaben, der sein Gesicht zwischen seine kleinen Hände genommen hatte, »das ist die erschreckende schwarze Sonne, ein Unglückszeichen für uns alle. Lass uns beten. Vater unser ...« Doch während Omar sich an ihn presste, ließ die Erinnerung eine Lektion des Erzpriesters von Sutri, seines Lehrers, in ihm lebendig werden, der ihm ein Stück von Plinius über die Sonnenfinsternis vorgelesen hatte. Und in diesem Halbdunkel überkam ihn das ruhige Licht der Vernunft der Natur, und er erklärte es dem Knaben, während die Schreie der Kämpfenden dort unten sich in ein dumpfes Heulen verwandelten und das Grauen die Kampfeswut erstickte. Den Rittern gelang es, den Ring zu durchbrechen, und im schwachen Licht dieser Dämmerung brachten sie Benedikt IX. in Sicherheit, auch er in Richtung Porta Ostiense galoppierend.

## 18

*An Hugo von Celano*
*Von Vildericus von Sutri*
*Am 15. Juli 1033*

*Der Herr sei mit Euch, mein Meister, und mit all meinen lieben Brüdern.*
*Ich weiß, dass der Abt von Santa Maria Euch über das unterrichtet hat, was hier in Rom am Tag der heiligen Apostel geschehen ist. Man hat mehr als achtzig Tote und über einhundert Verletzte gezählt. Benedikt IX. hat es vorgezogen, sich nach Tusculum zurückzuziehen.*
*Es liegt nicht in meinem Vermögen, die wahren Ursachen zu kennen, die diesen so folgenreichen Aufstand ausgelöst haben. Natürlich sprechen die Deutungen, die überall zu hören sind, sowohl von einem ungezügelten Volkszorn als auch von der Furcht vor der wachsenden*

*Herrschaft der Familie des Papstes über alle Bereiche der weltlichen und kirchlichen Gewalt, die einige Anführer der Milizen der Stadtquartiere als einen Angriff auf ihre selbstständige Verwaltung sehen. Eine Furcht, die in den vergangenen Monaten noch dadurch vergrößert wurde, dass zwei der suburbicarischen Bischöfe, der Bischof von Preneste und der Bischof von Alatri, und der alte Kardinal von Santa Balbina durch Geistliche ersetzt wurden, von denen man sagt, sie seien durch Blutsverwandtschaft und durch einfache Geistesverwandtschaft mit den Tusculanern verbunden. Ich muss außerdem hinzufügen, dass man auch von Anstiftung durch eine reichliche Summe Goldes von Seiten der Crescentier spricht, doch für solcherlei Verquickungen Beweise vorzulegen wird sich als äußerst schwierig erweisen. Der Graf Alberich hat mit einem am gestrigen Tage verteilten Edikt den Wunsch ausgesprochen, dass allgemeiner Friede herrsche. Und um ein erstes Zeichen zu geben, hat er die freie Verteilung von Getreide und Fisch an die Allerärmsten angeordnet. Er hat außerdem befohlen, dass alle Waffen, Schwerter, Lanzen und Steinschleudern innerhalb von zehn Tagen den militärischen Verantwortlichen der Miliz ausgehändigt werden sollen.*

*Nun muss ich die Chronik dieser traurigen Ereignisse aufschreiben, und ich verberge Euch nicht, dass diese Niederschrift schwer auf mir lastet. Ich hoffe, dass die Vorsicht nicht gänzlich die Verpflichtung zur Wahrheit untergräbt.*

*Ich wünsche, dass Ihr Euch wohl befindet, im Geiste und im Körper. Ich möchte, dass Ihr wisst, dass ich nie vergesse, Euch in meine Gebete einzuschließen. Ich sende Euch meine ergebensten und ehrerbietigsten Grüße.*

## 19

Der 25. Juli jenes Jahres, ein Mittwoch, würde für lange Zeit in Vildericus' Erinnerung haften bleiben. Zwei Tage zuvor war Benedikt IX. zu nächtlicher Stunde wieder nach Rom zurückgekehrt, eskortiert von einigen italienischen Angehörigen der kaiserlichen Garde und einer großen Schar Bewaffneter, die bei seiner Familie im Sold stand. Und am Dienstag hatte Vildericus dem Protoscriniarius seine Pergamente mit der Chronik der Ereignisse jenes 29. Juni übergeben lassen.

An diesem Morgen wurde er kurz nach der sechsten Stunde in die Gemächer des Kardinals Bosone bestellt. Obgleich es ihm gelungen war, sich an die Schilderung bloßer Tatsachen zu halten, so war er doch in Sorge, denn er spürte, dass im wirren und blutigen Verlauf des Aufstandes Ehre und Ansehen des Papstes, seiner mächtigen Familie und ihrer Allgewalt über jegliche Wahrheit hätten gestellt werden müssen, wobei alles, was nicht schmeichelhaft war, abgeändert werden musste. Das Unglück wollte es, dass Primicerius Eusebius erkrankt war und sich nach Trevi zurückgezogen hatte, und er selbst war nicht fähig, die Wahrheit zu verfälschen. Wenn er sie beschönigt hätte, so wäre er sich selbst untreu geworden, und außerdem hätte er das fünfte Gebot übertreten.

Eine letzte Treppe trennte ihn noch von seinem Ziel, und er blieb stehen. Wenn das fünfte Gebot hieß: Du sollst nicht lügen, so verstieß er gerade dagegen, denn er versteckte hinter einem demütigen und ergebenen Gesichtsausdruck die wahre Haltung, die er diesen Menschen gegenüber hatte – Abscheu. Er musste zuerst ein Gebet sprechen, in dem er um Vergebung bat, und tief durchatmen, bevor er die letzten Stufen emporsteigen konnte. Er klopfte an die Tür und trat ein.

»Setz dich!«

Es begann genauso, wie er es sich vorgestellt hatte. Sein Gegenüber hatte keinen Gruß ausgesprochen, ja, er hatte nicht einmal die Augen von dem Pergament gehoben, das er gerade las und das die Niederschrift war. Vildericus nahm auf einem Stuhl am Tisch Platz, dem Kardinal genau gegenüber, und wartete.

»Das gefällt mir nicht, nun, was heißt gefallen … ich darf nicht, verstehst du mich? Ich darf nicht damit einverstanden sein. Du hast die Anweisungen, die ich dir vor einiger Zeit gegeben habe, nicht beachtet. Besonnenheit, mein Sohn! Herr im Himmel! Du solltest deinen Tacitus vergessen. Er ist ein außergewöhnlicher Historienschreiber, doch du musst so tun, als hätte es ihn nie gegeben. Und dann findet sich hier eine Ernsthaftigkeit, die an Hochmut grenzt. Wahrheit, Wahrheit, Wahrheit! Die Römer sind im Dreck versunken, und ihren Posten haben wir eingenommen, wir Christen.«

»Hochwürden, wollt Ihr damit ausdrücken, dass ich kein Christ bin?«

»Wie ist es nur möglich, dass du ›diese‹ Wahrheit noch nicht verstanden hast! Ich verzichte auf die Psalmen und Litaneien, die ihr zu singen pflegt, und das zumeist falsch. Du musst biegsamer sein ... Du musst zu dir selbst sagen: Ein wahrer Christ weiß, dass die Geschichte eine ununterbrochene Offenbarung Gottes ist. Nichts geschieht ohne seinen Willen. Ich glaube, ich habe dir das schon einmal gesagt. Das heißt, dass jedes Geschehnis als sein Plan gesehen werden muss! Punktum. Schwarz und Weiß. Aufgrund des universellen Werts seines Thrones ist der Papst weiß, und alles, was sich gegen ihn stellt, ist schwarz.«

»Ich erachte mich nicht für würdig ...«

»Vildericus, ich bitte dich!«

Bosone erhob sich und begann, im Zimmer auf und ab zu gehen, wobei er die Gelenke seiner gefalteten Hände knacken ließ. Er versuchte auf diese Weise, den bisher scharfen Ton seiner Worte zu besänftigen, auch weil sich bei seinem jungen Gast die anfängliche Unsicherheit in ein gelassenes Interesse gewandelt hatte. Was er herausgehört hatte. Diesem Interesse mit Groll entgegenzutreten würde schwierig sein. Auf dem Fensterbrett hatte sich eine Taube niedergelassen, und der Kardinal bemerkte, dass Vildericus sie beobachtete: Sie hackte mit dem Schnabel sinnlos auf den Marmor ein und gurrte. Vielleicht handelte es sich ja nicht um einen Hungerreflex, sondern um einen eifrigen Hinweis. Alle Achtung! Dieser Mönch hatte wahrlich seinen eigenen Kopf, und Bosone musste zugeben, dass er ihm gefiel, sehr sogar. In dieser Umgebung jedoch ... er hielt inne und setzte sich wieder.

»Ist, zum Beispiel, dieser Aufstand während der Prozession Seiner Heiligkeit nicht ein Akt des Satans? Sind diese abscheulichen Schurken nicht vielleicht von Gottes wertem Feind angestachelt worden? Wenn du anfängst zu lachen, bekommst du eine Ohrfeige.«

»Nie würde ich mir erlauben ...«

»Und die Sonnenfinsternis? Warum sollte man in ihr nicht einen wundersamen Eingriff Gottes sehen? Eine Umnachtung der Mörder, um unseren Papst von der Gefahr zu erretten, von der er bedroht war. Das hättest du schreiben sollen! Stattdessen du mit deiner Wahrheit ... Du musst dich an diese göttlichen Auslegungen halten ... Herr im Himmel! ... Wie lange ist es her, dass auch ich jung gewesen bin!«

Vildericus merkte, dass sich die Tür in seinem Rücken öffnete, doch sein gespannter Blick blieb auf das Gesicht des Kardinals gerichtet. Er wollte ihm zeigen, dass er seinen Worten mit größter Aufmerksamkeit folgte.

»Hast du das verstanden? Das musst du schreiben.«

»Er wird nichts mehr schreiben müssen!«, sagte eine Stimme. Vildericus wandte sich um. Es war Benedikt IX. Bosone ging ihm entgegen und deutete einen Kniefall und einen Handkuss an.

»Auf die Knie, du scheinheiliger Mönch!«

Vildericus kniete nieder, und der Papst stellte sich vor ihn und beugte sich von seiner Höhe zu ihm herunter.

»Der Lehrer! Wie sagt man ›verraten‹ auf Latein, werter Meister?«

»*Tradere.*«

Der Papst wiederholte das Wort und setzte sich auf den Sitz Bosones. Er nahm einen Apfel aus einer Schale, den er, nachdem er ihn sorgfältig ausgesucht hatte, mit heftigen Bissen attackierte. Vildericus wollte sich erheben, doch der Papst zwang ihn, auf den Knien zu bleiben. Der Kardinal ging auf Benedikt IX. zu und stellte sich neben ihn.

»So, du willst also gehört haben, dass der Aufstand aufgrund der schweren Lebensbedingungen des römischen Volkes ausgebrochen ist.«

»Das habe ich nicht geschrieben.«

»Hast du das gehört, Bosone?«

»Er bezog sich auf …«

»Ein frecher Lügner! Er verdient den Kerker oder zumindest ein gutes Quantum Hiebe.«

Diese letzten Worte hatte er hinausgeschrien, mit verzerrtem Gesicht. Er nahm ein Glas, das auf dem Tisch stand, und warf es zu Boden. Vildericus, der immer noch kniete, stellte mit Befriedigung fest, dass er innerlich völlig ruhig war. Er war ein Diener Gottes, nicht dieses zornigen Jünglings, der in Farfa jene Hiebe bezöge, die den Undisziplinierten und den Aufsässigen gebührten. Er selbst, Vildericus, würde sie ihm mit Freuden verabreicht haben, wenn der Prior ihn damit beauftragte … Der Papst hatte sich indessen wieder im Sessel zurückgelehnt und starrte ihn mit glühenden Blicken an.

»Die würde ich ihm nur zu gerne verpassen, auf den Rücken und auf das Hinterteil. Schau, Kardinal! Ein unverschämter Lügner, der es auch noch wagt, mir direkt in die Augen zu sehen!«

Vildericus senkte den Kopf. Sein Gegenüber war immer noch der Papst. Und außerdem, wenn sie mit seiner Arbeit nicht zufrieden waren, so würden sie ihn vielleicht ins Kloster zurückschicken, weit fort von diesem elenden Babylon. In diesem Moment verspürte er einen brennenden Stich, und das Bild Doroteas tauchte vor ihm auf; er würde sie dann nie wieder sehen. Eine Hand hob sein Kinn hoch: Es war die des Papstes.

»Ich habe geglaubt, du seiest aufrichtig. Du hast mir gefallen. Ich weiß nicht, was mir geschieht … da ist etwas in deinem schmalen Gesicht … Es ist mir mehr als einmal im Traum erschienen. Du glaubst an deinen eigenen Wert, und ich habe dich angehört. Wir hätten zusammen spielen, zur Jagd gehen können … ich hätte dir auch meine Sünden gebeichtet … doch ich verzeihe dir nicht, Mönch.« Er ging einige Schritte von Vildericus weg und erlaubte ihm, sich zu erheben. Dann bat er den Kardinal, seinen Vater zu holen.

Als Bosone den Raum verlassen hatte, nahm Benedikt IX. ein kleines Messer vom Tisch, stellte sich an eines der Fenster und begann, sich damit die Nägel zu reinigen. Vildericus ergriff die Gelegenheit, hob das Pergament mit der Chronik vom Boden auf und begann zu lesen. War es möglich, dass diese Hypothese vom Volkszorn seiner Umsicht entgangen war?

»Sobald ich dir den Rücken zuwende, fängst du an zu kramen, was?«

»Ich wollte nur einen Blick auf meine Niederschrift werfen, Ihr hattet gesagt, dass …«

»… wenn du die Erlaubnis erhältst, hier in Rom zu bleiben, interessiert mich das kein bisschen. Ich will dich nicht wieder sehen, niemals.«

Die Tür wurde geöffnet, und Bosone gab Graf Alberich den Vortritt, der sich sogleich in den Sessel seines Gastgebers setzte. Vildericus erwies ihm seine Ehrerbietung, doch der Graf antwortete nicht. Der Kardinal ließ sich auf einem Stuhl am Tisch nieder.

»Theophylakt, mein Sohn, komm her und setz dich neben mich.«

Bosone machte Vildericus ein Zeichen, und dieser nahm einen der Stühle, die an der Wand standen, und stellte ihn neben den Grafen. Benedikt IX. setzte sich.

»Vildericus von Sutri, worin bestand der Auftrag, den Hugo von Celano dir erteilt hat?«

»Ich solle nach Rom gehen, um dort die Chronik der Ereignisse der Stadt und des Papsttums aufzuschreiben.«

»Ist das alles?«

»Ja, Herr.«

»Könntest du das mit einem Schwur bekräftigen?«

»Ja, Herr.«

»Also bist du außer einem Lügner noch ein Meineidiger.«

In diesem Moment wurde Vildericus klar, dass die Tusculaner seine Nachrichten an Hugo von Celano abgefangen haben mussten, und er versuchte, sich umgehend daran zu erinnern, ob er am Anfang des letzten Briefes etwas geschrieben hatte, das auf die zuvor geschickten deutete, doch er wusste es nicht mehr.

»Kennst du einen gewissen Evandro, der ein Bauer im Dienste Farfas ist?«

»Ja, Herr.«

»Der häufig zwischen der Abtei und Santa Maria all' Aventino hin und her reist?«

»Ja, Herr.«

»Vor zwei Tagen, er hatte kaum die Ponte Milvio überquert, wurde er von Wegelagerern angegriffen. Sie haben ihn verletzt und alles mitgenommen, was er bei sich hatte. Doch einigen Wachen des Postens an der Via Flaminia ist es gelungen, die Räuber zu überwältigen. Natürlich haben sie die Beute an sich genommen, vor allem einen Beutel. In diesem Beutel wurde das hier gefunden.«

Er unterbrach sich und zog ganz langsam aus seinem Umhang eine Pergamentrolle heraus, die Vildericus sofort als seinen letzten Brief an Hugo von Celano erkannte. Der Graf rollte sie auf und begann zu lesen: den Adressaten, den Absender, das Datum, die ersten Zeilen. Vildericus atmete auf, denn hier stand nichts, was auf die anderen Briefe verwies.

»Nun? Bevor wir über den Inhalt sprechen, möchte ich noch wissen, ob du, seit du unser Gast bist und für uns arbeitest, häufiger Briefe nach Farfa geschickt hast.«

»Nein, Herr. Ich habe es in diesem Fall getan, weil die Ereignisse …«

»Von den Ereignissen hatte bereits der Abt von Santa Maria an Hugo von Celano berichtet, das schreibst du selbst! Welche Notwendigkeit bestand dann, nochmals darauf zurückzukommen?«

»Die Gefahr, in der sich Seine Heiligkeit befand, erschien mir so gravierend, dass …«

»Die Gefahr! Ja, natürlich!«, schaltete sich Benedikt IX. mit heftigem Gebaren ein. »Denn ich habe nicht einmal ein Schwert gehabt. Aber wenn ich ein Schwert gehabt hätte, und ich habe eines verlangt, wisst ihr, von Ulrich von Witten, ›gib mir ein Schwert‹, habe ich ihm zugerufen …«

»Beruhige dich, mein Sohn! Wir sprechen jetzt über diesen Brief und über diesen Mönch, der unser Vertrauen missbraucht hat …«

»Auf welche Weise sollte ich es missbraucht haben, Herr?«

»Auf welche Weise? Das aufgebrachte Volk und die Furcht vor irgendwelchen politischen Umstürzen zum Schaden der weltlichen Gewalten, das hast du geschrieben. Du glaubst dich berechtigt, Lügen zu verbreiten …«

»Ich habe von Gerüchten gesprochen …«

»Von oben herab, auf hochmütige Weise, denn du glaubst, ein Prokop zu sein …«

»Nichts geschieht grundlos, Herr, und ich habe versucht …«

»Und dieser Hinweis auf die drei Bischöfe, die ersetzt worden seien! Nein, du hast versucht, uns in ein schlechtes Licht zu rücken. Jetzt reicht es. Dieser Brief wird verbrannt werden. Und nun zu dir: Wir haben deine sofortige Ausweisung aus Rom beschlossen. Der Kardinal wird dir die entsprechenden Anweisungen erteilen.«

Graf Alberich erhob sich plötzlich und befahl seinem Sohn, ihm zu folgen. Benedikt IX. trat näher an Vildericus heran, und in der Annahme, dass dieser ihn verabschieden wolle, kniete er nieder.

»Du bist ein Dummkopf gewesen«, flüsterte ihm der Papst

zu, »wir hätten viel Spaß miteinander haben können.« Und er strich ihm über das Haar.

Kaum hatten die beiden den Raum verlassen, breitete der Kardinal die Arme aus und sagte: »Das hat er dir übel genommen, aber was willst du? Ich hatte geraten, das Ganze hinauszuschieben, aber ... Ich will dir sagen, dass es mir Leid tut, dass du uns verlässt. Es gibt nicht viele gute Schreiber ... meine Kritik galt nicht der Substanz dessen, was du geschrieben hast, allein dem Fehlen gewisser Formeln, die seit undenklichen Zeiten vorgeschrieben sind. Es gibt Regeln, an die wir uns halten müssen, alle, mich inbegriffen. Du wirst lernen müssen, Demut und Gehorsam mit mehr Gewinn einzusetzen, wenigstens um den Schein zu wahren. Aber ... du musst auch der bleiben, der du bist.«

Er wandte sich um und öffnete eine Schranktür, zog eine Karaffe heraus, die mit einer leuchtend roten Flüssigkeit gefüllt war, und goss zwei Gläser ein. Eines davon reichte er Vildericus, und indem er das seine gegen das Licht hielt, sagte er:

»Dieser Likör kommt aus Bari, aus gewissen Kellern des byzantinischen Statthalters von Bari. Probiere ihn, in ihm ist eine alte Kunst verborgen, die den erlesenen Geschmack der Byzantiner bezeugt und natürlich auch ihren bevorstehenden Niedergang ... Bleib ruhig!«

Nachdem sie gekostet hatten, teilte ihm der Kardinal mit, dass er sofort abreisen müsse. Er solle seine Habseligkeiten zusammensuchen, unten im Stall würde man ein Pferd für ihn finden und satteln, ein robustes Tier, das er ohne Bedenken mit allem beladen können würde. Wenn es ihm gelänge, noch vor der sechsten Stunde aufzubrechen, so würde er Farfa beim Dunkelwerden erreichen können. Er selbst würde es übernehmen, die beiden Klöster Santa Maria und Sant' Agnese über seinen plötzlichen Aufbruch zu unterrichten. Dann gab er ihm fünf Silbermünzen, um die Zöllner zu bezahlen, an denen er auf seinem Weg vorbeikäme. Nachdem Vildericus seinen Becher auf dem Tisch abgesetzt hatte, blieb er plötzlich mitten im Raum stehen.

»Nun, was ist?«

»Ich muss Euch noch eine Sache mitteilen, Herr … Hochwürden.«

»Lass hören.«

»Da ist noch ein Knabe. Das Kind, das vom Kardinal von Portus aufgezogen worden ist …«

»Der kleine Sarazene?«

»Ja. Er lebt hier im Palast wie eine Maus. Ich habe es ihm nie an ein wenig Brot oder an Früchten fehlen lassen … es müsste sich jemand …«

»Einverstanden, das werde ich übernehmen. Doch nun geh.«

Eine halbe Stunde später war Vildericus bereits mit seinen ganzen Habseligkeiten im Stall. Mit Hilfe eines Dieners belud er das Pferd, das man für ihn bestimmt hatte, und saß auf. Er strich dem Tier einige Male über die Schulter und den Hals, und nachdem der Diener ihm versichert hatte, dass es sich um ein friedliches Tier handelte, lenkte er es im leichten Trab hinunter zum Circus Maximus, am Palatin vorbei. Es waren viele Soldatentrupps und Wachposten unterwegs, die vorher nicht zu sehen gewesen waren, außerdem Gruppen bewaffneter Ritter. Offensichtlich stimmten die Gerüchte, dass diese dazu da waren, die in den Aufstand verwickelten Anführer zu überführen. Wie viele Menschen würden noch sterben in dieser Stadt, arm, verzweifelt, fiebernd, und ihn erwartete der Friede des Kreuzgangs. Er wurde sich nicht ganz klar darüber, was er wirklich fühlte, und er zügelte das Pferd in der Nähe der Kirche Sant' Anastasia, etwa dreißig Meter vom Haus Doroteas entfernt. Vielleicht machte er einen großen Fehler, doch er wollte ihr Lebewohl sagen. Er ließ die Augenblicke der herzlichen Gastfreundschaft, die er genossen hatte, an sich vorüberziehen und sah, innerlich aufgewühlt, nochmals das Bild vor sich, das er dem Spiegel geraubt hatte, in der Hoffnung, dass ihre somit herbeigerufene Gestalt seinem Wunsch nachkommen und sich sehen lassen würde, dass sie aus dieser Tür heraustreten oder mit Einkäufen vom nahen Markt zurückkehren würde. Eine alte Frau, die vor ihrer Hütte saß, fragte ihn, ob er auf jemanden warte. Der Schweiß rann ihm die Stirn hinab, über die Augen, die Nase und die Wangen, und er zog die Kapuze tiefer ins Gesicht. Zwei Soldaten kamen näher und fragten ihn, woher er käme und was sein Ziel sei, dann rieten sie ihm, die das Zentrum durchquerende Via Lata zu meiden und den Weg am Fluss entlang zur Ponte Milvio zu nehmen. Vildericus überlegte, ob er an ihre Tür klopfen sollte, doch dann beschloss er, es nicht zu tun. Seine Pflicht war es, nach Farfa zurückzukehren, von neuem das lebendige Gespräch mit dem Kreuz des siegreichen Leidens und des Schweigens zu führen, und er gab dem Pferd die Fersen.

# Zweiter Teil

# 20

»Von wegen heiliges Osterfest!«, hieß es. »Von wegen Auferstehung!«, oder: »Die da feiern Ostern mit Lämmern und Eiern«, wobei unter »die da« die deutschen Soldaten zu verstehen waren, das Heer, das von Konrad II. angeführt wurde, um die Toskana, Umbrien und das Latium zu verwüsten, nachdem er zunächst die Emilia durchquert und Parma dem Erdboden gleichgemacht hatte! Das waren wirklich schlechte Neuigkeiten, die sich wie ein Lauffeuer verbreiteten, und in den Dörfern und auf den Höfen an der Via Flaminia und der Via Salaria war nur noch Angstgeschrei zu hören, und düstere Visionen verbreiteten sich, eine schwärzer als die andere: geraubte Viehherden, in Flammen stehende Kornspeicher, geschändete Jungfrauen und Mütter. »Die da« waren zwar Christen, aber Christen aus dem Norden, das heißt, Barbaren, und damit noch grausamer als die Soldaten oder Ritter des Grafen, des Marchese oder des Bischofs, bei denen der Schrecken eher eine Tauschware war, ein Aufschlag auf zwei Schweine oder ein paar Dutzend Hühner. Wohingegen jenen – was die Schandtaten, deren man sie für fähig hielt, ins Riesenhafte anwachsen ließ – noch die Erinnerung an andere Schänder anhaftete, die aus der Hölle der eisigen deutschen Lande gekommen waren, die Erinnerung an andere zum Teufel gewünschte, sächsische oder fränkische Herrscher.

Das Geschrei drang auch bis in die Abtei Farfa, herbeigetragen von ihren Bauern, die dem Verwalter rieten, das Vieh in die Berge zu treiben, ohne dass allerdings auf diesen Ratschlag gehört wurde. Denn zum einen stand Farfa unter kaiserlichem Schutz, und das wusste hier jedes Kind, zum anderen waren hier die Aufmerksamkeit und das angstvolle Warten auf die Gegebenheiten im Innern der Klostermauern gerichtet. Sie galten Hugo von Celano, der sich seit über zwei Wochen nicht mehr von seinem Lager erhoben hatte, von einem Fieber niedergestreckt, das immer noch stieg. Alle Rituale, auch die Versgesänge, wurden zwar nach gewohnter Manier abgehalten, jedoch mit geringerer Lautstärke, ohne dass irgendein Rektor dies vorgeschrieben oder angeraten hätte. Als könnte der Chorgesang in der Kirche die vielen Mauern zum Krankenzimmer durchdringen und ihn stören und damit sein Hinscheiden beschleunigen, dem die Ordensbrüder mit ihren Gebeten Einhalt gebieten wollten, um das gefürchtete Ende so lange wie möglich hinauszuzögern.

Vildericus, der Tag für Tag mit ansehen musste, wie der Zustand des Abtes sich verschlimmerte, war untröstlich, denn er wohnte hier dem Sterben eines Mannes bei, den er lieben gelernt hatte, seit er vor fünf Jahren, aus Rom vertrieben, ins Kloster zurückgekehrt war. Er hatte die Aufgabe übertragen bekommen, dem Abt bei der Niederschrift der Regesten des Klosters zu helfen, und das hatte ihm die Gelegenheit gegeben, den Abt häufig zu sehen und ihn in seiner Redlichkeit und strengen Güte kennen zu lernen. Er war aber auch niedergedrückt, weil er bemerkt hatte, dass die Luft zum Atmen seit einiger Zeit immer dünner wurde, dass sich, wohin er auch den Blick wendete, immer weniger Licht und immer mehr Schatten zeigte. Und so schlugen diese Unheil bringenden Wellen der Außenwelt an die Mauern des Klosters und überschwemmten jene Insel des Glaubens und des arbeitsamen Friedens und auch die von der Krankheit geschwächte Seele Hugos von Celano. Im Augenblick war die Ursache des Übels jedoch in Rom und seinen Ländern zu finden, nicht beim Heer des deutschen Königs, denn die Plünderungen und Gewalttaten waren nur leichte Kratzer im Vergleich zu jenen tiefen Wunden, die der christlichen Kirche zugefügt wurden durch die nicht enden wollenden Auseinandersetzungen zwischen Befehlshabern und Senatoren, Rittern und Lehnsherren und vor allem zwischen dem armen Volk und dem Klerus. An dessen Spitze stand ein von einem ehrgeizigen Vater geleiteter Papst, der der Welt ein Schauspiel gab, das dem Erbe des großen Apostels zutiefst unwürdig war. Die Berichte und das Gemunkel über Benedikt IX., die in all diesen Jahren aus der großen Stadt zu hören gewesen waren, zeugten von ungebührlichem Verhalten, von maßloser Gier und einer bedenklichen Veranlagung zu Selbstherrlichkeit und Gewalt. Die Ermordung des Bischofs von Ferentino und des Kardinals von Portus wie auch jener 29. Juni hatten bei Vildericus tiefe Spuren hinterlassen. Allein die Stille beim Gebet und die Inbrunst bei den Psalmen und den Lobgesängen in der ereignislosen Abgeschiedenheit hatten diese ein wenig glätten können. Doch dann waren da die Nächte, Zeiten, in denen sich Augenblicke größter Unruhe einstellten. Wenn das heilige Mysterium des Erlösers ihn sich selbst überließ und er sich im Dickicht seiner Zweifel wieder fand, dann verwandelte sich diese schändliche und verderbte Stadt, die ihm ihre Verlockungen anbot, und die Angst vor dem Kommenden und vor der allgemeinen Gefahr, in einen Ort dunkler Anziehungskraft, in deren Mittelpunkt sich die Gestalt Doroteas befand. Mehr als einmal hatte er seinem Beichtvater diese bedrängenden Bilder anvertraut, doch wenn ihn die Erinnerung überfiel, so war sie immer verbunden mit der undeutlichen Ahnung einer Sünde, die jedoch keine war und sich gerade deshalb noch rätselhafter und beharrlicher zeigte.

Auch in jener Nacht, am 25. März 1038, war ihm beim Morgengebet Dorotea erschienen. Das breite, mütterliche Gesicht über das seine gebeugt, wischte sie ihm mit einem warmen Tuch den Schweiß von der Stirn. Er war gerade im Begriff, sich wieder einmal an den Erlöser zu wenden, damit er seine Seele beruhige, als er hörte, wie die Tür zu seiner Zelle geöffnet wurde. Der Prior Suppone trat ein, eine Kerze in der Hand.

»Habe ich dich beim Gebet gestört?«

Vildericus erhob sich verwirrt. Furcht überfiel ihn, denn er dachte sogleich, dass dieser seltene Besucher nur eine traurige Nachricht bringen könne, und er antwortete nicht.

»Konrad II. und sein Hofstaat haben Perugia erreicht.«

Nein, es ging nicht um den Abt, und er konnte nur stumpfsinnig wiederholen: »Konrad II.?«

»Das Heer lagert glücklicherweise am Ufer des Trasimenischen Sees. Doch die interessanteste Neuigkeit kommt aus Rom: Benedikt IX. will den Kaiser treffen, und keiner begreift, warum, denn soweit bekannt ist, beabsichtigt Konrad, selbst nach Rom zu reisen. Daher wäre es nicht übel, wenn jemand dem Treffen beiwohnte. So denkt jedenfalls unser Abt.«

»In Perugia?«

»Das hängt von den Plänen des Kaisers ab, ob er dort auf Benedikt IX. warten will oder nicht. Bei Rignago, das an der Via Flaminia liegt, ist Benedikt IX. mit seinem Gefolge jedenfalls noch nicht vorbeigekommen.«

Und er sollte dorthin reisen? War das der Sinn der Rede Suppones?

»In vier Tagen ist Ostern, vielleicht wollen sie das Fest gemeinsam begehen.«

Der Prior stellte die Kerze auf einen Stuhl, setzte sich auf den Rand der Bettstatt und sagte:

»Hugo von Celano hat großes Vertrauen in dich, das weißt du.«

Vildericus spürte, wie sich ein Streben in ihm regte, das er ersticken und sofort niederkämpfen musste. Er flüsterte: »Ich bin blind und taub, der Herr hat die Strebsamen verflucht. Es ist richtig, wenn er mich straft, die Kasteiung …«

»Vildericus, wer gerufen wird, muss mit Demut antworten, nichts weiter! Denn es ist immer der Herr, der über seine Diener verfügt.«

»Ich bitte untertänigst um Vergebung.«

Wie auch Hugo von Celano hatte der Prior Bruder Vildericus in diesen fünf Jahren aufmerksam beobachtet. Er hatte gesehen, dass jener mit solch unerschütterlichem Eifer seine Aufgaben erledigte, dass dahinter eine Art bußfertige Strenge zu erahnen war oder auch eine Hülle, die um den ruhelos in ihm gärenden Kampf mit seinen heftigen Zweifeln gelegt war. Allerdings zeigte sich seine Lektüre, der er sich gewidmet hatte – neben den Kirchenvätern und dem heiligen Augustinus, Livius, Probus, Boethius –, gemäßigter und in den weiten Gefilden der Vernunft verhaftet. Ein fast spürbarer Kontrast zu seiner inneren Verwirrung und seinem Hunger nach Geistigem …

»Wann soll ich aufbrechen?«

»Deine Reise wird doppelt nützlich sein, Vildericus. Auf dem Weg nach Perugia kannst du in Assisi Halt machen, nur für eine Stunde, nicht länger. Dort hält sich eine kleine Gruppe von Eremiten auf, die in unseren Orden eintreten wollen. Der Bischof von Perugia, Andreas, hat ihnen die notwendigen Rechte zugestanden. Sie verfügen über ein Haus neben einer entweihten Kirche, die sie wieder ihrer Bestimmung zuführen wollen. Du wirst ihnen unsere Bücher bringen und kannst ihnen auch einige Ratschläge erteilen, und wenn es notwendig sein sollte, so kannst du auch bei der Rückreise noch einmal dort Halt machen. Du wirst morgen früh abreisen, mit Evandro, der die Gegend gut kennt. Wir geben dir den kleinen Wagen, den mit Verdeck, damit du nicht nass wirst. Das Wetter ist unbeständig, sicherlich wird der Regen fortdauern, und der Wind ist kalt. Evandro weiß, wo man die Nächte verbringen kann.«

»Und wie soll ich mich dort vorstellen?«

Der Prior zog aus seiner Kutte eine Pergamentrolle und gab sie ihm.

»Du wirst dich dort nicht vorstellen müssen, es werden viele Leute dort sein. Wenn du jedoch in die Lage kommen solltest, dich ausweisen zu müssen, so übergib diesen Brief an jemanden vom Hofe, am besten einen der deutschen Bischöfe. Konrad lässt sich immer von mindestens zweien begleiten. Es ist ein kurzes Schreiben von Hugo von Celano, mit dem er den Kaiser in Italien willkommen heißt, die üblichen Worte, und das Bedauern, wegen einer lästigen Erkältung nicht selbst reisen zu können – denn er möchte nicht, dass über seinen wirklichen Zustand etwas bekannt wird. In Ordnung? Lass dir vom Vestiarius die notwendigen Kleidungsstücke geben. Ich rate dir zu einer kurzen Tunika und Hosen, das ist bequemer für die Reise, und natürlich einem guten Pelz. Ich denke, die sechste Stunde ist die beste Zeit für den Aufbruch. Und jetzt schlaf noch ein wenig.«

## 21

Die Straßen, die Evandro und Vildericus auf ihrer ersten Reiseetappe benutzten, glichen dem Schauplatz einer Massenflucht: Karren, Maultiere und Pferde, mit allem möglichen Hausrat beladen, Töpfe, Matratzen, Käfige mit Hühnern und Schweinen, Kühe, die aus ihren Verschlägen getrieben wurden, Schafherden mit ihren Hirten, alle zum Aufbruch bereit, um auf schmalen Pfaden in die höher gelegenen Gebiete hinaufzusteigen. Dorthin, wo die Wälder begannen, in die sie sich vor dem bevorstehenden Durchzug des deutschen Heeres retten wollten. Nur wenige unterbrachen ihr geschäftiges Treiben, um sich nach dem Wagen umzusehen. Die Angst schuf eine große Stille, und es war, als ob nur das Vieh mit Muhen und Blöken protestierte.

»Ein Land ohne Frieden ist dies hier«, sagte Evandro, der die Pferde mit schnalzenden Lauten und Pfiffen lenkte, »fremde Truppen, die kommen und gehen. Der Herr muss uns übel gesinnt sein, wahrhaftig. Wenn er uns fünf friedliche Jahre gönnt, dann ist das schon viel. Ein schönes Osterfest wird das geben! Wir wollen nur hoffen, dass wir rechtzeitig zurück sind, sonst nehmen uns die deutschen Soldaten noch diesen schönen Rappen fort. Um den Fuchs wäre es mir nicht schade, der ist alt und hat nur noch wenig Lust zu arbeiten.«

Von Zeit zu Zeit musste er die Pferde antreiben, und als sie auf die Via Flaminia kamen, ließ er sie sogar galoppieren, doch nur ein kurzes Stück, denn er durfte sie nicht mehr als notwenig ermüden. Hinzu kam, dass hier unbefestigte Abschnitte mit hartem und holprigem römischem Straßenpflaster wechselten.

»Wo machen wir Halt?«, fragte Vildericus.

»Seit einer Stunde schon haben wir kein Haus mehr gesehen, und wo keine Häuser sind, da kann es zu gefährlichen Zusammentreffen kommen. Lasst uns das Beste hoffen! Wenn die Sonne untergeht, dann sollten wir kurz vor Narni sein, dort gibt es eine Herberge, deren Wirt ich kenne. Er hat nur wenige Zimmer, die aber auch nicht zu empfehlen sind, doch der Stall ist groß, und ein schönes Lager auf trockenem Stroh ist nach all dieser Nässe gerade das Richtige. Nach einer guten Mahlzeit, versteht sich. Das haben wir uns redlich verdient, nicht wahr?«

»Das würde ich auch sagen.«

»Da ist schon einer!«, rief Evandro, als sie aus einer Kurve herauskamen, und zügelte die Pferde. »Wenn dort hinter den Büschen seine Kameraden sind, dann steht es schlimm um uns.«

Der Mann war noch weit weg, er musste jedoch den Hufschlag gehört haben, denn er drehte sich um, hielt inne und hob die rechte Hand zum Gruß.

»Aber das ist ja ein Mönch!«

»Ich habe noch nie eine Kutte in der Farbe von Sackleinen gesehen«, sagte Vildericus.

»Schmutzigem Sackleinen«, ergänzte Evandro.

»Oder durchnässtem Sackleinen. Nun lass uns weiterfahren, Evandro, der dort ist allein unterwegs.«

»Ein Schwert habe ich für alle Fälle«, erwiderte dieser und trieb die Pferde an.

»*Domine non sum dignus!*«, rief der Mönch, als der Wagen neben ihm anhielt, »Ihr seid die Vorsehung! Könnt Ihr einen armen Tropf, der nasser ist als das Wasser selbst, mitnehmen? Immer vorausgesetzt natürlich, dass man Wasser als nass bezeichnen kann.«

»Seid Ihr allein?«, fragte ihn Evandro.

»Einsamer als ein Eremit, mein Herr, Gott habe Euch in Ehren.«

»Lasst Gott und die Ehre beiseite. Wohin wollt Ihr?«

»Ich bin gezwungen, dorthin zu gehen, wohin mich meine Beine tragen, die einen schlechten Charakter besitzen und meinen Anweisungen nur selten nachkommen.«

»Steigt ein.«

Der Mönch kletterte auf den Wagen und kauerte sich hinter den beiden nieder. Er war barfuß, und Vildericus bemerkte, dass er keine Untergewänder unter der Kutte trug. Sein ganzer Leib wurde von heftigem Zittern geschüttelt. Also kroch er unter das Verdeck und zog aus seinem Beutel ein grobes wollenes Hemd und ein Tuch, dann sagte er dem Mönch, dass er sein nasses Gewand ausziehen, sich ein wenig abtrocknen und das wollene Hemd überziehen möge. Das Gesicht des Mönchs war faltig und von Sonne, Kälte und der frischen Luft gegerbt, doch er konnte nicht älter als vierzig sein.

»Gott wird Euch belohnen. Ihr seid ein Benediktiner aus Cluny, oder irre ich mich?«

»Aus der Kongregation von Cluny. Mein Kloster ist Farfa. Und Ihr?«

»O Bruder, mein Kloster bin ich selbst, mit allem Drum und Dran, und weiter bin ich das Nichts vom Nichts, denn ich trage meine Ordensregel in mir. Ich trage sie durch die Welt, zusammen mit dem Glauben an unseren Herrn Jesus Christus und sein geheiligtes Wort, das den Armen und Demütigen zum Wohle gereicht.«

»Ihr seid also ein Sarabaite?«

»Schlimmer noch, ich gehöre zur ›vierten Art‹ der Mönche, ›die so genannten Gyrovagen‹, wie ihr Benediktiner uns verächtlich bezeichnet.«

»Die Verachtung bezieht sich nicht auf den Namen, sondern auf das Handeln. Und außerdem ist ein halbes Jahrtausend vergangen, seit der heilige Benedikt …«

»›Eine ganz widerliche Art‹, ›eine Unheil bringende Art‹ …«

»›Sie sind nicht in den Hürden des Herrn, sondern in ihren eigenen eingeschlossen.‹«

Sie lächelten, also kannten sie beide die berühmte Schrift sehr gut. Vildericus fragte den Mönch nach seinem Namen, Arnolfus, er nannte seinen eigenen und den seines Begleiters, dann nahm er wieder neben Evandro Platz, und sie setzten ihren Weg fort. In der verbleibenden Zeit las er, wie es seine Pflicht war, die Psalmen der Vesper, und auch der andere Mann hatte ein Büchlein geöffnet und blätterte es langsam Seite für Seite um. Gegen Abend, als nur noch ein violetter Lichtschein am Horizont zu sehen war, der das schwarze Dach aus Wolken trug, erreichten sie die Herberge, und nachdem sie den Wagen und die Pferde versorgt hatten, traten sie ein.

Die große Küche war voller Rauch. In der rechten Hälfte des Raumes drängten sich viele Menschen. Sie standen im Kreis um etwas herum, von dem man zunächst nicht erkennen konnte, was es war. Einige Männer saßen etwas abseits am Ende des langen Tisches zur Linken. Evandro schlug vor, sich dorthin zu setzen, wo es ruhiger sei. Gefolgt von Vildericus und Arnolfus, ging er in Richtung dieser Männer. Doch einer von den vieren – deren von Gürteln aus geflochtenem Leder gehaltene Gewänder darauf schließen ließen, dass es sich um Ritter handelte – hielt ihm die rechte Handfläche entgegen, um ihm zu bedeuten, stehen zu bleiben. Er kaute zu Ende, dann sagte er: »Keine Mönche an meinem Tisch, ich will in Ruhe essen und verdauen.«

Die anderen drei lachten. Vildericus und der Bauer wandten sich dem Kamin in der Mitte des Raumes zu, Arnolfus hingegen fragte den Ritter, ob der Tisch ihm gehöre. Als Antwort erhielt er nur einen erstaunten, zornigen Blick, der möglicherweise die schlimmsten Folgen nach sich gezogen hätte, wenn

Evandro nicht zurückgekommen wäre und den Mönch gedrängt hätte, sich von den Rittern fern zu halten.

»Ihr seid verrückt, Kamerad, wenn Ihr beginnt, mit Rittern zu verhandeln.«

Sie setzten sich auf die Bänke, die um den Kamin herumstanden, der Wirt brachte ihnen heißen Wein, und Evandro holte etwas Brot, Käse und Zwiebeln aus seiner Satteltasche. Sie aßen schweigend. Vildericus war verwirrt und müde. Erneut war man in die Stille seiner Zelle eingebrochen und hatte ihn in die Welt getrieben, um ihn aus seiner Gleichgültigkeit aufzurütteln. Und wieder stand er vor sich selbst, vor seinem eigenen Wesen und seiner schlecht verborgenen Wissbegierde.

»Lasst ihn auf einen Stuhl steigen!«, schrie jemand, »auch wir wollen ihn hören!«

Diesen Worten wurde lebhafter Beifall gezollt, und in die Gruppe derer, die bisher schweigend auf der rechten Seite gestanden hatten, kam Bewegung. Über den Köpfen war ein Mann zu sehen, der ein wenig schwankte, da man ihn offensichtlich auf einen Stuhl gestellt hatte. Er hatte eine löwenartige Mähne, einen dichten grauen Bart und tief liegende Augen unter einer gewölbten Stirn.

»Ich kenne ihn«, flüsterte Arnolfus seinen beiden Reisebegleitern zu, »er vagabundiert überall herum, von Apulien bis in die Toskana, von Ravenna bis Neapel, nur von Rom hält er sich fern. Man nennt ihn den verbitterten Propheten.«

»Schweigt still!«, rief jemand.

»Ein unruhiger Traum hat mich letzte Nacht gequält«, begann der Mann, »Tausende von Insekten stiegen aus dem Sabatinischen See, böse und mit krummen Schnäbeln …«

»Insekten«, schaltete sich einer der Ritter mit verächtlichem Sarkasmus ein, »besitzen keine Schnäbel, soviel man weiß!«

Doch jener, der wohl bedacht eine Pause einlegte, sodass die Wirkung dieser Unterbrechung wieder auf den Urheber zurückfiel, sprach weiter, als hätte er nichts gehört: »… und sie fraßen das Gras der Wiesen bis auf die Wurzeln ab, sie fielen über Schafe, Füllen und Rinder her und saugten ihnen die Körperflüssigkeiten aus den Leibern. Der Monte Soracte war zu Kristall geworden ... durch ihn hindurch sah ich einen tiefroten Mond ... und in dessen düsterem, blutigem Licht erschien die gierige Bestie ... sie wird die Erde mit Hufen aus Feuer niedertrampeln ... sie wird die Kreuze zerstören ... sie wird ihre dämonische Herrschaft erklären ... die Seelen werden mit ausgebreiteten Flügeln in ihr verderbtes Maul fliegen ... Also, ich sage euch: Hört alle zu. Ich sage euch: Der Antichrist ist unter uns, er wird aus jedem Kreuzweg ein Grab unserer Hoffnungen machen, denn er sieht unsere Sünden und ergötzt sich daran ... wir jedoch werden ihn nicht sogleich erkennen, denn er verbirgt sich in der Gestalt eines Menschen ... ein einfacher Wanderer, dann wiederum ein Prediger, dann ein Händler und Ritter und Kardinal ... er kann auch sein Haupt krönen mit der Krone eines Königs und sogar mit der Tiara des Papstes ...«

Arnolfus kniete nieder und sagte mit lauter Stimme: »Herr, dein Wille geschehe, doch erbarme dich unser!«

Einer der Anwesenden antwortete mit einem »Amen«, doch hier mischte sich einer der Ritter ein. Er stand ganz plötzlich auf, und als er sich einen Weg zwischen den Gästen hindurch gebahnt hatte, nahm er den Mann beim Arm und zwang ihn, vom Stuhl herabzusteigen. Dann packte er ihn bei den Haaren, drückte seinen Kopf nach unten und verpasste ihm schallende Ohrfeigen.

»Du elender Scharlatan, du hast vom Teufel gesprochen und vom Papst ...«

Ein feindseliges Gemurmel erhob sich unter den Umstehenden. Einige gingen aus Angst wieder zu ihren Plätzen an die Tische zurück, doch einige von ihnen hielten plötzlich Stöcke in den Händen.

»Ich predige den Frieden, die Vergebung der Sünden, die Brüderlichkeit und die Reinheit des Herzens.«

»Wen hast du gemeint?«

Der Gastwirt warf sich vor den Ritter und sagte, dass dieser Mensch unschuldig sei, dass er ihn seit zwanzig Jahren kenne, dass er ihn immer von der bevorstehenden Ankunft des Satans habe predigen hören und dass es besser für alle sei, ihn jetzt gehen zu lassen.

Die Blicke derer, die den Ritter umstanden, waren alles andere als wohlwollend, und ein alter Bauer riet ihm, sich wieder zu seinen Kameraden zu setzen. Nachdem der Ritter sich beunruhigt nach rechts und links umgesehen hatte, folgte er diesem Rat, obgleich er noch zornig war.

»Nein, gar so unschuldig ist er nicht«, flüsterte Arnolfus, »wenn er seinen Zuhörern befehlen würde, ihm zu folgen, so würden das fast alle tun, Männer und Frauen, so wie die Küken der Glucke folgen, doch mit Sensen und Mistgabeln. Er betrachtet sich als eine Art Täufer, als einer, der gegen die Pharisäer und die Priester in den Tempeln wettert.«

»Ich habe ihn vor Zeiten auch schon einmal gesehen«, fügte Evandro hinzu. »Ich weiß, dass man ihn mehrere Male wegen Ketzerei ergriffen und verurteilt hat. Er steht außerhalb der Kirche.«

»Wir alle, der eine mehr, der andere weniger, stehen außerhalb der wahren Kirche Christi«, erwiderte Arnolfus.

»Habt Ihr diese Prophezeiungen zuvor schon gehört?«, fragte Vildericus.

»Ähnliche. Er erfindet sie einfach so. Er macht sich seine eigenen Geschichten aus Teilen der Apokalypse des Johannes. Er hat Euch beeindruckt, nicht wahr?«

»Ihr glaubt nicht an Prophezeiungen?«

»Wenn ich an den Meeresstrand gehe, dann betrachte ich nicht den fernen Horizont, sondern das Wasser vor mir, um zu sehen, wie die Fische leben. Und wie sie von den größeren gefressen werden.«

Alle waren an ihre Plätze zurückgekehrt, und es wurde nur

noch leise gesprochen. Nachdem der Bauer und die beiden Mönche gegessen und getrunken hatten, zogen sie sich mit Erlaubnis des Wirts in den Heuschober zurück. Kurz darauf löschten sie die Lampe, die ihnen einer der Gehilfen gegeben hatte, und schliefen ein. Vildericus grübelte noch eine Weile über die Verbindung nach, die er zwischen der Prophezeiung des Mannes und dem Satz Arnolfus' über die wahre Kirche Christi meinte ziehen zu können.

Am folgenden Tag, einem windigen Tag ohne Regen, befanden sich die drei bei Sonnenuntergang in der Nähe von Spoleto, wo sie von berittenen Soldaten angehalten wurden, die den Weg für die Geistlichen des päpstlichen Hofes, die den Papst begleiteten, freihielten. Vildericus hatte deren Näherkommen durch den Klang eines Hornes, dessen Echo sich an den Felsabstürzen der Schlucht vervielfältigte, vernommen und verbarg sich im Innern des Wagens neben Arnolfus.

»Da kommt der Erbe des heiligen Petrus«, hatte ihm dieser mit schlecht verborgenem Sarkasmus zugeflüstert.

Evandro war vom Kutschbock heruntergestiegen und hatte sich niedergekniet. Vildericus sah Benedikt IX. inmitten einer Truppe von Rittern, von denen die ersten beiden Banner trugen, die an den Sätteln befestigt waren. Er war barhäuptig, und das Haar flog im Wind. Er ritt einen Fuchs, der in seinem verhaltenen Trab eine nervöse Schönheit zeigte ... Die Aufregung hatte von Vildericus Besitz ergriffen, noch bevor er ihn sehen konnte, und er war erstaunt, dass sein Herz so heftig klopfte. Die Bilder aus Rom, die er mit so viel Mühe zurückgedrängt hatte, brachen sich Bahn, denn auf dem Gesicht dieses verderbten Rüpels lagen Frechheit und Herausforderung. Er hätte sich zornig mit den Händen die Schläfen gehalten, wenn ihn Arnolfus nicht gefragt hätte: »Habt Ihr die goldenen Stickereien auf seinem Gewand gesehen? Was würde Christus wohl sagen, wenn er seinen erhabenen Repräsentanten mit solchem Prunk geschmückt sähe?«

»Sprecht Ihr von Seiner Heiligkeit?«, fragte Vildericus schwach.

»Ich spreche von Theophylakt von Tusculum, der als Papst verkleidet ist, so wie ich mich als Frau verkleiden könnte.«

»Das stünde Euch gar nicht schlecht«, lächelte Vildericus und fühlte sich mit einem Mal befreit. Einerseits gebot ihm sein Gefühl, vielleicht mehr noch als die Ordensregeln, sich von diesem Wandermönch fernzuhalten, doch er musste zugeben, dass dieser die Fähigkeit besaß, den Schein zu durchdringen, ihn zu zerstören und mit treffsicherer Leichtigkeit Gedanken zu formulieren, die er selbst in seinem tiefsten Innern verborgen hielt. Mit der Natur vereint, mochte dieser mit seinem offenen Geist eine eigene Urteilskraft ausgebildet haben, indem er, von ganz unten beginnend, sich selbst zum Ärmsten unter den Armen gemacht hatte, freudig und gewaltsam verstoßen, bereit, sich jeden Tag selbst neu zu erfinden. Vielleicht eigentlich ein Lügner, vielleicht auch ein Dieb … Doch etwas hatte sich zwischen ihnen ereignet, ein heller Gleichklang, und als sie schließlich bei einer Pfarrei in einem weiteren Heuschober ins Heu krochen und die Lampe löschten, spürte Vildericus, dass die Gespräche mit diesem Mann, die zuvor eher ein vorsichtiges Tasten gewesen waren, nunmehr in ein lebendiges gegenseitiges Interesse münden konnten.

»Wo hast du dein Wissen erworben?«

»Vor allem im Traum, vielleicht um meinen Vater zu belohnen, der sich auf mich stützte, um sich selbst zu erheben, da ihm nun wahrhaftig keine Flügel gewachsen waren, auch nicht, wenn er die Messe oder die Psalmen las oder seine falschen einschüchternden Predigten hielt …«

»Ein Pfarrer!«

»Ja, ich bin der Sohn des Pfarrers der elenden Pfarrei von San Giustino in Civita, der ein intriganter Dummkopf gewesen ist und nur daran gedacht hat, Bischof zu werden und zu vögeln …«

»Zu vögeln?«

»Nun, ja, Herr im Himmel! Sich fleischlich mit Weibern vereinigen, was durchaus eine erquickliche Tätigkeit ist, doch einem Mann der Kirche nicht ganz angemessen. So meine ich jedenfalls, ich, der ich so wenig zähle wie ein toter Spatz. Aber ...«

»Aber?«

»Ja, nun, ich habe diese Erfahrung gemacht, und eine Menge Leute denkt so wie ich. Und ihr Benediktiner, ihr geht mir mit alldem wirklich auf den ... nun, es ist einfach so, dass ihr mich nicht überzeugt habt, vielmehr ...«

»Sprich weiter.«

»Hör zu, ich bin sterbensmüde, lass uns schlafen.«

»Nein, warte, warum überzeugen die Benediktiner dich nicht?«

»Es ist schweinekalt hier, man bräuchte eine Kuh und einen Esel ... weißt du, was ich tue? Ich krieche in das Heu.«

»Komm, sag mir, warum.«

»So, jetzt ist es besser. Nun, mit deinem Evandro da, der schnarcht wie ein Wildschwein, mit dem tut man wirklich Buße, was das Essen betrifft. Ich habe noch Hunger. Es ist mein verfluchtes Schicksal, immer Hunger zu haben. O Jesu mein, ein Fisch! Ich würde ihn auch roh essen mit allen Gräten! Weißt du, was die Leute gerne hören? Die Bergpredigt, natürlich nicht in Latein, und Seitenhiebe auf den Klerus und dann den Leidensweg. Ich kenne alle ihre Dialekte, zwangsläufig, weil ich so weit herumgekommen bin ... Ich war in Montecassino und auch in Camaldoli, nur ein paar Tage lang, versteht sich. Nach einer Weile haben sie mich fortgejagt ... du fragst, warum? Ihr lebt unter euch, eingeschlossen, die Gebete zum Herrn, am Morgen, am Abend, das Essen, die Arbeit, immer im Gefolge des Herrn, als ob der Herr euch als Gefolge nötig hätte. Ja ja, natürlich seid ihr vorbildlich, das bestreite ich ja nicht, doch seid ihr sicher, dass das auch nach außen dringt? Ich spreche mit den Menschen, mit Bauern, Dienern, und wenn die Herren fort sind, dann auch mit ihren Sklaven, denen aus Illyrien oder mit den Byzantinern … oder denen aus Afrika … ich spreche auch mit den Seefahrern. Vor einiger Zeit bin ich in Portus gewesen, wo sie mich in den Fluss werfen wollten. Und ich höre ihnen auch zu, wenn sie mir von ihrer Plage erzählen. Du hast keine Vorstellung von dieser Armut … und wie sie leben … Der heilige Benedikt sprach von der Verachtung und der Erniedrigung, die die wahren Mönche annehmen müssen und worauf sie stolz sein sollen … Ich werde immer verachtet und erniedrigt, doch nicht von den Armen, denen ich das Wort Jesu predige. Gute Nacht.«

»Arnolfus … Arnolfus«, flüsterte Vildericus, doch er erhielt keine Antwort und fügte leise hinzu: »Manchmal habe auch ich darüber nachgedacht … das Vorbild nach draußen tragen …«

Am anderen Morgen brachen sie wieder auf. Die ausgeruhten Pferde spürten die erquickende Frische eines sonnigen Tages. Evandro musste oft an den Zügeln ziehen, um sie zurückzuhalten, vor allem am frühen Nachmittag in der Nähe der Abzweigung nach Foligno, denn die Straße wurde allmählich betriebsam, weitere Wagen, Männer zu Pferde und Menschen, die zu Fuß gingen. »Ich werde bald aussteigen«, sagte Arnolfus, »denn das Schauspiel von zwei Herren, die das Heilige Römische Reich zelebrieren, ist nichts für mich. Ich werde die Straße nach Gubbio nehmen.«

»Bevor wir nach Perugia kommen, müssen wir in Assisi Halt machen. Wir könnten uns dort voneinander verabschieden.«

»Wenn mich mein Gefühl nicht trügt, so werdet ihr weder nach Perugia noch nach Assisi kommen. Dort unten, das ist die Vorhut der deutschen Reiterei, und es sind nicht wenige Männer.«

Die Vorhut war auf dem Scheitelpunkt einer kleinen Anhöhe erschienen und bewegte sich offensichtlich neben der Straße langsam bergab. Viele von ihnen waren gut bewaffnet, mit Lanze und Schwert, die Pfeile und den Bogen hinter den Sätteln,

Kettenhemd, beschlagener Brustpanzer, der runde Schild am linken Unterarm. Nein, es waren nicht wenige. Evandro hielt den Wagen an.

»Wenn sie die Straße überwachen, dann heißt das, dass der Kaiser Perugia verlassen hat«, bemerkte Arnolfus. »Vielleicht ist er ganz in der Nähe, und schlimmer noch, mit seinem ganzen Heer. In der Tat, seht einmal auf die Straße.«

Eine beeindruckende Fluchtbewegung hatte eingesetzt, ein großes Durcheinander – es ging den gegenüberliegenden Hügel hinauf, und viele Flüchtlinge ließen sogar ihre Habe fallen. Einige Männer auf Pferden oder Maultieren und etliche Wagen wendeten, um zurückzukehren. Sogar der Besitzer eines Verkaufsstandes am Straßenrand hatte die Flucht ergriffen und seine Ware der Bewachung durch einen Bluthund und einen Bastard überlassen, die, sich ihrer Aufgabe bewusst, mit gesenkten Köpfen bereits die ersten näher kommenden deutschen Reiter anknurrten.

»Goten, Alanen, Hunnen, Ungarn, Griechen, Muselmanen und jetzt die da!«, rief Arnolfus. »Das nimmt kein Ende. Und der Papst, der sie mit offenen Armen empfängt. Der ständig Könige und fremde Truppen herbeiruft und aufnimmt! Hoffen wir, dass sie bis Ende Juli bleiben.«

»Weshalb bis Juli?«, fragte Vildericus.

»Im Juli und im August«, antwortete Evandro, »bricht jeden Sommer das Sumpffieber aus.«

Während sich der Bastard die Seele aus dem Leib bellte, kroch der Bluthund flach auf dem Bauch, sodass die Schulterblätter hervorragten, auf den ersten Ritter zu.

»Dieser Hund«, sagte Arnolfus, »kann nicht italienischer Abstammung sein.«

»Vor allem weiß er nicht, dass er es nicht mit einem Bauern auf einem Maultier zu tun hat«, meinte Evandro.

Einer der Ritter aus den hinteren Reihen schoss einen Pfeil ab, der dem Hund bis zur Hälfte in den Schlund drang und ihn in heftigen Zuckungen sterbend zu Boden sinken ließ. Die Ritter stellten sich zwanzig Meter vor dem Wagen aus Farfa auf. Einige von ihnen stiegen von den Pferden und brachten sie auf die nahen Wiesen. Der Warenstand wurde in den Graben gestoßen, und das Knurren des Bastards verwandelte sich in ein klagendes Heulen.

»Ich werde ein Stück auf dem Weg zurückgehen, dort kann ich einen etwas höher gelegenen Pfad nach Gubbio nehmen.«

»Warte! Unter den Dingen, die in den Graben gekippt wurden, sind einige Obergewänder, und ich habe auch Sandalen gesehen«, sagte Vildericus. »Der Herr gewährt dir seine Gnade, nimm, was du brauchst, und wenn der Besitzer wiederkommt, werden wir ihn bezahlen.«

»Die Gnade hat er mir schon mit euch beiden gewährt. Ich fühle, Vildericus, dass wir uns wiedersehen werden. Und wenn sich die Gelegenheit ergibt, dann werde ich dich mit Petrus Damiani bekannt machen, der heilige Verrückte Gottes, der Einzige, der verstanden hat, wer Christus ist, wie ich persönlich glaube.«

»Habt Acht auf die Wildschweine und die Wölfe. In diesen Bergen wimmelt es davon«, sagte Evandro.

»Mit meinen Knochen können die nichts anfangen, und mit der Haut, nun, wer weiß … Ich werde nach Camaldoli gehen, denn ich möchte gerne die letzten Gebete des heiligen Romualdus lesen. Wenn seine Brüder mir das erlauben.«

Er fand ein Paar Sandalen am Rande der Felsen, zog sie an und vollführte zum Vergnügen der anderen einen komischen Freudentanz. Dann kam er zum Wagen und flüsterte, plötzlich wieder ernst geworden, Vildericus zu: »Eine Dienerin des Schlosses von Tusculum hat mir den genauen Tag und die genaue Stunde der Geburt jenes Theophylakt genannt. Die Sterne stehen schlecht für ihn, wenn man daran glauben will. Ich habe ihn in Rom gesehen, seinen Blick. Ihm folgt der Schatten des Untergangs, weshalb er sich in den übelsten Leidenschaften ergehen wird. Wenn du ihm nicht fernbleiben kannst, so schenke ihm zumindest nicht viel Aufmerksamkeit und halte ihn dir vom Leib wie einen gemeinen Scharlatan.«

Dort, wo die Straße einen Bogen machte, blieb er stehen und winkte ihnen zu. Dem Tusculaner fernbleiben, hatte er gesagt. Vildericus überlegte voller Bewunderung, was er wohl von ihm selbst erraten und gesehen hatte, denn Vildericus hatte mit keinem Wort über seine römischen Erlebnisse gesprochen. Er wäre ihm gerne nachgelaufen und hätte ihn zum Wagen zurückgeholt, gerne hätte er ihn an seiner Seite gehabt, um von ihm die Geheimnisse seiner Kunst der Intuition zu erlernen, um sich endlich seiner kindlichen und unerfahrenen Handlungen zu entledigen und sich selbst besser zu verstehen. Auch seine Beziehungen zur Welt draußen, in Farfa und die geheimnisvolle Welt der Frauen, der Huren … die Welt Doroteas …

Einer der Ritter sprach mit Evandro, der sich umdrehte und zu ihm sagte: »Nein, er ist kein Deutscher, er ist von Aquileia. Sie bedienen sich ihrer, weil sie die Sprache sprechen, er will wissen, wohin wir wollen und was wir bei uns haben.«

Vildericus zog das Pergament, welches ihm der Prior gegeben hatte, aus seinem Beutel und wurde in Begleitung des italienischen Söldners zu demjenigen geführt, der der Befehlshaber dieser Einheit sein mochte. Nachdem dieser den Inhalt des Schreibens zur Kenntnis genommen und das Pergament zurückgegeben hatte, teilte er ihnen mit, dass ihr Ziel nicht mehr Perugia sei, denn der Kaiser und der Papst befänden sich mittlerweile in Spello.

## 22

Spello schien ein wahres Heereslager zu sein, eine Festung, die sich, auf einen Felsen gemauert, über dem Tal erhob. Die Bewohner hatten sich hinter fest verriegelten Türen verschanzt, aus Angst vor den frechen Soldaten, die durch die Straßen gingen, als gehörten sie ihnen. Vildericus und der Bauer sahen höchstens eine Hand voll Einwohner in den Backstuben, mit Sicherheit Brotbäcker, die von den fremden Soldaten dazu gezwungen wurden, für die kaiserliche Garde Brot aus Weizen- oder Roggenmehl zu backen.

Viel zahlreicher hingegen waren die Maurer und Zimmerleute, die an der ein wenig oberhalb des Südtores gelegenen Kirche arbeiteten. Vor diesem Tor waren sie angehalten worden und hatten zum zweiten Mal das Pergament aus Farfa vorzeigen müssen. Beim Anstieg zur Festung waren sie gezwungen, den Wagen aufgrund des immer dichter werdenden Gedränges von Soldaten häufig anzuhalten, was Evandro auf halber Strecke davon überzeugte, dass sie umkehren mussten. Sie machten schließlich auf dem Platz vor der Kirche Halt, an der Bauarbeiten im Gange waren. Diese wurde entweder gerade neu erbaut oder instand gesetzt, denn an der rechten Seite, dicht an den Stützpfeilern, waren Gerüste aufgestellt. Das Dach ließ in der noch nicht gedeckten Seite die Stützkonstruktion aus kreuzförmig angeordneten Holzbalken erkennen.

Vildericus verließ Evandro auf dem höher gelegenen Teil des Platzes, damit dieser den Wagen neben einem Brunnen abstellen konnte, ging hinunter zur Kirche und näherte sich einem der Handwerker, der dabei war, Kalk und Sand zu mischen.

»Der Herr sei mit Euch.«

Der Handwerker erhob sich, sah Vildericus an und straffte die Schultern, dann antwortete er:

»Wenn der Herr mit mir wäre, so müsste er an meinem Rücken ein Wunder vollbringen, denn seit vier Tagen arbeiten wir auch nachts. Sie sollte im Mai fertig werden, aber nun ist ein fetter Kardinal aus Rom gekommen, und sie wollen die Kirche auch nur mit dem halben Dach und ohne Malerei und ohne Portal. Und ich wette, dass wir auch heute Nacht nicht eine Stunde schlafen werden. Das wird ein schönes Osterfest, ein verschlafenes Osterfest.« Er nahm seine Arbeit wieder auf und fügte sogleich hinzu: »Geht nur, geht hinein. Er kann Euch alles erklären, dieser Kardinal.«

Die Vorderseite zeigte noch das bloße Mauerwerk mit seinen rechteckigen Blöcken aus einem leicht rosafarbenen Stein. Vildericus blieb stehen und betrachtete die Kirche. So unvollendet, so schlicht und schmucklos war sie der geeignetste Ort, um den Leib und das Blut Christi zu beherbergen. Ein ärmliches Haus des Gebetes, wo die Verkündigung der demütigen Größe seiner Worte im Zeichen der Barmherzigkeit ...

»Nun schaut her, wen sieht man denn da! Und auch noch auf Knien!«, rief jemand, den Vildericus, als er die Augen aufschlug, zunächst nicht erkannte, denn das Bild des Gekreuzigten, der schon vom Tod umfangen war, wollte nicht weichen ...

»Vildericus von Sutri! Was tust du hier in Spello?«, fragte ihn Protoscriniarius Bosone. Vildericus erhob sich. Dieser hohe Würdenträger im päpstlichen Palast war noch dicker geworden, und die Fettpolster an seinen Seiten quollen in die Falten des roten Samtes, der sie bedeckte ...

»Ich bin gekommen, um dem Kaiser die Empfehlungen Hugos von Celano zu überbringen.«

»Und nicht Seiner Heiligkeit? Farfa ist doch das Lieblingskloster der Päpste.«

»Eine durchaus gegenseitige Liebe, das versichere ich Euch, Eure Eminenz«, sagte Vildericus und blickte fest in die triefenden Augenschlitze, die ihn musterten, um auch ihn seinerseits zu mustern und ihm die Wahrheit mit unerwarteten Worten zu eröffnen. »Der Respekt, den Hugo von Celano dem Papst entgegenbringt, ist so absolut wie der eines treuen Dieners seinem Herrn gegenüber.«

Es gab eine Pause, die von einem leichten Lächeln Bosones ein wenig erwärmt wurde. Er sagte: »Du hast wohl die Satiren von Juvenal gelesen! Ist das so?«

»Nein, Eure Eminenz.«

»Gut«, schloss der Protoscriniarius und lud den Mönch ein, sich die Kirche anzusehen, in der am nächsten Tage nach der Messe in der Kapelle von Sant' Agnese sulla Rocca ein Konzil abgehalten werden sollte, nach dessen Beendigung die Kirche der Heiligen Jungfrau geweiht werden würde.

»Fremde Beobachter sind nicht zugelassen, aber wenn du willst, kann ich veranlassen, dass du hereinkommst. Auch um Hugo von Celano nicht zu enttäuschen. Er hat dich deswegen hierher geschickt, und du wirst ihm alles berichten können.«

»Niemand wusste etwas von einem Konzil, weder der Abt noch der Prior Suppone haben davon berichtet.«

»Nun, willst du dabei sein oder nicht?«

»Ich bin ein einfacher Mönch, ich tue, was die Vorstehenden von mir verlangen.«

»Eine gute Antwort. Aber: Interessiert es dich?«

»Ja, Eure Eminenz.«

Die Tür war hoch, mit einem Bogen, der mit einem bandförmigen Relief geschmückt war. Das Innere der Kapelle zeigte nur ein Skelett: drei Schiffe, die von einer doppelten Reihe rechteckiger Pfeiler voneinander getrennt waren. Der Altarraum lag ein wenig höher und endete mit der Apsis. Die Arbeiter verschlossen gerade die Fenster mit verglasten Rahmen.

»Es fehlen noch der Altar und die Kanzel«, sagte der Kardinal, »zum Glück ist der Boden im Mittelschiff bereits fertig, wie du siehst.«

Die Kirche war sehr beeindruckend! Wenn man sie nur so lassen würde, so schmucklos, ohne Gold und Silber, ohne Mosaiken und Fresken. Lediglich der Altartisch und ein Kreuz und die Gläubigen stehend oder kniend oder bäuchlings auf dem Boden, dachte Vildericus und sagte: »Wird es wenigstens ein Kreuz geben? Ein großes Kreuz, dort wo der Altar steht?«

»Das Kreuz?! Aber ja, natürlich! Wir erwarten fast alles aus Perugia. Das Wichtigste, das heißt, all das, was wir für den Moment benötigen, sind Tische, Bänke, Stühle. Wir hoffen, dass der Teppich noch rechtzeitig gebracht wird. Auf das Portal brauchen wir nicht mehr zu hoffen. Das Kreuz! Natürlich wird irgendwo ein Kreuz sein, zumindest werden wir die Kreuze haben, die wir auf der Brust tragen.«

»Ich dachte an ein Kreuz aus Holz und ohne Diamanten.« Zuerst gab ihm der Protoscriniarius ein eisiges Lächeln zurück, dann sagte er: »Du hast Recht, mein lieber, unbeugsamer Mönch, ich werde mich höchstpersönlich vergewissern, dass eines aus Holz da sein wird, eines wie das unseres Herrn. Du ... du wirst wohl schon von Ikonoklastie gehört haben ...«

»Ja, natürlich, aber warum fragt Ihr das, Eure Eminenz?«

»Wenn es nach dir ginge ... vielleicht wärest du ja ein streitbarer Bildergegner, oder irre ich mich?«

»Nie würde ich daran denken, die heiligen Bilder zu zerstören.«

»Aber zumindest bekämpfen, nicht wahr? Nun sag, was bewirken sie bei dir?«

Auf dem glänzenden Gesicht des beleibten Kardinals hatte sich zwischen Mund und Augen ein gutmütiges Lächeln ausgebreitet. Dies war kein inquisitorisches Verhör, und Vildericus fühlte eine eigenartige Sympathie für diese raue und keuchende Stimme. Daher antwortete er: »Wenn ich ehrlich mit Euch sein kann – ich liebe Kirchen, die schlicht sind, bei denen die Hand, die sie erbaut hat, sich aus Demut zurückzieht.«

»Du rufst mir einen jungen Priester in Erinnerung, der dir glich, du lässt ihn wieder aufleben. Ein magerer Jüngling, voller Enthusiasmus und Glauben, der sich ohne seinen Willen auf dem falschen Weg wieder fand ... Er ist ein Mann geworden, ist nicht mehr wieder zu erkennen. Und jetzt ist er alt, liederlich ... fett ... gefräßig ... nutzlos ... Von heute an werde ich kein zweites Mal zulassen, dass ... Wie viele Jahre sind vergangen, seit wir dich fortgeschickt haben?«

»Etwa fünf, Eure Eminenz.«

»Bist du jemals wieder nach Rom gekommen?«

»Nein.«

»Eusebius von Trevi hat gerne von dir gesprochen. Er hat dich sehr geschätzt.«

»Das ehrt mich und erfüllt mich mit Freude, doch von ›schätzen‹ würde ich das ›sehr‹ wegnehmen … vielleicht hegte er freundliche Gefühle mir gegenüber, was natürlich auf Gegenseitigkeit beruhte, und Gefühle führen manchmal dazu, dass man Meinung und Urteil verwechselt. Ich würde ihn gerne wieder sehen.«

»O nein, ich fürchte, das ist nicht möglich. Vor zwei Jahren hat man ihn aus dem Lateran entfernt und ihn dann von seinem Amt in seiner Diözese entbunden. Es heißt, dass er in ein Kloster in die Sabinischen Berge geflohen ist, ich weiß aber nicht, in welches.«

Vildericus faltete rasch die Hände. Er musste diesen zornigen Unmut, der ganz plötzlich und sehr heftig in ihm aufgestiegen war, zurückdrängen, er musste mit seiner ganzen Kraft jenen einen Satz aussprechen, der absolute Hinnahme und Verzicht und das Aufgeben jeglichen Abwägens zwischen Recht und Unrecht bedeutete, dem Unrecht, welches ihm Duldsamkeit und Demut erschwerte.

»Sein Wille geschehe.«

Sie verabredeten sich für den nächsten Tag. An der rechten Seite der Kirche befand sich eine kleine Tür, dorthin würde der Protoscriniarius einen seiner Diener als Wache stellen, der Vildericus einließe, nachdem die Würdenträger des Konzils die Kirche betreten hatten. Er möge jedoch Acht geben, nicht entdeckt zu werden, denn es sei unabsehbar, zu welchen Handlungen der Papst fähig sei, wenn er ihn sähe. Ja, vielleicht sei es besser, wenn er selbst dem Kaiser das Pergament aus Farfa gäbe; sicher würde Benedikt IX. nach dem Überbringer fragen, vielleicht jedoch nicht sogleich, vielleicht erst am Ende des Konzils. Denn aus häufigen Äußerungen Seiner Heiligkeit zu schließen, bedeutete Farfa für ihn nur Vildericus, nicht der Abt oder jemand anderes. Dann ließ er sich das Pergament aushändigen, und sie verabschiedeten sich.

Als Vildericus wieder zu Evandro gestoßen war, teilte ihm dieser mit, dass alle drei Herbergen des Ortes übervoll seien und ihnen also nichts anderes übrig bliebe, als im Wagen zu schlafen. Sie würden es nicht sehr bequem haben, doch in weiser Voraussicht auf das Schlimmste hatte er im Wagenkasten zwei Matten und vier Decken mitgebracht, so würden sie zumindest die Nachtkälte gut überstehen. Er hatte getrockneten Fisch, Bohnen und Zwiebeln und einen noch warmen Laib Brot aus der nahen Backstube aufgetrieben.

Die beiden Männer wollten gerade mit ihrer Mahlzeit beginnen, als Vildericus in der Nähe des Brunnens etwas bemerkte, das zunächst nur wunderlich war: Ein alter Mann und zwei Knaben mit Wasserkrügen in der Hand waren von zwei vornehm gekleideten Bürgern und drei Soldaten umringt, die den Wachen des Präfekts von Rom anzugehören schienen. Diese hielten sich bei den Händen und deuteten einige Tanzschritte an. Der alte Mann trug einen dunklen Überrock, und auf dem Kopf hatte er eine kleine schwarze Kappe. Er sprach mit großem Eifer, doch es hatte den Anschein, als höre ihm keiner zu. Plötzlich hielten die fünf Männer inne, und einer riss ihm die Kappe vom Kopf und schlug ihn mit der Faust so heftig, dass er zu Boden fiel. Vildericus wollte vom Wagen steigen, doch Evandro hielt ihn zurück und erklärte ihm, dass dieser Mann vermutlich ein Jude sei und dass sie wohl einem alten Brauch am Vorabend und am Tage des Osterfestes beiwohnten. Vildericus aber beschloss, dass ein Versuch besser sei, als nichts zu tun, und ging zu der Gruppe hin. Blut rann von der Wange des Alten, und die Knaben hielten die Hände über dem Kopf, um sich vor den Schlägen zu schützen. Als die Männer Vildericus sahen, hielten sie inne, und zwei von ihnen bekreuzigten sich. Da faltete Vildericus die Hände und erklärte, dass nun die Stunde der Vesper sei, zu der er den dreiundzwanzigsten Psalm predigen würde. Und in einfacher Sprache rezitierte er: »Gott ist mein Hirte, er wird mir stets zur Seite stehen. Er bringt mich auf grüne Wiesen und führt mich zum frischen Wasser. Er labt meine Seele. Er bringt mich auf den rechten Weg und gibt mir die Liebe seines Namens. Und sollte ich auch im finsteren Tal des Todes wandern, so bin ich doch vor allem Übel geschützt; denn mein Hirte ist bei mir. Daher weiß ich, dass ich alle Tage meines Lebens barmherzigen Schutz haben werde. Und ich weiß, dass ich einst für immer in seinem Hause wohnen werde, im Hause des Herrn.«

»Amen«, antworteten die fünf Männer. Der Alte war auf die Knie gefallen, und die beiden Knaben taten es ihm nach. Vildericus wartete, bis sich die anderen Männer entfernt hatten, ging zu dem alten Juden hin und half ihm wieder auf die Beine.

»Ich schäme mich für diese Beleidigung, die jene Euch zugefügt haben.«

»Ihr seid ein gerechter Mann, der Herr wird Euch belohnen.«

»Jetzt aber beeilt Euch, das Wasser zu holen und Euch in Euer Haus einzuschließen.«

»Ich möchte, dass Ihr wisst, dass wir schon immer in dieser Gegend leben, doch noch nie ist etwas Derartiges vorgekommen. Diese Menschen sind aus Rom gekommen.«

»Ich weiß.«

Die Knaben küssten ihm die Hände, dann füllten sie ihre Krüge und gingen fort. Er wusste es, dass dieses schlimme Gerede überall herumging, angefacht vor allem von Rom, das vom Lateran verdorben war, dass die Juden die Kinder des Satans seien, die Christus getötet hätten, als ob Golgatha der Hand des Schöpfers entglitten wäre und die Kreuzigung nicht das Alpha der Erlösung und das Omega der Zeit gewesen sei, wie sein braver Pfarrer aus Sutri immer gesagt hatte … Es war ihm gelungen, diesen törichten Akt der Gewalt zu stören, doch er fühlte sich ermattet, als ob er ihn selbst erlitten hätte.

»Ihr habt wohl gehandelt«, sprach Evandro, als Vildericus wieder auf den Wagen geklettert war. »Eure Geistesgegenwart mit diesem Psalm, der wunderschön ist ... doch jetzt müsst Ihr essen, dann legen wir uns schlafen, denn wir haben es wirklich nötig.«

Kurz nach Sonnenaufgang besuchten sie in einer Kirche, die dicht bei der Stadtmauer nach Osten hin lag, die Messe. Es war ein Bauwerk, das schon einige Jahrhunderte alt sein musste und eine Kuppel hatte, die eher dazu geeignet schien, feindlichen Angriffen zu trotzen, denn einem Gottesdienst ein Dach zu bieten. Wenige Gläubige hatten sich an diesem Morgen Ende März eingefunden, und deren Gedanken waren wohl weniger den österlichen Feierlichkeiten zugewandt als vielmehr der Gefahr, in die sie sich begaben, weil sie ihr Haus verlassen hatten. Nach der Kommunion und dem hastigen Abschluss der Zeremonie kehrten Vildericus und Evandro wieder zu ihrem Wagen zurück und warteten die Ereignisse ab.

Diese kündigten sich nach der sechsten Stunde mit einem schabenden Geräusch von Reisigbesen an: Zehn Bauern fegten den Unrat und den Schmutz von der Straße, der das römische Pflaster zu großen Teilen bedeckte. Dann vernahm man einen Gesang, vielleicht die Pfarrer vom Ort, die die Bevölkerung zusammenriefen, damit sie sich für die bevorstehende Prozession an die Straßenränder stellten, um ohne Furcht die erhabenen Gäste Spellos zu ehren. Sie hatten Erfolg, denn Türen und Fenster der umstehenden Häuser öffneten sich, und bald waren einige der Bewohner auf der Straße zu sehen. Dann war ein größeres Lärmen zu hören, das Hufgetrappel von vielen Pferden, die mit stolperndem Schritt die steile Straße heraufkamen. Durch einen seitlichen Spalt am Verdeck des Wagens erkannte Vildericus sofort in den ersten Reitern, die er sehen konnte, einige Ritter der kaiserlichen Garde. Von einem dünnen Applaus begleitet, erschien Kaiser Konrad II. und neben ihm Benedikt IX., beide mit bloßen Häuptern, und hinter ihnen die hohen Würdenträger der beiden Hofstaate, die vom Hofpfalzgrafen Alberich von Tusculum angeführt wurden.

Der Platz vor der Kirche war binnen kürzester Zeit voller Soldaten, Bürger und von Lakaien gehaltener Pferde. Vildericus stieg mit schwachen Beinen vom Wagen herab, denn er fühlte einen heftigen Widerwillen gegen das, was ihn erwartete, und bahnte sich einen Weg durch die Umstehenden. Der Diener Bosones ließ ihn durch die Seitentür eintreten, und zu seinem Glück gestatteten ihm die Garderitter, die im Eingangsbereich standen, sich hinter einer der letzten Säulen zu verbergen. Vor dem Chorraum standen zwei lange, parallel zueinander aufgestellte Tische. Der König und der Papst saßen mit dem Rücken zum Chor, sie hatten jeweils einen Mönch beziehungsweise einen Kardinal zur Seite, die wohl Deutsche waren, außerdem Graf Alberich und Protoscriniarius Bosone. Ihnen gegenüber am zweiten Tisch saßen zehn Kardinäle, von denen zwei einen grünen Umhang trugen, wie auch derjenige, der an der Seite des Königs saß, während die anderen acht Kardinäle durch ihre farbenprächtige Kleidung deutlich ihre italienische Herkunft zeigten. An den beiden Kopfenden dieses zweiten Tisches sah Vildericus zwei Diakone mit Schreibgerät, Federn, Tafeln und Pergament sitzen. In jenem, der auf der rechten Seite saß, erkannte er Walter von Worms, den Rektor der Bibliothek des Lateran. Vier achtarmige Kandelaber wurden gebracht, deren brennende Kerzen blaue Rauchspiralen über den sechzehn Köpfen drehten und die metallenen Verzierungen am Mantel des Königs und die Edelsteine am Pektorale des Papstes zum Funkeln brachten. In der ganzen Kirche befand sich kein einziges großes Kreuz, und anstelle des ernsthaften und feierlichen Ritus, des einem Bauwerk wie diesem angemessen wäre, gab es hier nur die frivole Aufgeblasenheit dieser auffällig und prunkvoll gekleideten Gestalten.

Nachdem die Berater des Königs und des Papstes längere Zeit

miteinander gesprochen hatten, setzte sich Benedikt IX. die Tiara auf, erhob sich und erklärte das Konzil für eröffnet. Seine Worte hallten vielfach in diesem leeren Raum wider, und Vildericus erkannte, dass er nahezu nichts von dem bevorstehenden Gespräch verstehen würde. Da er nicht näher an die Tische herantreten wollte, konnte er sich von diesem entfernten Platz aus nur auf das Sehen als einzig mögliche Wahrnehmung verlassen. Ein verwirrendes Schauspiel bot sich ihm dar, was ihn aber nicht sonderlich überraschte. Die offizielle Sprache musste Latein sein, doch sowohl der Papst als auch der Kaiser beherrschten diese Sprache so wenig, dass sie keinen einzigen vollständigen Satz zustande brachten. Sie waren die Protagonisten, gewiss, doch um sich verständigen zu können, mussten sie eine vierfache Übersetzung zu Hilfe nehmen. Wenn Benedikt sprach, so übertrug der Protoscriniarius den Satz ins Lateinische, der deutsche Mönch übersetzte ihn für den Kaiser in die deutsche Sprache, der in seiner Muttersprache antwortete, die Entgegnung wurde vom Mönch ins Lateinische übertragen und schließlich von Bosone in die gemeine italienische Sprache. Dieser wartete dann auf die Erwiderung Benedikts oder, häufiger noch, die Alberichs, um den Ringelreihen fortzusetzen. Hinzu kam die schlechte Akustik des Raumes, was dazu führte, dass einige Sätze wiederholt werden mussten. Dieses Hin und Her dauerte fast zwei Stunden an, während der Vildericus mit einem Gefühl der Scham feststellte, wie sehr es dem Papst an Größe mangelte. Sein Vater flüsterte ihm unaufhörlich etwas ein, und es war ganz offensichtlich der fremde König, der den Wortwechsel begann und beendete. Benedikt IX. erhob sich am Ende der Zusammenkunft ein zweites Mal, um zum Abschluss ein kurzes Traktat in lateinischer Sprache vorzulesen, das ihm vom Protoscriniarius überreicht worden war, was zu einem lebhaften Beifall unter den Anwesenden und einem kräftigen Händedruck von Konrad II. führte. Nachdem das Konzil nun beendet war, beeilte sich Vildericus, das Weite zu suchen, doch als er die Seitentür ungesehen erreicht hatte, sagte der Diener, der ihn hereingelassen hatte, er solle hier an dieser Stelle den Protoscriniarius erwarten. Vildericus befürchtete, dass man ihn dem Papst präsentieren würde wie eine Jagdtrophäe, wie ein armer, ins Netz gegangener Vogel. Sein Inneres war in Aufruhr, während er dem langsamen und zeremoniellen Auszug der beiden Herrscher, der Kardinäle und der Eskorte aus der Kirche zusah. Dann ließ sich Kardinal Bosone im Portal sehen und rief ihn zu sich.

»Wie ich es vorhergesehen habe!«, sagte er bedrückt. »Seine Heiligkeit wollte wissen, wer dem Kaiser die Empfehlungen Hugos von Celano überbracht hat. Ich musste es ihm sagen. Es tut mir Leid, Vildericus, er hat mir befohlen, dich zur Festung hinaufzubringen. Dort wird ein Empfang zu Ehren Konrads II. stattfinden.«

»Könnt Ihr ihm nicht sagen, dass ich noch heute nach Assisi reisen muss?«

»Er ist der Papst. Willst du vielleicht ihm gegenüber Ungehorsam zeigen?«

»Er hat mich aus Rom verjagt.«

»Eines solltest du wissen: Ich kann die Male nicht zählen, die er mich in all diesen Jahren nach dir gefragt hat, ob du nach Farfa zurückgekehrt seiest, ob es dir gut gehe … Ich bin nicht sicher, doch ich habe Anlass zu glauben, dass er auch einen oder zwei Briefe an Hugo von Celano geschickt hat, mit der Bitte, dich wieder nach Rom zu entsenden. Er hat mir gesagt, er wolle dich nur sehen, das ist alles. Komm schon.«

Vildericus teilte Evandro mit, dass er auf ihn warten müsse, und folgte dem Kardinal, der sein Pferd dem Sattelknecht überließ und mit ihm zu Fuß die Straße hinauf bis zur Festung ging. Auf dem Weg sprachen sie nochmals über den Ablauf des Konzils, das sich zum großen Teil darauf beschränkt hatte, die Landrechte einiger Bischöfe in Grottaferrata, Verona und Bordeaux und die Zuweisung einer Kirche, die sehr umkämpft war, an einen Adligen aus Rimini zu bestätigen.

»Ist das alles?«, fragte Vildericus.

»Man hat auch über die kriegerischen Auseinandersetzungen zwischen einigen Geschlechtern oben im Norden, in der Gascogne, in Lothringen, und über Aufstände von kleinen Grundbesitzern gegen die Feudalherren gesprochen, aber nur am Rande. Konrad II. hat auf sein Dekret hingewiesen, das er zugunsten Ersterer vor einigen Monaten erlassen hat. Dann hat Benedikt IX. erwidert, auf Anweisung seines Vaters, versteht sich. Ich hatte ihnen geraten, nicht mit dem Kaiser die Frage der Einsetzung der Bischöfe zu besprechen, offensichtlich nur ganz im Allgemeinen, aber Benedikt IX. wollte auf die Einsetzung der deutschen Bischöfe hinaus und im Besonderen auf Poppo von Aquileia, der ihm auf den Sack geht – ich bitte um Vergebung –, aber auch nicht ohne Grund. Die Antwort? Als ob er gar nichts gesagt hätte! Und obgleich man dem Kaiser den Zorn direkt an den Händen ablesen konnte, hat der Papst zur Besänftigung die Exkommunikation Ariberts von Antimiano angekündigt, die diesem Mailänder völlig gleichgültig ist.«

Von der alten Festung stand nur noch ein Teil, alles Übrige waren Ruinen, Haufen von Granitblöcken, die darauf warteten, für andere Bauten verwendet zu werden: eingestürzte Mauern, zwei Säulen mit ionischen Kapitellen, die von irgendeinem römischen Tempel stammen mussten, die Überreste der Ummauerung eines Brunnens und drei Steinsärge. Auf der ebenen Wiesenfläche hatte man fünf große weiße Zelte aufgestellt, zwischen denen Diener, deutsche Soldaten und Ritter der kaiserlichen Garde hin und her liefen. Der Protoscriniarius ging auf das in der Mitte stehende Zelt zu, doch er musste zweimal innehalten, um seinen jungen Freund zu ermutigen, wenn dieser zauderte. Die tief hängenden dunkelgrauen Wolken trugen dazu bei, den Ort in noch größere Trostlosigkeit und die Seele Vildericus' in noch tiefere Düsternis zu versetzen. Selbst die der Situation angemessenen Gedanken über die Endlichkeit menschlicher Werke vermochten ihn nicht von der entwürdigenden Erregung, die ihn beherrschte, abzulenken. Fünf Meter vor dem Eingang hielt er ein drittes Mal an und fragte den Kardinal, ob es nicht besser sei, wenn er draußen warte. Nach wenigen Minuten ließ ihn Bosone eintreten. Vildericus ermahnte sich selbst, seine Nerven zu beruhigen, auch wenn es schien, als habe er kaum noch welche. In der Mitte des Zeltes erkannte er Benedikt IX. und neben ihm den Kaiser. Bosone führte ihn zu Ersterem, und Vildericus kniete nieder, faltete die Hände und senkte den Kopf.

»Unser lieber Denunziant«, sagte der Papst, und Vildericus spürte in diesen Worten ein freundschaftliches Lächeln. Bosone hieß ihn aufstehen, und Vildericus wiederholte den Kniefall vor Konrad II., der ihn mit einem Wortschwall überschüttete, von dem er nur die Worte »Grieße« und »Hugo von Zelano« verstehen konnte, was der Mönch, der den Satz ins Lateinische übersetzte, als eine Höflichkeitsformel des Dankes und des Grußes an den Abt von Farfa wiedergab. An diesem Punkt erhob sich Vildericus und wandte sich dem Ausgang zu, doch als er dort angekommen war, hielt ihn jemand am Arm fest: Benedikt IX.

»Habe ich dir vielleicht die Erlaubnis erteilt, dich davonzuschleichen? Hegst du einen Groll auf mich?«

»Nein, Eure Heiligkeit, überhaupt nicht.«

»Weshalb dann diese Eile?«

»Ich muss einer Gruppe von Einsiedlern in Assisi noch zwei Bücher aushändigen, ein Auftrag von Hugo von Celano.«

»Du bist von Farfa mit einem Wagen gekommen, habe ich erfahren. Also wird ein Knecht dabei sein, der die Bücher überbringen kann, oder nicht?«

»Ich bin Euer Diener, wenn Ihr wünscht, dass ich mich noch weiter hier aufhalte, kann ich auch morgen dorthin fahren.«

»Er wird das tun, du kommst mit mir.«

Der Tonfall der letzten Worte erlaubte keinen Widerspruch, doch dieser Ton änderte sich sofort, als der Papst mit einer fast leidenschaftlichen Freundlichkeit hinzufügte, dass er ihn bei seiner Reise zurück nach Rom an seiner Seite wissen wolle, um die Unterredungen weiterführen zu können, die seinerzeit allzu plötzlich unterbrochen worden seien. Den ganzen Tag noch, fügte er hinzu, würde er den deutschen Kaiser ertragen müssen, der aber zu seinem Glück und zu dem der Stadt nicht beabsichtige, sich in Rom aufzuhalten, weil er sein Heer in den Süden führen und Capua in Eiletappen erreichen wolle. Er erwarte ihn, Vildericus, zu früher Stunde beim Aufbruch am folgenden Morgen. Er möge den Knecht mitbringen, denn er habe vor, diesem einen Brief an Hugo von Celano mitzugeben, in dem er die kurze Abwesenheit Vildericus' begründen wolle. Vildericus möge nur beruhigt sein, er selbst würde Sorge tragen, ein gutes Pferd für ihn zu finden.

## 23

Er konnte sich nicht erinnern, seit seinem Eintritt ins Kloster je eine solche Nacht erlebt zu haben. Da es ihm nicht gelang, einzuschlafen, hatte er mehrmals die Lampe wieder angezündet und versucht, die Angst, die ihn quälte, mit den wohltuenden Versen einiger Psalmen zu lindern, die er vor sich hin murmelte. Doch das gewünschte Ergebnis blieb aus. Dann las er noch einmal den Beginn des Johannesevangeliums, doch jenes *Wort*, auf das er sich konzentrieren wollte, entglitt ihm immer wieder und entzog sich jeglichem Sinn. Das Schlimmste war die Wunde, die er sich selbst zufügte, denn die Freude und die Neugierde auf diese Reise überwogen jedes andere Gefühl, wie zum Beispiel die instinktive Abneigung gegen diesen jungen, ruhelosen, jähzornigen und selbstverliebten Jüngling mit den kalten Augen, der nunmehr sicherlich noch lasterhafter war als zuvor. Und um seine Pein noch zu vergrößern, legte sich über dieses düstere, vielschichtige Bild die Gestalt von Arnolfus, dem Bettelmönch, der das wenige, was er an Kirche benötigte, in sich selbst trug: den demütigen und strahlenden Erlöser der Armen und Gerechten als einzigen Begleiter, Zuhörer, Führer, absoluten Herrn … Er dachte an Farfa und war voller Glauben und Hingabe, Disziplin und Gehorsam, doch all dieser Glaube im Kreuzgang wurde nicht in die Welt getragen, um mit nackten Sohlen die Schlange des Hochmuts, der Habgier, der Gewalt, der Trägheit und der Wollust zu zertreten … Vildericus stieg vom Wagen herab, angstvoll, plötzlich in Schweiß gebadet, sodass ihn die Kälte dieser sternenklaren Nacht erschauern ließ. Er würde sich blutig geißeln, denn er wusste, dass in seiner Vorstellung von einer Reise, die ihn vielleicht nach Rom bringen würde, sich die Gestalt Doroteas verbarg. Und er fiel auf die Knie, ohne noch die Kraft für ein einziges einfaches Gebet zu haben. Evandro half ihm auf den Wagen zurück und wickelte ihn in die Decken ein. In der Geborgenheit dieser väterlichen Geste schlief Vildericus schließlich ein.

Kurz nach der dritten Stunde kamen sie zur Festung. Der Sonnenaufgang kündigte sich bereits hinter den Bergen des Apennin an, der Nordwind nahm nach der nächtlichen Ruhe seine Arbeit wieder auf und fegte den Himmel rein. Ein Gesandter des Papstes übergab Evandro einen Brief für den Abt von Farfa, wonach er sofort mit Ziel Assisi aufbrach. Vildericus, der den Beutel mit seinen Habseligkeiten trug, wurde von einem Soldaten zu einer Umzäunung geführt, in der sich die bereits gesattelten Pferde befanden. Das für ihn bestimmte war ein Apfelschimmel, der sich zunächst nicht sehr geneigt zeigte, diesem unbekannten Herrn zu dienen. Beim ersten Versuch, das Pferd an der Stirn zu streicheln, senkte es jäh den Kopf, dann schüttelte es mehrmals die Mähne und ließ ein kurzes Wiehern vernehmen. Vildericus blieb unbeweglich stehen und sah es an: ein wirklich schönes Tier. Es hatte zweimal den Kopf weggedreht, doch jetzt ließ es sich betrachten, und als er schließlich die

Hand in Höhe der Stirn hob, streckte es seinen Kopf vor. Vildericus sprach lange mit leiser Stimme zu diesen nervösen Ohren. Im Kloster hatte er die Erlaubnis, die Stallungen zu besuchen, und er hatte gelernt, jene vertrauensvollen Tiere zu erkennen, die den Charakter des Menschen erspüren konnten und die mit entsprechender Zuneigung auf diejenigen reagierten, die ihnen freundlich gesinnt waren. Er streichelte lange den Hals und die Brust des Tieres, und dieses zeigte ihm, dass es die Berührung genoss, indem es seinen Kopf Vildericus' Gesicht näherte.

»Ich sehe, du weißt, wie man mit Weibern umgeht.« Die Stimme war die Benedikts IX., und Vildericus wandte sich um und kniete nieder zum Gruß. »Ich habe sie für dich ausgewählt, denn sie hat ein ausgeglichenes Temperament, doch du solltest ihr nicht allzu sehr trauen, sie ist ebenso launenhaft wie alle anderen. Wenn du sie jedoch an die Kandare nimmst ... aus diesem Grunde heißt sie Nuvola – Wolke –, nicht wegen der Farbe ihres Fells. Ich sehe, dass du die kurze Tunika trägst, du wirst also keine Schwierigkeiten beim Aufsteigen haben. Wir brechen in Kürze auf, ich will mich noch vor den deutschen Truppen auf den Weg machen. Ich gehe jetzt, um den Kaiser zu verabschieden. Halte dich bereit.«

Benedikt IX. war auf eine Art gekleidet, wie Vildericus ihn noch nie gesehen hatte, nicht einmal beim Konzil. Er hatte einen auffälligen, dünnen Hermelinmantel umgelegt, der hellblau eingefärbt war, auf der Brust trug er ein goldenes Kreuz, in das etliche Edelsteine eingelassen waren, und die Armbänder waren mit Aquamarinen versehen. Sechs Ritter der kaiserlichen Garde kamen herbei – die anderen würden Konrad II. eskortieren –, und gleich darauf folgten etwa vierzig römische Ritter. Letztere waren sehr jung, und fast alle betrachteten Vildericus mit Verwunderung und Spott. Von außerhalb der Umzäunung kamen Knappen und Diener mit Maultieren, die mit Beuteln und Kisten beladen waren. Innerhalb weniger Minuten verwandelte sich das allgemeine Durcheinander in einen geordneten Zug, der das westliche Tor durchquerte und dann anhielt, um auf den Papst zu warten. Vildericus hatte sich hinter die Gruppe der Römer gesetzt, und während er das Pferd zurückfallen ließ, versuchte er, sich in den vordersten Reihen der Knappen zu verbergen. Seine Lage erfüllte ihn mit großer Scham, jedoch nicht aufgrund der Ärmlichkeit seiner Kleidung, die er sich noch ärmlicher wünschte, sondern weil er sich so sehr von diesen Männern in Waffen unterschied. Als er sich umdrehte, um seinen Beutel besser am Sattel befestigen zu können, entdeckte er unter den umstehenden Dienern ein Gesicht, das ihm bekannt vorkam. Dieses Gesicht lächelte ihn an. Es war ein junger Mann, der ein wenig den rechten Arm zum Zeichen des Grußes hob, dann von seinem Maulesel stieg und zu Vildericus herantrat.

»Wie geht es Euch, Herr? Erinnert Ihr Euch an mich?«

»Ihr seid …«

»Celestino.«

»Der Liebling …«

»Nicht mehr, Herr. Ich bin nur noch ein Diener.«

»Weshalb?«

»Ich bin jetzt Stallknecht, und wenn es sein muss, auch noch Schlimmeres. Vielleicht werden wir später die Möglichkeit haben zu sprechen, doch jetzt will ich nicht, dass Ihr unnötige Gefahren eingeht, wenn er entdeckt, dass Ihr mit mir redet … aber das ist ja Nuvola!«

Er näherte sich dem Pferd, rief es noch einmal beim Namen und streichelte dessen Stirn. Das Tier schien ihn wiederzuerkennen, denn es schüttelte mehrmals den Kopf.

»Er hat Euch mein Pferd gegeben! Nun, es ist besser, wenn Ihr es habt. Doch jetzt muss ich mich wirklich entfernen … entschuldigt mich.« Er ging zu seinem Reittier zurück. Der ausgelassene Gespiele war zum niederen Domestiken geworden und trotz allem gezwungen, dem Herrn zu folgen, um das pompöse Schauspiel der Macht mit gedemütigter Unterwürfigkeit mitzuerleben. Und dann gab er ihm sogar Celestinos Pferd, als wolle er ihm auch dessen Stellung zuweisen, also auch aus ihm einen Gespielen machen! Vildericus lächelte in sich hinein. Gewiss war das sehr unerfreulich, vielleicht war es reiner Zufall, vielleicht aber wurde dies auch zu einer bedenklichen Angelegenheit: Vielleicht war es ein Spiel des Tusculaners, um ihn in Furcht und Schrecken zu versetzen. Gerade wollte alter Unmut in ihm aufsteigen, als er von Lärm an der Spitze des Zuges abgelenkt wurde. Er stellte sich in den Steigbügeln auf: Aus einer Seitenstraße kamen Graf Alberich von Tusculum und Kardinal Bosone, zwischen ihnen ein Priester auf einem Maultier, das von zwei römischen Rittern übernommen und in die eigenen Reihen geführt wurde. Vildericus ließ sich wieder in den Sattel sinken, doch ein Knecht, der sich zur Seite gelehnt hatte, um besser sehen zu können, verkündete, dass die beiden sich auf sie zubewegten.

Vildericus hatte eine deutliche Vorahnung: Alberich von Tusculum und der Protoscriniarius hatten nicht die Absicht, den Zug abzuschreiten, sie kamen zu ihm. Und in der Tat rief ihn Bosone beim Namen und bat ihn, ihnen zu folgen. Als sie etwa zwanzig Meter von den Rittern entfernt waren, gab der Graf ein Zeichen anzuhalten und sagte:

»Wenn Hugo von Celano dich hierher geschickt hat, so heißt das, dass er dich sehr schätzt. Und wenn das so ist, dann müssen auch wir dich sehr schätzen. Du bist ein Mann der wenigen Worte, und das gefällt mir. Ich hoffe, du kannst auch verschwiegen sein. All diese Ritter beobachten uns, und mein Sohn wird es erfahren. Wenn er dich fragt, so sage ihm, dass ich mich genauer über den Gesundheitszustand deines Abtes unterrichten wollte, von dem ich weiß, dass es mit ihm seit einiger Zeit nicht zum Besten steht. Ich kann nicht verstehen, warum Theophylakt dich bei dieser Reise bei sich haben will, einer Reise, die obendrein noch nicht einmal vorgesehen war. Ich muss glauben, dass du eine seltsame Anziehungskraft auf ihn ausübst. Vielleicht spürt er die Aufrichtigkeit deines Glaubens. Und es ist eine Tatsache, dass er, das heißt, Seine Heiligkeit, gerade in einer Periode der … wie soll ich mich ausdrücken … der inneren Unruhe lebt. Das ist vermutlich dieses Alter. Doch nun zu uns: Ich wünsche, dass du an seiner Seite bleibst, soweit es deine Position erlaubt, natürlich. Vielleicht nimmt er einen Ratschlag, im rechten Moment ausgesprochen, doch an. Du bist kein Priester. Als ich ihm gesagt habe, ich wolle, dass ihn ein Priester auf dieser Reise begleite, ist er äußerst zornig geworden. Er beharrt auf seiner Meinung, dass Priester falsch und scheinheilig seien. Nun … auf dass der Herr mit dir sei und dir beistehe, zum Wohle aller.« Er gab ihm die Hand.

Auch der Protoscriniarius drückte ihm die Hand und hielt sie fest, dabei flüsterte er: »Wache über ihn, aber wache auch über dich selbst.«

Diese Worte ließen Vildericus verwirrt zurück. Während die beiden sich im Galopp entfernten, was von einigen Soldaten mit Lachen begleitet wurde, da Bosone im Sattel auf und nieder geworfen wurde, fragte er sich, ob der Protoscriniarius vielleicht auf eine Gefahr für seine Seele anspielte.

Benedikt IX. kam wenig später mit zwei Rittern der Garde herbei. Unter seinem Hermelinmantel konnte man das Kettenhemd erkennen. Er trug Bein- und Armschienen und hatte den Helm oberhalb des Schwertes seitlich am Sattel festgemacht. Der Tross setzte sich in Bewegung, wobei er auf der unbefestigten Straße, die hinunter zur Via Flaminia führte, eine große Staubwolke aufwirbelte. Die Standarten des Lateran, die von der Vorhut getragen wurden, flatterten im Nordwind. Nachdem sie Foligno passiert hatten, teilte sich der Zug in den Trupp Bewaffneter, der mitunter das Tempo erhöhte und von der Straße auf die sie flankierenden Felder oder Waldstücke auswich, und die Gruppe der Knechte und Diener, die wegen der Lasttiere langsamer vorankamen und daher zurückblieben. Vildericus zügelte sein Pferd so weit, dass er an der Seite Celestinos zu reiten kam. Dessen glückselig untertäniges Lächeln störte ihn, doch dann stimmte es ihn mitleidig.

»Jesus, wie ist er schön! Habt Ihr gesehen, wie vornehm! Dieser Hermelin steht ihm doch wirklich gut zu Gesicht! Auch wenn ich es unsinnig finde, ihn einzufärben.«

»Das habe ich gesehen, ja. Ich wollte von Euch wissen, ob Ihr etwas über diese Expedition wisst.«

»Nein, ich weiß nichts. Ich habe nur eine Ahnung. Wir sind zu wenige, um an einen Angriff auf die Crescentier denken zu können. Vielleicht an einen Überfall, wenn man überlegt, dass sie sich in ihren Schlössern verbarrikadiert halten, weil ja in Kürze den Ländern der Sabina ein Durchmarsch des deutschen Heeres bevorsteht.«

»Ihr habt gesagt, dass Ihr eine Ahnung habt, nun?«

»Wenn wir uns hinter der Schlucht von Spoleto nach links wenden, dann heißt das, dass wir in den Wäldern oberhalb der Ebene von Rieti auf die Jagd gehen, Wildschweine und Hirsche oder auch Wölfe und Bären, falls er uns noch höher hinaufführt; weshalb sollten sie sonst drei Maultiere mit Pfeilen und Bögen beladen haben?«

»Und er will, dass ich ihn auf einen Jagdausflug begleite!«

»Vielleicht möchte er, dass Ihr Zeuge seiner Kühnheiten werdet, auch solcher, die sich nicht auf die Jagd beziehen.«

»Und welche wären das?«

»Nun, ich weiß nicht ... seine Fähigkeiten als Ritter ... seine Befehlsgewalt, die er, unter uns gesagt, niemals haben wird.«

Vildericus beharrte nicht länger auf einer Antwort. Es war offensichtlich, dass Celestino mit seiner letzten Erwiderung in Verlegenheit gekommen war. Und um welche Kühnheiten des Papstes es sich auch immer handeln mochte, er, Vildericus, versuchte, sich so zu geben, als seien ihm diese völlig gleichgültig. Die unvermittelte Bemerkung Benedikts IX. über das Geschlecht des Pferdes an jenem Morgen an der Pferdekoppel, zusammen mit den finsteren Gerüchten aus Rom, die sogar die dicken Mauern Farfas überwunden hatten, hinterließen den Eindruck, es handele sich um ein schamloses Ränkespiel: Kühnheiten, die nicht die eines Jägers waren, und so kamen die Wildschweine und Wölfe in seiner Vorstellung aus dem Wald heraus, verwandelten sich in fleischliche Bestien, die den Zugang zu verborgenen Trieben freilegten, sodass die stolzen Mauern seiner Keuschheit im Sog dunkler Sünden ins Wanken gerieten, als wisse der lasterhafte Tusculaner von jener jungen Dirne, die ihre Scham den reinigenden Wassern der Zauberin Ariana dargeboten hatte … die gespreizten Beine … Und er bekreuzigte sich dreimal und nochmals dreimal und suchte im erlösenden mechanischen Aufsagen des Gebetes Zuflucht: »Christus, Herr im Himmel, der du mein Herz behütest und meine Lenden, hilf mir …«

Als der Zug nahe der Quelle des Flüsschens Clitunno hielt, um das Mittagsmahl zu verzehren, begab sich Vildericus allein zu einer nahe gelegenen Kapelle. Einer kaum noch lesbaren Inschrift auf dem Stein des Türsturzes über dem Eingang entnahm er, dass sie dem Erlöser geweiht war.

In dem leeren Kirchenraum konnte er mit lauter Stimme den fünften und fünfunddreißigsten Psalm rezitieren, die für diesen Tag vorgeschrieben waren. Dieser kleine Raum, dessen dicke Mauern bezeugten, dass sie mit wahrhaftigem Glauben errichtet worden waren, half ihm, wieder ruhig zu werden. Als er sich dann daranmachte, die Fresken, die die flache Wölbung der Apsis schmückten, zu betrachten, gab ihm die primitive Unschuld der Figuren des Christus und der zwölf Apostel seine inbrünstige Hingabe wieder. Zumindest schien es ihm, als habe er die Beherrschung über sich und seine innere Ruhe zurückerobert. Da sah er durch das matte Glas eines Seitenfensters einen Schatten, der sich bewegte. Er wandte sich zur Eingangstür, die er offen gelassen hatte, und es war Benedikt IX., der in ihrer Öffnung erschien.

»Wo anders sollte auch unser frommer Mönch zu finden sein?! Hast du gebetet? Hast du dich von allen deinen Sünden gereinigt?«

Vildericus erhob sich und deutete einen Kniefall an.

»Bleib stehen, lass diese Feierlichkeiten. Hatte ich dir nicht befohlen, an meiner Seite zu sein? Und du …?«

»Nein, Eure Heiligkeit.«

»… ich habe erfahren, dass du dich unter den Stallknechten versteckt hast! Was ist los? Verübelst du mir etwas?«

»Nein, das versichere ich Euch. Ich wusste nur nicht, welches mein Platz ist.«

»Aber wir ziehen doch nicht in den Krieg! Dein Platz ist neben mir.«

Der Papst begann in der Kapelle auf und ab zu gehen, dann setzte er sich auf das wurmstichige Holzpodest, das den Altar trug, stützte die Ellbogen auf die Knie und faltete die Hände. Lange sah er Vildericus an, dann sagte er: »Wenn ich dir eines meiner Gewänder gäbe, nein, wie? Ja, ich weiß, aber vielleicht wenigstens den Stoff! Deiner ist so grob! Man kann nicht einmal mehr die Farbe erkennen. Was ist das? Kasteit ihr euch sogar mit den Gewändern, die ihr tragt? Nun gut. In Rom lasse ich dir einen Umhang, oder wie das heißt, aus einem besseren Stoff anfertigen.«

»Eure Heiligkeit, ich danke Euch, doch dieser Stoff gehört zu unserer Ordenskleidung.«

»In Ordnung, schon gut. Eines aber will ich dir sagen: Die Entscheidung meines Vaters, dich nach Farfa zurückzuschicken, hat mich sehr erzürnt. Nun weißt du es. Und dann ertrage ich diesen Priester nicht, in seiner Nähe werde ich noch verrückt. Er tut nichts anderes, als mir zuzuflüstern: ›Lasset uns beten, Eure Heiligkeit.‹ Komm, wir gehen jetzt.« Er stand auf und ging auf die Tür zu, dort angekommen drehte er sich zu Vildericus um, der ihm gefolgt war, und sagte: »Hast du verstanden? Du sollst bei mir sein, weil … manchmal, wenn ich spreche, dann ist mir, als spräche ein anderer, einer, der meine Stelle eingenommen hat und auch mein Gesicht besitzt. Ich habe sogar den Eindruck, ihn sehen zu können, deshalb … hast du verstanden? Auch wenn es vorkommen sollte, dass ich dir gegenüber aufbrausend bin, achte nicht darauf, und wenn ich dir eine Ohrfeige gebe oder einen Tritt, so musst du mir die Ohrfeige und alles andere zurückgeben. Haben wir uns verstanden?«

»Wie Ihr wünscht, Eure Heiligkeit.«

Die Vorahnungen Celestinos erwiesen sich als richtig: Als sie am dritten Tage aus den Schluchten hinter Spoleto kamen, verließ der Zug Benedikts IX. die Via Flaminia und wandte sich nach links. Die Wegstrecke war nicht immer einfach. Den niedrigen Hügeln und kleineren Hochebenen folgten steile Pfade, die auf Anhöhen führten wie jener, der neben einem sich über drei Felsstufen ergießenden Wasserfall anstieg. In der Abenddämmerung erreichten sie das Ufer eines Sees und beschlossen, hier zur Nachtruhe anzuhalten. Während die Diener die sechs Zelte errichteten, die bereits in den vorigen beiden Nächten aufgestellt worden waren, sprang der Papst, nachdem er sich entkleidet hatte, ins Wasser, und trieb die Ritter seines Gefolges dazu an, es ihm gleichzutun. Drei von ihnen kamen ein wenig widerstrebend der Aufforderung nach, doch während Benedikt IX. übertrieben laut seine leiblichen Wonnen herausschrie, stiegen diese so steif und zitternd ins Wasser, als stünde ihnen die Folter des Räderns bevor. Vildericus war über die Schamlosigkeit des Papstes entsetzt, der sich in seiner Nacktheit so ungerührt vor allen zeigte. Es glich einem Akt der Gewalt, als ob ihm sein Stand jede Unzüchtigkeit erlaube, auch die, die er zur Nachahmung ebenfalls den anderen auferlegte und die er nun plötzlich auch ihm aufzuerlegen versuchte.

»Vildericus«, schrie er, »los, komm herein!«

»Nein, Eure Heiligkeit«, schrie nun auch er zur Antwort, »mir ist auch so schon kalt.« Und er entfernte sich vom Ufer und flüchtete in das Dickicht des Unterholzes, um sich in einem Augenblick der Einsamkeit von diesem Anschlag auf sein Schamgefühl zu erholen. Doch es war schwer, das innere Gleichgewicht wiederherzustellen, denn diese Zurschaustellung eines Körpers hatte sich mit einer Deutlichkeit und einer Zudringlichkeit, wie er sie noch nie erlebt hatte, in die Netzhaut seiner Sinne eingeprägt und tat seiner Scham Gewalt an. Er überlegte, ob er das Pferd nehmen und in Farfa Schutz suchen sollte – der Kreuzgang, der Garten, die Zelle, die Kirche, der grobschlächtige Pförtner –, um die Theologischen Traktate von Boethius zu kopieren … Er streckte sich auf dem Boden aus. Er konnte sich auch ebenso gut durch den Wald davonmachen. Es war schon fast dunkel, und er hatte Kraft genug, um die ganze Nacht zu gehen, nein, er war müde und enttäuscht von sich selbst. Sein Geist war durch ein gemeines Schicksal rissig geworden, und bereits im Halbschlaf gefangen, träumte er sich den Wandermönch, den tapferen Arnolfus, herbei, der sich über ihn beugte, seine ermutigenden Worte … doch es war ein Diener, der sich über ihn beugte und ihm mitteilte, dass Seine Heiligkeit ihn im Hauptzelt erwarte.

Bereits zwanzig Meter vor dem Zelt konnte man zornige Stimmen vernehmen, doch nahe beim Eingang hörte Vildericus, dass es nur die Stimme des Papstes war, die erbost klang.

»Das ist mir alles völlig gleichgültig«, rief er gerade dem Priester zu, der in einer halben Verbeugung vor ihm stand. Er selbst lag auf einer Decke und hatte den Ellbogen auf einige Kissen gestützt. »Eure Regeln des Benehmens und Eure schwachsinnigen Gedanken. Hier bin ich unter Freunden …«

»Ich habe es wegen der Diener gesagt, Eure Heiligkeit«, murmelte der Priester.

»Wegen der Diener! Jetzt muss ich mich auch noch« – er sah sich um, als heische er um die Zustimmung der Umstehenden – »darum kümmern, was die Diener sagen! Weil ich gebadet habe!«

»Vergebt mir, Eure Heiligkeit, doch es gibt Pflichten …«

»Was Pflichten sind, das bestimme ich! Prägt Euch das endlich in Eurem Kopf ein. Ich – von einem Priester gemaßregelt! Das ist ja wohl der Gipfel! Waren vielleicht Weiber dabei oder Kardinäle oder mein Vater? Wenn mein Betragen Euch nicht zusagt, so könnt Ihr ja nach Spello zurückkehren oder Euch dahin scheren, wohin Ihr wollt. Es gibt nur eine Person, die mir Unterricht im Betragen erteilen darf, weil ich ihn dazu ermächtigt habe! Komm herein, Vildericus! Er!«

Vier römische Ritter saßen um den Papst herum, und neben ihm standen zwei Diener, die eine Platte voll Käse und Würsten hielten. Alle sahen ihn an.

»Nun?«, meinte Benedikt IX.

»Was ist der Grund dieser Unterredung?«, fragte Vildericus.

»Dass ich unbekleidet ein Bad genommen habe. Findest du das ebenso unerhört wie dieser Priester?«

»Nicht unerhört, jedoch ist Schamhaftigkeit eine sehr geschätzte Eigenschaft.«

»Bei den Weibern bisweilen«, erwiderte Benedikt IX. »Hat es dich vielleicht berührt, mich unbekleidet zu sehen?«

Auch die Ritter lachten vor sich hin, doch nur so lange, bis sie die unerschütterliche und neutrale Miene Vildericus' wahrnahmen. Diese Angelegenheit kam ihm jämmerlich vor, und er selbst war so töricht gewesen, sich so lange mit einem solch sinnlosen Aufruhr der Gefühle aufzuhalten. Er setzte sich ruhig nieder und sagte ebenso ruhig: »Beim nächsten Mal zieht Ihr Euch jedenfalls ein Hemd oder Hosen über.«

Der Papst starrte ihn sprachlos an. Dann sagte er:

»Jetzt essen wir, ich habe Hunger.«

Sie aßen und tranken, ohne ein Wort zu sprechen. Das Schweigen des Papstes ließ auch die anderen still sein. Benedikt IX. musste wohl erst die entschiedene Anordnung des Mönchs verdauen, der seinerseits insgeheim erstaunt war über seine Gelassenheit – ein unerwartetes, neues Gefühl. Der Kreislauf von

Unsicherheit und Befangenheit und einer eifersüchtig gehüteten Demut seiner eigenen Zurückhaltung war durchbrochen, der Schleier, der ihn bis jetzt fern von den Dingen der Welt gehalten hatte, war gelüftet, und er war auf sich selbst neugierig geworden.

Als die Ritter und der Priester aufstanden, um sich zurückzuziehen, blieb Vildericus sitzen, denn er glaubte, der Papst müsse ihm nun sagen, was er zu tun habe. Nach einer unendlich langen Pause, in der die Diener die Platten, Schüsseln und Gläser fortbrachten, befahl Benedikt IX., alle Lampen bis auf eine zu löschen, und als sie hinausgegangen waren, fragte er Vildericus, welches die Gebete der Mönche zu dieser Stunde seien.

»Zur zweiten Stunde in der Nacht ist es üblich, zu schlafen. Zuvor, bei der Komplet, welches der Augenblick vor der Nachtruhe ist, spricht man einen Psalm und das Gloria, dann sieben Psalmen und eine Lesung aus dem Alten Testament. Dann weitere sechs Psalmen, das Halleluja, den Vers und das Kyrieeleison.«

»Viel zu viel Zeug. Sag mir den Vers.«

*»Domine, labia mea aperies …«*

»Was heißt das?«

»Herr, öffne meine Lippen, und mein Mund wird dein Lob sprechen.«

»… *labia mea* wie?«

*»Aperies.«*

»Mach weiter.«

*»Et os meum …«*

»Mein Mund, *et os meum …*«

*»Adnuntiabit laudem tuam.«*

»*Adnuntiabit laudem tuam.* Dein Unterricht hat mir gefehlt, Vildericus. Ich möchte ihn wieder aufnehmen. Doch jetzt bin ich müde. Ich habe dir ein Lager dort in der Ecke bereiten lassen, mit einer Decke. Zieh dich aus und lösche die Lampe.«

Vildericus löschte die Lampe, doch er ließ die Kutte an und setzte sich auf das Lager. Der Widerschein des gestirnten Himmels und das Licht des Halbmondes drangen durch das dichte Gewebe der Zeltbahn und erhellten das Dunkel, sodass die schemenhaften Formen undeutlich hervortraten. Vildericus war über dieses gemeinsame Nachtlager verstimmt. Im Freien wäre er sofort eingeschlafen, vielleicht an den Stamm einer Steineiche gelehnt. Er und die Bäume, eine alte, klare Freundschaft, Lebewesen, die mit unendlicher Geduld ihre langsame, fließende Essenz nährten, bar jeglicher Unruhe; die Eichen auf der Anhöhe des Feldes hinter seinem Haus in Sutri. Und er erinnerte sich an den Bussard … Aus der Krone einer diesen Eichen, zu denen er die Schweine zu führen pflegte, war eines Morgens ganz unerwartet ein Bussard aufgestiegen, mit riesigen Flügeln, einem Geier gleich war er über ihm gekreist, hatte gemächlich seine Runden über seinem Kopf gezogen, um seine Bewegungen zu beobachten, ihn abzuschätzen, ihn abzupassen … Der Papst war längst eingeschlafen, doch es war ein unruhiger Schlaf, er fantasierte, und gestammelte Worte kamen aus seinem Munde – ein innerer Aufruhr, der sich an einem gewissen Punkt in einem gewaltsamen Erwachen entlud.

»O Christus! Wer ist da? Vildericus, bist du das?«

»Ja, Eure Heiligkeit.«

»O Vildericus, Vildericus, Hüter meiner Seele, wenn ich dich um etwas bitte, würdest du es für mich tun?« Und ohne eine Antwort abzuwarten: »Geh Celestino suchen und bring ihn hierher.«

Die meisten der Diener schliefen etwa dreißig Meter vom Zelt entfernt in Decken, Tücher oder wollene Stoffe gewickelt in der Nähe der Bäume, unter denen die Pferde und Maultiere weideten. Einige von ihnen waren noch wach und saßen um ein Feuer herum. Unter ihnen fand er Celestino.

»Seine Heiligkeit verlangt nach Euch«, sagte Vildericus zu ihm.

»Nach mir?« Celestino sprang auf, verwirrt, ungläubig und erregt.

»Lass dir einen Krug Wein geben!«, rief ihm jemand hinterher.

»Aber kann ich in diesem Gewand vor ihn treten?«, sagte er mehr zu sich als zu Vildericus, und während er neben ihm zum Zelt des Papstes ging, ordnete er sich mit nervösen Fingern das Haar.

Er blieb vor dem Eingang des Zeltes stehen und murmelte etwas von einer möglichen Gnade, die ihm vielleicht durch seinen erhabenen Gastgeber zuteil werden würde, dann fragte er mit lauter Stimme, ob er eintreten dürfe.

Nachdem dieser arme Teufel verschwunden war, entfernte sich Vildericus gerade so weit, dass er die vermutlich pathetische Auseinandersetzung im Innern des Zeltes nicht mehr hören konnte, und setzte sich auf den Boden. Er wollte sich nicht in die Angelegenheiten der beiden verwickeln lassen, denn er erinnerte sich noch gut an das ungesunde Begehren des Gespielen für seinen Beschützer, und er hoffte, dass ein wiedererlangtes Einvernehmen in dieser Beziehung ihn von jener lästigen Vertraulichkeit befreien könne. Er wollte gerade aufstehen, denn er hatte beschlossen, sich von den Dienern eine Decke geben zu lassen und sich dort unter den Bäumen schlafen zu legen, als aus dem Innern des Zeltes ein erregter Wortwechsel zu hören war und dann ein Schrei, ein angstvolles »Lasst mich!«, und dann ein Lärmen, wie von einem Gerangel zwischen Lampen und zu Boden fallendem Geschirr, daraufhin folgte eine lange Pause, die von der nach Atem ringenden Stimme des Papstes beendet wurde, der den anderen fragte: »Wer bist du? Sag mir, wer du bist?«, und der Gespiele, der antwortete: »Eure Hure, ja, ich bin Eure Hure.« Dann trat nach einigen überreizten Klagen Stille ein.

»Es ist besser, wenn Ihr nicht hier bleibt«, sagte jemand hinter ihm. Es war einer der römischen Ritter. »Wenn Ihr wollt, könnt Ihr in unserem Zelt schlafen.«

Vildericus war einen Augenblick lang überrascht, dann dankte er dem Mann und antwortete, dass er ihm dadurch behilflich sein könne, indem er ihm eine Decke gebe, die ihm völlig genügen würde. Er wollte diese Nacht im Freien verbringen und die Sterne betrachten, während er auf den Schlaf wartete. Als er die Decke erhalten hatte, flüchtete er, wie er es vorgehabt hatte, unter die Bäume des Wäldchens. Die Erleichterung über die Einsamkeit bannte schließlich das dunkle Entsetzen über die schändlichen Worte, die er gehört hatte, und über die Schuld, sich nicht rechtzeitig vor ihnen zurückgezogen zu haben. Dann schlief er ein. Es war ein unruhiger Schlaf, mit Traumbildern von Kot, aufgerissenen Mündern und von geronnener Milch, die nur knapp seine völlige Blöße bedeckte. Er erwachte oft und schwer atmend, und erst der grauende Morgen und die Laudes der Matutin, die er voller Inbrunst sprach, gaben ihm eine ausgeruhte Klarheit wieder.

## 24

Dieser Tag wurde ganz der Jagd gewidmet, oben in den Wäldern der Berge, die den See umgaben. Die genaue Anweisung des Papstes, die ihm von einem Knecht übermittelt wurde, lautete, dass Vildericus daran teilnehmen solle, doch er fand eine Möglichkeit, dies nicht direkt tun zu müssen. Es genügte, dass Benedikt IX. ihn beim Aufbruch im Sattel seines Pferdes sah, dann ritt er in großer Entfernung hinter den anderen her. Die Tiere der Nacht mochten unheilvolle Gestalt annehmen und die grausamsten Dämonen beherbergen, wie ihm sein Vater lächelnd erzählt hatte, und er hatte diese auch in der letzten Nacht gesehen, doch am Tag, mit den gesprenkelten Reflexen der durch die Blätter der Steineichen scheinenden Sonne, bildeten sie nur eine der vielen verschiedenen Formen der Natur, denen der Herr vielleicht dazu verholfen hatte, sich selbst zu erfinden. Er sah, wie viele von ihnen vor dem Lärm und den Pfeilen der Ritter flüchteten, und wenn sie dann auf diesen unbewaffneten Nachzügler stießen, bliebcn sie oft wenige Meter von ihm entfernt völlig erstarrt stehen. Ein Wildschwein, groß wie ein Kalb, zwei Wölfe mit dunklem Fell, ein majestätischer Hirsch, die ihn zwangen, das Pferd anzuhalten – um deren Angst nicht zu vergrößern. Natürlich wurde das Pferd beim Anblick der Wölfe nervös, und es scheute, als ein fauchender Luchs vor ihnen stand, der aber selbst erschrockener war als das Pferd. Vildericus jedoch beugte sich über den Hals seines Reittiers, und es gelang ihm, das Pferd zu beruhigen, was sich auch auf den Luchs auswirkte. Es war ein großes Tier, das mit seinem hellen, gesprenkelten Fell viel schöner als seine drei Katzen in Sutri war, ihnen jedoch in der biegsamen Wendigkeit glich, mit der es mit einem einzigen Sprung im Dickicht des Unterholzes verschwand. Er fragte sich, ob er, im Besitz von Pfeil und Bogen, fähig gewesen wäre, einen Pfeil abzuschießen und eines dieser Tiere zu töten; er wusste wohl, dass es sich um einen Trieb handelte und dass die Tiere dem Menschen als Nahrung dienten. Hatte auch der heilige Benedikt sich nie genau darüber ausgelassen, so meinte Vildericus doch, dass das für Mönche geltende Verbot, Fleisch zu essen, einem Gebot gleichkam, Tieren gegenüber keine Gewalt anzuwenden, und der Vorstellung entsprang, dass auch sie Verständnis und Frieden verdienten. Als er sich nun am Mittag unter den Jägern wieder fand, die sich die Bäuche mit dem gebratenen Fleisch von zwei Wildschweinen voll schlugen, zog er sich an den von Benedikt IX. am weitesten entfernten Platz zurück, holte aus seinem Beutel ein Säckchen mit Bohnen und ein Stück Brot und aß dies mit der Freude dessen, der sich mit wenig zu begnügen weiß, auch wenn Nase und Appetit vom würzigen Geruch des auf einem Feuer gebratenen Fleisches angeregt werden.

Die Beute dieses Tages bildeten etliche Wildschweine, Damwild und einige Hirsche, von denen jedoch nur ein kleiner Teil beim abendlichen Mahl verspeist wurde. Nachdem alle gegessen hatten und satt waren, stellte sich die Frage, was mit den übrig gebliebenen Tieren zu geschehen habe, ob man eine Grube ausheben solle, um sie einzugraben, oder ob man sie am anderen Tag vor dem Aufbruch verbrennen solle. Doch weil die Ritter, und allen voran der Papst, dem Wein reichlich zugesprochen hatten, blieb der Streit in den unschlüssigen Meinungen für oder wider die eine oder die andere Lösung stecken, was Vildericus dazu veranlasste, einzuschreiten:

»Hochverehrte Herren und Ihr, Eure Heiligkeit, da Euch sicherlich in Eurem festen Glauben auch das Wohl der Ärmsten am Herzen liegt, ist es die richtige Entscheidung, wie ich glaube, die verbliebenen Reste den Bauern in diesem Dorf zu geben, das dort oben zu sehen ist und von dem ich nicht weiß, ob es einen Namen hat.« Er zeigte dabei mit ausgestrecktem Arm auf eine Ansammlung von Hütten, die man auf der anderen Seite des Sees erkennen konnte, was alle dazu zwang, den Blick dorthin zu richten. »All dieses Fleisch wird jenen armen Menschen eine Wohltat sein, und Ihr werdet Euch das Verdienst der Barmherzigkeit bei unserem Herrn erwerben.«

Die Anwesenden hatten den Kopf gewendet und starrten Vildericus mit offenen Mündern an.

»Der fromme Mönch hat gesprochen«, erklärte Benedikt IX. mit übertriebener Betonung. »Es geschehe, wie er gesagt hat. Außerdem will ich morgen diesen armen Menschen meine Benediktion, meinen Segen, geben. Denn nicht umsonst nenne ich mich Benedikt. Er hat Recht, er ist weitsichtig. Ein Werk der Barmherzigkeit tut niemandem weh und verheißt das Paradies. Amen. Und du, komm in mein Zelt, denn ich muss mit dir sprechen. Er ist nämlich mein geheimer Vertrauter.«

»Nun aber nicht mehr geheim, Herr«, lallte einer der Anwesenden mit glucksendem Lachen, der vielleicht noch trunkener vom Wein war als die anderen.

»Und abgesehen davon ist er auch mein Beichtvater. Nehmt

es nicht krumm, Guido«, sagte er zu dem Priester, der eingenickt war, »ich habe nichts gegen Euch, ich werde Euch reich machen. Aber er ist mir lieber. Vildericus, warte im Zelt auf mich. Es muss auch noch Wein dort sein, trinke doch unterdessen auf mein Seelenheil ...«

Die Flucht, auch zu Fuß, Tag und Nacht, in Farfa einen Hort finden, sich von diesem Ekel befreien, der ihn bei der Vorstellung befallen hatte, erneut mit diesem Wesen allein zu sein ... doch Vildericus musste sich beugen, und so ging er zum Zelt, wo er zwei Diener vorfand, die ihre Vorbereitungen für das Nachtlager des Papstes fast beendet hatten. Sie unterbrachen ihre Arbeit und boten ihm ihre Dienste an. Seine zurückhaltende und freundliche Art allen gegenüber und die Tatsache, dass er eine Kutte trug, die, verglichen mit der prunkvollen Kleidung der Ritter und Benedikts IX., dem zerrissenen Gewand eines Bettlers glich, das er aber trug, als wäre es aus Seide oder Brokat, hatten ihm die Achtung der gesamten Dienerschaft eingetragen. Sie zeigten ihm die Platten, die mit allen Köstlichkeiten angefüllt waren, und luden ihn ein, sich daran gütlich zu tun. Diese Einladung war so eindringlich, dass Vildericus einwilligte, etwas zu sich zu nehmen, vorausgesetzt jedoch, dass sie die Mahlzeit mit ihm teilten. Sie aßen schweigend, und als sie fertig waren, fragte Vildericus, ob sie wüssten, wo Celestino sei. Sie hatten ihn jedoch den ganzen Tag nicht gesehen, und keinem war in den Sinn gekommen, ihn zu suchen, denn alle dachten, er befände sich noch im Zelt des Papstes. Diese Nachricht beunruhigte ihn sehr, denn die Pein in den Schreien und die frivolen Worte vom Abend zuvor hatten verzweifelt geklungen, fast tragisch. Vielleicht hielt er sich aus Scham irgendwo versteckt. Doch die Tatsache, dass niemand seine Abwesenheit bemerkt hatte, ließ Vildericus in Grübeleien versinken, bis er sich in einer düsteren Vorahnung verlor. In diesem Moment betrat Benedikt IX. das Zelt.

»Hast du Wein getrunken? Es ist ein Wein aus Bolsena, ein

vorzüglicher Wein. Nein, du machst ein Gesicht zum Davonlaufen.« Er schlug ihn auf die Schulter und legte seinen Umhang ab.

»Soll ich Celestino rufen?«

Der Papst wandte sich langsam um.

»Habe ich dich vielleicht darum gebeten? Ruf vielmehr die Diener, sie sollen mir Wasser wärmen, ich will mich waschen.«

Niemals hatten Hugo von Celano oder der Prior ihm Anweisungen in diesem Tonfall gegeben. Doch die benediktinischen Mönche schuldeten dem Papst unbedingten Gehorsam. Er fragte sich, wie Arnolfus, der Bettelmönch, an seiner Stelle handeln würde. Vier Diener bereiteten das Bad für Benedikt IX. mit zwei großen Schüsseln, zwei Eimern und einem Kessel heißem Wasser. Als er sah, dass der Papst sich entkleiden wollte, wandte Vildericus sich dem Ausgang zu.

»Bleib hier, leiste mir Gesellschaft. Ich habe zu viel getrunken, ich muss auch den Kopf und den Geist rein waschen. Warum liest du mir nicht etwas vor? Du kannst allen sagen, dass du mich nackt gesehen hast.«

Vildericus blieb dort stehen, wo ihn diese vulgären Worte erreicht hatten, und wandte dem Papst betont den Rücken zu. Es war wirklich einzigartig, dass nichts von dem erhabenen Amt auf die Person Benedikts IX. übergegangen war. Er nutzte seine Vorrechte, erteilte Befehle, forderte Gehorsam; Diener und Ritter verneigten sich bei jedem seiner Worte und bei jeder Begegnung. Doch all diese Förmlichkeiten wurden seiner Tiara entgegengebracht, während der Raum der Geistgestalt, die sie trug, von einem groben und ungebildeten Jüngling ausgefüllt wurde, einem dieser vielen Landburschen voller Ansprüche und lasterhaftem Dünkel, wie er sie, als Laien oder zu klerikalen Würden aufgestiegen, im Lateranpalast gesehen hatte. Da wurde ihm bewusst, dass er von diesem Moment an seine erforderlichen Ehrbezeugungen allein an das Gewand richten würde, das der unwürdige junge Mann aus Tusculum trug. Und er lächelte in sich hinein.

»Macht schon, zündet das Feuer an«, befahl der Papst den Dienern, »gebt mir den Trank aus Brombeerblättern und dann geht, geht schlafen, denn ich muss mit meinem Freund sprechen.«

In Tücher verschiedenster Farbe gehüllt, hatte er sich auf den Decken und den dicken Kissen ausgestreckt, die seine Bettstatt bildeten, in der Hand hatte er einen Becher mit einer dunklen Flüssigkeit.

»Das nimmt die Vernebelung durch den Wein. Ich will klar sein, wenn ich mit dir spreche. Komm ein wenig näher und tröste mich.«

Vildericus hockte sich in einer Entfernung von einigen Metern vor ihm nieder.

»Kennst du Heribert, den Ritter mit dem gelben Band?«

»Nein, Herr.«

»Du weißt also nicht, woher er stammt. Er ist aus Sutri. Ein illegitimer Sohn des Grafen Winnildo.«

Der Papst ließ eine lange Pause verstreichen, wobei er Vildericus ansah. Vielleicht versuchte er herauszufinden, ob diese Botschaft etwas auslöse, doch Vildericus beschränkte sich darauf, ihm zu antworten, dass er nichts vom Grafen wisse, ja sogar glaube, diesen Namen noch nie gehört zu haben.

»Als du weggegangen bist, weil mein Vater dich nach Farfa zurückgeschickt hat, wollte ich etwas über dich und deine Familie herausfinden. Das bezeugt, wie sehr du mich interessiert hast. Du bist ganz anders als die anderen, wie du sprichst, wie du dich bewegst, und du hast ein Gesicht, das man nicht leicht vergisst.«

Vildericus senkte den Blick: Welch eigenartige Empfindungen löste die Stimme dieses Jünglings aus, die direkt aus dessen Augen mit ihrem argwöhnischen Blick zu kommen schien, mit Worten, die nie eindeutig, nie einfach waren, so wie die soeben vernommenen, die seine innere Ungerührtheit jedoch nicht zu erschüttern vermochten. Und die von Eusebius von Trevi treffsicher geäußerte Vermutung einer beständigen Täuschung erhärtete sich hier, als ob die Worte den Gesprächspartner von einer verborgenen Absicht ablenken sollten, die sich stets in etwas anderes, ja, ins Gegenteil wandelten, so wie der Duft gewisser Pflanzen die Insekten anziehen soll, um sie dann zu verschlingen. Das verdiente eine entsprechende Antwort, und Vildericus entgegnete: »Ihr seid zu gütig, Heiligkeit, meine Verdienste liegen jedoch weit unterhalb der barmherzigen Meinung, die Ihr davon habt.«

»Das Urteil, das dein Pfarrer über dich abgegeben hat, ist gewiss kein Geringes, ganz im Gegenteil.«

»Und welches Gesamtbild hat sich aus Eurer Untersuchung ergeben?«, fragte Vildericus, um ihm zu verstehen zu geben, dass er keine sinnlosen Abschweifungen zulassen und sich mit Nachdruck gegen jegliche Einmischung wehren würde.

»Das Bild eines unglücklichen Kindes.«

»Nicht mehr als viele andere, Eure Heiligkeit.«

»Deine Mutter ...«

»Oh, meine Mutter ist ein gutes Weib. Wenn sie einen Fehler hat, dann den, dass sie wenig spricht, was vielen Weibern eigen ist, die mehr in der Sakristei als zu Hause sprechen. Ist die Eure, Heiligkeit, auch sehr fromm?«

»Ach, ja, ja, natürlich. Und sie spricht noch weniger als die deine. Das heißt, sie spricht überhaupt nicht.« Und mit einem spitzen und schrillen Lachen fügte er hinzu: »Sie hat etwas an den Lippen, denn alles, was aus ihrem Mund kommt ... nein, reden wir von etwas anderem. Dieser Trank ist wirklich grauenvoll, gib mir ein wenig Wein. Mir ist immer zum Heulen, wenn ich an sie denke. Weißt du, Vildericus, du wirst es nicht glauben, doch ich weine oft. Ich fühle mich wie ein elender Wurm. Ich möchte, dass die anderen mich achten. Glaubst du, ich wüsste nicht, was man über mich denkt? Ich werde ihnen zeigen, was ich wert bin. Ich kenne viele Geheimnisse und weiß, wie die Welt ist.«

Vildericus füllte einen Becher mit Wein, Benedikt IX. trank

ihn auf einen Zug leer, dann bat er, den Becher nochmals zu füllen, was ihm verwehrt wurde.

»Ihr habt heute Abend zu viel davon getrunken, Ihr müsst ruhen. Ich werde nun die Lampen löschen.«

»Ja, im Dunkeln ist es besser, denn ich habe wichtige Dinge mit dir zu besprechen.«

Vildericus nahm die Matte, die ihm zugewiesen worden war, und zog sie näher zum Lager des Papstes, und nachdem er alle Lampen gelöscht hatte, streckte er sich auf ihr aus. Das lange Schweigen, das folgte, ließ ihn in eine ungerührte Gleichgültigkeit gleiten. Benedikt IX. hatte versucht, ihn zu demütigen, indem er in sein Leben und seine Familienbindungen hatte eindringen wollen. Dies gleich im Ansatz zu vereiteln war die richtige Art und Weise, sich vor dem üblen Charakter dieses jungen Mannes zu schützen. Er würde immer so verfahren. Er hatte nichts zu verlangen, ihm oblag nur die Pflicht zu antworten, ein Vorteil, auf den er niemals verzichten würde.

»Jetzt ... du ... ich will, dass du jetzt mein Beichtvater bist, Vildericus.«

»Das ist unmöglich, Eure Heiligkeit, ich habe nicht die Befugnis, zuzuhören und zu urteilen ...«

»Ich verlange nur von dir, mir zuzuhören.«

»Die Beichte ist ein Sakrament, und die Priesterweihe ist die einzige ...«

»Hast du verstanden? Ich verlange nur, dass du mir zuhörst, und was die Priesterweihe betrifft, so verleihe ich sie dir vorübergehend. Bin ich der Bischof der gesamten christlichen Kirche oder nicht?«

Vildericus antwortete nicht. Er wartete. Der Tusculaner war bestrebt, ihn einzufangen. Schon seit Beginn jenes nutzlosen Unterrichts in Latein war dies sein Vorhaben gewesen. Er wollte ihn mit sich reißen, wer weiß wohin, und er, Vildericus, würde sich die Ohren verstopfen, würde zu Holz werden, eine hölzerne Marionette.

»Gestern Abend«, begann Benedikt IX., »habe ich eine seltsame Erfahrung gemacht. Es war nicht gut, dass du fortgegangen bist, deine Gegenwart hätte mich davon abgehalten, in Sünde zu verfallen … Dieser Affe von Celestino, den ich von mir entfernt hatte … ich weiß nicht, welche Blendung mich schwach gemacht hat … der Wunsch, ihm zu verzeihen … er war im Grunde ein Freund … ich hatte ihm die Hand gereicht zum Kuss, doch er hat sich nicht mit der Hand begnügt. Er hat angefangen, meine Knie zu küssen, dann weiter unten, er hat meine Füße genommen und hat die Zehen in den Mund genommen, einen nach dem anderen, erst der rechte Fuß, dann der linke … Ich sagte ihm, er solle aufhören, es reicht, habe ich gesagt, genug, lass uns reden, doch nichts. In den Pausen zwischen den Küssen bat er mich um Verzeihung, er wollte eine Strafe, er sei ein schäbiger Wurm, er habe gefehlt … doch als ich ihm befahl, zu gehen, das Zelt zu verlassen, zog er sich das Hemd und die Hosen aus, und er bat mich, ihn mit seinem Gürtel zu schlagen … Ich weiß nicht, was über mich gekommen ist … Er war nackt und hat sich mit dem Oberkörper auf den Tisch gelegt, sodass sich sein Hintern den Schlägen bot … und ich habe ihn geschlagen, ja, mit dem Gürtel, zwei-, dreimal. Die Schuld liegt bei mir, ja, auch, doch er, das Schwein, schrie ›mehr, mehr‹, weil er wusste, dass er mich damit erregen würde … und so habe ich … in diesen Hintern, der sich mir zum Schlag bot … nun, ich habe ihn genommen wie ein Weib … verstehst du, was ich sage? Ich bin in ihn eingedrungen … ich habe ihn geschändet. Er schrie, und je mehr er schrie, desto erregter wurde ich, bis ich meinen Samen in ihn ergossen habe.«

Der Ekel, den Vildericus verspürte, breitete sich bis in die Spitzen seines Körpers aus, er zwang seinen Brustkorb zur Starre, um zu verhindern, dass ihn sein Atmen verriet oder dass er, durch die Scham getrieben, die heftig in seinem Körper tobte, dieses würdelose Wesen anschreien könnte. Er hatte ihm eine

Falle gestellt und wartete nun auf die Wirkung dieser widerwärtigen Schilderung. Er war aus seinem Loch gekrochen, bereit, ihn zum gefälligen, zahmen Untergebenen zu machen. Das Dunkel kam Vildericus zur Hilfe, und indem er die Hände faltete und zusammenpresste, betete er zum Herrn, er möge seine Seele wieder in die asketische Armut der Einsamkeit und in die gewohnte demütige Stille versetzen.

»Ich bin ein Sünder«, sagte Benedikt IX. ohne Nachdruck. »Er hat mich herausgefordert, wie schon andere Male in der Vergangenheit, doch ich bin ein Sünder. Welche Buße würdest du mir auferlegen, wenn du mein Beichtvater wärest?«

»Ich weiß es nicht, Eure Heiligkeit. Ich kenne gerade eben meine eigenen Sünden.«

»Du könntest die Regeln deines Ordens auf mich anwenden, du könntest mich auspeitschen. Willst du das tun?«

»Ich bin weder der Abt noch der Prior, außerdem seid Ihr der Bischof der gesamten Heiligen Mutter Kirche. Wer könnte besser als Ihr selbst die den verschiedenen Sünden angemessene Buße festlegen?«

»Ja, ist gut, ist gut. Doch jetzt möchte ich ruhen.«

Kurz darauf schlief er ein. Vildericus musste mehrmals das Bild jener widernatürlichen Schändung von sich wegschieben, und die Laudes, die er leise für sich aufsagte, halfen ihm, und als die Nacht schon weit fortgeschritten war, gelang es ihm endlich, einzuschlafen.

Zuerst war es nur ein beharrliches Rascheln, das in seinen Schlaf drang, in den er nach den Gebeten zur Matutin wieder gesunken war. Ihm schien, als würden Haufen herbstlichen Laubs, die ein staubiger Schirokko zusammengefegt hatte, in das Haus dringen, von dem er gerade träumte, bis erstickte Schreie, Hilferufe und ein plötzliches Trampeln ihn weckten. Er erhob sich und stürzte nach draußen. Es war ein wolkiger, windiger und düsterer Morgen, Ritter und Dienerschaft strömten zum Seeufer, und er schloss sich ihnen an. Dort stand bereits eine Gruppe von Menschen hinter dem dichten Gürtel aus Schilfrohr. Er gesellte sich dazu. Das Erste, was er sah, war ein kleines Boot. Ein Mann war gerade dabei, es am Ufer zu befestigen. Das Zweite war der Körper eines Ertrunkenen, der im seichten Wasser auf dem Bauch lag, seine Beine hoben sich rhythmisch im Auf und Nieder der Wellen des Sees. Ein Diener watete durch den Schlamm und beugte sich über den Körper, und an seinen Bewegungen konnte Vildericus erkennen, dass er ihn auf den Rücken drehte. Dann stand er plötzlich auf und wandte sich um, und Überraschung und Entsetzen waren in seinem Gesicht zu lesen.

»Es ist Celestino!«, rief er und wiederholte erschüttert: »Der arme Celestino!«

Vildericus bahnte sich einen Weg zwischen den Umstehenden hindurch und beugte sich über den Leichnam. Ja, es war wirklich Celestino, das Gesicht bereits entstellt und aufgedunsen wie auch der Brustkorb, an dem das Hemd klebte. Von der Gürtellinie an abwärts war er unbekleidet.

»Ich habe ihn ein ganzes Stück von hier entfernt gefunden«, sagte der Bootsmann. »In diesem Teil des Sees herrscht eine Strömung, die sich in der Tiefe bildet und zum Mittelpunkt des Sees zieht.«

»Wie mag das geschehen sein?«, fragte der Diener.

»Hilf mir«, bat Vildericus. Er und der Diener nahmen den Leichnam unter den Achseln, zogen ihn hinter den Schilfgürtel und legten ihn auf das Gras.

»Jemand soll loslaufen und den Priester holen«, und zu dem Diener gewandt: »Such seine Kleidung, für den Moment bedecke ich ihn so.« Und er zog seinen Umhang aus und legte ihn über den Körper Celestinos.

»Man müsste den Leichnam untersuchen, um herauszufinden, was geschehen ist«, sagte jemand.

»Tut das«, antwortete Vildericus, kniete nieder und begann

mit leiser Stimme die Totengebete zu sprechen, jene kanonischen aus Cluny. Doch nach den ersten Sätzen, die er äußerst bewegt an den Herrn richtete, mit der Bitte, voller Güte die Seele dieses Unglücklichen aufzunehmen, richtete sich sein Geist auf diesen so erbärmlichen Tod und auf die Gründe, die sich hinter der Tragödie verbergen mochten, auf die Nacht der Schreie und diese schmähliche Beichte.

»Seine Heiligkeit!«

Dieser war bereits neben ihm, ebenfalls kniend.

»O Celestino! Lieber Freund! Mein Bruder!« Benedikt IX. beugte sich nach vorn und küsste ihn auf die Wange. »Das durftest du nicht tun! Ich hätte dich doch wieder aufgenommen, mit Liebe, um dir zu verzeihen, du hingegen … O Herr, warum! O Gott im Himmel, welch unendlicher Schmerz!«

Eine mittelmäßige schauspielerische Darbietung mit einer weinerlichen Stimme, das Weinen hingegen wollte nicht kommen. Jetzt hielt er sein Gesicht in den Händen verborgen. Vildericus hob den Blick zu den Rittern und Dienern, die hinter ihm standen. Es war sein Auftritt, der Leichnam hatte sich zur Bühne verwandelt, und das bis vor einem Augenblick von allen Umstehenden geteilte Mitleid war verschwunden, und in der reumütigen Neugierde für diese Szene war eine misstrauische und spöttische Abkehr zu verspüren. Vielleicht stieg auch in diesen Menschen der Gedanke auf, dass dies kein Selbstmord war oder dass, wenn es denn ein Selbstmord gewesen sein mochte, etwas oder jemand Celestino dazu getrieben haben musste. Sicherlich hatten außer ihm noch andere die verzweifelten Schreie dieser schändlichen Zusammenkunft vernommen.

Der Priester kam herbei, ein Fläschchen Öl in der Hand. Benedikt IX. zog Vildericus' Umhang von dem Leichnam und deckte seinen eigenen roten Mantel darüber. Der Priester tauchte Daumen, Zeige- und Mittelfinger der rechten Hand in das Öl und machte damit das Kreuzzeichen auf die Stirn Celestinos, dann begann man, sich darüber auszutauschen, wie dieser Tod ausgelegt werden müsse, damit man bestimmen könne, welche Art der Totenweihe für ihn angemessen sei und ob es möglich und angemessen sei, diesen Leib in der geweihten Erde eines der nahen Friedhöfe zu begraben. Für und Wider, Recht und Gesetz, Ritual und Sonderfall. Der Priester brachte die Meinung vor, man müsse ihn in ein namenloses Grab legen wie alle Selbstmörder. Vildericus hielt sich aus diesem Gerede heraus und ließ sich in das eisige Schweigen sinken, in das sich der arme, von Wasser und Fäulnis aufgeschwemmte Leib gehüllt hatte, in dem sich sogar seine Barmherzigkeit auflöste und das jeden Gedanken flüchtig werden ließ. Ein grauer Fluss ohne Ufer, unbewegliche Dämmerung, blinde Stille, kein Laut, glanzlose Erde von den verwirrenden Sturmböen des Geheimnisses der gesamten Natur durchweht, in dem die Erlösung in der Barmherzigkeit Christi geboren war, leuchtendes Kristall, das die Seele Celestinos vielleicht schon in seinem fernen Licht aufgenommen hatte, die Seele, mit der er sprechen zu können glaubte, um sie hinaufzuziehen in die unendliche Gnade …

»Wie oft muss ich dich noch fragen?«, sprach ihn Benedikt IX. an. »Ich möchte auch deine Meinung hören.«

»Worüber, Eure Heiligkeit?«

»Nun, wo man ihn richtigerweise begraben muss? Seid nicht ihr von Cluny diejenigen, die die Geheimnisse des Todes kennen?«

»In geweihter Erde, denn ich glaube nicht, dass jemand freiwillig aus dem Leben scheidet.«

»Man hat mir gesagt, dass auf dem Körper keine Spuren sind, die …«

»Und die Spuren auf der Seele?«

»Nun gut. Wir können ihn nicht mit uns nehmen, doch wir setzen ein Kreuz mit seinem Namen auf das Grab«, schloss Benedikt IX., »und du, Priester, wirst es weihen und die Totenmesse lesen. Wir werden ihn dort unten am Waldrand begraben. Es soll ein schönes Grab werden. Und dann setzen wir uns sofort in Marsch, fort von diesem Ort.«

An dem Begräbnis nahmen alle teil, außer Vildericus, der eine Möglichkeit fand, sich zu Beginn der Feierlichkeit unbemerkt davonzustehlen. Und als er so gedankenverloren über das Feld ging, wobei sein Geist zwischen der Verpflichtung zur Vergebung und dem Wunsch nach Bestrafung schwankte, fand er sich plötzlich vor den übereinander gehäuften Tieren wieder, die am Vortage bei der Jagd getötet worden waren. Obenauf thronte ein Hirsch, der noch fast unberührt war. Seine Schönheit, die offenen und durchsichtigen Augen und der harmonische Körperbau riefen danach, in die einzigartige Welt der Lebenden aufgenommen zu werden, und sie schienen den Gedanken zu begründen, dass bei der Schöpfung der lebendigen Materie der göttliche Geist zu Beginn eine einzige universelle Gattung geplant habe.

Als die Begräbnisfeier beendet war, luden die Diener die Tierkadaver auf einen Karren, und der Zug setzte sich am Seeufer entlang in Bewegung. Die niedrigen grauen Wolken mit ihren gezackten Rändern, die der Wind unaufhaltsam vor sich hertrieb, legten Schwärze auf die Wasseroberfläche und trauerndes Schweigen über die Ritter und den Papst. Es wurde kein einziges Wort gesprochen, bis sie einige hundert Meter vor dem Dorf, das ihr Ziel war, durch den Anblick der ersten schwarz verkohlten Hütten erstarrten. Zwischen den Hütten ein paar Hunde, das einzige Zeichen von Leben. Benedikt IX. beriet sich mit dem Befehlshaber der römischen Truppe, und dieser gab vieren seiner Ritter den Befehl, das Dorf zu durchsuchen. Man sah sie zwischen den Hütten umherreiten, dann kamen sie im Galopp zurück. Es gäbe dort nur Leichen, deren Zustand und unerträglicher Geruch, der von ihnen aufstiege, darauf schließen ließen, dass das Massaker bereits einige Tage zuvor stattgefunden habe. Es sei ihre Pflicht, Seiner Heiligkeit von einer Annäherung abzuraten, auch wegen der vielen verwilderten Hunde, ganz abgesehen davon, dass die unglaubliche Anzahl von Fliegen und Mäusen die Gefahr verschiedenster Krankheiten barg. Benedikt IX. stieg vom Pferd. Seine Unentschlossenheit war offensichtlich, und alle sahen ihn erwartungsvoll an. Vildericus half ihm schließlich aus der Verlegenheit: Er würde dorthin gehen. Man müsste sich über das, was im Dorf geschehen war, ein Bild machen. Einer der deutschen Ritter schloss sich ihm an. Er sagte, es sei seine Pflicht, den Mönch zu schützen. Er sei bereits vor vielen Jahren an der Pest erkrankt gewesen und habe sie überstanden, genau in dieser Gegend, in Tuszien im Gefolge König Heinrichs, und die Ärzte behaupteten, wem das Glück beschert sei, sie zu überleben, den würde sie schwerlich noch einmal befallen. Der Papst schien eingehend über diesen Vorschlag nachzudenken und ihn abzuwägen, vielleicht um seine erschütterte Autorität wiederherzustellen, und gab schließlich seine Zustimmung. Die beiden wandten sich dem Dorf zu. »Erinnerst du dich an mich?«, fragte ihn plötzlich der deutsche Ritter. »Mein Name ist Herbert, und du bist der Mönch, der die Tiere liebt. Vor der Kirche bei der Einsetzung des Papstes …«

»Bei San Pietro! Ja, ich erinnere mich!«

»Du bist mutig, das ist gut, doch dort im Dorf könnten sich Feinde oder Übeltäter verstecken.«

»Das werden wir sehen«, antwortete Vildericus, »ich danke dir für deine Hilfe.«

Das Bild, das sich ihren Augen bot, war furchtbar. Einige der Leichen hatten keine Köpfe mehr, an den Oberkörpern und Armen waren die Knochen zu sehen, das Fleisch war herausgerissen, viele Frauen lagen da mit geschwollenen gespreizten Beinen. Der Wind trug ihnen den Rauch zu und den Ekel erregenden Gestank des verwesenden Fleisches. Herbert bedeckte Nase und Mund mit einem Tuch. Raben und Geier, die von den beiden aufgestört worden waren, flogen von den Leichnamen auf, ließen sich aber sofort wieder nieder, sobald die beiden sich von der bestialischen Tafelrunde, an der auch hunderte von Ratten teilnahmen, entfernt hatten.

Vildericus ertrug diese Bilder nicht: Sein Blick verschwamm. Er versuchte, sich an den Sattel zu klammern, dann verlor er die Sinne und glitt langsam an der Flanke des Pferdes herab. Der deutsche Ritter stieg ab, hob ihn auf und trug ihn auf seinen Armen weit fort von diesem Grauen, an den Rand eines Wäldchens, das hinter dem Dorf lag. Dann benetzte er das Gesicht des Mönches mit dem Wasser aus seiner Feldflasche und rief ihn etliche Male beim Namen.

»*Du kannst viel aushalten*, oh, ich weiß nicht wie übersetzen, ah ja, Kraft, aber du isst wenig«, sagte er zu ihm, als Vildericus die Augen wieder aufschlug. »Du bist schwach.«

Vildericus sah den Ritter verwirrt an, während hinter ihnen die beiden Pferde ruhig grasten. Er stützte sich mit Mühe auf den Ellbogen, sah erneut die verbrannten Hütten und die Toten, die Hunde, die riesigen Ratten vor sich.

»Mein Gott! Ich bin ohnmächtig geworden!« Und beschämt über seine Schwäche, schloss er wiederum die Augen und ließ sich zurücksinken.

Der Ritter nahm den Beutel ab, den er am Gürtel trug, und legte ihn unter seinen Kopf.

»Du hast noch nie Krieg gesehen, doch das ist viel schlimmere Sache, viel schlimmer.«

»Wir müssen zurückkehren. Man muss diese traurigen Überreste begraben, man muss das tun, auch wenn es Gefahren birgt.« Mit der Hilfe des freundlichen Ritters stand Vildericus auf und ging zu seinem Pferd, doch Herbert kam zu ihm, berührte ihn mit der linken Hand an der Schulter und deutete mit der rechten auf etwas. Hinter den ersten Büschen des Unterholzes bewegte sich etwas; jemand beobachtete sie. Es war ein Knabe, neben ihm zeigte sich eine Frau, und hinter den beiden erschien ein alter Mann. Vildericus bat seinen Begleiter, ihn allein gehen zu lassen, denn dessen Schwert und Dolch würden diese Menschen vermutlich erschrecken, dann ging er auf die drei zu und blieb etwa zwanzig Meter vor ihnen stehen.

»Habt keine Angst, ich bin ein Benediktinermönch, und dieser dort ist ein Ritter aus der Eskorte Seiner Heiligkeit, Papst Benedikts IX. Unser Heiliger Vater ist dort unten.« Er ging einige Schritte auf sie zu. »Kann ich näher kommen? Ich … ich bringe euch Frieden.«

Die Frau drückte den Knaben an sich und blieb lange schweigend stehen, wobei sie Vildericus anstarrte. Es war eine junge, magere Frau mit zerrissener Kleidung, wirrem Haar, und sie war sehr schmutzig. Der Knabe sah nicht besser aus. Seine Augen standen hervor, die Wangen waren eingefallen, die Lippen hochgezogen, sodass die obere Zahnreihe zu sehen war. Der Alte war auf die Knie gefallen.

»Seid ihr aus dem Dorf«, fragte Vildericus, als er näher gekommen war.

»Ich habe Hunger«, antwortete der Knabe mit kaum vernehmlicher Stimme.

»Helft uns, seit acht Tagen essen wir nur Wurzeln. Ich flehe Euch an«, flüsterte die Frau.

Vildericus war zutiefst erschüttert. Wenn er die Kraft dazu gehabt hätte, hätte er sie in den Arm genommen, gewärmt, genährt … Er half dem Alten auf die Beine.

»Ja, nur zu, kommt. Wir werden euch alles Notwendige geben.«

Er machte ihnen ein Zeichen, ihm zu folgen, und als er zu dem deutschen Ritter kam, sagte er ihm, dass diese drei möglicherweise die einzigen Überlebenden waren, dass man ihnen helfen müsse, ihnen Essen und Kleidung geben. Wortlos setzte sich Herbert an die Spitze dieses außergewöhnlichen Zuges, der von einem Mönch, drei halb verhungerten Gestalten und Vildericus' Pferd gebildet wurde, das sich auf den Hofstaat zubewegte, als hätte es von selbst verstanden, in welche Richtung es gehen musste.

Benedikt ließ der erbärmliche Anblick der drei Menschen nicht unberührt, und nachdem er Vildericus angehört hatte, befahl er, alles Nötige zu veranlassen, um ihre Not zu lindern. Als sie eingekleidet waren und gegessen hatten, bat man sie, zu erzählen, was geschehen war, und erfuhr so, dass eine Gruppe von Räubern, die seit Jahren die Gegend unsicher machte, das Dorf zerstört hatte und mit unbarmherziger Grausamkeit über die unglücklichen Bewohner hergefallen war. Diese Bande bestünde größtenteils aus den Nachkommen jener Sarazenen, die sich vor langer Zeit bei ihren Überfällen bis zu den Grenzen des Herzogtums Spoleto vorgewagt und sich dann in den Bergregionen der Sabina festgesetzt hatten. Die Frau, der Knabe, der ihr Sohn war, und der Alte, der ihr Vater war, hatten sich nur deshalb retten können, weil sie im Augenblick des Überfalls zum Holzsammeln im Wald gewesen waren. Wie viele es gewesen seien? Nicht mehr als zwanzig, antwortete die Frau. Doch niemand wusste, wo genau sie lebten, auch weil sie ihr Lager immer an anderen Orten aufschlugen; vielleicht in einer der Schluchten der nahen Berge, sagte der alte Mann. Einer der römischen Ritter, der Älteste von ihnen, fügte hinzu, dass er selbst mit den Truppen des Herrn von Rieti vor fünfzehn Jahren in dieser Gegend an einer Suchunternehmung teilgenommen hatte, die aber ergebnislos verlaufen war.

»Acht Tage ist eine lange Zeit«, sagte Benedikt IX., »wer weiß, wo sie zu dieser Stunde sind.« Er fragte die in seiner Nähe stehenden Ritter, was sie darüber dächten. Die Erörterung zog sich eine Weile hin, dann, nachdem man von dem Alten erfahren hatte, dass die Räuber nicht beritten gewesen waren, beschloss man, die nähere Umgebung zu durchsuchen. Vildericus und dem Priester, die die Bestattungen vorbereiten sollten, überließ man die Diener und die Stallknechte und zu ihrer Verteidigung ein Manipel aus sieben römischen Rittern, deren Kommando Herbert übertragen wurde.

»Was sollen wir mit den Toten machen?«, fragte der Priester.

»Es wäre besser, sie zu verbrennen, denn die Gefahr für uns ist groß, Eure Heiligkeit, Ihr versteht, die Ansteckung …«

»Die christliche Barmherzigkeit …«, versuchte Vildericus anzumerken.

»Die christliche Barmherzigkeit darf das Leben von niemandem gefährden, auch nicht das von Dienern«, erwiderte der Priester.

»Seid Ihr ein Diener Gottes oder nicht?«, fragte ihn mit honigsüßer Stimme Benedikt IX.

»So wie Ihr ein Diener der Diener Christi seid«, antwortete der Priester angriffslustig. »Warum bleibt Ihr, anstatt auf die Jagd nach Menschen zu gehen, nicht lieber hier, Heiligkeit, und gebt uns die rechten und umsichtigen Anweisungen, um uns vor einer möglichen Ansteckung zu schützen?«

Der Papst und die Ritter lachten, und Benedikt IX. schrie ihm zu: »Du, Ratte, wirst dich den Anordnungen Vildericus' unterwerfen, denn er wird hier für euch alle, aber vor allem für dich, mein Stellvertreter sein!«

Es wurde, nachdem der Papst und seine Jäger fort waren, ein Tag höchster Anstrengungen und größter Fassungslosigkeit für alle, und angstvolle Verlorenheit machte sich in Vildericus breit. Es war sinnlos, die Gedanken über diesen Anblick unglaublicher Leiden und Grausamkeiten wegschieben zu wollen: Niemand kannte die Taten, die Mühen, den Hunger und die Erniedrigungen dieser armen Menschen. Ihre Leiber hatten nicht den Schlüssel zur Auferstehung, die Waage des Geistes schien verschoben, und die sieben goldenen Kandelaber der Apokalypse waren erloschen. Nein, hier half keine Prophezeiung, denn der Tag des Zorns war in allen Tagen, Wochen, Monaten und Jahren der Mühsal des Lebens beinhaltet …

Nachdem er sich mit Herbert beraten hatte, ließ Vildericus die Diener eine große Grube ausheben, die zehn Meter lang und zwei Meter breit und tief war, und er bat die Ritter, an verschiedenen Stellen des Dorfes mit dem Holz der Hütten und der Boote Feuer anzuzünden, um die Hunde, Geier und Ratten fernzuhalten, außerdem sollte der Rauch die Fliegen vertreiben. Nachdem all das geschehen war, ließ er an den beiden Seiten der Geschirre der Kutschpferde lange Seile befestigen, die die Körper der Toten ziehen sollten. Zu Beginn musste er die Aufgabe allein mit der Hilfe des deutschen Ritters erledigen; dieser war es, der die Seile an den Füßen der ersten Leichen befestigte, damit sie dann bis an den Rand des Grabes gezogen werden konnten. Dann brachte ihr Beispiel einige der Diener dazu, ihnen in ihrer Beherztheit nachzueifern, und so wurden im Lauf der letzten Stunden des Tages alle die zweiundsechzig Leichname von Männern, Frauen und Kindern oder das, was von ihnen übrig geblieben war, in das Massengrab geworfen. Bevor sie mit Erde bedeckt wurden, wollte man den Priester bitten, eine Fürbittenmesse zu halten. Es wurde lange nach ihm gesucht, und er wurde schließlich schlafend, in einem Karren versteckt, gefunden. Man wollte ihn gerade wecken, als in der Ferne der Klang von Hörnern zu hören war. Er kam aus dem Wald, der den steilen Hang des nahen Bergzuges bedeckte, und dies ließ den Priester benommen aufspringen und wie ein Blitz vom Karren klettern. Kurz darauf erschienen die ersten Ritter der päpstlichen Truppe, die Pferde gingen im Schritt, denn hinter ihnen her liefen vier Männer, die Handgelenke mit Stricken zusammengebunden, die man an den Sätteln befestigt hatte.

»Man hat sie gefasst!«, schrie jemand.

Der Rest des Trupps kam in einer dichten Staubwolke im Galopp herbei und ritt weiter zum See, um die Pferde trinken zu lassen. Einer der römischen Soldaten, die beim Dorf geblieben waren, rief: »Ehre sei Benedikt IX., unserem Herrn!«

Der Priester lief dem Papst entgegen, und die Diener fielen auf die Knie. Benedikt IX. stieg vom Pferd und trat auf Vildericus zu, der im Hintergrund stand und eine lange, leidenschaftliche Umarmung über sich ergehen lassen musste. Er konnte sich ihr entziehen, indem er den Papst über die Geschehnisse hier vor Ort in Kenntnis setzte. Dann deutete er auf die Grube und erläuterte, dass man die Leichname noch nicht endgültig mit Erde bedeckt habe, da er wolle, dass der Priester seiner Pflicht nachkomme und einige Psalmen lese.

»Das hast du gut gemacht«, antwortete Benedikt IX., »denn wir werden so den Inhalt der Grube vervollständigen können. Wir haben nicht alle Verbrecher gefunden, doch diese vier, die gerade herbeikommen, genügen, um ein Exempel zu statuieren. Du wirst schon sehen, wie!«

»Sind das diejenigen, welche …«

»Genau jene!«

Über die letzten hundert Meter wurden die vier Männer über den Boden geschleift, teils bäuchlings, teils rücklings drehten sie sich unaufhörlich, denn die Ritter, die sie zogen, hatten die Pferde zu schnellerer Gangart angetrieben, und als der Ritt schließlich zu Ende war, musste man ihnen helfen, aufzustehen. Zerschunden und blutend, wurden sie zum Rande der Grube geführt. Einer der italienischen Ritter der kaiserlichen Garde stellte sich neben sie und beschuldigte sie der Verwüstung des Dorfes, doch die Männer erklärten sich unter Schreien und Weinen für unschuldig. Noch nie seien sie an diesem Ort gewesen, sie beschworen den Himmel und riefen Christus und seine Heiligen als Zeugen, sie seien nur Schafdiebe und hätten noch nie einen Menschen getötet.

Der Ritter wandte sich Benedikt IX. zu, und Vildericus, der neben ihm stand, sagte ihm, dass die Frau und der Alte sie nicht erkannt hätten, auch weil diese hier helle Haut hatten, jene anderen hingegen …

»Wir haben sie beim Stehlen überrascht, und sie waren bewaffnet«, antwortete der Papst und machte dem Ritter ein Zeichen mit dem Kopf, der sie mit der Schwertspitze anstieß, sodass sie in die Grube auf den Haufen der schon halb zerfallenen Leichen fielen. Vildericus stellte sich vor Benedikt IX. und sagte mit lauter Stimme, um die Schreie, die aus der Grube kamen, zu übertönen:

»Ich bitte Eure Heiligkeit, sie dem Präfekten von Rieti zu übergeben. Man muss ihnen den Prozess machen.«

»Nein, keinen Prozess. Ich bin der Richter, es wird allen ein Exempel sein. Ich habe sie verurteilt!« Er gab den Dienern den Befehl, die Grube mit Erde zuzuschütten.

»Wir haben einen Priester, sie sind Christen, sie haben das Recht zum Sakrament der Beichte!«, erwiderte Vildericus nachdrücklich, doch der Papst antwortete nur, dass diese Jagd ihn ermüdet habe, wendete das Pferd und ritt auf die Zelte zu, die einige Diener am Waldrand aufstellten.

»Tötet sie wenigstens, ich beschwöre Euch«, sagte Vildericus zu den umstehenden Rittern. Sie sahen ihn unsicher an, doch als Herbert, der deutsche Ritter, sich an den Rand der Grube stellte, einen Pfeil aus dem Köcher holte, den Bogen spannte und einen der Verurteilten tödlich traf, taten es ihm drei von ihnen nach, und die Schreie verstummten.

Die ausgehobene Erde wurde zurückgeschaufelt. Es begann dunkel zu werden, alle entfernten sich, gingen zu ihren Zelten, zum abendlichen Mahl und zur Nachtruhe. Bevor er den anderen folgte, kniete Vildericus vor jenem Erdhügel nieder, und er sprach, den Kopf auf die gefalteten Hände gestützt, die Totengebete, die die Ordensregel von Cluny ihm eingeprägt hatte, mit der ganzen Inbrunst seiner zerrissenen Seele.

## 25

Nachdem die Expedition den See, das verwüstete Dorf und das Massengrab hinter sich gelassen hatte, war sie in den ersten vier Tagen auf keine Menschenseele gestoßen, da sie sich abseits der großen Reisestraße hielt. Vielleicht war sie aber von Augen beobachtet worden, die sich in dem dichten Unterholz dieser waldigen Gegend verborgen hielten, jedenfalls hatte sich die Nachricht vom durchreisenden Papst und seinem großen Gefolge bereits in den Sabinischen Bergen verbreitet. An den folgenden Tagen konnte man die Auswirkungen davon sehen, die sehr zwiespältiger Natur waren: Um dem Stellvertreter Petri die Ehre zu erweisen, erschienen an seinem Reiseweg immer wieder Grundbesitzer, Geistliche und Herren bescheideneren Ranges. Dort aber, wo die wenigen und kärglichen bäuerlichen Ansiedelungen, die der Zug durchquerte, völlig verlassen schienen, war offensichtlich, dass immer dann eine zeitweilige Ödnis entstand, wenn das Gerücht von einem möglichen Durchzug Bewaffneter unter den Dorfbewohnern umging.

Der Vormarsch dieser seltsamen Prozession, der den Teilnehmern von Stunde zu Stunde immer mühseliger erschien, ging aufgrund der Unwegsamkeit des Geländes immer stockender vonstatten. Enge Schluchten, Pfade und Triften, die sich in Serpentinen wanden, um die quer verlaufenden Erhebungen zu überwinden, Bäche und Flüsse mit reißenden Wassern, schwierige Furten und dichte Bewaldung. Und dann der Wind, ein lebhafter Mistral, der den Zug begleitete und unaufhörlich Wolkenberge vor sich herschob, zuweilen so tief, dass sie gegen die Baumkronen zu stoßen schienen, und wenn sich das Land öffnete, wieder hoch oben gegen die Bergspitzen, wobei sie mitunter heftige Regenschauer auf die Reisenden niedergehen ließen. Nimmt man hinzu, dass nicht einer aus dem Gefolge sich in der Gegend auskannte, dass diesbezüglich auch keine vorherigen Erkundigungen eingezogen worden waren und dass man sich nicht darum gesorgt hatte, einen Führer anzuwerben, so lässt sich verstehen, dass das leichtsinnige Ungestüm der Ritter beim Aufbruch nunmehr einer stummen Niedergeschlagenheit und die heitere Bereitwilligkeit der Diener einer Unlust gewichen waren, der die zunehmende Beschwerlichkeit eine kaum verhohlene Unzufriedenheit hinzufügte. Auch war es natürlich und leicht verständlich, dass der Papst auf die Gleichgültigkeit der Ritter mit einer erhöhten Erregbarkeit antwortete, die sich in den Tagen nach dem Aufbruch von jenem traurigen Seeufer bereits in einer plötzlichen und unangemessenen Gewaltsamkeit entlud. Er verprügelte eigenhändig zwei Diener, weil ein Wagen umgekippt war, ohne dass sie die Schuld daran trugen, und, was in den Augen der Ritter noch schlimmer war, er peitschte einen der ihren aus, einen Römer, weil er nach einem Erkundungsgang einen Weg vorgeschlagen hatte, der sich als ungangbar erwies. Dieser zweite Anfall von Zorn hatte eisiges Schweigen zur Folge, was von Benedikt IX. bemerkt wurde, der in einen Zustand tiefster Gleichgültigkeit verfiel. An den folgenden Tagen wurde das Wetter schlechter. Kälte, heftige Regenschauer und Schlamm dienten nur dazu, die Erschöpfung und die allgemein schlechte Stimmung zu vergrößern.

Am 9. April mussten sie am rechten Ufer eines Wildbaches anhalten, der mit seinem tosenden Wasser über seine natürliche Begrenzung hinausgetreten war. Der Papst ordnete an, dass zwei der Jüngsten aus der Eskorte zu Pferde die Möglichkeiten einer Überquerung auskundschaften sollten, doch niemand rührte sich.

»Ich habe einen Befehl gegeben!«, schrie der Tusculaner in nervöser Anspannung. Doch dann, als sei aller Zorn von ihm abgefallen, beruhigte er sich ganz plötzlich und sagte nach einer langen Pause zu den Umstehenden, dass er mit dem Mönch sprechen wolle. Als Vildericus vor ihm stand, fragte er, ohne ihn anzuschauen: »Du, der du immer in Verbindung mit unserem Herrn stehst, sag uns, was sollen wir an diesem Punkt tun?«

Mit einer Stimme voll gekünstelter Demut antwortete Vildericus: »Eure Heiligkeit, vielleicht ist es eben der Herr gewesen, der uns dieses Hindernis in den Weg gelegt hat.«

»Ja, ja, einverstanden, doch einen Rat … du bist der Sohn eines Bauern, du müsstest einen größeren Orientierungssinn haben als wir alle. Ich möchte einen Rat von dir, ich bitte dich darum.«

»Es bleibt uns nichts, als denselben Weg zurückzugehen, etwa zwei Stunden Wegzeit, und dann nach links abzubiegen und so in Richtung der Via Salaria zu ziehen. Alle sind sehr erschöpft, vor allem die Diener. Einige von ihnen sind krank, und wir haben sie auf die Wagen legen müssen.«

»Schon gut, schon gut!«

Der Zug machte sich in der von Vildericus vorgeschlagenen Richtung auf den Weg. Und als sei dieser Umweg mit besonderer Gunst bedacht, ließ der Regen nach, die Wolken rissen auf, und große Flecken von Blau waren zu sehen. Am späten Nachmittag kamen sie zu einem Dorf, in dessen Mitte ein mit Verteidigungsanlagen wohl versehenes Schloss stand, die Festung von Poggio Poponesco. Von einem Diakon und fünf Soldaten begleitet, kam ihnen der Schlossverwalter entgegen, der seinen Namen nannte, Giovanni Lapi, und den des Grafen, Goffredo Stauber, in dessen Auftrag er alle umgebenden Ländereien verwalte. Dann erging er sich in Entschuldigungen wegen der Abwesenheit seines Herrn, der sich, in Unkenntnis des erhabenen Besuchs, am Vortag nach Rieti hatte begeben müssen, um mit dem Erzbischof eine Grenzstreitigkeit beizulegen. Aus gebührendem Anlass überreiche er jedoch dem Papst die Schlüssel des Schlosses. Für die völlig erschöpften und durchnässten Männer war dies eine außergewöhnlich gastfreundliche Aufnahme: gut geheizte Schlafräume, trockene Ställe, Zimmer für die Ritter und das Gemach des Grafen für Benedikt IX. Das von der päpstlichen Gefolgschaft mitgeführte Wild wurde dem Gastgeber zur Verfügung gestellt, dem es, zusammen mit den eigenen Vorräten und den Weinen aus den Kellern, gelang, ein reichhaltiges Mahl für den Abend vorzubereiten.

Vildericus ließ sich von den Dienern des Schlossverwalters ein Stück Brot, einen Teller mit Gemüse und ein wenig Käse geben und zog sich in die Kammer, die man ihm zugewiesen hatte, zurück. Er wollte wieder Ordnung in seinem Innern schaffen und die Regeln, deren Befolgung die widrigen Umstände der letzten Tage unmöglich gemacht hatte, wieder aufnehmen. So kniete er, sobald er die Tür geschlossen hatte, nieder, faltete die Hände, um von neuem die einsame Erhebung durch die Gebete und die geliebten Lobgesänge zu erleben, und er versuchte, in seiner Erinnerung die kurze Predigt des Fastenden zu lesen, die er auf sich selbst anzuwenden gedachte:

»Und wenn du beschließt, dich der Speise zu enthalten, so zeige dich nicht betrübt, wie es die Schmeichler tun ...« Doch er vermochte den vollen Sinn dieser Worte nicht zu erfassen. Die Wirrnis dieser letzten Tage mit ihren vielfältigen Schrecken hatte jeden Winkel seines Geistes befallen, jede Disziplin ... und er beugte sich nach vorn, bis er mit der Stirn den Boden berührte. Hätte er einen Hammer und Nägel gehabt, so hätte er sich diese in die Hände geschlagen. Es klopfte an der Tür, Vildericus fuhr auf, und einer der Diener betrat den Raum.

»Seine Heiligkeit verlangt nach Euch, beim Mahl. Seid Ihr unwohl?«

»Nein. Doch ich habe meine Speise bereits hier.«

»Er bittet Euch, sofort hinunterzukommen.«

Demut und Gehorsam, Demut und eine zeitweilige Resignation ... Vildericus stand auf und atmete tief ein, um das Blut zu besänftigen, das heftig in seinen Adern pulsierte, denn er hätte allein – blind, taub, verstümmelt, erschöpft und jedem Traum entsagend – seinem Herrn gehorchen wollen, der einzigen Zuflucht und Wahrheit, Führer durch das völlige Mysterium der Existenz, helles Licht in der Dunkelheit, wahrer Freund ... »Ja, sag ihm, dass ich sofort bei ihm sein werde.«

Im großen Saal stand ein langer Tisch mit zwei bereits zerteilten gebratenen Schweinen und Platten mit Käse, Karotten, Zwiebeln, Karaffen mit Wein. Es herrschte ein ohrenbetäubendes Stimmengewirr, alle Ritter waren anwesend, doch nicht alle saßen. Benedikt IX. bat einen, der neben ihm stand, beiseite zu gehen, und rief Vildericus zu sich.

»Da ist er ja endlich! Unser frommer Mönch, der vor mir

fortläuft und mich nicht mehr liebt.« Er hob den Becher, den der Schlossverwalter mit Wein gefüllt hatte, und trank ihn in einem Zug leer. »Schenkt auch ihm ein, und iss, denn du bist mager und blass.« Ein Diener, der hinter ihm stand, reichte ihm einen Teller voller Schweinefleisch und einen Becher. »Seht ihn an, er verzehrt sich in seinem strengen Glauben.« Zwei Ritter, die ihm gegenübersaßen, bereits betrunken, die Gesichter in einem blöden Lächeln erstarrt, erhoben sich und prosteten ihm mit übertriebenen Verbeugungen zu. Vildericus drehte sich zu dem Pagen, der ihn bediente, reichte ihm den Teller mit dem Fleisch und bat ihn, ihm ein wenig Käse und Karotten zu bringen. »Du weißt also die Gastfreundschaft unseres Schlossverwalters nicht zu würdigen, der für uns zwei fette, in den Wäldern aufgezogene Schweine geopfert hat. Du wirst mir doch nicht sagen, dass du Probleme mit dem Magen hast ... wisst ihr, was man sich von unserer Familie erzählt? Dass mein Großvater Gregor seine Schweine mit dem Fleisch der Sarazenen fütterte, nach der letzten Niederlage dieser Bastarde auf der Via Labicana ... So trink wenigstens! Trink, Vildericus, denn auch wenn dieser Wein ein wenig sauer ist, geht er die Kehle herunter, dass es eine Freude ist, und er verleiht eine Hitze ...« Und indem er den Mund nahe an Vildericus' Ohr heranbrachte, flüsterte er: »Eine Hitze überall, du verstehst mich, nicht wahr? Du weißt, dass du mein Liebling bist, du, meine lebende Buße, doch du musst dich damit abfinden – ich kann niemals werden wie du.«

Es war überflüssig, ihm zu antworten, überflüssig, ihn anzusehen, denn er sprach nur, um sich selbst zu hören, und er sprach zu sich selbst, um die quälende innere Stimme nicht zu hören, die unschlüssigen Gedanken, die Vildericus für eine gefährliche Unberechenbarkeit hielt, für jeden, der in seiner Nähe war, vor allem für ihn, Objekt einer einzigartigen dunklen Anziehungskraft, die den Papst noch unberechenbarer machte.

Das Gelage und das Lärmen zogen sich nicht sehr lange hin.

Erschöpfung, Völlerei und unmäßiger Weingenuss, zu dem sich die Ritter durch einen törichten Wettbewerb gezwungen sahen, gewannen die Oberhand über fast alle Anwesenden. Der Einzige, der der Schläfrigkeit eines gut gefüllten Bauches widerstand, war Benedikt IX., der seine Trunkenheit im Zaume hielt, indem er ohne Unterlass mit dem Schlossverwalter sprach, der, den Verpflichtungen seiner Stellung nachkommend, nüchtern geblieben war.

»Schau, Vildericus! Schau sie an, die ehrenwerten Herren, ich habe so viel gegessen und getrunken wie sie, schau, diese vier kräftigen deutschen Ritter, die dort unter dem Tisch geendet sind!«

»Ja, ich sehe sie«, beschränkte sich Vildericus zu sagen und unterdrückte den Satz über die Verantwortung des Vorbildes, was der Papst jedoch deutlich spürte.

»Du heißt das nicht gut, das weiß ich, doch es ist auch deine Schuld, ja, deine Schuld, genau, und ich lasse es dich büßen, bei Gott. Wenn du hier gewesen wärest, anstatt dich irgendwo zu verstecken – glaubst du, ich weiß nicht, was die Sünde der Völlerei ist, du solltest bei mir sein, ich hatte es dir befohlen, und du hast mir nicht gehorcht, du bist mir kein Schutzengel, und ich sollte dich auspeitschen! Oh, Vildericus, nein, nicht befohlen, ich hatte dich gebeten, mich nie zu verlassen! Jetzt aber bleibst du bei mir. Ich fühle mich nicht gut, und du musst mich begleiten, ich will diese Nacht nicht allein sein …« Er wandte sich an den Schlossverwalter und sprach lange flüsternd mit ihm.

Der Verwalter nahm eine der Fackeln von der Wand und ging bis an den Fuß der Treppe voraus, dann fragte er Benedikt IX., ob er den Weg zum Gemach des Grafen fände, und als er ein »Geht nur, geht« zur Antwort bekam, übergab er Vildericus die Fackel, wünschte eine gute Nacht und kehrte zum Saal zurück.

Die Treppe führte zu einer Galerie, auf der die Zimmer des Gemachs des Grafen lagen. An dem zunehmenden Gewicht des Armes auf seiner Schulter konnte Vildericus erkennen, dass es dem Papst schlecht ging, und er fragte ihn, ob er stehen bleiben wolle. Zur Antwort löste sich dieser von ihm, taumelte zu einer großen Amphore, beugte sich vornüber, und indem er sich die Stirn mit einer Hand hielt, gab er nach einigem Würgen einen großen Schwung Speisen und Wein von sich.

»So, nun geht es mir besser. Wusstest du, dass die alten Römer während der großen Gelage dies absichtlich herbeiführten? Das hat mir mein Vater gesagt. Eine Methode, die auch ich übernehmen sollte, findest du nicht? Doch vielleicht ist deine die bessere. Dort ist die Tür.«

Der Raum war sehr groß, von Fackeln und Lampen reichlich erhellt und von einem großen Kamin, in dem riesige Holzscheite brannten, gut beheizt. Vildericus würde sich immer daran erinnern, wenn er auch die Szenen, die sich in der darauf folgenden Stunde hier abspielen würden, in einem Zustand dumpfer Abwehr erleben sollte. Denn auf einmal klopfte es an der Tür. Der Papst hielt ihn zurück und ging selbst, um zu öffnen. Zwei Weiber betraten den Raum, die nur weiße Hemden trugen, die über ihren Brüsten geöffnet waren. Sie waren barfuß, die Haare hingen offen über ihre Schultern, sie lächelten, unsicher zwischen Schüchternheit und Dreistigkeit schwankend. Als Vildericus sie so sah, wandte er sich zur Tür, die er verschlossen fand. Den Schlüssel hatte Benedikt IX. in der Hand, der ihn hochhielt und ihm befahl zu bleiben. Er sagte, die Männlichkeit sei ein sehr wertvolles Gut, das sich niemand versagen dürfe, und die Kirche bräuchte keine Heiligen, sondern Menschen, die das Leben mit allen seinen Seiten kennen. Außerdem sei es sinnlos, dass er sich als keuscher Mann verhalte, denn er sei über seine Besuche bei Huren unterrichtet, die deutlich zeigten, dass er seine Erfahrungen sehr wohl gemacht habe … das war der schlimmste Augenblick für Vildericus: Das Bild Doroteas nahm ihm alle Kraft. Er vermochte sich nicht zu verteidigen, denn Scham und Zorn nahmen ihm den Atem und auch das

Gehör. Eine Taubheit seines inneren Aufruhrs, der in wirren Spiralen die nie verheilte Wunde umschloss, die der Name und der Blick dieses unschuldigen Weibes ihm zugefügt hatten, doch als er am Grunde seiner Niedergeschlagenheit angekommen war, wurde ihm bewusst, dass er den Blick nicht gesenkt hatte, er hatte weiterhin in diese abnormen Augen geschaut, und ganz plötzlich fühlte er sich leer, frei im Innern und kalt.

»Nun gut, ich bleibe, wie Eure Heiligkeit befiehlt, doch diese Weiber mögen sich von mir fernhalten.«

»Am Anfang, doch danach, wenn du gesehen hast .... wie auch immer, dann werde ich sie eben alle beide haben. Zumindest wirst du etwas Nützliches lernen.«

Es wäre ihm lieber gewesen, sich abzuwenden, doch es war auch richtig, bis zum Ende an dieser Schändlichkeit, Kehrseite der wertvollsten Medaille der Christenheit, teilzuhaben. Der Herr der aufständischen Engel war in diesen Raum getreten, mit seinen verwerflichen Flügeln und seinem Kotgestank, der sich bereits um die bloßen Hintern dieser drei Wesen ausgebreitet hatte, die sich auf obszöne Art berührten und betasteten und dann ihre Köpfe neben oder in oder unter die Schamteile steckten, sie leckten, saugten, um sich dann in verschiedenen Weisen zu vereinen, schließlich auch die Weise der Tiere imitierend, als eine der Frauen, die ältere, auf allen vieren auf dem Boden kauernd, den Rammler anflehte, ihr nicht wehzutun, ihr nicht den Hals zuzudrücken, und ihr Wimmern vor Angst und Schmerz wurde von einem anderen überlagert, einem rasselnden Stöhnen, das sich auch später mit der Jüngeren auf dem Bett wiederholte. Ja, es war wirklich das Tier, das nach tausend Jahren aus dem offenen Abgrund aufstieg, ein schmutziger und glitschiger, von seinem unreinen Treiben aufgeblähter Frosch ... nichts, wirklich nichts an diesem schamlosen Schauspiel rührte an seine Empfindungen. Die Kraft, mit der er die Versuchungen des Körpers zurückweisen konnte, verdankte er seinem geliebten Herrn und König, der sein Herz zu einem plötzlichen Mitleid erregte, als die beiden Weiber sich vor dem Papst verbeugten und ihm für die Münzen dankten, die er ihnen gegeben hatte. Er befahl ihnen, sich wieder anzuziehen. Und nachdem der Papst ihm den Schlüssel gegeben hatte, führte er sie zur Tür. Als sie hinausgegangen waren, drehte er sich um: Benedikt IX. hatte sich mit ausgebreiteten Armen und Beinen auf dem Bett ausgestreckt und sagte: »Ich bin erschöpft, lass mich schlafen.«

»Ihr, Heiligkeit, bedürft meiner Anwesenheit nicht mehr, wie ich glaube, und ich hingegen spüre, dass ich in mein Kloster zurückkehren muss. Morgen breche ich auf, ich kehre nach Farfa zurück.«

»Tu, was du willst. Wie willst du dort hinkommen? Zu Fuß?«

»Ja.«

»Nimm dir Nuvola, dann bist du schneller. Ich schenke sie dir.«

»Ich danke Euch. Nach meiner Ankunft werde ich sie dem Kloster übergeben.«

»Aber ja, aber ja! Das heißt, warte einen Moment. Ihr Mönche von Cluny habt dem Papst auch Gehorsam geschworen, ist das so richtig?«

»Ja, Eure Heiligkeit.«

»Was du soeben gesehen hast, musst du vergessen, sprich mit niemandem darüber, niemals.«

»Das ist ein Gebot, das von unserer Regel vorgeschrieben ist: *Nec praesumat quisquam referre alio quaecumque foris monasterum viderit …*«

»Hör auf, übersetze mir das!«

»Niemand wage, einem anderen etwas mitzuteilen, das er außerhalb des Klosters gesehen hat.«

»Gut. Wenn du schließlich doch durch etwas in Sünde gefallen bist, dann wirst du es nur mir beichten. Haben wir uns verstanden?«

»Ja.«

»Amen. Doch jetzt geh und schließe die Tür.«

# 26

Es war bereits dunkel, als Vildericus vor dem Portal des Klosters Farfa ankam. Das Pferd, das mit dem Maul fast an den mit Eisen beschlagenen Torflügel stieß, ahnte vermutlich nach einigen Minuten, in denen nichts geschah, dass diese Situation in zweierlei Hinsicht merkwürdig war: dass das Tor verschlossen bleiben und sein Reiter nicht absteigen würde, um es zu öffnen – und es wieherte laut. Einige Minuten vergingen, bis das Tor vom alten Evandro geöffnet wurde, der den jungen Mönch, nachdem er ihn erkannt hatte, mit dem üblichen »Deo gratias« begrüßte und ihm dann aus dem Sattel half, denn er hatte bemerkt, dass dieser äußerst erschöpft war. Als er erfahren hatte, dass Vildericus seit dem Morgengrauen unterwegs war, ohne auch nur für die Mahlzeiten zu rasten, fragte er ihn, ob er etwas zu essen haben wolle und ob die Oberen über seine Ankunft unterrichtet werden sollten. Doch er erhielt keine Antwort, und er begriff, dass ihm nichts blieb, als das Pferd an einen der Ringe bei der Pförtnerloge anzubinden, um es dann später in den Stall zu führen, und den Mönch in seine Zelle zu bringen. Es war bereits die Stunde der Gebete zur Komplet, und im großen Kreuzgang trafen sie niemanden. Mit schwacher Stimme gab Vildericus nur drei Worte von sich: »Mein Kloster« und »Frieden«. Als sie vor seinem Lager standen, ließ er sich, der Besinnungslosigkeit nah, quer darübersinken, sodass der Pförtner ihn an den Achseln nehmen und ihn so hinlegen musste, wie es sich gehörte. Später schaute dieser raubeinige und freundliche Alte noch einmal in die Zelle, um sicherzugehen, dass der verlorene Sohn nicht noch ein Bedürfnis hatte. Er vernahm ein Jammern, und seine lange Erfahrung in nächtlichen Mysterien sagte ihm, dass es sich um wirre Träume oder Albträume handelte.

Die – wie Vildericus sich erinnern konnte, als er plötzlich beim Glockenschlag zur Matutin erwachte – sich alle oder fast alle in jenem schändlichen Zimmer in der Festung von Poggio Poponesco abspielten, wo überdies er selbst die Hauptfigur war, denn die beiden Weiber umgaben ihn mit ihren Künsten, sie entkleideten ihn, stellten ihm auf viele Arten nach und drängten ihn schließlich zur Flucht, ein ermüdender Lauf durch gewundene Schluchten und Wälder mit schwarzem Laub, der schließlich in einem Gewirr aus Schilfrohr vor dem Leichnam Celestinos endete.

Den Rest der Nacht verbrachte er in einem weniger unruhigen Schlaf, denn die vorgeschriebenen Gebete und Psalmen, die er, so kam es ihm jedenfalls vor, mit dem Rest der Gemeinschaft zusammen sprach, schoben jene Bilder von lebenden und toten Leibern fort. Innerhalb der dicken Mauern des Klosters fand sein Geist wieder Frieden, auch wenn er sich jetzt der Wirklichkeit seiner Empfindungen zuwenden musste, die diese wenig glückliche Reise unterbrochen hatte: die wahrhaftige Angst, denn sein Abt, sein geistiger Vater, Hugo von Celano, lag krank danieder.

Er ging zu ihm, nachdem das Ritual der Rückkehr im großen Oratorium stattgefunden hatte, ein Akt, der ihn mit freudiger Demut erfüllte: Niedergestreckt auf dem Boden vor allen seinen Mitbrüdern, bat er sie um das gemeinsame Gebet, das ihn von den Handlungen wider die Ordensregel freisprechen sollte, die er wissentlich oder unwissentlich begangen hatte. Und während er es in diesem Zustand völliger Ergebung anhörte, hatte er das Gefühl, ein hohles Gefäß zu sein, das geleert worden war, um die Worte der Wahrheit des Evangeliums aufzunehmen. Prior Suppone teilte ihm den Wunsch des Abtes mit, ihn sofort sehen zu wollen, und begleitete ihn in dessen Gemach. Er fand den Abt, an einem kleinen Tisch sitzend, in jenem Zimmer vor, das dem Schlafzimmer als Vorraum diente, von allen Seiten durch dicke Kissen gestützt. Er war äußerst mager und hatte ein wächsernes Gesicht und hob erst dann die Augen von dem Buch, in dem er las, als Suppone ihm den Namen des Besuchers sagte. Vildericus kniete an seiner Seite nieder, und indem er ihm seine unbedingte Treue erklärte, bat er den Abt, ihn wieder unter seinen Schutz zu nehmen.

»Vildericus!« Der Abt legte die Hand auf das gebeugte Haupt. Es war nur der Hauch einer Hand, so leicht war sie, fast körperlos. »Suppone und ich haben uns nach dem Brief des Papstes, den uns der gute Evandro gebracht hat, viele Gedanken um dich gemacht.«

»Wie geht es Euch, mein Abbas?«

»In den vergangenen Tagen hatte ich den Eindruck einer leichten Besserung, die jedoch nicht lange angehalten hat. Erhebe dich und setze dich dort neben Suppone.«

Er sprach mit großer Mühe und Pausen zwischen jedem Wort, in denen er schwer atmete, und Vildericus beschloss für sich, dass er ihm auch die kleinste Andeutung, die auf seine Erlebnisse all der Verwerflichkeiten in diesen Tagen hinweisen mochte, ersparen würde.

»Und dann verhelfen mir auch die hiesigen Ereignisse nicht zur Besserung. Der Durchmarsch der deutschen Heere hat unsere arme Bevölkerung nie wenig gekostet … nein, keine Morde, doch viele Überfälle … und manch armes Weib … die einzig gute Nachricht ist die, dass sie sich vor den Toren Roms niedergelassen haben … Es scheint, als wollten sie nach Süden weiterziehen und Rom verschonen.«

»Aus dem Abgrund stieg ein verfinsternder Rauch auf …«, sagte Vildericus mit leiser Stimme, und Suppone sprach weiter: »… und es stiegen Heuschrecken hervor, die glichen Streitrössern …«

»Die Menschen«, sagte der Abt, doch ein Hustenanfall verbot ihm, den Satz zu vollenden, dann legte er das Haupt auf das Kissen zurück, das ihn im Rücken stützte. Vildericus sah das Kreuz mit dem silbernen Christus an, das der Abt um den Hals trug, und betete flehend zum Herrn, er möge ihm helfen, die Wirren seines Geistes zu beichten.

»Ich habe gesündigt, Vater. Ich habe schlimme Dinge gesehen, und meine Seele ist verzweifelt. Unschuldige Männer, Frauen, Kinder, in Stücke gerissen und von Hunden und Ratten verschlungen und … ich habe gewagt, nach dem Warum zu fragen, doch die Frage habe ich keinem Menschen vorgetragen …«

Hugo von Celano sah für einen Augenblick den Prior an, vielleicht um an ein früheres Gespräch zu erinnern, und nach einem tiefen Seufzer, der Vildericus wohl bedeuten sollte, dass er mit der Qual seiner Beichte nicht allein sei und es nur wenige gäbe, die behaupten konnten, solches noch nie erlebt zu haben, sagte er: »Man könnte sagen, dass nicht ein Tag vergeht, an dem die Versuchungen des Misstrauens und des Pessimismus nicht an unsere Tür klopften. Wenn auf der anderen Seite auch der heilige Augustinus gut neun Jahre mit dem Dualismus der Manichäer und mit dem zweiten Prinzip der Finsternis gelebt hat, so können wir den Weg des großen Meisters doch leichter gehen als er, der ihn uns gebahnt hat, und wir können uns in unserem Glauben stärken … meinst du nicht, Vildericus?«

»Ja, Abbas.«

Der Abt schloss die Augen, und Vildericus konnte sehen, wie sehr das Sonnenlicht, in das der kleine Raum getaucht war, diesem abgemagerten Gesicht Feind war, dessen Haut auf Stirn und Wangen kaum noch die Schädelknochen zu bedecken vermochte. Als sich die Lider zu einem kleinen Schlitz öffneten, richtete sich der Blick direkt auf ihn und unterzog ihn einer eingehenden Prüfung.

»Vorausgesetzt, du bist nicht von diesem Weg abgekommen.«

»Abgekommen, Abbas?«

»Es hat mich damals in Erstaunen versetzt, dass du dich beim Studium des heiligen Augustinus bei den *Bekenntnissen* aufgehalten hast. Bonifatius, unser braver Rektor, hat niemals versäumt, euch viele Ratschläge und Hinweise zu geben, doch dann hat er euch bei der Auswahl eurer Lektüre stets Freiheit gelassen, und auf meine konkrete Anweisung hin vor allem dir. Ich wollte dich schon immer fragen, warum du dich nicht in den *Gottesstaat* vertieft hast und in jenes andere Werk über die *Dreieinigkeit*. Er ist auch für uns ein Lehrer, der Bischof von Hippo … Warum also?«

Es war nicht einfach, seine Gedanken, die er vor etlichen Jahren zu diesem Thema gehabt hatte, wieder aufleben zu lassen. Die Atmosphäre im Zimmer und die leise und bestimmte Stimme des armen Kranken forderten ihn zu einer völlig aufrichtigen Antwort auf, und er beugte sich ein wenig nach vorn und presste die Hände zusammen.

»Es war wohl ein Irrtum bei der Auslegung, mein Abbas, ein Irrtum der Jugend, und ich bereue, ihm verfallen gewesen zu sein.«

»Nun, sag mir warum, es ist mir wichtig, dass du es sagst.«

»Vielleicht, vielleicht seine Art, wie er sich an unseren Herrn wendet. Wenn wir das gemeinsam tun, mit Fürbitten und Gebeten, die schon von jeher festgelegt sind, so hört er diese sicher an, denn er spürt die Inbrunst aller … der ganzen Gemeinschaft, mit einer Stimme gesprochen … doch wenn ich allein bin und mich an ihn wende, dann nenne ich seinen Namen nur in mir, weil ich glaube, dass er die Stille der Seele liebt, und weil mir scheint, dass ich so sein Geheimnis wahre, nun … der heilige Benedikt nennt in unserer Ordensregel den Namen unseres Herrn nur achtzehnmal, der heilige Augustinus ist ein außergewöhnlicher Denker, ein heiliger Philosoph, doch er nennt seinen Namen immerzu … es ist, als ob …«

»Als ob?«

»Als wolle er seine bedeutende … Vertrautheit … mit ihm … herausstellen …«

Die drei verharrten lange in Schweigen, dann sagte der Prior: »Auch uns hat die Nachricht von dem Massaker in jenem Dorf erreicht. Wehe, die Welt ist voller schlechter Menschen. Doch etwas anderes – was gibt es Neues über unseren jungen Papst?«

Die Erschöpfung, der Schlaf, das verspätete Erwachen, das Ritual im Oratorium hatten ihm nicht genügend Zeit gelassen, sich vorzubereiten, zu diesem Thema Rede und Antwort zu stehen.

»Ich habe ihn bei der Festung von Poggio Poponesco verlassen …«

»Davon habe ich gehört. Das ist in der Nähe von Rieti, nicht wahr?«

»Ja, Herr.«

»Du hast ihn verlassen … gab es Unstimmigkeiten?«

»Mein Verweilen in dieser Gruppe von Rittern war nicht mehr vonnöten.«

Hugo von Celano unterbrach den Prior, nachdem dieser gesagt hatte: »Aus dem Brief schien …«

»Das ist nicht wichtig. Ich hatte keinen Anlass zur Vermutung, dass er dich bei sich haben wollte, wenn also etwas Unangenehmes geschehen ist, so ist das meine Schuld.«

»Seine Heiligkeit hat mir Schweigen auferlegt, und dies … der Ungehorsam Euch gegenüber schmerzt mich, ich bitte Euch demütig um Vergebung, Abbas.«

»Sorge dich nicht, Vildericus, zahlreiche Gerüchte über ihn erreichen auch Farfa. Lasset uns hoffen, dass diese mit der Zeit etwas schmeichelhafter werden.«

»Was ich Euch sagen kann, ist, dass er von … widersprüchlichen Absichten beseelt zu sein scheint.«

Hugo von Celano faltete die Hände und lehnte den Kopf zurück. »Vom Konzil zu Spello«, sagte er mit schwacher Stimme, »wirst du mir ein anderes Mal erzählen.«

Der Prior ging an seine Seite, dann gab er Vildericus ein Zeichen, es ihm nachzutun, und sie hoben den Abt auf, der so viel wog wie ein mageres zehnjähriges Kind. Als sie ihn auf seinem Bett im angrenzenden Zimmer niederlegten, ließ er die Augen geschlossen, und sie begriffen, dass die Anstrengung dieser Unterhaltung ihn völlig erschöpft hatte. Sie verabschiedeten sich, ohne eine Antwort zu erhalten, und gingen hinaus.

»Sein Leib verzehrt sich langsam«, sagte der Prior, »wie ein Holzscheit, wenn die Luft unbewegt ist. Am Abend ist das Fieber immer sehr hoch.«

»Werden wir ihn verlieren?«

»Das Leiden sitzt hier drinnen in der Brust. Seit zwei Tagen ist Blut in dem Schleim, den er unaufhörlich ausspuckt. Es ist eine unbarmherzige Krankheit.«

Für einige Momente verspürte Vildericus zwischen Kehle und Augen das schmerzliche Ziehen eines aufkommenden Schluchzens. Die Erleichterung über die Rückkehr war bereits in den dunklen Abgrund zerstörter Hoffnungen geglitten. Er verlor gerade seinen zweiten Vater, durch den er all sein Vertrauen und seine Kraft gewonnen, und der Ruf des Schicksals, das in seinem Geist immer auf der Lauer lag, verstrickte ihn von neuem in einen inneren Hader, der ihn vielleicht in einer Wüstenei aussetzen würde. Er grüßte den Prior eilig und zog sich in seine Zelle zurück.

## 27

Die Agonie Hugos von Celano zog sich über den ganzen Juni und Juli hin. Am 10. August bat er um die letzte Ölung. Die sommerliche Hitze schien an diesem Donnerstag, dem Tag des Märtyrers Sankt Laurentius, den Gipfel ihrer Kraft erreicht zu haben. Eine erdrückende, glühend heiße Schwüle lastete bereits seit Wochen auf der ganzen Natur, und Menschen und Tiere fanden nicht einmal in den Nächten Erleichterung, denn wenn es dunkel wurde, ließ die Erde ihre letzte quälende Feuchtigkeit frei. Wenn die Mönche sich während der kurzen Ruhepause nach dem Refektorium im Garten im Schatten der Eichen zusammenfanden, dann schien das Tal in Erstarrung gefallen zu sein wie eine gemalte verbrannte Landschaft, in der kein Leben war, sodass man fast meinen konnte, das gesamte Universum sei reglos und tot. Doch das war es nicht, denn genau an jenem Tag brachte gegen Abend ein Gesandter des Primicerius aus dem Lateran zu Pferde die Nachricht, dass die Truppen Konrads II. aus der Campania zurückkehrten und dass sie bereits in Sichtweite der Albanischen Hügel seien. Sollten sie die Via Salaria wählen, um die freie und wenig beschwerliche Straße an der adriatischen Küste zu erreichen, so riskiere Farfa, von diesem Durchmarsch berührt, wenn nicht gar von ihm erfasst zu werden, und dies brächte große Gefahr mit sich, denn diejenigen, die diesen befürchteten Durchzug ankündigten, sprachen von einem Heer in den Fängen der Pest. Die Auswirkungen waren bereits am folgenden Tag, am Freitag, dem 11. August, zu spüren, als mehrere hundert Bauern von den Höfen in der Umgegend, vor allem aus dem Tal, sich mit Familien und dem ganzen Vieh in der Nähe des Klosters versammelten. Es waren zum Teil Vasallen des Klosters, denen ein alter Brauch gestattete, sich in Augenblicken der Not in den Schutz des Abtes zu stellen und im Fall größter Gefahr sogar zeitweilig Zuflucht innerhalb der Mauern des Klosters zu finden.

Die Vorhut des deutschen Heeres, eine Abteilung der Kavallerie, tauchte am Samstagnachmittag unten auf der alten Römerstraße auf und schlug etwa drei Meilen vom Hügel Farfas entfernt ihr Lager auf. Was die Verpflegung anging, so mussten die Soldaten unabhängig sein, denn es gab keine Beschlagnahmungen und keine gewaltsamen Übergriffe auf die verstreuten Weiler, doch vielleicht lag der wahre Grund für dieses ungewöhnliche Verhalten in ihrer körperlichen Verfassung, die – mehr noch als durch die Pest – durch diese fürchterliche Hitze angegriffen sein musste.

Ihr Anführer war italienischer Abstammung, ein gewisser Matteo von Anagni, der gegen Abend mit der Bitte in Farfa eintraf, auf Weisung des Befehlshabers der Abteilung mit dem Abt sprechen zu dürfen. Er wurde von den beiden Laienbrüdern, die ihn empfangen hatten, in den für ankommende Gäste bestimmten Raum geführt. Sie baten ihn, geduldig zu warten, denn alle Klosterbewohner befänden sich gerade vollständig versammelt im Oratorium.

Vollständig, mit einer Ausnahme. Als Vildericus mit den anderen das Oratorium betrat, wurde er von einem der Laienbrüder, die Hugo von Celano pflegten, angesprochen. Der Abt bitte ihn, zu kommen. Vildericus eilte zu ihm. Er hatte seinen Abbas zwei Tage zuvor für einige Augenblicke gesehen. Er hatte nicht mehr gesprochen, das Fieber hatte seinen Geist verdunkelt und hielt ihn in einem beständigen Dämmerzustand gefangen. Doch nun traf er ihn wach an. Hugo von Celano saß fast aufrecht im Bett, an zwei große Kissen in seinem Rücken gelehnt, und die auf Vildericus gerichteten Augen waren wie immer, nur größer und ein wenig heller, vielleicht weil nur noch wenig Blut in seinen Adern floss. Er hielt ein kleines Kreuz aus Holz in den Händen.

»Schließe die Tür und nimm diesen Stuhl«, sprach er, jedes Wort einzeln betonend, und die völlige Stille, die im Zimmer herrschte, machte es möglich, dass seine Stimme zu hören war. »Komm näher zum Bett, ich weiß nicht, wie lange ich noch sprechen kann. Der Herr hat mir diesen Augenblick der Gnade vergönnt, bevor er … mich … zu sich holt … damit ich … mein Leben … prüfe … nicht dieser … Ausdruck von Trauer … ich bin ungeduldig …«

»Ohne Euch … es ist das zweite Mal …«

»Du weißt, wer dein wahrer Vater ist … und diesen zu verlieren … ist unmöglich.«

Dieser arme, wehrlose Körper eines alten, kranken Mannes, die skelettartigen Hände – mehr als vierzig Jahre hatte er mit menschlicher Weisheit hunderte von Männern angeleitet. Farfa war er, er hatte es erschaffen, und wenn Vildericus es vermocht hätte, so hätte er ihm die Wärme seines Blutes übertragen …

»Ich wollte mich von dir verabschieden … doch ich wollte auch, dass du mir einige Zeilen aus dem zweiten Kapitel unserer Ordensregel vorliest. Ich weiß, dass du sie auswendig kennst … ich bitte dich …«

»*Abbas qui praesse dignus est*«, begann Vildericus, doch der Abt unterbrach ihn.

»Weiter vorn … ›doch sein Befehl‹ …«

»… *sed iussio eius vel doctrina* …«

»Nein, ich will es in unserer einfachen Sprache hören … näher … einfacher …«

Vildericus war erstaunt. Er wäre nie auf den Gedanken gekommen, den heiligen Benedikt in die alltägliche Sprache zu übertragen, doch er schloss einen Augenblick die Augen, legte die Hand auf den Mund, um besser in diesen Passus eindringen zu können, dann sagte er: »Doch seinen Befehl und seine Lehre möge er in die Herzen seiner Schüler geben wie die Hefe der göttlichen Gerechtigkeit, er möge immer daran denken, dass im Augenblick des erschreckenden Gerichts Gottes es zwei Dinge sind, die geprüft werden …«

»… die Lehre und der Gehorsam der Schüler … und dann … möge er mehr durch Taten …«

»… als durch Worte zeigen, was gut und heilig ist, bis er selbst nicht schuldig gesprochen wird, und er ziehe keinen dem anderen im Kloster vor …«

»Das heißt, er mache keinen Unterschied … O Vildericus, ich gehe dorthin, wo meine Sünden beurteilt werden … bis in die kleinste Einzelheit … stolz bin ich gewesen, ja … viele Male … nein, unendlich viele Male … ich habe unter tiefen Abneigungen gelitten … Zuneigungen … du bist mir ein Sohn gewesen … und manches Mal habe ich mehr auf das Wohl des Klosters denn auf das Wohl eurer Seelen geschaut … Tausende von Malen habe ich Gott gebeten, mir meine Irrtümer zu vergeben … ich bin ihm ein unvollendetes Werkzeug gewesen … Vildericus, bete für mich beim Herrn … dass er mich … in seiner Barmherzigkeit aufnimmt … und ihr alle … wählt, wenn ihr könnt, den Prior … Suppone … er ist gut … jetzt … leb wohl … Herr, Herr … dein Diener …«

Seine Augen standen offen, er blickte geradeaus, und so verharrte er. Ihn stützend nahm Vildericus die Kissen aus seinem Rücken und ließ ihn sanft zurückgleiten, bis er auf dem Rücken lag. Er nahm das Holzkreuz aus seinen Händen und legte es ihm auf die Brust, dann nahm er die linke Hand zwischen die seine und hielt sie so lange, bis er spürte, dass sie kalt wurde.

Schließlich rief er einen der Diener und bat ihn, den Prior zu holen, dann kniete er neben dem Bett nieder und sprach laut das Vaterunser. Der Schmerz war eine Wand, mit spitzen Nägeln gespickt, die sich im Raum einer dumpfen Abstraktion auflöste. Drinnen ragte ein Baumstamm mit skelettartigen Ästen auf, der sich in der Oberfläche einer ausgedehnten grauen, morastigen Fläche spiegelte … kein Wegweiser … ein grober Schriftzug: »Geheiligt sei dein Name …«

Beim ersten Dämmerlicht kam er in seiner Zelle wieder zu sich. Die schweren Schläge der großen Glocke brachten ihm den Tod Hugos von Celano wieder ins Bewusstsein. Bisweilen waren Klagerufe und ein Schrei zu hören. Er ging zur Tür: Seine Mitbrüder im Kreuzgang glichen versehrten Schlafwandlern, jeder ging für sich, griff sich mit den Händen an den Kopf, hielt sie gefaltet, streckte sie nach vorn. Sie schienen irre gewordene Kinder zu sein, durch einen unermesslichen Schmerz erblindet. Das Auftreten Suppones hielt sie plötzlich auf.

»Haltet an euch«, sagte er, »liebte Hugo von Celano vielleicht das Lärmen, die Klagen? Er sieht euch und erwartet von euch die notwendigen Gebete, nichts weiter. Die Beisetzung findet morgen statt, darauf folgen die vorgeschriebenen Totenwachen und die Ernennung des neuen Abtes, doch in der Zwischenzeit müssen wir einem anderen schwer wiegenden Umstand ins

Auge sehen, mit demütigem Geiste, wie stets im Dienst des Herrn und aller seiner Kinder. Unsere Ordensregel schreibt vor, dass die Grenze unseres Wirkens die Klostermauern seien und dass der Umgang mit der äußeren Welt strengstens auf unerlässliche Verpflichtungen beschränkt bleibe. Heute stehen wir vor einer solchen: Unsere Ländereien werden vom Heer unseres Kaisers Konrad II. durchquert, und ihr wisst, dass dessen Vorhut die Diözese von Farfa erreicht hat. Die Reise selbst, die große Hitze in dieser Jahreszeit – oder vielleicht die Vorsehung des Allerhöchsten –, hat einige seiner Soldaten mit schlimmen Krankheiten geschlagen, die eher nach einer letzten geistlichen Tröstung verlangen als nach leiblichem Beistand oder nach Arzneien, welche diese Krankheiten ohnehin nicht aufhalten könnten. Die wenigen deutschen Geistlichen des Gefolges sind anscheinend gestorben, und die unseren aus den Provinzen sind, vielleicht wegen der Ausschweifungen und dem üblen Gebaren einiger weniger oder aus Furcht vor einer Ansteckung, geflohen. Der Anführer der Vorhut hat sich mittels seines italienischen Führers, Matteo von Anagni, der gestern Abend zu uns gekommen ist, an uns gewandt. Da alle Männer seines Gefolges getaufte Christen sind, hat er darum gebeten, dass die auch in solch unglücklichen Umständen notwendigen religiösen Pflichten von uns übernommen werden. Wir könnten dies verweigern, doch ich bin sicher, dass Hugo von Celano, unser Abt und Lehrmeister, Gott habe ihn selig, dieser Bitte nachgekommen wäre.«

Vildericus zweifelte nicht daran, dass er unter den Ausersehenen sein würde, doch er verspürte keinerlei Unwillen. Er war ein Soldat Christi, auf den Tod vorbereitet … auf den abschüssigen Feldern vor seinem Hause in Sutri pflegte er, wenn das Heu für das Vieh geschnitten und aufgesammelt wurde, bis zur Grenzhecke hinabzurutschen, und als sein Vater gestorben war, hatte er es einige Male wieder getan, von jener Hecke angezogen, hinter der ein sehr steiler Abhang ihn in die Schlucht hätte stürzen lassen. Er vernahm seinen Namen nach denen der Mitbrüder Victorinus, Edwardus, Guittone. Der Prior sagte, dass sie in diesem außergewöhnlichen Fall die Berechtigung erhielten, die Beichte abzunehmen, Buße und Absolution zu erteilen, zur Tröstung die der jeweiligen Situation angemessenen Verse des Evangeliums zu lesen und die letzte Ölung vorzunehmen. Sie sollten sich in leichte Kutten kleiden, um sich vor der Sommerhitze zu schützen. Sie bekämen einen Wagen mit Lebensmitteln, den Guittone lenken sollte, der darin Erfahrung habe und der, obgleich er sich seit seinem Eintritt ins Kloster den geistlichen Weihen versagt habe, dennoch in der Lage sei, erforderlichenfalls den Gottesdienst zu verrichten, wenn es ihnen nicht gelänge, auf ihrem Weg den Pfarrer der Pfarrei von Santa Sabina zu überzeugen, was übrigens nicht sehr wahrscheinlich sei. Er habe bereits dafür gesorgt, dass sich ein kleines Tabernakel mit geweihten Hostien auf ihrem Wagen befände. Und Vildericus möge das Pferd nehmen, das ihm von Benedikt IX. geschenkt worden sei, auch dies für den Fall einer unabdingbar notwendigen Verbindung mit dem Kloster.

An diesem Punkt trat Vildericus vor, der bis dahin unter der Tür zum Kreuzgang stehen geblieben war, wandte sich an Suppone und sagte: »Ich war im Augenblick des Hinscheidens an der Seite Hugos von Celano. Er hatte nach mir verlangt und hat zu mir gesprochen. In den letzten Momenten, bevor seine Seele zu Gott ging, hat er einen Wunsch ausgesprochen, dem ihr vielleicht alle ohnehin nachkommen würdet, den zu offenbaren ich jedoch für meine Pflicht ansehe. Ich werde dies mit der Wahrheit meines Mundes tun: Er hat uns angeraten, unseren geschätzten und verehrten Prior zum Abt zu wählen.«

»Die Worte Hugos von Celano spenden mir großen Trost. Ich weiß nicht, ob ich sie verdient habe, doch ich stelle mich euch allen, wie es unser Brauch ist, in einer freien Wahl, die stattfinden wird, wenn uns unsere vier Brüder zurückgegeben sein werden.«

»Wann sollen wir aufbrechen?«, fragte Vildericus.

»Sogleich. Dir vertraue ich eine sehr heikle Aufgabe an. Du sollst die Ankunft des Kaisers erwarten, um ihn über unseren Trauerfall in Kenntnis zu setzen, ihm die Empfehlungen unseres Klosters zu überbringen und ihn zu fragen, ob er den Prior sehen will. Falls ja, so bedenke die Zeit für deinen Rückweg und die für meine Reise. Gott sei mit euch.«

Als sie zum Aufbruch bereit waren, wurden die vier zunächst vom Cellarius zur Kräutersammlung geführt. Dort gab ihnen der alte Mönch, der den Ruf eines Heilkundigen hatte, einige Informationen über die Pest, über die mit Beulen und jene Form ohne Beulen, die aber viel gefährlicher sei als die andere, denn sie behindere die Atmung, außerdem über die Maßnahmen, die zu ergreifen seien, um eine Ansteckung zu vermeiden, und er gab ihnen einige aus Kräutern gewonnene, ölige Balsame, Kräuter, die er selbst seit langem anbaute und deren Samen er vor langer Zeit von einem griechischen Mönch erhalten hatte. Diese könnten zwar nicht von der Krankheit heilen, aber doch die Leiden der Sterbenden mildern.

»Unser Herr Jesus Christus beschütze euch«, sagte er, als er sie schließlich zur Tür dieses wohlriechenden Raumes führte, »und denkt daran, dass die Heilige Bibel und unser Johannes zum Volk der Juden und nicht zu uns gesprochen haben. Ich bin sehr alt und habe viel gesehen, doch ich weiß, dass unser Herr niemals eine Geißel über die Menschen kommen lassen würde, denn die Pestilenzen treffen sowohl die Bösen als auch die Guten, und ER ist nur Barmherzigkeit und Liebe.«

Von Matteo von Anagni geführt, erreichten sie kurz nach der neunten Stunde das Lager der deutschen Soldaten, nachdem sie vergebens bei der verlassenen Pfarrei von Santa Sabina gehalten hatten. Die Pferde waren in eine große Koppel eines verlassenen Hofes gesperrt, von denen die magersten vor lauter Hunger unruhig mit den Hufen stampften. Vor den Gebäuden standen etwa zehn Wagen, daneben die Diener. Die Ritter hatten sich auf den Feldern neben der Straße niedergelassen, wo sie sich um einige uralte Ölbäume scharten. Sie trugen nur Beinkleider, ihre Kettenhemden und die Waffen waren überall verstreut. Einige von ihnen lagen völlig unbekleidet im Schatten einer Eiche.

»Diese dort«, sagte ihr Führer, »sind krank, es sind ihrer zehn, doch nur bei zweien ist die Seuche gewiss. Die Soldaten der Vorhut waren sicher, nicht gefährdet zu sein und dass nur der Hauptteil des Heeres angesteckt würde, doch auf der Höhe von Rom gab es die ersten Krankheitsfälle, und in den letzten Tagen sind sieben von ihnen gestorben, alle mit den Anzeichen der Pest.«

»Und wer ist das dort?«, fragte Vildericus, der am Rand des Lagers etwa zehn Frauen bemerkt hatte, die sich auf einem hölzernen, grün bemalten Wagen wie Gänse dicht an dicht drängten und herüberstarrten.

»Auch zwei von ihnen sind gestorben, und sie haben sie nicht einmal begraben«, sagte Matteo. »Das sind die Weiber, die dem Heer folgen, Dirnen. Die beiden mit den roten Gewändern sind Römerinnen, die sich vor vier Tagen angeschlossen haben.«

Der Führer sprach weiter, und Vildericus hätte ihm gerne zugehört, um die plötzlichen Gedanken fernzuhalten, die sich in das Pochen seines Herzens drängten und es aus Furcht vor dem Bild Doroteas stocken ließen, das er von sich ferngehalten und in all diesen Tagen weggeschoben hatte. Doch ihm war schwindelig vor lauter Anstrengung, an sich zu halten und nicht sofort dorthin zu laufen, um aus der Nähe zu sehen, ob von den beiden Römerinnen …

»Am Tage halten sie sich fern«, hörte er Matteo sagen, »ihre Arbeit können sie nur bei Nacht verrichten. Ich bringe Euch zum Befehlshaber Ebenwust.«

Dieser erwartete sie vor dem einzigen Zelt, das auf diesem Feld errichtet war. Er war ein Mann mittleren Alters mit einem dichten rötlichen Bart, einer blauen Jacke und bloßen Füßen. Er begrüßte die vier Mönche mit einem »*Gottgrisoich*«, das von dem Mann aus Anagni übersetzt wurde, und er teilte ihnen mit, dass viele von ihnen, auch er selbst, seit einiger Zeit das Bedürfnis verspürten, die heilige Messe zu hören. Ihr Leben hänge nur noch an einem Faden. Am besten hielte man sie sofort ab, da sie noch in dieser Nacht aufbrächen, denn die Ankunft des Heeres stünde kurz bevor. Guittone breitete das Leibtuch auf einem kleinen Tisch aus, den er im Wagen mitgenommen hatte, und stellte das Tabernakel auf. Er zog sich die Kapuze vom Kopf, legte sich die Stola um und wartete. Nahezu alle Soldaten zogen sich ein Hemd oder einen Rock über und kamen nach und nach um diesen ärmlichen, schmucklosen Altar zusammen. Und wie von einem inneren Trieb geleitet, bildeten sie sogleich ein Geviert von acht Reihen zu je zehn Männern, in deren Mitte sich Graf Ebenwust befand, der als Erster niederkniete, und die anderen taten es ihm nach. Einige der Dirnen hatten sich ebenfalls genähert, nicht jedoch die beiden rot gekleideten, und nachdem sie ihre Häupter mit Tüchern bedeckt hatten, knieten auch sie in einiger Entfernung von den Soldaten nieder. Bruder Victorinus gab einem der Soldaten das ungesäuerte Brot und den Krug mit Wein, damit dieser sie im richtigen Moment Guittone übergäbe. Dieser wartete, bis es still wurde, und stimmte dann die ersten Worte des zweiundvierzigsten Psalms an, *Judica me, Deus*, doch er musste sofort innehalten, denn ein Klagen war zu hören und dann spitze Schreie, die in Röcheln übergingen.

Guittone blickte Vildericus und Edwardus an, doch nur Vildericus erhob sich und sah, dass zwei der Soldaten, die liegen geblieben waren, sich wanden und aufzustehen versuchten. Er machte Matteo von Anagni ein Zeichen, ihm zu folgen, nahm den Sack, den ihnen der kräuterkundige Mönch gegeben hatte, und lief rasch zu einem der Soldaten, während der Betende die Rezitation des Psalms wieder aufnahm. Man hatte die beiden in die Nähe gebracht, doch abseits der anderen. Sie waren mit Wunden übersät, und als der Mönch noch etwa einen Meter von dem Ersten entfernt war, traf ihn der Gestank von verdorbenem Fleisch.

Einer der anderen Kranken, die nicht weit weg lagen, schrie den Mönchen etwas zu, wobei er mit ausgestrecktem Arm auf die ersten beiden zeigte.

»Er sagt, dass wir sie von ihnen fortbringen sollen, weil sie die Pest haben«, sagte Matteo, der hinter ihm stand. »Ihr aber, seht Euch vor!«

Vildericus kniete neben einem der beiden Soldaten nieder. An dessen linkem Auge fehlte das Lid, und er hatte eine schwärende Pestbeule an der Nase. In seinen Worten und in seinem Stöhnen lag Verzweiflung, und nachdem er einen blutdurchsetzten, schleimigen Auswurf von sich gegeben hatte, streckte er ihm die Hand hin.

»Was sagt er?«

»Dass er sterben will. Doch berührt ihn nicht, wenn nicht auch Ihr sterben wollt!«

Vildericus nahm diese flehende Hand in seine und machte ihm mit der rechten Hand das Kreuzzeichen auf die Stirn.

»Mönch, bist du irre?«, rief eine der Frauen, die bis auf zehn Meter herangekommen war. Es war eine von den Römerinnen. Der andere Kranke schrie einen rauen Satz, und mit ausgestrecktem Arm und mit der Hand bedeutete er ihr, sich zu entfernen, woraufhin die Frau fortlief.

»Fragt ihn, ob er beichten will.«

Matteo übersetzte die Antwort, die er erhalten hatte: Er habe nicht gesündigt, er wünsche nur ein Gebet und dann den Tod, er flehe ihn an, ihn zu töten. Vildericus holte die Flasche, die ihnen der Kräuterkundige gegeben hatte, aus seinem Beutel, füllte einen Becher mit der Flüssigkeit, die darin enthalten war, und half dem Sterbenden beim Trinken, indem er seinen Kopf stützte.

»Sagt ihm, dass das die Schmerzen nimmt.«

Der Soldat sah ihn benommen an und flüsterte Worte, die niemand verstand. An dem schwerer werdenden Gewicht des Kopfes in seiner Hand spürte Vildericus, dass der Mann nicht mehr die Kraft hatte, ihn zu halten, und er half ihm, sich wieder niederzulegen. Dann wiederholte er das Verfahren bei dem anderen Soldaten, der ihm die Hand küsste, als er getrunken hatte.

»Auch die anderen wollen diesen Trank«, sagte Matteo.

Es waren acht Soldaten, deren Erkrankung weniger schwer war. Vildericus gab Edwardus, der ihm gefolgt war, die Flüssigkeit, damit er sie allen einflöße, er selbst ließ sich zwischen den ersten beiden Soldaten nieder und sprach das Vaterunser. Dies war also die Pest, das absolute Übel, die Hölle, die schmerzhafte Folter, die der Zufall vergab. »Und also näherte sich ein Aussätziger und sagte zu ihm: ›Herr, wenn du willst, kannst du mich heilen‹, und er streckte die Hand aus, berührte ihn, und in diesem nämlichen Moment verschwand der Aussatz …«

»Du musst dir die Hände mit Eichenblättern abreiben«, flüsterte ihm Edwardus zu, doch Vildericus verharrte auf Knien unbeweglich neben den beiden, die kurz darauf starben. Die Natur schuf auch dies: Gestank, Auszehrung und die elenden Würmer, die das Fleisch auffraßen, und vielleicht verschloss der Heilige Geist die Augen, um das Leid des Fleisches nicht messen zu müssen. Vildericus ließ sich neben dem Stamm einer Eiche nieder, das Bild der Hure vor Augen, die von dem Soldaten verjagt worden war, denn auch dies war Natur, eine verirrte Kreatur voller unschuldiger Sünden, die in einer unterwürfigen Demut erstarrte … Edwardus war neben ihm und rieb ihm die Hände mit Eichenblättern ab.

Die Messe war zu Ende. Graf Ebenwust ging zu den beiden Leichnamen und befahl den Dienern, zwei Gruben auszuheben, um sie zu beerdigen, und ein Kreuz zu bauen, auf dem ihre Namen eingeritzt werden sollten. Vildericus spürte eine quälende Entmutigung: Diese Soldaten, die Waffen, die herrschaftlichen Standarten, die Diener und die Frauen – jeder Ausschnitt dieses Bildes verriet eine sinnlose Wirrnis, in deren Mitte schweigend und friedvoll die Bäume aufragten, mit ihrer wissenden und königlichen Unerschütterlichkeit …

»Die Ritter kommen!«, rief Edwardus.

Es waren an die fünfzehn, die da im Galopp herbeikamen, auch sie vom Gürtel an aufwärts unbekleidet, und das Lager kam in Bewegung. Alle erhoben sich, auch Vildericus und Graf Ebenwust gingen ihnen entgegen.

»Das muss die Vorhut des Heeres sein«, sagte Matteo von Anagni.

Die Ritter stiegen von den Pferden, jedoch nicht alle. Drei von ihnen schienen fest in den Sätteln zu kleben, ihre Köpfe hingen vornüber und bewegten sich mit den nervösen Bewegungen ihrer unruhigen Pferde, die Zügel hingen lose herab, und als neige sich das Tal, rutschten zwei von ihnen an den Flanken ihrer Pferde herab und fielen zu Boden. Auch der Dritte ließ sich fallen, doch sein linker Fuß blieb im Steigbügel hängen, das Pferd scheute wegen dieses ungewohnten Gewichts auf der einen Seite und galoppierte völlig verstört los, wobei es den armen Körper hinter sich herschleifte, der über die Steine und Unebenheiten des Bodens geschleudert wurde, bis es einem der Ritter, der sich an die Verfolgung des Pferdes gemacht hatte, gelang, es zum Stehen zu bringen. Er stieg aus dem Sattel und betrachtete das, was von seinem Kameraden übrig geblieben war, überkreuzte die Unterarme und gab so deutlich zu erkennen, dass der Mann tot war.

Nachdem er sich mit dem Grafen Ebenwust besprochen hatte, rief Matteo von Anagni Vildericus herbei. Alle hatten sich im Kreis um die beiden gestellt, die man auf den Rücken gedreht hatte. Sie atmeten mühsam, mit kurzatmigem Stammeln und Röcheln, auf ihren Körpern war keine Beule und keine Schwellung zu sehen, aus ihren Mündern rann Blut. Matteo übersetzte das, was ihm derjenige gesagt hatte, der der Anführer der Abteilung sein musste: Die beiden hätten auf der Höhe der Via Nomentana begonnen, sich krank zu fühlen, doch es habe nicht den Anschein gehabt, dass es sich um die Pest handele. Vildericus erläuterte, was ihm der Kräuterkundige über die beiden verschiedenen Arten der Krankheit gesagt hatte und dass dies ihre schlimmere Form sein konnte, die gefährlicher war und schneller fortschritt. Als Matteo seine Worte übersetzt hatte, entfernten sich alle, Vildericus hingegen kniete an der Seite der Männer nieder und sprach mit gefalteten Händen die Gebete der Vergebung und der Segnung. Die Beine der beiden zuckten, und aus ihren Mündern floss ein dicker und dunkler Schleim, dann bekamen ihre Augen einen starren Blick. Um die beiden Körper herum verbreitete sich eine eigenartige Stille, in der sich Vildericus von außen zu sehen glaubte. Er sah eine leere Puppe, die Seele hing an diesen Bildern des Übels … und eine hohe Stimme sagte:

»Er hat die Menschen aus der Gefangenschaft des Todes befreit … das Kreuz hat die Macht des Todes zerstört«, doch diese Worte rollten hinab und verschwanden zwischen den trockenen Grashalmen … und der Tod behielt die Herrschaft und erzwang die beständige Wiederholung der Szene der ewigen Wiederkehr … Edwardus und Matteo mussten ihm helfen aufzustehen, und sie teilten ihm mit, dass das Heer König Konrads sich nähere und dass die Brigade des Grafen Ebenwust mit der Zusammenkunft in Kürze ihren Marsch auf der Via Salaria wieder aufnehmen würde.

»Wir haben getan, was wir tun konnten«, sagte Guittone, der mit Victorinus zusammen herbeigekommen war. »Der Graf dankt uns und entlässt uns. Er hat erfahren, dass zwei Priester bei den Truppen sind, die sich um die Bestattung der Toten kümmern werden. Wir können nach Farfa zurückkehren.«

Vildericus begleitete seine Brüder zum Wagen. Nuvola schnaubte, als sie ihren Reiter sah, und drängte sich zu ihm hin und senkte den Kopf, damit er ihren Hals streicheln konnte.

»Kehren wir nach Hause zurück!«, rief Guittone.

»Vielleicht kann ich euch einholen. Gute Reise«, sagte Vildericus, und von Nuvola gefolgt, ging er zurück und blieb bei Matteo stehen. An einer Wegbiegung dort unten erschienen in einer Staubwolke die Truppen des deutschen Heeres; in ihrem Rücken stand die Sonne, die sich zum dunstigen Horizont im Westen neigte. Die ersten Gruppen Bewaffneter zu Pferde kamen in Schrittgeschwindigkeit heran, unter ihnen die Ritter der Leibwache Konrads II., der sich in ihrer Mitte befand. Sie waren die Einzigen, die Kettenhemden trugen, und sie waren sichtlich von der Hitze erschöpft. Hinter dem Kaiser fuhren zwei geschlossene Wagen. Matteo sagte:

»Seht Ihr diese beiden Wagen? Sie sind voller Diebesgut – Statuen aus der römischen Zeit, Bronzestatuen, Sarkophage –, das seine Soldaten überall erbeutet haben.«

Nach der Unterredung des Grafen Ebenwust mit dem Kaiser gelang es Matteo, von Vildericus gefolgt, sich Konrad II. zu nähern.

»Der Graf erklärt ihm, wer du bist und woher du kommst.«

»Mir dünkt, ich habe dich schon einmal gesehen«, sagte Konrad II., was Matteo sofort übersetzte.

»In Spello, Majestät. Ich überbringe Euch die ehrerbietigsten Empfehlungen der Abtei Farfa und ihres Priors.«

»Ich hatte den Abt erwartet, meinen alten Freund. Mochte er diese kurze Reise nicht antreten?«

»Hugo von Celano ist gestern Abend gestorben, Herr.«

»O mein Gott! Ich bin vom Tod umgeben, vom unaufhaltsamen Sensenmann! Welch ein Unglück! Ein großer Verlust, auch für mich! Nun sollte also ich diese kurze Reise antreten, doch ich bin müde, zu müde.«

»Prior Suppone bereitet die Beisetzungsfeier und die nächste Wahl vor, doch er hat mich beauftragt, Euch mitzuteilen, dass er selbst, wenn Ihr es wünscht, hierher kommt und Euch die Ehrbezeigungen der ganzen Abtei erweist.«

»Nein, nein, auf gar keinen Fall, das will ich nicht. Danke ihm. Sobald es mir möglich sein wird, werde ich euch Schenkungen machen, die der Erinnerung an diesen großen Mann würdig sind.«

Bereits im Sattel warteten Matteo und Vildericus auf den Aufbruch der Kundschafter des Grafen Ebenwust, um sich ihm anzuschließen. Bei der ersten Biegung der Via Salaria drehte sich Vildericus um, um das farbenfrohe Bild jenes Heeres in sich aufzunehmen, das die ganze Halbinsel niedergestampft hatte und nun auf der Flucht war, und es flog ihm der Gedanke zu, dass die Natur sich alles wieder hole – Körper, Worte, Gesten, Erinnerungen ... und vielleicht entstand und begrub man in ihr das Übel.

»Gott sei mit Euch«, sagte Vildericus zu Matteo, als sie zur Abzweigung nach Farfa gelangten. »Nun, wenn Ihr sie bis in die deutschen Lande begleiten müsst ...«

»Nein, nein, mein Auftrag endet in Ravenna. Wenn sie mich dann dazu zwingen sollten, ihnen zu folgen, so werde ich mich davonmachen. Vorausgesetzt, die Pest hat mich dann noch nicht ereilt!«

»Was sie wohl mit den Kranken tun?«

»Das weiß ich nicht, ich hoffe nur, dass das ganze Heer von der Pest dahingerafft wird. Adieu.«

# Dritter Teil

# 28

Fünf Jahre zogen ins Land. Es waren ruhige Jahre dort drinnen in jenem in den Sabinischen Bergen gelegenen Kloster mit seinen dicken Mauern, die dazu geschaffen waren, die Mönche *iuxta illam parvam civitatem* – jener kleinen Gemeinde – vor all den äußeren Ereignissen zu schützen. Sogar die Mailänder Unruhen – insbesondere nach dem Tod Konrads II. – schienen von einer anderen Welt zu sein, auch die noch gewaltsameren kriegerischen Auseinandersetzungen zwischen den normannischen Banden der Familie Altavilla und den Byzantinern in Apulien. Eine ferne Welt des Strebens und der Macht, die dem strengen Zeitplan der Gebete und der täglichen Arbeit entgegenstanden. Weniger gedämpft drangen die Gerüchte über Rom, über die Tusculaner und ihre Gegner, die Crescentier, und über den umstrittenen Papst ins Kloster, unter denen sich ganz besonders das Gerücht hervorhob, das ihm das Abhalten halb heidnischer Orgien in den Wäldern nachsagte.

Vildericus war der Einzige, der diese Nachrichten zurückdrängte. Er hatte anderes zu denken. Er hatte viel gelernt, viel gelesen und auch viel kopiert. Im Schreibsaal gab es nur noch vier Kopisten wie ihn, und meistens herrschte eine Stille, die nur vom Kratzen einer Feder durchbrochen wurde, wenn – selten genug – eine unachtsame oder unruhige Hand sie allzu kräftig auf das Pergament drückte. Vildericus nahm dies nicht wahr, denn in seinem Innern herrschte bereits eine ganz eigene Stille, vor der mit der Zeit alle Psalmen, Gebete und sogar die immer selteneren Gespräche mit den Mitbrüdern endeten. Sodass Suppone ihn »der Stumme« nannte, ein Beiname, der im Grunde zu leichtfertig war, um diese Rätselhaftigkeit und Düsternis zu beschreiben, die sich über die ihm eigene Zurückhaltung gelegt hatte, wo doch »der Verschlossene« ein viel passenderer Name gewesen wäre. Natürlich war er ehrfürchtig, gehorsam wie nur wenige, fleißig, noch bescheidener als früher, doch auf eine Art, als wären diese Eigenschaften lediglich die Schale einer Geisteshaltung, die sich für jegliche Anregung von außen als undurchdringlich erwies.

Während dieser fünf Jahre hatte Vildericus das Kloster nicht ein einziges Mal verlassen, nicht einmal zu Gelegenheiten wie den Jahrmärkten, die in den Sträßchen außerhalb der Klostermauern abgehalten wurden oder zwischen April und Juni und im Herbst unten am Fluss und die den Mönchen, wenn auch nur in zeitlich streng bemessenem Turnus, eine Abwechslung boten, die an ein lärmendes ländliches Fest erinnerte. Eine solche freiwillige Gefangenschaft, die Vildericus nur ab und zu aufgab, wenn er in den nahen Stallungen sein Pferd Nuvola besuchte, hatte schließlich auch seinen Oberen in äußerste Beunruhigung versetzt, insbesondere in diesem Winter des Jahres 1044, der so streng gewesen war wie kaum einer zuvor seit Menschengedenken und in dem die Küche den Tischgenossen größere und nahrhaftere Mengen an Brot, Eiern, Milch, Honig und Fisch zugestand und Vildericus sich mit den üblichen bescheidenen Rationen begnügt hatte.

So dass schließlich der Abt, gedrängt von dem zunehmend besorgten Prior, den Moment gekommen sah, ihn behutsam zu befragen. Er rief Vildericus zu sich. Und nachdem er dessen hervorragende Arbeit und tadellose Führung gelobt hatte, fragte er ihn, ob er sich gut fühle, ob er zufrieden sei, ob das Klosterleben noch immer die frühere absolute Übereinstimmung mit seiner geistigen Haltung fände. In dem verwunderten Ausdruck auf Vildericus' Gesicht zeigte sich das Misstrauen, das sich durch diese Fragen in ihm gerührt hatte. Er wandte den Blick ab. Diese Fragen schienen aus einer inneren Quelle der

Verlorenheit immer wieder neu hervorzusprudeln, und es war, als hätten sie ihn mit einer unvorhergesehenen Erkenntnis betäubt.

»Ja«, antwortete er, »das Kloster, und Ihr, Herr, die Brüder ...« Er wollte fortfahren, doch ein Kloß in seinem Hals und das Gefühl, sie in all diesen Jahren über sein wahres Selbst getäuscht zu haben, hinderten ihn daran.

»Sei also ruhig«, sagte der Abt, der sich fragte, in welche Bedrängnis Vildericus geraten war, »und wende dich mit mehr Vertrauen an unseren Herrn, er wird dir die Unterstützung zu geben wissen, deren du bedarfst. Und iss ein wenig mehr, denn du wirst immer magerer und gleichst einem Schreckgespenst.«

Vildericus ging am Nordflügel des Kreuzganges entlang und hielt inne, um in den Garten zu sehen. Seit Anfang März regnete es ununterbrochen, die Magnolie in der Mitte zeigte sich über die gewaltigen Wassermassen, die auf ihre dunklen Blätter niedergingen, erhaben und unberührt. Er hatte geglaubt, eine unüberwindliche Distanz zwischen sich und den römischen Erlebnissen geschaffen zu haben, die Wunden verheilt, frei von Angst, Zorn, Verachtung und von falscher Verzauberung, die jeglicher Ordensregel widersprach. Ausgelöscht die Erinnerung an erniedrigende Begegnungen und unschuldige und kaum erwiderte Gefühle. Überzeugt, dass es seine Pflicht sei, sich von jeglicher Bindung freizumachen, die seine spärliche Erfahrung von der Welt ihm gegeben hatte. Vom heiligen Hieronymus und seiner kurzen Einsamkeit in der Wüste bei Antiochia erleuchtet, hatte er sich innerhalb des Klosters selbst zum Einsiedler gemacht, wobei er sich zum absoluten Schweigen im Gebet und zur Arbeit gezwungen hatte, um sich selbst in den Schriften und in den Pergamenten auszulöschen, jegliche andere Empfindung zu vernichten und die vielen trügerischen Träume wegzuwischen. Doch auf dem Grund des Beckens war das Gesicht der Medusa unbeschadet. Er musste es ansehen und sich die glitzernden Steinchen des römischen Mosaiks wieder holen, dieser Glasfluss aus verlorenen Seelen, aus Gesichtern, deren Züge zugleich widersprüchlich und anziehend und lebendig waren. Mehr essen, hatte Suppone gesagt …

Er war völlig verwirrt: In diesen fünf Jahren hatte er sich also an den Glauben geklammert – doch nicht um des Glaubens willen – er hatte aus der Buße eine Bändigung seiner Seele gemacht, um die Furcht zu verbergen, die ihn bisweilen überfiel, und der Sand der Wüste, in die er sich zurückgezogen hatte, barg unter seiner obersten Schicht zweifelhafte Reize und Verlockungen.

Als Vildericus am Abend nach dem Mahl im Refektorium und nach den Psalmen und Gebeten der Komplet in seine Zelle zurückkehrte, war er verzweifelt. Dennoch entstiegen dem Abgrund, den die Fragen des Abtes geöffnet hatten, Bruchstücke ruhigerer Gedanken. Er hatte nichts vorgetäuscht, denn es waren ja seine Oberen gewesen, die ihn bereits zweimal aus dem Kloster und von den Pflichten der Regel weggeschickt hatten. Er selbst hatte sich von nichts niederbeugen oder unterwerfen lassen. Also ging es nur um die Anziehung, die diese abstoßenden Masken auf ihn ausgeübt hatten und die er unter seiner Abscheu und seinem Entsetzen verborgen hatte … Dennoch blieb da etwas in den empfindsamen Windungen seines Gehirns, das keinen Ausdruck kannte, etwas, das ihn qualvoll, farblos, tonlos durchfloss und das ihm entglitt, obgleich er sein Inneres fortwährend einer Überprüfung unterzog. Er nahm nur den Widerschein davon wahr, als wolle die Substanz, die dieses Etwas gebar, sich über ihn lustig machen. Ohne es zu bemerken, hatte er begonnen, das strenge Universum der Ordensregel zu untersuchen, doch in ihrem Einflussbereich war kein Ausweg zu erkennen. Und zum ersten Mal wagte er zu denken, dass allein Flüchtige wie er hinter Klostermauern endeten, deren einzige scheinbare Freiheit die nächtlichen Träume waren. Die Träume: Er hätte ihnen mehr Aufmerksamkeit schenken sollen. Der Pfarrer aus Sutri, sein Lehrmeister, hatte ihm erklärt, dass nicht sie selbst trügerisch und lügenhaft seien, sondern dass sich hinter den Buchstaben ihrer Bilder ungewöhnliche und eindringliche Gleichnisse und Hinweise verbergen mochten, sogar reichhaltige – doch an diesem Punkt übermannte ihn die Müdigkeit, und er schlief ein.

Er erwachte nur schwer für die Gradualpsalmen, die mitten in der Nacht gebetet wurden, und in einer Dumpfheit, die durch sich ihm nähernde weibliche Gestalten zerrissen wurde. Doch nach den Gebeten und Psalmen im Oratorium riet ihm der Prior persönlich, sich zurückzuziehen, und als er seine Zelle erreicht hatte, fiel er erschöpft wieder in den Schlaf. Nun hatte er eine Mauer vor sich, die voller kleiner, von aufgeregten Spatzen bewohnter Höhlungen war, zur Linken ein Portal, dessen Flügel nur angelehnt waren. Es genügte, den Atem anzuhalten, um durch sie hindurchzugehen und sich in einem von Fackeln erleuchteten Gang zu befinden, welche sich dem Eindringling entgegenbeugten. Er hatte keine Furcht, der Boden war sicher, ein leichter Wind im Rücken drängte ihn nach vorn, und die Frau, die an der Seite saß, bewegte sich nicht, denn sie weinte lautlos. Durch die Öffnung am Ende kam ein wenig Licht, und er musste dorthin kommen, ohne die Hindernisse aus nackten, unkenntlichen Körpern zu berühren, die mit ihren Händen zum Ausgang deuteten. Der Boden war schmutzig geworden, denn das Wasser des Rinnsals, das ihn in der Mitte durchfloss, war offensichtlich faulig. Jetzt musste er geradeaus und nach vorne sehen, zu jenem verheißungsvollen Ausgang hin, doch das Licht wurde weicher und nahm langsam die Form eines Gesichtes an, ein großes Gesicht, das Gesicht einer Frau in Erwartung …

Am Tag darauf hatte der Regen aufgehört, doch der Nordwind, der ihn fortgetrieben hatte, rüttelte heftig an den drei Fenstern des Schreibzimmers. Vildericus war sehr unkonzentriert, und die ihm von Suppone angetragene Aufgabe ging nur langsam voran. Er sollte die Kopie eines Manuskriptes des heiligen Augustinus anfertigen, das Traktat *De Haeresibus*, das fast unleserlich war.

Aber die Unterbrechungen und das lange Innehalten hatten noch einen anderen Grund. Als er den Gang entlanggegangen war, der vom Oratorium zur Bibliothek führte, hatte er im äußeren Hof zwei Pferde bemerkt, die von Knechten gehalten wurden. Auf der Satteldecke des einen war das Wappen der Tusculaner zu erkennen. Also war jemand von ihnen aus Rom hierher gekommen. Wer wohl die Gäste sein mochten? Wo doch in diesen letzten Jahren keiner dieser wüsten Sippe einen Fuß nach Farfa gesetzt hatte! Er nahm die Arbeit wieder auf, die Hand mit der Feder jedoch hielt erneut inne, und quälende Neugierde wechselte mit einer sich überstürzenden Folge alarmierender Vermutungen, denen er zu entrinnen versuchte, indem er schwache Gebete vor sich hinflüsterte. Vergeblich war auch der Versuch, die Bilder von Benedikt IX., dem Papstpalast und von Doroteas Antlitz zurückzuhalten, die sich ihm in einer düsteren und beunruhigenden Vorahnung aufdrängten. Die Zeit verlangsamte sich, bis sie ihn in eine träge Schläfrigkeit trieb, aus der ihn ein junger Laienbruder weckte: Der Abt erwarte ihn in seinem Studierzimmer.

Prior Deodatus öffnete ihm die Tür. Der Gast, der einen schwarzen Pelz trug, erhob sich. Suppone nannte seinen Namen – Alfonso von Alatri – und fügte hinzu, dass er der erste Sekretär des Apostolischen Archivs sei. Vildericus, verlegen, weil er sicher war, der Grund dieser Versammlung zu sein, trat näher zu diesem heran und murmelte mit gefalteten Händen und zu Boden gerichteten Augen den für Fremde vorgesehenen, schlichten Gruß: »Der Herr sei mit Euch und beschütze Euch.«

»Wir haben dich«, begann Suppone, »wegen einer sehr heiklen Angelegenheit gerufen. Du hast vielleicht die Person kennen gelernt, die hierher zu uns gekommen ist …«

»Während deines ersten Aufenthalts in Rom«, präzisierte der Prior.

»Nein, es tut mir Leid, ich erinnere mich nicht.«

»Ich habe Euch bei den Feierlichkeiten im Triclinium zur Ernennung Benedikts IX. zum Papst gesehen.«

»Ich erinnere mich an die Feierlichkeit, gewiss, aber …«

»Oh, nun sicher, dort waren viele Menschen, das ist nicht wichtig, nicht wichtig.«

»Nun«, hob Suppone wieder an, »was du hier siehst, ist ein Schreiben von Protoscriniarius Bosone, in welchem er mich um etwas bittet, das mich zugleich mit Stolz und mit Betrübnis erfüllt. Nun, um es kurz zu machen … sagt Ihr es, Herr, ich bitte Euch darum.«

»Protoscriniarius Kardinal Bosone hat eine große Achtung vor Euch, und wegen einer ganzen Reihe von Gründen, die hier auszubreiten mir nicht erlaubt ist, wünscht er, Euch wieder in Rom zu haben. Er möchte, dass Ihr die Niederschrift des Registers unserer Heiligen Mutter Kirche wieder aufnehmt. Die beiden Geistlichen, die Euch in diesen zehn Jahren ersetzt haben, haben uns Eure Abwesenheit spüren lassen. Es wird Euch Euer ehemaliges Zimmer zur Verfügung gestellt. Darüber hinaus möchte der Kardinal Euch eine Aufgabe anvertrauen, die nur Eure ganz persönliche Befähigung zu einem guten Ende führen kann …«

Das war er nun, der Scheideweg: Dieses Mal würde Rom den endgültigen Abschied vom Kloster bedeuten. Vielleicht würde die Einsamkeit in jener Stadt der Klagen und Ungerechtigkeiten und der von den schlimmsten Lastern entstellten Gesichter ihn zur wahren persönlichen Erkenntnis des Göttlichen, des göttlichen Antlitzes, der ewig flüchtigen Essenz führen …

»Das ist ein Ansinnen, das dich ehrt, Vildericus«, schaltete sich Suppone ein.

»Und ich kann Kardinal Bosone nur dafür danken, offensichtlich hat er seine Meinung geändert, die er über mich hatte, als er mich von Rom fortschickte.«

»Um die Wahrheit zu sagen, hat Seine Eminenz in meinen

Augen nur einen Befehl ausgeführt, und wenn ich nicht irre«, erwiderte der Gast, »hattet Ihr eine zweite und gänzlich anders verlaufende Begegnung mit ihm in Spello. Tatsächlich ist ihm damals diese Idee gekommen.«

»Herr, Ihr kennt die Bedingungen unserer Ordensregel. Nicht ich bin es, der entscheiden oder wählen kann. Unser Abt muss das tun, und ich gehorche.«

»Wenn ich dich hierher gebeten habe … dann, weil es mir ein Anliegen ist, dass du frei deine Gedanken aussprichst. Ich könnte dich niemals gegen deinen Willen zwingen zu gehen.«

»Mein einziger Wille, Herr, ist der, Christus zu dienen. Und außerdem, Euch zu folgen und Euch Gehorsam entgegenzubringen und dieses Kloster zu lieben, das mir all das gegeben hat, was ich bin, und das Nichts, das ich sein muss.«

Es war, als hätte sich sein Herz um eine Sehnsucht geschlossen, die sich nun befreien würde. Sie überfiel ihn, als hätte er sich bereits von Farfa entfernt und würde den Kopf wenden, um zum letzten Mal die beiden Türme und die Umzäunung des äußeren Gartens anzuschauen …

»Nun, ich würde sagen«, schloss Suppone, »dass du am besten mit diesem freundlichen Gast zusammen abreist. Lass dir vom Cellarius alles geben, was du in dieser so ungemütlichen Jahreszeit benötigst. Du kannst das Pferd nehmen, das ja deines ist, so könnt ihr vielleicht heute Abend schon in Rom sein. Dort kannst du immer die Gastfreundschaft von Santa Maria all' Aventino nutzen. Dies ist ein Schreiben, das du Enricus von Manciano aushändigen sollst, den du ja gut kennst. Nun wird Deodatus sogleich die Brüder im Kapitelsaal zusammenrufen, um dir den verdienten Beistand für die Reise mitzugeben und um uns ein wenig Trost zu verschaffen, den wir wegen dieser Trennung benötigen.«

Im Kapitelsaal las der Lektor dieser Woche den Psalm Nummer dreiundzwanzig und endete mit den Versen, die dem Scheidenden angemessen schienen: »Liebe und Barmherzigkeit werden mich in jedem Augenblick meines Lebens begleiten: Und ich werde im Hause des Herrn wohnen viele Tage lang.«

Einer der Laienbrüder weinte, doch als Vildericus sich mit ausgestreckten Armen bäuchlings in der Mitte auf den Boden legte, wurden alle von Ergriffenheit erfasst. Denn diese Geste drückte für die von einer Reise wiederkehrenden Brüder seine Hoffnung und eine deutliche Versicherung aus, dass er zurückkommen werde. Als er schließlich kurz darauf im Eingangshof auf das Pferd stieg, war er erregt und traurig. Er kehrte in diese monströse Stadt zurück, die aufgebläht war durch ein außergewöhnliches Geschick. Farfa hatte ihn den Römern übergeben als Gegenstand und Pfand irgendeines Austauschs von Gefälligkeiten. Alle standen um ihn herum, und Suppone gab ihm seinen Segen. Er antwortete mit einer verhaltenen Geste des rechten Arms, um die lästigen Tränen zurückzuhalten und um das Zittern seiner Hände zu unterdrücken, fügte er sie fest zusammen, die Handballen gegeneinander gepresst. Dann wurde das Tor des Klosters geöffnet. Draußen wartete eine Gruppe bewaffneter Soldaten auf sie, von denen sich die Hälfte an die Spitze des kleinen Zuges setzte, gefolgt von dem Gesandten und Vildericus. Die anderen reihten sich hinter ihnen ein. Über den Hufschlag ihrer galoppierenden Pferde hörte man den dumpfen Knall des zufallenden Portals.

Auf der Römerstraße trieben sie die Pferde an und durchquerten beim Anbruch der Dämmerung die Porta Nomentana. Dies hier war ein Teil Roms, den Vildericus nicht kannte – einige Hütten, Gärten, ein Palast, ein Turm. Die Straßen waren noch voller Morast, und sie mussten die Pferde zügeln, weil Gruppen von in Lumpen gekleideten Menschen sie am Weiterreiten hinderten, wobei sie die Hände frech bettelnd ausstreckten. Um ein Vorwärtskommen zu ermöglichen, begannen einige Männer der Eskorte, die Peitschen zu benutzen, und Alfonso von Alatri warf Kupfermünzen nach rechts und nach links, wodurch er Raufereien und Verwirrung auslöste. Jemand rief:

»Ein Mönch bei den Herren!« Der Nordwind brachte mit seinen Böen den Gestank von Exkrementen mit. Vildericus zog aus seinem Beutel, den er umgehängt hatte, ein Säckchen mit Münzen, die ihm der Prior gegeben hatte, doch einer der Soldaten setzte sich an seine Seite, hielt ihm die Hand fest und rief ihm zu, dass er verrückt sei und dass das die Lage nur noch verschlimmern würde. Am Kopf der kleinen Prozession wurden zwei Fackeln angezündet, und kurz darauf erreichten sie den Lateranpalast. Vildericus war völlig erschöpft. Man musste ihm aus dem Sattel helfen, und Alfonso von Alatri begleitete ihn bis ins zweite Stockwerk hinauf. Seine beiden kleinen Zimmer schienen ihm unverändert, so als hätte er sie am Tage zuvor verlassen: der Tisch, die drei Stühle, das herrliche Fenster und die Truhe, die Kniebank und das Bett; man half ihm, sich darauf auszustrecken. Er hörte jemanden fragen, ob er etwas essen wolle. Er hatte die Augen geschlossen und spürte, wie er langsam fiel wie in einen Nebel. Doch jemand rief seinen Namen und sagte: »Der Herr habe Erbarmen mit uns allen!«

Auf dem Boden stand eine brennende Lampe, die dem Gesicht des Mannes, der an seinem Bett saß, eine leichenhafte Blässe verlieh. Die Tränensäcke unter den Augen, die diese zu Schlitzen verengten, gingen direkt in die fette Wangenpartie über. Auf den Kopf hatte er die runde Kardinalsmütze gedrückt – ein Traum, der Vildericus' Ankunft angemessen war. Wohin dieser ihn wohl führen würde ... Doch der Mann an seinem Bett zerriss den Traum: »Vildericus! Habe ich mich so verändert?! Erkennst du mich nicht? Ich bin es, Bosone.«

Vildericus stützte sich auf die Ellbogen und zwang sich, seinen Geist zu sammeln.

»Herr, Ihr müsst mir verzeihen ... ich bin ...«

»Ja, ich weiß, du bist müde, ich verlasse dich auch sogleich, ich wollte dich nur begrüßen.«

»O ja ... ich danke Euch ... Ihr seid ... wirklich ... sehr freundlich ...«

»Ich freue mich, dass du zurückgekehrt bist. Wir werden noch Gelegenheit haben, ausführlich miteinander zu sprechen, wir beide. Das heißt, da ich weder Alberich noch seinen reizenden Sohn über dein Kommen in Kenntnis gesetzt habe, könntest du morgen Vormittag bei mir vorbeikommen. In aller Ruhe natürlich. Nun?«

»Morgen ... ja ... gewiss.«

»Ich habe dir eine Tasse warme Milch mit Honig bringen lassen, sie steht dort auf der Truhe. Nun gehe ich. Soll ich die Lampe brennen lassen?«

»O ... ja ...«

»Ruh dich aus.«

Vildericus verharrte noch lange auf den Ellbogen gestützt und sah verwirrt ins Lampenlicht: Kardinal Bosone! Der Diplomat mit den tausend Gesichtern, der eifrige Diener der Tusculaner, der während des Gottesdienstes schlief, sobald der Priester mit der Lektüre der Evangelien begonnen hatte! Er hätte sich fragen müssen, was diesen Mann dazu gebracht hatte, von der Höhe seines Amtes zu ihm herabzusteigen. Freude über seine Rückkehr vorzutäuschen, die er mitnichten empfand. Dieser Vielfraß mit seinen drei Litern Wein am Tag, der sich wie eine scheinheilige Katze in seine Höhle geschlichen hatte, um ihn – aus welchem Grund auch immer – für sich zu gewinnen. Ja, in diesem Gemisch aus Schweiß und abgestandenem Duftwasser, das der Fettwanst hinterlassen hatte, roch er bereits den Ekel erregenden Gestank dieses römischen Sündenpfuhls. Sie glaubten ihn ohne Schutz. Er erhob sich, kniete neben seiner Lagerstatt nieder und wiederholte, nachdem er die Hände gefaltet hatte, mit lauter Stimme die Sätze, die er aus dem Brief des Paulus an die Galater im Gedächtnis behalten hatte.

»Er aber hat uns befreit, damit wir frei seien ... denn von heute an wage keiner, mich zu peinigen, denn ich trage in meiner Seele sein Mal ...«

Am folgenden Morgen fand der Diener, der in sein Zimmer

kam, um ihn zu wecken, ihn, immer noch vor seinem Bett kniend, vor, den Kopf auf der Matratze. Es war nicht das erste Mal, dass er auf diese Weise schlief, und als die erste Steifheit in den Knien vorüber war, fühlte er sich gut und ausgeruht. Er aß mit Freude das Brot, den Käse und die Äpfel, die ihm der Diener gebracht hatte, und er trank auch die Milch, die noch vom Abend zuvor auf der Truhe stand. Dann wusch er sich, und nach den Gebeten schickte er sich an, den Kardinal aufzusuchen. Doch weshalb solche Eile?

Er war wieder in Rom, in dieser Stadt der Geister, und er gönnte es sich, am Fenster ein wenig stehen zu bleiben. Die Sonne seitlich vom Palast half der grauen Grasfläche vor dem Platz, die nächtliche Feuchtigkeit auszudampfen, weiter rechts wurde der sanfte Hügelrücken des Aventin in Gold getaucht. Gewiss, er würde das Kloster Santa Maria aufsuchen, vielleicht würde er ja die leuchtenden und unter einer mächtigen Stirn verborgenen Augen Hildebrandus' von Soana sehen, und an irgendeinem Tag würde er auch am Circus Maximus vorbeigehen und sich zu dem kleinen Platz hindurchschlagen, an dem die Kirche Sant' Anastasia stand. Es war gewiss keine Sünde, dass er wissen wollte, ob Dorotea noch lebte, Dankbarkeit war keine Sünde. Doch jetzt klopfte jemand an die Tür und trat ein, ohne auf Antwort zu warten: ein junger Mann mit dunkler Hautfarbe, schwarzen Augen und lockigem Haar …

»Vildericus! Teufel noch einmal!«

Es war der Zögling des Kardinals von Portus, der kleine Sarazene, der ein Mann geworden war. Vor lauter Freude rief er seinen Namen mehrmals und lief ihm entgegen. Die Kunde, er sei zurückgekehrt, traf also zu. Vildericus umarmte ihn kräftig. Er hatte ihn all diese Jahre vergessen gehabt, doch als er ihn jetzt erkannte, war es, als habe er ihn gerade erst verlassen, ihn, der diesen kurzen Namen trug: Omar!

»Nein, meinen Namen haben sie geändert, sie haben mich getauft. Ich habe darum gebeten, dass man mich Stefanus nennt, so wie mein Kardinal, und ich bin zur Schule gegangen ...«

»Du bist also Christ geworden?«

»Nun ja, die Stelle von Allah hat Gottvater eingenommen. Zieh nicht ein solches Gesicht, es war nicht schwer.«

»Wie hat man dich behandelt?«

»Nun ... dafür, dass ich ein Sklave bin ... der Fettwanst ist nicht schlecht zu mir gewesen.«

Vildericus nahm eine Verdunklung in seiner Stimme wahr. Vielleicht war ihm hier ein wunder Punkt in Erinnerung gekommen, den er unter diesem Hinweis auf Kardinal Bosone versteckt hatte ...

»Wenn du getauft bist, dann bist du kein Sklave mehr. Du wirst doch wohl das Evangelium gelesen haben?!«

»Gelesen!? Nein, gelesen nicht, wie sollte ich das tun? Ich habe gerade erst mit dem Schreiben begonnen. Doch im Kapitel der Kathedrale gibt es einen alten Priester, der mich gerne hat und der es mir übersetzt hat, mit viel Geduld, Matthäus und Markus, Lukas und Johannes. Er hat mir auch die Apokalypse versprochen, und ich habe mir alles so fest eingeprägt, dass ich es fast auswendig kann. Aber gibt es deiner Meinung nach da eine Verbindung ...? Hör zu: Vor drei Wochen ist hier am Lateran eine venezianische Handelskarawane angekommen, als Eskorte hatten sie bewaffnete Ritter des Markgrafen von Tuszien gewonnen. Ihre Wagen waren voll mit vielfältigster Ware: Gewürze, Samt, Teppiche aus dem Orient, und außerdem hatten sie einige slawische Gefangene. Natürlich war der Handel nur für die Großen gedacht, für die Kardinäle und die Bischöfe und für den Hofstaat Benedikts IX. Ich habe alles von einem Fenster aus beobachtet. Von diesen Waren haben sie sehr viel gekauft, auch die Gefangenen oder Sklaven haben sie alle genommen. Das steht nicht im Evangelium, so glaube ich.«

»Nein. Einige Kirchenväter haben die Sklaverei erlaubt, doch das war zu anderen Zeiten.«

»Doch ER hat keinen Unterschied gemacht?«

»Nein, ER hat keinen Unterschied gemacht. Erzähl mir von dir, womit beschäftigst du dich, welche Arbeit verrichtest du?«

»Ein bisschen von allem. Ich helfe in der Küche, oder ich säubere die Zimmer, manchmal arbeite ich bei Bosone oder beim Primicerius …«

»Wer hat jetzt dieses Amt inne?«

»Also weißt du schon, dass man Eusebius von Trevi fortgejagt hat! Er ist wohl vor drei Jahren gestorben, das habe ich gehört, doch ich weiß nicht, wo. Der jetzige heißt Massilius, er ist der Bischof von Preneste. Er wird ›der Aal‹ genannt, was ein sehr passender Beiname ist. Männer wie dieser Eusebius oder wie der Kardinal von Portus oder wie Johannes von Galeria, solche gibt es nicht mehr hier drinnen.«

Die Erwähnung der Sklaven hatte die Stimmung des jungen Mannes verdüstert. Vildericus bat ihn, sich zu setzen, und setzte sich neben ihn. Die Lebhaftigkeit des Kindes war nunmehr in seinen Augen konzentriert, doch sie war bitter geworden, und das Lächeln der ersten Momente hatte an seinen Rändern vielzählige Wunden verborgen …

»Und der Papst? Arbeitest du auch für ihn?«

Der Jüngling presste die Hände zusammen, bis die Fingerspitzen sich röteten, und senkte den Kopf.

»Alles hier ist schmutzig geworden, ein Schweinestall, und was glaubst du, was ein Sklave in einem Schweinestall werden kann? Jedoch … wenn ich allein mit ihm wäre, mit einem Schwert in der Hand …«

»Sag das nicht, ich bitte dich!« Eine Ermahnung, die keinen Sinn hatte, denn jedwede Tröstung, alle Pflichten und alle Aufrichtigkeit wurden vor diesem Berg aus Unrat nichtig, doch es gab Hilfe durch Worte, und Vildericus sagte:

»Wenn dich großes Leid überfällt, so musst du lernen, dich an Christus zu wenden und zu ihm zu sprechen, denn er ist uns allen Vater und Bruder, und er hört unsere Gebete an.«

»Doch diese ist ihre Religion, auch sie sprechen von IHM, sie sprechen von Erlösung. Ich will von hier fortgehen, ich will sie nicht mehr sehen … weshalb bist du zurückgekommen?«

»Sie wollen, dass ich die Aufgabe von früher wieder aufnehme, die Chronik.«

»Die lassen dich das schreiben, was ihnen passt.«

»Das ist der offizielle Grund, ein Vorwand, ich bezweifle, dass sie mich etwas schreiben lassen.«

»Wenn du jedoch wahre Berichte brauchst – ich bewege mich überall hier drinnen. Natürlich tue ich so, als würde ich nichts sehen, jedoch … könnte ich dich ab und zu besuchen?«

»Ja, aber du musst dich sehr vorsehen. Du weißt, dass ich keiner Partei angehöre und dass sie mich daher von morgens bis abends überwachen werden.«

»Dann komme ich also nachts.«

»In Ordnung. Doch an einem der nächsten Tage nehme ich dich mit in die Stallungen, dort steht mein Pferd, Nuvola, du wirst dich um sie kümmern müssen, wenn ich verhindert bin. Jetzt ist es aber besser, wenn du gehst.«

In der Tür drehte Omar sich noch einmal um und sagte mit vor Verlegenheit belegter Stimme:

»Als ich erfahren habe, dass du wiedergekommen bist, habe ich …«

»Auch ich bin glücklich, dich wieder gefunden zu haben, Omar!«

Ein Freund! So etwas wie eine kleine Vorsehung in dieser Stadt der Wölfe, der hinter Masken der Milde und des Gebetes verborgenen Gesichter und der Weihrauchschwaden, die Ausflüchte und Schwindeleien weniger offensichtlich erscheinen ließen. Was sie wohl mit ihm vorhatten …?

Der Protoscriniarius war nicht mehr im dritten Stockwerk zu finden. Vildericus fragte herum und stieg schließlich, den Hinweisen einer Gruppe plappernder Novizen folgend, in das erste Stockwerk hinab. Er fand den Kardinal halb liegend in einem unter Kissen fast verschwindenden Sessel vor. Neben ihm standen in Reichweite auf einem kleinen Tisch eine Karaffe mit Rotwein und zwei Becher.

»Ich habe auf dich gewartet, du bist wohl in das dritte Stockwerk gegangen. Ich habe darum gebeten, mir einige Treppen zu ersparen. Seit einiger Zeit kommt es vor, dass ich nicht schlafen kann. Setz dich. Nimm dir zuerst dieses Glas, das ist ein griechischer Süßwein, ein Gläschen davon am Morgen lässt einen den Tag gut beginnen. Nur zu, probiere ihn und setz dich, gut so, trink aus, bedenke, dass dies der erste der beiden Becher Wein ist, die euer Orden euch erlaubt … Als junger Mann habe ich darüber nachgedacht, lach nicht, ich habe mehr als einen Gedanken daran verwendet, das schwöre ich dir. Ich wollte mich in ein Kloster flüchten, mein Vater war unerträglich, und schau mich an, wie ich heute bin. Ich wette, dass du mir nicht glaubst, ich selbst, weißt du, finde mich nicht sehr anziehend, doch jener Benedikt, er war aus Norcia, scheint mir, was wollte ich sagen?«

»Etwas über den heiligen Benedikt.«

»Genau. Er ist ein Heiliger, aber die Regeln, die er für euch festgesetzt hat, Gott möge mir vergeben, sind unmenschlich. Ich denke an euch als Geister, lebendig, gewiss, aber … Gefällt dir das?«

»Ja, Herr. Oh, ich bitte um Vergebung, ich vergaß …«

»Was?«

»Ja, Eure Eminenz.«

»Du machst dich über die Formalitäten lustig, das habe ich schon damals festgestellt, jedoch mit einer feinen Schärfe.«

»Nein, Eure Eminenz, wir Benediktiner von Cluny wollen *os nostrum a malo vel pravo eloquio*, wir wollen unseren Mund vor schlechter und böser Rede bewahren.«

»Aber ich habe dich doch gar nicht unaufrichtiger Worte beschuldigt. Wenn ich auch ein alter Esel bin, so weiß ich Ironie doch noch zu schätzen – in dieser Umgebung ein wenig verbreitetes Gut. Gibt es hier vielleicht etwas zu lachen? Noch einen, und dann reicht es, ich verspreche es dir … Herr im Himmel, wie ist er gut, wie edel. Ich weiß, dass mich das für die Hölle verdient macht, doch es lässt mich fast alles vergessen, wenigstens das Schlimmste, eine Stunde der Erholung und … du glaubst, die Gedanken seien besser zu fassen und sie liefen auch schneller. Du siehst mich an und sagst zu dir selbst: ›Dieser alte Trunkenbold, dieser reulose Sünder …‹, vielleicht wäre es richtiger, wenn du Mitleid hättest mit mir … Du bist unser Feind, ich sollte mich vor dir vorsehen, und stattdessen, sieh, dein Fall lässt mich geradezu an die Vorsehung denken, denn ich spüre es, weißt du, ich spüre in dem bisschen Geist, der mir geblieben ist, dass du von Gott gesandt bist. Hilf mir aufzustehen, ich muss pissen gehen … ja, danke, dann werde ich mich auch ein wenig waschen … nein, du brauchst mich nicht zu begleiten … warte auf mich.«

Ein Feind, weshalb? Dieser Mann hatte um seine Seele bereits ein dichtes Netz von Lügen und Schwindeleien gewickelt, sodass unklar war, wo seine Mitte war. Sein Geist war vernebelt, ein gottloses drolliges Tier. Natürlich musste er sich vorsehen und wenig sprechen, nicht handeln. Vildericus strich sich mit einer Hand über das Gesicht, damit es zu Gips werde, die Lider nur halb geöffnet, ein vorsichtiger *autómatos* … Da kam er wieder und ließ sich mit hörbarem Ächzen in seinen Sessel fallen.

»Also, hör mir zu: Wir machen hier gerade eine, sagen wir es so, sehr verworrene Zeit durch. Bist du jemals am Meer gewesen?«

»Nein, Eure Eminenz.«

»Ich weiß, ich selbst habe es dir vor langer Zeit gesagt, doch ich kannte dich noch nicht, aber nun mag ›Herr‹ genügen.«

»Nein, Herr.«

Der Kardinal begann zu lachen, und Vildericus bemerkte, dass es diesem Fettwanst gefiel, dass er die Rolle des absolut unerschütterlichen Untergebenen so gut beherrschte, und deutete daraufhin ein vorsichtiges Lächeln an.

»Zurück zu jenem Bild vom Meer – ich werde noch weich und schlaff wie ein Dichter –, um es kurz zu machen: Hier herrschte bis vor kurzem eine lange Zeit der Ruhe, gute Beziehungen zum Kaiser, und Benedikt IX. hat ihm sogar erlaubt, seine Base Agnes von Poitou zu heiraten, eine Verbindung, die einige Fanatiker als inzestuös ansehen, und ansonsten eine geordnete Verwaltung. Ich liebe sie, die geordnete Verwaltung, denn siehst du, ich, mein Lieber, ich bin ihnen hier nur ein Klotz am Bein. Ich weiß nicht, warum, aber ich habe den Eindruck, dass sie mich als störenden Zeugen betrachten. Ich weiß nicht, warum, ich wiederhole das, denn es ist nicht so, dass sich hier drinnen die Dinge verschlimmert hätten … eines vielleicht, ja, vielleicht … Der Vater Seiner Heiligkeit, Graf Alberich, den Gott uns so lange wie möglich erhalten möge, lebendig und rege natürlich, ist an Weihnachten erkrankt, ein Husten, der Lungen bersten lässt, und hohes Fieber. Man hat Nikopheros von Edessa, den Leibarzt Konstantin Monomachos', herbeigeholt. Doch obgleich das Fieber gesunken ist und der Husten sich gebessert hat, geht es ihm immer noch schlecht. Vielleicht liegt hier der Kern der Sache, jedenfalls ist es jetzt, als wäre ich für ihn, für Theophylakt, ein zweiter Vater, den er an der Leine halten kann, mehr noch als den wahren Vater. Doch ich bin wahrhaftig nicht nur ein alter Fettsack! Viele Vorbehalte, ja, ich bin nicht dumm, he, ein bisschen war ich dir ähnlich. Denk einmal, dass ich für eine gewisse Zeit darüber nachgedacht habe, mich auch in einem Kloster einzuschließen, doch das habe ich dir vielleicht schon erzählt. Habe ich dir das schon erzählt?«

»Ja, Herr.«

»Mach dir nichts draus. Es liegt wohl daran, dass du mich ein wenig verwirrst. Warum habe ich vom Meer gesprochen? Ach ja, das ruhige Meer, um dir die Veränderung aufzuzeigen. Als junger Mann habe ich einige Reisen von Civitasvetula nach Sardinien und zurück gemacht, das waren herrliche Zeiten! Das heißt, ich wollte das Bild vom Meer benutzen, wenn der Wind aufkommt, stärker wird, die Wellen immer höher schlagen und sich ein Unwetter daraus entwickelt. Denn seit einigen Monaten ist die Stimmung draußen auf den Straßen schlechter geworden. Es kommt eine Unzufriedenheit auf, von der man nicht weiß, worin sie begründet liegt. Gewiss, die Crescentier sind immer noch auf dem Kriegsfuß, doch das sind sie seit zweiunddreißig Jahren. Nein, nein, da ist etwas Neues. Und es handelt sich nicht um die Huren unseres werten Papstes, denn ob er ein Heiliger, ein Idiot oder ein Sünder ist, das ist dem Volk gleichgültig. Es ist das Geraune im Volk, das sich verändert hat. Die Verteilung von kostenlosem Brot und anderer Lebensmittel zu verlangen, das haben sie seit der Zeit der Gracchen im Blut, doch da ist noch mehr. Merkwürdige Gerüchte gehen um, und seltsame Erwartungen machen sich breit, als stünde die Wirklichkeit kurz davor, zu zerbersten. Dass sie sich dabei zum Besseren wandeln könnte, daran ist nicht zu denken!«

Er füllte sein Glas von neuem und trank es langsam aus, wobei er genussvoll die Augen schloss. Vildericus bemerkte, dass ein Flügel der Tür seitlich des Tisches nur angelehnt war, und man vernahm ein leichtes Klopfen.

»Komm herein, komm, Augusta!«

Eine Frau, die die vierzig schon überschritten hatte, kam herein. Sie hatte ein rundes Gesicht und einen dichten Schopf brauner Haare. Zwei Schritte von der Tür entfernt blieb sie stehen.

»Eure Eminenz, ich wollte wissen, ob ich Euch etwas zu essen bringen kann, zumindest einige Früchte, denn auf leeren Magen zu trinken, das tut nicht gut.«

Der Protoscriniarius sagte, ohne sich umzuwenden, zu Vildericus: »Das ist Augusta, ein vortreffliches Kindermädchen, ein Goldstück. Ja, bring uns, was du willst, und wenn du *Pan dolce* mit Pinienkernen gemacht hast, auch das. So mästen wir unseren Gast ein wenig, der mager ist wie ein trauriger Hering.« Und als das Weib hinausgegangen war, fragte er: »Nun, was sagst du?«

»Worüber, Herr?«

»Über dieses Weib. Welchen Eindruck hat sie auf dich gemacht? Ich habe bemerkt, dass du sie angesehen hast.«

»Ich habe zugehört, was sie gesagt hat, das ist alles.«

»Sie ist eine ehemalige Nonne des Klosters Stefano e Ciriaco in der Via Lata. Sie wurde unorthodoxer Handlungen beschuldigt. Vielleicht hassten sie die so genannten Schwestern wegen ihrer Schönheit. Ich habe sie gerade noch retten können, und sie würde für mich durchs Feuer gehen. Findest du es skandalös, dass ich im Palast eine Frau habe, anstelle eines Dieners, von denen es hier wimmelt? Normalerweise ist sie in meinem Haus auf dem Caelius, doch dort ist eine gotterbärmliche Kälte, und es gibt nicht einmal mehr Holz zum Kochen, daher habe ich sie vorgestern mit hierher gebracht.«

Die Frau kam wieder herein mit einer Schale voller Orangen, getrockneter Feigen, Mandeln und getrockneter Trauben und stellte sie auf den Tisch. Sie stellte noch zwei Teller dazu, auf denen sich je ein Stück Kuchen und eine geschälte Orange befanden, und tat ihnen auf.

»Das ist Vildericus von Sutri, Augusta, ein Benediktinermönch aus Farfa. Er ist mein Freund, und ab jetzt hat er die Erlaubnis, nach Gutdünken hier einzutreten, auch wenn ich nicht hier bin. Wenn du manchmal Lust bekommst, etwas Besseres zu essen als die Kohl- oder Getreidesuppen aus dem Refektorium, dann kannst du zu ihr kommen. Siehst du, Augusta, wie ernst dieser junge Mann ist. Das Zeichen für einen Charakter, der bei uns hier selten vorkommt. Es ist ein Vorrecht, ihn von unserem Herrn bekommen zu haben, ein Vorrecht, das nur wenige genießen.«

»Ich danke Euch, Herr, doch ich werde Eure Freundlichkeit nicht ausnutzen.«

»Ich weiß, ich weiß. Nun lass uns essen.«

Der Fettwanst verteilte seine Freundschaft, als wäre sie ein Geschenk aus reiner Großzügigkeit, und Vildericus fragte sich, welche Falle sich hinter dieser nicht erbetenen Freiheit verbergen mochte, und auch, was wohl Abt Suppone über diese Überlegungen sagen würde, die im Widerspruch zu der demütigen und respektvollen Haltung standen, die man gemäß den Ordensregeln Höhergestellten schuldete. Er war so in Gedanken versunken, dass er erst später bemerkte, dass jemand an die nach draußen führende Tür gepocht hatte und dass ein Diakon hereingekommen war: ein vornehm gekleideter Mann, der nun mit dem Protoscriniarius sprach.

»… Es ist unvermeidlich.«

»Doch wozu solche Eile?«, fragte Bosone, »man hätte ihn einige Monate im Gefängnis halten können, auch um zu sehen, ob er wirklich vom Dämon besessen ist, denn in dieser Angelegenheit muss man mit äußerster Vorsicht vorgehen, oder nicht? In der Zwischenzeit würde es Frühling werden, und außerdem, wenn diese Strafe eine abschreckende Wirkung haben sollte, ist es besser, wenn sie viele Leute zu sehen bekämen, würde ich sagen.«

»Ihr seid nicht gebeten, der Hinrichtung beizuwohnen, sondern nur, dieses Urteil der Richter zu unterzeichnen.«

Der Protoscriniarius aß sein Kuchenstück auf, verschlang eine geschälte Orange und wischte sich den Mund ab.

»Mit all den anderen Nüssen, die wir noch zu knacken haben … lies mir ihre Namen vor.«

»Uldericus von Penestrina, päpstlicher Richter, und Claudius von Viterbo, oberster Richter.«

»Aber Eriprandus, diese beiden zählen noch keine dreißig Jahre! Das bedeutet, dass sie äußerst wenig Erfahrung haben. Besessene sind einfach arme Irre, die nicht wissen, was aus ihren Mündern quillt! Nein, nein, ich bin nicht überzeugt, ich werde einen Aufschub verlangen.«

»Das rate ich Euch nicht, Herr. Es ist der Wille Seiner Heiligkeit, dass es sofort geschieht.«

»Hat er dir das schriftlich gegeben?«

»Er hat es mir gesagt, Herr, und ich wage zu behaupten, dass das mehr als ausreichend ist.«

»Hast du ihn beraten?«

»Ich habe die Ehre, sein Vertrauen zu genießen.«

»Das weiß ich wohl, Eriprandus, doch wie lautet die wirkliche Anklage?«

»Er flucht auf Jesus Christus, unseren Herrn, er verhöhnt ihn.«

»Wenn er es mit vollem Bewusstsein tut«, brachte sich Vildericus ein, »ist ihm seine Strafe bereits gewiss, und außerdem …«

Der Diakon zog hochmütig die Augenbrauen hoch und fragte, wer dieser Gesprächspartner sei, und als er seinen Namen erfahren hatte, sagte er: »Wenn ich mich recht erinnere, dann seid Ihr der Mönch, der vor einigen Jahren …«

»Aus Rom fortgejagt wurde, ja.«

»Und Ihr erlaubt Euch …«

»Das ist eine religiöse Frage«, sagte Bosone, »und mein junger Freund hier hat alle Voraussetzungen, um seine Meinung in dieser Sache mitzuteilen. Du wolltest etwas sagen, Vildericus, fahr fort.«

»Jesus Christus hat eine absolute Macht über uns. Seine Göttlichkeit und das Licht seiner Barmherzigkeit sind so groß, dass kein Hohn und kein Spott ihn treffen kann.«

»Ich wusste nicht, dass Mönche sich als Theologen betätigen. Er hat aber nicht weit genug gelesen: ›Wer auch immer seinen Gott verflucht, wird die Strafe für sein Vergehen tragen. Und wer dem Namen des Herrn flucht, der soll dem Tod anheim gegeben werden.‹«

»Ich glaube nicht, Herr, dass die Anweisungen des Levitikus uns Christen betreffen.«

»Aber der Herr ist einzig.«

»Der Herr für uns Christen ist Gott, Vater von Jesus Christus, und dieser hat nie den Tod für Sünder verlangt.«

»Wie dem auch sei«, erwiderte der Diakon und sagte an Bosone gewandt: »Ihr müsst es unterzeichnen.«

»Vildericus, gib mir die Feder vom Tisch.«

Er unterzeichnete das Pergament, dann fuhr er fort: »Ich vermute, Ihr macht nun einen weiteren schönen Braten.«

»Genau, Herr, und die Flammen werden mit ihm zusammen auch den Satan verschlingen.«

»Wann?«

»Sobald der Regen aufhört.«

Als der Diakon den Raum verlassen hatte, öffnete sich das leise Lächeln, das bei den Worten Vildericus' um die Mundwinkel des Protoscriniarius gespielt hatte, zu einem Ausdruck der Befriedigung, und er sagte: »Das hast du gut gemacht, diesem Affen eine Lektion zu erteilen. Du sollst jedenfalls wissen, dass ich diese Hinrichtungen nicht gutheiße.«

»Warum habt Ihr dann das Urteil unterzeichnet?«

»Warum, warum: Glaubst du denn, dass meine Unterschrift noch irgendetwas zählt? Um sinnlose Diskussionen zu vermeiden … um meine Ruhe zu haben … weil ich mein Fähnchen nach dem Wind drehe … gib mir zu trinken. Jetzt lass uns zur Sache kommen: Graf Alberich hat mit Recht meiner Bitte, dich zurückkehren zu lassen, zugestimmt …«

»Um die Chroniken fortzuführen?«, fragte Vildericus mit dem unschuldigen Unterton dessen, der eine Bestätigung erwartet, aber eigentlich eine eindeutige Antwort hören will.

»Aber ja, ich schwöre dir, dass es sich nicht um einen Vorwand handelt, das ist keine Falle, nichts dergleichen, glaub mir. Nur, dass es auch noch andere Gründe gibt. Genau, andere, wesentlich heiklere. O Heilige Mutter Gottes! Bist du denn nie ein Kind gewesen?«

Sutri, das leicht abschüssige Feld, die Eiche, der kleine Bogen und die Pfeile, die ihm der Vater gegeben hatte, Schätze einer mit ganzer Seele gelebten Zeit, die hellen Augen seiner Mutter, die abwesend in irgendeiner Verzauberung verweilten, die Türschwelle, die er in der Nacht nicht überschreiten durfte, weil er dann in einem ganz eigenen Gefühl versank, ein Nichts zu sein und sich wie ein Parasit an seinen Vater gehängt zu haben, weil ihr Blick so unergründlich gewesen war … aber war er jemals ein Mann gewesen? Und er antwortete nicht.

»Es handelt sich um den Papst, um Benedikt IX.«, fuhr Bosone fort, »und um euer Verhältnis zueinander.«

»Welches Verhältnis? Ich habe Anweisungen erhalten, und ich habe sie ausgeführt …«

»Ich meinte, seine Beziehung zu dir, wie er dich sieht. Hör mir gut zu: Alberich ist zunehmend beunruhigt über das Treiben seines Sprösslings. Letzten Oktober hat er Gregor, den anderen Sohn, wieder nach Rom geholt. Dieser war nach der Wahl Benedikts zum Senator und Konsul ernannt worden, und kurz nach deiner Abreise hat man ihn wegen einiger Dummheiten, die er als Senator angestellt hatte, nach Tusculum zurückgeschickt. Dasselbe ist im Oktober geschehen, weil er sich, statt an der Seite seines Bruders zu sein, der Hurerei hingab. Alberich hat sich an den Neffen des Abtes des Klosters Santa Maria gewandt, an Hildebrandus von Soana, und hat ihm das Amt eines Beraters für politische Angelegenheiten übertragen, und weißt du, wie lange es gedauert hat? Drei Tage. Man konnte das Gebrüll Benedikts IX. im ganzen Palast hören. Sag mir, dass ich nicht mehr trinken soll.«

»Ihr sollt nicht mehr trinken, Herr.«

»Ihr seid wie alle Cluniazenser mit eurer theologischen Ernsthaftigkeit und der Hingabe an die Reinheit des Evangeliums ein Stachel im Fleisch aller korrupten, gierigen und lasterhaften Geistlichen, wie es der Kardinal ist, der vor dir sitzt. Und in der Tat ist Alberich, als er von deinem Kommen im Jahre 1033 erfahren hatte, rasend vor Wut geworden. Du warst ihm ein Dorn im Auge. Nun … mittlerweile hat sich das geändert.

Er weiß, dass du der Einzige bist, für den der junge Papst eine seltsame Zuneigung verspürt, eine verdrehte Zuneigung, wie es alle Empfindungen sind, deren er fähig ist, jedoch ganz gewiss Zuneigung. Außerdem weißt du das besser als ich.«

»Was sollte ich wissen, Herr?«

»Nun höre, Vildericus! All die Versuche, dich wieder hierher zu bekommen ... du wirst mir nicht sagen wollen, dass du nicht ...«

»Ihr habt es mir bereits gesagt, doch ich habe nie etwas davon erfahren.«

»Die persönlichen Schreiben an Hugo von Celano und dann, nach dem Treffen in Spello, an Suppone, die beide ablehnend beantwortet wurden? Ist das wirklich wahr ...?«

»Ich versichere es Euch. Und aus diesen Gründen habt nun Ihr die Bitte formuliert?«

»Hör zu: Wenn ich es getan habe, so mit der vollen Zustimmung Alberichs. Das Ziel ist ein einziges, und es betrifft nicht mich oder den Grafen, sondern die Kirche, das Papsttum selbst. Du hast einen unzweifelhaften Einfluss auf ihn. Ich sage nicht, dass du ihn an die Kette legen kannst, doch der eine oder andere geziemende Rat ...«

»Wenn Hildebrandus von Soana drei Tage verweilt hat, so genügen für mich zwei, Herr.«

»Du wirst bleiben. Gesteh mir zumindest eine ausreichende Erfahrung zu, was den menschlichen Charakter betrifft.«

»Seine Heiligkeit braucht Sklaven oder noch Schlimmeres, und ich kenne nur einen Herrn.«

»Aber das ist es ja! Das weiß er ganz genau, so wie er auch weiß, dass er dich niemals kaufen kann, und genau das ist deine Stärke, glaube mir.«

Ja, das hatte er seit der Begegnung in der Kapelle bei den Quellen von Clitunno geahnt, jener eindringliche und hinterhältige Blick, die Stimme frei von Hochmut, und dann seine Wut der Niederlage, als er ihn in der Festung von Poggio Poponesco mit den beiden Weibern hatte verführen wollen. Er fragte sich, ob die Jahre der Askese Jahre des Schlafes gewesen waren, die das Schicksal, das vor seiner Tür stand, abhalten wollten, das jetzt anklopfte, um hereinzukommen und ihn zu irgendeinem vergifteten Ende zu führen.

»Ist er bereits unterrichtet?«

»Das glaube ich nicht. Alberich wollte ihn davon in Kenntnis setzen. Der einzige Rat, den ich dir geben kann, ist Folgender: Sei äußerst vorsichtig. Wie im Sommer auf dem Land mit den Schlangen, wenn das Gras hoch steht. Ich bin sicher, dass dir dein wacher Geist eine große Hilfe sein wird, aber was auch immer du siehst, was auch immer von dir verlangt wird, denke dreimal darüber nach, bevor du sprichst oder antwortest. Ich bin alt, und da ich im Morast gelebt habe, werde ich die Tore des Paradieses nicht einmal von weitem sehen. Doch die letzte gute Tat, die ich vollbringen will, ist die, dir zu helfen. Und ich weiß nicht einmal, warum. Jetzt geh in dein Zimmer und warte, bis Alberich dich rufen lässt.«

»Wenn Seine Heiligkeit wissen möchte, ob ich bei Euch gewesen bin …«

»Sag die Wahrheit, immer. Wenn es seinen Groll erregt, so wird es mich freuen. Wenn er meinen Lebensfaden aus den Händen der Parzen reißen möchte, so soll es mir recht sein, denn ich bin müde, enttäuscht – von allem und von mir selbst. Abgesehen davon verfüge ich über ein Gift aus Byzanz, das einen Abgang ohne Schmerz und Blut ermöglicht. Es führt zu einem tiefen Schlaf, und du findest dich auf der Fähre über den Acheron wieder oder in der unendlichen Ebene von Armageddon. Gott stehe dir bei und behüte dich.«

# 29

Bis zur Vesper ließ sich niemand sehen. Diese Stunden verbrachte Vildericus in der Bibliothek, wo es ihm gelang, jene Pergamente zu erhalten, die Gerbert von Aurillac fünfzig Jahre zuvor aus Reims mitgebracht hatte. Unter diesen fand er die Aeneis. Er begann mit der Lektüre der Dichtung Vergils, doch die Stimmung, in der er die Unterredung mit dem Protoscriniarius beendet hatte, hatte sich in seinem Kopf festgesetzt. Er kam nicht über die ersten Verse hinaus, während sein zweifelnder Geist in niedergedrückte Untätigkeit verfiel, gewannen seine widersprüchlichen Gefühle die Oberhand, und er kehrte in sein Zimmer zurück. Er war diesem Menschen ausgeliefert: Benedikt IX. musste doch seit langem begriffen haben, dass hinter der Mauer aus Demut und Achtung sein unnachgiebiger Geist stand, unzugänglich für jede andere Macht, die nicht die transzendente Barmherzigkeit seines einzigen Herrn war, und das würde ihn zu einer wütenden Belagerung zwingen.

Wenig später kam Alfonso von Alatri und sagte ihm, dass Graf Alberich ihn am folgenden Tag zur neunten Stunde erwarte und dass Seine Heiligkeit über seine Ankunft sehr erfreut sei. Vildericus beschloss hinauszugehen. Vor einigen Stunden hatte ein guter Wind die Regenwolken fortgejagt. Er brauchte Luft, musste laufen, um den Kontakt mit dieser so wenig geliebten Stadt wiederherzustellen, und so zog er seinen Pelzumhang an und ging hinaus. Es war bereits die Zeit der Vesper. Der Nordwind drängte ihn sanft in Richtung Porta Metronia, und die Dämmerung brachte die Farben zum Schwinden, bis sie sich mit der Dunkelheit der Nacht verbanden. Kaum jemand war unterwegs, auf den gepflasterten Straßen verursachten die Sohlen seiner Sandalen das Echo seiner schnellen Schritte. Er wollte den Aventin noch vor der Komplet erreichen. Er würde Abt Enricus bitten, im Kloster Santa Maria übernachten zu dürfen. Der Schattenriss der Mauern ließ den gestirnten Himmel riesig erscheinen, und dies half ihm, die glücklichen Augenblicke seines Körpers in sich einzuschließen. Er wollte die schweigende und vom bevorstehenden Frühling schwangere Natur, die Ruinen der toten Stadt und seine leere Seele jenem widmen, der ihm diese Seele mit väterlicher Geduld erfüllte ... doch mit einem Mal hörte er hinter sich einen anderen Schritt, und als er stehen blieb, hielt auch der andere inne. Er wandte sich um: Gegen den schwachen Lichtschein einer entfernten Fackel sah er in etwa zwanzig Schritt Entfernung den Umriss eines Mannes.

»Mönch«, sagte eine raue und schwere Stimme, »du bist Teil der Bande der großen Sünder. Sieh dich vor, und wenn dir am Leben liegt, so fliehe vor den Dienern Satans. Das wahre Volk Gottes wird den Antichrist bald verjagen! Schau vor dir hinunter, siehst du die Porta Capena? Diese bewaffnete Reiterschar kommt zum Lateran herauf.«

Vildericus drehte sich um, um hinunterzuschauen, obgleich er wusste, dass dort niemand sein konnte, kein Hufgetrappel, nur das Rascheln der dürren Wipfel der Pinien, die dem Wind Widerstand boten, und sonst nur große Stille. Als der Moment der Verblüffung vorüber war, fragte Vildericus: »Wer seid Ihr?« Doch der Mann war bereits verschwunden.

Er wäre ihm zu gerne gefolgt, hätte ihn angehalten, um mit ihm zu sprechen, doch diese düstere Warnung war der Nacht anvertraut worden, damit sie das Siegel des Geheimnisses trüge. Eine Vision – und er fragte sich, ob das auch die seine war –, von jenem großen Friedhof der Schatten hervorgerufen, wo die Diener des Satans und des Antichrist sich mühelos eine Gestalt geben und für weitere tausend Jahre die schlimme Herrschaft der Christen aufrechterhalten konnten. Er griff sich an die Stirn und wischte sich mit einem Tuch die Schweißperlen ab ... nein, kein Trugbild, dieser schattengleiche Mann musste ihm vom Palast aus gefolgt sein ... Dass diese Warnung an ihn gerichtet worden war, war vielleicht der Tatsache zu verdanken, dass man ihn als nicht der Macht zugehörig ansah und dass er daher in der Lage sei, diese Warnung nach ganz oben zu leiten ... Ganz oben?! Wenn es doch gerade dieses Ganz-Oben war, wo die schlimmsten Übel gesät wurden.

Er war an den Ruinen der Porta Capena vorübergegangen, die in dem kleinen Tal lag, das zum Circus Maximus führte. Das Licht einiger Fackeln, von denen Funken im Wind davonstoben, ließ einige schemenhafte Gestalten erkennen, die sich langsam bewegten, dann wieder verschwanden, und ab und an leuchtete das Gesicht einer Frau im Lichtschein auf. Einer dieser Schatten näherte sich ihm.

»Willst du ein gutes Weib, Mönch?«

Vildericus beschleunigte den Schritt, doch dieser Schatten rief hinter ihm her: »Sie ist schöner als die Mutter Gottes! He! So warte doch! Sie ist noch jung, und es mangelt ihr nicht an Lust. Du kannst es auch im Stehen machen, he, Mönch!«

Vildericus durfte nicht weglaufen. Er blieb stehen und wartete, bis ihn der Mann erreicht hatte. Er hinkte.

»Gott möge dir vergeben. Doch sag: Was ist das für ein Gewerbe, das du da betreibst?«

»Gewerbe?! Es ist mein Weib, und ich bin hier, um sie vor Schandtätern zu bewahren. Du bist kein Schandtäter.«

»Du verkaufst sie? Dein eigenes Weib?«

»Was glaubst du, wie wir sonst leben sollen? Indem wir in die Messe gehen? Mein Bein hab ich mir am Schleifstein ruiniert. Ich versichere dir, meine Frau ist schön. Willst du sie nicht sehen?«

»Nein.« Und Vildericus nahm eine Münze aus seinem Beutel und gab sie dem Hinkenden.

»Du bist ein Heiliger, Mönch. Gott möge es dir vergelten.« Und als er schon ein Stück weitergegangen war: »Wir werden für dich beten.«

Die Hure, das Weib, das seinen Leib an die Wollust der

Männer verkaufte – eine nie verlöschende Glut, die die Katzen ihrer Sinne beraubte. Er saß auf der Bank vor dem Haus neben seiner Mutter in der Hitze dieses lang zurückliegenden Julinachmittages mit seinen trägen Fliegen. Der Stiefvater hatte die Heugabel an den Stamm der Eiche gelehnt und war auf sie zugekommen, die finsteren Augen auf sie gerichtet, mit weißem und stechendem Blick, und er hatte gesagt: »Komm!«, und sie war aufgestanden, und die beiden waren ins Haus gegangen. Er musste stehen bleiben, tief einatmen, denn nun vermochte er den Gedanken nicht mehr zurückzudrängen, dem er mit dem Vorhaben, sich zum Aventin zu begeben, ausgewichen war, den diese unerfreuliche Begegnung mit ihren unvermuteten Anklängen nur noch verstärkt hatte und der ihn nun verwirrte und erregte und ihm den Atem nahm: der Gedanke an Dorotea, an die vielen Jahre, die vergangen waren und in denen er nichts von ihr erfahren hatte. Sein guter Engel, dieses schöne, freundliche und starke Gesicht. Er sah den Umriss des Obelisken im Circus Maximus und wandte sich nach rechts. Er wollte sie sehen und bog auf den Pfad ein, der am Palatin entlanglief. Es würde genügen, sich zu versichern, dass sie noch lebte, dass man ihr nichts Böses getan, sie nicht geschändet oder gequält hatte … Eine Stimme sagte ihm, er handele recht, und eine andere meinte, er sei im Begriff, all seine Jahre in Farfa zu zerstören, die Erste, dass Barmherzigkeit und Dankbarkeit ihn führten, und die Zweite, dass er der Begierde verfallen sei. Und so erreichte er, in sich zerrissen, verzückt und beschämt, im einen Moment glücklich, im anderen traurig, den Platz vor Sant' Anastasia. Dort war ihr Haus. Durch das kleine Fenster schimmerte ein schwaches Licht, die Tür, vielleicht wohnte sie nicht mehr dort, er würde um Verzeihung bitten und … Er klopfte leise und überlegte, ob er das Vorhaben aufgeben solle, vernahm leises Sprechen, zunächst undeutlich, dann immer klarer, und er trat ein Stück zur Seite. Die Tür öffnete sich, und ein Priester erschien, der sich zum Abschiedsgruß seiner Gastgeberin zuwandte. Vildericus erkannte ihre Stimme. Sie lud den Priester ein, wiederzukommen. Er musste fort, das war ihr Gewerbe, das sie ausübte, das schändliche Gewerbe einer Liebesdienerin. Er wusste es ja, doch er war nur gekommen, um sie zu grüßen, und was sie tat, betraf ihn nicht. Doch war das die Wahrheit? Er war nicht nur gekommen, um sie zu grüßen, sondern um sie zu sehen, zu betrachten … und er klopfte nochmals ein wenig stärker … Die Tür ging auf, und da war sie, Vildericus ließ seine Kapuze auf die Schultern gleiten, und sie bat ihn einzutreten und schloss die Tür hinter ihm.

»Heute Abend ist die Kirche an der Reihe«, sagte sie und ging zu ihrem Waschtisch. »Du kannst dich setzen, wohin du willst, auch auf das Bett, wenn du möchtest, einen Augenblick nur, dann bin ich bei dir.«

In ihrem Haar waren einige graue Strähnen, ihr Hals zeigte Falten, sie erschien ihm ein wenig kleiner und etwas kräftiger. Sie hatte ihn nicht erkannt. Er blieb stehen und verspürte den Aufruhr in seinem Herzen.

»Hier bin ich, wie heißt das Gewand von euch Mönchen?«

»Kukulle.«

»Welch spaßiger Name! Setz dich, du bist sehr schüchtern, nicht wahr? Was hast du, du wirst doch nicht sagen wollen, dass es das erste Mal ist?«

Sie war nur eine Hure wie viele andere, freundlich und dreist, wie viele von ihnen. Jetzt musste er seine Illusion zurechtrücken. Er begann ruhiger zu werden. Er würde sich entschuldigen und dann gehen, weit fort von diesem verderbten Haus.

»Warum siehst du mich so an? Bist du bereits hier gewesen?«

»Wie heißt Ihr?«

»Oh, habe ich falsch daran getan, Euch mit du anzureden! Doch dieses Gesicht … Mein Name ist Dorotea, und wie heißt Ihr?«

»Ihr müsst verzeihen, ich habe mich geirrt, muss ich etwas bezahlen?«

»Aber nein. Es tut mir Leid, suchtet Ihr ein jüngeres Weib?«

»Nein.«

Vildericus ging zur Tür, dann drehte er sich um und sagte: »Mein Name ist Vildericus.«

Die Frau hob schnell eine Hand vor den Mund und riss die Augen auf.

»Vildericus! Mein Gott! O Vildericus!« Sie stürzte zu ihm, warf sich auf die Knie und umfasste diese. »Verzeiht mir, ich sehe nicht mehr so gut wie früher, mein Gott, wie viele Jahre! Und Ihr seid nicht gekommen, um Euch zu verabschieden. Ich musste zum Lateran gehen, um zu erfahren, dass Ihr nach Farfa zurückgekehrt wart! ... Und wie habe ich gehofft ... Euch wieder zu sehen!« Sie brach in ein heftiges Weinen aus.

Vildericus strich ihr mit einer Hand übers Haar, dann half er ihr aufzustehen, wobei er versuchte, sie von sich wegzuschieben. Doch als sie wieder auf den Beinen stand, umarmte sie ihn mit solcher Kraft, dass er nicht den Mut hatte, sich von der schmerzlichen Freude ihres Schluchzens loszureißen. Er musste die Augen fest zusammenkneifen, um die Rührung und die Glückseligkeit befreiender Tränen zurückzudrängen, und er musste seinen Körper versteifen, um ihren Körper nicht zu spüren. Er hatte einen Fehler begangen und wider die Regeln gehandelt, er hatte sich von undeutlichen Gefühlen leiten lassen. Die Augen der Frau waren noch immer sehr schön, und es war so wohltuend, das derbe, mit Verboten gerüstete Gewand abzulegen!

Sie setzten sich auf den Rand ihres Bettes, und Dorotea hielt seine Hand zwischen den ihren und sprach lange zu ihm. Sie erzählte ihm, dass sie kurz nach seiner Abreise krank geworden sei. Man hatte sie ins Hospiz von Santa Cecilia bringen müssen, und seit damals kam das Fieber immer wieder. Vildericus konnte ihr nur mit Mühe folgen, denn er verlor sich in einer plötzlichen Apathie. Seine Empfindungen waren dahin. Diese Frau schien ihm eine Fremde zu sein. Das mütterliche Bild von ihr, das er so lange Zeit bewahrt hatte, war zerstört, doch war es unmöglich, nun ganz plötzlich zu gehen, wie er es gewollt hätte, auch weil die Frau noch immer voll feierlicher Zärtlichkeit war.

»Ich kann jedoch nicht lange bleiben«, sagte er.

»Ich weiß, ich weiß, doch jetzt müsst Ihr mit mir essen, und dann, es ist wirklich kaum zu glauben, als ob die Sterne mir Euer Kommen angekündigt hätten. Wisst Ihr, was ich heute Morgen auf dem Markt gekauft habe! Fisch. Und als ich zu Hause war, konnte ich mir nicht erklären, warum, denn für mich kaufe ich nie welchen. Ich habe also den Vorschriften Eures Klosters gehorcht, von denen Ihr mir erzählt habt. Ich brauche nur einen Moment, so könnt Ihr mir etwas von Euch erzählen, von all diesen Jahren.«

»Ich bin nur ein Diener Gottes. Der stetige Ablauf in Farfa war für mich nur ein einziges Mal unterbrochen, vor sechs Jahren, und die Unterbrechung hat nur wenig länger als einen Monat gedauert. Ich habe den Papst gesehen, den Kaiser, die sieben Todsünden und die Pest. Jetzt bin ich wieder hier und weiß nicht genau, warum man dieses Mal nach mir verlangt hat. Wenn ich keinen Glauben hätte, so würde ich an meinem Schicksal zweifeln … Ich habe oft an Euch gedacht, wegen allem, was Ihr für mich getan habt … doch ich habe auch etwas Neues verspürt, etwas mir Unbekanntes … im Kloster ist man niemals völlig allein …« Jetzt verstand er den tiefen Sinn des Schweigens, das immer wieder vom heiligen Benedikt verlangt worden war, denn wenn man über sich selbst sprach, so nährte das die Vorstellung, man könne sich das eigene Sein beweisen, wobei man aber die hervorgerufenen Bilder wie in einem Spiegel sah, der alle Ernsthaftigkeit verzerrte. Man kam vom Weg ab, und jeglichem Wahnbild haftete der Geruch von Täuschung an.

Die Frau hatte den Tisch sehr hübsch gedeckt, mit Tischtuch, Tellern und Bechern. Sie rief: »Fertig, ich hatte ihn schon gekocht, er müsste gut sein, dies ist salzloses Brot. Esst, ich bitte Euch, ich hoffe, Ihr habt Hunger. Ihr seid mager, Vildericus, ich würde mich freuen, Euch öfter hier bei mir zu sehen. Ich bin eine gute Köchin.«

Sie aßen schweigend, dann sagte Dorotea, sie habe auch einen guten Wein. Sie ging und holte ihn, dann schenkte sie ein.

»Es ist ein Wein aus Griechenland. Ein Süßwein.«

»Welch merkwürdiger Zufall«, sagte Vildericus, nachdem er ihn probiert hatte. »Ich verstehe nichts davon, doch ich glaube, das ist dieselbe Art von Wein, wie ich sie heute Morgen bei Kardinal Bosone gekostet habe. Er hat ihn mir fast aufgezwungen, doch der Wein ist wirklich gut gewesen.«

Ein tiefes Rot überzog das Gesicht der Frau, und Vildericus wandte den Blick ab.

»Ja, es ist der Gleiche«, sagte sie mit matter Stimme. »Bosone hat ihn mir geschenkt.«

Er würde sich nicht in den Fallstricken dieser Stadt verfangen. Er musste sich jeden Gefühls erwehren, er musste jeden verzweifelten Seufzer über diese schändliche Enthüllung unterdrücken. Vildericus blickte auf den Becher mit dem Wein, den er auf den Tisch zurückstellte. Die Frau erhob sich und begann, den Tisch abzuräumen.

»Nun muss ich wirklich gehen, es ist spät für mich geworden«, sagte er und ging zur Tür. Sie folgte ihm.

»Möchtet Ihr nicht, dass ich Euch von meiner Beziehung zu Bosone erzähle?«

»Nein, Eure Bekanntschaften … das Leben, das Ihr führt, geht nur Euch etwas an, und ich möchte niemanden beurteilen, Euch am wenigsten von allen. Ich will nicht. Ich danke Euch, Dorotea, Ihr seid freundlich und herzlich gewesen. Gott beschütze Euch und stehe Euch bei.«

»Kommt Ihr wieder, um mich zu besuchen?«

Er schwieg und sah sie an: Die feuchten Augen und die Falten in den Mundwinkeln zeugten davon, wie hart und bitter es für sie gewesen war, sich an dieses arme Leben zu gewöhnen.

Doch ihre Seele war noch immer offen und lebendig im zurückgewiesenen Traum ihrer frühen Unschuld.

»Natürlich, wie könnte ich auf Eure Kochkünste verzichten?« Er lächelte, und sie gab ihm ein schwaches, bitteres Lächeln zurück.

## 30

Im Morgengrauen betrat jemand sein Schreibzimmer, ohne anzuklopfen, und öffnete die Tür zu seiner Schlafkammer, als Vildericus gerade auf seiner Kniebank die Morgengebete sprach.

»Gott segne dich, mein Sohn, du bist ein gutes Beispiel religiöser Inbrunst und Disziplin.«

Vildericus war versucht, diese Worte zu überhören und mit den Gebeten fortzufahren, um den Eindringling die Achtung, die man einem Mann im Gebet zollte, zu lehren, doch die Demut, die ihm in Farfa zu einer Selbstverständlichkeit geworden war, überwog. Er wandte sich um und grüßte den Unbekannten.

»Lass uns gehen. Komm, hier ist es zu kalt für meine armen Knochen. Ich bin Massilius. Man hat mich aus meinem Preneste gelockt, um mir hier das Amt des armen Eusebius von Trevi, Gott hab ihn selig, anzuvertrauen. Ich weiß, dass er dir Freund war, und auch ich möchte das sein, mein Lieber. Ich habe viel von dir gehört. Es heißt, du seiest einer, der etwas kann. Hier ist es gut, setzen wir uns.«

Es war ein drahtiger, fast kahlköpfiger, kleiner Mann mit einem schütteren und struppigen Bart. Die Augen waren nur Schlitze, die Vildericus kalt und voll eifersüchtigem Misstrauen ansahen, was im Gegensatz zu seiner honigsüßen Stimme stand, die ohne Pause dahinfloss, um jeden Platz zu nutzen und um eine darunter liegende Feindseligkeit zu übertönen.

»Nun, soweit mir gesagt wurde, sollst du die Chronik wieder

aufnehmen. Ich weiß, dass es Regest heißt, also das Regest der wichtigen Ereignisse dieses erhabenen Stuhles Petri, für das man eine eifrige Seele braucht, um die Größe dessen, der mit dieser Aufgabe betraut worden ist, ins rechte Licht zu rücken …«

Die fleischigen Lippen des Mannes bewegten sich ohne Unterlass, und Vildericus nahm alle Geduld zusammen, die ihm zur Verfügung stand, um sich gegen die Schläfrigkeit, die ihn überkam, zu wehren. Jemand aus der Eskorte Alfonsos von Alatri hatte ihm gesagt, dass der Tiber von all dem Wasser dieses regnerischen Winters angeschwollen sei, das würde er gerne sehen. Bei seinem ersten Besuch in Santa Maria würde er in den Garten treten, an dem Fischbecken vorbeigehen bis zur Brüstung, von der aus man den weiten Bogen sehen konnte, den der Tiber von der Ponte Emilio bis an den Fuß des Aventin beschrieb … sein Vater und der Bach in der Nähe des Hauses, unten im Tal, Forellen angeln … und seine Mutter, die dagegen protestierte: »Er soll Priester werden, wenn wir aus diesem Elend herauswollen, und er soll lernen, und du, du nimmst ihn zum Angeln mit …«

»… und vor allem solltest du in allem, was geschieht, Gottes Hand sehen …«

… dass er Priester werden sollte, das war ihre ständige Litanei, und er sah seinen Vater an, und sein Vater nahm ihn zum Angeln mit …

»… ich hoffe, du hast mich verstanden. Hast du mich verstanden?«

»Ja, Herr.«

»Ich erhoffe mir viel von dir, viel ehrlichen Gehorsam. Ich weiß, dass du gestern beim Protoscriniarius gewesen bist, und freue mich darüber. Beziehungen sind immer nützlich, auch wenn ich hier ohne Arg sagen will, wie die Dinge stehen. Bosone hat vor einiger Zeit – man weiß nicht genau, was ihm geschah – diese Dienerin geheiratet. Du wirst sie gesehen haben. Diese Augusta, von der er behauptet, dass sie nur eine Hausmagd ist, aber ich weiß, dass er sie geheiratet hat. Worüber habt ihr gesprochen?«

»Von jenem zum Tod auf dem Scheiterhaufen verurteilten Mann.«

»Hast du die Theologie studiert?«

»In Farfa liest man einige Schriften des heiligen Hieronymus und des heiligen Augustinus, doch das ist freiwillig.«

»Mir ist zu Ohren gekommen, dass dich auch heidnische Autoren interessieren.«

»Eine meiner Aufgaben in Farfa war das Kopieren von Schriften, immer auf Anweisung des Abtes, und so ist es gekommen, dass ich einen Dialog von Platon kopiert habe.«

»Ich habe mich auf die Bücher bezogen, die du unten in unserer Bibliothek zur Lektüre verlangt hast. Der Heide Vergil, zum Beispiel seine Aeneis.«

Vildericus amtete tief ein, um seinen Geist mit der notwendigen Geduld zu wappnen, und wartete schweigend auf die Fortsetzung des Verhörs.

»Also?«

»Was, Herr?«

»Glaubst du, es sei für einen wahren Christen statthaft, in heidnischen Schmierereien zu wühlen?«

»Diese Frage habe ich mir noch nie gestellt.«

»Übel, mein Sohn, sehr übel.«

»Wenn Ihr es wünscht, so werde ich es tun.«

»Ja, ja, gut! Doch zurück zu Bosone. Worüber habt ihr noch gesprochen?«

»Ich erinnere mich, dass er mir Wein angeboten hat, einen sehr guten Süßwein.«

»Ja, aber hat er über Graf Alberich und über Seine Heiligkeit gesprochen?«

»Nein, ich glaube nicht. Ah, doch, dass der Graf mich sprechen wolle und dass er mich am anderen Tag, also heute, sprechen wolle.«

»Du bist über eine Stunde bei ihm gewesen.«

»Ich hätte unsere Unterhaltung vielleicht aufschreiben sollen, um Euch zufrieden zu stellen, doch abgesehen von der Tatsache, dass ich Euch noch nicht kannte, war ich sehr müde. Warum fragt Ihr ihn nicht selbst?«

Der Mann sprang plötzlich auf und ging zum Fenster, um seinen Zorn zu bannen, wobei er Vildericus den Rücken zuwandte.

»Aufgrund der Hierarchie, die durch Direktiven festgelegt sind, die auf Johannes XIX. zurückgehen, hast du dich als einen meiner Untergebenen zu betrachten, denn mir obliegt die Aufsicht über alles, was die offiziellen Schriften der päpstlichen Chronik, Regest oder Register, betrifft. Haben wir uns verstanden?«

»Es ist meine Pflicht, stets alles, was ich schreibe, Eurer Prüfung zu unterstellen.«

»Ihr aus Farfa …«

Da war er wieder, dieser Satzanfang, gleich einem Stein von einer Schleuder, einem Pfeil, einem Blitz; sein von der Erkenntnis um seinen wahren Zustand getroffener Geist; sie hatten die Schale zertrümmert, und er kam hervor, die Flügel noch vom Eiweiß verklebt, das ihn genährt hatte. Er war nicht mehr »aus« Farfa, eine freundschaftliche Beziehung und leuchtende Erinnerungen, so wie er auch nicht mehr »aus« Sutri gewesen war, nicht mehr seinem Haus angehört hatte, seinem Vater, der Mutter, die Last, die in ihm schlummerte, aus Geburt und Leben und Tod – das alles hatte jetzt kein überflüssiges Gewicht mehr. Die äußere Wirrnis würde ihm schließlich Maß und Vergleich anbieten, und wenn er »ich« sagen würde, so würde in dieser ungefähren Bezeichnung seiner Einsamkeit das Vorhandensein der absoluten Einsamkeit des Gottessohnes aufscheinen, der auch in der Verzweiflung noch geliebt hatte …

»Jetzt müsst Ihr mich entschuldigen«, unterbrach er dieses pharisäerhafte Insekt, »doch ich muss zum Kloster Santa Maria.«

Hochrot im Gesicht murmelte der Primicerius einige disziplinarische Drohungen, denen Vildericus jedoch nicht die geringste Aufmerksamkeit schenkte. Er verließ das Zimmer, nachdem er sich die schwere Kukulle übergezogen und eine Verbeugung angedeutet hatte. Draußen empfing ihn ein sonniger Tag mit den klaren Farben, die der Nordwind malte. Er hatte sich entschieden, ohne noch genau zu wissen, wozu. Er schritt flott aus und verlangsamte seinen Schritt nicht einmal an der Steigung, die zum Aventin führte. In der Nähe von Santa Sabina hielt er inne, sah das blasse Grün der Pinien und der immergrünen Büsche, dann glitt sein Blick zu den riesenhaften Ruinen hinüber, die neben dem Circus Maximus aufragten. Das helle Licht und die scharfen Schatten, die die hohen Mauern warfen, erfüllten ihn mit staunender Bewunderung. Die wenigen Kapitel, die er von Tacitus gelesen hatte, vermittelten nichts von dieser majestätischen Herausforderung aus Stein und Marmor, aus Apsiden und Säulen, denen die Kapitelle fehlten, aus zerfallenen Galerien, Portalen und halbierten Bögen. Die Zivilisation, die sie gebaut hatte, verwies auf ein doppeltes Mysterium, auf den Widerspruch zwischen dem Maß seiner Größe und dem Maß seiner Erben …

»Gefallen, gefallen ist Babylon, die große Stadt, sie hat das Universum beherrscht«, sagte jemand hinter ihm, Vildericus drehte sich um und erkannte ihn. »Jetzt kann jeder in ihr herrschen. Du bist Vildericus, erinnerst du dich an mich?«

»Hildebrandus! Ich bin auf dem Weg nach Santa Maria.«

»Es ist der Herr, der die Menschen in die Größe und in den Untergang führt. Setzen wir uns auf diese Mauer.«

Sie setzten sich, und Hildebrandus sagte: »Wohin, glaubst du, gehe ich?«

»Ich weiß es nicht.«

»Zum Lateran. Gestern kam mit einem Wagen Getreide, der, Gott sei's gedankt, nicht von Wegelagerern oder von den Crescentiern abgefangen wurde, und ein Brief von Suppone an meinen Onkel, in dem er ihn über deine neue Aufgabe benachrichtigt. Ich wollte dich begrüßen. Bist du zufrieden? Nein, nicht wahr?«

Vildericus schüttelte verneinend den Kopf, lächelte und berichtete kurz über die Aufgabe, die ihm Bosone angedeutet hatte. Er war bewegt, diese Begegnung war ein gutes Zeichen, ein Weg, von einer Hand vorgezeichnet, die ihn schützen und anspornen wollte, mit noch größerer Kraft die Aufrichtigkeit anzustreben. Und was dieser junge Priester ihm über seine kurzen und aufregenden Aufenthalte bei Benedikt IX. erzählte, bezeugte ein Vertrauen, das er ihm geben und von ihm erhalten wollte.

»Du kannst dir gar nicht vorstellen, welcher Schamlosigkeiten er fähig ist. Man könnte fast sagen, er hätte sich am Wein der Unzucht der Hure in der Apokalypse betrunken. Das jedoch ist nicht einmal das Schlimmste. Ein wirklicher Papst mag wohl zehnmal mehr als er der Wollust verfallen sein, doch er bliebe nur vor seinem Gewissen und vor Gott schuldig, wenn keine Kunde von seinen Sünden aus seinem Schlafgemach dränge. Denn es zählt allein die äußere Würde, die Größe, die er in der Öffentlichkeit zeigt, die Kraft, die von keiner anderen irdischen Macht abhängig ist.«

Vildericus blickte ein wenig zur Seite, was sein Gegenüber bemerkte.

»Du teilst meine Meinung nicht, nicht wahr?«

»Gott sieht das Gesicht und die Lenden eines jeden von uns. Oder, wenn du willst, unser Gesicht und unsere Lenden sehen ihn, wenn man den wahren Glauben hat.«

»Ich verstehe dich, du bist ein Mönch, doch ich sprach gerade von der Kirche. Wenn man den Leib eines Mannes mit der Tiara und der Mitra bedeckt, dann kann er unter dem Kleid seiner Würde auch Pestbeulen verbergen. Es genügt, dass er sein Amt mit der Würde und der Größe der Apostel versieht. Und hinsichtlich Würde und Größe ist dieser Papst das genaue

Gegenteil. Er hat die Korruption zur Königin dieser armen Stadt und ihres armen Hinterlandes gemacht. Vom Präfekten bis zum einfachsten Zöllner, kein einziger Akt der Verwaltung geht auf ehrliche Weise vonstatten. Vom Zehnten über die Abgabe für die Hospitäler bis zur Lebensmittelversorgung – alles wird mit unrechtmäßigen Gebühren abgewickelt. Es mag genügen, von den Lieferungen von Öl zu erzählen: Euer Öl aus Farfa wird unseren Klöstern zu drei Denare für den Liter geliefert, jenes, welches auf den Schiffen aus Sizilien kommt, die am Tiberufer an der Riva Greca anlegen, kostet zwei Denare, doch in Rom wird es zu acht Denaren verkauft. Und Vergero, der Verwalter der Lebensmittelbehörde, hat sich eine Villa in Tivoli gebaut, die einem Prinzen würdig wäre, und eine andere in Portus, nachdem er die Truhen der Tusculaner gefüllt hat. Du hast soeben die römischen Ruinen dort am Palatin bestaunt. Schau genau hin, siehst du diese unzähligen Ameisen, die Steine, Bruchstücke von Statuen und Marmorfliesen Stück für Stück forttragen? Wenn sie es täten, um Kirchen zu bauen, wie man es früher tat, so würde ich das verstehen, doch das sind Diebe und private Beutejäger. Sie bezahlen eine gewisse Summe an die Wächter, die einen Teil davon den Befehlshabern geben, und diese ihrerseits teilen das Geld mit den Diakonen und den Beamten im Lateran … Diese Stadt könnte wieder an Größe gewinnen, wenn das Papsttum und die Kirche groß würden …«

Vildericus bemerkte die Männer am Fuß des Obelisken im Circus Maximus. Sie hatten Seile daran befestigt, und die Enden steckten in Flaschenzügen, deren Bügel mit Stöcken in der Erde verankert waren.

»Werden sie auch diesen Obelisken forttragen?«

»Diesen ägyptischen Obelisken? Gewiss, so etwas wird heute als besonders kostbarer Gegenstand angesehen. Diesen wird wohl irgendein Kardinal für seine Gärten gefordert haben. Doch ich weiß nicht, ob ihnen das gelingt. Er ist zu groß, sie werden ihn in Stücke schlagen, du wirst sehen. Der andere ist vor vielen Jahren bereits verschwunden.«

Sie schwiegen lange, dann sagte Hildebrandus: »Ich verstehe dich, Vildericus, weißt du, doch du hast die Welt verlassen, und ich stecke drinnen, bis zum Hals. Auch wenn unsere Träume sich unterscheiden, so sind unsere Seelen doch verwandt.«

Hildebrandus von Soana begleitete Vildericus zum Kloster Santa Maria, und dort empfing ihn Abt Enricus von Manciano wie einen verlorenen Sohn, und bei Tisch, wo er von den Brüdern freudig begrüßt wurde, von denen er vor zwölf Jahren viele gekannt und mit denen er viel Umgang gehabt hatte, bat er ihn, die Tischlesung abzuhalten. Mit gefalteten Händen ging Vildericus zum Lesepult. Ein sanfter Strom trieb die Schritte seines Geistes weiter, bewegt und verzückt von der Vorstellung, er als Spiegel könne die leuchtende Erinnerung an den göttlichen Mann aus Nazareth wiedergeben …

»Herr, du öffnest meine Lippen, und mein Mund wird dein Lob verkünden … In diesen Tagen begab er sich auf einen Berg und verbrachte die Nacht im Gebet. Am Morgen rief er seine Jünger zu sich und wählte zwölf von ihnen und gab ihnen den Namen Apostel. Dann stiegen sie zusammen hinab, und da war eine große Menge Volkes, das von Judäa und von Jerusalem hergekommen war, und sogar von zwei Städten an der Küste, ihn zu sehen und zu hören und von ihren Krankheiten geheilt zu werden …«

Als er die Bergpredigt beendet hatte, setzte er sich zwischen die Ordensbrüder neben den Abt und neben Hildebrandus, und sie aßen schweigend. Dann verabschiedete er sich von seinen Gastgebern, die ihn einluden, nach Santa Maria zurückzukehren, wenn er der ungestörten Ruhe bedürfe, und in kaum einer halben Stunde erreichte er den Lateran. Er fand sich im Vorzimmer des Grafen Alberich ein und wurde sogleich in dessen Privatgemächer geführt. Er musste sich erst eine Weile an die Dunkelheit gewöhnen, die dort herrschte und die eine kleine

Lampe auf dem Boden hinter der Tür nicht vollständig zu durchdringen vermochte, sodass er zunächst nur die Begrüßung hörte, einen schwachen Gruß, bevor er die Person erkennen konnte, die ihn ausgesprochen hatte. Alberich von Tusculum lag auf einer Art Diwan mit hoher Rückenlehne, und eine Decke war über seine Beine gebreitet.

»Zu deiner Rechten befindet sich ein Stuhl, nimm ihn und komm näher. Und stelle diese Lampe dort auf den Schemel. Ich lebe in diesem Halbdunkel, weil meine Augen das Licht nicht mehr ertragen.«

Wenn Vildericus den Grafen unvorbereitet getroffen hätte, so hätte er ihn nicht wieder erkannt, so sehr war dieser abgemagert. Seine Stimme klang gepresst, und sein Atem ging schwer. Vielleicht verzehrte ihn dasselbe Übel, das auch Hugo von Celano dahingerafft hatte.

»Dieses Mal begehen wir mit dir einen Fehler, doch andererseits, das Rad zurückzudrehen ... Ich habe einen schweren Irrtum begangen, aus Liebe zur Familie ... damals habe ich ihn noch nicht gekannt. Er schien mir der Geeignetste zu sein, er war zu jung ... keiner regiert ohne Feinde. Die Crescentier, ja, doch diese bereiten uns keine Angst, es ist die Stadt, dieses unerträgliche römische Volk liebt ihn nicht. Ich habe ein Vermögen ausgegeben, doch es liebt ihn nicht, ich habe Theophylakt einen Ratschlag nach dem anderen erteilt, wie er sich draußen verhalten solle, um zum *rei publicae peritus*, zum erfahrenen Staatslenker, zu werden ... er hat gemurrt, doch er hat sie befolgt ... bis gestern, und jetzt ist ihm das zu Kopf gestiegen.«

Vildericus musste den Stuhl näher an den Diwan rücken, er hatte die letzten Worte des Grafen nur erahnen können. Dieser wurde von einem heftigen Husten geschüttelt und wies auf eine Tasse, die auf dem Schemel stand, doch als er sie in den Händen hielt, vermochte er sie nicht an die Lippen zu heben, und Vildericus musste ihm den Kopf halten, sodass er trinken konnte.

»Du hättest all diese Jahre bei ihm sein sollen, vielleicht hätte deine Gegenwart … Es ist nicht gesagt, aber in diesem Moment ist es die einzige Möglichkeit. Kennst du ihn gut?«

»Nein, nicht gut, Herr. Und außerdem sind sechs Jahre vergangen, seit ich ihn begleitet habe.«

»Wie auch immer, wie urteilst du über ihn, welchen Eindruck hast du von ihm gewonnen?«

Der Graf bemerkte die Verlegenheit, in die er Vildericus durch diese Frage gebracht hatte, und bat ihn, ehrlich zu antworten.

»Seine Gemütslage ist schwankend. Man könnte sagen, dass es ihm schwer fällt, einen präzisen Gedankengang zu verfolgen, ich meine Gedanken, die schlüssig sind.«

»Möchtest du nichts hinzufügen?«

»Er ist leicht erregbar …«

»Gewalttätig?«

»Er lässt sich nicht gerne widersprechen.«

»Gewalttätig?«

Eine unangenehme Lage, in der er sich befand, dachte Vildericus. Der Graf war der Vater, war es denn möglich, dass er bei all seinen Beratern und Zuträgern nicht besser als er wusste, wer sein Sohn war?!

»Ich will nicht über Euren Sohn urteilen. Ich beschwöre Euch, fragt mich nicht weiter.«

Der alte Mann schwieg lange und fuhr sich langsam mit der Hand über die Stirn.

»Ich will, dass du an seiner Seite bleibst, bei Theophylakt, und wenn es dir gelingt … Seit einiger Zeit hasst er den König, und ich weiß auch, warum. Im November hatte er Andreas von Perugia und Sichelmus zu ihm nach Ingelheim geschickt, um einige Verwaltungsfragen zu klären und um seine Absichten hinsichtlich einer geplanten Reise nach Italien zu erfahren. Seit etlichen Monaten bereist einer seiner Gesandten, ein gewisser Adalgar, die lombardischen Städte und versucht herauszufinden, auf welche Weise einige Bischöfe ausersehen und gewählt wurden. Diese beiden konnten recht wenig berichten, außer einer Sache, die aber gewiss und beunruhigend ist: Der Kaiser hatte ihnen eingehende Fragen über die Art und Weise der Wahl meines Sohnes zum Papst gestellt. Theophylakt ist beunruhigt, und was tut er? Um die Gunst des Königs wiederzugewinnen, erteilt er ihm die päpstliche Dispens zur Heirat mit Agnes von Poitou, die gar nicht erbeten war, weil der König sie schon vom Bischof von Bamberg erhalten hat. Er hat Dank und, wie es in diesen Fällen üblich ist, ein Geschenk erwartet, doch er hat weder das eine noch das andere erhalten.«

An diesem Punkt wurde der Graf erneut vom Husten geschüttelt, der ihn die nächsten Minuten nicht losließ.

»Ich erzähle dir weiter von meinem Sohn: Für den dreiundzwanzigsten April hat er eine Synode einberufen, und ich weiß, dass bereits einige Bischöfe seine Einladung angenommen haben … ich befürchte, dass er …«

Die Zimmertür wurde schwungvoll aufgerissen, und in der hellen Öffnung zeichnete sich die Gestalt Benedikts IX. ab.

»O Gott, wie finster es hier ist! Wie finster, Vater. Ich will ihm ins Gesicht sehen, deinem Gast. Erlaube, dass ich diesen Vorhang ein wenig zurückziehe.«

»Die Augen Eures Vaters …«, versuchte Vildericus zu sagen, doch der schwere, dunkle Brokatvorhang wurde bereits zur Seite gezogen.

»Da ist er ja, unser vorzüglicher Mönch!« Benedikt IX. umrundete den Diwan, während der Graf seine Augen mit den Händen bedeckte. Dann stellte er sich vor Vildericus und packte ihn an den Oberarmen und drückte sie. »Mager, aber kräftig. Du bist gekommen, um die Niederschrift der Chronik wieder aufzunehmen, doch das ist der offizielle Vorwand unseres lieben Bosone.« Über seinen Vater gebeugt, stieß er den Zeigefinger an dessen Nase. »Es wäre deine Pflicht gewesen, mich vorher zu informieren, oder irre ich mich?« Dann wandte er sich an

Vildericus und sagte mit einer vor Zorn verdunkelten Stimme: »Und deine Pflicht, mir deine Empfehlungen darzubieten, sofort! Seit zwei Tagen bist du nun schon hier, und ich musste zu dir kommen, ich!«

»Ich bin hier ein Fremder und kann nicht bei Eurer Heiligkeit eindringen, wenn ich nicht gerufen werde.«

»Und wie bist du hierher gekommen?«

»Graf Alberich, Euer Vater, wollte mich sehen. Es war eine Ehre für mich. Kann ich den Vorhang wieder zuziehen?«

»Aber ja, aber ja!« Und als das Zimmer wieder ins Halbdunkel getaucht war, sagte Benedikt zu seinem Vater: »Du schuldest mir eine Erklärung für euer plötzliches Interesse, deines und das dieses Fettsacks, an diesem hochmütigen Mönch.«

»Wir durchleben eine schwierige Zeit, Theophylakt, und es ist nicht so, dass wir hier drinnen einen Überfluss an Männern haben, die keine eigenen Interessen verfolgen und dazu noch mit Weisheit und einem gesunden Verstand versehen sind.«

»Doch er ist in Farfa geschult. Er ist ein einziges Gebet, vom Morgen bis zum Abend tut er nichts anderes als Psalmen aufsagen, Hymnen an den Herrn. Was nutzt uns so einer?«

»Ich dachte, es würde dir Freude machen, einen Menschen an deiner Seite zu haben, der so anders ist als diejenigen, mit denen du sonst zu schaffen hast.«

»Wenn ich von Eurer Heiligkeit nicht gelitten bin, so kann ich noch heute Abend in mein Kloster zurückkehren.«

»Hast du gehört?! Er hält gar nichts davon, hier bei uns, bei mir zu sein! Ich bin der Papst, ich bin Benedikt IX., doch wenn er nicht gelitten ist, dann hebt er den Vorhang und geht fort.«

Benedikt begann, um den Tisch herumzugehen, stolperte über einen Zipfel der Decke, die den Grafen zudeckte, und ein »Verflucht« kam aus seinem Munde. Vielleicht vermochte er durch dieses Herumgehen sich seiner feindseligen Gedanken zu entledigen, denn er blieb stehen und sagte mit ruhigerer Stimme: »Vater, du weißt, dass ich ihn hierher gebeten hatte, nicht nur einmal, doch er hat sich immer versagt, der hochmütige Vildericus von Sutri. Ich will keine Entschuldigungen hören ...«

»Es handelt sich nicht um Entschuldigungen, Eure Heiligkeit ...«

»Schon gut, schon gut. Ich handle, wie du es wünschst, Vater. Es gibt ein freies Zimmer auf dem Flur, von dem die Gemächer des Primicerius abgehen. Der Mönch soll sich dort einrichten. Ich wünsche Euch alles Gute.«

Nachdem Benedikt IX. den Raum verlassen hatte, verharrten Vildericus und der Kranke lange schweigend und versuchten, die zwiespältigen Eindrücke zu ordnen, die dieser von finsteren Stimmungen geprägte Besuch hinterlassen hatte. Vildericus überprüfte noch einmal sein düsteres Bild von diesem Papst, und obgleich er mit Gewissheit vorhersah, dass jener ihm Fallen stellen würde, verpflichtete er sich selbst zu der unabhängigen Gelassenheit, zu der er erzogen worden war. Mochten sie nur am Rad seines Geistes drehen, sie würden ihn vielleicht mit Lügen, Gewalttaten und gemeinen Worten streifen, doch seine Stütze würde für immer das unantastbare Gefühl für diese einzige Liebe sein.

»Ich sprach von der Synode im April, Vildericus. Und ich habe mich gefragt, warum so viele Bischöfe ihr Kommen angekündigt haben. Mein Sohn hat schließlich Sichelmus nach Venedig geschickt, das habe ich von Bosone erfahren, nicht von ihm selbst. Um was zu tun, dort in Venedig? Daher meine Befürchtungen, dass er etwas gegen Heinrich III. im Schilde führt. Es ist ihm noch nicht bewusst geworden, wie sehr wir von dem deutschen König abhängig sind. Versuch du, das herauszufinden, und wenn es dir gelingt, sein Vertrauen wiederzugewinnen, dann musst du alles tun, um ihn von solchen unüberlegten Handlungen abzuhalten. Das Wohlwollen des Königs garantiert sein Überleben ... Jetzt brauche ich Ruhe, es geht mir immer schlechter. Komm mich besuchen, ich habe draußen bereits gesagt, dass du immer, zu jeder Zeit, zu mir vorgelassen werden sollst. Der Herr möge deine aufrichtige und freundliche Seele für immer erhalten.«

## 31

Das Zimmer, das Vildericus angewiesen worden war, lag im vierten Stockwerk, wo sich auch die Schreibstuben der päpstlichen Verwalter und die Gemächer des Papstes befanden. Dieses Stockwerk wurde *della Veronica* genannt, denn zur Zeit Papst Gregors V. war während einiger Restaurierungsarbeiten in der Kirche San Pietro die berühmte byzantinische Ikone fast ein Jahr lang in der kleinen päpstlichen Kapelle aufbewahrt worden. Vildericus zog am folgenden Morgen um, es war der 30. März. Zu seiner großen Erleichterung fand er in dem Zimmer eine einfache Einrichtung vor, ein Bett, einen Tisch, vier Stühle, eine Truhe, zwei Hocker und eine Kniebank.

Die Erleichterung hatte ihren Ursprung in einem Unbehagen, das er beim Betreten dieses Flügels des Palastes verspürt hatte. Denn die Bediensteten, die Subdiakone und Priester der Kanzlei hatten ihm einen besonderen Empfang bereitet, indem sie eine Verbeugung andeuteten, wenn er vorüberging, ein offensichtliches Zeichen, dass er nunmehr als besonderer Schützling Benedikts IX. galt. Und er wurde sich dessen noch mehr bewusst, als ihn Bischof Massilius aufsuchte. Anstatt sich wie bei der ersten Begegnung herablassend zu gebärden, erging sich der Primicerius, der das für Untergebene vorbehaltene »du« durch ein ehrerbietiges »Ihr« ersetzt hatte, in einer hochtrabenden Schmeichelei. Ein einziger Satz genügte, um deutlich zu machen, dass er den Schwanz eingezogen hatte. Nämlich als er sagte:

»Wer würde Euch nicht bewundern, wenn er wüsste, dass Ihr Seine Heiligkeit bei seinen Abenteuern begleitet habt!«

»Welche Abenteuer?«

»Die Abenteuer auf der Jagd.«

Der Blick, mit dem Vildericus den Bischof ansah, so als hätte er ihn soeben erst bemerkt, ließ das gekünstelte Lächeln aus dessen Gesicht verschwinden. Er erklärte, dass dies der Augenblick der Gebete für die sechste Stunde sei und er ihn daher höflichst ersuche zu gehen. Als er allein war, wurde ihm bewusst, dass er sich der Unduldsamkeit schuldig gemacht hatte. Er musste versuchen, in diesem Mann, der seine ganze Bitterkeit in einen falschen, süßen Honig getaucht hatte, das beklagenswerte Unglück seiner gesamten Persönlichkeit zu sehen. Um dem offiziellen Grund seiner Einberufung wirklich gerecht zu werden, machte er sich daran, die Blätter der Chronik durchzulesen und zu korrigieren, die in den letzten Jahren von seinen Vorgängern, zwei Geistlichen, niedergeschrieben worden war. Gegen Abend flüchtete er sich in die Lektüre der Aeneis, die er nunmehr vom Bibliothekar zur Ausleihe bekommen hatte. Das erste Buch erfüllte ihn mit Staunen. Es war ein verhaltenes Staunen über die bedrohliche Gegenwart der Götter, die ihm aber schließlich wie Fabelwesen einer kindlichen Gottesvorstellung vorkamen und die aufgrund der zeitlichen Nähe ihrer Niederschrift zu der Geschichte des Mannes aus Nazareth fast als das Ergebnis eines notwendigen und rechtzeitigen Neubeginns erschienen.

Ein Abschnitt berührte ihn sehr, und er hielt sich, reichlich bewegt, bei diesem auf: dort, wo die Liebe, vom maskierten Boten der Venus an Königin Dido überbracht, von dem heidnischen Dichter als Gift bezeichnet wird. Am Ende des Buches dachte er noch einmal darüber nach: Das Gesicht und der Blick Doroteas wurden übermächtig. Er versuchte, das Bild zu zerreißen, dann versuchte er, es nur noch fortzuschieben, war seine Dankbarkeit doch begründet. Schließlich tadelte er sich selbst; er durfte sie nicht mehr sehen; doch das Bedürfnis, sie zu sehen, wurde unterdessen immer stärker, so stark, dass die Gebete und die Selbstbezichtigungen wegen seiner unklaren Empfindungen sinnlos waren. Er schlief auch in der Nacht wenig, denn er erwachte immer wieder, von diesem inneren Zwist umgetrieben. Am nächsten Morgen drängte es ihn, den Palast zu verlassen und zu laufen, mit raschem Schritt, doch ohne Ziel. Er wollte sich selbst und jede andere äußere Bindung von sich abstreifen, doch er musste feststellen, dass dort draußen viele Menschen waren. Sie liefen, sie standen ihm im Weg, stießen ihn an, und der Sog dieses Stromes war so stark, dass er gezwungen war, sich in seiner Richtung mitzubewegen und sich dann im Laufschritt durch eine schmale, von hohen Mauern gesäumte Gasse drängen zu lassen, die auf den runden Platz vor der Kirche Santo Stefano mündete. Dort, in der Mitte des Platzes, auf den die strenge Fassade von Santa Maria in Domenica zeigte, sah er einen langen senkrechten Pfahl, der aus einem großen Haufen mit Feuerholz ragte. Das war offensichtlich der Ort der Hinrichtung, zu der dieser arme, verrückte Schimpfredner von unbarmherzigen Richtern und vom Papst verurteilt worden war. Er würde nur so lange hier bleiben, bis er ihn gesehen hatte, auch weil er gehört hatte, dass die Menschenmenge den Qualen mit Freudenschreien beiwohnen würde. Nein, nicht ein solches Grauen, das würde er nicht ertragen können. Doch es kam anders: Als der Verurteilte erschien und die Aufseher, von denen er begleitet wurde, ihn auf den Scheiterhaufen hoben, ihn mehrmals mit einem Seil umwickelten, um ihn festzubinden, war es, als ob alle die Luft anhielten und als ob diese Stille eine traurige und drohende Beredtheit habe. Aus der Menge hörte man nur ein »Fort mit dir«, das dem Priester galt, der sich genähert hatte. Und kurz darauf vernahm man von dem Verdammten einen fürchterlichen Satz: »Ich verfluche den Christus, der von dieser von Dieben verdorbenen Kirche benutzt wird.«

Vildericus wandte sich zum Gehen, tat zwei Schritte, doch ein Mann hielt ihn zurück.

»Mönch, du musst bleiben!«

Vildericus faltete die Hände und antwortete, er könne keine Grausamkeiten ertragen, woraufhin der Mann entgegnete: »Das musst du lernen. Und du darfst es nie vergessen!«

Vildericus schloss die Augen. Diese Worte durchdrangen seinen Körper. Er antwortete dem Mann, dass er Recht habe, und drehte sich um. Der Priester war gegangen. Einer der Aufseher hatte eine kleine brennende Fackel in der Hand und beugte sich herab, um mit dieser den Holzstapel anzuzünden, die ersten Rauchschwaden stiegen auf, und der Verurteilte schrie: »Vergesst nie meinen Namen: Ich bin Giovanni, Sohn von Guarino, dem Bäcker aus dem Viertel Suburra, und ich habe noch keinem etwas Böses angetan!«

Der Rauch verdeckte ihn, dann schlugen die Flammen höher, und der ganze Körper wurde von ihnen umzüngelt, keine Schreie, der Gestank nach verbranntem Fleisch breitete sich aus. Vildericus hielt stand, bis ihm übel war, dann ging er ein Stück zur Seite und lehnte sich gegen eine Mauer, um nicht umzusinken, denn sein Geist fand keinen Halt mehr. Dieses abscheuliche Schauspiel löschte jegliches andere Leben aus. Jemand legte ihm die Hand auf die Schulter. Es war der alte Mann, der ihn zuvor angesprochen hatte.

»Braucht Ihr Hilfe?«

»Das Übel ist … nein, ich danke Euch …«

»Giovanni di Guarino, wir dürfen ihn nicht vergessen.«

»Nein, das dürfen wir nicht«, antwortete Vildericus mit dünner Stimme.

»Zieh dir die Kapuze auf, es hat zu regnen begonnen. Wenn der Regen doch früher gekommen wäre … hast du diesen Blitz gesehen? Er ist ein Zeichen, meinst du nicht auch? Fasse Mut.«

Als er wieder im Palast war, erfuhr er, dass Benedikt IX. ihn hatte suchen lassen, doch er begab sich nicht sofort zu ihm. Er ging zuerst in sein Zimmer, wusch sich das Gesicht und die Hände und trank ein Glas Wein, ohne sich dessen bewusst zu sein. Dann kniete er sich auf der Bank nieder und sprach die Stundengebete, doch er musste sie mehrmals wiederholen, denn sie entglitten ihm immer wieder. In die leeren Worte hinein schien immerzu das Bild der Flammen des frevelhaften heiligen Scheiterhaufens auf. Als er sich kurz darauf in den päpstlichen Gemächern einfand, führten ihn die Diener in den Empfangssaal. Außer dem Tusculaner, Kardinal Bosone, Primicerius Massilius und zwei Beamten, die er vom Sehen kannte, waren noch acht Bischöfe oder Kardinäle, zwei Kleriker und ein älterer Mönch, vielleicht ein Abt, anwesend.

»Du hast dir ja Zeit gelassen!«, rief Benedikt IX. aus. »Dies, meine Herren, ist Vildericus von Sutri, ein Mönch aus Farfa und zurzeit der Kurator des *Liber Pontificalis*, das heißt, der Annalen unserer Kirche. Du bist bleich wie der Tod, was ist dir geschehen?«

»Ich habe der Verbrennung dieses Verurteilten, Giovanni di Guarino, beigewohnt.«

»Du hättest nicht hingehen müssen.«

»Das hätte ich nicht, richtig.«

»Ich möchte, dass du hier teilnimmst, weil wir die Synode vorbereiten. Die Unterredungen, die du hören wirst, werden dir helfen, den einleitenden Bericht für den dreiundzwanzigsten April niederzuschreiben. Auf diesem Tisch ist alles, was du benötigst.«

»Du hättest nicht hingehen müssen!« Vildericus hätte schreien mögen. Er stellte beschämt fest, dass es ihm gelang, sich zu beherrschen und so zu tun, als würde er aufmerksam den Worten dieser Menschen folgen, die sich manchmal überlagerten, meistens mit leisen Stimmen gesprochen, vielleicht aus Unsicherheit über die Vorgaben eines unberechenbaren und bekanntermaßen unbesonnenen Mannes. Nach kurzer Zeit hatte Vildericus herausgehört, dass eine der Schwierigkeiten die Haltung Heinrichs III. zu ihnen und allen anderen italienischen Bischöfen war, doch dass die Grundfrage die Ostmark betraf.

Nach Aussage Andreas' von Perugia war der Kampf, den die Patriarchen von Aquileia seit Jahren schon gegen Grado führten, das beunruhigende Zeichen für eine geplante territoriale, politische und religiöse Vorherrschaft des Reiches der Franken. Diese würden versuchen, sich außer über Mailand und über einen Teil Venetiens auch über diese Verbindung im Osten in allen italienischen Provinzen auszubreiten. An diesem Punkt ergriff der Geistliche Sichelmus das Wort. Er war vor kurzem aus Venedig zurückgekehrt und hatte ein Schreiben überbracht, das vom venezianischen Dogen Contarini an Benedikt IX. gerichtet war. Dieser schrieb über die von Poppo, dem Patriarchen von Aquileia, angezettelten Überfälle, die Grado seinerzeit habe erleiden müssen und die mit ebensolch grausamer Entschlossenheit von dessen momentanem Nachfolger, Eberhard von Augusta, wieder aufgenommen worden waren. Überfälle, die auch einen Angriff auf die kirchliche Unabhängigkeit des Patriarchats von Grado darstellten, was dem verwerflichen Hunger nach Macht zu verdanken war, die die Grafen und Bischöfe aus fremden Ländern über die Gebiete des Friaul und die Provinzen Venetiens auszuüben trachteten ... Vildericus schweifte ab, denn diese eigenartige Versammlung versetzte ihn in eine Art hypnotischen Zustand des Fremdseins. Es öffnete sich ihm eine Landschaft mit einem Buchenwald, und vor seinem inneren Auge war ein Kaninchen ... er ging neben seinem Vater und zwei anderen Jägern her, und er musste fast doppelt so viele Schritte machen wie die Erwachsenen ... kein Laut war zu hören, außer dem plötzlichen Rascheln des Laubes im Unterholz und dem unvermittelten Auftauchen des Kaninchens, das, zu Tode erschrocken, seine Löffel aufstellte und fortsprang. Bis die drei Männer die Bögen gespannt und die Pfeile angelegt hatten, war es in der sicheren Zufluchtsstätte seiner Höhle verschwunden, in der Höhle, die es vor der Welt schützte ... Vildericus wurde gewahr, dass dieser aalglatte Primicerius ihn ansah, auch der Papst sah ihn an, fast so, als hätten sie seine Flucht in den Buchenwald bemerkt, seine Flucht in die Höhle seiner gefühllosen Einsamkeit. Als die Versammlung beendet war und die großen Persönlichkeiten sich entfernt hatten, wollte auch er sich verneigen. Doch Benedikt IX. rief ihn zu sich und sagte ihm, dass er ihn auch zum Essen bei sich haben wolle und dass er wohl nicht in die Hölle käme, wenn er die Gebete der Komplet um einige Stunden verschöbe.

»In die Hölle werde ich ohnehin kommen, Eure Heiligkeit.«

»Für welche Untat?«

»Weil ich Euch Gesellschaft leiste.«

Benedikt IX. musterte ihn eine Weile prüfend mit einem leisen Lächeln, in dem eine Andeutung von Unmut lag.

»Du solltest Schauspieler werden, du hast alle Anlagen dazu. Ich liebe Possenreißer. Ich werde dir zwei davon zeigen, sie sind ganz jung. Komm, lass uns zum Essen gehen. Ich denke, wir haben uns dieses Mahl verdient.«

Er ging ihm zu einem nahen Saal voraus; kaum war der Papst eingetreten, kamen zwei Knaben auf ihn zu, die prachtvoll als Pagen gekleidet waren, hängten sich an ihn und überhäuften ihn mit Schmeicheleien.

»Der Blonde heißt Volpino, Füchschen, weil er ein ausgekochtes Schlitzohr ist, der dunkle ist Miele, Honig, ein sehr braves Kind, zum Schein jedenfalls. Es sind Waisenkinder, und ich ersetze ihnen den Vater. Dieser hier, meine Herren, ist Vildericus von Sutri, mein Freund.«

»Aber das ist ja ein Mönch!«, riefen die beiden fast gleichzeitig.

»Und außerdem ist er sehr böse zu ungehorsamen und ungezogenen Kindern.«

Die Knaben näherten sich Vildericus zögernd und machten eine verhaltene Verbeugung. Im Hintergrund wurde ein Vorhang aufgezogen, und es erschien eine junge Frau, die in ein türkisches Gewand gekleidet war. Der Papst stellte sie Vildericus vor. Es war eine seiner Basen namens Elgarda. Er setzte sich an den Tisch und wies den anderen vieren ihre Plätze zu. Wenn man von dem Geplapper der beiden Knaben absah, die abwechselnd kauten und sich leise stritten, verlief das Mahl der drei Erwachsenen bis zum Nachtisch in absoluter Stille. Vildericus fühlte sich unwohl, nicht so sehr wegen der prunkvollen Einrichtung des Raumes oder wegen der Qualität der Speisen, von denen er nur sehr wenig aß und die er auch nicht bestimmen konnte, sondern vielmehr wegen des Anblicks und des Verhaltens der Frau, das dem Benehmen der Knaben völlig entgegengesetzt war. Diese tauschten durchtriebene Blicke aus und blinzelten einander zu, zusammengeschweißt durch irgendwelche Freiheiten, die ihnen zugestanden worden waren, wohingegen die Frau, die ihren Kopf mit dem schönen, schmalen Gesicht fast dauernd gesenkt hielt, den Eindruck vermittelte, an ihrem Zustand zu leiden, als wäre sie an eine beklemmende Pflicht gebunden.

Als das Mahl beendet war, verfiel der Papst in eine redselige Fröhlichkeit und lud Vildericus mit Nachdruck dazu ein, mit den anderen in den Nebenraum zu gehen, wo sie von einem jungen Mann mit einer Laute erwartet wurden.

»Nun wird uns Elgarda ihre schöne Stimme hören lassen und wird für Vildericus tanzen, begleitet vom Instrument dieses fingerfertigen Sklaven aus Slawonien.«

Er klatschte in die Hände, der Jüngling begann die Saiten zu zupfen, und Elgarda stimmte ein Lied an, das von der Liebe und der Treue einer Frau zu ihrem fernen Bräutigam erzählte, der auf dem Weg nach Jerusalem war. Unterdessen hatte sich der Papst in einem geräumigen Sessel niedergelassen, entledigte sich seiner Tunika und rief die beiden Knaben zu sich, die auf seine Knie kletterten und ihm die Wangen küssten. Als das Lied zu Ende war, ließ der Sklave ein neues Motiv mit einem schnelleren Rhythmus anklingen und schlug dazu den Takt mit dem Handballen auf dem Instrument. Elgarda legte ihr langes Gewand ab; jetzt trug sie nur noch ein weißes Hemd, das ihr bis zu den Knien reichte. Sie drehte sich einige Male um sich selbst, dann tanzte sie leichtfüßig um den ganzen Saal herum, wobei sie diese Bewegung hin und wieder unterbrach und mit den Füßen auf den Boden stampfte. Vildericus hatte einmal auf dem Jahrmarkt von Farfa eine Bäuerin gesehen, die tanzte und sich dabei mit einer kleinen Trommel begleitete, das Gesicht mal in dramatischem Ernst angespannt, dann wieder mit einem strahlenden Lächeln. Im Gegensatz dazu änderte diese junge Frau ihren Gesichtsausdruck nicht. Es war dieselbe verängstigte und traurige Miene, die sie während des ganzen Essens gehabt hatte. Als der Tanz geendet hatte, entließ der Papst den Musikanten, erhob sich und näherte sich der Frau, die erstarrt in der Mitte des Raums stehen geblieben war. Er umarmte sie leidenschaftlich und beglückwünschte sie, dann küsste er sie, indem er seinen geöffneten Mund lange auf ihre geschlossenen Lippen gepresst hielt. Unterdessen klatschten die Knaben in die Hände und schrien: »Noch einmal! Noch einmal!«

»Ist sie nicht gut? Ist sie nicht anmutig?« Diese Frage war an Vildericus gerichtet, der ungerührt stehen geblieben war und diese Szene betrachtet hatte, die voll plumper Andeutungen und anzüglicher Hinweise war, die gewiss an ihn gerichtet waren. Er bekam keine Gelegenheit mehr zur Antwort, denn ein atemloser Diener trat ein und kündigte den Präfekten von Rom an, der dringend mit seiner Heiligkeit zu sprechen wünschte. Benedikt IX. befahl der Frau und den Knaben zu schweigen, und Vildericus, der wortlos angedeutet hatte, dass er gehen wolle, wies er an zu bleiben. Zusammen betraten sie den angrenzenden Saal, wo schon Agostino von Colonna wartete – der mit einer Tochter Johannes' XIX. verheiratet war.

»Theophylakt, ich muss dir eine sehr unangenehme Nachricht überbringen. Vor einer Stunde, vielleicht ist es auch schon ein bisschen länger her, haben einige Übeltäter, den Regen ausnutzend, die beiden Wächter Eures Palastes in Trastevere überwältigt. Der eine ist tot, der andere sehr schwer verletzt, dann haben sie ein Dutzend in Pech getränkte und angezündete Pfeile durch einige von irgendeiner dummen Dienerin offen gelassene Fenster im ersten Stockwerk geschossen, und zwei Räume sind in Flammen aufgegangen. Zum Glück konnte das Feuer innerhalb weniger Minuten eingedämmt werden.«

»Weiß man etwas über die Angreifer, Herr?«, fragte Vildericus.

»Auch der Verletzte ist von hinten niedergeschlagen worden und konnte sie nicht sehen. Nein, der Regen, die Dunkelheit … man weiß nicht einmal, wie viele es gewesen sind … sie sind verschwunden.«

Benedikt IX. hob den Kopf. Er war erbleicht, und in seinem Gesicht lag ein Ausdruck verängstigten, fast kindlichen Schreckens. Nach einem Blick zu Vildericus hin wandelte dieser sich jedoch sofort in die Maske heftigen Zorns.

»Agostino, du musst sie für mich finden. Ich will sie geköpft, gehenkt sehen … ich will ihnen persönlich den Kopf abschlagen … das müssen die Crescentier gewesen sein … Ich will sie alle ausrotten, diese verfluchten Schweine! Wenn ich daran denke, dass ich ihnen noch bei der Restaurierung des Mausoleums mit fünfzig Goldlire aus dem päpstlichen Schatz geholfen habe!«

Kardinal Bosone und der Primicerius kamen herein, die die Nachricht bereits erhalten hatten.

»Woran denkst du, Bosone? An die Crescentier?«

»Warum nicht? Doch man braucht Beweise.«

»Und die Juden?«, brachte der Primicerius ein.

»Die Juden?!«, fragte der Papst überrascht.

»Ich glaube, Massilius denkt an eine Rache, wegen der beiden, die wir seit einem Monat im Kerker festhalten«, sagte der Präfekt.

»Wessen werden sie beschuldigt?«

»Der Ausübung böser und schädlicher Einflüsse und der Durchführung geheimer Rituale. Die jüdische Gemeinschaft behauptet, sie seien unschuldig, und nun, als Rache …«

»Die Juden?!«, rief Bosone ungläubig, »ach was, lasst die doch in Frieden!«

»Aber sie sind die Diener des Satans, geizig und hochmütig. Bringt mir jedenfalls an einem der nächsten Tage diesen Rabbi her, Giosuè Leone. Glaubst du auch, dass es die Juden waren, Vildericus? Ich weiß, dass ihr von Cluny sie verabscheut.«

»Cluny vielleicht, ich bin nicht sicher. Ich jedenfalls, Eure Heiligkeit, ich möchte meine Zweifel äußern ... Seid Ihr stets darüber unterrichtet, in welcher Lage sich das römische Volk wirklich befindet?«

»Worauf spielst du an?«, fragte der Präfekt.

»Das römische Volk ist die übelste Bande von Schurken und Parasiten, die man je auf der Erde gesehen hat, also?«, fragte Benedikt IX.

»Ich wollte sagen, bevor man an einen wohl durchdachten Plan irgendeiner Partei denkt, die Eurer Familie feindlich gesinnt ist, könnte man vielleicht ...«

»Vildericus hat nicht Unrecht«, schaltete sich Bosone ein, »es herrscht große Unzufriedenheit. Agostino weiß das besser als wir. Das Wetter ist seit letztem Herbst schlecht gewesen, die Armut ist groß – da braucht es wenig, um ein paar Taugenichtse zu bewaffnen.«

»Agostino, du musst deine Leute losschicken und ein Dekret herausgeben, in dem ein Preis von fünfzig Soldi ausgeschrieben wird für denjenigen, der den richtigen Hinweis gibt. Einverstanden?«

Die Versammlung löste sich auf. Vildericus konnte in sein Zimmer zurückkehren und sich endlich in die Gebete der Komplet versenken, um alles von sich abzustreifen, alles, was er gesehen, gehört und gesagt hatte, seine Urteile und seinen Zorn, die Anmaßung, den verächtlichen Argwohn, den er unaufhörlich Benedikt IX. gegenüber hegte und der ihn in Scheinheiligkeit gefangen hielt, den er aber nicht in Verständnis oder Mitleid verwandeln konnte, wie es seine unbedingte

Pflicht gewesen wäre. Als er sein Soll erfüllt hatte, streckte er sich auf dem Bett aus. Sein erschöpfter Geist musste das Bild jener tanzenden Elgarda aufnehmen, und mit ihr glitt er in den Schlaf. Nur dass dort der Platz der Base des Papstes von Dorotea eingenommen wurde, die von einem durchsichtigen Schleier kaum bedeckt war, und er, der seine Hände betrachtete, aus deren Wunden das Blut rann, weswegen sie sich jetzt auf das Bett gelegt und die Beine gespreizt hatte. Er kniete an ihrer Seite nieder und ließ die zähe Flüssigkeit der heiligen und alles durchdringenden Purifikation auf ihren Leib tropfen, damit er in den Trichter ihrer Scham flösse …

## 32

An den folgenden Tagen wurden trotz des heftigen Regens, der das Unternehmen erschwerte, einige Männer in verschiedenen Stadtvierteln festgenommen, insbesondere im Burgus um Santo Stefano dei Sassoni, das bekanntermaßen von vielen Anhängern der Crescentier bewohnt war, ohne dass ein Verantwortlicher für den Überfall auf den Palast der Tusculaner gefunden wurde. Doch dann wurde die Angelegenheit von einer Naturkatastrophe verdrängt, die sich am 6. April ereignete. Der Tiber, der aufgrund von Wolkenbrüchen über Umbrien und dem Latium seinen normalen Wasserstand weit überstiegen hatte, trat in der Biegung, die der Fluss vor dem Mausoleum des Hadrian beschreibt, über seine Ufer und überschwemmte die engen Straßen um die Via Lata herum und die Via Lata selbst mit schlammigem Wasser. Viele Wohnungen wurden beschädigt und vier Häuser völlig zerstört, deren Bewohner in den Tod gerissen wurden. Der Einsatz der päpstlichen Verwaltung und des Präfekten war nicht unbeträchtlich. Die Miliz wurde in die Gegend geschickt, in der die Schäden am schlimmsten waren, und der Papst und Bosone wiesen mithilfe der Schatzmeister der päpstlichen Schatulle eine »barmherzige« Spende an, um denjenigen zu helfen, die am schlimmsten betroffen waren, und um für den Wiederaufbau der durch das Wüten des Wassers zerstörten oder unbewohnbar gewordenen Häuser zu sorgen. Es gab jedoch wenige Palastbewohner, die sich persönlich an den Ort des Geschehens begaben, und unter diesen war Vildericus der Einzige, der sich direkt an den Hilfeleistungen beteiligte. Zusammen mit seinen Mitbrüdern des Klosters Santa Maria hielt er sich im Viertel von San Lorenzo in Lucina bis zum Morgen des nächsten Tages auf.

Es folgten zum Glück keine weiteren Flutwellen dieses Ausmaßes, doch einige Tage später stieg die Zahl der Opfer noch. Allerdings nicht in Rom, wo die Maßnahmen, um weitere Unglücke abzuwenden, hauptsächlich in den Kirchen im Rahmen der katholischen Liturgie ergriffen wurden, sondern auf dem Land, und folglich auch nicht als direkte Auswirkung der Naturgewalten.

Am 10. April fanden sich kurz nach der neunten Stunde der Abt und der Prior des Klosters San Paolo im Lateran ein und baten darum, mit den höchsten Beamten des Palastes sprechen zu können. Vildericus hielt sich gerade in den Räumen des apostolischen Sekretärs auf und war soeben dabei, die Liste der Bischöfe und Äbte, die an der Synode teilnehmen würden, in das Regest zu schreiben. Da er in diesem Moment allein war, empfing er die Besucher und begleitete sie zu Primicerius Massilius. Die beiden berichteten, dass einer der Landpächter aus ihrem Besitz von Monterotondo an diesem Nachmittag bei ihnen vorstellig geworden wäre und äußerst erregt gewesen sei. Am Vortag habe er nämlich festgestellt, dass einige seiner Bauern sich nicht bei ihren Häusern befänden, und er habe sich aufgemacht, sie zu suchen. Gerüchten folgend, die seit einiger Zeit in der ganzen Gegend von Mund zu Mund gingen, habe er sich in den nahen Wald von Otri begeben und habe sie dort zusammen mit ihren Frauen vorgefunden, wo sie gerade die Opferung eines oder mehrerer Lämmer zu Ehren irgendeiner, gewiss keiner christlichen, Gottheit vollzogen hatten, um zu erflehen, dass der Regen aufhöre, das Wasser des Tibers sich von den Feldern zurückziehe und die Fruchtbarkeit wiederhergestellt werde.

»Ich wusste es, ich wusste es!«, rief der Primicerius, der sich ganz plötzlich mit einer wichtigen apostolischen Mission beauftragt sah. »Das ist der Dämon der Wälder, man muss ihn ausrotten!«

»Dieser Euer Bauer«, fragte Vildericus ruhig, »ist er eine Person, die sich im Gleichgewicht befindet? Hat er persönlich diesen Opferungen beigewohnt?«

»Aber Ihr sprecht mit dem Abt von San Paolo!«, sagte der Primicerius, »der, wenn er hier in den Palast gekommen ist …«

»Nein, ich weiß nicht, ob er sie gesehen hat«, antwortete ihm der Abt.

»Ich jedenfalls beabsichtige, Seiner Heiligkeit diese Nachricht zu überbringen«, schloss der Primicerius und ging eilig hinaus.

»Man hat uns gesagt, dass Ihr aus der Abtei Farfa kommt.«

»Ja, Abbas. Auch dorthin sind manchmal Gerüchte über ähnliche Ereignisse gedrungen, vor allem von den Pfarreien aus den Bergen, denn die Besitztümer des Klosters sind sehr weitläufig, doch sichere Beweise gab es, soviel ich weiß, nie. Auch mein Vater hatte in Sutri davon erzählen hören. Das ist auch nicht verwunderlich, das Leben der Bauern und Hirten ist an die Erde gebunden, an das Land, und wenn die Ernte schlecht ausfällt, wenn es vorzeitigen Frost gibt oder die Sommerhitze alles ausdörrt oder, wie in diesem Falle, der Regen nicht nachlässt, dann steigen ihre Gedanken hinauf … und wenn sie, anstatt zum Herrn oder zur himmlischen Mutter zu beten, sich noch an die alten Gottheiten von früher wenden, dann liegt die Schuld vielleicht nicht allein bei ihnen.«

»Doch es ist unsere Pflicht …«, versuchte der Prior einzuwenden.

»Wie heißt Ihr?«, fragte der Abt.

»Vildericus, Abbas.«

»Eure Gedanken sind reifer als Euer Körper. Glaubt Ihr, wir hätten einen Fehler gemacht, indem wir uns mit dieser Angelegenheit an den Lateran gewandt haben?«

»Ich würde mir nie erlauben, über Euer Handeln zu urteilen. Ich hoffe nur, dass Seine Heiligkeit eine maßvolle Persönlichkeit mit diesem Fall betraut.«

Benedikt IX. betraute niemanden, er wollte die Untersuchung selbst leiten. Vielleicht sah er darin die Möglichkeit, jenen Ruf wiederzuerlangen, den er durch das entwürdigende Attentat auf den Palast seiner Familie zerstört sah. Er beschloss, dass man sich am folgenden Tag auf den Weg machen solle, alle gemeinsam, der Abt von San Paolo, Primicerius Massilius und Vildericus. Dem Abt wurde eines der Gastzimmer zugewiesen, und der Prior kehrte nach San Paolo zurück.

Sie brachen früh am Morgen auf. Da sie einen Wagen mit sich führten, in dem der Abt und Massilius saßen, und da die Straßen morastig waren, waren der Papst, seine Eskorte aus zwölf Rittern und Vildericus zu einem eher langsamen Tempo gezwungen. Die Reise dauerte vier Stunden, und dies waren für Vildericus, der sich am Ende des Zuges hielt, Stunden reinster Freude. Er bestieg seine Stute Nuvola, die ein freudiges Wiehern ausgestoßen hatte, als sie ihn an der Stalltür entdeckt hatte, flüsterte ihr neckende Worte zu, klopfte ihr den Hals, mit der Gewissheit, dass das Pferd durch diesen Kontakt die Empfindungen wahrnahm, die er ihm entgegenbrachte. Er war auch erfreut, als er unter den Reitern den deutschen Ritter entdeckte, den er bereits kannte: Herbert von Ulm. Dieser trabte die Hälfte der Strecke neben ihm her und unterhielt sich freundschaftlich mit ihm. Er bestätigte Vildericus den schon zuvor gewonnenen flüchtigen Eindruck von einer Persönlichkeit, die ihren Waffenberuf mit einigem Abstand betrachtete und aufrichtig die Gewalt um der Gewalt willen verabscheute.

Sie gelangten gegen die neunte Stunde an den Hof, der einige Meilen von Monterotondo entfernt lag. So weit das Auge reichte, erstreckte sich die verlassene Landschaft, deren Felder unter Wasser standen oder mit Schlamm bedeckt waren. Nach einem kurzen Mahl begaben sie sich zum Rand des Waldes, in dem nach den Worten des Pächters die angeprangerten Opferungen vorgenommen worden waren. Sie gingen zu Fuß hinein, und auf einer kleinen Lichtung mitten im dichten Gestrüpp fanden sie einen aus Steinen gelegten Kreis, in dessen Mitte Asche, verkohlte Äste und Holzkloben.

»Überreste von Tieren kann ich jedoch nicht sehen«, sagte der Abt.

»Von weitem habe ich das Blöken gehört«, antwortete der Pächter, »außerdem habe ich gestern nachgesehen: In unserer Herde fehlen ein Lamm und ein Zicklein.«

»Kennst du alle, die an der Orgie teilgenommen haben?«, fragte der Primicerius.

»Wenn ich recht verstanden habe, so handelte es sich nicht um eine Orgie.«

»Das hier ist schlimmer als eine Orgie«, sagte Benedikt IX., »also, kennst du sie?«

»Alle.«

»Hast du sie dabei ertappt?«, fragte der Abt.

»Als sie mich kommen hörten, haben sie die Beine in die Hand genommen, doch ich kenne sie, ich weiß, wer sie sind.«

»Gehen sie zur Kirche?«, fragte Vildericus.

»Ja, aber sie sind Götzenanbeter. Auch unser Pfarrer kennt sie.«

»Nun, ich denke, wir müssen ihn anhören«, sagte der Abt. »Seid Ihr einverstanden, Eure Heiligkeit?«

»Dieser Mann scheint mir vertrauenswürdig zu sein. Wenn er diese Leute kennt, wie er behauptet, dann lass sie zum Hof kommen. Sofort.«

Vildericus sah erst den Abt an, der den Kopf senkte, und

dann Herbert. Die Blicke, die sie tauschten, vereinten sie in einer gemeinsamen bitteren Vorahnung.

Eine halbe Stunde später erschien der Pächter mit vier Bauern und drei Frauen in der Scheune. Es handelte sich um zwei jüngere und zwei ältere Männer, die Frauen waren mittleren Alters. Benedikt IX. befahl einem der Ritter, ihnen die Hände hinter dem Rücken zu binden und sie auf die Knie zu zwingen, dann übertrug er die Aufgabe des Verhörs dem Primicerius. Dieser ließ einen rohen Tisch und einen Stuhl neben den sieben Menschen aufstellen, dann zog er einige Bögen gebrauchten Pergaments, eine Feder und das Tintenfass aus seinem Beutel und begann damit, sie nach ihren Namen, ihrem Alter und dem Wohnort zu fragen, und ob sie zum Gutshof des Klosters San Paolo gehörten. Auf diese Fragen antwortete einer von ihnen namens Settimio, welcher der Älteste zu sein schien, für alle.

»*Cum pervenisset ad aures nostras*«, begann der Primicerius.

»Hör auf mit dem Latein«, schrie Benedikt IX., »und komm zur Sache!«

»Aber dies ist ein inquisitorischer Prozess.«

»Hebt Euch das für später auf, wenn Ihr alles ins Reine schreibt, weiter, Massilius!«

Der Primicerius straffte sein Gewand, um seine Haltung wiederzugewinnen, und begann mit dem Verhör, indem er den sieben Gefesselten erklärte, dass die Anwesenden, die durch die erlauchte Gegenwart des Obersten Hirten der Heiligen apostolischen und römischen Mutter Kirche geehrt seien, mittels eines Zeugnisses des Pächters Fulgenzio von einem ihrer heimlichen Rituale der Opferung eines Tieres erfahren hätten, welches von ihnen in der Dämmerung zwei Tage zuvor inmitten des nahen Waldes durchgeführt worden sei.

»Damit die Sonne zurückkehrt, denn der Regen hat alles vernichtet …«

»Dazu ist die Kirche da, an der ihr offensichtlich Verrat begangen habt, und deshalb werdet ihr zuallererst der Apostasie, der Verleugnung des Glaubens, beschuldigt.«

»Wir haben nichts verleugnet«, entfuhr es einer der Frauen, »wir haben den Erlöser Jesus Christus nicht verleugnet, auch nicht die gesegnete Mutter Gottes, fragt unseren Pfarrer, Don Luigi.«

»Diese Doppelzüngigkeit ist typisch für Häretiker«, erklärte der Primicerius, »doch das enthebt euch nicht der Beichte, wie ihr diesen satanischen Ritus durchgeführt habt und wem ihr diese armen Tiere geopfert habt.«

»Tiere? Es war nur ein einziges Lamm, ich schwöre es«, sagte Settimio.

»Ich will auch wissen, ob ihr jemanden verhext und ob ihr heilige oder geweihte Dinge oder Seiten aus dem Evangelium ins Feuer geworfen habt.«

»Aber nein, Herr, nein! Wir haben nur die Gute Göttin, die dort, wo ich herkomme, auch Cerare genannt wird, angefleht, den Regen aufhören zu lassen.«

»Wer mag wohl diese Gute Göttin sein?«, sprach der Abt mehr zu sich selbst als zu den anderen.

»Ich glaube, sie wird in einer Schrift über die heidnische Götzenverehrung als Tochter Fauns, eines Gottes der Römer, genannt«, antwortete Vildericus und fügte hinzu: »Es handelt sich hier allein um Feld- und Flurgötter.«

»Also sind dies wahre Götzenanbeter«, rief Benedikt IX. befriedigt aus.

»Gebt ihr also zu, euch an heidnische Gottheiten gewandt und ihnen ein Lamm geopfert zu haben?«, fragte der Primicerius.

»Hier auf dem Land war das schon immer so. Ich habe es schon oft gesehen, wenn die Ernten schlecht waren, das weiß auch der Pächter«, sagte Settimio.

»Aber warum habt ihr euch nicht an die Heilige Jungfrau oder an Jesus Christus oder an Gottvater gewandt oder an die Heiligen?«

»Das haben wir getan, auch dieses Mal, letzten Sonntag noch.«

»Wie dem auch sei, man sagt, einer sei vom Glauben abgefallen, wenn er einem Götzen opfert oder dem Teufel, denn man kann keinen Aberglauben ausüben, ohne einen Pakt, ob nun heimlich oder ausdrücklich, mit dem Teufel geschlossen zu haben. Dieser muss immer als schlimmster und grausamster Feind Gottes, unseres Herrn, angesehen werden, und als Feind des Menschen. Und also *cum tu Settimio delatus nobis fuisses de heretica pravitate,* und zusammen mit dir deine Genossen, fordern wir euch auf, aus tiefstem Herzen Gott um Vergebung zu bitten, bevor wir die Strafe verhängen, die ihr verdient.«

»Das werden wir tun, Herr«, antwortete Settimio.

»Gestehst du also deine schwere Schuld ein?«

»Aber wir, Herr, nun ... um zu sagen, wie es wirklich ist, es ist doch unser Unglück, das die Schuld trifft, die Ihr meint. Wir haben fast unsere ganze Ernte verloren, die Arbeit eines ganzen Jahres ist fortgeschwemmt. Ich und meine arme Frau, wir müssen vier Kinder satt bekommen, und Gualtiero da hat drei, und diese beiden sind gerade erst verheiratet, und die Witwe Nunziata lebt in tiefstem Elend, aber wir glauben an die Heiligkeit unseres gekreuzigten Herrn, an Ostern, an die heilige Messe ... vergebt uns ...«

Der Primicerius wandte sich um und sah Benedikt IX. an, der ihm zustimmend zunickte und den Zeigefinger hob. Vildericus' Herz hatte begonnen, so heftig in seiner Brust zu schlagen, dass sein ganzer Körper von einem unbeherrschbaren Zittern erfasst wurde.

»Hiermit erkläre ich, Massilius von Preneste, Primicerius des apostolischen Palastes, den genannten Settimio für angeklagt, beschuldigt, befragt, dem Gerichtsverfahren unterzogen, als gottesleugnerisch und der ketzerischen Verderbtheit und der schändlichen Götzenverehrung vollständig überführt. Und daher wird er, nachdem wir ihn aus unserer kirchlichen Gemeinschaft ausgestoßen haben, der weltlichen Strafe zugeführt.«

Der alte Bauer, der nichts verstanden hatte, fragte den Primicerius, was das bedeute, doch er erhielt keine Antwort. Der Papst rief einen der Ritter zu sich, zog ihm das Schwert aus der Scheide, gab es ihm in die Hand und wies unter den sieben knienden Personen auf den alten Bauern. Vildericus stellte sich vor Benedikt IX. und sagte: »Aber diese Leute wissen nicht, was sie verbrochen haben! Ich beschwöre Euch, Eure Heiligkeit!«

»Und Gott, der Allmächtige«, schaltete sich der Primicerius ein, »sagte zu Moses: ›Wer auch immer sich den Geistern und den Götzen zuwendet, um sich ihnen anzudienen, gegen den werde ich meinen Blick wenden, und ich werde ihn inmitten seines Volkes vernichten.‹«

»Das ist aber aus dem Alten Testament, nicht aus dem Evangelium!«

»Deine theologischen Fragen, Vildericus, die kannst du für dich behalten«, sagte der Papst.

»In der Tat, Eure Heiligkeit«, sagte der Abt, »scheint auch mir diese Strafe dem Vergehen nicht angemessen.«

»Wir müssen hier ein Exempel statuieren. Diese Barbarei ist eine Schmähung der Kirche und darf sich nicht wiederholen. Vildericus, geh zur Seite. Wenn du der Bestrafung nicht beiwohnen willst, so kannst du auch nach Rom zurückkehren.«

Als er Nuvola bestieg und sie zum Galopp antrieb, verschmolz die Sonne gerade mit dem Horizont, und die Erde und die Bäume bebten und zitterten von den entsetzlichen Schreien Settimios, und noch eine ganze Weile hörte er die Rufe der Frauen, und er verspürte Abscheu, Widerstand, Schmerz und eine schmähliche Ohnmacht. Und wieder hatte er hier, wie schon am Ufer des Sees, das Zeichen der Finsternis gesehen. Die Waage war zerbrochen, die Arme des Christus, der den Tod überwunden hatte, waren verschränkt, um dieses Verbrechen nicht aufzunehmen. Das Evangelium war vernichtet, die Armut mit Füßen getreten … vielleicht wie immer … wie immer … wie immer …

# 33

Nach einer schlaflosen Nacht verließ Vildericus zur dritten Stunde den Palast und begab sich zum Aventin. Er hoffte, dass die Gesänge und Gebete in der Gemeinschaft die Schreie dieses unschuldigen Opfers von ihm abhalten und das Traumgespinst zerstören würden, in dem er diesen Papst wegen seiner sinnlosen Grausamkeit einer erbarmungslosen Strafe unterzog, diesen Papst, der die Kirche in eine haltlose Barbarei führte. Vergeblich hatte er in dieser Nacht versucht, zu seinem Erlöser zu sprechen. Nun versuchte er es wieder. Er wollte ihn herbeirufen, bat ihn um Beistand, damit er ihm diese Bedrängnis erleichtere und ihn wieder zur Vergebung führe. Und er fand sich ganz unerwartet mit der Frage wieder, welchen Sinn die Vergebung haben könnte, wenn sich unter dem Baldachin dieses prallen und süßen Wortes etwas Verständliches, etwas Herzliches, eine unverfälschte Wahrheit mit einer für alle gültigen Bedeutung befände. Zunächst wusste er keine Antwort, doch dann, nach einigem Grübeln und Zweifeln, nachdem er noch einmal über das Markusevangelium nachgedacht hatte, kam er zu dem Schluss, dass nur der vergeben könne, der das Ziel der Kränkung gewesen war. Dass also nur dieser arme Bauer, der unter der Klinge des Schwertes sein Leben abgeschlossen hatte, Benedikt IX. Vergebung hätte gewähren können.

In Santa Maria fand er weder den Abt noch Hildebrandus von Soana vor, und da er beim Anstieg auf den Aventin bemerkt hatte, wie strahlend dieser Tag war, hatte er den Prior um Erlaubnis gefragt, in den Garten gehen zu dürfen, und er hatte diese auch erhalten. So ging er nun an dem Becken vorbei, in dem die Forellen gezüchtet wurden, und begab sich zur Umfassungsmauer, um den sich von dort bietenden Blick auf die vom Tiber dominierte Landschaft genießen zu können. Denn die Natur war manchmal, und das hatte er auch schon in Sutri gewusst, eine gute Medizin. Doch nach einigen Schritten stieß er auf einen Gärtner, der gerade das Rosenbeet hegte und der ihn grüßte, indem er den Oberkörper in übertriebener Weise zur Verbeugung krümmte. Vildericus blieb bei ihm stehen und sagte, er sei nur ein Mönch.

»Ich erinnere mich gut an Euch«, antwortete der Mann. »Es werden wohl an die elf Jahre sein, da kamt Ihr häufig nach Santa Maria.«

Seine Physiognomie war außergewöhnlich. Er hatte starke Augenbrauen, tief liegende Augen, das Haar in einem ausgebleichten Blond hing ihm lang über die Schultern. Er war gewiss kein Römer, und er sprach die Worte stockend und mit harten Konsonanten, jedoch korrekt aus.

»Ich bin nicht von hier«, sagte er, als hätte er Vildericus' Blick richtig gedeutet, »doch ich bin seit mehr als zwanzig Jahren in Italien.«

»Wie heißt Ihr?«

»Eutimio Ghersic. Ich bin Bulgare.«

»Und diese lange Reise … mit Eurer Familie?«

»Meine Eltern sind dort geblieben, und meine drei Brüder sind nach Norden geflohen.«

»Seid auch Ihr geflohen?«

»Die Byzantiner waren bei uns eingefallen, sie hätten uns eingekerkert und getötet.«

»Aus welchem Grund?«

»Wegen unseres Glaubens.«

»Seid Ihr keine Christen?«

»Sie sind keine Christen! Herr, ich bitte Euch, dies ist meine Arbeit, alle Mönche von Santa Maria sind gute Menschen, und sie behandeln mich nicht wie einen Sklaven. Als ich hierher kam und meine Dienste als Gärtner anbot, haben sie mich nur gefragt, ob ich Christ sei, und ich habe mit Ja geantwortet und dass ich Christus verehre. Sie haben nichts weiter gefragt, sie sind keine Priester, sie gleichen nicht den Mönchen des anderen Klosters in der Nähe, des Klosters Santi Bonifacio e Alessio. Das sind diejenigen, die als Glaubensboten in die slawischen Länder gehen. Als sie erfahren hatten, woher ich kam, wollten sie mich aus Rom verjagen, diese hier hingegen haben mich aufgenommen und beschützt. Ich will mich niemandem aufdrängen, und Euch am allerwenigsten, denn es genügt, Euch anzusehen, um zu wissen, wie es um Eure Seele steht. Doch ich bitte Euch, ich kann nicht auf alles antworten, was Ihr wissen wollt.«

Einen Moment lang überlegte Vildericus, ob er sich verabschieden und fortgehen sollte. Einen einfachen Gärtner in Verlegenheit zu bringen, der noch dazu weit weg von seiner Heimat war, wäre verwerflich, doch dieser Satz über die Verehrung von Christus hatte ihn aufmerken lassen, und er sagte: »Ihr verehrt Christus, also gleicht Eure Seele der meinen. Ich glaube nicht, dass irgendeine Macht auf der Erde erzwingen kann, dass ich einen Glaubensbruder verrate.«

»Herr, Ihr seid Teil einer Kirche, die sich, gleich jener, die sich als orthodox bezeichnet und versteht, für die einzige rechtmäßige Erbin des Evangeliums hält. Hier wird jeder, der anders über den Gott der Bibel und über das Wesen des Erlösers denkt, als Verbrecher angesehen. Auch unsere bulgarischen Priester haben unsere Vorstellungen verurteilt. Für uns darf die Offenbarung nicht an irgendeine Macht gebunden sein. Die Apostel kannten keine Hierarchien, die wahre Kirche ist im Herzen eines jeden von uns und wird jeden Tag von neuem geboren, in der Freude und im Leiden über die Kreuzigung. Und jeden Tag ist der Glaube neu, er fliegt wie ein Vogel im Himmel, er ist schön wie eine Lilie in den Feldern und duftet wie eine geöffnete Rose, und die Vögel und die Lilien und die Rosen sterben und zerfallen, und dann entstehen sie wieder und erblühen, im unermüdlichen Kampf gegen das Böse, das im Fleisch ist und in der Gier und das ewig ist … Sie haben uns Bogomilen genannt, Gottesfreunde … vergebt mir, wenn Ihr mir Freund seid.«

Er beugte sich wieder vor, um die Erde um die kleinen Stämme der Rosenbüsche herum zu harken und zu säubern. Aus seiner Stimme war herauszuhören gewesen, dass ihn dieses Bekenntnis Mühe gekostet hatte, aber auch der Stolz, jetzt, vielleicht nach vielen Jahren des Schweigens, die Treue zu seinem Glauben aussprechen zu können. Er hatte sich jedoch zu sehr geöffnet, und auch wenn Vildericus gerne weiter mit ihm gesprochen hätte, so musste er ihn jetzt seiner Arbeit überlassen und ohne eine Bemerkung fortgehen.

»Jesus Christus möge immer bei Euch sein«, sagte er, »und bewahrt Euch Eure Heiterkeit.«

Er ging wieder zurück; die Landschaft würde ihn lange nicht so ergreifen wie die Worte des Gärtners. Diese Rosen, diese Lilien verströmten den Duft des unangetasteten Reichtums in der Lehre des Mannes aus Nazareth, der freie Duft eines wundervollen Plans, der in vielen verschiedenen Formen wieder neu entstand und sich den Regeln, den Dekreten, dem Prunk und der ekelhaften Seide der anmaßenden Gewänder entzog. Doch dieser Gärtner war ein wahrer Häretiker, und seine Stellung als Diener hätte Vildericus nicht davon abhalten sollen, ihn zu widerlegen. Tertullian war unerbittlich gewesen, das Buch *Vom prinzipiellen Einspruch gegen die Häretiker* bildete eine der Säulen der Kirche. Vielleicht aber war es auch nicht richtig, einem Dürstenden zu versagen, direkt aus der Quelle des Evangeliums zu trinken, ihn mit unbarmherziger Härte zu ermahnen und ihn zu meiden, als sei er von der Pest befallen. Tertullian musste vielleicht aus seiner Zeit heraus gerechtfertigt werden, die eine Zeit des religiösen Kampfes gewesen war.

Beim Gottesdienst mit den Lobgesängen zur sechsten Stunde, die er in der Gemeinschaft mit seinen Brüdern von Santa Maria betete, und dem anschließenden Mahl im Refektorium konnte Vildericus seinen Gedanken einen Moment der Ruhe gönnen, doch sobald er das Kloster verlassen hatte, nahmen sie seinen gequälten Geist wieder in Besitz und drängten ihn in ein kompliziertes Labyrinth, in dem es um Freiheit und Regeln ging. Gewiss stand der Weg, den die Päpste zurückgelegt hatten, indem sie die vom Apostel Petrus erhaltenen Aufträge von Hand zu Hand weitergegeben hatten und mit ihnen zugleich auch die Steine, mit denen sie das große Bauwerk errichten sollten, im Zeichen einer ununterbrochenen Tradition. Und dennoch schien dieses Bauwerk heute, wenn man es genau ansah, verrammelte Türen und Fenster zu haben. Eine riesige und gewichtige Pyramide, die dem Schutz einer verborgen gehaltenen Offenbarung diente, dort, wo die Evangelisten in ihren Schriften mit den heiligen und freien Worten des Messias das kühnste Abenteuer geschildert hatten, das der menschliche Geist je vollbracht hatte, um mit dem Göttlichen in Kontakt zu treten und sich auf unerhörte Weise in ihm zu verlieren. Hier jedoch war die Grenze! Er näherte sich ihr, er durfte sie jedoch nicht übertreten. Doch nun, fast dazu gedrängt, weiter in diesen ungewissen Zustand des Ungehorsams zu tauchen, der ihn beunruhigte und ängstigte, erinnerte er sich wieder an einen Zweifel, der wie von selbst in ihm gekeimt war oben in Farfa. Zweifel an der methodischen Wiederholung der Psalmen, Gebete und Gesänge, siebenmal am Tag, jeden Tag, Monat um Monat – diese Zweifel ließen in diesem Moment das Wort »Gefängnis« in seinem Kopf auftauchen, was eine unsägliche Bestürzung in ihm auslöste.

Das Licht des Nachmittags gab den Steinen auf dem Pfad, den Gräsern und den zarten Blättern dieses jungen Frühlings ein scharfes Profil, es sickerte in seinen Atem ein und gab ihm die Schlichtheit seines Körpers wieder. Er ging rasch und leichtfüßig zum Circus Maximus hinunter. Seine ernsten Schwierigkeiten waren verschwunden, und auch die Pflichten, die Arbeit, der Gehorsam. Farfa war ein Name, der immer mehr verblich. Diese hochherrschaftliche Stadt, die zu einer Viehweide heruntergekommen war, reizte zum Lachen. Der Niedergang, der Zusammenbruch, das Begräbnis und ein Friedhof.

Von den Fingern herauf bis in die Brust stieg ihm ein Beben. Er war ein abwesender Mensch, seine Mutter ein Schatten ohne Umriss ... nun hatte er die riesigen Ruinen auf dem Bergrücken vor sich und blieb plötzlich stehen. Diese in ein dunkelgraues Tuch gehüllte Frauengestalt, die rasch den Pfad unterhalb des Palatin entlanglief, diese Frau war Dorotea! Er folgte ihr, sein Inneres im Aufruhr. Gewiss ging sie nach Hause. Eine Gruppe von Hirten, die auf dem Boden kauerten, betrachteten sie eingehend und sprachen sie an, doch er konnte nicht verstehen, was sie sagten. Auch einige Frauen, die bei der Abzweigung von Sant' Anastasia standen, unterbrachen ihr Gespräch, um ihr nachzublicken, und dann schauten sie ihn an. Er sah, wie sie die Tür zu ihrem Haus hinter sich schloss. Ein paar Alte saßen vor ihren Häusern, eine Frau hängte Wäsche an einem Fenster auf. Vildericus ging zum Haus und klopfte an die Tür.

Das Aufleuchten der Augen und die Verwunderung, Vildericus zu sehen, wandelten sich in eine überwältigte Freude. Sie stieß erstickte Rufe aus, nahm seine Hand, führte ihn hinein und schloss die Tür. Dann umarmte sie ihn, hielt ihn fest und zog ihm dabei die Kapuze herunter, dann küsste sie ihn auf die Wangen. Vor lauter betäubender Rührung kam sich Vildericus in diesen Armen wie ein kraftloser Gegenstand vor. Er machte sich langsam und vorsichtig von ihr los, wobei er ihr zu seiner Rechtfertigung sagte, dass er sie beim Palatin gesehen habe und ihr nachgegangen sei und ...

»Vildericus! Ich kann das nicht ausdrücken, was ich sagen will, doch Ihr seid der einzige Freund, den ich habe, der einzige wahre Freund. Ihr seid wie ein Bruder, nein, nein, Ihr seid mehr als ein Bruder. Kommt her, setzt Euch hierher, gut so. Ich war so unglücklich, als Ihr beim letzten Mal gedacht hattet, dass ich ... für den Kardinal Bosone ... das bin ... was ich gar nicht für ihn bin ... denn ich weiß, dass ich nur Verachtung verdiene ... Ihr dürftet mich nicht einmal berühren ... wegen dem, was ich tue, um zu überleben.«

Er hörte ihr zu und sah sie immer wieder an, wandte aber den Blick sogleich ab – die Nase, der Mund und die Stirn ihres ruhigen großflächigen Gesichts, welches durch ihren Blick in ein bebendes Leuchten verwandelt wurde. Sie war eine Hure, und wenn er sie bitten würde, so würde sie sich ihm kunstfertig hingeben … was war in einer solchen Situation der eigene Körper, der zwar von unzähligen Banden gefesselt, jedoch noch nicht tot war. Er, der die Versuchungen des Fleisches nur in den Träumen kannte … er war verwirrt, und eine undurchdringliche Mauer trennte ihn von ihr, auch wenn diese Zuneigung … Sie fragte ihn nach seiner Arbeit, er erzählte ihr von dem Gotteslästerer, der auf dem Scheiterhaufen geendet war, und von dem Bauern in Monterotondo. Dann sagte er, er würde, wenn sie jemanden erwarte, es vorziehen, diesen nicht zu treffen. Lieber käme er ein anderes Mal wieder. Er hörte ihre Antwort nicht, denn jetzt wollte er sie wirklich anschauen, das dunkle Gold ihrer Haare, die ihr schönes Gesicht umrahmten. Auf seinen Wangen fühlte er noch die Spur des Begrüßungskusses, und was dort drinnen in ihm zitterte, war eine Anwandlung, ein extremes Bedürfnis, Durst, Hunger, betäubende Hitze, und er stand auf, um ihr zu sagen, dass er sich verabschieden, dass er gehen müsse.

»Warum legt Ihr Euch nicht auf das Bett wie damals, als Ihr krank wart, und ruht Euch ein wenig aus, während ich Euch etwas zu essen bereite.«

»Ich habe zu lange oben in Farfa gelebt. Das Kloster ist eine strenge Schule, viele Jahre, und allein mit einer Frau sein … das darf ich nicht, Dorotea … gebt mir ein wenig Wasser, ich bitte Euch.«

Die Frau schenkte aus einer Karaffe Wasser in einen Becher, reichte ihm diesen und fragte: »Ist es wirklich so schlimm, mit mir zu sprechen? Ist es eine Sünde? Welche Sünde ist es?«

Vildericus machte mit dem Glas in der Hand zwei Schritte, um diese Frage von sich abzuschütteln, und setzte sich betrübt auf den Rand des Bettes.

»Wenn ich an Euch denke«, fuhr die Frau fort, »so denke ich, dass Ihr der einzige Mensch seid, der mich nicht beurteilt und mich nicht verurteilt. Ich denke oft an Euch, jeden Tag, jede Nacht. Es sind die einzigen heiteren Momente in meinem sonst so schmutzigen und beschämenden Leben. Es genügt mir, Euch hin und wieder zu sehen. So vergeht mir der Widerwille gegen alles, was ich sehe und tue und was um mich herum existiert ... Ich fühle mich als Gefangene in dieser Stadt, die so verdorben ist ... Ich kleide mich stets auf möglichst unauffällige Weise, doch die Männer sehen mir immer nach, als könnten sie meinen Beruf erraten. Ich werde nie wieder sein ... wie ich in Ravenna gewesen bin.«

»Ich würde Euch gerne helfen, Dorotea, doch ich weiß nicht, wie. Darf ich Euch fragen, warum Bosone Euch zu sich kommen lässt?«

»Bosone ist ein großer Schlemmer, und jemand, ich weiß nicht, wer, muss ihm gesagt haben, dass ich gut koche, so wie übrigens alle Frauen dort, wo ich herkomme. Und ich muss sagen, er behandelt mich gut und voller Respekt. Und das verdanke ich Euch, denn er weiß, dass Ihr mich kennt und dass Ihr mich ein wenig gern habt. Habt Ihr mich ein wenig gern, Vildericus? Stimmt es, dass Ihr mich ein wenig gern habt?«

»Ja ... jetzt aber muss ich gehen, man wird bereits nach mir suchen.« Er stand auf. Er hatte nicht die Kraft, sie anzuschauen, er war völlig benommen, gedankenleer. Sie nahm seine linke Hand und küsste sie. Auch sein Name war von ihm abgefallen, er hörte das Echo vieler Worte, die er niemals aussprechen würde. Die Einsamkeit war ein Stück abgeschabtes Leder, er würde sich selbst mit Füßen treten. Als er endlich auf der Straße war, drehte er sich nicht um, obgleich er wusste, dass sie an der Tür stehen geblieben war. Er wollte nur gehen, atmen, einen Fuß vor den anderen setzen. Diese Frau hatte von ihm Besitz ergriffen, er fühlte sie in den Armen, in den Beinen, in seinem zerrissenen Herzen, im Mund ... in diesem Raum lag der

Geruch nach Milch, und auch sie, ihr Gesicht, alles duftete nach Milch. Nun musste er um Vergebung bitten und sich läutern, denn der Teufel mochte sich auch hinter dem süßen Schleier heller Haut verbergen. Wenn er nur nicht selbst für sie und ihr Schicksal die heimliche Gegenwart des Herrn der Finsternis bedeutete.

Im Palast angekommen, wurde er von der Anwesenheit Benedikts IX. in seinem Zimmer überrascht, der gerade dabei war, etwas auf ein Blatt zu schreiben.

»Ich wollte dich zu mir bitten, doch so ist es besser. Ich will, dass du mir die Ansprache für die Synode schreibst, den heikelsten Teil, den, in dem es um Aquileia und Grado geht. Du warst bei der Versammlung zugegen, du wirst also keine Schwierigkeiten haben, dies zu tun. Du solltest dich dabei an die Vorgaben halten, die Andreas von Perugia gemacht hat. Alles Übrige, also die Frage der Bischöfe, die Schwierigkeiten, die durch sie aufgekommen sind, und die Nominierungen – dies bereitet mir Primicerius Massilius vor. Er mag ein Nervtöter sein, aber auf diesem Gebiet kennt er sich gut aus.«

»Was Aquileia und Grado betrifft, Eure Heiligkeit – wenn ich richtig verstanden habe, haltet Ihr den Brief der Contarini und die Berichte von Sichelmus für wesentlich.«

»Und warum sollte ich das nicht? Diese verfluchten deutschen Horden müssen gestoppt werden, Italien …«

»Eure Heiligkeit, vielleicht wäre es angebracht, Italien einmal beiseite zu lassen. Das wahre Hindernis ist allein Heinrich III.«

»Aber gewiss, gewiss, bei Gott! Gewiss! Doch das ist es ja, wir tun das ja, weil wir ihm zu verstehen geben wollen, wie wir darüber denken. Erst dieser Poppo von Aquileia und nun dieser Eberhard von Augusta – es ist an der Zeit, damit Schluss zu machen! Ich kann diese Abt-Grafen nicht mehr sehen. Wenn wir ihm nicht deutlich machen, dass es reicht, dann lässt er nicht nur in Aquileia, sondern auch hier in Rom bayrische oder sächsische Päpste wählen.«

Er stand so ungestüm auf, dass er den Stuhl hinter sich umwarf, dann ging er zum Fenster, murmelte wütend, dass er ihn auch hätte exkommunizieren können.

»Ich verstehe Eure Gründe, Heiligkeit, doch wenn Ihr Euch gegen ihn stellt, so könnte das schwere Folgen haben.«

»Glaubst du, ich weiß nicht, woher der Wind weht?! Das hat dir mein Vater eingetrichtert, nicht wahr? Und welche Folgen denn?«

»Das Wohlwollen des Königs …«

»Sein Wohlwollen ist mir völlig egal. Was sollte er mir antun? Mich töten vielleicht?«

»Wenn er nach Rom zur Krönung kommt, so wäre es besser, wenn er nicht sein ganzes Heer mitbrächte, Eure Heiligkeit, das wäre ein Verhängnis, gerade für Italien. Wie immer.«

»Venedig! Weißt du, wie gleichgültig mir diese elenden Krämer sind! Er hat es gewagt, Andreas von Perugia nach den Umständen meiner Wahl zu fragen. Ich hoffe, dass ihm die Ungarn den Garaus machen. Glaube jedenfalls nicht, Vildericus, dass ich deine Überlegungen und Befürchtungen nicht schätzte, doch ich kehre nicht um. Schreib mir diese Rede; sieh zu, dass man versteht, worauf ich anspiele, vielleicht ohne Namen zu nennen, weder die darin verwickelten Bischöfe noch die Orte, und nenne auch nicht Venedig. Ich habe dir diesen Korb mit Äpfeln bringen lassen. Komm in einer Stunde in mein Schreibzimmer. Sie bringen mir den Rabbi, ich will, dass du dabei bist.«

»Eure Heiligkeit, der Herr möge …«

Der Papst hatte die Tür schon hinter sich geschlossen. Jetzt hatte Vildericus Zeit, ein wenig Ruhe zu finden, doch das leichte Geräusch eines schweren Gegenstandes, der über den Boden geschoben wurde, drang an sein Ohr, und er sah, wie das Bett sich ein wenig von der Wand wegbewegte. Die Annahme, dass es sich um eine Ratte oder um eine Katze handeln könnte, musste er verwerfen; und außer den beiden Bluthunden, von denen es hieß, sie bewachten nachts das Schlafzimmer Benedikts IX., gab es keine Hunde im Palast. Er beschäftigte sich gerade mit der Vorstellung, einem Bluthund gegenübertreten zu müssen, den der Papst aus Zerstreuung in seiner Kammer zurückgelassen hatte, als er eine erstickte Stimme hörte, die seinen Namen nannte.

»Wer bist du? Wer bist du?«

»Hilf mir, Vildericus, ich bin unter dem Bett eingeklemmt.«

Er bückte sich und sah nach: Es war Omar.

»Was tust du denn da unten?« Er half ihm, unter dem Bett hervorzukommen.

»Ich habe Schritte gehört, die sich der Tür näherten. Ich wollte nicht, dass man entdeckt, dass ich hier auf dich warte, und deshalb bin ich schnell unter das Bett gekrochen.«

»Und hast heimlich die Szene ausgekostet«, sagte Vildericus mit einem Lächeln.

»Ich wollte dich sehen und ein wenig mit dir plaudern. Nicht dass du der Geeignetste dazu wärest, doch besser als niemand, und allemal besser als diese verfluchten Priesterlein.«

»Jetzt gehe ich zu Primicerius Massilius und denunziere dich.«

»Ja, ja, morgen.« Und die Stimme des Papstes nachahmend, sagte Omar: »Ich habe dir diesen Korb mit Äpfeln bringen lassen. Gewiss, man lässt sich ja mit einer Hand voll Äpfel bestechen!« Er nahm sich einen davon, in den er mit einem Genuss hineinbiss, der eher gespielt als echt war.

»Was gibt es Neues, Omar? Isst du denn genug?«

»Ja, ja, Brot ist es nicht, was mir fehlt. Wenn überhaupt, dann fehlt es mir an gebratenem Fleisch, an Würsten und Rebhühnern … aber du, du bist ja mittlerweile ein Herz und eine Seele mit unserem erhabenen *Pontifex*, so sagt man doch in Latein, oder nicht? Siehst du, ich mache Fortschritte … Ich hasse ihn. Abends muss ich mich im Keller verstecken, um ihm zu entgehen.«

»Ihm zu entgehen?«

»Manchmal lässt er mich suchen. Er möchte, dass ich an seinen Gelagen teilnehme. Wenn das nur Gelage wären! Er begnügt sich nicht mit dieser Frau, die er bei sich hat, oder mit diesen beiden verdorbenen Knaben …«

»Diese habe ich gesehen, aber von welcher Frau sprichst du? Von der Base?«

»Base! Welche Base?! Sie ist eine Art Sklavin, so etwa wie ich. Eine aus Tusculum. Er hatte sich in sie verliebt, und der Vater hat Einwände dagegen erhoben. Ich weiß nicht, was danach passiert ist, Drohungen, Geld, jedenfalls hat er das Mädchen mit hierher gebracht. Doch wenn du sie gesehen hast, wirst du auch ihr Gesicht gesehen haben. Irgendwann schneidet die sich die Pulsadern auf! Wenn er sich wenigstens mit ihr zufrieden gäbe, aber nein, er lässt sich Huren kommen, denn er liebt die Huren, nur dass manchmal … Hör einmal, hat dir Bosone nicht gesagt, dass du aufpassen musst? Dass du unter keinen Umständen nachts nach der vierten Stunde in den Gängen des Palastes umhergehen darfst?«

»Weshalb denn?«

»O Vildericus! Hör mir gut zu, es war im letzten Sommer – ich schlafe in einem Loch im untersten Stockwerk, zum Glück allein, neben dem Schlafsaal der Sklaven – und ich konnte nicht schlafen und bin aufgestanden. Da habe ich auf einem der Gänge, der zu einer Hintertür führt, drei Personen gesehen, die einen recht großen Packen trugen, doch sie hatten vergessen, ihn richtig zu verschnüren. Nun, es sahen Füße daraus hervor, und es waren die Füße einer Frau … zum Glück haben sie mich nicht gesehen, ansonsten würdest du jetzt mit meinem Geist reden.«

»O Gott im Himmel, Allmächtiger! Aber was du hier sagst, das ist vielleicht die Frucht unschuldiger Bosheit, Verleumdung in der Fantasie, vielleicht war ihr nur unwohl.«

»Eine, die sich unwohl fühlt, bringt man in das Hospiz der

nächsten Diakonie oder nach San Pellegrino, die wirft man nicht in den Fluss! Denn ich habe alles gesehen, ich bin ihnen gefolgt. Sie hatten einen Wagen, aber sie fuhren langsam, denn es gibt Nachtwächter, die umhergehen. Sie wollten nicht bemerkt werden, denn wenn man sie angehalten hätte … verstehst du, und so ist es mir gelungen, ihnen auf den Fersen zu bleiben. Sie sind am Aventin entlanggefahren, und als sie am Ufer waren, raus mit der armen Leiche und fort! Vildericus, was hast du? Warum hast du die Augen geschlossen?«

»Hast du seinerzeit Celestino gekannt?«

»Den Liebling? Natürlich. Ich weiß, dass er tot ist. War er es?«

»Ich weiß es nicht.«

Vildericus war so niedergeschlagen, dass er nichts mehr hörte, kein Gedanke, kein Bild, nur innere Ödnis. Er streckte mechanisch die Hand nach dem Korb mit den Äpfeln aus, nahm sich eine Frucht, legte sie wieder in den Korb zurück, sah seine Hände an und sah ein Gebüsch mit Ästen voller Dornen, und in diesem Gebüsch Männer und Frauen, die miteinander rangen, der Boden blutgetränkt …

»Aber du mit ihm! … Sprich lauter, ich verstehe dich nicht.«

»Wir dürfen nicht vergessen, dass er der Papst ist. Für uns können wir etwas anderes denken, aber nach außen hin … aber nach außen hin … müssen wir ihn respektieren.«

»Nein, ich nicht, nicht einmal nach außen hin. Ich habe Angst vor ihm, Vildericus. Meiner Meinung nach ist er der Antichrist.«

»Nun gut, du musst jetzt gehen. Ich will mich noch etwas ausruhen, denn ich muss bald zum Antichristen zurückkehren.«

Als Omar hinausgegangen war, streckte Vildericus sich auf dem Lager aus, doch er vermochte kein Auge zu schließen. Im Laufe dieser letzten Stunde hatte er, in den Lücken dieser beiden Unterhaltungen versteckt, alle Einzelheiten des Besuchs bei Dorotea mit sich geführt, die Worte, die sie gesagt hatte. Und jetzt war er voll davon und litt daran wie an einer nicht wieder gutzumachenden Schuld, weil er, wiewohl er sich seine strengen Gelübde ins Gedächtnis rief, sich nicht dazu entschließen konnte, sie nicht mehr zu sehen. Das Haar, das einen Teil ihrer Stirn bedeckte, die graublauen Augen, die runden Schultern, ihre schönen großen Hände und ihre dunkle Stimme – ihm war, als würde sein Körper ihr ganzes Bild bergen … Er hätte beichten können, die Freude beichten, in ihrer Nähe zu sein, und er versuchte, es vor seinem Herrn und Lehrmeister zu tun, doch sobald er sich auf der Kniebank niedergelassen hatte, verlor er sich in einer völligen Abwesenheit, in einer stummen grauen Ebene, gefühllos, eine blinde Qual.

Ein Diener rüttelte ihn auf und sagte, der Papst erwarte ihn. Dort fand er Primicerius Massilius, Kardinal Bosone, den Präfekten der Stadt, zwei Priester aus dem Kapitel der Kathedrale, die er vom Sehen kannte, und Diakon Eriprandus vor. Sie saßen im Halbkreis, und Bosone deutete auf einen freien Stuhl neben sich.

»Gut, jetzt sind wir vollzählig«, sagte Benedikt IX., »ruft den Juden.«

Einer der Priester ging zur Tür und ließ einen älteren Mann mit einem langen weißen Bart eintreten, der ein graues Gewand mit Stickereien am Kragen und auf dem Kopf eine schwarze Kippa trug. Ein weiterer Mann, der jünger war, trug in den Händen eine kleine Schatulle aus bunter Keramik. Der Alte kniete, von seinem Begleiter gefolgt, vor dem Papst nieder.

»Der Herr sei mit Euch, Eure Heiligkeit, und beschere Euch alles Gute. Dieser Mann, der mich begleitet, ist Jeshua, der Lektor unserer Synagoge. Er hat Euch eine kleine Gabe mitgebracht, die, wie ich hoffe, Euer Wohlgefallen findet.«

Auf ein Zeichen Benedikts IX. hin nahm der Diakon die Schatulle aus den Händen des Lektors und stellte sie auf einen Tisch, auf dem einige Gläser und eine Karaffe mit Wasser standen. Bosone sagte den beiden, sie könnten sich erheben, dann ergriff Primicerius Massilius das Wort.

»Am Abend des ersten April wurde der Palast der Herren von Tusculum Gegenstand eines Anschlages von Seiten einiger maskierter Verbrecher, die zwei Tote hinterließen und viele Schäden an dem Gebäude verursachten. Wir haben Euch zu uns gebeten, weil Gerüchte umgehen, denen gemäß Juden für diesen niederträchtigen Angriff verantwortlich seien.«

»Juden, Herr Primicerius?! Aber das ist eine ungeheure Anschuldigung, Eure Heiligkeit. Ihr wisst, wie viel Ehrerbietung wir der römischen Kirche und ihrem erlauchten Hirten immer entgegengebracht haben ...!«

»Ehrerbietung?!«, unterbrach ihn der Präfekt, »eine wirkliche Ehrerbietung verträgt sich nicht mit Unzufriedenheit, mit Protest, mit den Gebeten, von denen es heißt, dass ihr sie in euren Synagogen für diese eure Glaubensbrüder sprecht, die vor einem Monat mit bewiesenen und schwer wiegenden Anklagen gefangen gesetzt wurden!«

Vildericus begann, sich über die Ungerechtigkeit dieser Unterredung zu ärgern, denn die beiden mussten vor ihren Anklägern stehen bleiben, die bequem auf Stühlen saßen. Er erhob sich, ging zum Tisch, schenkte sich ein Glas Wasser ein, lehnte sich gegen den Tisch und blieb ebenfalls stehen. Der Rabbiner stritt diese Anschuldigungen ab, kein Jude sei zu Hexereien fähig, denn auch die Verwendung von Karten aus der abergläubischen Überzeugung heraus, die eigene Zukunft zu erfahren, wie man sie bei den Unwissenden und weniger vom Glück Begünstigten anträfe, könne nicht als solche bezeichnet werden. Im Übrigen sei dies auch beim römischen Volk sehr gebräuchlich.

»Die Anschuldigungen betreffen nicht nur die Hexerei«, sagte der Präfekt, »diese beiden müssen sich für noch viel Schlimmeres verantworten. Warum verschwinden im Stadtviertel Ripa immer wieder Kinder von christlichen Familien? Es gibt

Leute, die bereit sind zu schwören, dass sie die beiden gesehen haben, wie sie unschuldige Kreaturen geopfert haben!«

Der Rabbiner sah die Ankläger so verzweifelt an, als würde er einer schrecklichen Folter unterzogen werden. Die Überraschung über diese Anschuldigungen war so furchtbar, dass ihm die Kraft fehlte, darauf etwas zu erwidern. Wie nie zuvor fühlte sich Vildericus frei von allem, frei von Hierarchien, Ängsten, Achtung, Rücksichten, und er sagte:

»Herr Präfekt, Ihr sagt, es gäbe Menschen, die bereit sind zu schwören. Aber handelt es sich hier um Zeugen, die eine wahrhaftige und echte Aussage gemacht haben? Und habt Ihr deren Vertrauenswürdigkeit überprüft?«

Der Primicerius, der Präfekt und Diakon Eriprandus hatten mit zunehmend empörter Missbilligung den Worten Vildericus' gelauscht, während Benedikt IX. ihn mit erwartungsvollem Erstaunen und Bosone ihn mit einem leichten Lächeln ansah.

»Denn«, fuhr Vildericus fort, »ich kenne die Geschichte der von Juden geopferten Kinder schon seit langem, aus Sutri, aus Farfa und schließlich aus Rom … Doch als bewiesenen Fall kenne ich nur den eines jungen Verrückten, der kein Jude war und der vor einigen Jahren in Veiano sieben Kinder zerstückelt hat.«

»Ich bin im Besitz eines absolut zuverlässigen Zeugnisses«, sagte der Präfekt.

»Ich beschwöre Euch, Ihr Herren, ich beschwöre Eure Heiligkeit«, flehte der Rabbiner. »Ich kenne diese beiden jungen Männer seit ihrer Geburt, sie können keiner Fliege etwas zuleide tun. Man hat sie eingesperrt, weil sie laut singend mitten in der Nacht angetroffen wurden. Sie hatten ein wenig zu viel getrunken, das war alles.«

»Ich will Euch Glauben schenken«, sagte Benedikt IX. und fügte sofort hinzu: »Für den Augenblick. Doch es ist Eure Pflicht, um unserer geliebten Stadt ihren Frieden wiederzugeben, herauszufinden, wer diese Verbrecher waren, die den Palast meiner Ahnen überfallen haben. Daher gebe ich Euch den Auftrag, alles in Eurem und Eurer Leute Vermögen zu tun und uns zu helfen, die Täter zu entlarven. Und zweitens, um diese Familien aus dem Viertel Ripa, die ihre unschuldigen Kinder verloren haben, auch materiell zu trösten, werdet Ihr uns innerhalb von drei Tagen die Summe von hundert Goldmünzen übergeben.«

»Ich danke Euch, Eure Heiligkeit, wir werden bei dieser Untersuchung mit all unseren Kräften mitwirken. Was diese Geldsumme betrifft, so weiß ich wirklich nicht, ob es uns gelingt, sie innerhalb von drei Tagen zusammenzubekommen. Ich wäre Euch dankbar, wenn Ihr uns zumindest zehn Tage Zeit gäbet.«

»Diese armen Juden!«, rief der Papst mit gespieltem Mitleid aus, dann fuhr er aus seinem Sitz auf, stand über dem Rabbiner, drückte ihm den Zeigefinger auf die Stirn und schrie: »Ihr elenden Lügner! Ihr habt die Taschen voller Gold, weil Ihr meine Römer aussaugt mit Eurer verfluchten Wucherei!«

»Deshalb«, griff Vildericus mit großer Ruhe ein, »wird dieses Gewerbe auch von unseren Priestern betrieben.«

Benedikt IX., der immer noch drohend über den Rabbiner gebeugt war, sah ihn verblüfft mit geöffnetem Mund an, der sich sogleich noch weiter zu einem breiten Lächeln öffnete, und er sagte: »Ist dir, Giosuè Leone, das Glück bewusst, das dir beisteht?! Gerade hier drinnen in einem Mönch aus Cluny einen tüchtigen Verteidiger gefunden zu haben! Meinen Freund Vildericus! Nun gut, zehn Tage.«

Die beiden Juden verbeugten sich tief und blieben in dieser Haltung, bis alle hinausgegangen waren. Alle, außer Vildericus, der sich dem Rabbiner näherte und sagte: »Der Herr möge Euch beschützen.«

»Ihr, Vildericus«, antwortete der Rabbiner, »werdet immer die Freundschaft meiner Leute genießen, denn Ihr seid ein rechtschaffener Mann.«

# 34

Am folgenden Morgen machte sich Vildericus früh an die Arbeit, die ihm von Benedikt IX. aufgetragen worden war, nämlich jenen Teil der Ansprache für die Synode, der sich, nach dem der Frage der Autonomie der Bischöfe, den Massilius vorbereitete, mit der Frage der territorialen Ansprüche des deutschen Patriarchats von Aquileia befasste. Das war keine leichte Aufgabe, vor allem hinsichtlich des Stils, den er wählen sollte, denn dieser musste Schlichtheit und Deutlichkeit in der Darstellung und die Erhabenheit dessen, der sie vortrug, vereinen. Um Letzteres zu erreichen, musste er die Gestalt Benedikts IX. auslöschen und sie durch eine unwirkliche Vorstellung ersetzen. Er beendete die Arbeit kurz nach der neunten Stunde. Er war steif und merkte, dass der Nordwind sich heulend am Glas seiner Fenster zu schaffen machte und den Frühling wieder zurückwarf. Es war wieder Winter. Er hatte kein Feuer entzündet und hatte noch nicht gegessen. Im Refektorium würde er nun nichts mehr finden, aber die Lösung mochten der Fettwanst und sein weises Urteil sein. Der Protoscriniarius empfing ihn freundlich, und während sie auf die Emmersuppe und den gebratenen Fisch warteten, die er für Vildericus bei seiner Frau bestellt hatte, las er das Traktat. Er lobte die Schrift, den Stil, die Würde, die er dem Thema zu verleihen vermocht hatte, und das Geschick, mit dem er es hatte vermeiden können, dass auf das wahre Ziel, Aquileia, verwiesen wurde. »Jedoch«, fügte er hinzu, »weiß ich nicht, ob er sich damit zufrieden geben wird. Er will nicht, dass Namen genannt werden, dass etwas genau bezeichnet wird, und gleichzeitig will er, dass der König es so liest, wie es gemeint ist: als Angriff auf seine Politik der Vorherrschaft.«

»Ich sollte zu Graf Alberich gehen«, sagte Vildericus, »es ihm vorlesen und ihm dann sagen, dass es mir nicht gelungen ist, seinen Sohn von seiner Haltung abzubringen.«

»Es geht ihm immer schlechter, und im Grunde weiß er, dass niemand diesen Sturkopf davon abbringen würde. Seit einiger Zeit hat er keinerlei Vertrauen mehr in die Geisteskraft seines überreizten Sohnes.«

»Überreizt?«

»Nun gut, man könnte auch Schlimmeres über ihn sagen, aber wozu wäre das nütze? Und dann, schau einmal, er tut das aus persönlichem Groll, doch wir wissen, dass das Gebaren dieser deutschen Könige der christlichen Lehre der Kirche zuwiderläuft. Die Unordnung verbreitet sich nur noch weiter, und Bischöfe werden zu Herren großer Lehnsgüter, das heißt, sie werden zu Vasallen des Königs, sie prägen Münzen, sie werben Söldner an, und sie lehnen sich gegen Rom auf, um ihrem Herrn besser dienen zu können.«

»Wenn es aber der Papst ist, der sie ernennt, dann werden sie seine Diener, wenn sie es nicht schon vorher sind, und der Verfall kann derselbe sein.«

Bosone sah Vildericus an, als sähe er ihn zum ersten Mal. Er musste diesen Satz zunächst überdenken, dann lächelte er.

»Nun, vielleicht hast du Recht. Das ist wahr, wir werden dem nie entrinnen.«

Die Frau des Kardinals war sehr freundlich zu dem Gast. Sie brachte ihm das Essen, gab ihm ein Glas Süßwein zu trinken, und als er fertig gegessen hatte, sagte sie: »Ich habe erfahren, dass Ihr ein guter Freund Doroteas seid. Lasst mich sagen, dass sie das Schicksal, welches sie gehabt hat, nicht verdient. Sie ist ein im Innersten sehr reines Wesen und tut mir sehr Leid. Herr Kardinal, ist da nichts zu machen? Sie ist eine hervorragende Köchin, könnte sie nicht unten in den Palastküchen arbeiten? Was meint Ihr?«

Vildericus' Herz zog sich zusammen. Eine plötzliche Furcht durchzuckte ihn, als sei ihr Gewerbe eine liebenswürdige Abstraktion, und in der Küche hingegen lauerten irgendwelche schlimmen Gefahren. Bosone fegte seine Angst fort.

»Ja, ja, das kann man versuchen. Ich will aber nicht, dass man ihr, wenn sie von jemandem erkannt wird, das Leben hier drinnen noch unerträglicher macht als das, das sie jetzt führt. Ich will mit ihr sprechen. Du gehst heute nach Hause, und morgen Abend lassen wir sie zu uns kommen. So komme ich wieder einmal in den Genuss eines ihrer vorzüglichen Gerichte.«

Die Frau lächelte und schlug ihrem Mann vor, auch Vildericus einzuladen.

»Er würde ablehnen, ist es so, oder irre ich mich?«

»Nein, Ihr irrt nicht, Herr.«

Später in seinem Zimmer war er zufrieden mit sich, dass er so geantwortet und die Einladung abgelehnt hatte, auch wenn er Dorotea gerne gesehen hätte. Kein Fluch schwebte über ihm, er war sich sicher, dass die Zuneigung, die er ihr gegenüber verspürte, nicht mit Wollust durchsetzt war, und außerdem war sie, Dorotea, für ihn mit ihrem Haus verbunden, mit dem niedrigen Dach, den kleinen Fenstern, mit dem Bett seiner Genesung, dem Waschtisch, dem Vorhang, dem Madonnenbild. Dort war sie, wenn sie bei den lebhaften Erinnerungen an ihre Beziehung in ihm lebendig wurde, und dort würde er sie wieder sehen, ihre Bewegungen betrachten, ihre Stimme hören, ihre warme, von Trauer durchsetzte Stimme, und sie spüren lassen, dass er ihr beistand. Er und sie, allein. Ein Fluch war es vielmehr, dass er so unglücklich war, eine Sünde, in die verfiel, wer der Hoffnungslosigkeit nachgab, denn auch in der Traurigkeit übte das Böse seine Macht aus; als würde man die Waffen strecken und sich von der Erlösung zurückziehen … »Ach, du bist verborgen, und ich tue, als suchte ich nach dir, und mein Herz ist zu Stein geworden, und unter diesem Stein sehe ich unreine nächtliche Insekten, die den Glauben auffressen. Steh mir bei, Herr, gib, dass ich die Barmherzigkeit für mich selbst wieder finde, damit ich von neuem in deinem Licht die Demut erkenne.« Er wiederholte dreimal den Psalm des Dionysius von Ephesus, doch es gelang ihm nicht, das Licht zu sehen. Vielleicht war er krank. Tote Wünsche versperrten ihm den Zugang zur Gegenwart. Er wollte nichts mehr begehren, nicht Sutri, nicht das väterliche Haus, nicht die Mutter …

Es klopfte, er fuhr auf und ging zur Tür, um zu öffnen: Es war Hildebrandus von Soana. Er habe erfahren, dass Vildericus nach Santa Maria gekommen war, und es täte ihm Leid, dass er ihn nicht angetroffen habe. Ob er mit ihm habe sprechen wollen?

»Nein, ich hatte nur den Wunsch, wieder den Fuß in ein Kloster zu setzen und ein wenig mit euch zusammen zu sein.«

»Mein Onkel hat mir einen Auftrag gegeben: Suppone hat geschrieben, er wünsche, dass du ihm über das, was hier geschieht, berichtest, hin und wieder, über die wichtigsten Angelegenheiten.«

»Dann jagen sie mich ein zweites Mal fort.«

»Ich weiß, ich weiß, was damals geschehen ist. Nein, jetzt sind auf dem ersten Stück der Via Salaria vier Wachposten aufgestellt. Nicht so sehr wegen der Crescentier, sondern wegen der Räuber, die in der letzten Zeit wieder Zulauf bekommen. So ist die Reise für den Wagen auf der Hinfahrt und bei der Rückkehr viel sicherer. Vielleicht möchte Suppone einige Neuigkeiten aus erster Hand über die bevorstehende Synode erfahren, denn auch er wurde eingeladen.«

»Aber wenn er hierher kommt, dann kann ich es ihm auch selbst sagen, oder nicht?«

»Er ist nicht sicher, ob er der Einladung folgen soll. Nach dem Brief, den er meinem Onkel geschrieben hat, ist er noch unentschlossen, eben deshalb möchte er einen Bericht von dir. Vielleicht hat er erfahren, dass du bei der Versammlung zur Vorbereitung zugegen warst.«

Es war offensichtlich, dass auch sein Gast Genaueres erfahren wollte, deshalb war er gekommen. Vildericus nahm in Hildebrandus' Gesicht etwas wahr, das er bereits ganz zu Anfang gespürt hatte: einen eisernen Willen im Dienste hoher Ideale, die einem äußerst beharrlichen Ehrgeiz förderlich sein würden.

»Wie hast du das erfahren?«

»Von Johannes, dem Bischof der Sabina. Er hat mir wenig von der Versammlung und viel von dir erzählt. Er sagt, du seist die ernsthafteste Persönlichkeit des gesamten Palastes. Du hast einen sehr guten Eindruck auf ihn gemacht.«

»Aber ich habe doch meinen Mund gar nicht aufgemacht.«

»Eben, und außerdem ist es die Miene, die das begründete Urteil ermöglicht.«

»Das gilt aber für alle. Jedenfalls wird dir der wichtigste Punkt der Synode nicht missfallen, der Bischof der Sabina wird dir das bereits mitgeteilt haben.«

»Ja, ein wenig hat er mir gesagt.«

»Das Übel daran ist, dass es sich nicht um die Verteidigung einer Lehre der Kirche handelt, sondern um die Verteidigung der Lehre eines Grolls.«

»Die Wurst ist aus dem Fleisch eines geschlachteten Schweins gemacht, doch wenn die Wurst gut ist …«

»Ich esse kein Fleisch, und am allerwenigsten das von Schweinen. Hast du schon jemals ihre Schreie gehört, wenn ihnen jemand die Kehle durchschneidet?«

»Es genügt, sich die Ohren zuzuhalten.«

»Nun, vielleicht genügte es, genau das zu tun, um nicht den Schrei Christi am Kreuz zu hören. Und die Augen zu verschließen.«

»Vildericus, ich wollte nur sagen: Wenn ein Verrückter oder ein Verbrecher ein gutes Werk vollbringt, so ist das Werk das Wichtigste, und nicht er, auch wenn es das Einzige in seinem Leben ist.«

»Wenn aber das gute Werk eine unendliche Kette von Unglück und Leiden mit sich führt, wie bringst du deine Rechnung dann wieder in Ordnung? Du weißt besser als ich, was die fremden Völker hinterlassen, wenn sie unsere Länder durchqueren.«

»Wenn Heinrich III. hierher kommt, dann auch, um diesen unwürdigen Jüngling vom Thron Petri zu stürzen. Und dann wird die Kirche wieder neu entstehen. Sie wird die Lepra, die sie befallen hat, abstreifen, und wird wieder die Kraft und den Stolz für ihre himmlische Botschaft finden. Ich, Vildericus, ich fühle wirre und große Zeiten auf uns zukommen. Du wirst sehen, die Erben des Apostels werden die wahren Herren der Erde sein, ihre Zeichen werden das Bewusstsein der Menschen befruchten, und sie werden sie im Guten beherrschen.«

Vielleicht erwartete Hildebrandus von ihm Zustimmung zu diesen hehren Visionen, doch Vildericus zog sich in seine Einfachheit zurück. Um die Menschen in ihrem Bewusstsein zu beherrschen, dafür sollte nur das Kreuz notwendig sein, und er konnte nichts weiter sagen als: »Nun gut, ich werde Suppone einen Bericht schicken. Da ich weiß, welche Bedeutung der Schutz des Königs für Farfa hat, kann ich ihm so eine Reise ersparen.«

Hildebrandus von Soana, der erst mit den Händen in der Luft gestikuliert hatte, um auch physisch die tief klingende Kraft seiner Worte zu unterstreichen, steckte diese in die Taschen seiner Kutte und ging durch das Zimmer, wobei er einen Moment am Fenster stehen blieb.

»Ich weiß, dass du in Santa Maria lange mit dem Gärtner gesprochen hast. Welchen Eindruck hat er auf dich gemacht?«

»Als Gärtner?«

»Als Mensch, als Christ. Man hat mir gesagt, er sei reichlich hysterisch.«

»Hysterisch? Ich weiß nicht, ich habe mit ihm nicht sehr ausführlich gesprochen. Er kam mir demütig und ehrfürchtig vor, und dann glaube ich nicht, dass man jemanden als hysterisch bezeichnen kann, der eine große Verehrung für Jesus Christus empfindet.«

»Viele Ketzer haben das.«

»Auf diesem Gebiet weißt du mehr als ich.«

»Komm schon, Vildericus! Dein Gewand ist arm, aus rauer Wolle, meines im Vergleich dazu ist fast prunkvoll, doch wenn

Gerbert von Aurillac, Silvester II., noch am Leben wäre und uns einer generellen Prüfung unterziehen würde, so würde er nicht mir die beste Beurteilung geben.«

»Du irrst, ich bin auch im Innern arm und auch im Kopf, und ich will es sein. Ich habe gelesen, ja, viel gelesen, aber die Schrift, der ich meinen Geist anvertraue, ist eine Einzige, und du weißt auch, welche.«

Der Gesichtsausdruck, mit dem Hildebrandus diese Sätze aufnahm, ließ eine erstaunte und ehrliche Zustimmung erkennen. Er ging zu Vildericus hin, umarmte ihn und sagte, wenn er in den folgenden Jahren auf seine Freundschaft und seine Hilfe zählen könnte, so sei er ein glücklicher Mann.

Etwas später begab sich Vildericus zum Gemach des Grafen Alberich. Der Priester, der diesem als Sekretär diente, gab ihm zu verstehen, dass der Graf im Augenblick nicht im Vollbesitz seiner Sinne sei. Das schwache Licht der Lampe schien auf sich selbst zurückzufallen, so tief war die Dunkelheit im Zimmer. Der Priester gab ihm einen Stuhl und ließ sie allein.

Der alte Mann war dem Ufer des trägen und bitteren Totenflusses schon recht nah, und Vildericus wünschte ihm, dass der Erlöser ihm die Entschlossenheit verleihe, all seine Kleider des Stolzes und der Sünden in dessen Schlick abzulegen …

»Ich weiß, wer du bist«, sagte der Kranke mit geschlossenen Augen, »und ich weiß, dass du mir schlechte Nachrichten bringst. Sein Wille geschehe.«

»Herr, ich habe versucht, Benedikt IX. davon abzuhalten, diesen gefährlichen Schritt zu gehen, wie Ihr mich gebeten hattet, doch seine Hartnäckigkeit ist groß. Ich bin untröstlich, glaubt mir. In der Schrift, die ich für die Synode vorbereitet habe, habe ich versucht, einen Bezug auf Aquileia so gut wie möglich zu vermeiden, doch dies ist mir nicht vollständig gelungen. Möchtet Ihr, dass ich sie Euch vorlese?«

»Das ist nicht wichtig. Bedenke, es ist immer die Hand Gottes, die uns führt, im Guten und im Bösen.«

»Im Guten, das Böse ist allein unser Werk. Das zumindest ist mein Glaube.«

»Nun, die Aufzählung meiner Sünden … und meiner Irrtümer … ist sehr lange … Manchmal fühle ich mich morgens besser. Der Schlaf ist für mich die einzige Medizin. Komm doch ab und zu zu mir, zur sechsten Stunde, ich will mit dir zusammen beten, Vildericus.«

»Das werde ich tun, Herr.«

Als er später das Vorzimmer des päpstlichen Gemaches betrat, stellten sich zwei Priester und eine der Wachen vor ihn und hielten ihn auf. Seine Heiligkeit sei sehr beschäftigt, sagten sie ihm. Vildericus erklärte ihnen, dass er erwartet würde und dass er dem Papst ein dringliches Schreiben brächte, woraufhin einer der Priester wiederholte, dass er sich auf eigene Verantwortung und eigene Gefahr dort hineinbegäbe. Die Wache öffnete ihm die Tür und schloss sie sogleich eilig wieder hinter ihm. Das, was sich Vildericus' Augen hier bot, war noch abstoßender, als er es sich je hätte ausmalen können. Eine Frau kauerte auf allen vieren auf dem Boden. Sie trug ein durchsichtiges Gewand, um den Hals hatte sie ein Band, an dem ein Riemen befestigt war, den Benedikt IX. in der Hand hielt. Sie bewegte sich wie ein Hund an der Leine. Die beiden Knaben befanden sich zu ihren beiden Seiten und gaben ihr Schläge aufs Gesäß. Vor ihr war Diakon Eriprandus, der sie antrieb, sich vorwärts zu bewegen. Abseits stand, völlig unbekleidet und in sich zusammengesunken vor lauter Scham, die arme Elgarda. Der Eintritt Vildericus' war von niemandem angekündigt worden. Er hätte sich schweigend wieder zurückziehen können, doch er zog es vor, zu bleiben, damit sie bemerkten, dass er Zeuge dieses anstößigen Spiels, um diese Frau, die vermutlich eine Hure war, zu demütigen, geworden war. Einer der Knaben sah ihn zuerst und rief dem Papst etwas zu, der sich umdrehte, immer noch lachend, während die anderen erstarrten.

»Vildericus! Ich hatte dich nicht mehr erwartet, komm her und spiel mit uns, los.«

»Schämt Ihr Euch nicht, Eure Heiligkeit?!«

Das Lächeln schwand von seinen Lippen. Er presste sie zusammen, und das Gesicht verwandelte sich in eine Maske des Zorns.

»Du dummer Mönch! Ich sollte dich auspeitschen!«

»Wenn ich könnte, würde ich Euch auspeitschen. Ihr seid der römische Papst!«

Die Maske des Zorns wich sogleich einer anderen: Gerissenheit und zuckersüße Nachsicht spiegelten sich in seiner Miene.

»Ich tue doch nichts Schlechtes, das ist nur ein Spiel.« Er wandte sich an das Weib und machte ihr ein Zeichen, dass sie sich erheben könne. »Sie ist eine Hure und hat auch ihren Spaß dabei. Wenn man sie bezahlt, dann tun sie alles, was man will.«

»Bezahlt sie wenigstens gut, Eure Heiligkeit, und bedeckt diese arme Elgarda«, antwortete Vildericus und schickte sich an, hinauszugehen. In der Tür hörte er den Papst, der mit der jammernden Stimme eines Komödianten sagte: »Ich werde beichten, Vildericus, das verspreche ich dir, ich werde auch die sündigen Vergnügungen beichten. Wenn du willst, beichte ich bei dir, so wirst du erfahren, wozu Gott uns …«

Vildericus schloss die Tür hinter sich und musste sich setzen. Innerer Aufruhr und Bestürzung übermannten ihn. Er schämte sich dessen, was er gesehen hatte, und schämte sich seiner selbst. Dieses Bild des Weibes auf allen vieren, die Hitze seines eigenen Körpers, der Lenden, und das andere Bild, Elgarda, nackt, die Beine, Brüste, die bloßen Füße … er konnte sich nicht davon befreien.

»Ich hatte Euch gesagt, dass Ihr nicht hineingehen solltet«, sagte der Priester zu ihm.

Und vor einigen Minuten hatte Vildericus für einen Augenblick nur noch den Impuls gehabt, den Papst zu töten und seine verkommene Seele in die Hölle zu verbannen! Er wurde gewahr, dass die Priester und die Wachen ihn voller Unbehagen ansahen. »Aber Ihr …«, versuchte er zu sagen.

»Ich weiß, was Ihr uns fragen wollt«, antwortete einer der Priester, »doch es ist besser, wenn Ihr es nicht tut. Auch für uns, Herr.«

## 35

Wie Vildericus vorhergesehen hatte, blieb infolge seines nach Farfa geschickten Berichtes Abt Suppone Rom fern. Und dies war für Benedikt IX. – trotz der tröstlichen Anwesenheit vieler Bischöfe, Kardinäle und Äbte – Anlass zu einer Verstimmung, die er nicht vollständig zu verbergen vermochte. Das Fernbleiben des Abtes des von den Herrschern nördlich der Alpen am meisten geschätzten und beschützten Klosters war im Grunde der erste Hinweis darauf, welche negativen Folgen seine so überaus deutlich artikulierte Ablehnung eines deutschen Patriarchats haben könnte. Dennoch wurde das Traktat, das Vildericus zu diesem heiklen Thema verfasst hatte, vollständig gutgeheißen und in den offiziellen Kanon der Synode aufgenommen. Benedikt IX. hingegen wurde ein wenig durch die Tatsache entschädigt, dass alle Anwesenden dieser Rede einmütig zustimmten, denn Gerüchte aus den deutschen Landen ließen sie um die Verfahren ihrer Ernennungen und um einige ihrer privaten Gebräuche bangen.

Vildericus nahm gemeinsam mit den Diakonen der Kanzlei an den beiden Beratungen des 23. April teil, um anschließend den Bericht über dieses Ereignis verfassen zu können, den er in den folgenden Tagen mit großer sachlicher Distanz niederschrieb. Denn er wollte keinesfalls seine Eindrücke zu der großen Kluft zwischen klerikalem Regelwerk und sprachlichem Vermögen der Väter der sechs Klöster und der siebzehn Vertreter des hohen Klerus offenbaren, die im päpstlichen Palast zusammengekommen waren. Unter diesen taten sich als einzige Ausnahmen Abt Bartholomäus aus dem Kloster von Grottaferrata und Protoscriniarius Bosone hervor, der in den anschließenden erquicklichen Unterhaltungen diese beiden Sitzungen als die anmaßendste und schwachbrüstigste Synode der jüngeren Geschichte der Kirche bezeichnete …

Die Wochen am Ende des Monats April und am Anfang des Monats Mai konnte Vildericus in heiliger Ruhe und mit guter Lektüre verbringen. Er beendete die Aeneis und versenkte sich in die Kapitel des zweiten Buches der *Historien* des Tacitus – die er im Wechsel mit der Theologie des Pseudo-Dionysius las –, vor allem in dem Absatz, in dem der mysteriöse Mystiker die absolute Unermesslichkeit Gottes erklärt, was ihn schon seit der ersten Lektüre in den Jahren seines Noviziats in Farfa begeistert hatte. Er ging auch oft in die Stallungen, um seine Nuvola zu striegeln und zu füttern. Um ihr Bewegung zu verschaffen, ritt er auch einige Male die Via Ostiense entlang bis hin zur Basilika San Paolo. Benedikt IX. ließ sich erst wieder blicken, als der Mai schon zur Hälfte vorüber war. Eine Begegnung, die Vildericus sprachlos machte.

Es war der achtzehnte Tag des Monats Mai, ein Freitag, ein Tag, an dem die stille Luft im Schatten frisch, in der Sonne jedoch warm war. Wie es häufig in letzter Zeit vorkam, hatte Vildericus auch diese Nacht mit Träumen, nervösem Aufschrecken und Gebeten verbracht. Gebete, die die hartnäckig seine Träume beherrschende Gestalt vertreiben sollten – eine schöne weibliche Gestalt, die nur Dorotea sein konnte. Als er sich dann erhoben hatte, beschloss er, sie aufzusuchen, um ihr gegenüberzustehen und sie zu sehen, inmitten der Wirklichkeit ihres Gewerbes, und somit vielleicht für immer diesen zarten, aber lästigen Drang auszulöschen. Er war schon zum Ausgehen bereit, als, ohne anzuklopfen, Diakon Eriprandus eintrat: Der Papst wünsche ihn zu sprechen.

Vildericus fand ihn in seiner Schreibstube am Fenster stehend vor. Er war allein, und ohne auf seinen Gruß zu antworten, ging er zur Tür, um sich zu vergewissern, dass diese richtig hinter Vildericus geschlossen worden war.

»Setz dich.«

Seine Augenlider flatterten. Er trat wieder ans Fenster, kam zurück und setzte sich Vildericus gegenüber und sah ihn lange an.

»Du musst mir versprechen, nein, warte, es ist nicht einfach, mit dir zu sprechen. Ich kann dir viele Dinge erklären. Du hast mich nicht mehr aufgesucht, und das verstehe ich auch, es ist meine Schuld. Aber ich will es, und du weißt nicht, wie sehr – warum siehst du mich so an?«

»Ich höre Euch zu, Eure Heiligkeit.«

Benedikt IX. sprang auf, zog eine Lade des Schrankes, der neben dem Schreibpult stand, auf, entnahm ihr ein Gewand und hielt es Vildericus hin.

»Ich habe dir diese Kukulle aus einer besseren Wolle anfertigen lassen, die ich dir vor sechs Jahren versprochen habe. Vielleicht erinnerst du dich nicht mehr. Sie wird dich besser wärmen.«

Vildericus war unsicher. Dieses Geschenk abzuweisen, wie er es eigentlich gewollt hätte, würde bedeuten, eine Mauer zu errichten und das eigenartige Verhalten seines Gastgebers und den Grund für diese gebrochene Büßerstimme nicht erforschen zu können. Er nahm die Kukulle entgegen.

»Ich danke Euch.«

»Gut, so ist es besser, mein Vater liegt im Sterben, er hört nichts mehr, er kann die Lippen nicht mehr bewegen. Ich weiß wirklich nicht, was mich manchmal überkommt. All jene, die über die Engel sprechen, als könnten sie sie sehen – warum halten sie mich nicht manchmal zurück. Ich sehe das Gute, es gleicht einem alten Mann, doch er kommt nie in meine Nähe und zeigt sich immer nur in einer Ecke. Wenn ich, zum Beispiel, hier am Tisch sitze, dann steht er dort hinten, zwischen dem Fenster und dem Schrank …«

Er sah Vildericus nicht mehr an, sondern hatte den Kopf an das hohe gepolsterte Kopfteil des Sessels gelehnt und blickte zur Decke hinauf.

»Es erscheint nie, wenn ein Weib, mein Untergang, bei mir ist. Es weiß ja, hörst du, Vildericus, dass die Weiber mein Untergang sind. Ihr Geruch macht, dass ich den Kopf verliere, als ob ich mein Sehvermögen verlöre, und eine Raserei übermannt mich, die auch danach noch anhält, dann, wenn ich in sie eingedrungen bin … und sie zermalmt habe. Gib mir zu trinken«, flehte er fast schreiend und trocknete sich die Stirn mit einem Tuch. »Dort hinten auf dem Tisch muss noch Wein stehen, trink auch du ein wenig davon, ich bitte dich, ich bitte dich darum!«

Vildericus schenkte Wein in ein Glas und reichte es Benedikt, dann schenkte er sich selbst ein wenig ein und trank ihn mit Genuss, denn dieses wirre Geständnis versetzte ihn in die Lage eines distanzierten Zuhörers.

»Ich weiß nicht, du musst mir helfen, ich kann es mir nicht erklären, ich verstehe nicht, was mit mir geschieht. Vor drei Tagen gab es ein Fest im Hause von Claudiano von Veroli, einem Kaufmann, der eine entfernte Verwandte geheiratet hat, und dort war auch ein gewisser Gerardo de Saxo. Du wirst von ihm gehört haben, ich kannte ihn nicht persönlich. Er besitzt sehr viel Land …«

Vildericus überlegte, dass ihm, falls Benedikt IX. sich beeilte, ihm mitzuteilen, weswegen er ihn zu sich gerufen hatte, noch Zeit bliebe, Dorotea aufzusuchen.

»Ihr spracht von dem Fest, Eure Heiligkeit.«

»Ja, natürlich. Gestern bin ich mitten in der Nacht noch ausgegangen. Ich verkleide mich, sehe, dass die Wachen schlafen, nehme mir das erstbeste Pferd und los. Allein. Der Mond schien, du wirst ihn gesehen haben, es war Vollmond. Ich mache das schon, seit ich zehn Jahre alt bin, auch oben in Tusculum. Es ist, als würde er mich rufen, die Flecken auf seinem Antlitz … Ich reite immer auf die Via Appia hinaus. Dort gibt es einen Eichenwald bei der Kirche Sant' Urbano, die vom letzten Erdbeben halb zerstört ist. Dort ist niemals irgendjemand. Ich strecke mich auf dem Boden aus und spreche mit ihm. Manchmal scheint es mir, als würde er innehalten, um mir zu antworten …«

Vildericus war fassungslos. Er musste sehr an sich halten und das Lachen unterdrücken, das aus ihm hervorbrechen wollte, denn vor seinem inneren Auge hatte sich das Bild eines den Mond anheulenden Wolfes zusammengefügt. Sein Gegenüber war aufgestanden und begann, im Raum umherzugehen.

»Ich verstehe mich selbst nicht, denn ich habe mich an einen Menschen gewandt, der mich hasst.«

»Wenn Ihr mich meint, Eure Heiligkeit – ich hasse Euch keineswegs.«

»Und an jenem Abend, als du sagtest, du würdest mich gerne auspeitschen?«

»Ihr hattet mich herausgefordert, doch ich weiß, dass ich gefehlt habe.«

Der Papst musste diese Erwiderung überhört haben, denn er hatte sich wieder gesetzt. Er hielt das Gesicht in den Händen verborgen, um nicht noch mehr von dem preiszugeben, was ihn beherrschte und von dem Vildericus noch immer nicht verstanden hatte, worum es sich handelte.

»Ich habe ihm alles gesagt, und um mir zu zeigen, dass er mich verstanden hat, hat er eine kleine Wolke an sich vorbeiziehen lassen …«

»Was gesagt …«

»Dass ich mich seit diesem Abend wie ein anderer fühle.«

»Seit dem Abend des Festes?«

»Ist es deiner Meinung nach möglich, dass ein Mann ganz plötzlich spürt, dass er ein neues Leben lebt? Es kommt mir vor, als würde sich mein Inneres verändern. Wenn ich schlafe, träume ich schreckliche Dinge, aber jetzt nicht mehr. Ich weiß nicht, wie ich mich verhalten soll, denn an diesem Abend habe ich etwas entdeckt, das mir bisher fremd war. Dieser Gerardo de Saxo hat eine Tochter, die ihn an diesem Abend begleitet hat. Sie hat mich die ganze Zeit angesehen, und auch ich konnte die Augen nicht von ihr abwenden. Sie ist achtzehn Jahre alt, und jetzt sehe ich ständig ihr Gesicht vor mir, es lässt mich nicht mehr los … ihre langen Wimpern und ihre veilchenblauen Augen, ein außergewöhnliches Gesicht, ein Paradieswesen. Ich will sie bei mir haben, an meiner Seite. Und ich weiß nicht, was ich tun soll. Was soll ich tun, Vildericus?«

»Eure Heiligkeit, das Vertrauen, das Ihr mir entgegenbringt, ehrt mich, doch ich bin der am wenigsten geeignete Mensch, Euch einen Rat zu geben. Auf diesem Gebiet bin ich nicht bewandert.«

»Du bist anders als alle anderen hier drinnen in diesem Gefängnis aus vergoldeter Scheiße. Es gelingt mir nicht, sie aus meinem Kopf zu verbannen, verstehst du das? Du glaubst, ich hätte meinen Vater darum gebeten, Papst zu werden? Weit gefehlt! Nie, so etwas ist nie zuvor vorgekommen, es ist das erste Mal in meinem Leben, dass ich so etwas empfinde … Was meinst du, kann ich sie heiraten?«

»Sie heiraten?«

»Ich will mit ihr zusammen sein, ich will sie an meiner Seite haben. Was soll ich tun?«

Vildericus wurde gewahr, dass er nicht antworten konnte, denn der Papst stellte diese Fragen an sich selbst. Er war nur sein Spiegel, dazu abgeordnet, sich diese Sätze, diese Empfindungen anzuhören, um ihren Wert in der Welt draußen zu bezeugen. Und wer konnte dieses Außen, das diesem Bedürfnis entsprach, besser sein als ein unerfahrener, verschlossener und keuscher Mönch.

»Nun, nicht einmal einen Rat weißt du mir zu geben?«

»Euer Platz, Heiligkeit, ist zwischen Erde und Himmel. Ich fürchte, Ihr müsst Verzicht üben.«

»Verzichten?! Man hat gewünscht, dass ich Benedikt IX. heißen solle, doch ich bin immer noch Theophylakt von Tusculum. Ein Mann bin ich. Diese Hände sind die eines Mannes, diese Beine, dieses Herz, das hin und wieder aufhört zu schlagen, und die Empfindungen, das Begehren …« Er erhob sich und ging zu einer Zwischentür, dann rief er laut und zornig: »Elgarda, Elgarda!«

Die junge Gefangene erschien in der Tür.

»Sag diesem dort, sag ihm, ob ich dich in diesen drei Tagen berührt habe!«

Das Mädchen sah Vildericus an und schüttelte den Kopf.

»Hast du nun verstanden? Ich habe mich verändert, ich bin ein neuer Mensch, und alles dank eines so außergewöhnlichen Wesens.«

Er ließ sich wieder auf den Stuhl fallen, barg den Kopf in den Händen und begann zu schluchzen. Elgarda entschlüpfte schweigend, und Vildericus wusste nicht, was er tun sollte. Er überlegte, dass er eine Geschichte erzählen könnte: »Es war einmal ein hochmütiger und grausamer Knabe …«, oder die Stelle aus den Briefen des Paulus von Tarsus an die Römer vorlesen, die vom Fleisch, von der Begierde und von der Sünde handelten. Was für ein Zusammenspiel! Er musste sich mit einem Mann abgeben, der in seinem Innern gespalten war, von gewaltsamen und sentimentalen Trieben zerrissen, die ihn gefährlich und unberechenbar sein ließen, unwissend gewählt und zum Gefäß für das schrecklichste Übel geworden. Ihm jedoch, Vildericus, war nun dieser Brief an die Römer fern, wenn nicht gar fremd, wo es um den festgelegten Plan Gottes ging, der die Macht der Vorherbestimmung glaubhaft machte, und wo der Satz geschrieben stand, demgemäß er Erbarmen und Barmherzigkeit nach seinem Gutdünken verteilte. Paulus von Tarsus hatte auch das, was er geschrieben hatte, als sein Evangelium bezeichnet, und Vildericus wusste, dass genau diese Behauptung von einigen Häretikern herangezogen wurde und er sich also wieder einmal an einem Scheidepunkt befand. Benedikt IX. hatte seinen Blick auf ihn gerichtet und sprach zu ihm. Er bat ihn von neuem, ihm einen Rat zu geben, ihm zu sagen, was er tun solle. Und also sagte Vildericus mit dem Entschluss zur Vergeltung von Gleichem mit Gleichem und um jeglichen ketzerischen Bedenken zu entgehen: »In einem Brief des heiligen Paulus, der, wie Ihr sicher wisst, der Begründer unserer Theologie ist, steht etwas, das für Euch gilt: ›Alle Macht kommt von Gott, und alle Mächte auf Erden hat er eingesetzt, und daher gilt für alle, die sich gegen diese auflehnen oder ihnen widersprechen, dass sie sich gegen die von Gott festgesetzte Ordnung auflehnen oder ihr widersprechen, und sie ziehen den Bann auf sich, die Strafe oder den Fluch.‹ Nun, wenn ich mich nicht irre, so besitzt Ihr die größte Macht der gesamten Christenheit, und was immer Ihr zu tun beschließt, was immer Euch zu tun beliebt, niemand kann sich dagegen auflehnen.«

Der Papst sah ihn misstrauisch und ungläubig an.

»Das ist von Paulus? Hast du es für mich zurechtgestutzt, oder kannst du das auswendig?«

»Das ist genau das, was er geschrieben hat, Eure Heiligkeit. Zumindest ist es uns so überliefert.«

Benedikt IX. stand auf und nahm seine Wanderung durch den Raum wieder auf. Er hielt inne und sagte: »Ja, ich vergaß, dass ich über alle urteilen kann, und keiner kann über mich urteilen. Warte.«

Er ging zu dem Schrank, der hinter dem Schreibpult stand, öffnete ihn, nahm etwas aus einer silbernen Schatulle und kam zu Vildericus zurück.

»Hier nimm, du bist Gold wert gewesen.« Er gab ihm drei Goldmünzen.

»Nein, Eure Heiligkeit, wir Benediktiner dürfen nicht …«

»Du bist kein Mönch mehr, du bist ein hoher Beamter des

Heiligen Stuhls und schuldest mir Gehorsam. Und wenn du es wirklich nicht willst, so kannst du es geben, wem auch immer du willst. Oder du kannst es als Almosen verteilen. Nun aber geh.«

Vildericus spürte, wie ihm die Röte ins Gesicht schoss, doch er konnte nicht antworten, wie er gewollt hätte. Er senkte den Kopf und nahm die Münzen.

»Der Herr sei gepriesen, Eure Heiligkeit.«

Diese Röte auf seinen Wangen nahm er mit sich, bis er draußen war und den Palast verlassen hatte. Ein leichter Windhauch erfrischte die Wärme dieses sonnigen Frühlingstages. Welch ein freies Atmen war hier zwischen all diesen Menschen möglich, die vor den Ständen mit Kreuzen aus Holz, mit Kerzen, Süßigkeiten und kleinen Reliquien verweilten. Welch erholsame Ruhepause für die ineinander verworrenen Fäden seiner zerrissenen Gedanken! Fort vom Palast, von jenem erdrückenden und lächerlichen Mann, fort von der Einsamkeit.

An der Tür zu Doroteas Haus angekommen, klopfte er mehrmals, doch drinnen war kein Geräusch von Schritten zu vernehmen. Er dachte, dass er dies im Grunde hatte vorhersehen können. Sie mochte wohl irgendeine Verabredung haben. Hier zu warten, mit diesen drei Frauen, die dort vor ihren Häusern saßen und ihn anstarrten, war unerträglich, und er beschloss zu gehen, doch als er einige Schritte gemacht hatte, sagte eine von ihnen: »Junger Mönch, wenn du wirklich zu Dorotea willst, so kannst du sie vergessen. Die muss sich jemanden geangelt habe, der sie aushält. Doch wenn du eine halbe Stunde in netter Gesellschaft verbringen willst, so ist da auch meine Tochter, und die ist jünger als Dorotea.«

»Ich danke Euch.«

Er fühlte sich auf bittere Weise erleichtert. Diese Beziehung war eine Verirrung, und sein Einklang mit den Gelübden in Farfa und seine Keuschheit würden nicht mehr in Gefahr sein. Und als er mit raschen Schritten den Pfad unten am Palatin entlangging, beschloss er, zu beichten wie früher, vielleicht nicht so sehr den Reiz, den er zu verspüren gemeint hatte, als vielmehr die Erregung, die ihn beherrschte, und zwar nicht nur dann, wenn sie ihm nahe war, sondern auch, wenn sie fern war und sich in seinem Geist die zarten Bewegungen ihrer Gestalt ihren Weg bahnten, und auch die Sätze, die sie ihm gewidmet hatte, ihre Stimme, ihre Augen … Er musste stehen bleiben. Dieses Erlebnis war die Versuchung gewesen, in die das Böse ihn hatte führen wollen, und das war es noch immer: eine trügerische Gefahr, die den Vätern der Wüste wohl bekannt war. Er würde es schaffen, da war er sich sicher, er würde sie aus seiner Erinnerung löschen und sich von der verzweifelten Bitterkeit dieser Momente befreien.

## 36

Das Morgengrauen, die Mittagssonne und die Abenddämmerung der folgenden Wochen unterschieden sich kaum für Vildericus. Die Außenwelt hatte sich zurückgezogen und war zu einem fernen, gleichgültigen Schauspiel geworden, und er verharrte mutlos in einer fruchtlosen Melancholie, die ihm ein wenig Fieber und eine große Mattigkeit bescherte. Er verbrachte viele Tage im Bett, und die Mahlzeiten wurden ihm von den Gehilfen des Refektoriums gebracht. Er zwang sich zum Lesen, schlief wenig. Aller Wille war ihm abhanden gekommen oder hielt sich hinter dieser Unpässlichkeit verborgen. Diese Zeit brachte aber – von alldem abgesehen – auch ein Gutes mit sich, denn Graf Alberich starb in diesen Tagen, und Vildericus konnte so den prunkvollen Trauerfeierlichkeiten fern bleiben, die in der nahen Basilika abgehalten wurden. Dennoch wurde ihm davon berichtet, bisweilen von Protoscriniarius Bosone oder fast täglich vom jungen Omar. Nachrichten von außen erschienen ihm unwichtig, und die aus dem Palast begann er in sehr knapper Form in einer anderen Chronik aufzuschreiben, nur für sich selbst zur eigenen Erinnerung, auf kleinen Blättern, die er aus einem alten Pergament ausgeschnitten hatte.

Die erste Notiz trug das Datum des 29. Mai: Überführung des Leichnams Alberichs von Tusculum für die Trauerfeier und das Begräbnis. Es scheint, dass sich fast niemand an der Strecke des Trauerzuges durch die Stadt eingefunden hat. Benedikt IX. ist äußerst zornig, und sein Zorn entlädt sich in Anweisungen, die Abgabe von Lebensmitteln an die Bevölkerung einzuschränken und die Armenspeisung zu unterlassen. Die Folge: Die Unzufriedenheit steigt von Tag zu Tag, die Feindseligkeit den Priestern und Bischöfen gegenüber wächst – ein fruchtbares Feld für Glaubensrichtungen, die der Kirche fremd sind. Ob man das hier drinnen bemerkt?

10. Juni: Nachdem Heinrich III. nun die Postulate der Synode des 23. April kennt, ist er offensichtlich sehr aufgebracht, vor allem wegen der Anspielungen auf das Patriarchat von Aquileia und die offensichtliche Verurteilung des königlichen Vorstoßes. Er hat wohl bereits den Plan gefasst, nach Italien zu kommen, sobald er die Ungarn, die Lothringer und ihre Verbündeten in Flandern und Holland besiegt hat. Das sind Gerüchte, die rasch verfliegen, anderen hingegen wird nie widersprochen, und diese betreffen den Papst. Man spricht von nächtlichen Jagden und von Schändungen, sogar von dämonischen Handlungen. Sicherlich übel wollende Fantastereien, die jedoch offenbaren, wie verhasst Benedikt IX. ist und wie wenig geliebt auch hier drinnen, sogar von etlichen Mitgliedern seines Hofes.

20. Juni: Es geht mir besser, und ich stehe auf. Omar teilt mir mit, dass Benedikt IX. sich nach Tusculum zurückgezogen hat, um der Hitze zu entfliehen. Unerbittliche Temperaturen, mein Zimmer ist ein Ofen.

Eine lastende Hitze, kein Tropfen Regen seit dem Wolkenbruch im April. Die ganze Natur war geschwächt und verdorrt, und sogar der Wind vom Meer schien ermüdet zu sein und war heißer als die stille Luft, sodass Vildericus häufig am Tisch und sogar auf seiner Kniebank einschlief, wobei er sich in seinen umherschweifenden Erinnerungen verlor. Fragmente eines fernen Sutri ... er betrat den Stall, den sein Vater gebaut hatte, wo sich Nebbio befand, sein sanfter Esel, als eine Stimme flüsterte: »Aber wie kannst du nur so schlafen?!«

Vildericus öffnete die Augen und sprang verwirrt auf.

»Hildebrandus!«

»Mein einsamer Freund, seit einer halben Stunde bin ich hier. Ich habe erfahren, dass du meine Abwesenheit dazu genutzt hast, krank zu werden. Dieser Omar hat mir gesagt, dass er einen solchen Fall noch nie gesehen hat. Du seist gesund wie ein Fisch im Wasser, und dennoch habe es den Anschein, als würdest du gleich deinen letzten Atemzug tun. Auch jetzt ist dein Gesicht ... was ist dir?«

»Es ist diese höllische Hitze. Die macht mir reichlich zu schaffen.«

»Warum gehst du dann nicht nach Santa Maria, dort in den Zellen ist es kühler als hier.«

»Ja, du hast Recht, das werde ich tun. Doch für den Moment glaube ich, dass ich mich in die Bibliothek zurückziehen werde.«

»Gewiss, die Bücher halten die beschwerlichen Empfindungen von den Körpern fern!«

»Ich weiß es nicht, manchmal macht der Körper, das heißt der Geist, diese Empfindungen lebendig, zumindest die nicht beschwerlichen.«

»Beziehst du dich auf heidnische Bücher?«

»Auch auf unsere. Paulus irrte, als er den Leib mit dem Tod gleichsetzte.«

»Mit dem Tod des Geistes.«

»Der Leib Christi war lebendig. Er hat ihm gedient, er hat ihn in den Tempel gebracht und durch Galiläa und Samaria getragen; ohne seinen armen Leib hätte niemand seine Stimme vernommen, die Ermahnungen, die Tadel, und die Apostel hätten seinen Blick nicht gesehen ...«

»Er ist einem höheren Plan gefolgt, der für uns gemacht war, für unser Heil.«

»Und doch ist da eine Lücke in der Gedankenkette, die diese deine Sätze hervorgebracht hat und die unsere Religion absichert. Wenn du wüsstest, wie oft ich im Schlaf geglaubt habe, sein Antlitz zu sehen. Und ich gestehe dir, dass die Bilder und die Ikonen, die ihn zeigen, mir überhaupt nicht gefallen, denn in ihnen liegt etwas ... Beunruhigendes! Du spürst, dass du eine letzte Grenze überschreitest, hinter der das Mysterium wahrhaftig unerforschlich ist, und unser Glaube ...«

»Unser Glaube, nun, Vildericus?«

»Dieser Schrei zum Vater, dass er ihn verlassen habe.«

»*Eloi, Eloi, lama sabachthani.* Es ist richtig, keiner der Kirchenväter hat sich länger dabei aufgehalten. Auch wenn es die genauen Worte des Anfangs des zweiundzwanzigsten Psalms aus dem Alten Testament sind. Das scheint mir wirklich, du hast Recht, ein Abgrund für unseren Geist zu sein.«

»Dieser Psalm ist dem Evangelisten zu verdanken, der sich seiner bedient hat, doch sein Schrei muss diesen Sinn gehabt haben ... und seine wahren Worte, die vielleicht noch schrecklicher waren, sind verloren gegangen.«

Sie schwiegen beide, denn sie spürten, dass der Weg sehr steinig wurde, und außerdem war diese Unterhaltung für Vildericus gefährlich, denn jede Rede über Glaubensfragen konnte auf Abwege führen. Vielleicht musste man davon absehen, darüber zu sprechen, mit wem auch immer, vielleicht durfte man den Glauben nur in völliger Einsamkeit leben und musste sich in der Gemeinschaft, zu zweien, zu zehnt, zu tausend, in der Kirche und bei der Messe, darauf beschränken, das Evangelium ohne Vermittler und Erläuterungen zu lesen und anzuhören. Denn die Vermittler plusterten sich auf, und ein Wort der Wahrheit, das durch ihre Münder des Hochmuts und der Einfalt ging, wurde ein abgedroschenes Wort, der Niedergang des Geistes.

Hildebrandus sagte, dass er auf den Treppen und in den Gängen des Palastes niemanden getroffen habe und dass auch er Rom verlassen würde.

»Wegen der Hitze und um das Sommerfieber zu meiden, aber auch, weil ich Petrus Damiani kennen lernen will. Er lebt im Kloster von Fonte Avellana nahe bei Gubbio und hat wohl einige Opuskeln von außergewöhnlicher Strenge geschrieben.«

»Drei dieser Schriften, vielleicht seine Ersten, wurden vor einigen Jahren nach Farfa geschickt, zwei von ihnen behandeln die Orden der Mönche und Eremiten, die dritte ist eine Lobpreisung der Selbstgeißelung. Abt Suppone riet uns zur Lektüre dieser Dritten, doch das hatte nur zur Folge, dass es die Neugierde eines unserer Mitbrüder erregte, der schon zuvor durch einige überspannte Handlungen aufgefallen war: Er hat den Band gelesen, und nach einigen Tagen hat er sich in seine Zelle eingeschlossen und sich einen ganzen Tag lang blutig gegeißelt. Du kannst dir vielleicht vorstellen, in welchem Zustand er war, als wir ihn fanden. Jedenfalls ist die Strenge Petrus Damianis eine sehr eigene, eine außergewöhnliche Strenge, es heißt, er faste fünf oder sechs Tage lang am Stück.«

»Hältst du das für Übertreibung?«

»Aber nein, Hildebrandus! Er ist ein Mensch, der Bewunderung verdient. Ich könnte nie eine solche Charakterstärke aufbringen. Wie es auch immer sei, es bleibt die Tatsache, dass ein solcher Mensch recht fruchtbare Samen über diese Kirche von sezierten Gespenstern streut.«

»Und deshalb gehe ich dorthin. Komm mit mir! Denk mal, wie es für dich wäre, mit ihm zu disputieren!«

»Vor Petrus Damiani würde ich auf Knien und in Schweigen verharren. Mach aus mir nicht jemanden, der ich nicht bin. Suche mich lieber nach deiner Rückkehr auf, dann kannst du mir alles erzählen.«

Als er allein war, erinnerte sich Vildericus an den tiefen Eindruck, den dieser junge Geistliche stets bei ihm hinterließ: eine gespannte Kraft, geschmeidig, gewandt im Dienst eines zielgerichteten und strengen Glaubens und mit sehr genauen, persönlichen Absichten. Ein Gegenteil von ihm war jener Bettelmönch, der ihm jetzt wieder in den Sinn kam, Arnolfus, der frei war und arm, mit seinem fruchtbaren Glauben, der dem Korn des Weizens glich, das er auch auf den trockensten Böden aussäte.

Nach den Gebeten zur Vesper ging Vildericus zum Refektorium hinunter. Mit seinem Brot, einem Becher Wein und dem Löffel trat er zu seinem Platz, der sich im hinteren Teil des Saals, dicht an einem der acht Fenster, befand. Er hatte wenige Tischgenossen, etwa zwanzig, und die Bedienung war nur durch vier Personen sichergestellt, zwei Bedienstete, die an den Tischen servierten, ein Koch und eine Küchenhilfe. Vildericus aß fast immer dieselben Dinge, die extra vom Koch zubereitet wurden, der stets eine Frucht der Jahreszeit hinzufügte. Vildericus hatte wenig Appetit und war sehr müde. Wegen des sanften und schräg einfallenden Lichtes der tief stehenden Sonne, das durch das geöffnete Fenster auf sein Gesicht floss, hielt er die Augen halb geschlossen. Jemand zu seiner Rechten stellte die Schale mit der Gemüsesuppe vor ihn und daneben den Teller mit den Bohnen und dem Käse.

»Heute schickt Euch der Koch einige Aprikosen«, sagte die Stimme der Frau, die ihn bediente. Vildericus blickte auf, um zu sehen, wer da sprach, und ihm stockte der Atem. Es schien Dorotea zu sein, ihr Gesicht! Doch das Haar war schwarz.

»Wie geht es Euch, Vildericus?«, fragte die Frau.

»Dorotea!«

»Hier nennt man mich Susanna«, flüsterte sie ihm mit bebender Stimme zu.

Vildericus war so bewegt, dass er nichts sagen konnte. Er

senkte den Kopf, als würde er seine Gemüsesuppe prüfend betrachten.

»Kann ich Euch besuchen?«, fragte Dorotea.

»Ja, sicher, mein Zimmer ist im vierten Stockwerk, wenn Ihr links den Gang nehmt, so ist es das sechste Zimmer auf der rechten Seite, aber ich weiß nicht, ob ...«

»Kommt Ihr zu mir. Ich gehe bald nach Hause, ich muss Euch alles erzählen, kommt, wenn es dunkel wird, ich bitte Euch. Jetzt muss ich gehen. Ich erwarte Euch.«

Vildericus starrte immer noch in seine Schale, doch dann wandte er sich für einen kurzen Moment um und sah ihr nach, wie sie zur Küche ging. Er hatte sie wieder gefunden, sie hatte ihr Gewerbe aufgegeben. Der Wunsch, sie sprechen zu hören, war stärker als jede Ordensregel, jede Disziplin, jedes Gebot, jede Abwehr von Versuchungen, jede Sünde. Ihre dunkle Stimme mit diesem mütterlichen Klang. Er fühlte nichts weiter, als dass er ihr nah sein wollte, um ihrer Großherzigkeit zu lauschen und um sie aus der Ferne zu beschützen und aus der Ferne von ihr beschützt zu werden. Als er sich endlich zum Essen entschließen konnte, war die Suppe kalt und die Bohnen und der Käse zu einer überflüssigen Belastung für seinen zusammengekrampften Magen geworden.

Das Zusammensein an diesem Abend war, zumindest zu Beginn, von einer friedlichen, heiteren und liebevollen Stimmung geprägt. Dorotea erzählte ihm, dass sie Mitte des Monats Mai von Bosone geholt worden und als Köchin in dessen Haus eingezogen sei. Sie sei dort etwa drei Wochen geblieben, bevor sie, wiederum auf Vermittlung des Kardinals, in die Palastküche gewechselt habe, versehen mit einem neuen Namen und einer neuen Haarfarbe, zu der die Frau des Kardinals geraten hatte, um jene zu täuschen, die in der Vergangenheit ihre Kunden gewesen waren. Von der Küchentür aus habe sie ihn einige seltene Male gesehen, wenn er zum Refektorium herunterkam, doch erst heute habe sie gefragt, ob sie, da nur wenige Helfer zur Verfügung standen, die Bedienung im Saal übernehmen sollte. Sie sagte, sie sei sehr zufrieden, die Bezahlung sei nicht sehr hoch, doch sie genüge, um mit Würde zu leben, und niemand habe ihr bis jetzt ein Ungemach bereitet. Dann deckte sie den Tisch. Sie aßen schweigend, denn Vildericus war wie immer zerrissen zwischen der Freude, mit ihr zusammen zu sein, und dem Gefühl, die Verderbtheit zu streifen, die an zukünftigen Tagen aus zerstörerischen Begierden sickern mochte. Sie war sanft und freundlich wie immer, keine falsche Geste, kein derbes Wort, doch ihr Körper war bedeckt von der Wollust jener Männer, die sie besessen hatten, und in ihre Erinnerung waren all deren sündige Begierden eingeschrieben …

Sie erhob sich immer wieder, nahm die Teller, ging zum Herd, kam mit anderen Tellern zum Tisch zurück, aber wenn sie sich setzte, spürte er, dass ihr Blick auf ihm lag, auch wenn er sie nicht ansah.

»Ich habe vom Kardinal von Eurer Krankheit erfahren und dass Ihr Euch in Eurem Zimmer aufhieltet … und ich kann Euch gar nicht sagen, wie gerne ich Euch besucht hätte. Ihr habt ja mehr als die Hälfte der Forelle auf dem Teller gelassen … hat sie Euch nicht geschmeckt, oder habt Ihr keinen Appetit? Oder ist es etwas anderes?«

»Sie ist vorzüglich. Ihr müsst verzeihen, es ist nur so, dass ich abends immer wenig esse.«

Ihre Lippen öffneten sich zu einem leichten Lächeln. Sie sagte: »Kardinal Bosone hat mich gefragt, welcher Art unsere Beziehung ist.«

»Die Antwort wird ihm nicht gefallen haben.«

»Nein, nein! Dieser Mann hat Euch wirklich ins Herz geschlossen. Er wollte nur, dass ich ihm bestätigte, was er schon geahnt hatte. Es ist nur so, dass ich es eigentlich selbst nicht recht weiß.«

Der Widerstand brach sich ganz plötzlich seine Bahn. Er musste sich wappnen mit dem abweisenden Stolz, den seine

Pflichten erforderten, er musste sich zurückziehen, die Atmung zur Ruhe kommen lassen, um sich das Gelübde, das er vor seinen Ordensbrüdern und vor Hugo von Celano abgelegt hatte, wieder in Erinnerung zu rufen …

»Es ist nicht einfach … eine Freundschaft … ich bin nicht frei … wir sind Soldaten … oh, lasst mich nicht diese Dinge sagen müssen, Dorotea!«

»Ich träume viel, und der Traum, der immer wiederkehrt, ist der, in dem ich mich in Ravenna sehe, doch ich bin nicht allein, und wenn ich die Kirche von San Vitale betrete, so seid Ihr an meiner Seite.«

Eine erstickende, warme Welle überflutete ihn. Sein Geist wurde von diesem Bild umfangen, das seine männliche Eitelkeit herausforderte, ein zartes Bild, in das er eintauchen und sich mit seinen wachen Sinnen verlieren konnte, als könnte es ein Leben mit ihr geben und er könnte all das hinter sich lassen, was gewesen war, und IHN verleugnen und sich vor IHM verstecken … Die Frau hatte sich erhoben und die Teller zum Waschtisch gebracht, jetzt stützte sie die Arme auf.

»Ich muss Euch gestehen, dass ich glücklich bin, Vildericus. Ich bin glücklich, Euch hier zu haben, mit Euch zu sprechen … Ich weiß gut, dass ich nicht mehr sagen darf …«

»Ich hätte nicht kommen dürfen, Dorotea.«

»Warum sagt Ihr das? Habe ich Euch vielleicht gekränkt?«

»Ich gleiche einem, dem beigebracht wurde, wenig zu essen, und der diese Einschränkung als einzige für sich mögliche Art zu leben akzeptiert hat … Eines schönen Tages entdeckt er auf einem Tisch erlesene Speisen und dass er Hunger hat wie alle anderen auch … also geht er näher, streckt die Hand aus, doch dann zieht er sie zurück. Er kann die Speisen nicht anfassen, er darf es nicht.«

»Ich bin schon seit langem keine erlesene Speise mehr. Einmal in Ravenna hat uns unser Pfarrer das Stück von der Sünderin vorgelesen. Ich war wohl dreizehn oder vierzehn Jahre alt, und ich war gerührt und habe schrecklich geweint … Ich habe es Euch bestimmt schon erzählt, das Weib, das mit seinen Tränen seine Füße wusch, sie mit seinen Haaren trocknete und küsste.«

»Und dann sagte er zu ihr: ›Deine Sünden werden dir vergeben sein.‹ Ich, Dorotea, kann Euch Eure Sünden nur vergeben, wenn Ihr nicht anfangt, zu weinen und mir die Füße zu waschen.«

Sie lachten beide, plötzlich befreit und erleichtert, dann stellte Dorotea einen kleinen Honigkuchen auf den Tisch, sie aßen davon und waren froh. Und Vildericus wurde deutlich, dass er niemals die Pflichten seines Glaubens vernachlässigen würde, doch dass die Gefühle, die er für diese Frau hegte, erdrückend waren, dass sie jeden Teil seines Körpers ergriffen, jeden Teil seiner Haut … die Finger an seinen Händen wollten sich nach ihr ausstrecken, nach ihrem Körper, ihrem Mund, ihren nackten Armen, so sehr, dass sie es auf wundersame Art gespürt haben musste, denn sie sagte: »Ich wäre gerne Eure untertänige Dienerin. Ich würde Euch nie um etwas bitten, was Euch in Verlegenheit bringt … Ich weiß, dass ich Gefahr laufe, Euch nie wieder zu sehen, aber mein größter Wunsch ist …«

»Ich bitte Euch, Dorotea, ich kann Euch nicht weiter anhören …«

»… an Eurer Seite zu leben.«

»Ich bitte Euch!«

Die Frau setzte sich an ihren Platz, legte die Unterarme auf den Tisch, faltete die Hände, senkte den Kopf und murmelte: »Verzeiht mir. Doch Ihr dürft es nicht bereuen, hierher gekommen zu sein.«

»Nein, nein, das ist es nicht … aber Ihr müsst mich verstehen, Ihr müsst Euch meine Lage vor Augen führen. Ich glaube, ich habe die Grenzen meiner Pflichten überschritten. Als ich an die Tür von Farfa klopfte, wusste ich nicht, was ein Benediktinerkloster ist. Man sprach darüber als ein Ort großen Friedens und großer Ordnung. Mein Pfarrer bat mich, gut darüber nachzudenken, doch in jenem Moment hatte ich ein großes Bedürfnis danach. Die letzten Jahre in Sutri waren schrecklich gewesen. Als Heinrich II. zum ersten Mal nach Italien kam, haben Banden deutscher Deserteure die übelsten Plündereien in Tuszien und in der Sabina begangen, und sie kamen auch nach Sutri. Mein Vater wurde schwer verwundet, und sie haben uns fast alles Vieh weggenommen, den Esel, zwei Kühe mit ihren Kälbern und vier Schweine. Ein paar Jahre später hat uns der Grafbischof mittels einer gefälschten Eigentumsurkunde die Hälfte unseres Landes abgenommen, den fruchtbarsten Teil, den Olivenhain und den Weinberg ... Mein Vater wurde nicht wieder gesund, er sagte, Gott habe uns verlassen, und er starb am vierzehnten Juni 1021. Wenige Monate später heiratete meine Mutter wieder ... Deshalb bin ich nach Farfa geflüchtet. Die ersten Monate waren sehr schwierig. Frieden und Ordnung erwiesen sich in Wirklichkeit als harte Disziplin. Vorher war ich den Messen gefolgt, hatte Gebete und Litaneien wiederholt. Ich hatte Christus auf den Bildern gesehen, oder wie er mit seinem armen Leib an Kreuze aus Silber oder Holz genagelt war ... Aber dort im Kloster begann mein Geist sich auf ihn zu richten, ohne Holz oder Silber, und der Schmerz, den ich in mir trug, ist auf den Frieden in seinen Worten und auf sein unermessliches Leid am Kreuz getroffen. Und in diesem Moment habe ich fast alles von dieser herrlichen Ordensregel des heiligen Benedikt angenommen, die Demut, das Schweigen, den Gehorsam und ... die Keuschheit. Ich habe meinen Vater sehr geliebt, und vielleicht auch meine Mutter. Ich weiß, was Liebe ist, Dorotea, und seit ich Euch gesehen habe, als ich auf diesem Bett lag, habe ich tausende von Malen versucht, Euer Gesicht, Eure Stimme, die Farbe Eurer Augen zu vergessen ... Ihr müsst mir verzeihen ...«

Die Anspannung zwischen ihnen nährte sich aus dem Schweigen, dann bat Vildericus Dorotea, von ihrem Leben in

Ravenna zu erzählen, von den Eltern, auch von der Stadt und dem eigenartigen Phänomen, dass das Meer sich zurückzog, von dem er oft hatte sprechen hören, und von den mächtigen feudalen Erzbischöfen der deutschen Könige … Er verließ sie gegen Mitternacht.

## 37

*An Suppone von Trevi*
*Von Vildericus von Sutri*
*Am 4. September 1044*

*Der Friede sei mit Euch und mit allen meinen teuren Brüdern. Ich habe Euren Brief erhalten, und die herzlichen Äußerungen, die ich dort lesen konnte und die ich vielleicht nicht verdiene, haben mich mit Zuversicht erfüllt. Ihr fragtet nach meiner Arbeit am* Liber Pontificalis – *ich arbeite recht selten daran. Bisweilen verbergen sich die Ereignisse, die einer Niederschrift würdig wären, in den vielen Höhlungen einer Stadt wie dieser, doch es ist gleichermaßen schwierig, über sie zu sprechen, wie auch sie zu offenbaren und mit ausreichender Exaktheit zu verbreiten. Es handelt sich um bestimmte Gerüchte, die mit anderen vereint anwachsen und so den Boden für eine Stimmung von Ungewissheiten und üblen Vorzeichen bereiten. Insbesondere die, die den Crescentiern immer kämpferische und gewaltsamere Pläne unterstellen. Abgesehen davon herrscht kein Mangel an unerfreulichen Tatsachen. Der Handel mittleren und kleineren Ausmaßes, der während des Frühlings einen leichten Anstieg erfahren hat, ist wieder merklich zurückgegangen, wie es scheint; Pilger und Händler hat man im Juli und August nur wenige gesehen.*

*Zu den schlimmsten Vorzeichen zählt zwangsläufig auch das Elend des niederen Volkes, ein Elend, das noch immer unangefochten überall regiert und das sich häufig in Angriffen gegen die Geistlichkeit Luft macht. In den letzten Wochen konnten sich die Priester von*

*Santa Prassede und San Crisogono nur durch Flucht vor dem wütenden Ansturm der Gläubigen retten, in anderen Fällen wie in den Kirchen Sant' Eustachio und Santa Maria in Via Lata wurden die Messen vor leeren Bänken abgehalten. Es kommt jedoch noch schlimmer: In der Feindseligkeit gegenüber den Priestern beginnt man einen recht ernsthaften Streit um Normen, Pflichten, Riten und Dogmen unserer katholischen Kirche zu ahnen. Einen Beweis* ex negativo *dafür liefert der eine oder andere Prozess gegen Häretiker, der in einigen Fällen für die Beschuldigten mit Folterung und in einem mit dem Scheiterhaufen endete. Nun denke ich, dass man die Häresie auf keinen Fall gutheißen kann und darf und dass man sie so lange diskutieren muss, bis man Recht bekommt, doch ich frage mich, ob das Foltern oder das Verbrennen von Menschen bei lebendigem Leib, im Licht des Evangeliums gesehen, nicht die schwärzeste aller Häresien ist, ein Übel, von dem man in einer lichteren und für die Vergebung offenen Zukunft gewiss vergisst, dass es überhaupt hat geschehen können. Was unseren Papst betrifft, so ist er Rom lange Zeit fern geblieben. Er hat sich in der tusculanischen Festung von Monte Cavo aufgehalten. Seit drei Tagen befindet er sich wieder hier im Palast, hat sich in seine Gemächer eingeschlossen und will niemanden sehen.*

*Ich sende Euch von ganzem Herzen meine aufrichtigsten Grüße.*

## 38

Die letzten Septembertage erwiesen sich als barmherzig einer Stadt gegenüber, die in den drei Monaten zuvor von der Hitze versengt worden war, und vielleicht war auch deswegen die Brise, die aus dem Westen blies, heiter und erfrischte mit ihrem Meeresduft die vergoldete Wärme der Nachmittage. Vildericus fühlte sich wie neugeboren: In seinem Zimmer bei offenem Fenster lesen und arbeiten zu können war besser, als sich unten in der Bibliothek zu vergraben. Im Tagebuch, das er begonnen hatte, bezeichnete er mit dem Buchstaben »D« die Treffen mit

Dorotea. In Wirklichkeit waren es nur wenige, zwei in ihrem Haus und ein kurzer Besuch in seinem Zimmer, jedoch alle waren von einer leidenschaftlichen, aber verhaltenen Zärtlichkeit geprägt. Die vierte dieser Begegnungen fand am siebenundzwanzigsten Tag des Monats statt, als Dorotea ihm beim Verlassen des Refektoriums zuflüsterte, dass sie ihm etwas ganz Wichtiges mitzuteilen hätte.

So schrieb er also in sein Tagebuch: 27. September, Dienstag, mit D. im Wäldchen unterhalb der Porta Metronia beim Fluss. Sie hat seltsame Dinge in der Küche vernommen. Tommaso, der Koch, wohnt in der Nähe der Città Leonina. Seit zwei Tagen bemerkt er dort ein Kommen und Gehen von Männern, die er noch nie gesehen hat. Sie sind wie Bauern und Hirten gekleidet, doch seiner Auffassung nach sind es weder Bauern noch Hirten. D. hat von der alten Ariana, der Zauberin, gesprochen. Sie habe eine Krise und höre überall Schreie und Klagen und sähe für die nahe Zukunft einen Fluss mit Toten. Ich muss Bosone eine Mitteilung machen.

Als Vildericus an diesem Nachmittag zum Palast zurückkam, stieß er auf einen Diener Benedikts IX. Der Papst wünsche sofort seine Anwesenheit. Im Vorzimmer bat ihn Diakon Eriprandus zu warten; dass der Augenblick ungeeignet für eine Unterredung war, konnte man an dem aufgebrachten Tonfall hören, mit dem der erhabene Bewohner des Gemaches gegen jemanden wetterte.

»Es ist der Primicerius«, erklärte ihm der Diakon, »zum Glück nimmt er ihn aufs Korn.«

Die Priester und Diener der Kanzlei standen mit gesenkten Köpfen unbeweglich da, um zu verdeutlichen, dass sie nichts hörten. Die Tür wurde wütend aufgerissen.

»Ich will nicht! Ich habe keine Zeit! Wie soll ich Euch das nur klarmachen?! O Vildericus!«

»Aber, was sage ich ihm, Eure Heiligkeit?«, fragte hinter ihm der Primicerius.

»Dass er sich zum Teufel scheren soll! Komm herein, Vildericus.«

»Er ist in vollem Galopp von Kärnten gekommen, Eure Heiligkeit!«

Der Papst hatte den rechten Arm um die Schultern des Mönchs gelegt und schob ihn zur Tür, doch als dieser die deutsche Bezeichnung hörte, wandte er sich um und fragte, um wen es sich handele.

»Es ist Graf Eppenstein«, antwortete der Primicerius.

»Ich muss wichtige Dinge mit Vildericus besprechen. Sag ihm, er soll morgen wiederkommen.«

»Ist er ein Gesandter des Königs?«, fragte Vildericus.

»Ja, warum?«

»Ihr müsst ihn empfangen«, sagte Vildericus ruhig und fest.

»Auch du! Was ist das, eine Verschwörung!?« Indem er Vildericus freigab, begann er, im Vorzimmer umherzugehen.

»Ich weiß ohnehin schon, was er mir bringt. Nun gut, lasst ihn kommen. Ich will aber nur Vildericus dabeihaben.«

Als er die Saaltür hinter sich geschlossen hatte, sagte der Papst Vildericus mit leiser Stimme, dass er zu Gerardo de Saxo gehen und mit diesem die letzten Bedingungen für eine Hochzeit mit Angelica Maria, der Tochter, aushandeln müsse. Er habe eine Vollmacht verfasst, die Vildericus ermächtige, ihn zu vertreten. Er möge versuchen, diesen halsstarrigen Vater von seiner Bedingung abzubringen, dass er auf den Heiligen Stuhl verzichten solle, indem Vildericus ihm die Besitztümer offen lege, die Saxo dafür erhalten würde. Die Aufzählung läge bereit, fruchtbare Ländereien in der Campania und um Civitavetera herum und das Schloss von Celano. Er händigte sie Vildericus zusammen mit der Vollmacht aus. Es sei aber besser, wenn er die Liste auswendig lernte und sie Saxo dann Stück für Stück zum Fraß vorwerfe. Die eingesparten Güter würde er ihm, Vildericus, als Eigentum übergeben, als Gegenleistung.

Es klopfte, und Massilius ließ Graf Wilfred von Eppenstein

eintreten. Dieser verbeugte sich, um dem Papst die Hand zu küssen, und übergab ihm dann eine Pergamentrolle, die mit einem blauen Band mit den königlichen Insignien verschnürt war.

»Lies du, Vildericus.«

»Soll ich es übersetzen?«

»Ja, das ist besser.«

»Dem Pontifex Maximus und Universalpapst Benedikt IX. von Heinrich III., aus Gottes Gnaden König der deutschen Lande und im Begriff, mit den kaiserlichen Privilegien des Heiligen Römischen Reiches versehen zu werden, zum Wohle im Namen des Herrn. Wir wenden Uns an Seine Heiligkeit mit dem Wunsch, einige Unserer Betrachtungen über Fragen, die anlässlich Seiner kürzlichen Synode des dreiundzwanzigsten April erhoben worden sind, sorgfältig zu erwägen. Insbesondere eines hat Uns auf unangenehme Weise verletzt: die Einmischung der Römischen Kirche in die Beziehungen, die seit langer Zeit schon zwischen Unserem Haus und dem Patriarchat von Aquileia bestehen, vornehmlich die von Uns konfirmierte Unabhängigkeit bei allen Beschlüssen zur Behandlung von Fragen der Kirchenverwaltung in ihrem gesamten Einflussgebiet. Es ist Unser Wunsch, dass Er auf der Grundlage dieser Überlegungen auch in der Zukunft und im Fall, dass andere ähnlich geartete Zwiste entstehen sollten, darauf verzichten möge, mit einseitigem Vorgehen einzuschreiten. Und Wir versichern Ihm Unserer offenen Bereitschaft zur Zusammenarbeit für eine friedliche und einträchtige Beilegung jeglicher Schwierigkeiten. Der Herr möge Ihm Frieden und Gesundheit schenken.«

»Frieden!«, rief Benedikt IX. mit spöttischem Abscheu, und sein blasses Gesicht rötete sich vor Zorn. »Der hält mich wohl zum Narren, Euer König, mein edler Herr! Er wünscht mir Frieden, und unterdessen schickt er seltsame Pilgergestalten nach Rom, die, anstatt die Basiliken zu besuchen, sich in den Häusern der Familien Canapara oder Rufina verstecken – bei

Feinden der Heiligen Römischen Kirche! Meine Wachen werden ihm schon den Pilgerablass erteilen!«

Der Tonfall konnte dem Gesandten nicht entgangen sein. Nachdem Benedikt IX. sich ein wenig beruhigt hatte, befielen ihn jedoch die Zweifel, ob dieser etwas verstanden hatte, und er bat Vildericus, seinen Ausbruch ins Lateinische zu übersetzen. Vildericus beschränkte sich darauf, die Sache mit den falschen Pilgern in missbilligender Form auszudrücken, woraufhin der deutsche Graf behauptete, er wüsste nichts von einer solchen Operation und hielte das für eine Frucht wirrer Einbildungskraft. Nachdem Vildericus die Antwort übersetzt hatte, wurde ihm bewusst, dass diese Beziehung dabei war, in gefährliches Fahrwasser zu geraten. Daher wandte er sich an den Papst.

»Eure Heiligkeit, was werdet Ihr König Heinrich III. über diesen freundlichen Botschafter ausrichten lassen? Ich denke, dass seine Ausführungen mit angemessener Sorgfalt überprüft werden sollten und dass sein Angebot zur Zusammenarbeit recht kostbar ist.«

Nach einem Moment der Überraschung wurde dem Papst bewusst, dass die Frage und Vildericus' Ausführungen ihn drängten, die formalen Pflichten seiner Rolle einzuhalten.

»Ja, nun, dem Sinn nach kann er ihm dies ausrichten. Bis morgen wird er eine schriftliche Antwort haben. Sag ihm, dass ich hoffe, dass man ihm eine ihm angemessene Unterkunft gegeben hat.«

»Ja, Eure Heiligkeit«, erklärte Vildericus. »Er sagt, er sei sehr gut versorgt in den Unterkünften der kaiserlichen Garde hier in der Nähe, und er dankt Euch und erwartet morgen Eure Antwort an den König.«

Nachdem der Graf und der Primicerius den Raum verlassen hatten, dankte Benedikt IX. Vildericus für sein kluges Einschreiten, dann befahl er ihm, jene Kukulle überzuziehen, die er ihm vor einiger Zeit geschenkt hatte, damit er vorzeigbarer und ansehnlicher sei, und bat ihn, sich umgehend zu Gerardo de

Saxo zu begeben. Dieser wohne bei den Cavalli di Marmo in der Nähe der Ruinen der Thermen des Konstantin. Er selbst würde voller Unruhe den Ausgang dieser Unterredung abwarten. Vildericus sah davon ab, über Vorzeigbarkeit und Ansehnlichkeit zu streiten, und ging die Treppen hinab, langsam, weil er sich die Liste der Güter, die für das Mädchen eingetauscht werden sollten, vorsagte, damit er sie im Gedächtnis behielte. Doch er nahm etwas Ungewöhnliches wahr: Priester und Diener hasteten die Treppen hinauf und hinab, und über das Getrappel der vielen Füße legte sich ein ferner Gesang.

Das mittlere Portal war durch etwa vierzig Diakone und Beamte versperrt, die nach draußen blickten, wo einige Ritter der kaiserlichen Garde auf Pferden saßen. Die Litanei war jetzt deutlicher zu vernehmen: hunderte von Stimmen antworteten einem Vorsänger, der einen Psalm anstimmte; nur der Name Jesu war herauszuhören. Es handelte sich offensichtlich um eine Prozession, die sich dem Palast näherte. Vildericus sah ein Banner, das ein schwarzes Kreuz auf blauem Grund zeigte, und fragte sich, warum die Umstehenden einem für diese Stadt der Heiligen und der Prozessionen so gewöhnlichen Ritual mit gebannter Furcht begegneten. Er schob sich zwischen den Menschen hindurch, und als er die Tür durchschritten hatte, wandte er sich nach links, um diesem Zug auszuweichen, doch einer der Ritter stellte sein Pferd quer und zwang ihn, stehen zu bleiben. Es war Herbert; er beugte sich zu ihm herab, um ihm die Hand zu geben.

»Freund Vildericus, besser, du gehst zurück, schlimme Prozession, viele Männer mit Waffen, wir sind zu wenige für diese vielen Menschen.« Dann wendete er ganz plötzlich sein Pferd, zog das Schwert und rief: »Geh hinein, geh hinein!«

Vildericus war nicht schnell genug; das Tor, vor dem die Ritter sich im Halbkreis aufgestellt hatten, war bereits zugefallen, und er drückte sich gegen die Mauer. Der Priester, der die Standarte trug, und die vielen Frauen, die hinter ihm gingen, zogen sich ein wenig zurück, und aus der bis dahin dicht gedrängten Menge stürmten etwa dreißig Männer heran, die Stöcke und Nagelkeulen schwangen. Auch die zehn Wachen zu Pferde, die von der entgegengesetzten Seite herbeigekommen waren und sich zu den deutschen Rittern gesellten, konnten sie nicht aufhalten: Sie schoben sich langsam vorwärts, schrien aus Leibeskräften Unverständliches, bis ein einziger Satz hervortrat: »Tod dem Teufelspapst!«

Dann begannen einige aus den letzten Reihen, mit primitiven Schleudern große Steine zu katapultieren, die vor allem die Pferde trafen. Die armen Tiere bäumten sich auf und drehten sich auf der Hinterhand, was die Reihen der Ritter in Unordnung brachte. Die anderen begannen zu laufen und griffen an, und mit Geschrei auf beiden Seiten entbrannte ein Scharmützel. Es war jedoch nur von kurzer Dauer, da die deutschen Ritter, die besser bewaffnet waren und mehr Erfahrung hatten, mit diesen unvorbereiteten Kriegern rasch fertig wurden, und als Letztere sahen, dass neun Männer aus ihren Reihen gefallen waren, nahmen sie die Beine in die Hand, und die Menge zerstreute sich innerhalb weniger Minuten in alle Himmelsrichtungen. Eine der Wachen und zwei Pferde waren tot, ein anderes Pferd lag verletzt auf der Seite und trat beim letzten Aufbäumen im Todeskampf mit den Beinen ins Leere. Vildericus kniete neben der Leiche der Wache nieder, und nachdem er ihm das Kreuzzeichen auf die Stirn gemacht hatte, begann er, die rituellen Worte zu sprechen. Er zitterte – diese Tragödie der Menschen, die einander töteten, war furchtbar, und sie offenbarte, welches Gift in den Adern der Menschen floss. Als er die Augen hob, bemerkte er, dass sich die Hände von zweien der Angreifer, die neben der Statue des Konstantin lagen, noch bewegten, und er stand auf, um ihnen beizustehen. Doch jemand kam ihm zuvor: die schwarze Kutte eines Priesters mit rotem Bischofskragen. Es war Massilius, gefolgt von einer Wache. Vildericus lief ihnen nach.

»Bring es zu Ende«, befahl der Primicerius der Wache. »Auch beim anderen.«

»Ihr tötet niemanden!«, schrie Vildericus. »Sie müssen gerettet werden, nicht getötet!«

»Das ist ein Befehl!«

Vildericus stellte sich vor die Wache und sah hinter dessen Rücken Herbert näher kommen, riesenhaft auf seinem Pferd, fast so groß wie der bronzene Kaiser.

»Du, Wache, nimm dein Schwert weg!«

Massilius drehte sich um und machte vor lauter Schreck einen Satz zur Seite, dann wurde er weiß vor Wut.

»Wir sind Christen, keine Ungarn«, sagte der Ritter. »Wenn sie leben, mehr Nutzen. Du Priester, gib rechte Befehle.«

»Ich bin Bischof, ich bin der Primicerius!«

»Du, Bischof, geh! Wenn sie leben, mehr Nutzen.«

Vildericus beugte sich über denjenigen, der das meiste Blut aus einer fleischigen Wunde an der Seite verloren zu haben schien, und als er bemerkte, dass diesem das Blut auch aus dem Mund rann, versuchte er, den Kopf anzuheben, damit er nicht ersticke, doch es war zu spät. Der Mann konnte nur noch sagen: »Vergebt mir meine Sünden, denn ich bereue«, dann starb er. Der andere, der nicht so schlimm verwundet war, flüsterte: »Überlass mich nicht denen aus dem Palast, ich bitte dich. Die Kirche der Santi Marcellino e Pietro ist hier in der Nähe, dort in der Diakonie werden Kranke gepflegt. Wenn Ihr mir helft, kann ich laufen.«

Mit großer Anstrengung gelang es Vildericus, dem Kranken auf die Beine zu helfen, der sich auf ihn stützte. Das Getümmel und die allgemeine Verwirrung erlaubten ihnen, sich vom Palast zu entfernen, ohne dass jemand sie aufhielt. Herbert von Ulm folgte ihnen in gewissem Abstand, und als sie bei der Kirche angekommen waren, stieg er ab und half dem Mönch, den Verletzten in die Diakonie zu bringen. Sie übergaben ihn den Subdiakonen, die ihn aufnahmen, ohne irgendwelche Fragen zu stellen.

Als er von dort fortging, überlegte Vildericus, dass es an der Zeit sei, den Auftrag des Papstes zu erledigen. Und nachdem er sich von dem deutschen Ritter verabschiedet hatte, nahm er die Straße, die ihn zur Piazza dei Cavalli di Marmo bringen würde. Nach wenigen Schritten sah er jedoch, dass diese völlig verlassen war. Er drehte sich um: Herbert war noch da, auch er betrachtete die Leere, die alle Bewohner verschluckt zu haben schien, und er rief ihm nach, er solle zurückkehren. Dort lauere irgendwo Gefahr. Dann ließ er Vildericus hinter sich aufsteigen und trieb das Pferd Richtung Lateran.

Im Palast herrschte ein aufgeregtes Durcheinander. Vildericus hatte wahrlich keine Lust, Benedikt IX. zu sehen und nach irgendwelchen Entschuldigungen zu suchen, weil er Gerardo de Saxo nicht aufgesucht hatte, und Zurechtweisungen über sich ergehen zu lassen. Da war es besser, sich zu Bosone zu flüchten. Der Sekretär sagte ihm jedoch, dass dieser bei einer Versammlung mit vielen Männern sei, an der auch der Papst teilnehme, und zwei Beamte des Präfekten der Stadt seien ebenfalls soeben gekommen. Vildericus atmete erleichtert auf. Er konnte in Frieden in sein Zimmer zurückkehren, er, der keinem Untertan war, vielleicht ein wenig ausruhen, sich Dorotea vor Augen führen, wie sie noch vor wenigen Stunden an seiner Seite auf dem Bett aus Piniennadeln im Walde gesessen hatte. Die Existenz dieser Frau beschützte ihn, die Sünde war ein schlafender Bluthund. Es reichte schon, mit ihr zu sprechen, sie hin und wieder zu sehen, ihr Gesicht mit den lebhaften Augen und der sanften Art ihrer natürlichen Zärtlichkeit. Es genügte, sie zu streifen, ihren Duft einzuatmen – armer verirrter Mönch … »O Gott, mein Herr, hilf mir, umgib mein Herz mit Eis.« Er öffnete die Tür: Hildebrandus von Soana stand am Fenster, wandte sich um und lächelte.

»Stürmische Zeiten, was, Vildericus? Du bist vorhin ein großes Risiko eingegangen.«

Hildebrandus wusste immer alles, aber nichts vom Schrecken, der ihm in den Gliedern steckte.

»Wie geht es dir, ich habe dich bereits Monate nicht mehr gesehen.«

»Ich bin nach Fonte Avellana gereist, das hatte ich dir erzählt. Ich bin fast zwei Monate dort geblieben, ein steiniges Paradies, und bin vor drei Tagen zurückgekehrt.«

»Ich habe Durst, entschuldige, ich habe Wein hier, möchtest du auch welchen?«

Er ging zur Kommode, nahm die Flasche und zwei Gläser und schenkte ein.

»Ich sehe, dass Petrus Damiani dich nicht sonderlich interessiert.«

»Doch, sehr, du musst mir alles erzählen, aber in diesem Moment ... Kommst du von Santa Maria? Hat dir dein Onkel nichts erzählt?«

»Dass die Unzufriedenheit groß ist. Du brauchst dich wegen dieser Prozession nicht zu sorgen, solche Dinge sind hier schon immer geschehen. Seit Jahrhunderten verliert das römische Volk immer wieder den Kopf, und es hat ja auch seine Gründe. Das war zu erwarten.«

Schwere Schritte waren zu vernehmen, die sich näherten. Die Tür wurde aufgestoßen, zwei Wachen traten ein, und nachdem sie einen Blick in das Zimmer geworfen hatten, kehrten sie zur Tür zurück, knieten nieder und sagten: »Ihr könnt eintreten, Eure Heiligkeit.«

Benedikt IX. entließ die beiden Wachen und schloss die Tür.

»Soll ich hinausgehen?«, fragte Hildebrandus.

»Gewiss.«

Als sie allein waren, hielt der Papst einen Moment inne und betrachtete Vildericus.

»Ich wusste nicht, dass du ein Freund dieses Kerls bist.«

»Er ist der Neffe des Abtes des Klosters Santa Maria, das ich oft besuche.«

»Nun gut, nun gut. Natürlich nichts von Gerardo de Saxo.«

»Ich habe es versucht, musste aber umkehren.«

»Warum? Du bist ein Mönch, sie haben es doch nicht auf euch abgesehen, im Gegenteil, es scheint, als würden auch Mönche diesen Aufstand anheizen.«

»Aufstand? Spricht man von einem Aufstand?«

»Aber gewiss doch! Gegen die Kirche, gegen mich.«

»Aber wer macht diesen Aufstand?«

»Die Liste der Verdächtigen ist lang. Doch keine Sorge, wenn sie mir in die Hände fallen, dann werde ich sie nach slawischer Art pfählen. Du, Vildericus, du musst mir vielmehr die Antwort schreiben, die wir morgen diesem Deutschen geben müssen. Schreib, dass unsere Weisungen nicht Aquileia im Besonderen betreffen, doch mit all unserem Respekt und guter Zusammenarbeit … die ganze Leier, die du so gut beherrschst. In Ordnung? Für morgen früh, ich verlasse mich auf dich. Ich grüße dich. Und was Gerardo de Saxo betrifft, so lassen wir ein paar Tage verstreichen, bis sich die Wogen wieder geglättet haben. Und sprich vor diesem hochmütigen Priester nicht schlecht von mir.«

Hildebrandus von Soana kam etwas später wieder ins Zimmer zurück. Er hatte sich irgendwo versteckt, um dem Tusculaner nicht noch einmal zu begegnen.

»Was wollte er?«

»Er hat von einem Aufstand gesprochen.«

»Im Augenblick glaube ich nicht an einen Aufstand. Man müsste viel mehr Informationen haben, um etwas zu begreifen.«

Vildericus setzte sich auf die Kante seines Bettes.

»Nur zu, erzähl mir von Petrus Damiani.«

»Es war eine außergewöhnliche Erfahrung, Vildericus, glaub mir. Du müsstest ihn sehen. Es ist nicht einfach, versteh mich richtig. Die meiste Zeit verbringt er in seiner Zelle, und er kommt nur heraus, wenn er in ein nahes Kloster geht, um seine strengen Regeln unter den Mönchen zu verbreiten. Ich habe fast zwölf Tage warten müssen, bevor ich ihn sehen konnte, und ich kann dir sagen – welch ein Misstrauen! Er hasst die offizielle Kirche, der Klerus verursacht ihm Übelkeit, und dann ich mit meinem Gewand! Ich musste ihm die Studien, die ich betrieben habe, die Bücher, die ich gelesen habe, aufzählen! Nicht alle, natürlich. Für ihn existiert nur die Bibel, einige Teile aus dem Alten und dem Neuen Testament, die er auswendig kennt.«

»Von dem wenigen, was ich gelesen habe, erhalte ich den Eindruck, dass Petrus Damiani außerhalb der Welt ist. Die Kirche, die er sich wünscht, das heißt, eine Kirche von Heiligen, ist nur ein Traum.«

»In einem gewissen Sinn, ja! Doch das Licht, das von seiner visionären Kraft kommt, kann uns helfen, in der Finsternis zu gehen, die uns im Augenblick umgibt und die eine schreckliche Finsternis ist. Ich gebe dir ein Beispiel: Auf der Reise, die mich schließlich nach Fonte Avellana gebracht hat, musste ich einen Umweg machen, denn mein Onkel Enricus hat mir Briefe mitgegeben, die ich an einigen Orten in Tuszien abgeben sollte, besonders einen an Johannes von Galeria, der, als er erfuhr, dass ich dich kenne, mich bat, dir zu sagen, dass er mit großer Freude an dich denkt.«

»Ich danke dir.«

»Und gerade er, der, wie du weißt, kaum sein Haus verlässt, hat mich gebeten, zwei Klöster zu besuchen – nicht zu deinem Orden gehörig –, die von seiner Familie gegründet wurden, denen gegenüber er großes Misstrauen hegt. Nun, beim Ersten habe ich beim Schlag der Glocke zur sechsten Stunde Frauen das Haus verlassen sehen, deren Haar und Kleidung in Unordnung waren, eine davon war kaum bekleidet, fast nackt. Im Kreuzgang bin ich über drei völlig betrunkene Mönche gestolpert, die sich dort übergeben haben. Ganz zu schweigen von all diesen verheirateten Priestern oder jenen anderen, die sich statt einer ergebenen Haushälterin im Pfarrhaus eine Hure halten, oder, schlimmer noch, einen Jüngling, den sie wider die Natur benutzen. Du hättest Petrus Damiani hören sollen! Und dann auch noch der Ämterhandel! Gegen solche Abscheulichkeiten kann sein Traum uns eine große Stütze sein, eine Unterstützung darin, zu einer neuen Reise aufzubrechen, mit einer Kirche, die nicht eine Kirche von Heiligen ist, sondern eine Kirche von wahren, keuschen und klugen Priestern!«

»Die gute Herrschaft des Glaubens.«

»Was meinst du damit?«

»Hast du dich schon einmal nach dem Sinn unserer Ordensgründung gefragt, der Gründung durch den heiligen Benedikt? Jenem wahren, echten? Das bedeutet, sich von der Welt, der Unordnung und der lebendigen Apokalypse abzuwenden. Du kannst eine gute religiöse Ordnung erreichen, und vielleicht handelt es sich immer um einen halben Traum … aber der Glaube steht außerhalb einer jeglichen Herrschaft.«

Vildericus nahm den aufmerksamen Blick Hildebrandus' wahr, er maß ihn und wog ihn ab mit seiner gekonnten Orthodoxie.

»Es ist völlig überflüssig«, sagte Hildebrandus, »dass du zu Petrus Damiani gehst, vielleicht ist er strenger und visionärer in seiner Hingabe an den Leib und das Blut Christi, aber du … du hast ein scharfes, leuchtendes Schwert in deinem Geist.«

## 39

Am 9. Oktober nahm Vildericus die Niederschrift in seinem Tagebuch wieder auf: Die Lage ist ziemlich angespannt, Kämpfe, Fehden, gewalttätige Prozessionen, die in allen Teilen der Stadt ganz plötzlich aufflammen. Sogar auf dem Land vor den Toren Roms macht die Gewalt Trauben- und Weinfeste unmöglich. Hier im Palast wird jeder Tag als der Beginn einer allgemeinen Revolte gesehen.

14. Oktober: Ich frage mich, ob diese Stadt wirklich eine

Führung hat, denn jedes Stadtviertel scheint für sich zu entscheiden, und von den Edelleuten, die sich nur selten zu einem Senat zusammenfinden, von dem es heißt, er tage nur zum Schein, könnte man sagen, dass ihre einzige Funktion darin besteht, beständig heimlich Fehden zwischen den Anhängern der deutschen Könige und den Unterstützern des Papstes zu nähren. Besuch bei D.

25. Oktober: Besuch bei D. Seit drei Tagen hohes Fieber und Husten, Ariana pflegt sie mit Kräutern.

13. November: Brief an Suppone geschickt. Vermutlich steht eine Katastrophe kurz bevor. Besuch bei D. Sie ist völlig wiederhergestellt.

27. November: Bei den Zusammenstößen und den Tumulten, die sich überall entzünden, überwiegen die Anfeindungen gegen Benedikt IX. Er wird von vielen als anomales Wesen angesehen, das gefangen oder niedergemacht werden muss. Für die christliche Kirche und für Rom sind das Aussichten, die einem bösen Albtraum gleichen. Bin versucht, mich nach Farfa zurückzuziehen. Doch wäre das ein Ort der Zuflucht? Besuch bei D.

Die schlimmsten Vorahnungen bewahrheiteten sich am elften Dezember, einem Dienstag. Wie er es seit einigen Tagen zu tun pflegte, ging Vildericus zum Kardinal Bosone hinunter, der an einer schmerzhaften Gichtattacke litt. Es ging ihm jedoch besser, und er war im Begriff, seine Redseligkeit wieder zu finden.

»Ich bin neugeboren, Vildericus, ich könnte sogar tanzen. O mein Gott. Es sind nun wahrlich keine Zeiten zum Tanzen, sagen wir, ich kann mich dem Schlimmsten stellen, ohne zu klagen wie ein in den Wehen liegendes Weib. Und dies alles dank dem Kräutermönch von Santa Maria, das heißt, dank einer Pflanze, die er anbaut und die ihm der Gärtner, ein Slawe, geschenkt hat. Dieser hat viele Pflanzensamen mitgebracht, als er aus Bulgarien kam, darunter auch jene Pflanze, die … warte, hier habe ich es aufgeschrieben ... Colchicum, sehr beliebt bei den Byzantinern, die uns in Sachen Arzneien hundert Jahre voraus sind. Colchicum: Man sieht, dass diese Pflanze aus Kolchis kommt, einer Küstenregion in Kleinasien, die für einen alten Mythos bekannt ist. Ich weiß jedoch nicht, für welchen. Ja, ich kann sogar auch gehen ... doch für den dort oben bin ich noch krank, so muss ich mir nicht die Dummheiten des Primicerius und Präfekten und aller anderen anhören, und auch nicht ihre vorzüglichen militärischen Entscheidungen. Eine große Versammlung. Ich pfeife darauf.«

»Eine große Versammlung, weswegen?«

»Du weißt gar nichts, nicht wahr? In Santo Spirito in Sassia, am Fuß des Aventin und in der Nähe der Cavalli di Marmo sind Unruhen ausgebrochen.«

»Welche Art von Unruhen?«

»Banden von Dummköpfen, die die Unterkünfte der Soldaten angreifen. Zeitlich perfekt geplant, ein Plan von Menschen, die wissen, was sie tun, oder ein Plan der Crescentier, die auch Folgendes einberechnet haben, hör zu: Gestern Morgen ist die Truppe der deutschen Ritter der kaiserlichen Garde, da ihre Zeit hier in Rom vorüber war, nach Norden aufgebrochen, um auf der Via Romea mit denjenigen zusammenzutreffen, die sie ablösen sollen, und ihnen die Vorschriften zu übermitteln.«

»Aber gibt es richtige Kämpfe? Verletzte? Tote?«

»Das ist möglich. Ich habe schrecklichen Durst bekommen. Hol diese Karaffe, das ist ein guter, süffiger Roter, die Becher sind dort hinten, und lass uns auf das Schicksal dieser launenhaften Stadt anstoßen. Erzähl mir von Dorotea. Siehst du sie hin und wieder? Ich weiß, dass sie mit der Arbeit in der Palastküche zufrieden ist. Sie wird von allen dort geschätzt. Sie mag dich sehr gerne, das weißt du wohl?«

»Ja.«

»Willst du dich mir nicht anvertrauen?«

»Was sollte ich sagen?«

»Du lieber, dummer Junge! Sei nicht so streng mit dir! Halte das Leben fest, wenn sich das Leben dir anbietet!«

»Ich bitte Euch, Herr.«

»Der Schöpfer hat sie im Anfang als Mann und Frau geschaffen, und er sagte: Sie seien ein einziges Fleisch. Du erinnerst dich doch an Matthäus, den Evangelisten?«

»Ja, Herr.«

»Du wirst dich doch wohl nicht selbst zum Eunuchen machen, um das Himmelreich zu erwerben?!«

Vildericus' Ärger wurde durch die Freude, von Dorotea sprechen zu hören, besänftigt, und er erhob sich.

»Ihr müsst mich entschuldigen, aber …«

»Eines will ich dir noch sagen, dann tu, was du willst: Ich habe eine lange Erfahrung mit Frauen, die ich gesehen, gekannt, gehabt, geliebt und verlassen habe … und mit Huren. Nun, ich habe noch nie eine Hure gekannt, die es so überhaupt nicht in ihrem Inneren gewesen ist wie Dorotea. Gar nicht, verstehst du? Doch das Erstaunlichste ist, dass sie es nicht weiß, sie weiß nicht, dass sie ein Luftwesen ist, das mit außerordentlicher Ernsthaftigkeit versehen ist. Daher ist es gut, wenn du sie dir vom Leib hältst, doch sieh zu, dass du sie nicht als wohlwollende Freundin verlierst. Wohin gehst du nun?«

»Wenn es Kämpfe gibt, so wird es auch Verletzte geben. Vielleicht finde ich am Aventin bereits meine Brüder aus Santa Maria.«

»Geh nur, geh, das ist richtig. Der Herr segne dich.«

Hinunter bis zur Porta Metronia und dann nach rechts durch den Wald. Der Markt an der Via Appia hatte sich auf die Hälfte verkleinert, die Verkäufer räumten ihre Waren, Stände und Zelte wieder auf ihre Karren, und Männer und Frauen flüchteten in Richtung Porta San Sebastiano. Hinter den Ruinen der Porta Capena in der Nähe des Circus Maximus war eine große Ansammlung von Menschen, die sich der Niederung zwischen dem Abhang des Aventin und der Kirche Santa Maria in Cosmedin zuwandten und irgendeinem Schauspiel zusahen. Vildericus drängte sich durch die Menge und sah Gruppen von Männern, die aufeinander eindrangen, bewaffnet mit Schwertern und Piken, einige mit Schilden und Helmen, Soldaten, die in der Unterzahl waren. Wie wilde Katzen maßen sie einander mit Schreien und Beleidigungen, einige griffen in schnellen Bewegungen an, trafen sich in Einzelkämpfen und wichen ganz plötzlich wieder zurück. Vildericus näherte sich dem Kampfgetümmel, denn bereits aus einer gewissen Entfernung hatte er gesehen, dass einige Männer auf dem Boden lagen, andere wenige krochen langsam auf allen vieren oder auf den Ellbogen fort, um dem Kampf zu entrinnen. Ein Zuschauer rief ihm nach, er solle nicht weitergehen. Auch auf den abschüssigen Rängen der Arena unterhalb des Palatin standen gaffende Menschen, zwei Knaben hatten sich an den Obelisken geklammert. Vildericus kam zum ersten Verletzten, aus dessen Schulter Blut floss und der mit schon ersterbender Stimme wimmerte. Er versuchte, auf die Knie zu kommen, in der Hoffnung, Vildericus helfe ihm, aufzustehen, dann sank er wieder nieder, mit weit aufgerissenen Augen. Die Gebete hörte er wohl nicht mehr, er konnte noch »madre mia« sagen und starb. Ein anderer Soldat klammerte sich an Vildericus' Arm. »Bring mich fort«, sagte er, »ich flehe dich an.« Doch in diesem Moment wurden die beiden von flüchtenden Soldaten und Aufständischen, die diese verfolgten, zu Boden gerissen. Als es Vildericus endlich gelang, sich zu erheben, war er von drei Männern umringt, von denen einer ihn am Arm ergriff und die anderen fragte, was sie mit ihm machen sollten.

»Das ist ein Mönch aus dem Palast!«, schrie einer von ihnen. »Hängen wir ihn auf!«

»Seid ihr wahnsinnig?!«, fragte ein alter Mann, der sich genähert hatte. In diesem Moment sah Vildericus, dass sich hinter den bewaffneten Männern eine große Menschenmenge versammelt hatte und dass einige von ihnen mit Steinen nach den flüchtenden Soldaten warfen oder mit Schleudern auf sie zielten.

»Woher bist du?«, fragte der Alte.

»Aus dem Kloster Farfa.«

»Hängt ihn auf!«, schrien viele von ihnen.

»Seht ihr denn nicht? Er wollte doch nur den Sterbenden Linderung bringen.«

»Dort liegen Verwundete, ihr müsst ihnen helfen, auch wenn sie Soldaten des Präfekten sind«, sagte Vildericus, doch in diesem Moment sah er, dass die Bewaffneten den verwundeten Soldaten mit einem letzten Stoß ihrer Piken töteten. Er machte sich von den beiden, die ihn festhielten, los, kniete neben einem der Erstochenen nieder und begann zu beten.

»Dieser Mönch hat den Mut eines Löwen«, sagte der Alte, »wenn doch nur mehr Priester so wären!«

Jetzt drängte sich das Volk um ihn, auch Jünglinge, auch ein Knabe, und ein Stein traf ihn am Rücken.

»Werfen wir ihn in den Fluss!«

»Er tut nur seine Pflicht«, sagte der Alte, »lasst ihn gehen!«

»Der Herr sei mit Euch«, antwortete Vildericus. Er erhob sich, als er das Kreuzzeichen auf die Stirn des Toten gemacht hatte, und ging in Richtung Palatin. Der Rücken schmerzte von dem Stein, der ihn getroffen hatte, doch ein weiterer, größerer Stein traf ihn rechts am Kopf. Ein heftiger Schmerz durchzuckte ihn, Blut lief ihm über die Wange und die Lippen, und er fühlte, dass ihm die Sinne schwanden. Mit großer Anstrengung gelang es ihm, auf den Füßen zu bleiben, und er ging weiter. Er sah fast nichts mehr, und er würde es nicht bis zum Palast schaffen. »Herr, ich bitte dich, vergib mir meine Sünden, doch gewähre mir diesen Beistand.« Er glaubte, sein Kopf brenne. »Sie haben mich gesteinigt.« Er sprach einen sinnlosen Satz nach dem anderen. Wenn er einen Brunnen fände, so würde er seinen Kopf hineinstecken, er brauchte kaltes Wasser. Die Bilder wurden immer verschwommener, ein Fuß nach dem anderen, nur Mut. Er stützte sich auf einer Mauer auf, um sich zu übergeben, ging mit gesenktem Kopf weiter, sein Blick verschleierte sich. Der mit Gras bewachsene Boden, die ansteigenden Stufen, die zum hinteren Teil der Arena führten, drehten und drehten sich. Er fand sich mit dem Gesicht auf dem Boden wieder und hörte jemanden über sich schreien: »Wenn du den Knüppel nicht herunternimmst, so schneide ich dir die Kehle durch!« Er wurde unter den Achseln gepackt und hochgezogen. »Du musst gehen, Vildericus, ich bringe dich nach Santa Maria, nur zu … stütz dich auf mich … gut so.«

Als er die Augen öffnete, erkannte er am Licht, das durch das kleine Fenster kam, dass es ungefähr Mittag sein musste und dass der Himmel klar war. Der Schlaf zog sich langsam zurück, und Vildericus sagte mit leiser Stimme den vorgeschriebenen Vers auf: »Herr, steh mir bei, eile mir zu Hilfe«, doch der Sinn dieser Worte versank ins Vergessen, und er ließ ihn entgleiten und genoss freudig dieses behagliche Bett. Die Decken bereiteten ihm ein warmes Nest, und wenn er stillhielt und auf der linken Seite lag, so pulsierte das Blut in seinem Kopf nur wenig. Von den vorausgegangenen Tagen erinnerte er sich nur noch bruchstückhaft an die sich überlagernden Gesichter Hildebrandus' und des Kräutergärtners Ricardus. Gewiss war er es, der ihm immer ein kühles Tuch auf die Stirn legte. Ah ja, die Verletzung! Außerdem an die Augen des alten Abtes, der ihm unverständliche Worte zuflüsterte, und an die Milch. Die Milch war immer warm und schmeckte nach Honig und unbekannten Aromen. Wie viele Tage wohl vergangen sein mochten seit diesem Steinwurf, der ihn am Kopf getroffen hatte? Was mochte er in den kurzen wachen Augenblicken des Auftauchens aus dem Fieberwahn gesprochen haben? Er befand sich in einer Zelle, die größer war als die, die ihm sonst zur Verfügung stand. Die Glocken einer nahen Kirche begannen wieder zu läuten, das mochte Santa Sabina sein, aber wer hatte ihn verteidigt?

Wer hatte ihn gestützt und bis hierher gebracht? Und er sann über die mysteriösen Schritte jenes Schicksals nach, das ihn vom Circus Maximus nach Santa Maria gebracht hatte, die Schreie, der Kampf, die Toten, die Verwundeten, der Angriff, ähnlich jenem Versuch, ihn zu vergiften, vor vielen Jahren am selben Ort ... Wem auch immer er seine Rettung verdankte, wie er sie damals Dorotea verdankt hatte, er war bereit, ihm sein Leben zu geben, so wie er es in anderen Momenten Christus gegeben hatte. Er konnte die Augen nicht offen halten ... da war die herrlich blühende Wiese vor seinem Haus in Sutri, es machte nichts, dass man sie in einem ekelhaften Rosa angemalt hatte; jemand hatte die Eiche seines Vaters gefällt, es hilft nichts, umherzuschauen, die Eiche ist verschwunden. Und wenn er sich in seinem Bett neben der Tür zum Dachboden zusammenrollt und sich unter den Decken versteckt, ist er wahrhaftig allein. Er hört sein Weinen, eine Hand will die Decken wegziehen, doch er hält sie fest, diese Hand einer Frau, hinter deren Gestalt der Schatten seines Vaters zu sehen ist ... Schmerz und Schutz in diesem Dunkel ... in Erwartung einer anderen Hand ...

»Du hast kein Fieber mehr«, sagte Ricardus, der Kräuterkundige, und nahm die Hand von seiner Stirn. »Somit kannst du jetzt mehr essen, auch vielleicht einen guten Fisch. Ich werde ihn dir braten lassen. Und ich habe dir hier einen süßen Fladen mitgebracht.«

Vildericus sah ihn verstört an, noch halb im Traum gefangen, der sich aus dem Haus in Sutri zurückzog und ihn dem beruhigenden zarten Duft von Lavendel überließ ...

»Es riecht nach Lavendelwasser.«

»Ja, so etwas Ähnliches, ich bereite es zu. Ich habe es dir hierher gestellt. Es beruhigt die Nerven und verleiht einen ungestörten Schlaf.«

»Welcher Tag ist heute?«

»Der einundzwanzigste Tag des Dezember, ein Freitag.«

»Also … zehn Tage, seit zehn Tagen bin ich hier!«

»Ja, so ist es. Hildebrandus hat mir gesagt, dass sie über dich gesprochen haben, oben im Lateran. Der Primicerius hat dich suchen lassen. Der Einzige, der wusste, wo du warst, ist Kardinal Bosone gewesen. Er hat Hildebrandus gebeten, dich von ihm zu grüßen, und dass er hoffe, dich bald wieder zu sehen, doch ohne Eile.«

»Zehn Tage! Und Nuvola, mein Pferd! Zehn Tage ohne mich! Ich gehe fast jeden Morgen zu ihr, füttere sie, striegele sie, denn sie mag die Stallknechte nicht … Zehn Tage!« Und vielleicht sorgte sich Dorotea um ihn. »Und der Aufstand? Was ist geschehen?«

»So einiges. Sie haben auch den päpstlichen Palast angegriffen, und es ist ihnen gelungen, einzudringen. Sie haben das untere Stockwerk verwüstet und versucht, alles in Brand zu stecken, indem sie einen Vorhang in einem Saal angezündet haben, doch dann hat man sie verjagen können. Sie hassen Benedikt IX. und seine Familie auf den Tod.«

»Aber wer hat mich gerettet? Wer hat mich hierher gebracht?«

»Er steht vor der Tür. Soll ich ihn eintreten lassen?«

»Aber gewiss doch, ich bitte Euch.«

Bruder Ricardus ließ einen Mönch mit einer Kutte in der Farbe von Sackleinen eintreten, dessen Gesicht ihm bekannt vorkam.

»Erinnerst du dich an mich, Vildericus?«

»Du bist …« Er hatte ihn wohl schon an seinem Bett stehen sehen. »… auf der Straße nach Spello …«

»Vor sechs Jahren.«

»Der Wandermönch! Arnolfus!«

»Kein schlechtes Gedächtnis.«

»Euer Freund«, warf der Kräuterkundige ein, »ist bereits mehrere Male gekommen, um Euch zu sehen. Er hat mir auch eine Salbe gegeben.«

»Die Ihr richtigerweise nicht benutzt habt«, erwiderte Arnolfus, »denn ich weiß sehr wohl einiges über Kräuter und Wurzeln, doch manchmal probiere ich neue Mischungen aus, mit fatalen Folgen. Jene Salbe hingegen, die Ihr benutzt habt, ist die richtige, Rhabarber, Zitronellengras, Melisse und vielleicht Reiherschnabel, welches ein hervorragendes blutstillendes Mittel ist.«

»Im Großen und Ganzen ist es das, meinen Glückwunsch!«

»Arnolfus, du warst das also!«

»An diesem Nachmittag habe ich mich am Fuß des Aventin befunden und die Vorgänge dort beobachtet. Ich habe dich gesehen, ich habe alles gesehen, und so bin ich dorthin gelaufen, um diesen freundlichen Menschen zu sagen, wer du bist, doch ich habe es nicht geschafft und bin dir gefolgt, falls noch einer dieser Dummköpfe dich angreifen sollte. Und tatsächlich hat einer es versucht, aber es ist ihm nicht gelungen.«

»Ist es meine Erinnerung oder ein Traum? Dass du ihm angedroht hast, ihm die Kehle durchzuschneiden?«

»Die Prahlerei hat ihren Zweck erfüllt; ich hatte nur ein hölzernes Messer.«

»Sechs Jahre! Was hast du in all dieser Zeit getrieben?«

»Kennst du die Affen der Gaukler? Etwas in der Art.«

»Und wer ist dein Gaukler?«

»Unser Herr Jesus Christus, natürlich. Er lässt mich hierhin und dorthin springen, und manchmal, wenn ich es nicht richtig mache, dann zieht er an der Leine, doch er weiß, dass ich für ihn zu jedem Luftsprung und zu jedem Wort bereit bin. Wie diese Römer, doch ohne unseren Herrn! Sie preisen den einen, dann kommt der Schirokko, und sie wechseln zum Nächsten, sie tanzen immer auf mehreren Hochzeiten, sie sind Drückeberger und zu jeder Niedrigkeit bereit, und so ist es auch nicht erstaunlich, wenn der allgemeine Glaube ein Krug voller falscher Wunder ist. Magien zu vier Soldi, Ränke, Aberglauben und viele neue Kirchen, die fast immer leer sind. Früher einmal gab es wenigstens die Tribunen. Jetzt sitzen einem die Schurken im Genick und das Elend im Magen. Mit der einzigen Ausnahme dieser untadeligen Mönche der Sekte von Cluny.«

»Du wirst mir doch nicht erzählen, dass du Sehnsucht nach einem Kloster hast!«

»Da würde ich lieber Petrus Damiani folgen, den man dort oben die ›Vogelscheuche‹ nennt, aber vielleicht nur auf einem Spaziergang.«

»Sag mir, was dort draußen geschieht.«

»Willst du die Chronik oder die Vorhersage?«

»Beides.«

»Die Chronik besagt, dass die Auseinandersetzungen beendet sind, die Vorhersage, dass sie bald wieder beginnen werden.«

»Weiß man etwas vom Papst?«

»Man weiß sogar zu viel von ihm. Auf dem Platz bei den Thermen des Diokletian gibt es einen Bänkelsänger, der gegen Abend die Saiten seiner verstimmten Laute zu zupfen beginnt und seine Strophen über einen gewissen namenlosen König singt. ›Es war einmal ein König‹, so beginnt er, und die ihm zuhören, wissen genau, um wen es geht, und er lässt nichts ungesagt: nämlich dass jener nächtens in die Wälder ging, um sich an jungen Mädchen zu vergehen oder Zusammenkünfte mit dem Teufel abhielt, und dass er auf jeden Handel den Zehnten nahm und dass eines schönen Tages die Untertanen, dieser Schändlichkeiten müde und unentschlossen, ob sie ihn pfählen, hängen oder ihm den Kopf abschlagen sollten, ihn vom Tarpeischen Felsen stürzten. Die Wachen haben mehrmals damit gedroht, ihn den Richtern zum Fraß vorzuwerfen, doch ohne Erfolg, denn sie wissen, dass sie nichts in der Hand haben, um ihn einzusperren. Die Römer schreiben ihm auch Sünden zu, die er vielleicht gar nicht begangen hat, und die Crescentier haben keinerlei Schwierigkeiten, sie aufzuhetzen. Doch ganz gewiss wollen die meisten Menschen in dieser Stadt, dass er sich fortschert. Vielleicht würde es genügen, wenn er Gold verteilte. Ja, die Dinge entwickeln sich eher schlecht für ihn.«

Vildericus hatte sich auf die rechte Seite gedreht und schloss die Augen. Als er sie wieder aufschlug, war es Nacht, Arnolfus war gegangen, und auf dem Tisch stand eine vollständige Mahlzeit, die bereits kalt geworden war. Er aß mit Appetit, stand auf, sah, dass seine Wäsche und seine Kutte über einem Stuhl hingen, und zog sich an. So aufrecht stehend spürte er nur eine leichte Schwäche in den Beinen, doch sein Gleichgewicht war gut, und die Bilder verschwammen nicht mehr. Er berührte seine Wunde – kein Schmerz unter dem Druck der Finger. Vielleicht konnte er am nächsten Tag in den Palast zurückkehren. Er setzte sich auf den Rand des Bettes und versuchte, im Geist den Psalm zur Vesper aufzusagen, den Psalm einhundertneun, der mit »Gott, mein Ruhm, schweige nicht ...« beginnt. Doch sein Sinn war ausgehöhlt, ihm war, als wäre er an einem anderen Ort. Die Wahrheit entzog sich ihm und strich vorsichtig um das Kloster herum. Diese enge Bindung an die Ordensregel brachte ihn langsam in Schwierigkeiten ... die sich sogleich in einem Gesang auflösten, den er, zunächst noch entfernt, vernahm. Ein Gesang vieler Stimmen, der mit Freudenschreien durchsetzt war, und Stimmen, die sich in größerer Nähe laut hinzugesellten. Er öffnete die Tür seiner Zelle und stieß mit dem Prior zusammen. »Ich gehe nachsehen. Es scheint, als würden sie überall singen und schreien.« Vildericus ließ die Tür offen stehen und ging zum Bett zurück, um sich zu setzen. Da die Nacht kalt war, legte er sich wieder unter die Decken. Ein Schwindel ergriff ihn – er war in Farfa, er war in Santa Maria, im Lateranpalast, er war bei Dorotea, er drehte sich nach allen Seiten, ein Kreisel, der zusammen mit der Vergangenheit und der Gegenwart verschwand. Sein Name löste sich von ihm ab, er trug die Maske eines Menschen ohne Identität. Der Prior kehrte zurück.

»Benedikt IX. hat Rom verlassen und ist nach Tusculum geflohen! Da sind aberhunderte von Menschen mit Fackeln, die singen. Vildericus! Hast du gehört!?«

»Benedikt IX. ... Ja ... Wie lange wird er dort bleiben, in Tusculum?«

»Ein neuer Papst wird gewählt, so sagen alle. Es wird immer schlimmer.«

»Gewiss. Ich kenne ihn, er kehrt zurück ...«

»Warum bist du angekleidet? Willst du fort? Fühlst du dich gut?«

»... und es wird schlimmer sein als zuvor ... Ja, ich dachte, morgen vielleicht.«

Nachdem er sich am folgenden Tage von Abt Enricus verabschiedet und sich bei ihm und dem weisen Kräuterkundigen bedankt hatte, wollte er Eutimio Ghersic, den bulgarischen Bogomilen, wieder sehen, er wollte mit ihm sprechen; die Lehre, die man selbst erhalten hatte, einer anderen entgegenzusetzen, war das Salz des menschlichen Geistes. Er hatte die ganze Nacht darüber nachgedacht, doch er fand ihn nicht. Er verließ Santa Maria und ging langsam zum Lateran.

Auf den Straßen war ein Gedränge wie beim Tod Johannes' XIX.

Er fand sich in der Schreibstube von Primicerius Massilius ein: Die beiden Priester, die dort Sekretäre waren, teilten ihm mit, dass dieser nach Preneste gereist sei. Dann begab er sich zu den Gemächern des Papstes: Dort war niemand. Kardinal Bosone war ebenfalls nicht da, weswegen er sich, nachdem er seiner Pflicht, seine Vorgesetzten aufzusuchen, Genüge getan hatte, mit großer Erleichterung in sein Zimmer zurückzog. Was die Niederschrift der Ereignisse dieser Tage betraf, so dachte er, dass in solch aufgewühlten Zeiten ihm niemand etwas mit Gewissheit sagen könnte, und er stellte sich vor, ruhige, geordnete Tage mit den Gebeten, die die Ordensregeln vorschrieben, mit ein wenig Lektüre und im Refektorium verbringen zu können.

Doch er täuschte sich: Nach kaum einer Stunde klopfte es an seiner Tür.

Es war Diakon Eriprandus, ein unerwarteter Besucher, und unerwartet war auch eine gekünstelte Freundlichkeit, die in seiner Begrüßung und in seinen ersten Worten lag. Er fragte nach Vildericus' Verletzung, bestätigte, dass Benedikt IX. hatte fliehen können und die anderen verschwunden waren. Schließlich fragte er ihn, ob er schon begonnen habe, die Schilderung der Ereignisse dieser Tage für die päpstliche Chronik aufzuschreiben.

»Außer dem, was ich am elften Dezember gesehen habe, weiß ich nichts.«

»Gerade deswegen bin ich gekommen.«

»An einem der nächsten Tage will ich mit dem Präfekten sprechen, vielleicht schon morgen.«

»Es hat keinen Sinn, zu ihm zu gehen. Er würde Euch seine eigene Version erzählen: dass seine Wachen den Aufstand niedergeschlagen hätten, dass die Stadt ruhig sei. Er würde Euch falsche Tatsachen berichten, und ich weiß, dass Ihr nicht geneigt seid, die Unwahrheit zu schreiben. Abgesehen davon, warum sollte Benedikt IX. sich denn davongemacht haben? Nun? Vertraut mir, die Wahrheit ist eine Einzige: Die Aufständischen haben die Oberhand gewonnen. Es waren tausende, und sie waren sehr gut organisiert.«

»Organisiert? Von wem organisiert?«

»Nun hört einmal, das wisst Ihr nur zu gut: von den Crescentiern. Eine große, vornehme Familie, die Rom ehrenwerte Päpste und Konsuln gegeben hat, die die Stadt vor der Überheblichkeit der deutschen Herrscher bewahrt hat und die vom Volke sehr geliebt wird.«

Vildericus sah diesen jungen Mann bestürzt an. Er war einer der Zöglinge des Tusculaners, einer seiner Lieblinge, und er konnte sich nicht zurückhalten.

»Aber Ihr wart doch ein Vertrauter Benedikts IX.!«

»Gezwungenermaßen, mein Freund, aufgrund einiger betrüblicher Begebenheiten in meiner Familie. Wenden wir uns der Gegenwart zu: Ihr müsst Zeugnis über die wahren Gründe des Aufstandes und seines erfolgreichen Ausgangs ablegen. Das Volk und die edelste der römischen Familien haben nach zweiunddreißig Jahren geduldigen Ausharrens das Ende einer Schande und einer ehrlosen Familie beschlossen, indem sie das Banner des Römertums und der Ehre gehisst haben. Ich werde Euch alle Einzelheiten der Zusammenstöße geben, die Orte, die Tage, die Triumphe.«

»Also seid Ihr der Auffassung, dass der Aufstand beendet ist.«

»Sie müssen noch die Trasteverianer verjagen, das ist Sache eines Tages, und sofort danach wird der neue Papst gewählt werden. Wenn Ihr es wünscht, so werde ich Euch mit Gabriello Crescenzi bekannt machen, dem wahren Urheber des Aufruhrs und seines glücklichen Ausgangs. Ich werde Euch die Einzelheiten berichten. Gott wird Euch dafür belohnen.«

Ein Opportunist, der seine Fahne in den Wind hielt und sich mit ihr drehte! Was für Menschen wurden in dieser Kirche herangezogen! Abgesehen von den Brüdern in Farfa und den verbündeten Klöstern, von den Mönchen des Klosters Fonte Avellana und einigen anderen, würde der Herr fast alle, von den Subdiakonen bis zum Papst, direkt in die Hölle stoßen. Er hatte gesagt: Lernt von mir, dass ich sanft und demütig im Herzen bin. Sie kannten ihn nicht, oder sie hatten ihn vergessen.

## 40

*An Suppone von Trevi*
*Von Vildericus von Sutri*
*Am 19. Januar 1045*

*Ich weiß, dass Ihr von Abt Enricus über die Auseinandersetzungen im Dezember und von der Flucht des Papstes unterrichtet wurdet.*

*Seit damals ist die Stadt sich selbst überlassen, und im Morgengrauen des 11. Januar wurden die Kämpfe wieder aufgenommen: Eine bewaffnete Menschenmenge, von einer Truppe tusculanischer Ritter begleitet, hat sich nach San Pietro begeben. Zugleich sind die Wachen, die dem Präfekten treu geblieben waren, auf die Ponte Elio gezogen, um die möglichen Angriffe der Soldaten der Crescentier zu verhindern, die sich im Mausoleum festgesetzt hatten. Dieser Plan ging von der irrigen Überzeugung aus, dass die Angriffe ausschließlich von den Crescentiern drohen, doch in Wirklichkeit haben tausende von römischen Bürgern aus allen Teilen der Stadt den Aufständischen geholfen. Und daher hat es bittere Kämpfe gegeben, insbesondere die in der Gegend der Kirche Santo Spirito in Sassia haben drei Tage angedauert. Man spricht von 225 Toten, über die man Gewissheit hat, und nahezu der dreifachen Anzahl an Verwundeten. Die Niederlage der Tusculaner wird nicht zum Frieden führen. Die Sieger beabsichtigen, einen neuen Papst zu wählen, und Benedikt IX. denkt nicht daran, sein Amt niederzulegen. Die Crescentier und die anderen befreundeten Familien scheinen sich auch bereits über die Person verständigt zu haben, die gewählt werden soll, ein gewisser Johannes von Vetralla, Bischof von Sabina.*

*In diesem Moment hoffe ich nur, dass der neue Papst sein eigenes Gefolge in den Palast mitbringt und somit dem Schreiber dieser Zeilen Gelegenheit gibt, die Große Hure zu verlassen und in sein geliebtes Farfa zurückzukehren.*

*Ich grüße Euch und alle meine Brüder von ganzem Herzen.*

## 41

Vildericus wusste, dass er am Ende seines letzten Briefes an Suppone gelogen hatte. Würde er je nach Farfa zurückkehren? Und die Wirrnis in seinem Innern? Wenn diese sich zumindest so weit ordnen ließe, dass er die Natur seiner widersprüchlichen Wünsche erkennen könnte. Ein Spinnennetz, ein Tropfen

Harz, an dem er kleben blieb: Diese Vorstellung war ihm in letzter Zeit mehr als einmal gekommen, wenn er versuchte, sich von den Gesängen der römischen Sirenen loszureißen. Eine von ihnen war sicherlich Dorotea mit ihrer mütterlichen Verheißung, doch da war noch etwas anderes, und das hatte mit dieser Stadt zu tun, mit ihrer verblühten Schönheit, mit der Vielfalt ihrer menschlichen Beziehungen, und im Grunde auch mit der beklagenswerten Tatsache, dass es zwei Päpste gab.

Der neue, der sich den Namen Silvester III. gegeben hatte, ließ sieben Tage verstreichen, bevor er den Lateranpalast betrat, und auch danach noch bevorzugte er den kleinen Palast neben der Basilika San Pietro, um in der Nähe des Mausoleums des Hadrian, der Festung der Crescentier, sein zu können. Auf deren Drängen entließ er den Präfekten und Primicerius Massilius, den er durch Diakon Eriprandus ersetzte. Den Vormittag des Tages, an dem die Wahl stattfand, hatte Vildericus mit seinen Ordensbrüdern im Oratorium von Santa Maria und im Garten mit dem bulgarischen Gärtner verbracht, den Nachmittag im Haus Doroteas. Dabei hatte er kaum ein Wort gesprochen, höchstens ein Ja oder ein Nein, denn die Tatsache, dass er ihr verheimlichte, dass er eine Rückkehr nach Farfa in Betracht zog, hatte ihn in eine erschöpfte Anspannung versetzt. An den folgenden Tagen blieb er in seinem Zimmer, um die Aufzeichnungen dieser blutigen Ereignisse, deren Zeuge er gewesen war, und über die Einsetzung Johannes', des Bischofs von Sabina, zu entwerfen. Der Palast, der in der Vorwoche von fast all seinen betriebsamen Bewohnern verlassen worden war, füllte sich langsam und ohne allzu viel Lärm wieder, als ob die Münder der Rückkehrer versiegelt seien und sie statt der Schuhe Pantoffeln aus Stoff trügen. Wie ein erschöpftes Tier und bei jeder Stufe nach Luft ringend, kam Kardinal Bosone in seine Gemächer zurück und schloss sich dort in Erwartung der Entscheidungen ein, die von den neuen Herren getroffen werden würden. Bei der Ankunft des Papstes wurde ihm die Aufgabe zuteil, diesem die Kardinalpriester, die Kardinaldiakone und die weltlichen Würdenträger des Palastes vorzustellen, was ihn davon überzeugte, dass er zumindest im Augenblick nicht um seinen Kopf zu bangen brauchte. Er fasste wieder Zuversicht und zwinkerte Vildericus, der ihn während der Zeremonie im Empfangssaal die ganze Zeit angesehen hatte, verschwörerisch zu. Als dieser schließlich an der Reihe war, niederzuknien und den Ring des Papstes zu küssen, erläuterte Bosone dem erhabenen Gastgeber dessen Arbeit als Chronist. Der Papst rief zunächst aus: »Ein Mönch! Gut!«, und nach der Litanei Bosones fügte er nur hinzu: »Wenn er der Letzte ist, so will ich mit ihm sprechen, ihr anderen könnt gehen.«

Silvester III. war ein sehr kleiner Mann und nahm nur wenig mehr als die Hälfte dieses riesigen vergoldeten Thrones ein. Er trug eine schief sitzende Perücke, die die Glatze verdecken sollte, und seine Nase war riesig. Man hätte ihn eher als schweigsam bezeichnet, da er während der Vorstellung nur leise einen einzigen Satz mit einem seiner Begleiter gewechselt hatte, mit dem jungen Gabriello Crescenzi in Kettenhemd und Schwert, der, als die anderen hinausgegangen waren, Vildericus bat, sich dem Papst zu nähern.

»Von woher kommst du?«, fragte ihn Silvester III.

»Aus Farfa, Eure Heiligkeit.«

»Aus Farfa, so? Ich habe mit denen dort noch eine Rechnung offen. Hugo von Celano hat mein Land in seinen Besitz genommen, gutes Land, in der Nähe von Poggio Mirteto, einen Olivenhain, der mir gut zehn Fässer feinstes Öl gegeben hat. Weißt du, was ein Olivenhain ist?«

»Ein mehr oder weniger großes Stück Land mit Olivenbäumen.«

»Ah ja, welch widerstandsfähige Pflanze! Schade, dass sie nur jedes zweite Jahr einen spärlichen Ertrag bringt. Wer weiß, warum. Vielleicht muss sie ihre krummen Äste nähren. Es bedürfte eines guten Botanikers, um sie gerade zu richten! … Natürlich kann man einem Olivenbaum nicht den von Lukas überlieferten Satz sagen: ›Die krummen Wege sollen gerade werden‹, was meinst du?« Und er lachte, und sein Blick glitt zu seinen Pantoffeln hinab, dann erstarb sein Lachen, die Augen schlossen sich, er lehnte den Kopf gegen die Lehne des Thrones, ließ einen tiefen Seufzer vernehmen und schlief ein. Ein kleiner runzliger Vogel.

»Er ist erschöpft«, sagte der Crescentier, »denn nachts kann er nicht schlafen. Ich weiß jedoch, dass er Euch sagen wollte, dass Ihr die schmachvolle Flucht Theophylakts von Tusculum und die Notwendigkeit einer neuen Wahl ins richtige Licht rücken sollt, um jenen Papst vergessen zu machen.«

»Ich bin gehalten, die wichtigen Ereignisse aufzuschreiben, Herr. Sie allein erklären die Hand des Herrn. Daher enthält der *Liber Pontificalis* keine Wertungen und schon gar keine von einem einfachen Chronisten.«

»Tut Euer Möglichstes, damit es aus der Art, wie Ihr die Tatsachen darstellt, herauszulesen ist. Der Papst wird es Euch vergelten, und er wird seine feindselige Haltung Eurem Kloster gegenüber aufgeben. Ihr könnt gehen.«

Er durfte also nicht nach Farfa zurückkehren. Am liebsten wäre er sogleich zur Küche hinuntergelaufen, um Dorotea davon zu berichten, doch er hielt sich zurück, denn das wäre das kindische Verhalten eines Knaben seiner kleinen Freundin gegenüber gewesen, und auch, weil im Grunde nun das Spiel mit den zukünftigen Ereignissen gerade erst begonnen hatte und das Ergebnis offen war …

Er erzählte es noch am selben Abend Dorotea, die vor freudigem Überschwang den Teller mit Gemüsesuppe fallen ließ. Doch erst am zweiten Tag des Monats Februar, einem Freitag mit Regengüssen und wütenden Blitzen, kroch er aus seinem einsamen Schneckenhaus hervor. Omar stürzte mit einer Flasche Süßwein in sein Zimmer und überbrachte die Bitte Bosones, gleich zu ihm zu kommen.

»Darf ich probieren?«

»So früh am Morgen?«

»Morgen oder Abend, was macht das für einen Unterschied, wenn er gut ist?« Er öffnete die Flasche, schenkte sich einen Becher voll und trank ihn in einem Zug aus. »Ich habe gehört, dass der Zwerg dich vorgestern bei sich behalten hat, und weißt du, was das für eine Wirkung hat? Alle sagen, dass du der mächtigste Mann im Palast bist.«

»Ich, mächtig? Und außerdem, was ist mit dir, du bist einfach verschwunden. Hast du an Nuvola gedacht?«

»Ich gehe fast jeden Tag zu ihr. Sie schaut mich an und fragt mich: ›Wann kommt mein Herr mich denn besuchen?‹ Ah, weißt du was, ich habe die Apokalypse gelesen und sie gefällt mir, nur dass man sie der heutigen Zeit anpassen sollte. Du könntest sie schreiben.«

»Ich werde sie schreiben. Doch nun gehe ich. Du kannst hier bleiben, wenn du willst, fass mir aber nicht die Papiere an.«

In der Schreibstube Bosones traf er Hildebrandus von Soana.

»Welche Freude, dich zu sehen, Vildericus! Ich wäre später noch zu dir gekommen. Ich weiß, was dir geschehen ist. Lorenzo von Amalfi und Johannes Gratianus haben mich gezwungen, wie ein Verrückter zu studieren; ich war bei ihnen. Der Fettwanst hat mich zu sich gebeten. Mein Onkel hatte mir gesagt, dass er mich kennen lernen wollte, und ich frage mich, warum? Denn bisher hat er nur über dich gesprochen.«

Vildericus hatte keine Zeit mehr zu antworten, denn der Protoscriniarius kam humpelnd herein. Er begrüßte Vildericus mit einer Umarmung, was er noch nie gemacht hatte, und wenn Vildericus sich nicht kräftig am Schreibpult abgestützt hätte, so hätte er ihn mit sich zu Boden gerissen. Bosone schien bewegt. Er erzählte ihm von den unbeschwerten Tagen, die er bei seiner Schwester in Civita Lavinia verbracht habe, vornehmlich in den Kellern, wo er das Keltern eines kostbaren Weißweins verfolgt habe, der in diesem Jahr der großen Sommerhitze wegen gut zu werden verspreche. Ein Geplapper, dem Vildericus mit artiger Aufmerksamkeit folgte, doch der Klang der Stimme verhieß nichts Gutes. Er redete um irgendwelche unangenehmen oder Besorgnis erregenden oder unseligen Dinge herum. Bosone rief seine Frau und bat sie, den jungen Gästen etwas aufzutragen, dann setzte er sich in seinen Sessel und hieß Vildericus und Hildebrandus, sich Stühle zu holen und sich neben ihn zu setzen.

»Ich muss unbedingt mit Menschen wie euch sprechen, um meine Laune wieder zu verbessern. Hast du dich vorgestern bei dieser schwachsinnigen Vorstellung sehr erheitert, Vildericus? Unvergleichlich die Sache mit dem Olivenhain, ich glaubte zu platzen. Bisweilen kündigen sich Tragödien im Gewand von Possen an. Denn es ist eine Tragödie, was wir da erleben. Sagt mir, ob ich mich irre. Vielleicht wird es bei alten Menschen im Kopf dunkel, und sie verwechseln schwache Lichter mit schwarzen Schatten. Und wenn man bedenkt, dass es auch zum Lachen wäre, wenn man sich auf die Oberfläche beschränkt, eine groteske Oberfläche. Der eine macht sich aus dem Staub, der andere nimmt seinen Posten ein. In der Sabina nennt man ihn den guten Hirten – weil er eher ein Schafhirte denn ein Hirte für die Seelen ist. Er besitzt achttausend Schafe, und er ist mehr mit seinen Tieren zusammen als mit menschlichen Wesen, doch das muss man aufmerksam beobachten ... Ich bin der größte aller Sünder, Vildericus weiß das, doch dies hier nennt sich Heilige Römische Kirche! Kirche! Und sie bietet dem Herrn einen Haufen Tote. Heute Morgen haben sie den ehemaligen Präfekten ermordet, und sie suchen die Milizenführer der Stadtviertel Sub Capitolio und Alta Semita, die auf der Seite des Tusculaners stehen ... Die Verfolgungen, die Martyrien, die Katakomben, und jetzt ist dieser gute Hirte aufgetaucht in seinem Brokatgewand, das mit Dukatengold durchwirkt und viel zu groß ist. Natürlich muss er da über das Dukatengold stolpern! Ich sehe Vildericus an mit seiner Kutte, von der man nicht weiß, wann sie das letzte Mal gewaschen wurde, und ich sage, dass das die wahre Kirche ist …«

»Vielleicht irrt Ihr, Herr, vielleicht ist die wahre Kirche nicht von dieser Welt. Und meine Kutte habe ich vor drei Tagen gewaschen. Was den Sünder angeht, so bin ich ein ebensolcher wie Ihr. Wie alle. Vielleicht ist Hildebrandus einer Ausnahme begegnet – ein Mönch aus Fonte Avellana –, aber wir!«

»Auch Petrus Damiani könnte einer sein«, antwortete Hildebrandus. »Wenn einer sich in solcher Weise geißelt und demütigt und die Hälfte der Welt beschimpft, dann weiß nur Gott, was er in sich trägt. Er ist außergewöhnlich, gewiss, seine Worte werden ein Zeichen hinterlassen, und vielleicht wird er uns helfen, die wahre Kirche wieder entstehen zu lassen. Aber schließlich sind die Wege Gottes unerforschlich, und es kann sein, dass er uns die Hölle durchqueren lassen will, um …«

»Um uns das Paradies erschauen zu lassen?! Ich bin alt und versuche, in die Zukunft zu sehen, doch das gelingt mir nicht. Ich habe nicht das kleinste bisschen Hoffnung und beginne, den Glauben zu verlieren … Die werden auch mich verschwinden lassen, wenn sie mich nicht mehr brauchen, wenn sie verstanden haben, wie hier der Hase läuft. Und ich schwöre euch: Ich werde froh sein, denn wenn ich einmal tot bin, werde ich nichts mehr sehen. Aber ihr …«

»Morgen oder nächsten Monat, in einem Jahr oder in zehn Jahren werden die Dinge sich ändern, Herr«, sagte Hildebrandus. »Wir werden die Krämer und die Wucherer aus dem Tempel verjagen. Jetzt ist der Augenblick der Geduld und des Vertrauens, und keiner darf sich verstecken. Die Menschen sind keine Eichhörnchen, die in ihre Höhlen flüchten, wenn der Rotmilan auftaucht. Gestern hat mich eine alte Frau auf der Straße angehalten und gesagt: ›Du bist jung, geh aufrecht, sprich mit offenem Herzen, nachdem du geschaut hast, wie ein wahrer Christ lebt, und die Christen werden dir folgen.‹«

Bosones Frau kam mit einem Speisebrett herein, das mit

Orangen, einem Krug warmer Milch und einigen Stücken Kuchen beladen war. Sie stellte es auf den Schreibtisch und ging schweigend wieder hinaus, offensichtlich befürchtend, dass ihre Rolle als Ehefrau an die Empfindsamkeit dieses unbekannten Priesters rühren könne.

Bosone bat die beiden Männer zuzugreifen, er selbst müsse sich der Gicht wegen zurückhalten, doch er befahl Vildericus, von dem Kuchen zu essen.

»Theophylakt wird zurückkehren, ihr werdet sehen. Ganz Trastevere steht noch auf seiner Seite, und die Crescentier setzen in der Tat keinen Fuß dorthin, und außerdem kenne ich ihn gut. Möglicherweise ist er gerade dabei, ein Heer aufzustellen. Wenn er das zeitig tut, so bleibe ich am Leben. Er wird mich als Verräter beschimpfen, und das mag ja noch durchgehen, doch es wird noch ein weiteres Abschlachten geben.«

»Eure Vorhersage stimmt, Herr: Auf der Via Latina hat man schon Gruppen bewaffneter Männer gesehen, auch Ritter, alle auf dem Weg nach Tusculum, um sich dort anzudienen.«

Der Protoscriniarius hatte sich sehr verändert, seit Vildericus ihn kennen gelernt hatte, nein, seit kurzem eigentlich erst. Er war friedfertig gewesen, genusssüchtig, spöttisch und fähig, mit seiner gutmütigen Gerissenheit und seiner großherzigen Korpulenz auf den Wellen von Zweideutigkeiten und Verschwörungen zu tanzen. Doch jetzt genügte ein leichtes Gewicht an seinem Fuß, damit er sich unter Wasser gezogen fühlte und zu ertrinken glaubte. Auch er, Vildericus, war ein Sünder wie dieser. Er machte sich nicht der Sünde der Völlerei oder der Wollust schuldig, vielmehr der Sünde unschuldiger Fantastereien, vielleicht unbedachter Träume, aber keinesfalls einer abnehmenden Liebe zu Christus … oh, dieses Wort! Dieses Wort, das in einen Schrein verschlossen werden müsste, damit man es nicht auf den Wegen der Wirklichkeit verlieren könnte. Doch er hatte gelogen, hatte auch sich selbst belogen, um die Furcht vor einem möglichen Verlust zu verbergen.

Diesen einen Namen würde er sich am liebsten aus dem Herzen reißen …

»Du hörst mir ja gar nicht zu?!«, sagte Bosone. »Wach auf, Vildericus.«

»Ja, Herr, ich höre.«

»Ich habe gesagt, dass du vorsichtig sein musst. Sie wollen lesen, was du schreibst.«

»Wie Ihr es auch getan habt, nicht wahr? Ich werde mich an eine abwägende und bedachte Neutralität halten, und Bedächtigkeit braucht mitunter ihre Zeit.«

Der Protoscriniarius brachte den deutschen Herrscher ins Spiel, und die drei sprachen noch lange miteinander. Nachdem sie schließlich Bosone und seine Ängste verlassen hatten und Vildericus sich von Hildebrandus von Soana verabschiedet hatte, kehrte er erleichtert in sein Zimmer zurück. Diese Gespräche, die sich aus den offenkundigen Fragen entwickelten – die beiden Päpste, die Crescentier, der deutsche König, der früher oder später in Italien einfallen würde –, bildeten nur die Spitze eines gewaltigen Berges. Dadurch zeigte sich die Gegenwart in wechselnden Farben, und es ergaben sich neue Aussichten, was dazu diente, die Menschen in falschen Hoffnungen zu wiegen und die Leiden des menschlichen Lebens und die Vorstellung vergessen zu lassen, dass jenseits der elementaren Naturgesetze – Same, Geburt, Wachstum, Paarung und Tod – das Schicksal des Menschen und seiner Worte keinen Sinn habe. Deshalb war der Hilferuf Christi eine Stimme in der völligen Stille … Du musst dich auf das Hören in der absoluten Einsamkeit einstellen, das Gebet erschließt dir eine geheime Leiter, Sehnsucht, Begierde ohne irdisches Ziel, kein Vorteil, jedoch auch keine Angst, du leerst das Haus von allem Gerät, von Gefühlen, Hoffnungen, Enttäuschungen, und du schließt die Augen des Fleisches und wartest in der Wüste, bis das Licht dich streift …

Als er ins Refektorium kam, fand er an seinem üblichen Platz bereits die Suppe vor, und unter dem Teller eine Nachricht von Dorotea; sie schrieb, sie habe eine neue Wohnung und wünsche, sie ihm zu zeigen. Sie erwarte ihn beim Dunkelwerden vor der Kirche Santa Croce in Gerusalemme.

Es handelte sich um ein kleines Haus, das den anderen sechs Häusern glich, die sich hinter den Ruinen eines Palastes aus der Römerzeit an die Aurelianische Stadtmauer lehnten. Es war größer als das bei Sant' Anastasia, hatte zwei Räume und einen richtigen Ofen, den Dorotea eine Stunde zuvor angefeuert hatte, sodass sie sich, nass und kältesteif vom Regen, wie sie waren, nur davor zu setzen und sich zu wärmen brauchten.

»Das war ein wirklicher Glücksfall. Der Besitzer hat sich auf das Land zurückgezogen und beabsichtigt nicht mehr, in Rom zu leben. Der Mietzins ist angemessen, und in der Nachbarschaft wohnen nur Handwerkerfamilien. Gefällt es Euch?«

»Ja, sehr.«

»So brauche ich nicht öfter als nötig im Palast zu schlafen.«

Die Möbel waren die ihren. Das große Bett, der Schrank, die Stühle, auch die Lampen, die Blumenvasen, der Teppich, dieselbe Atmosphäre …

»Legt den Pelz ab, dann kann ich ihn zum Trocknen aufhängen. Wie bin ich froh!« Es entfuhr ihr ein Freudenschrei, den sie bisher zurückgehalten hatte. Sie nahm den Pelz und hängte ihn über einen Stuhl neben dem Ofen. »Und auch dort, in den Palastküchen, geht es viel besser. Der Koch schätzt mich sehr, und er hat sogar die Bezahlung erhöht. Das verdanke ich meiner Mutter, denn sie war eine sehr gute Köchin und hat mir alles beigebracht. Ich stand neben ihr, half ihr und sah ihr zu.«

»Ihr habt auch eine schöne Handschrift, Dorotea. Verdankt Ihr auch diese Eurer Mutter?«

»Nein, nein, ich bin bei unserem Pfarrer in die Schule gegangen, ein entfernter Verwandter. Ich habe ein Essen zubereitet. Esst hier bei mir, sagt nicht Nein, ich bitte Euch.«

Das Gespräch musste hin und wieder lange Pausen der Stille ertragen, in denen sie zum Ofen ging oder den Tisch bereitete, bis sie vor Vildericus stehen blieb, der sich wie immer auf den Rand des Bettes gesetzt hatte, und sagte: »Vildericus, Ihr seid, verzeiht mir, wenn ich Euch das so sage, immer so bedacht, als wäret Ihr stets auf der Hut. Was meint Ihr denn von mir befürchten zu müssen? Habe ich es jemals an Achtung fehlen lassen?«

»Aber was sagt Ihr da?«

»Ihr wisst, was ich für Euch empfinde, und ich weiß, dass ich wenig von Euch erwarten kann. Das wenige aber genügt mir. Es genügt mir, Euch hin und wieder zu sehen, mit Euch zusammen zu sein, mit Euch zu sprechen ... Ich verstehe, welche Grenzen Ihr einhalten müsst ... Ich weiß, dass auch ich sie beachten muss, aber seid doch in diesem wenigen zumindest etwas fröhlicher, wenn Ihr könnt.«

»Fröhlicher?«

»Ich habe dich gesehen, weißt du«, hatte seine Muter gesagt, als sie den Onkel Emanuele besuchen gingen, dessen Haus neben dem Bach lag. »Du hattest die Füße bereits im Wasser. Was wolltest du tun? Hinübergehen? Der Bach hätte dich sofort mit sich fortgerissen, du Dummkopf! Mit Wasser muss man immer vorsichtig sein.« Vorsichtig ... mit Wasser, mit verbotenen Gefühlen, mit Wünschen, die sich nicht beherrschen lassen, mit der Verzauberung durch dieses Gesicht und die Augen, die ihren ganzen Körper ausdrückten, die gespreizten schönen Beine, als die Zauberin Ariana sie purifiziert hatte ...

»Ja, Ihr habt Recht«, sagte er und lächelte.

Dann, nachdem sie gegessen und noch lange miteinander gesprochen hatten, erhob er sich zum Gehen. Sie stand neben ihm und half ihm in den Pelz, da nahm er sie in die Arme, küsste sie auf die Stirn und drückte sie an sich. Ein langer, unvergesslicher Augenblick von unerwarteter Zärtlichkeit und Kraft.

# 42

Die Crescentier verstanden sich auf ihre Aufgabe: Im ganzen Monat Februar brachten sie die großen Mengen an Getreide, das sie in ihren Kornspeichern in Portus und an der Ripa Greca gesammelt hatten, zu einem geringen Preis auf den Markt. Sie verteilten auch eine beträchtliche Menge davon kostenlos an Bedürftige. Auf diese Weise gewannen sie die Gunst des Volkes – mit Ausnahme der Bewohner von Trastevere.

»Doch von den Priestern stehen ihnen die meisten ablehnend gegenüber«, sagte Arnolfus zu Vildericus, »und es fehlen Männer, die etwas von der Sache verstehen. Sie haben sich allein darauf beschränkt, etwa hundert ihrer Söldner in die Wachmannschaften von drei oder vier Stadtvierteln zu stecken. Wenn sie sich schon mit einem alten Tölpel wie diesem Silvester III. als Papst zufrieden geben müssen, dann sag du mir einmal: Wie wollen sie die Stadt halten?«

Vildericus mochte diesen Mönch, der nirgends zu Hause war, niemals etwas verlangte und alles, was ihm von seinen Nächsten gegeben wurde, als einen seiner Armut geschuldeten Obolus annahm. Er war am Abend zuvor zu ihm gekommen. Vildericus hatte ihn zum Essen mit ins Refektorium genommen, und nachdem er erfahren hatte, dass dieser nicht wusste, wo er schlafen sollte, hatte er ihn auch mit in sein Zimmer genommen. Sie hatten gemeinsam die Gebete zur Komplet gesprochen, und der Gast hatte sich zum Schlafen auf den Boden zwischen zwei Decken gelegt, die sich Vildericus in der Kanzlei des Primicerius hatte geben lassen.

»Welcher Tag ist heute? Der neunte März«, sagte Arnolfus. »Hör zu, was ich dir sage: Ich wette, dass in spätestens acht oder neun Tagen der Tusculaner wieder in Rom sein wird.«

»Aber es ist doch noch Nacht«, antwortete Vildericus gähnend, »die Matutin habe ich schon gebetet, ich möchte noch ein wenig schlafen.« Als er merkte, dass sein Zimmergenosse verstummt war, sagte er: »Ich wusste gar nicht, dass du eine prophetische Gabe hast.«

»Ich habe nur die Gabe des Denkens. Weißt du, was dein Fehler ist? Du bist immer hier drinnen und bewegst dich wenig. Gerade einmal bis zum Stall, um deine Nuvola zu striegeln. Du kommst nicht herum, du beobachtest nicht, du siehst nichts. Dabei findest du in dieser Stadt das Alpha und das Omega des ganzen Lebens. Dort unten in den Höhlen wimmelt es vor Mäusen, Leichen und Skorpionen, und oben stehen neben diesen jämmerlichen Erben die majestätischen Zeichen einer grenzenlosen Erhabenheit …«

»Sehr erhabene Ruinen! Und außerdem stimmt es nicht, dass ich das Pferd nur striegle. Ende des Monats August hat es mich bis nach Ostia und nach Portus getragen, und ich habe das Meer gesehen, die kleinen Wellen am Strand, seine Farbe. Der Horizont lässt dich die Unendlichkeit besser verstehen … Nun schlaf.«

»Die Ruinen … ja gewiss … Manchmal versuche ich, sie zum Sprechen zu bringen, und ich verliere mich … Ich weiß, dass ich zwei Seelen habe, meinen Glauben und meine Begeisterung für die Vergangenheit, die beschrittene Straße … was ist es gewesen, das uns bis an diesen Punkt gebracht hat … Den Zauber, den ich verspüre, wenn ich einen gregorianischen Choral von einer guten *Scola Cantorum* gesungen höre, und den Zauber für das Amphitheater oder für Paulus Diaconus und seine *Geschichte der Langobarden* oder für dieses Theater neben dem Kapitol …«

Vildericus versuchte, wieder in den Schlaf zurückzufinden. Jetzt auch noch der Zauber, dachte er, und er fragte: »Und deine Gabe des Denkens, was wäre das?«

»Du musst mir erklären, warum sie die Tore der Paulinischen Stadtmauer verbarrikadieren, das kleine und das Haupttor, das auch Porta Palazzo genannt wird, und die Porta Sassoni wird mit schweren Ketten verschlossen.«

Vildericus hörte noch aus der Ferne »Palazzo« und »Sassoni« und schlief wieder ein.

»Das sage ich dir«, flüsterte Arnolfus zu sich selbst, »sie bereiten sich auf eine Verteidigung vor.«

Arnolfus irrte sich nur hinsichtlich des Zeitpunktes – denn nach wenigen Minuten kam Omar atemlos herein und rief: »Sie sind da!« Doch als er im Licht der Lampe diesen in Decken eingewickelten Körper sah, meinte er, sich im Zimmer geirrt zu haben, drehte um und wollte schon wieder gehen.

»Omar!«, hielt ihn Vildericus verschlafen zurück. »Zu dieser Stunde! Was hast du gesagt?«

»Die Tusculaner«, antwortete dieser, »die Tusculaner sind gekommen. Aber wer ist der dort?«

Vildericus setzte sich auf, und auch sein Gast erhob sich von seinem Lager.

»Das ist ein Freund. Arnolfus. Schließ die Tür. Wohin sind sie gekommen?«

»Hierher! Hör zu: Ich konnte nicht schlafen, und so gehe ich in dem großen Raum hin und her, du weißt schon in welchem, der unten im Keller, und ich höre ein eigenartiges Geräusch, so als ob jemand auf eine allzu gespannte Trommel schlägt. Also gehe ich zu dem kleinen Fenster, das fast auf der Höhe des Erdbodens ist, und was sehe ich? Pferdebeine, aber viele! Ich mache mir fast ins Hemd, denn es ist völlig dunkel, du weißt, diese Visionen von der Hölle in gewissen Geschichten, von ganzen Heeren von Dämonen zu Pferde, nur dass mir dann einfällt, dass ich solche Visionen in der Regel noch nie gehabt habe. Also renne ich zum Empfangssaal, denn dort ist das Fenster, das genau auf die Straße hinausgeht, und ich sehe sie: hunderte und aberhunderte, mit Kettenhemden, Schwertern, Lanzen. Sie gingen im Schritt, so langsam, als würden sie zu einer Beerdigung reiten, und in der Mitte trugen sie ein Banner, und auf diesem war das Zeichen der Tusculaner mit dem Kreuz und dem Adler. Sie müssen zur Porta Prenestina hereingekommen sein.«

»Da hätten wir's«, sagte Arnolfus. »Sie werden nach Trastevere reiten, um von dort aus die Città Leonina anzugreifen. Vielleicht wird eine Truppe auch zum Platz der Cavalli di Marmo hinaufreiten, wo sich der Palast der Crescentier befindet. Oh, ich gehe hin, ich will mir dieses erneute Schauspiel der triumphierenden Christenheit nicht entgehen lassen! Kommst du auch mit?«

»Ich kann gut und gerne auf eine solche Art Schauspiel verzichten. Und ich wüsste auch nicht, auf wessen Seite ich stünde. Und Tote habe ich bereits zu viele gesehen.«

»Aber habt ihr nicht die Auferstehung?«, fragte Omar, und an den Gast gewandt: »Ich komme mit, ist Euch das genehm?«

»Warum nicht? Doch du musst sehr vorsichtig sein, denn wenn dir ohne Auferstehung etwas geschehen sollte, so wärest du recht übel dran. Aber zieh dir etwas über, du bist ja halb nackt und könntest so die Kämpfenden verwirren. Ich erwarte dich an der Hintertür.«

Die Kämpfe dauerten zwei Tage an und spielten sich innerhalb der Paulinischen Stadtmauern ab, doch sie waren eher als Geplänkel zu betrachten: Die Crescentier verteidigten sich vom Mausoleum des Hadrian aus und von den Laufgängen der Stadtmauern herab, und die Tusculaner standen außerhalb. Man beschoss einander ohne besondere Wirkung mit Pfeilen, ein Zweikampf auf Distanz, der zwei Verteidiger und drei Angreifer das Leben kostete und etliche Verwundete forderte. In der übrigen Stadt fiel die Bilanz wesentlich höher aus. Denn nachdem der Tusculaner den Crescentiern den Rücken gekehrt hatte, die sich mit ihren Anhängern und Silvester III. innerhalb der vatikanischen Umgrenzungsmauer befanden, gewann bei ihm der Rachedurst die Oberhand, der sich wie die Pest auf die verschiedenen Teile der Bevölkerung übertrug. Am schlimmsten erging es den Wachabteilungen von drei Stadtquartieren: Auf besonderen Befehl Benedikts IX. hin metzelten die Waffenträger der Tusculaner zweiundzwanzig städtische Soldaten nieder, die sich der Weigerung schuldig gemacht hatten, bei den Kämpfen im Januar einzugreifen. Die Söldner der Crescentier konnten sich durch Flucht in die Sabina retten.

Von diesen Ereignissen erfuhr Vildericus allabendlich durch Arnolfus und Omar. Die beiden kehrten zur zweiten Stunde in der Nacht zurück, berichteten, aßen etwas und legten sich schlafen. Der Mönch in die Decken seines Freundes gehüllt und der Sarazene im Untergeschoss des Palastes. Am anderen Morgen nahmen sie ihre Beobachtungsgänge in den verschiedenen Teilen der Stadt wieder auf. Abends lauschte Vildericus aufmerksam ihren Erzählungen. Hin und wieder musste er sie unterbrechen, damit sie nicht gleichzeitig sprachen, und machte sich Notizen. Am folgenden Tag schrieb er einen ersten Entwurf, in der Hoffnung auf eine baldige Klärung, die ihm erlauben würde, mit einer größeren Genauigkeit die endgültige Chronik zu verfassen. Er begann mit dieser am sechsten Tag. Es war der 15. März, ein Donnerstag mit einer verheißungsvollen frühlingshaften Milde, und es war der Tag, an dem sich endlich der Frieden einstellte. Ein Begriff jedoch, den man nur mit dem Zusatz »ungewiss«, »düster« oder »bedrohlich« verwenden durfte.

Auch die Stimmung im Palast war äußerst angespannt: Man munkelte von einer Auflistung derer, die geächtet werden sollten. Auch wenn die wenigen Priester und Bischöfe, die sich offen für die Crescentier ausgesprochen hatten, geflohen waren, so fürchtete doch jeder im Palast, dass auch er – eher durch das Wirken innerer Feinde als durch eigene unbedachte Äußerungen – dazugezählt würde. Am späten Vormittag verbreitete sich die Nachricht, dass Benedikt IX. in den frühen Nachmittagsstunden den Palast wieder in Besitz nehmen würde, und wieder einmal brach eine irrwitzige Betriebsamkeit aus. Das eilige Trappeln vieler Füße und die verschiedenen Stimmen, die aus dem Flur zu ihm hereindrangen, verschafften Vildericus von neuem den Eindruck, dass – von den drei Kardinälen des Kollegiums, von Bosone und den beiden Geistlichen der Bibliothek einmal abgesehen – diese Stätte, die das Zentrum und das Gehirn der Christenheit repräsentierte, in Wirklichkeit eine Ansammlung schmieriger Höflinge und wankelmütiger Geister war. Von diesen hatte ihn am selben Morgen ein besonders interessantes Exemplar besucht.

»Darf man eintreten?«, fragte Diakon Eriprandus, nachdem er geklopft und die Tür geöffnet hatte.

»Euer Besuch ist mir eine große Ehre, Herr Primicerius«, antwortete Vildericus.

»Nein, nicht, nicht mehr dieser Titel, ich habe mich dieses Amtes entledigt.«

»Habt Ihr es niedergelegt?«

»Ich hatte es nur zum Schein, aus reiner Notwendigkeit übernommen, und immer im Dienste Benedikts IX.«

»Was bedeutet ›im Dienste‹?«

»Vor zehn Tagen habe ich ihm die gesamte Übersicht über die Verteidigungskräfte der Crescentier nach Tusculum gesandt. Versteht Ihr nun?«

Das doppelte Spiel dieses Mannes war widerlich, und ebenso widerlich war sein unsteter Blick, mit dem er abzuschätzen versuchte, welche Wirkung eine Bitte um Hilfe, eine Anrufung der Menschlichkeit oder ein Gebet haben könnte, das er auch gleich darauf sprach.

»Natürlich musste ich mich vor allen verstellen, auch vor Euch. Vor Euch, erinnere ich mich, habe ich die Crescentier gepriesen, vielleicht bin ich sogar so weit gegangen, Benedikt IX. zu verleumden … Nun, die Verstellung hat ihre Regeln, doch wenn man sie einmal eingestanden hat, gewinnen auch diese Worte eine andere Bedeutung. Dann jedenfalls kann man sie ebenfalls vergessen, nicht wahr? Was meint Ihr?«

»Ich habe sie bereits vergessen«, antwortete Vildericus, »doch Ihr habt Euch in eine recht heikle Lage gebracht. Ich denke an die Crescentier, wenn sie von Eurer Haltung erfahren.«

»Oh, die Crescentier sind am Ende. Ich habe sogleich gesehen, dass sie nicht in der Lage waren, ihren Plan durchzuführen. In dieser Hinsicht bin ich mehr als beruhigt.«

»Wen also fürchtet ihr?«

»Niemanden. Ich fürchte niemanden. Wirklich niemanden. Jetzt verlasse ich Euch.« Und als er an der Tür war, wandte er sich um und sagte noch: »Ich weiß nicht, wie ich Euch danken soll.«

Als Vildericus einige Stunden später zum Papst bestellt wurde, traf er ihn dort wieder im Vorraum der Gemächer Benedikts IX. Er saß in einer Ecke, nach vorn gebeugt, in einer verzweifelten Haltung, und als er Vildericus sah, ging er ihm entgegen und flüsterte ihm zu, dass er immer in seiner Schuld stünde. Im Versammlungssaal waren bereits Bosone, der Bischof von Portus, zwei Kardinäle, vier Diakone und der wieder aufgetauchte Massilius anwesend.

»Der Protagonist lässt auf sich warten«, flüsterte ihm Bosone zu.

Durch eine Tür, die zu den Gemächern führte, hörte man Schreie und Geräusche von zerbrechendem Geschirr. Nicht einer der hohen Prälaten sagte ein Wort, zwei von ihnen rieben sich vor Nervosität die Bärte, und der Kardinal von Sant' Anastasia vermochte seine Augenlider nicht ruhig zu halten. Alle glichen sie verängstigten Knaben, die auf einen cholerischen Vater warteten, einen Vater, der nicht einmal halb so alt war wie sie und der in diesem Augenblick die Tür aufriss. Er trug noch immer das Kettenhemd eines Kriegers. Die acht Männer knieten nieder.

»Wie sind sehr erfreut, Eure Heiligkeit …«, versuchte sich der Bischof von Portus.

»Hör auf damit! Und die anderen aus dem Kollegium, wo sind sie?«

»Giorgio von Nomento und Gualtiero sind erkrankt«, antwortete Bosone, »von den anderen weiß ich nichts.«

»Und dieser niederträchtige Kardinal-Erzpriester? Angst, was? Ich weiß es, ich weiß, dass er an der Wahl dieses verfluchten Schafhirten teilgenommen hat.«

»Er war dazu gezwungen, Eure Heiligkeit«, sagte einer der Diakone mit dünner Stimme.

»Einen Teufel war er. Er hätte sich weigern müssen! Der bringt höchstens noch etwas im Bett mit den Frauen zustande. Ah! Unser weiser Mönch! Hast auch du mich verraten?«

Vildericus hielt mit großer innerer Ruhe dem Blick des Papstes stand und antwortete: »Ich befand mich nicht in der Lage, dies zu tun.«

»Haben sie dich nicht angewiesen, deine Aufzeichnungen in ihrem Sinn zu machen?«

»Der Crescentier? Natürlich. Sie haben mir deswegen auch indirekt gedroht.«

»Und doch habe ich erfahren, dass du, als dieser Schuft hierher gekommen ist, niedergekniet bist und ihm die Hand geküsst hast, wie ihr anderen alle auch.«

»Ihr wart verschwunden, und er ist gewählt worden. Ein schlichter zeremonieller Akt.«

»Willst du vielleicht unterstellen, dass das mein Fehler war?« Sein Gesicht rötete sich vor Zorn. »Dass diese Wahl rechtmäßig war?«

»Ich habe nur zwei Tatsachen nebeneinander gestellt, ich verstehe nichts von Verfahren der Verwaltung oder des Rechts.«

»Hört ihr?! Verfahren der Verwaltung! Dasselbe gilt für euch, ihr Hundesöhne! Aber du! Noch vor dem ersten Hahnenschrei!«

»Das war Jesus Christus, Eure Heiligkeit!«

»Du hättest mir treu bleiben sollen. Du, unter all diesen Feiglingen, die sich keinen Respekt zu verschaffen vermögen. Ich hatte auch den Befehlshaber der kaiserlichen Garde gerufen … die kaiserliche Garde! Diese Hand voll, die mein teurer Freund Heinrich, Gott möge ihn strafen, mir gelassen hat; wie viele sind es? Fünfzig?«

»Zweiunddreißig, Eure Heiligkeit«, antwortete Bosone, »fünf von ihnen sind deutsche Ritter.«

»Ich hatte verlangt, dass sie einschreiten und mir zu Hilfe eilen sollten. Sie haben den Palast, den mein Vater ihnen zugewiesen hatte, nicht mehr verlassen … So ist das!«

Sie ließen ihn weiterwüten. Und als Bosone schließlich bemerkte, dass sein Zorn sich legte, sagte er, dass es nun angebracht sei, über die Lage zu sprechen, über das Viertel San Pietro, das in den Händen der Crescentier sei, über die zu ergreifenden Maßnahmen, über die Wiederherstellung der Ordnung. Der Papst entschloss sich, die Belagerung der Città Leonina aufrechtzuerhalten, um Silvester III. dazu zu zwingen, sich in die Sabina zurückzuziehen, und einen Pilgerzug des Dankes durchführen zu lassen, der von San Giovanni aus an den anderen beiden Basiliken Santa Maria und San Paolo vorbeigehen sollte. Als die Versammlung sich auflöste, bat Benedikt IX. Vildericus zu bleiben. Er war niedergeschlagen. Er entledigte sich des Kettenhemdes und bat Vildericus, sich neben ihn zu setzen.

»Mein Vater fehlt mir sehr. Manchmal weiß ich nicht, wo ich hingehen oder was ich tun soll. Als ginge ein Riss durch mein Gehirn. Nur der Wein beschert mir ruhige Momente, und ich mache einen Fehler nach dem anderen … Du hast mir gefehlt.«

»Ihr hättet mich mit Euch nehmen können.«

»Glaubst du, ich hätte nicht darüber nachgedacht? Es gelingt mir nicht, von irgendjemandem geliebt zu werden. Und meine Gedanken sind in einem Augenblick schwarz wie die Raben und im nächsten weiß wie die Tauben. Manchmal kann ich die Last dieses Amtes nicht mehr tragen. Und dann wieder würde ich am liebsten alle umbringen, alle, die mich hassen, und dann habe ich immer noch dieses Mädchen im Sinn. Du kannst nicht wissen, was es heißt, verliebt zu sein, zu lieben …«

Vildericus antwortete nicht. Das Bild von Dorotea, das immer wieder vor ihm auftauchte, verliebt sein … lieben … Sie hatten einander gerettet, sie beschützten einander.

»Du musst bei mir bleiben, Vildericus.«

Bei diesem Scheusal bleiben, seine schmutzigen Worte anhören, seinen verderbten Handlungen zusehen, die plötzlichen Ausbrüche von Gelächter oder Wut.

»Du musst mir helfen.«

»Ja, Eure Heiligkeit.«

»Du hast mich also nicht verraten?«

»Nein, Eure Heiligkeit.«

## 43

Die zweite Regentschaft Benedikts IX. dauerte fünfundvierzig Tage. Tage der Wirren, in denen innerhalb der Stadtmauern zwei Vorkommnisse von Räuberei zu verzeichnen waren. Aus der Sabina von Norden und aus der Campania von Süden her kommend, waren in der Nacht Banden von Missetätern in die Stadt eingedrungen, nachdem sie zuvor die Wächter an der Porta Flaminia und der Porta Latina überrascht hatten, und machten ihre Raubzüge durch einige Privathäuser und viele Kirchen. Daraus, wie Vildericus in diesen Wochen die Ereignisse in der Chronik niederschrieb, ließ sich ersehen, dass es die beständige Unsicherheit war, die die Stadt, und vor allem die kirchliche Hierarchie, in diesen Tagen beherrschte: Zwei Päpste, die Kardinäle und die suburbicarischen Bischöfe waren untereinander zutiefst zerstritten, was sich wiederum auf die gesamte Verwaltung auswirkte, außerdem leisteten die Crescentier noch Widerstand. All das wurde durch das Fehlen von Pilgern und einen damit verbundenen fast völligen Stillstand des Handels und des Gewerbes in der Stadt noch verstärkt, was Vildericus mit seiner diplomatischen Unvoreingenommenheit verzeichnete.

»Dieser Tusculaner ist völlig verrückt«, sagte Bosone, der unvermittelt mit zwei Flaschen Weißwein und, wegen der Treppen, die er hatte bewältigen müssen, völlig außer Atem bei ihm einfiel. »Er ist heute Morgen in vollem Ornat ausgegangen, eskortiert von zwanzig Rittern der kaiserlichen Garde, und hat eine große Runde gedreht – Forum Boarium, Via Lata, Esquilin. Er hat immer wieder gerufen: ›Ich bin der einzige Papst, ihr habt keinen anderen Papst neben mir!‹ Und weißt du, warum? Weil ihn jemand davon überzeugt haben muss, dass die Römer ihn hassen. Dieser Tölpel ist nun losgezogen und fordert sie noch heraus, und als Antwort hat er tatsächlich nur Pfiffe erhalten. Aber sag du mir: Anstatt ernsthaft über die großen Schwierigkeiten nachzudenken, die hier vorherrschen, eine Verwaltung, in der überhaupt nichts mehr funktioniert ... Nach dieser dürftigen Besprechung vorgestern hat er niemanden mehr zu sich gerufen, nicht einmal seine Leute aus der Kanzlei, und wir haben den zwanzigsten April! Du hattest mir erzählt, dass er dich gebeten habe, ihm zu helfen. Hat er dich holen lassen?«

»Nein.«

»Besser für dich, Vildericus. Ich bin fünfmal zu ihm gegangen, meist war er betrunken, und vorgestern weinte er. Ich musste einer äußerst unerfreulichen Szene beiwohnen, er weinte, und unterdessen – du kennst diese beiden widerlichen Knaben, die er immer bei sich hat? Nun, sie haben an seinem Ding, an seinem Glied, gesaugt. Ich habe gesagt, ich komme später wieder. Nein, hat er geantwortet, ich bin gleich fertig, und nach dem Orgasmus hat er wieder zu jammern angefangen, dass er verliebt sei. Aber er hat mir nicht gesagt, in wen. Weißt du etwas darüber?«

»Er hat es mir gesagt, aber er hat mich gebeten, Stillschweigen zu bewahren.«

»Nun komm schon, Vildericus!«

»Ich kann nicht, Herr.«

»Aber was denkst du darüber?«

»Er möchte sich vermählen. Er ist sogar bereit, auf sein Amt zu verzichten. Aber es wird ihm nicht gelingen, denn welcher Vater würde seine Tochter einem solchen Wesen anvertrauen?«

»Machen wir eine Pause, mittlerweile ermüdet mich sogar das Sprechen. Lass uns ein wenig von diesem Wein trinken, er hat einen herrlichen Duft, du wirst sehen.«

Vildericus nahm die Becher, Bosone schenkte den Wein ein, den sie langsam tranken und in geistiger Verbundenheit wirken ließen: eine wohltuende Stille.

»Dein Zimmer hier gefällt mir sehr. Du hast nur das Notwendigste, und ich habe vor allem Überflüssiges. Ich bin zur falschen Zeit geboren. Ich wäre gerne dreißig Jahre jünger, dann könnten wir eine Menge Dinge zusammen unternehmen. Ich würde gerne mit dir durch Rom wandern, genau ... das würde ich gerne tun.«

»Seit einiger Zeit mache ich das fast täglich. Es gibt nichts aufzuschreiben, und das Gerede, das ich höre, ist nicht ausreichend. Doch ich mache keine Spaziergänge.«

»Sondern?«

»Hier leben so viele arme Menschen. Es gibt natürlich die Armenspeisung der Klöster, manch eine Kirche tut hier ihre Pflicht, doch viele Menschen mögen weder die Klöster noch die Kirchen. Also habe ich mir einen Sack besorgt, und der Koch gibt mir heimlich alles, was von den Mahlzeiten im Refektorium übrig bleibt. Ich hole mein Pferd, aber ich steige nicht auf, das wäre lächerlich, doch trägt es den Sack. Und so ziehen wir umher. Das Pferd folgt mir, und wenn ich anhalte, bleibt es ebenfalls stehen, und ich verteile das wenige, das ich habe, vor allem an die Kinder. Dem Nächsten zu Nutzen zu sein, das halte ich für richtig. Das ist unserem Herrn näher, als zu beten, doch ich fühle keinerlei Freude, denn ich schäme mich. Diese Kinder, Herr, Ihr wisst nicht, welch ein Anblick! Und so leben sie in Rom, dem irdischen Jerusalem.«

»Es würde mir wirklich gefallen, mit dir zu gehen. Doch ich bin alt und fett ... Ich hab auch zu lange gelebt, Vildericus, ich habe hunderte von Menschen jeglicher Art kennen gelernt, doch einen wie ihn noch nie zuvor. Wenn er dir in die Augen sieht, müsste man einen Magier herbeirufen oder einen Exorzisten, um ihm den Teufel meinetwegen auch aus dem Hintern auszutreiben. Ah, das Beste weißt du noch gar nicht, das hat mir Massilius erzählt, er selbst hatte nicht den Mut, mit mir darüber zu sprechen: Er wollte Heinrich III. exkommunizieren, ihn seines Amtes entheben und das Reich diesem Peter von Ungarn übergeben. So wenig ich Massilius schätze, so muss ich doch zugeben, dass er den Mut hatte, ihm einen solchen Unsinn auszureden. Doch etwas anderes ist noch viel schlimmer, etwas, das offenbart, wie es um seine christliche Seele bestellt ist. Er hat Peter von Ungarn, dem Venezianer, einen Brief geschrieben, gespickt mit Lobreden und Glückwünschen, und das alles, weil jener mehr als zweitausend Männer gefoltert und abgeschlachtet hat – und schließlich auch deren Leichen hat verschwinden lassen –, nur weil sie ihren heidnischen Riten treu geblieben sind. Die stillschweigende Übereinkunft zwischen einem Papst und einem Mörder. Wenn in Zukunft andere Päpste eine derartige Niedertracht begehen sollten, so bliebe den wahren Christen nichts anderes übrig, als zum Heidentum zurückzukehren.«

Vildericus folgte den Worten des Protoscriniarius mit mäßigem Interesse. Sollte Benedikt IX. sich doch mit dem Teufel, mit dem Kaiser oder mit wem auch immer er wollte, vermählen … Im Gegenwind blieben manche Vögel bisweilen in der Luft stehen, selbstvergessen, in der Stille verharrend, kein Ruf; die Natur erlebte Hunger, Durst, Schlaf, Kopulation und Geburt, um dann wieder in den Tod zu tauchen, und die Menschen setzten alles daran, um Häuser, Waffen, Kirchen und Friedhöfe zu erbauen … genauso fühlte er sich: im Gegenwind, die Augen geschlossen, um den Sinn zu suchen. Und außerdem war ihm unwohl, sein Hals war geschwollen, und seit dem Morgen hatte er Fieber.

»Jetzt ist er oben bei einer seltsamen Versammlung«, sagte

Bosone. »Wie du siehst, hat er mich nicht dazugerufen, er hat Bartholomäus von Grottaferrata herbeigeholt und hat auch Johannes Gratianus kommen lassen, den Erzpriester von San Giovanni a Porta Latina. Warum gehst du nicht hinauf, du hast freien Zutritt. Ich bin sicher, dass er die Hälfte seiner Kräfte darauf verwendet, zu zeigen und zu beweisen, dass er sich von dir fernhalten kann.«

»Ich gehe nachher zu Dorotea. Zu ihm werde ich mich morgen begeben. Ich werde Euch berichten, Herr.«

Doroteas Wohnung war für ihn in dieser Zeit zu einer Zufluchtsstätte geworden. Sie würde ihn pflegen, und er würde länger als die übliche halbe Stunde seiner normalen Besuche dort bleiben. Und so war es auch: Er blieb drei Tage bei ihr. Sie ging aus, kam wieder nach Hause und bereitete ihm Heiltränke, gab ihm zu essen. Sie setzte sich auf den Rand des Bettes und sprach mit ihm und erzählte ihm Geschichten, die sie in der Küche oder im Refektorium gehört hatte. Sie hielt seine Hand zwischen den ihren, durch die kleinen Fenster drang die Kühle eines verspäteten Frühlings. Das hohe Fieber vergrößerte die üblichen Dimensionen, und ihr Gesicht strahlte hilfreiche Geborgenheit aus. Er konnte sich an ihren Augen festhalten, an ihrem Mienenspiel, an ihrer Stimme, die ihm das ganze Spektrum der Gefühle, in denen er lebte, vermittelte. Aus ihnen holte er den Traum seines Verlangens, sie nahe bei sich zu haben, ihr Körper auf dem seinen, das Gewicht ihrer Glieder, Schultern, Brust, Bauch, Beine, ihre Füße. Es war so stark, dass in diesem Bild seine Freude mit einem traurigen Zauber unterlegt war.

Am Ende des dritten Tages erfuhr er, dass man ihn im Palast suchte, und am folgenden Morgen, er war noch nicht völlig gesund, ging er zunächst in den Stall, um seiner Nuvola Hafer zu geben, und dann fand er sich im Vorzimmer des Papstes ein.

»Seit gestern lässt er Euch suchen«, sagte Primicerius Massilius. »Er hat Diener nach Santa Maria und nach Sant' Agnese geschickt, und einen hat er vor Eurem Zimmer aufstellen lassen. Was er von Euch begehrt, weiß ich nicht, doch er will Euch allein treffen. Offensichtlich zählen ich und der Protoscriniarius nichts mehr. Dort drinnen sind Bartholomäus von Grottaferrata und dieser Erzpriester von San Giovanni a Porta Latina. Den vierten Tag schon spricht er vom Morgen bis zum Abend mit ihnen. Ich verstehe nichts mehr. Ich denke, Ihr könnt eintreten. Es ist nunmehr sinnlos, Euch anzumelden.«

Der Papst stand am Fenster und wandte sich bei seinem Eintreten nicht um. Die anderen saßen am Tisch einander gegenüber. Sie sprachen nicht, und Vildericus erkannte den berühmten Abt von Grottaferrata an der Kukulle, die dieser trug.

»Ihr habt nach mir suchen lassen, Eure Heiligkeit?«

»Überall, drei Tage lang, wo, zum Teufel, hattest du dich versteckt?«

»Ich bin krank gewesen, doch als ich erfuhr, dass ...«

»Schon gut, schon gut. Das ist Vildericus von Sutri, aus der Abtei Farfa«, sagte er und wandte den Anwesenden erneut den Rücken zu. »Er schreibt unsere Chronik und genießt mein Vertrauen, ah, aber Ihr habt ihn ja schon im letzten Jahr bei der Synode kennen gelernt! Du weißt wohl bereits, wer diese beiden Persönlichkeiten hier sind.«

»Ja, Eure Heiligkeit. Ich grüße Euch untertänig und demütig«, sagte er zu den beiden, »im Namen unseres Herrn Jesus Christus.« Er ging zu dem Abt, küsste ihm die Hand und sagte: »Es ist mir eine Ehre, Euch wieder zu sehen. Der Erste, der mir von Euch gesprochen hat, von Eurem Wirken, von der Basilika, die Ihr habt bauen lassen, ist Hugo von Celano gewesen.«

»Ah, Hugo von Celano, ein großer Geist. Er kam im Jahr 1032 zu uns und blieb eine ganze Woche. Er war begierig, die Basiliusregel kennen zu lernen, und brachte mir ein kostbares Messbuch zum Geschenk, das von kundiger Hand ausgemalt worden war, und ich schenkte ihm die letzte Kopie, die ich hatte anfertigen lassen, die *Isagoge* des Porphyrios in der Übersetzung des Boethius. Hast du sie lesen können?«

»Ja, mit großer Freude und mit unangenehmen Gefühlen, denn ich habe befürchtet, dass dort ein Gedankengang ohne Ende geöffnet wird. Ich erinnere mich, dass ich mich gefragt habe, ob neben dem Lachen auch das Töten dem Menschen eigen ist und ob des Menschen Schicksal außer rot oder grün nur Zufall ist.«

»Das Schicksal ist kein Zufall; es ist das, was gegenwärtig oder abwesend ist, ohne dass der Einzelne davon geschädigt wird«, wandte Johannes Gratianus ein. »Seine aristotelische Logik hat mich nie begeistert.« Er war ein Mann in den Fünfzigern, mit einem langen, grau durchwirkten Bart und einem dichten weißen Haarschopf, der ein feines Gewand mit kostbaren Stickereien trug und dessen Gesicht eine respektvolle und vorsichtige Neugierde ausdrückte.

»Gut, gut, die Vorstellungen sind nun erfolgt, können wir weitermachen?«, fragte der Papst.

»Wenn du nervös bist, Theophylakt, dann ist es besser, zu warten. Wir trinken etwas, und du beruhigst dich indessen, einverstanden?«, fuhr ihn Bartholomäus gebieterisch an.

»Ja, ja, verzeiht mir, ich bin ja ruhig.«

»Nun, dann bleibt uns wohl nichts anderes übrig, als diesem jungen Mönch von den Entscheidungen zu berichten, denen wir uns nähern.«

»Ja, ach ja«, begann Benedikt IX. und setzte sich Vildericus gegenüber. Er stützte die Ellbogen auf den Tisch, presste die Hände ineinander, bis die Finger rot wurden, hüstelte gezwungen und sprach: »Ich bin der wahre, der einzige Papst. Dieser Dummkopf, der sich von den Crescentiern zum Papst hat wählen lassen, zählt überhaupt nicht, und außerdem wird mir versichert, dass er in die Sabina zu seinen Schafen zurückkehren will. Also, diese römischen Schweine …«

»Es sind alles getaufte Katholiken«, griff der Abt ein, »nicht solch derbe Worte!«

»Ich bitte um Vergebung, Vater Abt. Also, ich glaube nur widerwillig, dass diese Römer, nun, sie mögen mich einfach nicht. Ich weiß nicht, warum, denn ich habe ihnen geholfen, habe ihnen aus den Abruzzen unzählige Ladungen voll Getreide kommen lassen, um ihren Hunger zu lindern. Und wenn ich nicht zu jener Stunde in der Kirche San Lorenzo in Miranda eingegriffen hätte, wären nur noch die Hauptmauern übrig … Es ist eine Lösung, die mich viel kostet, ich kann nicht … Sagt Ihr es, Vater Abt, ich bitte Euch …«

»Ich halte es für angebracht, dass unser lieber Sohn Theophylakt sich zurückzieht, freiwillig, und das wird für ihn große Ehre bedeuten. Es wird ein würdevoller Abgang sein.«

Ein lastendes Schweigen legte sich auf die Anwesenden, und Vildericus hatte den Eindruck, dass die drei zu Marmor geworden waren: zu einem gutmütig-melancholischen Marmor der Abt, zu einem schläfrigen Marmor der Erzpriester, und ein Marmor, der sich einige Tränen herauspresste, wie dies gewisse falsche Reliquien tun, der Papst. Dann bohrte sich der Erzpriester mit dem Zeigefinger im rechten Ohr und sagte:

»Hier komme ich ins Spiel.«

»Warte!«, unterbrach ihn Benedikt IX., und an Vildericus gewandt, fragte er diesen, was er darüber denke.

»Eure Heiligkeit, es ist mir bewusst, dass es schwer ist, die Straße, die Euch nach Rom und zum Pontifikat geführt hat, wieder zurückzugehen, und nicht immer urteilen die Menschen richtig.«

»Na also! Hört ihr!?«

»Auf der anderen Seite besitzt der Abt von Grottaferrata ein solches Ansehen und eine solche Autorität, dass seinem Rat eine Weisheit und eine Menschlichkeit innewohnen, denen nicht zu folgen ein Wagnis wäre. Und dennoch ist es allein Eure Entscheidung. Ihr allein müsst einen Entschluss fassen.«

Nunmehr wurde er selbst zu Marmor, zu einem heuchlerischen Marmor, da er diese Sätze eines untertänigen Dieners ausgesprochen hatte.

»Also auch du ziehst dich zurück und verlässt mich.«

»Nein, solange Ihr hier seid, werde ich bei Euch sein. In der Vergangenheit habt Ihr Entscheidungen getroffen, denen ich nicht beipflichten konnte, Ihr habt ein Verhalten gezeigt, das ich in meinem Herzen verurteilt habe, doch ich habe nie wider Euch gehandelt.«

»Theophylakt, ich habe dich getauft«, schaltete sich Bartholomäus ein, »und später, wenn du ins Kloster gekommen bist, habe ich dich auch etwas gelehrt. Der Rat, den ich dir gegeben habe, ist das Ergebnis meines ernsthaften Nachdenkens. Ich will nicht weiter auf die Gleichgültigkeit der Römer eingehen, sie sind Ränkeschmiede, wechselhaft, sie wenden sich immer der Seite zu, die ihnen die saftigsten Brotlaibe verspricht. Doch es fehlt ihnen nicht an Menschlichkeit. Möglicherweise hast du nichts getan, um sie für dich zu gewinnen. Ich bin überzeugt, dass dies im Augenblick die beste Lösung für dich ist, doch wie bereits dieser tüchtige und aufrichtige Vildericus gesagt hat, musst du dies selbst und frei entscheiden und dabei auch berücksichtigen, dass Johannes Gratianus niemals eine Marionette der Crescentier werden wird. Denk darüber nach. Nun verlasse ich dich, ich muss unbedingt nach Grottaferrata zurückkehren. Werter Vildericus, es hat mich gefreut, dich kennen zu lernen, und Ihr, Johannes, gehabt Euch wohl. Gott sei mit Euch.«

Benedikt IX. sprang zu ihm hin, um sich von ihm zu verabschieden. Er begleitete ihn zur Tür, und der Abt machte ihm mit dem Zeigefinger und dem Mittelfinger ein Kreuzzeichen auf die Stirn.

»Nun zu uns beiden.« Er sah den Erzpriester an. Als er bemerkte, dass Vildericus sich zur Tür hin bewegte, sagte er: »Bleib hier, du musst dir auch das Übrige noch anhören. Ich bitte dich, setz dich wieder.«

»Aber wäre es nicht besser, wenn ...«, versuchte der Erzpriester einzuwenden.

»Glaubst du im Ernst, Johannes, dass wir beide unseren Pakt niederschreiben können?! Vildericus kann den Mund halten, und er wird der Zeuge unserer geheimen Abmachung sein. Nun, ich kann mich nur zurückziehen, wenn ich die völlige Gewissheit habe, dass du gewählt wirst, damit die Ansprüche dieses Silvester III. hinweggefegt werden. Seit zwei Tagen warte ich auf die Ergebnisse: Deine Familie ist sehr reich, welche Unterstützung gewährt sie dir?«

»Eine außerordentliche moralische Unterstützung …«

»Ich habe etwas anderes gemeint, die konkrete Hilfe, bei Gott! Das Geld!«

»Ach ja, natürlich, wartet: Die Summe ist, zumindest soweit ich weiß, nun … fünfzig… nein, sechsundfünfzigtausend Pavesi in Silber und sechstausend Soldi in Gold.«

»Was hast du bisher damit getan?«

»Es war mein Schwager, der, wie soll ich sagen, sie verteilt hat.«

Vildericus gelang es, seine Bestürzung zu verbergen und weiterzuatmen: Die beiden schienen Komödianten zu sein, die im Begriff waren, eine grobe Posse aufzuführen. Die Lehren Farfas – Schlichtheit, Aufrichtigkeit, Demut, Hingabe und Gebet – lösten sich auf wie die überirdische Vision eines engelhaften Irren vor jenen beiden, die auf dem Boden herumkrochen mit ihrem Geifer aus Gold, Berechnung und Verachtung.

»An wie viele? An wie viele verteilt? Es gibt fünfundzwanzig Kardinalpriester, sieben Diakone, zu denen diejenigen aus dem Umland Roms hinzukommen. An wie viele von diesen?«

»Er hat zu mir von einundzwanzig gesprochen, und es fehlten noch zwei – Kardinal Bosone und der Kardinal von Portus. Ich denke jedoch, dass es mit diesen keine Schwierigkeiten gibt, was meint Ihr, Eure Heiligkeit?«

»Einundzwanzig. Das hängt davon ab, wie sie es aufgenommen haben. Gewiss kann Gold Wunder bewirken, doch ich kenne auch Menschen, die das Geld angenommen und dann ihre Aufgabe nicht erfüllt haben. Und die Milizenführer? Und das Volk? Wird es Euch gelingen, zumindest zweihundert von ihnen zu gewinnen?«

»Was das betrifft, so könnt Ihr beruhigt sein. Einer meiner Brüder ist damit befasst, mit einem ausreichend saftigen Brotlaib, wie Bartholomäus sich ausdrückte.«

Vildericus hätte aufspringen mögen und mit rauer Stimme, ausgestrecktem Arm und drohendem Finger zornig dagegen anreden. Eine lächerliche Möglichkeit, sich der Scham zu entledigen, doch er hatte den Eindruck, dass selbst die Mauern des Raumes, die seit undenklichen Zeiten schon an Handel dieser Art gewöhnt waren, ihn ausgelacht und ihn dann aus ihrem Geviert ausgestoßen hätten, wie einen armen Idioten mit einem von unwirklichen Ansinnen durchlöcherten Geist … Ihm kam der bulgarische Gärtner in den Sinn, der Bogomile, und dessen bescheidenes Leben, die tägliche Arbeit, der ernsthafte Glaube, mit dem er das bewahrte, was er in seiner Heimat hatte zurücklassen müssen – die Eltern, die Geschwister. Ein stummer Bote des göttlichen Herrn …

»Vildericus, du darfst nicht unaufmerksam sein«, sagte Benedikt IX., »dies ist der heikelste Punkt unserer Vereinbarung. Du musst dir das genau anhören und im Gedächtnis behalten: Johannes Gratianus … übrigens, Johannes, hast du schon den Namen ausgewählt?«

»Gregor VI. würde mir sehr gefallen.«

»Was mich betrifft, so ist das in Ordnung. Also: Du, Vildericus, weißt vielleicht nicht, dass wir jedes Jahr vom König und vom Primas von England den Obolus für Sankt Peter erhalten. Nun, diesen Obolus wird der zukünftige Papst Gregor VI. in voller Höhe, ob in französischen oder venezianischen Münzen, persönlich an mich übergeben. Dies ist eine heilige Aufgabe. Johannes, wiederhole das mit lauter Stimme in angemessener Form!«

»Heute, am vierundzwanzigsten Tag des Monats April im

Jahre 1045 seit der Menschwerdung unseres Herrn, werde ich, Johannes Gratianus, einmal zum Papste gewählt und so lange bis ich … wie sagt man hier?«

»Mach du einen Vorschlag, Vildericus.«

»Solange ich dieses Amt innehaben und nicht vom Tode eingeholt werde und meine Seele zu Gott aufsteigt, um sein unanfechtbares Urteil …«

»Nun, dies ist vielleicht ein wenig übertrieben«, bemerkte der Erzpriester.

»Nun suche nicht nach deinen Eiern, Johannes, du wirst keine finden«, sagte der Papst lachend.

»Aber was sagt Ihr da, Eure Heiligkeit?! Ich suchte nach einem Schnäuztuch, seht Ihr nicht? Ich habe eine Erkältung.«

»Nun, los, bring es zu Ende! Einmal zum Papst gewählt …«

»Ah, ja, danke: Einmal zum Papst gewählt, und solange ich in diesem Amt sein werde, erkläre ich in guter Absicht, dass ich den Obolus von Sankt Peter, der uns vom König und vom Primas Englands übergeben werden wird, in voller Höhe an Theophylakt von Tusculum, zurzeit Papst mit dem Namen Benedikt IX., aushändigen werde.«

»Gut so. Du, Vildericus, bist Zeuge und Garant. Ich entlasse euch nun, ich bin müde … Johannes, deine Familie ist auch unserer Unterstützung gewiss, vergiss das nicht. Ich danke euch.«

Für den 1. Mai notierte Vildericus in seinem Tagebuch: Beeindruckender Umzug Benedikts IX. mit seiner Habe in den Palast in Trastevere.

2. Mai: Ein regnerischer Donnerstag, in San Michele in Sassia Zeremonie der Wahl des Johannes Gratianus, gefolgt von einem Empfang am Nachmittag im großen Triclinium ohne viel Prunk, meine Anwesenheit von Bosone und Massilius befohlen. Besuch bei D.

3. Mai: Von Benedikt IX. zur sechsten Stunde in seinen

Palast in Trastevere bestellt. Habe ihn zur Villa von Gerardo de Saxo begleitet, neben der neuen Kirche San Silvestro am Hang des Quirinal. Der Anspruch des Tusculaners auf die versprochene Tochter vom Vater zurückgewiesen, Drohungen des Papstes und Niedergeschlagenheit bei der Rückkehr. Bosone und Massilius wieder eingesetzt, und eine überraschende Neuigkeit: Ein Zimmer im päpstlichen Gemach ist Hildebrandus von Soana zugewiesen, der allerdings noch nicht im Palast erschienen ist. Besuch bei D.

4. Mai: Große Ruhe in der Stadt. Gratianus ist außerhalb seiner Diözese nicht sehr bekannt, vielleicht allgemeine Erschöpfung; guter Erfolg bei einer gleichmäßigen Verteilung von Getreide und Gemüse, neuer Präfekt Gismondo von Cori, erstes Dekret über die Wiederaufstellung der städtischen Miliz.

5. Mai: Zweites Dekret über die Verleihung aller Befugnisse bei der Lebensmittelausgabe an Massilius. Die Crescentier haben ihre Truppen aus der Città Leonina abgezogen, und Silvester III. ist in die Sabina zurückgekehrt. Die Stimmung im Palast ist verändert, aus dem alten Moder wächst die Ernsthaftigkeit hervor. Man könnte sagen …

Er wollte schreiben, dass dieser Papst weniger unbegabt sei, doch es klopfte, und in der Tür erschien Hildebrandus von Soana. Vildericus schloss das Buch, ging ihm entgegen, und sie umarmten sich.

»Ihr habt euch vom Antichristen befreit, ihr werdet zufrieden sein.«

»Lass uns hoffen, dass die Erleichterung von Dauer sein wird; wir verdanken das dem Abt von Grottaferrata. Bartholomäus ist ein großer Freund meines Onkels Enricus, der sich beklagt, dass du ihn nicht mehr besuchen kommst.«

»Bei all den Wirren der letzten Monate … Ich werde bald hingehen, vielleicht sogar morgen schon, vorausgesetzt, dass mich der neue Papst nicht durch jemand anderen ersetzt.«

»Daran ist überhaupt nicht zu denken! Wir brauchen Männer von deinem Format. Wir brauchen Ordnung, Disziplin, Strenge. Hier müssen wir bei den Fundamenten beginnen, es genügt nicht, schadhafte Stellen auszubessern, und wir müssen von hier aus ein Beispiel geben, ein Pontifikat des Lichtes, das seine Pflichten erfüllt und der Gipfel einer Pyramide sein wird ...«

»Mit drei Päpsten?«

»Zwei von ihnen haben wir gerade fortgejagt.«

»Und der dritte?«

»Ich weiß, dass du dabei warst, als die Vereinbarungen getroffen wurden!«

»Als der Handel gemacht wurde, Hildebrandus!«

»Ich weiß, ich weiß, ich weiß! Doch das war notwendig. Im äußersten Notfall bedient sich die Politik auch besonderer Mittel und geht bittere Kompromisse ein. Johannes Gratianus ist ein aufrichtiger Mann, ich kenne ihn seit zwölf Jahren. Er war einer meiner Lehrmeister. Wenn Geld verteilt wurde und wenn das Geld angenommen wurde, so zeigt dir das, in welcher Verfassung unsere Kirche heute ist!«

Die Politik, die Kirche, die Pyramide! Vildericus hatte ein ungutes Gefühl. Die Menschen, die er bis dahin gekannt hatte, trugen Masken, die der Charakter Jahr für Jahr geformt hatte, indem er den Schnitt und das Leuchten der Augen, die Wölbung und die Höhe der Stirn, das Zusammenspiel des Mundes mit dem Kinn, die Bewegungen der Hände und der Beine, und jedes Zeichen, das der Körper in seiner Gesamtheit in der Luft beschrieb, für seine Eigenheit zurechtbog. Doch der Mann, den er hier vor sich hatte, trug zwei Masken, jene mit dem festen Blick, der hinter dem suchenden Blick verborgen lag und sich einem anzunähern suchte, und jene mit der gefälligen, entschiedenen, ehrlichen und einschmeichelnden Stimme, in deren Schwingungen eine vielleicht unverhältnismäßige Zielstrebigkeit und der beharrliche Duft ganz persönlicher Ideale zu erahnen waren.

»Eure Rede aber sei ja, ja; nein, nein«, flüsterte Vildericus fast, als wolle er sich selbst daran erinnern.

»Aber um dorthin zu kommen … Der Weg ist ein schmaler Pfad, Vildericus, er schlängelt sich mitten durch eine Menschheit hindurch, die nicht den zwölf Aposteln gleicht. Und die Kirche darf nicht mehr unter der Herrschaft weltlicher Mächte leiden, wenn sie die christliche Ordnung, die zu festigen wir aufgerufen sind, wiederherstellen will. Herrische Familien, Könige und Kaiser, mit ihren Söldnern und Heeren, haben aus der von unserem Herrn gewählten Stadt einen unruhigen und versklavten Ort gemacht. Wir müssen uns ändern. Wir dürfen uns der Welt niemals mehr demütig, freundlich und nachgiebig zeigen, ansonsten erdrücken sie uns weiter, und die Verderbtheit wird ihre Laster beibehalten!«

Vildericus bewunderte ihn, und ein wenig beneidete er diesen vortrefflichen Sophisten auch, sein strenges und vollkommenes Gedankengebäude, das bereits jetzt tragende Wände und ein Dach hatte, auch wenn es bisher nur aus Worten bestand.

»Meine Gedanken sind bis jetzt nur Träume, und deine, welche sind deine? Ich weiß nur so viel, um dich den fernen Unnahbaren zu nennen.« Und als hätte Vildericus seine Gedanken gelesen, fügte er hinzu: »Nur, dass du solide Mauern erbaut hast, aber das Dach fehlt noch. Vildericus, nimm das Angebot an, mit mir und Gregor VI. zusammenzuarbeiten.«

»Welche Aufgabe hat er dir übertragen?«

»Er will mich als seinen Kaplan.«

»Ich freue mich, Hildebrandus, doch ich wünsche mir, dass du nicht nur bei der Beichte und in der Messe helfen kannst.«

Vildericus besaß dieses Feuer nicht, und auch als Hildebrandus von Soana sich vor der Tür umwandte, um sich zu verabschieden und ihn heftig zu umarmen, beschränkte er sich darauf, diesen Gefühlsüberschwang über sich ergehen zu lassen. Sein Herz war lau, und er fühlte eine zögerliche Distanz zwischen sich und den anderen, eine Distanz auch zwischen sich und dem Christus der Psalmen, der Lobgesänge und der Lieder, als ob das Band, das ihn blind mit dem Kreuz vereinigte, sich gelockert und das Gespräch auf die Stimme der Gebete verzichtet habe, um sich in die Stille eines Geheimnisses einzuschließen. Dieses Band hatten andere gelockert, andere hatten ihm die Neigung zur stummen Hingabe und deren Tröstung eingegeben. Jetzt wollte er allein sein, um die Nägel zu entfernen, er wollte allein sein, um Christus in die Auferstehung zu begleiten, er wollte allein sein, um ihn zu sehen und sich auf den Boden zu werfen, damit er nicht geblendet werde, er wollte allein sein, um zu ihm zu sprechen, um somit eine größere Liebe zu geben und zu empfangen.

Nachdem er nun die Tür hinter sich geschlossen und sich auf der Bank niedergekniet hatte, erinnerte er sich daran, was ihm sein alter Pfarrer am Abend, bevor er Sutri verlassen hatte, gesagt hatte; der Mann, der in Paris und in Cluny gewesen war und alle Kodexe gelesen hatte, die Gerbert von Aurillac mit nach Rom gebracht hatte: »Denke immer mit deinem eigenen Kopf, auch wenn du dem strengsten Gehorsam ausgeliefert bist, und sprich die gemeinsamen Gebete danach immer noch einmal für dich, und sprich auch die neuen Worte, die dir dein Fühlen eingibt, so wird dein Herz aufrichtig bleiben.« Ja, er wusste, dass es zwei Orte gab, an denen er mit IHM in Kontakt treten und SEINE Gegenwart spüren konnte: die Gemeinschaft und die Einsamkeit. Und es war eher die Zweite, das Dunkel in den Höhlen seines Kopfes, wo er den großen und seltenen Diamanten finden konnte. Ja, er hatte sich verändert, die Kirche in ihm fiel soeben in sich zusammen, und es blieb nur die Gemeinschaft der Armen, der Gedemütigten, der schuldlos Bestraften, der Kinder, die ihn mit ihren vor Hunger riesigen Augen ansahen ... Er rappelte sich auf und ging in die Küche hinunter. Der Koch hatte ihm vom Abend zuvor das beiseite gelegt, was er hatte finden können, und Dorotea half ihm, alles in den Sack zu tun, und sagte, dass sie mit ihm sprechen müsse. Sie würde gegen die neunte Stunde zu Hause sein. Vildericus ging zu den Ställen, und noch bevor er eintrat, vernahm er schon das Wiehern des Pferdes, das ihn erwartete. Er ging in Richtung Esquilin, in eine Gegend, in der er noch nicht gewesen war, und in der Nähe von Santa Prassede betrat er eine enge, belebte Gasse zwischen zerfallenen Häusern. Noch nie hatte er einen solch üblen Gestank vernommen, das mussten Hammelfett und viel Unrat sein. Er und das Pferd wurden mit misstrauischer Neugierde umringt, die sich auch nicht auflöste, als er begann, das Brot und die Früchte an die vielen Kinder zu verteilen.

Vildericus sprach bei diesen Gelegenheiten gewöhnlich nicht, nur hin und wieder machte er das Kreuzzeichen; die Gewohnheit von Priestern und Mönchen, die Barmherzigkeit mit Sätzen und Segnungen voller Anspielungen zu begleiten, um somit einzuflüstern oder zu bestimmen, dass das Brot mit der Seele des Wohltäters gleichzusetzen sei, hatte ihn immer zutiefst entrüstet. Für ihn war es ein Gesetz, dass die rechte Hand nichts von der linken wusste. Und auf die Dauer war es seine schweigsame Ernsthaftigkeit, die das Misstrauen dieser Menschen in ein vorsichtiges Vertrauen wandelte. Ein älterer Mann näherte sich ihm und fragte ihn, was er für dieses Brot und diese Orangen erwarte.

»Nichts«, antwortete Vildericus, und er erzählte ihm, woher diese Speisen stammten und dass er nichts weiter tue, als diese an Menschen zu verteilen, die ihrer bedürften.

»Wir brauchten hier schon etwas, wir kommen immer nur mit Mühe durch. Doch es gibt Menschen, die haben es noch nötiger als wir.«

»Noch viel nötiger als wir, und niemand hilft ihnen«, fügte ein Weib hinzu.

»Hier? Hier in der Nähe?«

»Hast du noch etwas übrig? Hast du Kerzen?«

Vildericus öffnete den Sack und antwortete, dass er noch Brot habe und einige Orangen, doch keine Kerzen. Der Mann erschien kurz darauf mit einer winzigen Laterne und einer Fackel und bat Vildericus, ihm zu folgen. Hinter San Martino di Tours kamen sie in ein Viertel, in dem die Häuser weiter auseinander lagen und von kleinen Gärten umgeben waren, danach gelangten sie auf ein unbebautes Gebiet mit einigen wenigen Akazien und den Überresten von dicken Backsteinmauern. Zwischen einigen dicht beieinander stehenden Sträuchern tat sich plötzlich ein schmaler abschüssiger Pfad auf, der in einem düsteren Gang aus Tuffstein endete, der wiederum von einem zerfallenen Gewölbe überspannt wurde. Dort kauerten etwa zehn Männer und Frauen verschiedenen Alters auf dem Boden oder auf den Überresten von Postamenten um das, was von einer Feuerschale geblieben war. Alle waren in Lumpen gehüllt. Drei von ihnen, die der Anblick des Pferdes und des Mönches erschreckt haben mochte, standen auf und entfernten sich. Der Führer ging zu einem alten Mann, beugte sich über ihn und sprach mit ihm, dann bat er Vildericus, das Pferd irgendwo anzubinden, den Sack zu nehmen und diesen Menschen einen Teil des Brotes zu geben. Dass Vildericus die Verteilung mit einer gewissenhaften Langsamkeit vornahm, war auch zum Teil der Tatsache geschuldet, dass ihm die Hände vor Verlegenheit und Scham zitterten.

»Jetzt können wir gehen«, sagte der Führer, und nachdem er die Fackel an der Flamme der kleinen Laterne angezündet hatte, stiegen sie weiter hinab, und er fügte hinzu: »Gib Acht, wohin du die Füße setzt, denn die Stufen sind glatt, und einige sind kaputt. Es ist besser, wenn du direkt hinter mir hergehst.«

Fünfundzwanzig Stufen waren es, danach kam ein fast ebener Gang. Aus den Wänden traten in Abständen Teile von Säulen hervor, die keine Rillen aufwiesen, und in Spalten, die sich auf Augenhöhe befanden, waren Kanalratten zu sehen. Nach einer Biegung verbreiterte sich der Gang und mündete in einen ersten Raum, der sich wieder verengte, um dann in eine recht große Halle überzugehen. Oben im Gewölbe, das die Form eines umgedrehten Trichters hatte, befand sich in etwa fünfzehn Metern Höhe ein Gitter, durch das ein spärlicher Schimmer von Tageslicht drang. An den Wänden waren Reste von verblassten Malereien. Etwa dreißig vom Hunger ausgezehrte Menschen lagen auf Matten und Matratzen, fast alle unter unglaublich schmutzigen Tüchern oder Decken. Überall waren aufgerissene Säcke mit Bergen voller Lumpen jeglicher Art. Der Gestank war unerträglich.

»Dort hinten«, flüsterte ihm sein Führer zu, »in dieser Höhle, hörst du das Geräusch? Dort liegt ein Teil des alten Abwasserkanals, und sie benutzen ihn, um ihre Notdurft zu verrichten. Viele von ihnen sind krank. Hier unten ist es zumindest etwas wärmer als oben. Sie gehen nur im Sommer ins Freie.« Mit lauter Stimme sagte er: »Dies ist ein Mönch, er hat euch etwas zu essen mitgebracht.«

Niemand hatte sich gerührt, um die beiden Ankömmlinge anzusehen. Zunächst antwortete keiner, dann sagte ein junger Mann, der mit überkreuzten Beinen auf dem Boden saß: »Er möge das auf diese Bank dort tun, und du, kannst du uns die Laterne überlassen?«

Der Alte stellte die Laterne auf die Bank, und Vildericus legte das, was an Brot und Früchten übrig geblieben war, daneben. Er war bestürzt, und einen flüchtigen Moment lang überkam ihn der Gedanke, etwas zu sagen, ein Wort des Trostes, sie fühlen zu lassen … doch er wusste nicht, was. Hier unten war das gewöhnliche Menschsein aufgehoben, der Glaube eine Verschwendung, die Pein Christi verflogen und die Auferstehung sinnlos. Diese Menschen, die zu verletzten Tieren geworden waren, sprachen das Urteil über ihn, über alle lebendigen Wesen, Dinge, Völker, Worte, Riten, Gebete, über die Familie und über alles, was er erfahren und – bis zu diesem Zeitpunkt – geträumt hatte.

»Lasst uns gehen«, sagte der Alte, »lasst uns fortgehen.« Und als sie sich kurz darauf vor San Martino verabschiedeten, fügte er hinzu: »Von dieser Sorte Höhlen gibt es in dieser Gegend vielleicht noch zehn. Erzähle das, was du gesehen hast, im Palast.«

Später, nachdem er das Pferd in den Stall zurückgebracht hatte, betrat er die Basilika, die zu dieser Stunde menschenleer war. Er kniete im rechten Seitenschiff nieder und sprach die Gebete, die für die neunte Stunde vorgeschrieben waren, und die Tagespsalmen. Sein Sprechen war sinnlos, sein Flüstern mechanisch, was ihn unter anderen Bedingungen gewarnt hätte. Doch es waren zumindest vertraute Worte, die ihn gleichermaßen aufrecht hielten, weil sie die Erschöpfung, die er verspürte, anfüllten und das übermächtige Grauen abschwächten, sodass er am Ende ehrlich sagen konnte: »Jesus Christus, mein Herr, sei großmütig in deinem Erbarmen und deiner Barmherzigkeit.«

Später ging er zu Dorotea. Er fand sie vor ihrem Schrank vor, wo sie damit beschäftigt war, Wäschestücke, Kleider und Tücher auf dem Bett aufzuhäufen. Sie lächelte, ein Lächeln, das er noch nie auf ihrem schönen Gesicht gesehen hatte, ein gezwungenes Lächeln voller unsicherer Nervosität, das ihm einen Stich ängstlicher Neugierde versetzte. Sie spürte das sofort, und ihr Gesicht wurde ernst.

»Vildericus« – sie war blass geworden –, »setzt Euch bitte nieder. Nun, auch ich setze mich. Ich weiß nicht, wo beginnen … Ich hätte Euch fragen sollen, ob … bevor ich zusagte …«

»Geht Ihr auf eine Reise?«

»Ja. Ja, ich hätte Euch vorher fragen sollen …«

Vildericus sah sie an, sein Atem ging vor Verzweiflung flach. Sie sah auf ihre gefalteten Hände. »Gestern bei der Messe in der Basilika stand ich neben einer Gruppe Pilger und habe gehört, wie sie sprachen. Sie sprachen wie ich, wie man in Ravenna spricht. Ich bin zu ihnen gegangen und habe ihnen gesagt, wer ich bin, und eine der Frauen hat mich umarmt. Sie kennt meine Mutter, sie ist eine Freundin von ihr und hat mir erzählt, dass es meiner Mutter schlecht geht und dass sie nur noch von mir spricht. Da wusste ich, dass ich sie sehen muss … ich muss fort, Vildericus. Ich muss.«

»Aber natürlich, Dorotea, das ist richtig, Ihr müsst fort.«

Sie saßen auf dem Bettrand. Die Frau wandte sich ihm zu und umarmte ihn und drückte ihn so fest, dass ihm der Atem wegblieb. Sie schluchzte und flüsterte Liebesworte und dass sie fern von ihm die Qualen der Hölle erleiden würde, dass sie zurückkäme, denn sie wolle für immer bei ihm sein, auch wenn sie sich nur mit ihren Seelen lieben dürften, und dass nur der Tod sie trennen könne.

Vildericus hielt sie sanft in seinen Armen. Ihre weiche Brust war gegen ihn gepresst, und er spürte ihr süßes, schmerzliches Fleisch, den süßen, prallen Busen. Ihr Hals war neben seinem Mund, und er bemerkte die Veränderung, die mit ihm geschah. Er schloss die Augen und lenkte seinen Geist auf die Trennung, die Entfernung und die Einsamkeit, die er noch nie zuvor verspürt hatte, er, der Einsamkeit kundig, war unerfahren in diesem neuen Schmerz.

»Wann reist Ihr ab?«

Dorotea machte sich von ihm los und trocknete sich die Wangen und die Augen.

»Morgen in aller Frühe. Sie holen mich mit ihrem Wagen ab. Ich werde vor Santa Croce auf sie warten.«

Sie hatte das abendliche Mahl bereits vorbereitet. Sie sprachen nur stockend über die Reise, über den Weg dorthin, über Ravenna. Vildericus erinnerte sich, dass er immer noch die drei Goldstücke bei sich trug, die ihm Benedikt IX. gegeben hatte, und er reichte sie ihr. Er erzählte ihr auch von den Münzen des Johannes von Galeria und dass er nicht die Gelegenheit gehabt hatte, sie ihr zu geben, und dass er sie dazu verwendet habe, einigen armen Bauern zu helfen. Sie bat ihn, einen der beiden

Schlüssel zu ihrem Haus zu behalten. Dann verabschiedeten sie sich voneinander, und Vildericus kehrte zum Palast zurück.

## 44

Der Sommer kam früh, bereits Ende Mai. Im Lauf dieses Monats notierte Vildericus in seinem Tagebuch das Ergebnis seiner Vermittlung beim Papst, das ihm mit der Bürgschaft von Hildebrandus zugunsten der Bewohner der Grotten am Esquilin gelungen war. Nach seinen eigenen Nachforschungen gab es deren sieben mit etwa einhundertfünfzig Bewohnern. Gregor VI. beauftragte den Präfekten, die Kranken in einige Hospitäler zu bringen, und den anderen gewährte er eine monatliche Gabe von etwa zehn Säcken Weizen oder Emmer. Vildericus schrieb in der Chronik über den beängstigenden Anstieg eines gewaltsamen Räubertums, das sich wie eine Feuersbrunst in den Bergen der Sabina und in Tuszien, aber vor allem in der Campania ausbreitete. Im Juni vermerkte er, dass Papst Gregor VI. und Hildebrandus von Soana militärische Vorbereitungen träfen, um die Ordnung in diesen Gegenden wiederherzustellen.

4. Juni: Täglich Besuch bei Bosone, der krank ist. Es geht ihm sehr schlecht, hohes Fieber, schwere Atmung und dunkle Flecken am ganzen Körper.

7. Juni: Kardinal Bosone ist gestorben. Kurz vor seinem Hinscheiden hat er mich gebeten, mich seiner Frau anzunehmen und ihr seelischen Beistand zu leisten. Er hat ihr alles hinterlassen. Die Beisetzung ist übermorgen. Gregor VI. hat die Frau gebeten, nicht daran teilzunehmen. Ich bin sicher, dass er und vielleicht auch Hildebrandus sich nicht zeigen werden.

10. Juni: Ich bin bei der Witwe in ihrem Haus am Caelius gewesen und habe ihr das Begräbnis beschrieben. Sie hat ohne Unterlass geweint. Plötzlich hat sie mich umarmt und versucht, mich zu küssen. Dann hat sie sich auf einen Diwan gelegt, hat

den Rock hinaufgezogen, die Beine gespreizt und mich gebeten, mich mit ihr zu vereinigen. Sie schien mir weniger verzweifelt als vielmehr verwirrt und außer sich zu sein. Ich habe ihr den Rock wieder zurechtgezogen, habe ihr über den Kopf gestrichen, um ihr zu zeigen, dass ich ihr Freund bin, und habe sie gedrängt, ein großes Stück Torte zu essen, die sie selbst gebacken hat. Danach hat sie sich neben mich gekniet und hat die Worte eines unserer Totengebete aus Farfa nachgesprochen, die ich ihr langsam vorsagte.

Wieder einmal lastete in den Monaten Juli und August eine brütende Hitze auf der Stadt, und wiederum verfiel Rom in eine ungesunde Trägheit. Jeden zweiten Tag ging Vildericus der Aufgabe nach, die er sich selbst gestellt hatte, nämlich die Allerärmsten mit Lebensmitteln zu versorgen.

Manchmal flüchtete er nach Santa Maria all' Aventino, und sobald er sich dort von den täglichen Pflichten und Aufgaben der Ordensbrüder losmachen konnte, versäumte er es nicht, mit dem Gärtner zu sprechen, um tiefer in dessen seltsame Religion eindringen zu können. Ein Thema beeindruckte ihn auf ganz besondere Weise: der Widerspruch zwischen Altem und Neuem Testament, doch der Bulgare sprach nur widerwillig über die Grundsätze seines Glaubens. Vielleicht befürchtete er, diesen Mann zu beleidigen, der sich so freundlich und respektvoll verhielt. Beim letzten Besuch, den er am 15. September in Santa Maria machte, traf Vildericus ihn im Garten an, als er gerade Unkraut jätete.

»Gott sei mit Euch. Ihr solltet nicht arbeiten, wenn die Sonne so hoch steht, das ist eine doppelte Mühe.«

»Meine Augen sind nicht mehr das, was sie einmal waren, ich sehe nur noch bei hellem Licht gut.«

Vildericus ging zur Einfriedung, hinter der der Hang steil abfiel. Es war schwierig, den richtigen Anfang für seine Frage zu finden. Der Fluss dort unten schien erstarrt zu sein, so wenig Wasser führte er, und über der Flussbiegung lag der dichte Hitzedunst – eine perfekte Übereinstimmung mit seinem Zustand und Spiegel dessen, was sich in diesen düsteren Monaten in seinem Geist verdichtete.

Der einzige Moment, in dem er sich lebendig fühlte, war der, wenn er zusammen mit seinem Pferd Nuvola das Brot verteilte: die weit aufgerissenen Augen der Kinder, die ausgestreckten Hände der Frauen. Der Rest war ein Nichts in der unendlichen Wiederholung von Gesten, Tönen, Nahrung, Schlaf … gewiss eine Krankheit des Geistes, die er nicht zu kennen geglaubt hatte und die seine Gedanken zerfraß – die Trägheit. Im Grunde war er hierher gekommen, zu diesem Bulgaren, um sie aufzulösen, um etwas zu haben, das in diese erstarrte Schwellung stach und ihn in der Reibung seiner Überzeugungen mit etwas anderem wieder zum Leben erweckte. Und es kam ihm der Gedanke, dass die Häresie vielleicht keine lästige Plage sei, die ausgemerzt werden müsse, sondern eine Pflanze, an der sich der eigene Glaube nähren könnte … Er befragte den Gärtner nach Bulgarien, nach der Sprache seiner Landsleute und ob er jemals an den Ufern der Donau gewesen sei, dann gab er sich einen Ruck und sagte: »Vor einiger Zeit habt Ihr von Eurer tiefen Liebe zu Christus gesprochen und von etwas, das ich nicht verstanden habe, nämlich vom geringen Ansehen der Priester und der Kirche.«

Der Mann antwortete nicht. Er fuhr fort, das Unkraut herauszureißen, das vom Boden Besitz ergriffen hatte, so als hätte er nichts gehört.

»Ihr könnt mir vertrauen, Eutimio, ich versichere Euch; es liegt kein Arg in meiner Frage.«

Der Bulgare unterbrach seine Arbeit nicht, doch schließlich antwortete er: »Die Priester sind eine der Gewalten, die Kirche, auch Eure römische, ist eine Gewalt. Und sie haben sich das Recht angemaßt, die Einzigen zu sein, die die Stimme und die Wahrheit Christi auslegen können. Sie geben Glaubensdekrete heraus, erstellen Regeln, und sie machen aus dem Evangelium etwas, das den Gesetzbüchern des Kaisers Justinian gleichkommt. Und wehe dem, der sie anrührt, der sich mit ihnen befasst und versucht, das Mutterkorn aus dem Weizen zu lesen.«

»Ist denn Mutterkorn im Neuen Testament?«

»Es ist durchsetzt damit, es ist durchsetzt mit einer Religion, die Christus fremd ist.«

»Fremd? Matthäus belegt doch seine Abstammung von David.«

»Das ist reine Berechnung, um die Juden davon zu überzeugen, dass seine Botschaft auch mit ihrer Geschichte zu tun hat, um ihre Feindseligkeit zu besänftigen. Glaubt Ihr wirklich, dass die Worte Jesu etwas mit dem unbarmherzigen Jahwe der Genesis zu tun haben, mit dem Weltenschöpfer, der Wasser in Blut verwandelt, der die Erstgeborenen in Ägypten tötet, der mit dem Schwert niederschlägt, wer seinen Zorn erregt? Jesus ist der göttliche Engel der Barmherzigkeit und der Vergebung, und er ist der Sohn eines gütigen Gottes.«

»Doch er ist dort geboren, im Land des Gottes von Israel!«

»Und dort ist er gestorben. Ein Land, das seiner Botschaft gleicht, ein Land großer Armut, von den römischen Eindringlingen verwüstet, ein Land voller überheblicher und scheinheiliger Priester … wie mein Land, das von den Byzantinern verwüstet wurde … und von ihren unterwürfigen Priestern.«

Vildericus erkannte am Tonfall dieser Worte, dass er ein Feuer entfacht hatte, das jahrelang vor sich hin geschwelt hatte.

»Eutimio, ich glaube jedoch, dass es nicht zwei höchste Gottheiten geben kann.«

»Ihr irrt. Einer allein ist der wahre Gott, Vater des Christus. Der andere ist der Demiurg, der Schöpfer der Erde und des Menschen, seiner Fehler und seiner Niedertracht. Allein in Christus ist der göttliche Geist mit dem Licht des Guten; ohne ihn ist nur das Böse, und neben dem Bösen die Gesetze, die strafen, die das Böse aber nie aufhalten können.«

Es war das letzte Mal, dass Vildericus ihn sah. Zehn Tage später, als er wieder nach Santa Maria kam, erfuhr er, dass Eutimio Ghersic fort war. Aber wo war er? Er fragte den Prior, und der Prior sagte ihm, dass der Bulgare wegen übermäßiger Häresie entlassen worden sei. Er hatte seit Jahren in der Abtei gelebt, man hatte seine Vorstellungen von Anfang an gekannt, hatte gewusst, dass er ein Bogomile war. Warum also hatten sie beschlossen, ihm einen Glauben vorzuwerfen, den er immer für sich behalten hatte, ohne auch nur einen der Ordensbrüder damit zu belästigen? Schließlich vertraute ihm der Prior an, dass keine Gründe genannt worden seien, dass die Anweisung, ihn zu entfernen, aus dem Lateranpalast gekommen war. Er wisse nicht, wo sich der Bulgare aufhielte.

Vildericus schrieb diese Neuigkeit in sein Tagebuch und fügte hinzu: »Ich fürchte, unwillentlich die Ursache für das, was geschehen ist, zu sein, doch ich beabsichtige, dieser Sache auf den Grund zu gehen. Ich habe darum gebeten, Hildebrandus von Soana sprechen zu können; der Kaplan des Papstes hat mir antworten lassen, dass er im Moment beschäftigt sei, dass er mich aber morgen zur sechsten Stunde empfangen werde.«

Als er sich in sein Zimmer eingeschlossen hatte, ließ er sich auf der Kniebank nieder, von Gefühlen überwältigt, die um eine kalte Angst herumwirbelten. Keine Sicherheit, Johannes von Galeria war verloren, Bosone gegangen, Dorotea verschwunden. Kein menschlicher Kontakt mehr. Eine große Müdigkeit hatte seinen Glauben durchdrungen. »Deine Geisteskraft und dein Stolz sind eine Gabe des Herrn und eine besondere Gefahr«, hatte sein Pfarrer in Sutri mit einem wehmütigen Lächeln gesagt ... Vildericus wartete, bis die Dunkelheit sich im Zimmer ausgebreitet hatte, um sich dem Gefühl der Einsamkeit zu stellen, das er sich immer herbeigesehnt und dem er sich entzogen hatte, aus Angst, sich zu verlieren. Doch jetzt war er dort angekommen. Er wurde zu nichts, zur Ruhe in einer völligen Selbstauflösung. Er erhob sich mühsam, streckte sich auf dem

Bett aus und zog die Decke über den Kopf. Die Flucht des Körpers in die warme Dunkelheit seiner selbst. Er schlief ein ... Das Sonnenlicht weckte ihn, und am Fuß des Bettes stand Omar.

»Ich bin schon in der Morgendämmerung gekommen, doch ich habe dich schlafen lassen. Ich habe dir eine Tasse Milch, Honig, frisches Brot, einen Apfel und eine Orange gebracht. Ich habe zwar schon gefrühstückt, aber wenn du es nicht willst, so esse ich auch das auf. Die dritte Stunde ist schon lange vorbei. Stehst du auf?«

Vildericus setzte sich an den Tisch. Er hatte Hunger, das Brot roch gut.

»Und weiter?«

»Ich weiß nicht, du hältst dich abseits, du Glücklicher. Vielleicht weißt du nichts von dem, was geschieht, doch hier drinnen lebt man nicht mehr. Überwachungen, Überprüfungen, Versammlungen, Erlasse – dieser Papst nimmt es allzu ernst. Bis eine Stunde nach dem Dunkelwerden darf sich keiner mehr von seinem Posten bewegen, und viele trauern der Lasterhöhle und den Launen Benedikts IX. nach. Weißt du, wen man zum Protoscriniarius gemacht hat? Auf Vorschlag deines Freundes Hildebrandus! Den Abt von San Bonifacio, diesen schwarzbärtigen Theodorus von Trani, ein halber Grieche, zum Fürchten hässlich und böse wie ein Bluthund. Natürlich ist auch der Primicerius, den sie ernannt haben, einer aus der Bande deines teuren Freundes, nämlich Thomas von Neppi, der Priesterkardinal von Santa Sabina. Jünger als du und aus vermögender Familie. Nicht einmal das hast du gewusst?«

»Nein.«

»Aber wo lebst du denn?«

»Sag du mir lieber, wie du zurechtkommst.«

»Oh, ich! Ich habe verstanden, wie es funktioniert: Wenn ich durch das Haus gehe, dann laufe ich immer schnell durch die Gänge und die Treppen hinauf, sodass alle überzeugt sind, ich sei immer beschäftigt, und ich sage zu allen Eminenz. Und wenn ich um etwas gebeten werde, antworte ich immer so, dass ich sie mit feinen Schmeicheleien überschütte. Somit geht mir keiner auf den Sack, und ich kann meinen Angelegenheiten nachgehen.«

»Und die wären?«

»Geschäfte. Einer vom Markt gibt mir immer besondere Dinge, sehr schöne Reliquien, auch mal einen Oberschenkel oder ein Schienbein von irgendeinem Heiligen, ein Stück vom Kreuz Jesu, das ich hier und da losschlage und dabei für mich etwas abzweige. Mein großer Traum ist, dem Papst den heiligen Knochen des heiligen Petrus zu verkaufen. Kannst du dir das vorstellen?«

»Du bist ein Gauner.«

»Ich weiß. Aber ich tue niemandem etwas Böses. Wie du im Übrigen auch. Ich weiß, dass du mit dem Pferd bei den Armen herumgehst. Dich sollten sie zum Papst machen, nicht einen dieser windigen Adligen oder dieser reichen Säcke, oh, verzeih. Ich gehe nun. Du bist hier drinnen der einzig ernsthafte und ehrliche Mensch, und deshalb bist du mein einziger wahrer Freund.«

Als Vildericus in das Schreibzimmer Hildebrandus' von Soana kam, erschien ihm das Wohlwollen, mit dem er empfangen wurde, übertrieben und gekünstelt, eine Tünche aus Eifer, und übertrieben genau waren auch die Darstellungen der großartigen und interessanten Arbeit, die er verrichtete, und der lobenswerten Initiativen Gregors VI., und ohne dass Vildericus danach gefragt hätte.

»Kommen sie wirklich von Gregor VI.?«, fragte Vildericus ihn.

»Aber ja! Ich weiß, was überall erzählt wird, aber ich versichere dir, dass ich mich auf den einen oder anderen Ratschlag beschränke, wenn er mich darum bittet, das ist alles.«

»Ist auch das Eingreifen der Söldner in der Campania sein Werk?«

»Das war ein Erfolg.«

»Man hört von Dörfern, die dem Erdboden gleichgemacht wurden, und von vielen Toten.«

»Das waren vor allem Räuber und Mörder. Was willst du, Vildericus? Um die Missverhältnisse in den Griff zu bekommen, muss man manchmal einen hohen Preis zahlen. Mittlerweile jedoch haben die Campania und das römische Tuszien den Frieden wiedergefunden. Du musst diesen Aspekt im *Liber Pontificalis* hervorheben.«

»Ich habe die Berichte des Präfekten bekommen und habe sie übertragen.«

»Ich wäre dir dankbar, wenn du sie mich sehen ließest. Du hast um eine Zusammenkunft gebeten. War es deswegen?«

»Nein. Erinnerst du dich an Eutimio Ghersic, den Bulgaren, den Gärtner von Santa Maria?«

»Gewiss, natürlich, ja, ich habe es gewusst, ja.«

»Hast du auch erfahren, dass er aus Santa Maria fortgejagt wurde?«

»Ja, ja, bedauerlicherweise.«

»Auf eure Entscheidung hin.«

»Siehst du, Vildericus …«

»Aus welchem Grund?«

»Beunruhige dich nicht«, sagte Hildebrandus. Er ging zum Fenster, kam zurück, zog ein Stück Pergament unter vielen anderen hervor und las. »Leider hast auch du damit zu tun. Hieraus geht hervor, dass du am fünfzehnten September eine lange Unterredung mit diesem Mann gehabt hast, in dessen Verlauf Ghersic ketzerische Gedanken geäußert habe, die unserer Religion widersprechen … Nun, er hat klar und deutlich zu erkennen gegeben, dass er ein unbelehrbarer Häretiker ist.«

»Das war eine private und keine öffentliche Unterhaltung!«

»Einer der Novizen befand sich im Garten, möglicherweise habt ihr, du und der Bulgare, ihn nicht bemerkt. Er hat alles gehört und hat es dann natürlich meinem Onkel Enricus mitgeteilt. Als Abt des Klosters konnte er eine so schwer wiegende Angelegenheit nicht auf sich beruhen lassen, und er hat einen Bericht hierher geschickt. Ich habe nichts anderes getan, als ihn an die richtige Stelle weiterzuleiten, das heißt, an den Protoscriniarius, und du weißt ja, wie diese Prediger aus dem Osten sind.«

»Er war ein guter, freundlicher und zurückhaltender Mensch, und dein Onkel Enricus hat sich niemals über ihn beschwert. Wenn er diese Dinge gesagt hat, so waren sie an mich gerichtet. Er sprach sonst mit niemandem über seine Ansichten!«

»Ich weiß, und genau deswegen musste ich gegen diese Entscheidung Einwände erheben.«

»Du musstest Einwände erheben! Aber wenn doch du diesen Protoscriniarius ausgewählt hast, er ist einer der deinen …«

»Der Papst hat ihn ausgewählt! Und mir ist es gelungen, dem Bulgaren einen Prozess zu ersparen.«

»Du hättest widersprechen können! Das war eine sinnlose Grausamkeit.«

»Das ist mir auch bewusst. Ein Häretiker außerhalb eines Klosters ist gefährlicher als drinnen, insbesondere in Zeiten wie diesen. Du weißt das vielleicht nicht, aber aus dem Mailändischen wird von unerhörten religiösen Verirrungen berichtet. Pseudopropheten gehen umher, die die Herzen der Demütigen verwirren und unter den Allerärmsten eine ungute Unruhe verbreiten. Nimm es nicht so schwer, Vildericus.«

»Aber es ist meine Schuld! … Wer weiß, was jetzt mit ihm geschieht!«

»Er ist tüchtig, er wird sich zurechtfinden, du wirst sehen.«

»Ihr habt ihn fortgejagt, nun müsst ihr auch mich fortjagen.«

»Du scherzt! Im Gegenteil, es wäre mir lieb, wenn du mir ein wenig mehr über diese seltsame Sekte der Bogomilen erzählen könntest.«

»Ich kehre nach Farfa zurück!«

»Nein, ich bitte dich!«

»Unten in der Bibliothek ist ein junger, sehr fähiger Diakon, Emilio von Caere. Sprich mit ihm, und wenn du und Gregor VI. einverstanden seid, kann er innerhalb weniger Tage meine Stelle einnehmen.«

»Willst du es dir nicht noch einmal überlegen?«

»Ihr habt so gehandelt, dass die Verantwortung für das, was geschehen ist, bei mir liegt. Das Kloster ist der einzige Ort, wo ich vielleicht für das, was ich getan habe, Buße tun kann.«

»Das tut mir Leid, das tut mir sehr Leid, Vildericus. Wenn du zurückkommen möchtest, dann wird dieser Platz immer für dich frei sein.«

»Da ist noch eine Sache. Zu Beginn meines Wirkens hier wurde mir ein Lohn für meine Arbeit in Aussicht gestellt. Ich glaube nicht, dass er jemals nach Farfa geschickt wurde. Ich benötige ihn. Kannst du dafür sorgen, dass ich ihn erhalte?«

»Aber gewiss doch. Du verdienst jeden Lohn.«

Hildebrandus von Soana und Gregor VI. nahmen seinen Vorschlag an und übertrugen die Aufgabe an Emilio. Vildericus erhielt vierzig Soldi in Gold, die er dem Besitzer der Wohnung Doroteas übergab, damit er diese für sie zwei Jahre lang freihielte. Auf dem Tisch in der Küche hinterließ er eine Nachricht: »Zweiter Oktober. Ich verlasse Rom und kehre ins Kloster zurück. Ich habe die Miete für Eure Wohnung für zwei Jahre von heute ab bezahlt. Ich weiß nicht, wann und ob dies jemals geschehen wird, doch ich hoffe, Euch eines Tages wieder zu sehen.«

Nachdem er seinen Nachfolger pflichtgemäß eingewiesen hatte, stieg Vildericus am 7. Oktober auf sein Pferd Nuvola, ließ die Porta Salaria mit dem Ziel Farfa hinter sich, das er, von niemandem erwartet, kurz nach Sonnenuntergang erreichte.

# 45

In den folgenden zwei Jahren lebte Vildericus sein Leben ohne offensichtliche Anstrengung, auch weil Suppone sich ihm gegenüber aufmerksam und großzügig zeigte. Er erließ ihm einen Teil der üblichen Pflichten und vertraute ihm die ihm angemessenste Aufgabe als Bibliothekar und Verfasser des Klosterregisters an, das seit dem Tod Hugos von Celano nicht fortgesetzt worden war. Suppone hatte schon bei ihrer ersten Unterredung bemerkt, dass diese unerwartete Rückkehr durch jähe und undurchsichtige Gründe veranlasst worden war und dass der Mensch, den er hier vor sich hatte, von Erfahrungen gezeichnet war, die nicht mit den Ordensregeln vereinbar waren. Er erinnerte sich an die Vorhersagen Hugos von Celano, die dieser im Wissen um einige wesentliche Charakterzüge von Vildericus gemacht hatte. Dessen Gesichtsausdruck, die dürftigen Antworten und die Schilderung der Ereignisse den bulgarischen Gärtner betreffend überzeugten den Abt zu seiner großen Erleichterung davon, dass eine der kostbarsten Eigenschaften Vildericus', nämlich seine strenge Moral, unangetastet geblieben war.

Vildericus seinerseits war sich völlig bewusst, dass seine Zufluchtsstätte Ritzen und Spalten hatte, durch die ihm die Welt Geister jeglicher Art senden würde, auch die einer unerträglichen Sehnsucht. Und dennoch fand er eine Geborgenheit wie einer, der von einem heftigen Unwetter überrascht wird und in einem fest errichteten Stall mit schlafendem Vieh Unterschlupf findet, das ihn schließlich ebenfalls in den Schlaf wiegt. Denn der Friede des Klosters mit seinem festgefügten Tagesablauf, in den als einzige Neuigkeiten die Veränderungen des Wetters drangen, legte über seine zerschundene Seele den Balsam träger Schläfrigkeit, aus der ihn allein die gemeinsamen Gesänge oder die Besuche bei seinem Pferd Nuvola aufrütteln konnten. Am

Abend, nach der Komplet, fühlte er sich wach, wenn er sich in seine Zelle zurückzog und, das Ohr in die eigenen Tiefen gerichtet, sich selbst lauschte, um zu lernen, den inneren Aufruhr abzuwägen, Beweggründe und die verschiedenen Schattierungen des Leidens und des Begehrens auszumachen und voreilig gefällte Urteile zu erkennen oder zu unterdrücken. Und dann gab es noch die Bibliothek, die Stille, das Schreiben des Registers und die Lektüren: Vor allem diese hielten ihn davon ab, unglücklich zu sein. Ganz besonders eine seltsame Schrift, die er am Vorabend des Weihnachtsfestes entdeckte.

Im wenig beleuchteten Gang, der zum Scriptorium führte, befand sich ein kleiner Schrank aus Nussbaum. Vildericus hatte noch nie jemanden diesen Schrank öffnen sehen. Er wusste, dass dort einige unvollständige und beschädigte Schriften aufbewahrt wurden. An diesem Tag, einem nebligen Dienstag, an dem die Hälfte der Klosterbewohner, an heftigem Fieber erkrankt, daniederlag, war die Bibliothek verlassen. Dieser verschlossene Schrank, der schon früher seine Neugierde erregt hatte, schien ihn nun zu rufen, und er zog die Türen auf. Eine Staubwolke hüllte ihn ein, und als sie sich gelegt hatte, sah er, dass sich nur sechs mit Bändern verschnürte Rollen, deren äußerste Blätter bräunlich verfärbt waren, darin befanden. Fünf davon waren Aufzeichnungen des Klosters, Kaufverträge oder Verträge über Bodenpacht oder Konzessionen, die bis in das vergangene Jahrhundert zurückreichten, die sechste Rolle war eine viel ältere Schrift. Das erste Blatt zerfiel ihm zwischen den Händen, das Zweite trug den Titel *Instrumentum*. Es war sorgfältig kopiert, in einer Schrift, die er noch nie gesehen hatte. Sie ähnelte der kursiven Minuskel, die Buchstaben standen jedoch sehr eng beieinander. In den ersten Zeilen der Schrift stachen Vildericus die Worte »Jesus Christus«, »Maria« und »Heiliger Geist« ins Auge. Offensichtlich handelte es sich um eine Schrift mit religiösem Inhalt, die er, nachdem er den Schrank wieder geschlossen hatte, zum Schreibpult trug und zu entziffern begann.

de, das sich nun einstellte. Suppone berührte die Spitze seiner Schreibfeder, dann nahm er das Radiermesser zur Hand und sagte: »Du hast ein altes Manuskript aus dem Schrank genommen. Hast du es ganz gelesen?«

»Nein, Abbas, nur ungefähr die Hälfte.«

»Hast du herausgefunden, wer der Verfasser ist?«

»Ich glaube, dass es Marcion ist.«

»Genau, einer der tätigsten und Besorgnis erregendsten Häretiker, die die Kirche in ihren Anfängen gesehen hat. Die Hartnäckigkeit, mit der Tertullian, Irenäus, Hippolyt und Eusebius gegen ihn vorgegangen sind, zeigt, wie gefährlich seine Ansichten waren. So gefährlich, dass es Jahrhunderte brauchte, um sie auszumerzen. Dies ist die einzige Abschrift seines *Instrumentum*. Hugo von Celano sagte mir, dass Abt Roffredus es vor mehr als hundert Jahren irgendwo erworben hatte. Eine Notiz war hinzugefügt worden mit seinem Namen und der Jahreszahl 932. Wir hätten es vielleicht dem Papst übergeben müssen.«

»Dort wäre es bereits vernichtet worden.«

»Vielleicht hätten wir es vernichten sollen, aber du weißt ja, wie sehr Hugo von Celano Bücher geschätzt hat. Andererseits hat die Tatsache, dass du dich am Abend vor Weihnachten genötigt sahst, es sogleich wieder in den Schrank zurückzulegen, als Bruder Fulvianus die Bibliothek betrat, darauf hingedeutet, dass auch du den ketzerischen Gehalt dieser Schrift erfasst hattest. Verhält es sich so, Vildericus?«

»Ich habe nur eine eigenartige Synthese von Teilen der Evangelien von Lukas und Matthäus entdeckt.«

»Du hättest dir einen klareren Begriff davon machen können, wenn du den Kodex von Tertullian, *Adversus Marcionem*, den wir unten in der Bibliothek unter den Gegnern der Häretiker stehen haben, gelesen hättest.«

»Ich habe einen Teil davon gelesen, Abbas, vor Jahren.«

»Hat das nicht genügt, um zu verstehen, wohin diese Synthese führt?«

»Zu einer Hervorhebung der Botschaft Christi, zu einer Überwindung …«

»Zu einer Überwindung? Erkläre!«

»Jahwe ist ein Gott, der Gesetze erlässt, Vorschriften, Strafen … Man kann daran glauben, gewiss, doch es ist nicht einfach. Es scheint eine Geschichte für kindliche Menschen zu sein. Die Stimme und die Worte Christi sind hingegen gehört worden, sie sind aus dem Mund eines Gottes gekommen, der Mensch geworden ist, und das liefert den Beweis, dass seine Botschaft von Sünde und Auferstehung unendlich weit über dem steht, was ihm vorausgegangen ist … und dass er der wahre Herr ist.«

»Tertullian sagt uns, dass der Christus bei Marcion nur ein engelgleicher Gott ist und sein Leib purer Augenschein.«

»Abbas, können wir auf Tertullian vertrauen? Nur eine der Anklagen entspricht dem Gedanken Marcions, der hier in diesem Schrank aufbewahrt ist: die völlige Loslösung der Predigt des Mannes aus Nazareth und des göttlichen Vaters vom Gott der Genesis. Der Rest ist für immer begraben …«

Der Abt ließ einen tiefen Seufzer hören, die notwendige Zeit, um diese Antwort in sich aufzunehmen.

»Wenn ich dir verböte, mit der Lektüre fortzufahren …«

»Dann würde ich mich Eurer Entscheidung beugen.«

»Ohne Bedauern?«

»Auch wenn Ihr mich für diese ungebührliche Freiheit bestrafen solltet, die ich mir herausgenommen habe, als ich in jenen Schrank geschaut habe, wofür ich um Vergebung bitte, Abbas.«

»Nein, ich werde dich nicht bestrafen, Vildericus, du weißt, wie sehr ich dich schätze. Nur, wenn du unserer Ordensregel folgen willst, dann musst du auch im Gebrauch des Geistes maßvoll und demütig sein.«

»Ich fühle es als Ehre, noch Teil dieser heiligen Regel zu sein, Abbas.«

Ja, dachte Suppone, dieses »noch« trug das Gegenteil in sich, doch er hegte eine große Zuneigung für diesen jungen Mann, für dessen Geist und seine Strenge, und er fragte sich, wie lange Vildericus es noch ertragen würde, in diesem Schafstall eingeschlossen zu sein. Dann entließ er ihn.

Vildericus bereute seine Antworten nicht. Mit ihnen hatte er einen Grundsatz festgesetzt, von dem er nicht mehr abweichen wollte: die Übereinstimmung mit den Lehren und den Mahnungen des Erlösers, auch wenn ihn diese auf einen abgelegenen Pfad führen sollte, fern von den großen Straßen irgendeiner Synode, und er flüsterte: »Ich bin Dein Diener, ich höre nur Deine Worte, Du allein wirst mich richten und wirst entscheiden, ob ich würdig bin, Dir nahe zu sein.« Doch er musste anerkennen, dass Abt Suppone gerecht war, dass er eine ausgeglichene Klugheit besaß und eine freundliche Seele. Er war warmherzig zu den Ordensbrüdern, die ihn viel mehr liebten, als sie Hugo von Celano geliebt hatten, und ihm selbst gegenüber war er voller Aufmerksamkeit.

Einige Monate später, im Herbst, erhielt er dafür einen deutlichen Beweis. Gegen Mitte des Monats November kam ein Bote des Herzogs von Kärnten nach Farfa, ein Edelmann namens Ottokar von Villach, mit einer Botschaft für Suppone, in der mitgeteilt wurde, dass Heinrich III. mit einem starken Heer gerade die Alpen nach Italien überquerte und dass er für den 19. Dezember in Sutri eine Synode einberufen habe, zu der sich Benedikt IX., Silvester III. und Gregor VI. einfinden sollten, um eine endgültige Lösung und Festlegung für das römische Papsttum zu treffen. Der König sähe sich geehrt, bei diesem Anlass den ehrwürdigen Abt der ruhmreichen Abtei empfangen zu können.

Als der Botschafter fort war, rief Suppone Prior Deodatus und Vildericus in sein Schreibzimmer und teilte ihnen die große Neuigkeit über die Synode und die Einladung mit. Dann fügte er hinzu:

»Das war zu erwarten. Er hatte bis jetzt Schwierigkeiten an

den Grenzen zu Böhmen, zu Ungarn und zu Lothringen, die man nun als gelöst bezeichnen könnte.«

»So werdet Ihr also nach Sutri reisen«, sagte der Prior, »ein Ereignis, dass man sich nicht entgehen lassen darf.«

»Auch Ihr werdet es Euch nicht entgehen lassen. Ich nehme Euch mit mir. Gefällt Euch das?«

»O gewiss, Abbas!«

»Und du, Vildericus? Du wirst zumindest deine kleine Stadt wieder sehen.«

»Das wird nicht gerade eine erfreuliche Angelegenheit werden. Der deutsche König wird eine Schande durch eine andere, anders geartete ersetzen.«

»Was heißt das?«

»Das Heer, die Herren aus fremden Ländern – und wir dienen ihnen, gehorchen ihrer Selbstherrlichkeit, wie immer nur verachtenswürdige Zeugen eines Raubüberfalls.«

»Vielleicht ist es mittlerweile unsere Bestimmung, Teil der Beute zu sein. Doch wir dürfen die Kirche nicht vergessen. Sie hat mit ihrer spirituellen Kraft eine ebenso große Macht wie der König. Es geht darum, sie wieder aufzubauen, meinst du nicht auch?«

»Kann spirituelle Kraft mit Macht einhergehen, Abbas?«

»Unsere Macht«, wandte der Prior ein, »dient dazu, das Licht Gottes, unseres Herrn, zu verbreiten.«

»So ist es, Vildericus, genau so ist es.«

Sie beschlossen, zwei Tage vor Beginn der Synode aufzubrechen, denn der Weg war weit. Der Abt und der Prior würden in dem zweispännigen Wagen mit Verdeck reisen, der für große Anlässe vorgesehen war, und Vildericus würde sein Pferd nehmen.

Nach Sutri! Seit zweiundzwanzig Jahren war er nicht mehr dort gewesen. Seine Mutter musste fast sechzig Jahre alt sein, ob sie wohl immer noch im alten Haus der Großeltern lebte, das von seinem Vater hergerichtet worden war, als er sie geheiratet hatte, das aber erst nach fünf oder sechs Jahren fertig geworden war? Er, Vildericus, als Kind … mit einer Schnur an die Eiche gebunden … der den Vater oben auf dem Dach arbeiten sah, die erste Angst, die ihm den Atem nahm, die Furcht, er würde ausgleiten und kopfüber herunterstürzen, und die Ziege mit dem prallen Euter, die sogar zwischen seinen Beinen oder dicht hinter ihm graste. Scher dich fort, ich muss ihm zusehen … Er hatte ihn nie geschlagen … die zugleich liebevolle und herbe Ernsthaftigkeit in seinem Gesicht …

Sie brachen am Morgen des 17. Dezember in einer erbarmungslosen windstillen Kälte unter einer milchigen Sonne auf, und nachdem sie das fast ausgetrocknete Flussbett überquert hatten, führte ihr Weg an Wiesen mit trockener Grasnarbe und weidenden Schafherden vorbei.

Sie erreichten Civitas Castellana kurz nach Sonnenuntergang und übernachteten im Pfarrhaus von Santa Maria dell' Arco. Am folgenden Morgen nahmen sie die Reise wieder auf und erreichten Sutri zur neunten Stunde, nachdem sie auf der Via Cassia an zwei Wachposten der deutschen Milizen vorbeigekommen waren. Sie ließen den Wagen und die Pferde mit Evandro bei einem großen Unterstand zurück, der für ebendiesen Anlass unterhalb der Stadtmauern eingerichtet worden war. Nachdem sie den steilen Pfad hinaufgestiegen waren und das südliche Stadttor durchschritten hatten, betraten die drei Mönche die Stadt. Vor Vildericus' Augen zeigte sich dasselbe Schauspiel wie in Spello: auf den Straßen Soldaten und ab und zu ein Geistlicher. Die Bewohner der Stadt drückten sich an den Fensterscheiben die Gesichter platt.

»Jetzt gehen wir in die Basilika dell' Assunta«, sagte Suppone, »der Erzpriester wird uns sagen, wo man eine Unterkunft für uns vorgesehen hat. Führe du uns, Vildericus.«

Es war nicht weit. Die Kirche war voller Gehilfen, die Tische verschiedenster Größe und viele Bänke im Querschiff aufstellten. Der Erzpriester empfing sie erstaunt. Er habe wohl erfahren, dass Suppone eingeladen worden sei, und für diesen sei auch ein Schlafraum im Pfarrhaus vorbereitet, doch habe er nicht gewusst, dass Suppone in Begleitung sei. Einer der Diakone kam ihm zu Hilfe: Sie sollten es im alten Hospiz, das den Pilgern diente, versuchen. Es war nicht weit entfernt, und bei dieser Kälte befänden sich kaum Pilger dort. Ein junger Subdiakon kam hinzu, und ihre Stimmen gerannen für Vildericus zu einem fernen Raunen, die Fresken auf den Wänden der Seitenschiffe verblassten, der rechte Arm des Gekreuzigten war verschwunden. Diese tragische und riesige Figur hatte ihn die ersten Male erschreckt, wenn er mit seiner Familie der Messe beigewohnt hatte, von ihren Händen gehalten, damit er nicht hinfiele. »Das ist Jesus Christus«, hatte ihm sein Vater gesagt, ohne noch Weiteres hinzuzufügen, denn das Schweigen in seinem Gesicht war der Ausdruck seines Lebens. Manchmal hatte er ihn hochgehoben und an sich gedrückt, um ihn das spüren zu lassen, was er niemals ausgesprochen hätte. Nun war der Durchgang frei, und jetzt, nachdem er es so lange Zeit hinausgeschoben hatte, war hier seine Mutter, der er seine Abwesenheit vergelten musste; sie hatte ihn dazu gezwungen, sich in die Empfindungen und in die Seele einer freundlichen Hure zu fliehen. Er hätte nicht nach Sutri kommen dürfen, denn es war unmöglich, sie nicht aufzusuchen, ihr keinen Gruß zu überbringen, nicht zu sehen, wie es ihr ging, nicht die wenigen notwendigen Worte auszusprechen, um ihr zu verstehen zu geben, dass er sie für immer hatte verlassen wollen …

»Hast du gehört, Vildericus«, fragte Suppone, »nur Gregor VI. ist gekommen, zusammen mit sechs Kardinalpriestern und fünf Kardinaldiakonen, zwei Palatinen und dem Kaplan.« Und an den Erzpriester gewandt: »Wo hat man sie untergebracht?«

»In einem Flügel des Schlosses von Karl dem Großen, weit fort vom König und seinem Hofstaat.«

Sie tauschten lange Vermutungen über das Schicksal des Papstes aus, dann lud der Erzpriester die drei Gäste zum Abendessen in das Pfarrhaus ein. Am Ende der Mahlzeit stiegen sie für die Gebete der Komplet in die Krypta hinunter. Nachdem sie sich verabschiedet hatten, begaben sich der Prior und Vildericus zum Hospiz, in dem sie eine eisige Zelle erwartete, die trotz der Decken, die ihnen der Aufseher gegeben hatte, keinem von beiden einen ruhigen Schlaf gönnte. Von den Albträumen, die Vildericus quälten, konnte er nach dem Erwachen noch einen festhalten. Dieser war die genaue Wiederholung einer Erscheinung, die ihn vor vielen Jahren schon einmal heimgesucht hatte: Er saß zusammengekauert und angstvoll in der Felsenhöhle einer etruskischen Grabkammer, wo er sich zum Spiel vor seinen Kameraden zu verstecken pflegte, und wusste, dass sich im Ausgang ein Geist zeigen würde. Und dieser Geist konnte niemand anderes sein als sein Vater. Das fleischlose Gesicht bat ihn, ihm beizustehen, ihn aus dem furchtbaren Totenreich herauszuholen, ihn nicht ziellos umherwandeln zu lassen auf der Suche nach seiner Frau, denn er wusste, dass sie nur wenige Monate nach seinem letzten Atemzug bereits wieder geheiratet hatte. Als Vildericus noch vor dem Morgengrauen erwachte, stand ihm auch die Fortsetzung vor Augen: die maskierte Frau mit der entblößten Brust, die sich ihm entzog, die lachend um Erbarmen und Vergebung flehte. Und plötzlich wuchs ihr ein Pelz, und sie wurde zum Affen, und der Affe stampfte mit einem höhnischen Lachen zu den Tamburinschlägen eines Spielmannes mit den Füßen auf die Erde. Auch der Prior erwachte. Sie kleideten sich an, knieten nieder und beteten zusammen, dann brachte ihnen der Aufseher eine Tasse mit Milch und Brot.

Als die beiden Mönche an das Portal der Basilika kamen, wurden sie von den Wachen der kaiserlichen Garde angehalten. Es bedurfte des Einschreitens eines der Gardisten, um ihnen den Eintritt zu ermöglichen. Dieser war Herbert von Ulm, den

Vildericus seit Jahren kannte und der ihn mit herzlichen Worten begrüßte. Die Bänke und Stühle im Hauptschiff waren fast alle besetzt. Der Prior und Vildericus gingen durch das rechte Seitenschiff, wo Kardinäle, Bischöfe und hohe Beamte des Königs saßen; in der ersten Reihe saß Gregor VI. zwischen Hildebrandus von Soana und dem Protoscriniarius. Ein Stück von ihnen entfernt hatte sich Abt Suppone niedergelassen. Neben den Säulen zur Rechten und zur Linken saßen weitere Mitglieder der kaiserlichen Garde in festlichen Gewändern, ohne Schwerter, die Federhelme unter dem Arm. An dem langen Tisch im Querschiff, der mit einem schwarzen Tuch bedeckt war, saß noch niemand, und vor dem Tisch in der Mitte stand mit der Rückenlehne zum Publikum ein einzelner Stuhl.

Das lauter werdende Raunen kündigte das Kommen des Königs an, der von links aus der Sakristei trat. Er trug einen weißen Mantel mit aufwendigen goldenen Verzierungen. Ein Mann von mittlerer Statur, Bart und Haare in einem matten Blond und blaue Augen. Ihm folgten Odilo von Cluny, vier Prälaten, ein hoher Repräsentant des Heeres, drei weltliche Würdenträger des Hofes und zwei Priester.

Sie ließen sich am Tisch der Versammlung gegenüber nieder, die aus dem Papst, den Kardinälen und den italienischen Bischöfen gebildet wurde. Heinrich III. saß in der Mitte, sodass diese Zusammenkunft eher den Eindruck einer inquisitorischen Vernehmung als den einer Synode vermittelte. Nach dem Vaterunser erklärte der Älteste der deutschen Prälaten die Synode formal für eröffnet, danach begann Heinrich III. zu sprechen. Mit ernsten Worten beklagte er die Abwesenheit der beiden geladenen Päpste. Seine Rede wurde von einem der Priester sogleich ins Lateinische übersetzt. Danach erhob sich der Kardinalbischof von Ostia und bat um das Wort. Er begründete die Abwesenheit Benedikts IX. mit dessen Weigerung, die Befugnis des Herrschers zur Einberufung einer kirchlichen Synode anzuerkennen. Er erhielt keine Antwort, und einer der deutschen Bischöfe verweilte lange bei der Schande, die sich durch das Vorhandensein der päpstlichen Dreiheit über die ganze christliche Gemeinschaft ergossen habe.

Wie Vildericus später in der Chronik schreiben würde, wurde diese erste Zusammenkunft vom Vorwurf der Bestechung bestimmt, den Bischof Suitger von Bamberg den Kardinälen des Heiligen Kollegiums machte, die mit ihrer Autorität und mit Geld den römischen Klerus zur Wahl der drei Päpste verleitet hätten. Von den dreizehn Kardinälen wiesen sieben die Anschuldigung zurück, und einer gab zu, dass er seinerzeit den Klerus von Trastevere für Benedikt IX. gewonnen habe, aber ausschließlich unter Verwendung einiger Geschenke. Weitere zwei sagten aus, zugunsten von Silvester III. eingegriffen zu haben, allerdings ohne Geld zu vergeben. Es blieben die beiden Kardinalpriester von San Lorenzo in Damaso und der Kirche Santi Nereo e Achilleo, der Erste ein Verwandter Gregors VI. und der Zweite bekannt dafür, einen Teil der Pfründe aus den Besitztiteln seiner Kirche in Bank- und Handelsangelegenheiten der Familie Gratianus investiert zu haben. Alle beide führten zu ihrer Verteidigung an, zwar für den Kandidaten geworben, dabei jedoch kein Geld eingesetzt zu haben.

Vildericus bemerkte, dass bis zu diesem Augenblick die Kardinäle die Unruhe mit einem würdigen Auftreten zu mindern versucht hatten. Ihre Antworten vermittelten den Eindruck, auf eine ruhige Zusammenarbeit abzuzielen, doch nach einer kurzen Pause, während der der König und die seinen sich besprachen, änderte sich nach einer Erwiderung des Bischofs von Bamberg und vor allem nach einem Ausbruch des Königs deren Verhalten. Suitger sagte, er wiederhole die Anklage mit denselben Worten wie zuvor, und der König schrie, er habe Vertrauensmänner in Rom, und diese Anklage beruhe auf einwandfreien Zeugnissen. Man solle gründlich nachdenken, bevor man antworte, allein mit der Wahrheit vermeide man schwere Folgen. Von den sieben bekräftigte nur einer, Ridolfus von Galeria,

Kardinalpriester von Santa Prassede, eine Hand auf das Evangelium gelegt, mit Nachdruck seine Unschuld, die anderen gaben zu, sowohl üppige Geschenke erhalten als auch Geld an den Klerus ihrer Diözesen verteilt zu haben, mit der einzigen Ausnahme der beiden erklärten Unterstützer des dritten Papstes. Als sie gerade das Wort ergreifen wollten, hielt Gregor VI. sie mit einer Handbewegung davon ab. Er erhob sich, ging zu dem in der Mitte stehenden Stuhl, von dem er seit Beginn der Synode wusste, dass er für ihn gedacht war, und erklärte, dass nun für ihn der Augenblick gekommen sei, zu sprechen.

»Bevor Ihr irgendeinen römischen Prälaten der Simonie beschuldigt, müsst Ihr diese Anklage an mich, Johannes Gratianus, richten, der ich auf den Thron von Sankt Peter mit dem Namen Gregor VI. gewählt worden bin. Und ich, der Angeklagte, habe das Recht, mich zu verteidigen. Ich beginne damit, Euch in Erinnerung zu rufen, dass – wie jegliche verwerfliche menschliche Handlung – auch die Simonie auf verschiedene Arten und aus verschiedenen Gründen ausgeübt wird. Und wenn auch die Art und der Grund nie eine vollständige Rechtfertigung ergeben können, so doch eine kleinere, die eine geringere Strafe nach sich zieht. Nun ist Euch gewiss bekannt, in welchem Elend der größte Teil des römischen Volkes lebte und wie sehr Rom in jedem christlichen Land verrufen war wegen dieses liederlichen Mannes, der eher geneigt war, als Epikur denn als Papst zu leben. Nun gut, es war gerade das Vorhaben, dem Papsttum wieder Autorität und ein ehrenhaftes Ansehen zu verschaffen, das mich davon überzeugt hat, die Anregung unzähliger Freunde und vieler Getreuer aufzunehmen und mich als Nachfolger Benedikts IX. zur Verfügung zu stellen. Dies jedoch mit der schlichten Seelenhaltung zu tun, die viele von mir kennen, hätte zu einer Niederlage geführt. Es gibt zu viele Parteien, zu viele entgegengesetzte Bestrebungen, außerdem machen es die schwer wiegenden Wünsche der einflussreichsten römischen Familien und die allgemeine Gier nach dem Gold unmöglich, an dieses Amt zu gelangen, ohne dass man sich die Gunst der Gegner, der Gleichgültigen und der Unentschiedenen mit Versprechungen und Geschenken erwirbt. Ich habe es getan, und ich musste sogar Benedikt IX. bezahlen. Jetzt vor Euch allen bereue ich, dieses Mittel angewandt zu haben, und lege in Eure Hand, Majestät, das Amt, das ich so unehrenhaft erhalten habe.«

Alle Anwesenden folgten dieser Erklärung in absolutem Schweigen. Nachdem Gregor VI. geendet hatte, ging er auf seinen Platz zurück, und der deutsche Priester, der seine Rede übersetzt hatte, verkündete, dass sich die Versammlung zur neunten Stunde wieder zusammenfände. Die Anwesenden erhoben sich, und in den drei Kirchenschiffen stieg aus der Menschenmenge, die sich sogleich zusammenballte, ein dumpfes Raunen empor. Vildericus riss sich los und lief zur Tür. Draußen schien die Sonne, und in den Gassen des Viertels war vielleicht Stille, doch jemand klopfte ihm auf die Schulter: Es war Hildebrandus von Soana mit dem ernsten Gesicht eines stolzen Besiegten. Er zog ihn in eine Ecke.

»Hast du gesehen!? Er wird einen der seinen wählen lassen. Dafür lege ich die Hand ins Feuer.«

»Er hat ein Heer, Hildebrandus, wir nicht.«

»Das ist die schlimmste Niederlage, die die Kirche in all diesen Jahrhunderten erlitten hat. Wir sind ein schmutziger Teppich, auf dem sich die Könige die Stiefel abtreten. Im Oktober sind wir ihm nach Piacenza entgegengereist, und er hat Gregor wie einen Bettler behandelt. So Gott will, werden wir ihm diese Beleidigung eines Tages vergelten. Doch für den Moment leere ich einen bitteren Kelch.«

Auch im Zorn hatte seine Stimme nicht den gereizten Tonfall der schwachen Menschen, die gekränkt waren, und in seinen Augen, in ihrem grauen Leuchten, sah Vildericus eine außergewöhnliche Kraft und zugleich den Hochmut eines überwältigenden Ideengebildes, das sein Wesen in seinem unauslöschlichen Machtwillen mit dem des Königs verband.

»Das war vorauszusehen«, sagte Vildericus. »Heinrich III. wird den armen Gregor herannehmen, doch den eigentlichen Schlag hat er seit langem für Benedikt IX. vorbereitet, und zwar nicht wegen seines tadelnswerten Lebenswandels. Diese Geschichte des Heiligen Römischen Reiches ist für uns, die wir hier im Unglück leben, schlimmer als die Pest. Diese fremdländischen Herren knien vor dem Heiligen nieder, um die Herrschaft auch über die Kirche auszuüben. Die Bezeichnung ›römisch‹ schließlich ist fast ein Scherz.«

»Die Dinge müssen sich ändern, in der Kirche, im Reich, und auch, was das Heilige betrifft. Und sie werden sich ändern!«

»Und die Päpste. Auch wenn, das muss ich zugeben, mich die Worte, die Gregor für seine Verteidigungsrede gewählt hat, und seine Art zu sprechen in Erstaunen versetzt haben. Ich hätte das nicht in so feinsinniger, so erhabener Weise vermocht.«

Hildebrandus lächelte freudig, und Vildericus fügte noch hinzu: »Ich hätte es mir denken können«, wobei er zu verstehen gab, dass er erkannt hatte, aus welcher Feder diese erhabene Rede stammte.

Die Zusammenkunft am Nachmittag fiel sehr kurz aus: Heinrich III. verkündete die Absetzung Gregors VI. Er forderte ihn auf, sich zu seiner Verfügung zu halten, setzte die Anwesenden darüber in Kenntnis, dass die Synode am Heiligen Abend in Rom mit der Wahl des neuen Papstes fortgesetzt würde und dass die Abreise für den kommenden Morgen, eine Stunde nach Tagesanbruch, festgelegt sei. Einer der deutschen Bischöfe stimmte die vorgeschriebenen Gebete an, die von allen im Chor gesprochen wurden, und löste die Versammlung auf. Danach begaben sich der König und Odilo von Cluny zu Suppone und sprachen lange mit ihm. Bei der Verabschiedung sagte Heinrich III., er würde es sehr gerne sehen, wenn Abt Suppone in Sankt Peter zugegen sei, eine Einladung, die dieser sofort an seine beiden Begleiter weitergab. Von Deodatus begleitet, würde er sich nach Farfa begeben, um die Brüder über den Ausgang der Synode zu unterrichten, dann würde er dem Prior die Führung der Abtei übergeben und sich am folgenden Tag auf die Reise nach Rom machen. Vildericus blieb es selbst überlassen, zu entscheiden, ob er ihn begleiten oder in Farfa bleiben wolle. Er selbst würde jedenfalls im Kloster Santa Maria all' Aventino unterkommen.

Vildericus schlief schlecht in dieser Nacht. Die Gedanken an Rom ließen Dorotea vor ihm aufscheinen, eine Vorstellung, die mit einer doppelten Furcht verknüpft war: sie nicht mehr vorzufinden und sie noch zu begehren. Ein unruhiger Schlaf auch deshalb, weil er an seine Mutter dachte, an den Besuch, den er ihr abstatten musste, mit dieser Mischung aus dumpfer Angst und trotzigem Groll, den die Entfernung nur noch gefestigt hatte. Er ließ mehr als zwei Stunden nach der Abreise von Deodatus verstreichen, bevor er das Hospiz verließ. Die Stadt war zu ihrer friedlichen Schläfrigkeit zurückgekehrt, das Klappern der Holzschuhe einer Bäuerin auf dem Pflaster hallte steinern zwischen den Mauern der engen Straßen wider, ein schwaches Echo in seinen verblassten Erinnerungen. Er ging zum Stall, um Nuvola zu besuchen, sie zu füttern und ihr zuzuflüstern, dass er bald wiederkäme, um sie zu holen. Er nahm den Pfad, der über den Hügel zur Rechten führte. Die große Ebene lag unverändert in der Aufteilung der Höfe und der Waldflecken vor ihm, unverändert war auch die entweihte Kirche San Clemente, die kein Dach mehr hatte, und ebenso der sanft abfallende Hang, der zum Fluss führte. Da, das alte Haus hoch auf dem Hügel, die Apfelbäume, eine junge Eiche; zwei Tauben flatterten über den hinteren Teil des Hauses. Er verließ den Pfad und ging den Weg hinauf, der in den Tuff geschlagen worden war. Die feuchte Erde würde ihm eine geräuschlose Ankunft gestatten, es musste eine wirkliche Überraschung werden. Und da sah er sie: Sie saß in der Mitte des Hofes auf einem schiefen Stuhl, über eine ihrer Stickereien gebeugt. Sein Stiefvater mochte bei den Tieren sein. Vildericus näherte sich ihr – das weiße Haar, das Gesicht von der Seite, der faltige Hals, zweiundzwanzig Jahre war er fort gewesen.

»Mama … wie geht es Euch?«

Die Frau drehte langsam den Kopf und runzelte die Stirn.

»Ach, Vilderico, was tust du denn hier?«

Er kam näher, bis er vor ihr stand, das Weinen in der Kehle. Er krampfte seine Zähne zusammen, um es zurückzuhalten. Sie sah älter aus, als sie war, eine alte Frau.

»Eine Versammlung.«

Sie hatte die Stickarbeit wieder aufgenommen. Was sollte er ihr nur sagen? »Wie geht es hier?«

»Wie immer. Der Stall ist leer, wir haben nur noch Schafe. Die Ernte ist nicht schlecht gewesen. Das Übel ist nur, dass der Herr sich ein wenig zu viel nimmt. Bist du auf dem Friedhof gewesen?«

»Noch nicht.«

»Geh nicht hin. Das Grab deines Vaters gibt es nicht mehr. Und du, immer noch in Farfa?«

»Ja.«

Dies war seine Mutter, die Zeit hatte alles verschlungen, und ihr nachzulaufen war unmöglich. Er stand in der Leere, betrachtete das Haus, nicht einmal ein Seufzer kam von ihr. Man musste sich nur starr machen, sich wie ein Igel ohne Stacheln einrollen, unfähig, untätig … die Zeit lief reglos neben dem Tod …

»Hast du mir etwas mitgebracht?«

»Die Mönche, Mama, besitzen nichts.«

»Und wozu ist das gut?«

»Ich glaube, das weiß ich nicht.«

»Hast du immer noch diese nervösen Anfälle?«

»Nein, nicht mehr.«

Sich auf dem Dachboden einschließen, die Tür zusperren.

Er wollte schreien, er ballte die Hände zusammen, bis die Handballen blutig waren …

»Wolltest du bleiben? Deinen Verschlag mit dem Bett gibt es nicht mehr, wir haben eine Abstellkammer daraus gemacht.«

»Nein, nein, ich muss gehen. Ich muss wirklich gehen … vielleicht nach Rom.«

»Nach Rom? Und wie kommst du dorthin?«

»Auf einem Pferd, das mir der Papst geschenkt hat.«

»Siehst du, etwas hast du doch.«

»Ja, das stimmt, das Pferd ist meines.«

Er wollte nichts mehr sehen. Eine Mauer, einen Graben, für immer.

»Ich grüße dich, Mama.«

»Bleib gesund. Und sieh dich vor auf der Reise.«

## 46

Dort, wo der Pfad abzweigte, der zur Via Salaria führte, hielt Vildericus das Pferd an. Er war unentschlossen, diese unberührbare und ungreifbare Mutter hatte ihn versteinert, und der Anflug von Freude, vielleicht nach Rom zu kommen, war bereits durch die anmaßende Haltung dieser Synode und des Heeres aus dem Norden verflogen. Vielleicht war Dorotea gar nicht mehr zurückgekehrt, vielleicht sollte er sich darüber Gewissheit verschaffen, doch das Pferd setzte sich auf dem alten Pfad in Bewegung, und Vildericus beugte sich lächelnd über seinen Hals, um es zum Galopp anzutreiben. Farfa wollte ihn wieder, das alte, ruhige, geordnete Gefängnis.

Von den Ereignissen in Rom erfuhren sie am 7. Januar bei der Rückkehr Suppones: Am Tag vor Heiligabend war die Absetzung der drei Päpste besiegelt worden, und am Heiligen Abend selbst hatte man Suitger von Bamberg unter dem Namen Clemens II. eingesetzt, der seinerseits am darauf folgenden Tag

Heinrich zum Kaiser des Heiligen Römischen Reiches gekrönt hatte. Sieben Tage später war er mit seinem Herrscher und dessen Heer nach Montecassino, Benevent und Capua aufgebrochen, um mit einem wahren Kriegszug im Süden Italiens wieder Ordnung zu schaffen.

Vildericus blieb elf Monate in Farfa, bis Anfang Dezember. Es war kein Gefängnis, denn Suppone erlaubte ihm, die Kopie des *Instrumentum* von Marcion zu lesen, und diskutierte lange mit ihm darüber. Er vertraute ihm auch die Aufgabe an, die materiellen und spirituellen Verhältnisse der Pächter und der Bediensteten in allen Höfen des Klosters zu untersuchen, eine Tätigkeit, die er nach Pfingsten in Angriff nahm und Ende Juni beendete. Das Ergebnis war, dass seine Vorschläge angenommen wurden: Der Zensus für die Pächter wurde um zwei Zehntel herabgesetzt, die Entlohnung der Arbeiter wurde auch in Form von Lebensmitteln ein wenig erhöht, und ein Schiedsgericht zwischen den Verwaltern und dem Gerichtsherrn der Abtei wurde eingerichtet, für die Fälle, in denen ein Bauer, ob frei oder hörig, seine Pachtbeziehung oder Abhängigkeit aufgeben und fortgehen wollte. Was das Spirituelle betraf, so fand Vildericus in vielen Fällen eine unschuldige gemischte Religiosität vor: christlicher Glaube, der auf heidnischen Überresten errichtet worden war, doch die Erinnerung an den Bauern von Mentana ließ ihn schweigen.

Im März erfuhr man, dass Heinrich III. bei seiner Rückkehr aus dem Süden zwei Gefangene mit in die deutschen Lande nahm: Gregor VI. und Hildebrandus von Soana, der sich als Begleiter im Unglück mit diesem zusammengetan hatte. Und Anfang Oktober kam die Nachricht nach Farfa, dass Clemens II., der schwer erkrankt gewesen war und beschlossen hatte, sich im eigenen Land und nicht im tückischen Rom auszukurieren, auf einer Reise nach Pesaro gestorben war. Ein Brief des Abtes von Santa Maria an Suppone vom 12. Oktober beschrieb eine Stadt, in der wieder Unordnung und Tumulte auszubrechen drohten. Die ersten Anzeichen sprachen für einen erneuten Zusammenstoß zwischen den Crescentiern und den Tusculanern, wobei die einen entschlossen waren, Silvester III. wieder auf den Stuhl Petri zu erheben, und die anderen, Benedikt IX. dorthin zu setzen.

Vildericus hatte ein Vorgefühl dessen, was geschehen könnte, wenn Benedikt diesen grotesken Wettkampf gewinnen würde. Ein Vorgefühl, das ihn mit unangenehmen Befürchtungen niederdrückte und gleichzeitig in einer zarten Hoffnung aufleben ließ. Er irrte sich nicht: Am 20. Oktober ließ sich der Tusculaner im Lateran nieder, und am 20. Dezember überbrachte der Erzdiakon der Kurie, Callistus von Marino, Suppone die Bitte des Papstes, ihm Vildericus erneut zur Verfügung zu stellen, damit er seine Aufgabe, am *Liber Pontificalis* zu schreiben, wieder aufnähme. Am dreiundzwanzigsten des Monats verabschiedete sich Vildericus im Kapitelsaal von seinen Brüdern und vom Abt in einer Zeremonie, bei der Betrübnis die vorherrschende Stimmung war. Die Ordensbrüder liebten Vildericus. Es war schlimm, ihn wieder zu verlieren, denn dieses Mal könnte es für immer sein, und in ihrem tiefsten Innern fürchteten sie, dass dieser Abschied endgültig sei. Trotz der bitteren Kälte begleitete der Abt Vildericus, der seine Nuvola schon bestiegen hatte, ein gutes Stück des Weges.

»Schreib mir, wenn du magst. Lass mich wissen, was es Neues in Rom gibt, aber schreib vor allem von dir. Du wirst uns sehr fehlen. Dein Abbas bittet dich, deine Gedankengebäude nicht allzu hoch zu bauen. Mach dich auf, und gute Reise. Der Herr möge dir immer beistehen.«

»Christus sei mit Euch, Vater.«

Bei der ersten Wegbiegung hielt Vildericus das Pferd an und drehte sich um. Suppone stand noch dort und winkte. Vildericus winkte zurück, dann jagte er im Galopp davon.

Als er in Rom ankam, war es noch hell, und nachdem er das Pferd in den Stallungen des Palastes untergebracht hatte, fand er sich beim Protoscriniarius ein, Kardinal von Ferentino, Anastasius, mit den Tusculanern verwandt. Es war jener, der vierzehn Jahre zuvor die Stelle des ermordeten Bischofs eingenommen hatte. Sein Bart und Haupthaar waren schwarz und offensichtlich mit irgendeiner Mischung aus Kräutern gefärbt, denn sein Gesicht war das eines alten Mannes, mit tausend Falten und schweren Tränensäcken unter den schmalen Augen, die sich häufig unter dem Gewicht einer trägen Schläfrigkeit schlossen.

»Du bist also dieser Mönch ...«

»Ich bin es wirklich, Eure Eminenz, wahrhaftig.«

»Ah, hervorragend. Ich glaube, warte, wo haben sie mir dieses Papier hingelegt? Nie findet man, was man sucht, Herrgott, wie alt bist du? Ah, da ist es ja. Man hat dir das Zimmer gegeben, das du früher schon bewohntest. Ich weiß nicht, wo es ist, du musst selbst sehen. Aus Farfa bist du also, so, aus Farfa, bist du gerade aus Farfa gekommen? Wie ist das Wetter dort oben? Hier ist eine furchtbare Kälte, und bedauerlicherweise leide ich darunter; die Kälte lässt die Haut altern. Warte, da ist auch noch diese Notiz hier, was steht da geschrieben?«

»Dass Seine Heiligkeit möchte, dass ich morgen bei ihm vorstellig werde.«

»Ah, hervorragend. Halte mich auf dem Laufenden.«

»Worüber, Eure Eminenz?«

»Über alles. Kannst du schreiben?«

»Ja, Eure Eminenz.«

»Ah, hervorragend. Du wirst müde sein, geh dich ausruhen, geh. Ich weiß nicht, was ich dir sonst noch sagen soll.«

Vildericus überlegte, dass es auch angebracht wäre, sich bei dem neuen Primicerius vorzustellen, der einen guten Eindruck machte: Es war ein Mönch aus dem basilianischen Kloster Grottaferrata, den Abt Bartholomäus Benedikt IX. für dieses Amt aufgezwungen hatte, damit er von diesem besonnene Ratschläge und Empfehlungen erhielte.

»Ihr schickt mich in die Höhle des Löwen, habe ich zum Abt gesagt. Für welche Sünden muss ich denn büßen? Und dann musste ich all die vorliegenden Aufzeichnungen studieren, um zu verstehen, was, zum Teufel, dieser Primicerius eigentlich ist. Es sind ja nicht wenige Aufgaben. Ich muss mich um einen Haufen Kleinigkeiten der Verwaltung kümmern, ich werde sogar mit Notaren zu tun haben, stell dir vor. Deshalb bin ich erleichtert, dass du jetzt gekommen bist. Unten in den Regalen, die Bosone gehörten, habe ich in den Schriftstücken über dich Blätter mit der Zusammenfassung deiner Arbeiten gefunden. Auch wenn du immer nur wegen der Annalen oder für den *Liber* hier gewesen bist, so wirst du doch ein wenig von dem begriffen haben, wie es hier in diesem Stall zugeht. Kann ich darauf zählen?«

»Ja, Herr.«

»Was soll das mit dem Herrn? Ich bin ein Mönch wie du, ich heiße Demetrius.«

»Wie hat der Papst deine Ernennung aufgenommen?«

»Oh, er fürchtet Bartholomäus sehr. Er lächelt immer, aber er erträgt mich nur mit Mühe. Er ist bestimmt überzeugt davon, dass ich ein Spion von Bartholomäus bin, darauf würde ich wetten. Wer er wirklich ist, das bleibt ein Mysterium. Auch was die Religion betrifft, so macht er den Eindruck, als sei sie für ihn nur ein Gewand. Und dann der Charakter, Herr im Himmel! Seine Launen ändern sich wegen nichts und wieder nichts, und er wird sogar handgreiflich. Ich habe gesehen, wie er einem Diener gepfefferte Ohrfeigen verpasst hat, weil dieser beim Ausschenken ein paar Tropfen Wein verschüttet hat. Oh, du wirst das alles wohl viel besser wissen als ich … Du willst aber nicht darüber sprechen, richtig?«

»Ich kann nicht, und ich darf nicht. Mit der Zeit wirst du alles besser verstehen. Jedoch ist der Eindruck, den du gewonnen hast, für den Anfang schon richtig. Jetzt würde ich mich gerne ein wenig ausruhen, wenn du nichts dagegen hast. So werde ich auch sehen, ob sie mir wirklich das alte Zimmer gegeben haben.«

Ja, es war sein altes Zimmer. Man hatte einen Schrank und eine weitere, größere Feuerschale hineingestellt und einen Vorhang an den Fenstern angebracht. Er streckte sich auf dem Bett aus, er war sehr müde. Gleich würde er zum Refektorium hinuntergehen müssen. Die Gestalt Doroteas war aus der Unterwelt hervorgekommen, in die er sie schon vor langer Zeit verbannt hatte. Doch seit seinem Abschied von Farfa hatte sie ihn begleitet, ohne sich je zu verstecken, nicht einmal in Gegenwart des Protoscriniarius und des basilianischen Mönches, und die Angst, sie nicht wieder zu finden, bereitete ihm Schmerz und ließ ihn niedersinken. Mit der Sehnsucht nach ihr, der Hoffnung, sie wieder zu sehen, und der Verlorenheit, die ihm dieser neuerliche Aufenthalt in dieser Stadt bereitete, schlief er ein.

Am Morgen weckte ihn das Geräusch der Tür, die geöffnet wurde. Es war ein Diener mit einer Mahlzeit auf einem Speisebrett. Vildericus sah ihn nur verschwommen, versuchte mit ihm zu sprechen, doch ein Feuer in seinem Innern ließ ihn die Augen wieder schließen. Er zitterte vor Kälte, beim Schlucken spürte er seinen geschwollenen Hals. Das ist Fieber, dachte er und versuchte, den hinausgehenden Diener zu rufen, was ihm nicht gelang. Er rief, und die Wände gaben ihm das Echo der Stille zurück, der Raum versuchte zu verschwinden, und er musste zusehen, wie Kröten über seinen Körper krochen. Ein Salamander wollte in einen Mund kriechen, der aber nicht seiner war, sondern der des Protoscriniarius. Irgendwo musste eine Schlange sein, und vom Fensterbrett aus sah ein Falke zu ihm herüber. Die gemächlichen Wellen des Strandes von Portus leckten an seinem Lager und durchnässten das Kissen, und wieder langsame, lange Wellen, und wieder Wellen, und jemand murmelte: »Er hat sehr hohes Fieber«, und jemand anderes riet dazu, einen Arzt zu rufen. »Zum Glück ist er wieder eingeschlafen«, sagte ein Dritter, doch er fiel ganz einfach in die Tiefe, ein langer Fall in die Angst eines bodenlosen Schachtes … »Sein Zustand ist sehr bedenklich.« Er lief schon einige Zeit, und der Anstieg war steil, steinig und glitschig. »Ich weiß wirklich nicht, ob er die Nacht übersteht, Eure Heiligkeit.« Sein Leib bat den Leib Christi, seinen Platz einzunehmen, viele glühende Nägel durchstießen seinen Brustkorb ohne Schmerz. »Vildericus … Vildericus … ich bin Dorotea … ich bin immer bei dir … ich bete für dich …« Die sanfte Stimme umhüllte ihn mit Zärtlichkeiten, die sich im Dunkel der Nacht verloren … Nacht … die Nacht war gekommen … Jemand hielt ihm den Kopf und ließ ihn trinken … und er blähte sich auf und rollte auf den Abhang zu … weit fort von seiner Mutter … Vildericus öffnete die Augen. Auf dem Bett saß der basilianische Mönch und wartete, bis sich der Hustenanfall legte.

»Wie geht es dir? Wie fühlst du dich?«

»Wie spät ist es?«

»Mittag. Gleich wird dir etwas zu essen gebracht, du musst viel essen und trinken, viel Milch, gekochtes Gemüse, Früchte, viele Orangen. Es geht dir etwas besser, nicht wahr?«

»Welcher Tag ist heute?«

»Freitag, der vierundzwanzigste Januar.«

»Der vierundzwanzigste Januar! Seit wann …?«

»Seit Heiligabend. Wir haben zwei gute Ärzte gerufen, die dich weise behandelt haben, würde ich sagen, und doch glaube ich, dass es deine starke körperliche Verfassung war, die dir geholfen hat. Es sind einige Leute gekommen, um dich zu besuchen. Benedikt IX. ist dreimal hier gewesen. Er war sehr besorgt.«

»Ich habe das Gefühl, dass ich auch gesprochen habe, weißt du, ob ich etwas gesagt habe, ob ich Namen genannt habe?«

»Ich glaube nicht, der Sarazene hätte es mir gesagt.«

»Der Sarazene!?«

»Dieser junge Diener, Omar. Er hat mich um Erlaubnis gebeten, bei dir sein zu dürfen. Er sagte, ihr wäret alte Freunde. Gerade ist er zum Refektorium hinuntergegangen, um dir das Essen zu holen. Möchtest du schlafen? Schlaf nur, schlaf, ich komme morgen wieder.«

Omar weckte ihn und zwang ihn zu essen. Er sprach ohne Unterlass, ohne ihm Fragen zu stellen, und Vildericus erblickte in der Stille seines Innern einige flüchtige Bilder. Vielleicht hatten ihn Wahnbilder heimgesucht, denn ihm war, als hätte er die Stimme Doroteas gehört … Er sank sofort wieder in den Schlaf zurück. Seine Genesung dauerte noch weitere sieben Tage an. Er begann, aufzustehen und durch das Zimmer zu gehen. Er trat ans Fenster, draußen lag Schnee. Omar hatte verstanden, dass er nur sich selbst, den eigenen Geistern, lauschen wollte, und er hörte auf zu reden und beschränkte sich darauf, ihm Holz zu bringen, heißes Wasser, Wein und das Essen. Als Vildericus zu lächeln begann, sah Omar die Zeiten ihrer Gespräche wieder gekommen.

»Und der Antichrist?«

»Ein Katoplepas.«

»Ein was?!«

»Ah, siehst du, ich weiß Dinge, die du nicht weißt. Ich werde zu einer gebildeten Person, und bald beginne ich auch zu schreiben. Weißt du, dieser Priester, der mir Latein beibringt, nun, kürzlich hat er einen gewissen Plinius hervorgezogen, und wir lesen zusammen ein Buch über die Tiere. Ich glaube, dass dieser Römer viel Vorstellungskraft gebraucht hat. Der Katoplepas ist eine kleine Hyäne mit einem riesigen Kopf, und wenn er einem Menschen in die Augen schaut, dann fällt dieser augenblicklich tot um. Nun, wie der Tusculaner eben, verstehst du. Erinnerst du dich an Diakon Eriprandus, diese ehrgeizige Natter? Der zuerst auf der Seite der Crescentier war, sie dann verraten hat und zum Antichrist zurückgekehrt ist. Dann unter Papst Gregor VI. hat er sich aus dem Staub gemacht, weil einer zwei Gesichter haben kann, doch nicht mehr, so hat man wenigstens gedacht. Doch als der Bamberger gekommen ist – du wusstest ja, dass dieser Eriprandus deutscher Herkunft war, sie haben zu Hause die deutsche Sprache gesprochen –, stellt er sich vor, zieht sein Deutsch hervor, und Clemens II. nimmt ihn an seine Seite. Er stirbt, und kannst du das glauben: Eriprandus meldet sich bei Benedikt IX.? Ich sage dir auch den Tag: am sechsten Dezember.«

»Nun, und dann?«

»Am zwölften hat man ihn im Wald der Porta Capena an einer Eiche aufgehängt gefunden.«

»Mein Gott! Es hätte genügt, ihn fortzuschicken.«

»Er ist nicht der Einzige. Einer der Milizenführer, den der Bamberger zum Anführer der Palastwachen ernannt hatte: erwürgt. Und von hier hat er sicherlich fünfzehn Männer fortgejagt, Priester und Laien. Ich sage dir: eine giftige Schlange.«

»Und mich hat er wieder herbeigerufen!«

»Ja, er will, dass du an seiner Seite bist. Aber glaubst du, ich habe verstanden, warum?«

»Glaubst du, ich?«

»Traue ihm nicht, niemals. Weißt du, du hast oft mit geschlossenen Augen gesprochen. Und wenn es wahr ist, was man sagt, dass Albträume mit dem wahren Leben eines Menschen zu tun haben, dann habe ich dich in der Hand. Du würdest eine Menge Geld für mein Schweigen bezahlen.«

»O mein Gott! Omar, hast du daran gedacht, dich auch um Nuvola zu kümmern?«

»Das habe ich fast jeden Tag getan. Sie war erst sehr zurückhaltend, doch dann hat sie auch aus meinen Händen gefressen, Heu natürlich sowieso, aber dann habe ich sie verwöhnt, sie hat alles gefressen, sogar Gebäck mit Honig. Sie hat immer nach dir gefragt: ›Wie geht es diesem Gecken?‹ Ich schwöre es dir. Schönes Weibchen, ja nun, fast … und du, du weißt ja, wie man mit Frauen umgeht … Sie hat dich besucht, weißt du?«

Der Atem stockte ihm plötzlich, und völlig entgeistert fragte er: »Wer?«

»Deine Freundin, Susanna, die in der Küche arbeitet. Sie ist spät in der Nacht heraufgekommen. Sie darf eigentlich nicht hierher kommen, sie hat geklopft, und ich habe ihr geöffnet. Sie hat mich gefragt, ob sie dich sehen kann, und ich habe verstanden, und weil ich aus edlem Geschlecht stamme, bin ich gegangen. Sie ist etwa eine Stunde hier gewesen. Erinnerst du dich nicht mehr?«

»Nein. An gar nichts.«

Wie das tosende Wasser eines Baches, der einen vom Baum abgerissenen Weidenast mit sich führt, der Ast schwimmt auf dem Strom fort, rasch und fröhlich …

»Jeden Tag fragt sie mich unten im Refektorium, wie es dir geht, ob es dir besser geht … Sie hat ein sanftes und freundliches Wesen. Sie passt zu dir. Warum überraschst du sie nicht und gehst heute Abend zum Essen hinunter?«

»Omar …«

»Das ist ein Geheimnis, ich weiß, ich will auch nichts wissen. Ich spreche im Ernst, ich schwöre es dir.«

»Omar … nun will ich ein wenig ruhen … doch du kannst hier bleiben, wenn du willst, einverstanden?«

Angstvoll, glücklich und müde streckte er sich auf dem Bett aus; er sah sie am Tag des Abschieds vor sich, und im Schlaf, der seinen Geist umfing, sprach er ihren Namen.

## 47

Am 2. Februar verließ Vildericus zur sechsten Stunde zum ersten Mal nach seiner langen Krankheit sein Zimmer und begab sich zum päpstlichen Gemach, um sich dort zu melden. Als er die Kanzlei erreichte, blieb er stehen, denn er vernahm aus dem Schreibzimmer die zornige Stimme des Papstes, der jemanden verfluchte. Vildericus überlegte, ob er sich zurückziehen sollte, doch einer der Priester teilte ihm mit, dass er die Anweisung erhalten habe, ihn jederzeit vorzulassen, und er fügte hinzu, dass der Papst ohnehin seit Tagen nichts anderes täte als fluchen. Vildericus öffnete leise die Tür und trat ein: Benedikt IX. stand vor dem Tisch und hieb mit den Fäusten darauf ein. Vier weitere Personen waren anwesend: der Protoscriniarius, der Mönch, der das Amt des Primicerius bekleidete, der Erzdiakon und ein Laie, den er nicht kannte.

»Ich wiederhole es zum letzten Mal! Hinunter in den Süden, zu Waimar von Salerno, er hat gute Ritter, und dann gibt es noch die normannischen Söldner, die auf nichts anderes warten, ist das klar?« Er hob den Kopf und sah Vildericus. »Hast du dich endlich entschließen können! Jesus Christus! Aber kannst du schon aufrecht stehen, ja?« Seine Stimmung veränderte sich plötzlich, und er begann zu lachen. »Wenn du heute bei diesem fürchterlichen Nordwind hinausgingst, so könntest du über die ganze Stadt fliegen und im Meer landen, oder vielleicht noch viel weiter oben, im Paradies. Ich würde dich zum Heiligen machen, der heilige Vildericus, der so viel wog wie zwei Tauben und zum Schöpfer ging. Nun, es hat ja wirklich wenig gefehlt. Setz dich nur. Du warst ja recht übel dran. Weil du ein Dummkopf bist. Callistus hat dich doch nicht zur Eile angetrieben!«

»So bald wie möglich, hat er gesagt.«

»Das stimmt, scheint mir …«, erwiderte der Erzdiakon mit leiser Stimme.

»Aber du hättest doch auch mit ihm kommen können! Du hättest einen geschlossenen Wagen gehabt, mit Kissen! Nein, dieser Mönch, verrückt wie kein anderer, ist bei dieser Schweinekälte auf dem Pferd hierher geritten! Anastasius, Demetrius und Callistus von Marino kennst du, dies ist Gianni, den ich aus Tusculum mitgebracht habe. Ein sehr vertrauenswürdiger Mann.«

Er setzte sich, und es schien, als habe er sich beruhigt. Er trug nur ein Hemd, sein Haar war in Unordnung, und er war dicker geworden. Der Kamin entließ Hitzewellen, und auf den Gesichtern Anastastius' von Tusculum und des Erzdiakons, die nicht gewagt hatten, sich ihrer schweren Umhänge zu entledigen, stand der Schweiß. Vildericus legte den Pelz ab, den er sich übergeworfen hatte, um durch die eiskalten Gänge zu gehen.

»Wie lange wird Bonifatius von Toscana durchhalten? Zwei, drei Monate? So lange, bis in den deutschen Landen der Winter vorüber ist, der dort oben schrecklich ist, wie man sagt, sogar mit vereisten Flüssen. Er hat Soldaten, einen guten Stamm an Rittern, aber wenn der König dort wieder mit seinem Heer herunterkommt, he?!«

Er begann mit einem Kamm zu spielen. Er hielt ihn zwischen den Fingern und zwirbelte ihn von einer in die andere Hand. Alle schwiegen. Dann hielt er inne und starrte mit offenem Mund ins Nichts. Vildericus wurde ungeduldig und fragte:

»Ich würde gerne wissen, warum er von neuem mit seinem Heer nach Italien kommen sollte?«

»Am Epiphanientag hat er einen neuen Papst ernannt«, antwortete Demetrius, »den Bischof von Brixen, Poppo.«

»Die Idee, die normannischen Söldner zu rekrutieren, ist nicht schlecht«, sagte der Erzdiakon, »doch wie viele können wir unter Sold nehmen? Und wie viele könnte uns Waimar geben?«

Der Papst tauchte aus seiner Abwesenheit wieder auf und sagte: »Du, Callistus, du wirst zu Waimar nach Salerno gehen, und du, Anastasius …« Er bemerkte, dass der Alte schlief, und er brüllte: »Anastasius! Herr im Himmel!«

»Ja, Theophylakt, hier bin ich, verzeih, sprich …«

»Du solltest den Kontakt mit Bonifatius von Toscana herstellen. Sag mir, hättest du Lust, ihn aufzusuchen? In ein paar Tagen vielleicht, wenn es weniger kalt ist.«

Die Verlegenheit des Protoscriniarius war peinlich. Er schluckte mehrmals und wusste nicht, was er antworten sollte; Vildericus und Demetrius sahen sich an, und Demetrius sagte:

»Wenn Ihr, Eure Heiligkeit, mir genaue Anweisungen gebt, könnte auch ich gehen. Gewiss wäre es angenehmer, wenn er in Florenz wäre und nicht in der Emilia, denn wenn unsere Berge von Schnee bedeckt sind, dann werden die Pässe des Apennin unüberwindbar sein.«

»Ja, ja.« Und den Protoscriniarius weiter anblickend: »Ich frage mich, was mir durch den Kopf gegangen ist, als ich dich nach Rom geholt habe.« Und an die anderen gewandt: »Da seht ihr, was es heißt, an die Verwandtschaft gebunden zu sein! Du, Großvater, geh nach Ferentino zurück, vielleicht gelingt es ja deiner Geliebten, dich zu wecken.«

»Ja, Theophylakt, du hast Recht, ich habe alles gegeben, aber die Sorgen sind zu groß. Vielleicht schlafe ich deshalb immer und habe keinen Stuhlgang, außerdem, das Essen hier, verzeih, wenn ich es sage, du solltest etwas Besseres bieten, wir in Ferentino zum Beispiel …«

»Bist du fertig?«

»Fertig womit?«

»Geh, geh schlafen.«

Mit einem nahezu verzückten Lächeln dankte der Protoscriniarius den Anwesenden und verließ das Schreibzimmer.

»Ich bin dir für deine Bereitwilligkeit dankbar«, sagte der Papst zu Demetrius, »doch vielleicht ist es angebracht, dass ich Bonifatius selbst aufsuche. Wir werden morgen fortfahren.« Die drei erhoben sich. »Nein, Vildericus, du bleibst, ich habe mit dir zu sprechen.«

»Ich freue mich, dich wieder zu sehen«, sagte er, als sie allein waren. »Gewisse Dinge kann ich mir einfach nicht erklären. Je seltener ich meinen Vater aufsuchte, desto besser ging es mir. Ja, er hat mir viel geholfen, ohne ihn … aber ich habe ihn nicht ertragen. Meine Mutter habe ich schon monatelang nicht mehr gesehen, sie ist bei diesen Ordensschwestern und betet von morgens bis abends, doch sie teilt das Bett mit meinem Onkel Bertrando, und die seltenen Male, die wir uns sehen, sagt sie:

›Da ist er ja, mein kleiner Süßer.‹ Und sie küsst mich auf den Mund, und ich wünsche sie zur Hölle … und du hingegen, seit eineinhalb Jahren haben wir uns nicht mehr gesehen …« Er wandte sich in Richtung der inneren Gemächer und rief: »Claudio, Claudio! Bring eine Flasche von dem Süßwein … den wirst du ganz allein trinken, er wird dir gut tun.« Er trat näher an Vildericus heran und strich ihm über das Haar. »Du hast mir gefehlt. Und wenn ich daran denke, dass ich dich manchmal am liebsten erwürgt hätte.«

Der Diener stellte die Flasche auf den Tisch und entfernte sich.

»Soll ich die unterbrochene Arbeit am *Liber* wieder aufnehmen, Eure Heiligkeit?«

»Aber ja, gewiss doch. Doch ich werde auch deine Ratschläge und deinen Gleichmut brauchen … Hast du gehört, was dieses deutsche Schwein getan hat? Poppo! Da genügt allein der Name! Er wird es schon noch zu schmecken kriegen, das Mahl, das wir ihm hier in Rom bereiten! Und wenn dann auch er tot ist, werde ich zurückkehren. Ich will sehen, wer als Erster aufgibt. Ich bin der Hirte Roms!«

Vildericus war müde. Die körperliche Abneigung, die er schon immer verspürt hatte, war noch vorhanden, und überdies war er in diesem Moment hin und her gerissen zwischen den Fantastereien dieses Mannes und dem heftigen Bedürfnis, Dorotea wieder zu sehen. Ein bedenklicher Augenblick: der Glaube und die Treue zu den Prinzipien, die er mehr als einmal gebrochen hatte, ihr Antlitz, ihre Arme und Hände, die in seine Nächte eingedrungen waren. Und süß und qualvoll war es, sich hinzugeben in der Vorstellung eines einzigen Fleisches …

»Und weißt du, warum?«

»Nein, Eure Heiligkeit.«

»Weil die Sterne es gesagt haben, die Konjunktion von Venus und Saturn, unter der ich geboren bin. Das ist wie ein Befehl, und in den mondlosen Nächten tue ich nichts anderes, als sie anzuflehen … Leider habe ich an Heiligabend, jenem düsteren Tag, an dem die bösen Geister die Oberhand haben und ganz in ihrem Element sind, deren Gekreisch gehört, es war ein Hohngelächter, und jetzt fürchte ich für meine Zukunft. Deshalb kannst du, Vildericus, mir mit deinen Gebeten helfen. Verjag sie, du musst dich neben einen Brunnen stellen, sodass …«

»Habt ihr Brunnen gesagt?!«

»Aber ja, ein Brunnen, sodass sie unter dem Kreuzzeichen und mit einer Ampulle reinen Öls, das du in den Abgrund gießen wirst, in die Hölle zurückkehren … wenn du das tust, dann gebe ich dir alles, was du willst, ich mache dich zum Kardinal, ich gebe dir eine Diözese. Einverstanden? Versprichst du mir das?«

»Ich tue alles, was in meiner Macht steht, Eure Heiligkeit«, antwortete er und zwang sich, keine Ironie in seinen Worten mitklingen zu lassen, »aber ohne Lohn.«

»Ich könnte dich als Abt von Farfa einsetzen, na, was sagst du dazu?«

»Nein, Eure Heiligkeit, ich bin nicht einmal würdig, diese Kutte zu tragen.«

»Wie du willst, wie du willst.«

Er ging zum Fenster, stieß die Flügel auf und atmete tief ein.

»Ah, welch kalte und herrliche Luft! Ich habe einen Bärenhunger. Nimm die Flasche und geh.«

»Gott sei mit Euch, Eure Heiligkeit.«

Es war noch zu früh, um das Refektorium aufzusuchen, und so ging Vildericus in den Stall. Zu viele Tage hatte er Nuvola nicht gesehen, und er wollte sich versichern, dass Omar und die Stallknechte sie gut behandelt hatten. Als er die überdachte Umzäunung betrat, erahnte das Pferd, noch bevor es ihn gesehen hatte, seine Anwesenheit und begrüßte ihn mit einem freudigen Wiehern. Er hatte immer eine besondere Beziehung aus Achtung und Interesse zu Tieren gehabt, sodass er sich in seine Kammer eingeschlossen oder das Haus verlassen hatte, wenn ein Schwein geschlachtet wurde, das er monatelang gefüttert hatte; und zur Jagd hatte er nach den ersten beiden Malen nicht mehr mit dem Vater gehen wollen. Das Sterben eines Hirsches oder eines Luchses, aber auch eines Kalbes war unerträglich. Die Leiden der mit Pfeilen durchbohrten Leiber oder der im Schlachthaus durch Hammerschläge auf den Kopf getöteten Tiere waren menschliche Leiden. Und die Tiere spürten dies, und auch Nuvola, die nicht aufhören mochte, mit ihrem Maul über seine Schulter zu streifen und sich zum Spiel zu drehen und nochmals zu wiehern in ihrer aufgeregten Freude, ihn nach so vielen Tagen der Abwesenheit wieder zu sehen. Tage, an denen die Furcht regiert hatte, verlassen worden zu sein. Er erzählte ihr von seiner Krankheit, dabei streichelte er ihr den Hals, und sie nahm diese Laute entgegen, bewegte die Ohren und neigte den Kopf zu Boden. Auch er war ruhelos, und glücklich über diese tiefe Zuneigung zu diesem so schönen und treuen Tier. Er atmete noch schwer und legte die Arme über den breiten Rücken des Pferdes. Nachdem er sich Rechenschaft über diese letzten Tage abgelegt hatte, war ihm traurig zumute, weil sein Leben an so vielen äußeren Fäden hing, erstickt im Netz eines Systems, dessen Religiosität darin bestand, dass es Darstellungen gab, die man anrufen konnte für Gesundheit, Glück, das tägliche Brot, die Verteidigung vor Übergriffen und vor dem Tod und dem die geheimen Formen der Macht und des Zwangs zu Eigen waren.

Er war nicht nach dem Bild des Schöpfers gemacht. Er musste gehorchen und Wege gehen, die von anderen vorgezeichnet waren, und er musste taub und blind werden, danken und verzichten, sich quälen, bis er nur noch ein Scheinwesen war. Wenn er Christus träfe, dann würde ihm dieser engelgleiche und göttliche Mensch hingegen sagen, dass er die Natur lieben und nicht strafen solle, dass er einfach, barmherzig, unermüdlich, zurückhaltend sein solle und dass er die Armen beschützen solle, indem er ihnen die Kraft gebe, das Notwendige zu fordern, und den Stolz, seine Brüder, das heißt Menschen, zu sein.

Als er das Refektorium betrat, fühlte er, wie sein Herz unruhig schlug, auch wegen der Bitternis, weil er sich selbst aufgeben musste. Er fand seinen Platz wieder und setzte sich. Er aß ohne Appetit und ohne zu wissen, was er aß, und nachdem er das ihm zustehende Glas Wein mit Wasser getrunken hatte, blieb er reglos sitzen. Langsam entfernten sich die anderen Tischgenossen, dann kam der Koch zu ihm. Dieser beklagte, dass Vildericus so wenig gegessen hatte, gab ihm die Frucht, die er mit auf sein Zimmer nehmen konnte, und fragte ihn, ob er seine Rundgänge der Barmherzigkeit wieder aufnehmen würde.

»Oh, ja, gewiss, in ein paar Tagen, wenn ich wieder bei Kräften bin … Arbeitet jene Köchin aus Ravenna noch hier, die so vorzügliche Suppen zubereiten kann?«

»Susanna? Ja, aber heute ist sie nicht gekommen. Gestern Abend, als ich sie nach Hause begleitet habe, fühlte sie sich nicht gut. Wir wollen hoffen, dass es nicht diese furchtbare Winter-Epidemie ist! Heute Abend werde ich Euch jedenfalls etwas ganz Besonderes zubereiten, das Euch wieder neue Kraft gibt und das Ihr unbedingt essen müsst. Einverstanden?«

»Ich danke Euch.«

Er konnte sich nur mühsam zurückhalten, um nicht schneller zu laufen, denn dieser Weg vom Palast zum Hause Doroteas war ihm noch nie so weit vorgekommen. Er klopfte und erhielt keine Antwort, dann fiel ihm der Schlüssel ein, und er öffnete vorsichtig die Tür. Sie schlief, fast völlig unter den Decken vergraben. Er nahm einen Stuhl und setzte sich neben das Bett. Wie viel Zeit war seit ihrem Abschied vergangen! Auf ihren Wangen zeigten sich rötliche Flecken, und die Stirn war schweißnass. Er nahm ein Tuch und wischte ihr sanft die Tropfen von der Stirn, die heiß vom Fieber war. Sie öffnete die Augen!

»Vildericus!«, rief sie mit belegter Stimme, »wie viel Zeit ist vergangen! Seid Ihr endlich gesund!«

»Wenn Ihr nicht sprechen wollt …«

»Nein, nein … mehr als eineinhalb Jahre ohne Euch … in Ravenna und hier …«

»Wann seid Ihr zurückgekehrt?«

»Zu Beginn des Monats September.«

Sie streckte den rechten Arm unter den Decken hervor und ergriff mit der Hand die seine.

»Wie viele Tage habe ich im Refektorium nach Euch Ausschau gehalten … dann habe ich aufgegeben … ich befürchtete, Euch nie wieder zu sehen.«

»Dass Ravenna Euch wieder aufgenommen hätte, die Familie … das hatte ich gedacht.«

»Meine Mutter ist im August gestorben. Das, was mir die Pilger gesagt hatten, ist wahr gewesen. Sie war krank, und ich konnte sie nicht verlassen und bin die ganze Zeit bei ihr gewesen.«

Wenn er sich in diesem Moment hätte sehen können, hätte er über sich selbst gelacht. Ein Mönch Hand in Hand mit einer Hure. Hugo von Celano, Suppone, Hildebrandus und sogar Omar hätten über ihn gelacht, und doch hatte er fast ununterbrochen an sie gedacht. Diese Hand bescherte ihm ein noch nie erlebtes Verlangen, warm, bitter, voller Zärtlichkeit und Verzweiflung … Er ließ ihre Hand los und schob ihren Arm wieder unter die Decke.

»Möchtet Ihr, dass ich Euch etwas Warmes mache? Soll ich einen Arzt oder den Kräuterkundigen von Santa Maria holen?«

»Nein, nein, es ist nichts Schlimmes. Ich habe mich erkältet und habe ein wenig Fieber, das wird bald vorübergehen. Erzählt mir lieber etwas über Euch, warum Ihr nach Farfa zurückgekehrt und nun wieder hier seid. Auch wenn Ihr schon immer wenig gesprochen habt, so höre ich Euch doch gerne zu, sehr gerne.«

Er blieb den ganzen Nachmittag bei ihr, und während er ihr erzählte, was er in diesen Monaten alles erlebt und gesehen hatte, und merkte, dass sie ihm aufmerksam zuhörte, nahm er eine eigenartige Veränderung bei sich wahr – als wäre er leichter geworden und würde sich öffnen, sodass er sich fragte, wo und wann sich bei ihm so viel Rost gebildet hatte, dass er das Fenster nicht mehr öffnen konnte, das ihn von allen getrennt und ihn dazu gezwungen hatte, hohe, vielleicht maßlose Ziele im Mysterium des Glaubens zu suchen, und das ihn schließlich auch von sich selbst ferngehalten hatte.

»Wie merkwürdig«, sagte er auf einmal und lächelte. »Einmal in Sutri setzte ich mich auf die Bank draußen neben meinen Vater. Es muss im Hochsommer gewesen sein, denn die Dämmerung hörte nicht auf, und er begann, mir ein Märchen zu erzählen von einem Kind, das Colmacco hieß und das vor langer Zeit gelebt hatte. Die ersten Worte meines Vaters waren: ›Es war einmal‹, und die Geschichte war die, dass dieser Colmacco, von seinen Eltern verlassen, sich aufgemacht hatte, sie zu suchen, und dabei in einen Wald kam. Natürlich handelte es sich nicht mehr um die Vergangenheit, denn ich war es, der in diesen Wald kam. Ich erinnere mich an fast nichts mehr von seiner mysteriösen Reise, aber am Ende habe ich mich in dieses Märchen verliebt. Weil mein Vater den ganzen Tag draußen bei der Arbeit war, bat ich meine Mutter um eine andere Geschichte, doch ihre Antwort war, dass sie keine Einzige wisse … und so habe ich mich für immer von Colmacco abgewandt … und alles verschlossen …«

Vildericus nahm das Tuch und trocknete ihr wieder das Gesicht. Dorotea hielt seinen Arm fest, zog ihn mit Kraft an sich, und indem sie ihren Kopf ein wenig hob, küsste sie ihn auf den Mund. Vildericus fühlte, wie sich die Lippen der Frau öffneten und die Spitze ihrer Zunge sich zwischen seine Lippen drängte. Es war ein köstliches, weiches Gefühl, das seine nachgiebige Unsicherheit noch vergrößerte, bis er völlig verwirrt war. Er machte sich von ihr los, und sie ließ den Kopf auf das Kissen sinken und schloss die Augen.

»Verzeiht mir«, sagte sie.

»Ich habe Euch nichts zu verzeihen, ich bin nur verwirrt, ich bin meiner … nun, ich glaube aber, ich habe niemandem wehgetan. Ich habe Euch sehr gern, das wisst Ihr.«

Die Frau verbarg sich unter den Decken, doch Vildericus zog diese so weit zur Seite, dass er ihr Gesicht sehen konnte.

»Ihr könntet ersticken, Dorotea. Habt Ihr heute schon etwas gegessen?«

Sein Atem hatte wieder den normalen Rhythmus angenommen. Er sah sie an und stellte sich vor, sie in den Armen zu halten, wie man ein Kind hält. Er wärmte ihr Milch auf, bereitete ihr etwas Brot mit Butter zu und half ihr zu essen. Sie sprachen nicht mehr. Das Schweigen in ihren Blicken hatte den zarten Ton der Liebe, die sie aneinander band.

## 48

In den folgenden Tagen nahm Vildericus seine Rundgänge durch die Stadtviertel mit Nuvola wieder auf. Wie immer sprach er wenig und hörte viel zu, und er gewann ein Bild, das von allem anderen zeugte als von Frieden. Dies war zum einen dem beständigen Elend eines Großteils des niederen Volkes geschuldet, das sich lieber mit ungesetzlichen oder kriminellen Methoden den Lebensunterhalt verdiente, zum anderen wurden nach den Monaten des deutschen Pontifikats, die den römischen Klerus zu verhaltener Vorsicht genötigt hatten, die meisten der Priester und Bischöfe durch die Rückkehr Benedikts IX. dazu gedrängt, die alten Laster der Bestechlichkeit und der hemmungslos liederlichen Gewohnheiten noch intensiver als zuvor wieder aufzunehmen. Vor diesem Hintergrund spielte sich der Fall des Kardinals Octavius von Caere ab, suburbicarischer Bischof von Poggio Mirteto, den der tusculanische Papst nach dem Fortgang von Anastasius in die Würden des Protoscriniarius erhoben hatte; kein Bürger der Stadt, dem der Kopf noch recht auf den Schultern saß, verstand den Grund für diese Wahl, denn der Gewählte genoss den düsteren Ruf eines schamlosen Wucherers.

Die Stimme des Volkes verwandelte sich in ein dumpfes Raunen, und die beiden Kardinalpriester, die in diesem Jahr für das Amt der Kirchenrichter vorgeschlagen worden waren, entschlossen sich nach einigem Zaudern, Untersuchungen über den Protoscriniarius anzustellen, und kamen zu dem Schluss, dass dem Präfekten der Stadt das Gesuch um die Festnahme desselben überreicht werden musste, unter der Beschuldigung unzulässiger Bereicherung und Erpressung.

Diese Nachricht erhielt Vildericus von Demetrius. Es war der 25. Februar, ein Tag, den er aus mehreren Gründen in Erinnerung behalten würde.

»Und wenn man bedenkt, dass ich ihn gewarnt habe. Ich weiß ja wenig vom guten alten Rom, doch die Gerüchte über diesen Prälaten sind mir zu Ohren gekommen, und man munkelte in allen Ecken des Palastes, seit man gesehen hat, wie er immer wieder zu Benedikt IX. ging. Eines Tages, es muss der dreißigste Januar gewesen sein, ruft mich der Papst zu sich, nennt mir diesen Namen und fragt mich nach meiner Meinung. Ich unterrichte ihn darüber, was man sich über dieses Individuum erzählt, gebe ihm zu verstehen, dass in der Lage, in der er sich befindet, eine Persönlichkeit mit einem höheren Ansehen besser wäre, vorausgesetzt, dass man eine solche in dieser Stadt findet. Er dankt mir, und am folgenden Tage ernennt er ihn. Was soll ich dir sagen? Entweder ist er ein Dummkopf, oder dieser Mensch gibt ihm einen Teil der Beute ab, das heißt Geld, oder, nein, das weißt du ja nicht, ein Protoscriniarius! Es scheint, als betätige er sich mit dem Verkauf von falschen Reliquien, und viele sagen, dass er Beziehungen zu den übelsten Gaunern der Stadt hat. Hast du ihn schon gesehen?«

»Ich wurde ihm am letzten Sonntag vorgestellt. Er hat kein Wort gesagt. So wie er mich jedoch angesehen hat, hatte ich den Eindruck, als würde er mich geringer als ein Nichts einschätzen, als einen, der ihm nicht nutzen kann. Das ist alles. Glaubst du, dass sie ihn einsperren werden?«

»Die letztendliche Entscheidung liegt bei Benedikt IX. Alle halten die Luft an. Ich wette, dass er dich rufen wird, aber ich kann mich auch irren. Er hat eine seltsame Haltung dir gegenüber, mein Abt, Bartholomäus, hat sogar mit mir darüber gesprochen, und er hat ein eigenartiges Bild dafür hergenommen: Er hasst dich, weil er dich fürchtet und liebt.«

Die Vorhersage Demetrius' erwies sich als richtig, und bewahrheitete sich kaum eine Stunde später: Vildericus wurde zum Papst gerufen. Er fand ihn mit der armen Elgarda auf dem Schoß vor.

»Kann ich wiederkommen, Eure Heiligkeit?«

»Was? Ich zeige dir hier diese anmutige Schönheit, diese Lilie, und du willst gehen! Ich will sie dir als Geschenk übergeben. Spiel doch nicht den braven Mönch, wenn sich dir eine Gelegenheit bietet, so fasse sie beim Schopf, sonst erwachst du eines Morgens und entdeckst, dass du nur die Hälfte, nein, nur ein Drittel deines Lebens gelebt hast. Sieh sie dir an, keine Angst, erhebe dich, Elgarda, öffne dein Gewand, genau so, sieh dir diesen Körper an! Ist das nicht eine Köstlichkeit?«

»Ich schaue ihr ins Gesicht, und ihr Ausdruck könnte nicht beredter sein. Bedeckt Euch wieder, Weib, ich bitte Euch.«

»Was, zum Teufel, willst du damit sagen?«

»Dass sie sich schämt.«

Benedikt IX. erhob sich und packte die junge Frau an den Armen.

»Schämst du dich vielleicht vor mir?«

Sie bewegte den Kopf in einer kaum angedeuteten Verneinung.

»Siehst du? Sie schämt sich vor dir, sie schämt sich, sich nackt vor einem lumpigen Bettler wie dir zu zeigen. Ich hatte dir eine anständige Kutte geschenkt und habe sie dich noch nie tragen sehen. Komm, Vildericus, ich bin doch dein Freund, gibt es einen aufrichtigeren Beweis meiner Freundschaft, als dir eine meiner zärtlichsten Frauen zu geben? Täusche dich nur nicht im Eindruck, den Elgarda vermittelt, sie scheint traurig und unglücklich zu sein, nicht wahr? Du kannst dir aber nicht vorstellen, wie sehr sie für die Liebe gemacht ist. Sie ist eine entfesselte Wildkatze, auch wenn sie niemals lacht. Nun gut, einverstanden, denk darüber nach. Wenn du sie willst, ist sie dein. Nun geh, Elgarda, denn wir beide müssen über wichtige Dinge sprechen.«

Die Frau näherte sich Vildericus und sagte mit leiser, aber doch fester Stimme: »Ich bin zu einer Hure verkommen, ich bin schon zweimal schwanger gewesen, und man hat mir das Kind weggemacht.«

Benedikt IX. packte sie am rechten Arm und stieß sie wütend in Richtung der Tür zum Gemach.

»Ich werde mich töten, Vildericus, betet für mich.«

Der Papst schloss die Tür und wandte sich Vildericus zu.

»Achte nicht auf das, was sie sagt. Sie ist hysterisch.«

»Ruft sie wieder herein, Eure Heiligkeit!«

»Was! Du Frechling! Ich werde dich verprügeln!«

»Ich habe gesagt, Ihr sollt sie wieder hereinrufen!«

»Hört her! Jetzt gibt er mir schon Befehle!«

»Euer Vater hat mich gebeten, beratend an Eurer Seite zu stehen, zu Eurem Besten. Jetzt werdet Ihr diese Frau zurückrufen, und wir werden sie gemeinsam anhören.«

Benedikt IX. ging heftig erregt im Raum hin und her; dann trat er zur Tür, öffnete sie und rief mehrmals nach der Frau, jedoch ohne Erfolg.

»Siehst du, sie ist hysterisch; achte nicht auf ihre Worte, sie hat schon andere Male gesagt, dass sie sich töten wolle.«

»Ihr haltet sie weiterhin gegen ihren Willen fest. Das ist Eurer nicht würdig. Ein Papst muss großmütig sein und großzügig, Ihr müsst sie freilassen und ihr helfen, zu ihren Eltern zurückzukehren, oder wo auch immer sie unterkommen will.«

»Aber ja, aber ja, ich werde es tun. Nun wenden wir uns den ernsthaften Dingen zu, doch lass uns zuerst ein Glas von diesem außergewöhnlichen Wein trinken. Er kommt aus Apulien – byzantinische Trauben und Fässer. Ein einziges Glas, und du bist bei den Göttern.«

Im Gegensatz zu seinem Gastgeber trank Vildericus nur einen Schluck des sehr starken Weins. Dann legte der Papst ihm den Fall des Protoscriniarius dar und fragte ihn, ob er mit jemandem darüber gesprochen habe und welche Meinungen es dazu gäbe. Vildericus antwortete, dass Demetrius ihm davon erzählt habe, auch seine Gründe, weswegen er von dieser Person abgeraten habe: der schlechte Ruf, insbesondere den Wucher betreffend, der ihn bei allen verhasst mache. Guter Rat jedoch sei teuer, und die Ernennung rückgängig zu machen käme einem mutigen und aufrichtigen Akt gleich, bedeute aber auch den Verlust seiner Ehre als Papst.

»Nun, da habe ich mich in einen schönen Schlamassel hineingeritten!«, und er fügte hinzu: »Doch da ist etwas, von dem keiner weiß. Mir ist bekannt, dass man an irgendeine Bestechung mit Geld oder etwas anderem denkt. Dieser Octavius ist der leibliche Sohn eines Vetters des Grafen Theobald von Canossa; die Mutter war Kindermädchen im Haus dieses Vetters, und als sie dann schwanger war, hat man sie mit einem Verwalter von Acquapendente vermählt. Bonifatius von Toscana hegt für diesen illegitimen Verwandten eine besondere Zuneigung, Gott weiß, warum. Also, verstehst du, Bonifatius ist im Moment meine einzige Hoffnung. Das ist der wahre Grund. Jetzt sag du mir: Habe ich falsch gehandelt? Nun gut, ich habe falsch gehandelt, ich hätte auf Demetrius hören müssen, doch kann ich ihn den Richtern in die Hände geben?«

»Es bleibt Euch nur eines zu tun, Eure Heiligkeit: Ihr holt ihn herbei, befragt ihn eingehend, ohne Zeugen, und zwingt ihn, Euch all seine Geschäfte aufzudecken. Und wenn die Gerüchte über die Wucherei wahr sind, dann zwingt Ihr ihn, sich mit einem ganz anderen Gesicht zu zeigen, große Gesten öffentlicher Wohltätigkeit, Geschenke an die Hospitäler ... damit diese Gerüchte aufhören.«

»O Vildericus, mein Vater hatte Recht: Du bist ein Segen. So werde ich handeln! Du aber musst mir für morgen das Dekret vorbereiten, das wir den Richtern übergeben, und eine Nachricht an Octavius, in der ich ihn meiner Achtung versichere und ihn sofort hierher bitte, einverstanden?«

Er erhob sich und begann, im Raum umherzugehen, wobei er zwei-, dreimal die Worte des Dankes wiederholte und Vildericus Geschenke jeglicher Art versprach, die abzulehnen dieser im Moment für unklug hielt, denn er hatte den innigsten Wunsch zu gehen. Der Papst begleitete ihn bis zur Tür. Er hatte ihm den linken Arm um die Schulter gelegt und küsste ihn schließlich auf die Wangen. In seinem Zimmer fand Vildericus Omar vor, der an seinem Schreibpult stand und in seinen Pergamenten blätterte.

»Du Gauner!«

»Wisst Ihr, Herr«, entgegnete dieser grußlos und ohne sich umzudrehen, »dass ich Euer ganzes Latein lesen kann?«

»Wenn ich dich das nächste Mal beim Lesen meiner Aufzeichnungen erwische, peitsche ich dich aus; tut man das nicht mit Sklaven?«

Omar sprang auf, lief ihm entgegen, und sie umarmten sich.

»Die Augen und die Ohren deines Sklaven sind dir immer zu Diensten, insbesondere die Augen müssen dir jetzt eine wichtige Sache mitteilen: Du gehst doch manchmal zu deiner Freundin, fast immer am Nachmittag, nicht wahr?«

»Und weiter?«

»Kennst du einen gewissen Gianni, der ein Vertrauter des Antichrist ist?«

»Ja, ich habe ihn vor einiger Zeit einmal bei ihm gesehen.«

»Ich habe ihn dreimal beobachtet, wie er dir folgte. Das erste Mal am Esquilin, als ich einen Brief des Primicerius zum Erzbischof von San Martino di Tours brachte. Du warst mit Nuvola bei einem deiner barmherzigen Spaziergänge, und er war etwa hundert Schritte hinter dir. Wenn du anhieltest, so hielt auch er an, und er hat nicht einmal von dir abgelassen, als du das Pferd in den Stall gestellt hast und zu deiner Freundin gegangen bist. Nun, da habe ich mir gesagt: ›Hier muss man den Spitzel bespitzeln.‹ Am letzten Dienstag und Donnerstag hat er es wieder getan, dieses Mal ist er dir nur vom Stall bis zum Haus Doroteas nachgegangen. Und er hat auf dich gewartet.«

»Was heißt das?«

»Er hat sich auf die Treppen der Basilika gesetzt, und als du herausgekommen bist, hat er sich davongemacht. Augenscheinlich, damit er erfuhr, wie lange du bei ihr bleiben würdest. Sieh dich vor, Vildericus.«

»Mich vorsehen, weshalb? Ich bin frei, zu gehen, wohin ich will und zu wem ich will. Und glaube nicht, dass ich in diesem Pfuhl, der diese Stadt ist, Ärgernis errege, wenn ich eine Person, der ich mich sehr verbunden fühle, besuche und mit ihr spreche. Er wird es seinem Herrn mitgeteilt haben, na und? Aber … du hast gute Arbeit geleistet, mein kleiner Araber, was willst du als Belohnung haben?«

»Ein Glas von diesem Süßwein, den du mit deiner unglaublichen Zurückhaltung niemals anrührst.«

»Dieses Mal trinke ich ein Glas mit dir.«

Er wurde also beobachtet! Der Tusculaner ließ ihn auskundschaften, und ihm war, als habe er einen bitteren Geschmack im Mund und als sei auch sein Atem bitter. Den vielfältigen Gemeinheiten dieser Schlange waren keine Grenzen gesetzt. Seine verrohte Seele ließ ihn die Aufrichtigkeit und Ernsthaftigkeit fürchten … Und er war so zersetzt und verdorben, dass man sich diesen fremden Papst nur dringlich herbeiwünschen konnte.

Außerdem fühlte sich Vildericus geschwächt, als ob der Blick dieses mit seiner Beobachtung beauftragten Mannes in sein Innerstes eingedrungen wäre, wo er mehr schlecht als recht seine unsichere Identität hütete.

»Da siehst du, welchen Vorteil Arnolfus hat. Er ist frei wie der Wind und niemandem gegenüber zu etwas verpflichtet, außer dem Mann aus Nazareth, dessen Wort dem Volk zu vermitteln er sich zur Aufgabe gemacht hat.«

»Frei wie der Wind würde ich das nicht nennen«, erwiderte Omar, und als er das verständnislose Gesicht Vildericus' sah, fragte er: »Weißt du wirklich gar nichts?«

»Wovon, was sollte ich wissen?«

»Er ist seit mehr als drei Monaten im Kerker, wegen Ketzerei verhaftet und angeklagt, und es ist ein Wunder, dass er noch lebt, das heißt, ein Wunder nicht, denn während die anderen drei, mit denen zusammen er gefasst wurde, bereits zum Tod verurteilt und gefoltert wurden, kann er sich noch verteidigen.«

»Weißt du, wo er sich befindet?«

»In den Kerkern des Präfekten der Stadt, bei den Santi Apostoli. Aber wo willst du hin? Vildericus! Vildericus!« Aber Vildericus stürmte bereits die Treppen hinunter.

Der Präfekt war ein gewisser Teobaldo, der bereits die Milizen der Quarta Regione, des vierten Stadtviertels, angeführt hatte und Benedikt IX. in sein zweites Exil gefolgt war. Daher war er kürzlich von diesem mit der Beförderung in dieses Amt belohnt worden. Vildericus kannte ihn, und nachdem dieser sich seine Bitten angehört hatte, zu keinem darüber zu sprechen, vor allem nicht zu den richtenden Kardinälen, erhielt er die Erlaubnis, in die Verliese hinabzusteigen und den Wandermönch zu besuchen. Bevor er die Zelle betrat, gab ihm der Wächter eine Kerze und zündete sie an, dann schloss er die Tür hinter Vildericus.

So plötzlich aus dem hellen Licht im Freien in diese Finsternis versetzt, die der Schein der Kerze zunächst nicht zu durchdringen vermochte, glaubte Vildericus zunächst, ohnmächtig zu werden, auch wegen des widerwärtigen Geruchs, der in diesem Höllenschlund herrschte. Nach einer Weile konnte er auf einer schmalen Pritsche die Umrisse eines Körpers ausmachen, der vollständig unter einer Decke verborgen lag.

»Arnolfus!«

»Ich kann es nicht glauben, du musst … Vildericus sein.« Der Gefangene zog die Decke ein wenig zur Seite, um den Besucher sehen zu können. »Komm nicht näher, ich bin voller Flöhe, und es ist mir nur zweimal im Monat erlaubt, mich zu waschen.«

Er war nicht wieder zu erkennen. Die Augen lagen tief in dunklen Höhlen, die Wangen waren eingefallen, er hatte fast alle Haare verloren, und ein dichter Bart war ihm gewachsen. Er schob die Decke beiseite und setzte sich auf.

»Den Hunger ertrage ich noch, aber die Kälte nicht. Die Kälte bringt mich um. Und genau das wollen sie. Und ich will es auch.«

»Vor einer Stunde erst habe ich es erfahren. Ich glaubte dich unterwegs.«

»Unterwegs in die Hölle. Zumindest drohen mir die Richter damit, wenn ich meine Schuld nicht eingestehe. Als ob dies hier nicht bereits die Hölle wäre.«

»Welche Schuld?«

»Um es zusammenzufassen: Angriff auf die heilige Mutter Kirche, auf ihre heiligen Dogmen. Diese drei armen Schweine haben mich jeglicher Art von Narretei beschuldigt, da sie hofften, einer Verurteilung zu entgehen. Ich verstehe sie. Ich habe mich darauf beschränkt, sie anzuhören.«

Sein Körper unter dem zerschlissenen grauen Hemd war fast zum Skelett abgemagert, und er atmete nur mühsam, immer wieder vom Husten geschüttelt.

»Ich werde … jetzt alles tun … um dich hier herauszubekommen.« Vildericus rief den Wächter. »Ich schwöre dir, Arnolfus, ich bekomme dich hier heraus. Und zwar sofort. Hier, behalte die Kerze.«

Er kehrte zum Palast zurück, schloss sich in seiner Schreibstube ein, und nach einer halben Stunde hatte er all das erledigt, was ihm der Papst aufgetragen hatte. Dann eilte er zu dessen Gemächern. Im Vorzimmer fand er die beiden Priester der Kanzlei vor und außerdem diesen Gianni. Er bat sie, ihn bei Benedikt IX. zu melden.

»Wenn Ihr ihm etwas mitzuteilen habt, so könnt Ihr das auch mir sagen«, sprach der Vertraute des Papstes.

»Nein, Euch nicht.« Und an die beiden Priester gewandt: »Fragt ihn, ob er mich empfangen kann.«

Einer der beiden öffnete die Tür zum Schreibzimmer, schloss sie, öffnete sie erneut, schloss sie wieder und bat Vildericus zu warten. Seine Heiligkeit würde ihn sogleich empfangen.

»Ihr seid aus Sutri, nicht wahr?«, fragte der Vertraute.

»Und Ihr, woher seid Ihr?«

»Ich habe gelesen, was über Euch geschrieben wurde.«

»Ich über Euch noch nichts, aber ich glaube auch nicht, dass es etwas gibt. Es wäre jedoch gut, wenn es solche Aufzeichnungen gäbe, denn dann wüsste man besser, wer Ihr seid, welchen Grad von Bildung Ihr habt und welchem Gewerbe Ihr eigentlich nachgeht.«

»Ihr habt einen schwierigen Charakter«, sagte der Mann und wagte ein abschließendes Lächeln.

Vildericus ging zum Fenster. Er war erstaunt über den Ton, in den er verfallen war, und er fragte sich, ob er es vor fünf oder zehn Jahren gewagt hätte, mit jemandem in dieser Weise zu sprechen. Seine Demut war verschwunden, und er war bereit, auch mit Blicken aufzubegehren. Er hatte einen anderen Weg eingeschlagen, der in eine ungewisse Zukunft führte.

»Ihr könnt eintreten«, sagte einer der Priester.

»Ich habe gerade gebetet«, log Benedikt IX. »Was gibt es so Dringendes?«

»Ich habe Euch die beiden Schreiben vorbereitet, die Ihr verlangt hattet.«

»Welch ein Eifer, Vildericus! Lass sehen: ›An die Herrn Kardinäle und Richter und so weiter und so weiter: Es ist mein Wille, mich des Vorrechts zu bedienen, das mir gegeben ist hinsichtlich der Behandlung und Bestimmung jeglicher Angelegenheit des Heiligen Kollegiums der Heiligen Römischen Kirche, eingeschlossen die persönlichen Angelegenheiten ihrer Mitglieder, um mich entschieden dem Verfahren zu widersetzen, das Ihr gegen unseren Bruder Octavius von Caere angestrengt. Daher ordne ich an, dass ihm seine private und öffentliche Würde, Ehre und Freiheit zurückgegeben werden.‹ Sehr gut, hervorragend.«

»Und dies hier ist die Botschaft an diesen Kardinal.«

»Lass sehen: ›Ich wünsche, dass die Beschwerlichkeiten und das Ungemach, das Ihr erleiden musstet, sich als Quelle des Guten für das Amt, zu dem ich Euch gerufen habe, und für die gesamte römische Gesellschaft erweisen möge.‹ Ausgezeichnet, gut gemacht. Du hast das in nur zwei Stunden niedergeschrieben! Das muss dich sehr ermüdet haben, denn du siehst sehr blass und angestrengt aus, oder ist da etwas anderes, das dich bedrängt? Hast du Schwierigkeiten mit einer Frau?«

»Nein, Eure Heiligkeit. Ein Freund, ein Wandermönch, befindet sich bereits seit drei Monaten im Kerker des Präfekten, einem schmutzigen Loch, und wird zu Unrecht der Häresie beschuldigt. Er ist völlig abgemagert und krank.«

»Na und?«

»Eure Heiligkeit, ich bitte Euch, ihn freizulassen.«

»Die Ketzerei ist eine Todsünde, ein Angriff auf das Christentum.«

»Ich kenne ihn seit Jahren. Er ist ein aufrichtiger Christ, und ich versichere Euch dies unter Eid: Sie haben ihn zusammen mit drei wirklichen Häretikern gefasst, die bereits gerichtet sind …«

»Und also …«

»Er war nur zufällig mit ihnen zusammen, oder, wenn Ihr so

wollt, weil er verstehen wollte, wohin diese Bewegungen führen, die unsere Mutter Kirche ablehnen.«

»Aber wenn er unter Anklage steht ...«

»Die untersuchenden Richter sind dieselben, die unseren Protoscriniarius verurteilen wollen.«

Benedikt IX. sah ihn mit einem überraschten und spöttischen Ausdruck an.

»Ach, so ist das gemeint, du gerissener Fuchs! Und wenn ich mich in Schwierigkeiten befände, würdest du mir dann auf dieselbe Weise helfen?«

»Ja, Eure Heiligkeit.« Doch Vildericus merkte sogleich, dass die Niedertracht dieses Menschen, der ihn auskundschaften ließ, die Oberhand gewann, und er fügte hinzu: »Ihr hattet mir Geschenke von besonderem Wert versprochen: Das, was ich hier von Euch erbitte, ist das außergewöhnlichste Geschenk, das Ihr mir machen könnt.«

Der Papst setzte sich an den Tisch und versank in Gedanken. Er schien Geben und Nehmen abzuwägen, dann sagte er:

»Nun gut, nimm dieses Pergament, die Feder liegt hinter diesem Buch, und schreibe: ›An den Präfekten der Stadt Rom, ich habe den Willen, mein Vorrecht zur Begnadigung zugunsten des Wandermönches ... hier schreibst du seinen Namen ... der ohne Beweise der Häresie angeklagt ist, auszuüben. Er werde umgehend freigelassen.‹ Hast du das geschrieben? Hier unterzeichne ich. Bist du nun zufrieden?«

»Meinen Dank, Eure Heiligkeit.«

Vildericus brachte Arnolfus zu Dorotea, wo er drei Wochen blieb und von beiden gepflegt wurde. Langsam kam er wieder zu Kräften, auch mit der Hilfe des Kräuterkundigen von Santa Maria, Bruder Ricardus, der mehrmals vorbeikam, um nach ihm zu sehen. Obgleich der Preis für diese Befreiung – die Mitwirkung Vildericus' an der untadeligen Niederschrift des Dekrets und an der verdammenswürdigen Botschaft an den Protoscriniarius – sehr hoch gewesen war, betrachtete er das Ergebnis dennoch als zufrieden stellend: Er hatte einen Freund gerettet, und was die Tatsache betraf, dass Octavius von Caere sein Verhalten in keiner Weise geändert hatte, so konnte er sich darüber nur freuen. Er hatte sich mit dieser beschämenden Entscheidung von der Mitwisserschaft befreit und hatte dieser aus infamen Betrügern bestehenden Kirche die Gelegenheit gegeben, wie nie zuvor ihr eigenes antichristliches Wesen zu offenbaren.

## 49

*An Suppone von Trevi*
*Von Vildericus von Sutri*
*Am 31. März 1048*

*Der Herr sei gepriesen immerdar.*
*Enricus von Manciano hatte die Freundlichkeit, mir Euren Brief zu zeigen, den Ihr an ihn gerichtet hattet. Er enthält einen begründeten Vorwurf: Dass ich Euch seit meiner Abreise nicht mehr geschrieben habe, ist eine schwere Verfehlung. Als erste Entschuldigung kann ich die Krankheit anführen, die mich gleich nach meiner Ankunft ereilt und mich für vierzig Tage an mein Lager gefesselt hat. Dadurch hat sich viel Arbeit angehäuft, vor allem die Niederschrift über die Zeit meiner Abwesenheit von Rom. Die zweite Entschuldigung ist eine Bedrängnis, die mich immer heftiger quält: Wie den unzähligen und unerträglichen Übeln einer Gesellschaft abhelfen, die aus den Lehren unseres Herrn einen Wall aus künstlichen Ritualen gemacht hat, hinter der in furchtbarer Weise Wolfsmenschen herangezogen werden? Und dann die Stadt: Ich habe den Eindruck, dass diese bisweilen von einem tosenden Fluss aus Unordnung und Niedertracht, ruchlosen Verschwörungen und unaufhaltsamer Gewalt überschwemmt wird, sodass ich mich frage, ob der Verfasser der Apokalypse in seinen prophetischen Wahnbildern nicht das Babylon Neros oder*

*Domitians gesehen hat, sondern das heutige Rom. Ich kann mit Johannes das Lob des Herrn und seines künftigen Sieges singen, doch ich glaube nicht, dass die Tage der Schlange gezählt sind, und ich zweifle daran, dass jemals der Tag des zornigen Lamms kommen wird. Das Weib, das auf einem scharlachroten Tier sitzt, in Purpur gekleidet und mit Gold geschmückt, reitet durch ebendiese Straßen um den Palast. Nein, ich fürchte, dass niemals jemand das Buch mit den sieben Siegeln öffnen wird, und wir werden die Reiter auf dem roten und dem schwarzen Pferd vielleicht nur im Traum sehen.*

*Ihr habt gewiss erfahren, dass Heinrich III. einen deutschen Bischof zum Papst ernannt hat. Wer wird ihn auf den Heiligen Stuhl erheben? Wiederum ein deutsches Heer oder einige italienische Milizen im Dienst des Kaisers. Man spricht von Bonifatius von Toscana, der sich bisher geweigert hat, dies zu tun, weil er Benedikt IX. freundschaftlich verbunden ist. Das ist der Verfall, der mir die vorigen Zeilen diktiert hat. Ich hoffe, dass Ihr bei guter Gesundheit seid und dass Farfa noch viele Jahre von Eurer Weisheit zehren kann. Ich grüße Euch mit aufrichtiger Zuneigung.*

## 50

Noch im März nahm Vildericus die Einträge in seinem Tagebuch wieder auf. Am 20. März, dem Ostertag, schrieb er: Arnolfus ist völlig wiederhergestellt. Er hat Dorotea umarmt und ihr gedankt und ist davongeflogen.

22. März: Octavius von Caere, der sich mit vier anderen Kardinaldiakonen nach Santa Maria Maggiore begeben hatte, wurde beim Verlassen der Basilika von einer Gruppe aufgebrachter Menschen angegriffen, wahrscheinlich Opfer seiner Wucherei. Die Anwesenheit von vier italienischen Mitgliedern der kaiserlichen Garde konnte ihn gerade noch vor dem Zorn der Angreifer schützen. Besuch bei D.

4. April: Es heißt, dass sich zwei kaiserliche Gesandte, von

deutschen Rittern eskortiert, nach Florenz begeben, um dort mit Bonifatius von Toscana zusammenzutreffen und ihn zu zwingen, der Anordnung Henrichs III. nachzukommen und den deutschen Papst nach Rom zu begleiten. Vier Besuche bei D.

27. April: Weitere Besuche bei D.; sie kommt mir oft erschöpft vor, ich bin es wahrlich auch; zweimal von diesem Spitzel verfolgt.

6. Mai: Waimar von Salerno hat wohl auf Drängen von Callistus Benedikt IX. ein Heer von fünfzig Männern angeboten. Das Gebrüll des Papstes war sogar auf den Treppen ... Er wollte den Eintrag noch mit »in der eisigen Stille des ganzen Palastes zu hören« vervollständigen, doch er wurde durch ein Klopfen an der Tür unterbrochen: Es war Demetrius, der grußlos zum Fenster ging, allerdings nicht, um hinauszuschauen, sondern weil er ganz offensichtlich äußerst erregt war. Er wandte sich mit einem bitteren Lächeln um, nahm einen Stuhl und stellte ihn neben Vildericus.

»Weißt du, was wir beide tun könnten? O Herr im Himmel, welch reizvolle Idee! Wir könnten ihn einfach der Häresie beschuldigen, unseren ehrwürdigen, brüllenden Papst. Da sind die beiden Zusammenkünfte mit dem Exorzisten Raffael, den er aus Subiaco hat kommen lassen. Hast du das gewusst?! Dieser Priester, der Gebete, düstere Litaneien und geweihtes Öl benutzt und so weit geht, ein armes Huhn bei lebendigem Leib zu rupfen? Doch das ist noch nichts. Hast du schon einmal von einem gewissen Ubaldo gehört, der ›von den Vögeln‹ genannt wird, weil er zu Hause einen großen Käfig mit verschiedenen Tauben hat, und der mehrmals wegen unerlaubter Praktiken eingesperrt war, natürlich völlig unschuldig, und der sich einen Gelehrten der magischen Künste und einen Kenner der alten Riten des Mitras nennt? Nun, er hat ihn gestern zur dritten Stunde kommen lassen, hat alle Diener, die Frauen und die beiden Knaben hinausgeschickt und nur Tito, den Koch, bei sich behalten und sich mit ihm und diesem armen Irren bis spät in die Nacht eingeschlossen. Doch Tito hat heute Morgen im Refektorium alles ausgeplaudert: Sie haben wohl einer Taube den Hals umgedreht und ein Kaninchen ausbluten lassen, und sie haben nicht nur Mitras, sondern auch Mars, den Kriegsgott, angerufen!«

Diese Küchengeschichten interessierten Vildericus nicht mehr. Das waren von mittelmäßigen Schauspielern dargebotene Possenspiele. Die Überreste einer großen Stadt sahen diesen Komödianten voller Verachtung zu, denn für sie handelte es sich um lärmende Kakerlaken, die prunkbehangen ihre glanzvollen liturgischen Rituale feierten, deren Sinn verloren gegangen war … Vielleicht war es diesem Schauspiel zu verdanken, dass er seit einigen Tagen in einem Zustand völliger Untätigkeit lebte, in einer dumpfen, kraftlosen Betäubung, verstrickt in ungreifbare Verweigerungen. Auch bei Dorotea war es so, wenige müde Worte …

»Du hast geschrieben. Habe ich dich gestört?«, fragte ihn Demetrius eifrig.

»Was? Nein, nein, wirklich nicht,« Diese Gleichgültigkeit! Er verstand nicht, wodurch sie ausgelöst worden war. Es war, als müsse er etwas in Schach halten, und er wusste nicht, was. Wie damals, als seine Mutter wieder geheiratet hatte, weit fort von sich selbst … erstarrt … erstickt …

»Ich wollte mit dir über etwas sprechen«, sagte Demetrius leise. »Du bist der einzige Mensch … ich … es handelt sich um eine heikle Angelegenheit. Es war vor etwa zwei Wochen, ich war unten in der Via Lata, da gibt es diesen Markt hinter San Lorenzo in Lucina. Ich stand vor dem Stand mit der Wäsche. Ich weiß nicht, warum, denn ich musste nichts kaufen … Plötzlich kommt eine Frau herbei, stellt sich neben mich, fragt den Händler etwas, und ich schaue sie an … und sie schaut mich an, sie schaut meine Kutte an und fragt mich, was für ein Mönch ich bin. Sie war nicht besonders schön, doch diese Augen … sie hatte einen dunklen Schatten unter den Augen, sehr anziehend und … und das Gefühl, ich habe noch nie zuvor etwas Ähnliches empfunden. Ich will dir alles sagen, Vildericus, wir haben uns dreimal gesehen, und ich habe den Kopf verloren. Was soll ich tun? Beichten und sie nie wieder sehen?«

»Ist sie verheiratet?«

»Nein, sie ist jung, zwanzig Jahre alt. Warum lächelst du?«

»Über das, was wir sind, über unser Keuschheitsgelübde, das einen komischen und zugleich tragischen Aspekt hat und sogar lächerlich wirken kann.« Er lächelte, weil diese Gedanken, die am Ende eines langen Schweigens standen, ihn befreit aufatmen ließen. »Alle Lebewesen haben Hunger, Durst und dieses Bedürfnis. Doch dies, so hat man uns eingetrichtert, ist böse, oder aber die Natur trägt das Böse in sich. Dass man nicht des Nächsten Weib begehren soll, ist richtig, das hat natürlich üble Folgen und bringt Täuschung und Schmerz mit sich; doch wenn sie nicht die Frau eines anderen Mannes ist, so ist das, was dich zu einer Frau drängt, ein Begehren voller Gefühl … Nein, ich glaube nicht, dass es schlecht ist. Es mag vielleicht für uns eine Sünde sein, weil wir unserem Gelübde untreu geworden sind, doch vielleicht mag das, was uns geschehen kann, in seinem Wesen die Vergebung des Herrn in sich tragen.«

Demetrius verharrte lange in Schweigen; und Vildericus fühlte, wie diese befreienden Sätze seine Angst lösten, die ihn hatte erstarren lassen. Eine Hand auf die Schulter seines Gastes gelegt, sagte er, man dürfe keine Angst haben zu leben, er selbst glaube, keine zu haben, keine mehr zu haben. Und als er später von seinem Rundgang mit Nuvola zurückkehrte, ging er sogleich zu Dorotea.

Helle Tage waren dies, die mit ihrem Licht auch in ihr Haus drangen, und sie selbst war voll davon. Das Lächeln, mit dem sie ihn empfing, breitete sich über ihre zartrosa Haut aus. Diese Lippen schrien seinen Namen fast hinaus, bevor sie ihn umarmte und ihm nie gesagte Worte über ihren Körper mitteilte, als dieser den seinen berührte. Ihre Brust, ihr Bauch, ihre Beine – sie war wie ein junges Tier, beweglich, kräftig, mit lebendigen, leuchtenden Augen. In ihnen mochte der Beginn seines Untergangs verborgen sein, weil sie in sich nur die Gegenwart trug, Essen, Schlaf und Liebe. Er roch an ihrem Haar und zitterte vor einem verbotenen Tun, das sie ihm leicht machte mit ihrem Schweigen und indem sie ihn sanft und ruhig zum Bett führte, die kleinen Fenster schloss, sich auskleidete und sich neben ihn legte … Dann half sie ihm mit kleinen, züchtigen Gesten, sich das Gewand auszuziehen. Er, ein unwissendes Kind, schloss die Augen und ließ sich angstvoll in die Glückseligkeit dieser beschämenden und feurigen Glut führen, als sie sich auf ihn legte und ihr Gesicht zu ihm herabbeugte, ihn auf Mund, Stirn und Augen küsste und keuchend sein heftiges Atmen aufnahm … bis die Anspannung sich endlich entlud.

Als Dorotea sich wieder neben ihm ausstreckte, meinte sie in diesem Gesicht mit den weit aufgerissenen Augen eine gestaltlose Verzweiflung zu erkennen: Sie vermochte sich jedoch nicht vorzustellen, dass die so intensiv erlebte Lust bei diesem unerfahrenen Liebenden Reue und Auflehnung aufkeimen ließ.

Als er zurück im Palast war, schrieb Vildericus einen raschen Brief an den Abt von Farfa:

*Das Herz schwer von einer Betrübnis, von der ich nie geglaubt hätte, sie je zu verspüren, bitte ich Euch demütigst, mir die Trennung vom Orden zu gestatten, dem ich dreiundzwanzig Jahre lang mit Inbrunst angehört habe. Es wäre richtiger, geliebter Abbas, wenn Ihr mir das Verlassen auferlegtet oder mich aus Farfa verjagtet: Ich habe meine Pflichten auf schwerste Weise verletzt, und auch mein Gelübde, das ich mit vollster Überzeugung vor dem heiligen Benediktinerorden abgelegt habe, der mir mehr gegeben hat, als ich zurückgeben kann. Ich habe eine seiner strengsten Vorschriften missachtet: die Enthaltsamkeit von jeglichem körperlichem Genuss. Ich habe schwer gesündigt, und obgleich ich niedergeschlagen bin, habe ich noch nichts bereut, ein böses Zeichen, dass meine Seele noch in der finstersten aller Versuchungen lebt. Nicht um meine Schuld zu mindern, sondern um Euren Kummer zu besänftigen, möchte ich hinzufügen, dass ich Christus nicht verleugnet habe und ihn nie verleugnen werde, auch weil ich weiß, dass er in seiner unendlichen Güte mich nicht aus seiner Herde ausstoßen wird. Ich bitte Euch, mir Eure Entscheidungen bezüglich meines Aufenthalts in Rom mitzuteilen. Seid überdies versichert, dass meine Zuneigung zu Euch ungebrochen ist und auch bleiben wird und dass die Sehnsucht nach meinen Brüdern immer stärker wird.*

Dieser Brief erhielt eine Antwort von wenigen Zeilen:

*So du nicht in der Sünde verharrest, bleibst du immer Teil unserer Gemeinschaft. Sollte das nicht so geschehen, so betrachte dich als Botschafter meines Vertrauens; deine Berichte über die Situation in Rom sind für Farfa unersetzlich. Der Herr möge dir ein Licht sein.*

Ein Mönch von Santa Maria brachte ihm diesen Brief zwei Wochen später.

Ein Seufzer der Erleichterung entrang sich Vildericus' Brust. Er brauchte sein Amt nicht aufzugeben, ohne das er seinen Lebensunterhalt verloren hätte. Die Idee, Unterricht zu geben, war ihm bereits zuvor gekommen, und nachdem er nun glücklicherweise die Vorstellung verwerfen konnte, dies in irgendeiner wohlhabenden Familie tun zu müssen, beschloss er, bei den Kindern in den ärmsten Stadtvierteln mit dem Alphabet, mit Arithmetik und ein wenig Grammatik zu beginnen, damit sie zumindest das Buchstabieren lernten, wenn auch kein Latein. Nachdem er sich in den ersten Tagen nach ihrem leidenschaftlichen Zusammensein von Dorotea ferngehalten hatte, hatte er sie in jener Woche zweimal aufgesucht und hatte ihr Einfühlungsvermögen und ihr Feingefühl sehr schätzen gelernt, mit dem sie auf seine geistigen Anwandlungen liebevoll und zurückhaltend geantwortet hatte, so als ob nichts geschehen wäre, und dankbar für die Zuneigung, die seine Verlegenheit dennoch durchscheinen ließ. Diese Frau mit ihrem wertvollen Charakter, der Brief und dazu seine Entscheidung, der Verteilung von Speisen auch ein wenig Unterricht in einfachster Form hinzuzufügen, verliehen ihm eine innere Ruhe, die ihm schon lange gefehlt hatte. Gewiss gestand er sich selbst ein, dass er bei der Vereinigung mit Dorotea große Lust empfunden hatte, und in einer Gelassenheit, die auch aus zunehmend ruhigeren Nächten rührte, streifte ihn gelegentlich das Gefühl einer verlängerten Zeit des Heranwachsens, während der er vertrocknet und hart geworden war, entronnen und endlich erwachsen geworden zu sein. Er nahm die Gebete und die Psalmen Farfas zu den vorgeschriebenen Stunden in absoluter Stille wieder auf; sie waren der Schlüssel, um zu seinem stummen, intensiven Austausch mit dem göttlichen Engel zurückzukehren, der gekommen war, um die Sünder aufzurichten.

Er war erwachsen geworden und hielt sich klugerweise von den Ereignissen dieses Papsttums fern, das einer beliebigen, von Monarchen, Markgrafen oder habgierigen Herzögen begehrten Macht so sehr glich und das im Augenblick nur eine Anhäufung voreilig gefasster Pläne, hysterischer Zusammenkünfte und widersprüchlicher Nachrichten war. Und so entdeckte Vildericus, dass er alldem folgte, als befände er sich in einem fernen Land, und er hörte auch nicht auf das, was man sich von den privaten Angelegenheiten des Tusculaners erzählte, die – wie schon in der Vergangenheit – seine Abneigung schürten.

Dass an diesen Gerüchten etwas Wahres war, davon konnte er sich selbst überzeugen: Es war an einem Tag Anfang Juni. Benedikt IX. ließ Vildericus in der dritten Stunde nach Sonnenuntergang rufen, und die Szene, die sich vor seinen Augen abspielte, war noch schlimmer als die, der er ein Jahr zuvor bereits beigewohnt hatte. Drei Frauen, von der Hüfte an abwärts entblößt, ebenso die beiden gelockten Knaben, doch was ihn am meisten entsetzte und für einige Sekunden in dieser Lasterhöhle festhielt, war die arme Elgarda, die unbekleidet in der Mitte des Raumes auf dem Boden kauerte.

»Hattet Ihr mir nicht versprochen, sie freizulassen?«, fragte er Benedikt IX. und deutete auf die junge Frau.

»Aber ja doch, ich werde es tun, ich schwöre es dir. Morgen werde ich es tun, aber komm doch, komm doch her, du kannst sie auch haben, und wenn du sie nimmst, dann weint sie«, antwortete der Papst mit der Stimme eines Betrunkenen.

»Ihr seid widerwärtig, Eure Heiligkeit«, sagte Vildericus ruhig, ging zur Tür und öffnete sie. Da hörte er den Papst hinter sich sagen: »Ich liebe ihn, und er behandelt mich so. Doch er hat Recht, er hat tausendmal Recht, ich bin wirklich widerwärtig, ich bin ein widerwärtiger Bock, ja, wirklich.«

In derselben Nacht stürzte Elgarda sich aus dem Fenster jenes Raumes. Zwei Soldaten der Wache fanden sie am Morgen am Fuß der Palastmauer, und ihre aufgeregten Stimmen drangen in Vildericus' leichten Schlaf. Er hatte von ihr geträumt, sie war tot, und der Traum wurde ihm zu einer plötzlichen Vorahnung. Er lief hinunter. Der Körper der Frau lag zerschmettert in ihrem bereits getrockneten Blut.

»Kanntet Ihr sie?«, fragte ihn eine der Wachen.

Er vermochte sich nicht zurückzuhalten.

»Sie war eine der Konkubinen seiner Heiligkeit Benedikt IX.!«

Nach dieser Feststellung entfernten sich die Wachen, und Vildericus begann zum Menschensohn zu beten, der vom Tod auferstanden war, er möge sie bei sich aufnehmen, denn sie habe die Sünde nur unter unsäglichen Leiden ertragen.

»Das arme Weib«, sagte jemand hinter ihm. Es war der Vertraute des Tusculaners, der Spitzel, dieser Gianni. »Das war vorherzusehen. Sie war krank im Kopf. Man sollte ihr eine Messe lesen lassen, was meint Ihr?«

Vildericus antwortete nicht. Er beendete sein Gebet und stand auf, um fortzugehen. Gianni hielt ihn an einem Arm fest.

»Ich habe Euch gefragt …«

»Lasst mich los!« Und als der Mann den Arm zurückzog, sagte Vildericus: »Berichtet Seiner Heiligkeit, dass er sich darum kümmern muss.«

Es war ihm nicht danach, wieder in den Palast zu gehen, also umrundete er ihn und nahm die dahinter liegenden Gassen, und als er die Straße erreicht hatte, die nach Santa Croce di Gerusalemme führte, lief er bis zum Hause Doroteas. Er drehte den Schlüssel und öffnete die Tür, ohne das kleinste Geräusch zu machen. Sie schlief noch, und ganz vorsichtig legte er sich neben sie. Das Bild der Selbstmörderin hatte ihn hierher geleitet, ein unergründlicher Dornenweg und die Angst, die ihn durchzuckt hatte, als wäre Dorotea in dieser finsteren Stadt in Gefahr gewesen. Er drehte sich auf die Seite, um ihr ganz leicht über das Haar zu streichen, doch ihr Leib war lebendig, das zarte Fleisch ihres entblößten Arms … und sie bewegte sich, und mit geschlossenen Augen und noch im Halbschlaf war sie über ihm, zog sich aus und half ihm, es ihr nachzutun. Und sie tastete nach ihm, damit er in sie eindränge, ließ ein Stöhnen vernehmen und beugte sich über ihn, schob die Arme unter seinen Kopf, um ihn ein wenig anzuheben, damit sie ihn besser küssen konnte. Seine Hände lagen auf der samtweichen Haut ihres Rückens, sie verharrten unbeweglich, ein einziges Wesen, in einem erregten Schweben in Zärtlichkeit. Nein, er würde ihr nichts von der Selbstmörderin erzählen.

Kurz vor Mittag ließ der Papst ihn rufen. Man hielt ihn im Vorzimmer auf, Benedikt IX. kam aus seinem Schreibzimmer.

»Ich weiß, dass du sie gesehen hast. Eine furchtbare Sache, ich bin schmerzlich bewegt, du kannst dir nicht vorstellen, wie sehr. Wenn ich auf dich gehört hätte … ich habe Befehl gegeben, sie nach Tusculum zurückzubringen. Keiner wird von dem Selbstmord erfahren, also wird man sie in der Krypta der Familie beisetzen. Habe ich recht gehandelt? Du antwortest nicht, ich verstehe dich. Jetzt musst du mit hinüberkommen. Ein bedeutender Pilger ist angekommen, ein schottischer König, auch Demetrius ist da, der mir mit dem Lateinischen hilft. Komm!«

Demetrius stellte Vildericus dem Gast vor: Es war ein Mann von schönem Äußeren, mit rosiger Gesichtsfarbe, sehr langem, weißem Haar, das mit einem goldenen Reif im Nacken zusammengehalten wurde, und einem dichten, ebenfalls weißen Bart. Er trug einen Kasack aus schwarzem Samt, der in der Mitte von einem Gürtel mit silbernen Beschlägen zusammengehalten wurde.

»Dies ist der König von Schottland, Mac…«

»Macbeth«, vervollständigte der Gast.

»Der König hat uns gebeten«, fiel Benedikt IX. ein, »ihm einen Führer zu geben, der ihm hilft, sich in der Stadt zurechtzufinden, und der ihm ihre antike Pracht und die Kirchen zeigen kann. Niemand könnte diese Aufgabe, die mir sehr am Herzen liegt, besser erfüllen als du; Demetrius ist erst seit kurzem in Rom; außerdem hast du Nuvola, und er und sein Gefolge sind zu Pferd, somit wird es dich weniger ermüden. Ich wäre dir sehr dankbar dafür. Bedenke, dass er uns zwei kostbare Geschenke überreicht hat, Gaben von ihm und von der Kirche Schottlands.«

»Ich weiß nicht, Majestät«, sagte Vildericus in seinem perfekten Latein, »ob ich in der Lage sein werde, Euch zufrieden zu stellen, doch ich werde mein Möglichstes tun. Wann möchtet Ihr mit der Besichtigung der Stadt beginnen?«

»Die Reise war sehr ermüdend, denn ich habe überall schlecht geschlafen. Heute hoffe ich, ausruhen zu können. Wir sind in der Locanda della Lupa untergekommen …«

»Sie befindet sich in der Via Lata«, erläuterte der Papst.

»Ich werde Euch morgen zur dritten Stunde erwarten.«

Dieser Name – Macbeth. Vildericus meinte, ihn schon einmal irgendwo gehört oder gelesen zu haben, denn er erinnerte sich, dass er gedacht hatte, dass dieses Land, Schottland, das im Norden der bekannten Welt lag, das von Vergil genannte letzte Thule der Alten sei. Die kalte Erde, die vor sich das Nichts hatte. Er ging in die Bibliothek hinunter. In einem Schriftenbündel fand er all die Berichte und all die vertraulichen Mitteilungen von Botschaftern aus den katholischen Ländern und aus Byzanz an den Papst, Dokumente, die er zu Beginn seines Aufenthalts in Rom hatte durchsehen müssen, um nach den wichtigsten Ereignissen der Jahre 1039 bis 1044 für den *Liber Pontificalis* zu suchen, die bislang keiner niedergeschrieben hatte. Unter den Blättern des Jahres 1040 fand er schließlich das, was er suchte, den Brief eines Mönchs des bischöflichen Klosters von York in England, der von einem Macbeth sprach: »Im Monat März haben grausame Wirren das Reich Schottland erschüttert: Der Than von Glamis und von Cawdor, Macbeth, hat mithilfe und unter Anstiftung seines Weibes König Duncan ermordet, als dieser Gast in seinem Schloss in Inverness war, und er hat sich des Reiches bemächtigt, nachdem er von gedungenen Mördern einige Edelleute, Diener des Königs und die ganze Familie eines seiner Gegner hat töten lassen. Es gilt als gewiss, dass er die Hexerei und die schwarze Kunst ausübt. Ein erbärmliches Land, dieses Schottland, das sich fast schon davor fürchtet, sich selbst kennen zu lernen.«

Ein Mörder! Er würde einen kaltblütigen Mörder durch die Stadt führen und freundlich mit einem grausamen Ungeheuer sprechen! Wie viel angebrachter wäre es, wenn seinesgleichen ihn durch Rom führen würden, etwa der tusculanische Papst. Eine große Neugierde bahnte sich jedoch ihren Weg durch das Gestrüpp seiner Entrüstung: Das jahrelange unfreiwillige Studium des Bösen auf Erden, begonnen, kaum dass er einen Fuß nach Rom gesetzt hatte, würde hier ein vorzügliches Exempel finden. Für die Waage, die die frevelhafte Heimtücke der Menschen abwiegen sollte, gäbe es kein Gegengewicht, das schwer genug wäre, und er dachte an den bulgarischen Gärtner und an

Marcion, an die unbedachten Hände des Schöpfers, die dem Mehl aus Tonerde und der Hefe des Lebens das Gift der Schlangen hinzugefügt hatten. In sein Zimmer zurückgekehrt, ließ er sich auf seiner Kniebank nieder und betete zum Herrn, ihm die Kraft zu geben, unnahbar und freundlich zu bleiben mit diesem besonderen Sünder, sodass er vielleicht Mitleid empfände, weil dieser als Pilger hierher gekommen war – vielleicht um Vergebung für all seine vielen Missetaten zu erbitten.

Vildericus war pünktlich zur dritten Stunde bei der Locanda della Lupa: König Macbeth und die vier Ritter, die seine Eskorte bildeten, erwarteten ihn. Sie begrüßten sich, und Macbeth sagte, es sei das erste Mal, dass er einen Mönch zu Pferd sähe, und auf die Frage von Vildericus antwortete er, dass er vor den Basiliken gerne einige berühmte Ruinen Roms sehen wollte. Vildericus führte sie zu den herausragendsten Bauwerken: zum Mausoleum des Hadrian, zum Kolosseum, zum Forum Romanum, zum Theater des Marcellus. Die Menschen blieben stehen, um diesen Fremden nachzusehen, die auf so sonderbare Weise gekleidet waren: Über den Kettenhemden trugen sie Schaffelljacken, und der Mann in der Mitte der Gruppe war mit einem mit Gold eingefassten, scharlachroten Gewand bekleidet, hatte ein silbernes Band um die Stirn und trug das Haar nach Art der Barbaren im Nacken zusammengebunden. Der königliche Pilger rief immer wieder begeistert »*pulcherrima*« und »*mirabilia*« – »ach, wie schön« und »wunderbar« –, doch mehr zu sich selbst. Als sie zum Kapitol kamen, hielt er das Pferd an, stieg ab und umrundete mit langsamen Schritten und verzücktem Gesichtsausdruck die Kirche Santa Maria in Aracoeli und die Überreste der drei Tempel, ging dann vor dem Senatspalast entlang und zwischen den Grabsäulen, Urnen und Sarkophagen, zerbrochenen Säulen, kopflosen Statuen und riesigen Steinblöcken umher. Er versuchte vergeblich, die Wächter des Kerkers davon zu überzeugen, ihn das *Tabularium* betreten zu lassen. Er fragte Vildericus, der ihm in einigem Abstand folgte, wo die *Salvatio Romae* sei, von der er im Buch eines angelsächsischen Mönches namens Beda gelesen habe, denn er wolle wissen, wie es um die Statue Schottlands stünde. Vildericus sagte ihm, er habe ebenfalls von dem großen Bauwerk mit den Statuen, die die Provinzen der Erde darstellten, gehört, von denen eine jede ihre Glocke erklingen ließe, wenn sich ein großes Ereignis ankündige, doch da er es noch nie gesehen habe, habe er angenommen, dass es sich um eine Legende handele. Ihm war eine Aufgabe anvertraut worden, und er erfüllte sie mit äußerster Gewissenhaftigkeit, doch ohne an der Begeisterung des Gastes über diese wunderbaren Dinge teilzunehmen. Zum einen war sein Staunen schon immer mit einer starren Trauer gepaart gewesen, vor diesen Monumenten, die, so majestätisch und feierlich sie auch waren, für ihn nur wie riesige Grabsteine auf einem Friedhof waren. Zum anderen hatte sich seine Aufmerksamkeit nicht für einen Moment von diesem blutrünstigen König lösen können, der ihm, obgleich er ihn kaum oder nur flüchtig ansah, das unangenehme Gefühl vermittelte, Gegenstand einer eingehenden Prüfung zu sein.

Sofort nach dem Mittagsmahl, das sie in einer Spelunke in der Nähe des Kolosseums einnahmen, begannen sie mit dem Besuch der vier Basiliken. Die Erste war San Giovanni, die Zweite Santa Maria Maggiore, San Paolo die Dritte, und als Letzte war San Pietro an der Reihe. Während dieses Pilgergangs verschlechterte sich das Wetter, und unter einer dichten Decke langsam ziehender weißer Wolken flogen schwarze Wolkenberge rasch dahin.

In den ersten drei Basiliken war keine Menschenseele. Die fünf Schotten verhielten sich mit angemessenem Respekt, knieten nebeneinander hinter den marmornen Brüstungen der Presbyterien nieder und sprachen das Vaterunser mit inbrünstiger Ernsthaftigkeit. In San Pietro probten in der *schola cantorum* die Knaben, die mit ihren hellen Stimmen einige gregorianische Gesänge einstudierten. Der Priester, der sie anwies, erblickte diese seltsamen Fremden, unterbrach die Probe und ging ihnen entgegen. Nachdem er von Vildericus erfahren hatte, um wen es sich handelte, lief er los, um den Priesterkardinal von San Lorenzo in Damaso zu unterrichten, dem in diesen Tagen der liturgische Dienst in der Basilika oblag. Der hohe Prälat, der aus der Sakristei gekommen war, empfing Macbeth sehr zuvorkommend. Dieser kniete nieder, um ihm die Hand zu küssen, was ihm die vier Waffenträger nachtaten, dann begrüßte er Vildericus, den er schon lange kannte. Danach zog er sich mit dem erlauchten Pilger in das rechte Seitenschiff zurück, setzte sich auf eine Bank, und Macbeth kniete vor ihm nieder: Offensichtlich war die Beichte der Sinn und das Ziel dieser unbequemen Reise gewesen. Nach der Unterredung begleitete ihn der Kardinal hinter den Hauptaltar zum Katafalk, von dem man sagte, dass er einmal die sterblichen Überreste des Apostels Petrus enthalten habe, der von den Muselmanen gedemütigt und gefoltert worden war. Durch die Fenster der Apsis konnte man das Aufleuchten der ersten Blitze sehen.

Als sie wieder draußen waren und die Pferde bestiegen hatten, zogen sie sich die Kapuzen über, denn der Wind blies in kräftigen Böen, und Macbeth setzte sich an Vildericus' Seite.

»Ich wusste nichts von den Sarazenen in Rom. Wann ist das geschehen?«

»Vor zwei Jahrhunderten. Sie zerstörten den Burgus und einen Teil von Trastevere, und sie schändeten die Basilika und einige Kirchen.«

»Dauern diese Angriffe bis heute an?«

»Viel weniger als früher. Es gibt auch die Normannen und die christlichen Flotten.«

»Die Normannen! Euch tun sie Gutes und verteidigen euch gegen die Muselmanen, für uns sind sie eine große Gefahr. Ab und zu landen sie an unseren Ufern und begehen Plünderungen und Grausamkeiten jeglicher Art. In einigen Fällen haben sie sich auch in unseren Dörfern an der Ostküste niedergelassen, und es gelingt uns nicht, sie zu vertreiben. Sie sind sehr fähige und starke Krieger. Kein Frieden. Niemals.«

Der König hielt am Brückengeländer der Ponte Elio an, um zum Tiber hinunterzusehen, der wegen des kürzlichen Regens viel Wasser führte, dann setzte er sich wieder in Bewegung und sagte: »Morgen das Sakrament des Abendmahls, ich werde in die Kirche nahe bei der Herberge gehen. Kennt Ihr sie? Wie heißt sie?«

»San Lorenzo in Lucina. Darf ich Euch eine Frage stellen?«

»Aber sicher.«

»Gibt es bei Eurem Klerus noch die öffentliche Buße?«

Macbeth sah ihn aufmerksam an, und ein leichtes Lächeln flog über sein Gesicht.

»Es gibt nur einige Priester irischer Herkunft, die diese noch anwenden.«

»Und verwendet man noch Bußbücher?«

»O ja, aber auf völlig unterschiedliche Weise und nur für wirkliche Verbrechen.« Er betonte das letzte Wort und sah ihn mit einem Ausdruck freundlicher Ironie an, als erheitere er sich über die Wendung, die Vildericus der Unterhaltung gegeben hatte. »Der eine verhängt ein Jahr, der nächste zehn. Darf ich nun Euch eine Frage stellen?«

»Ja, Herr.«

»Was ist Eure Beschäftigung im Lateran?«

»Ich schreibe die Chronik der bedeutendsten Ereignisse der Kirche und … der katholischen Länder.«

»Habt Ihr in den letzten Jahren irgendwelche Nachrichten aus Schottland erhalten?«

»Ja, Herr.«

Nun hatte er das Heft in der Hand, doch Vildericus' Waffen waren noch nicht stumpf geworden.

»Wie viele und welcher Art?«

Vildericus sah ihn fest an. Regen stürzte auf sie nieder. Unmittelbar vor sich sahen sie die Kirche der Heiligen Celsus und

Justinus mit ihrem schlichten Portal, das nur zwei Säulen und ein hölzernes Dach hatte, und sie flüchteten sich dorthin.

»Ihr seid so nass, dass es scheint, als wäret Ihr in einen Fluss gefallen«, sagte Macbeth und wies einen seiner Waffenträger an, aus einem der Beutel einen wollenen Umhang zu holen, und hieß Vildericus, ihn sich umzuhängen. »Ich hatte Euch nach den Berichten aus Schottland gefragt: Wie viele waren es, erinnert Ihr Euch noch?«

»Nur einer, Herr, aus dem Jahre 1040.«

»Das habe ich mir gedacht. Und was wird berichtet?«

»Eine Reihe von grausamen Verbrechen: ein König ermordet, viele seiner Getreuen niedergemetzelt, sogar die Frau und die Kinder eines dieser Getreuen.«

Lächeln und Belustigung verschwanden aus dem Gesicht des Königs, und er seufzte tief.

»Grauenvolle Ereignisse! Wenn ich bedenke, dass ich dort lebe, dass es mein Land ist, und all das habe ich nie bemerkt. Kann es sein, dass meine Höflinge mich im Ungewissen gelassen haben?« Er drehte sich zu seinen vier Begleitern um und stellte in ihrer Sprache die Frage, ob sie davon gehört hätten. Die vier zeigten sich überrascht und schüttelten die Köpfe. »Die einzige Bluttat, von der ich weiß, war die Ermordung eines Usurpators. Von wem habt ihr diesen Bericht erhalten?«

»Von einem Mönch aus der Abtei von York, Herr.«

»Das heißt, aus England. Somit ist das fantastische Massaker erklärt. Ich sehe, dass der englische schwarze Rabe, dessen Flügel voller Lügen sind, auch bis hierher gekommen ist. Diesen Usurpator namens Duncan habe ich getötet, an einem Tag wie diesem, mit Regen, jedoch viel kälter. Es war im Februar, alle waren in ihren Häusern, und man hörte das Blöken der Schafe in den Ställen. Ich, Macbeth, habe dieses Verbrechen begangen. Eines. Und kein weiteres. Und ich habe die Gerechtigkeit wiederhergestellt, die von seinem Vater mit Füßen getreten worden war. Dieser hatte denjenigen getötet, der das Anrecht auf den

Thron gehabt hatte, einen jungen Mann von nicht einmal zwanzig Jahren, einen Neffen meiner Frau. Wir sind Kelten, keine Angeln. Die Angeln und ihr König Eduard unterstützen den Sohn des Usurpators, um ihn wie ein Banner zu benutzen, um zu verbergen, dass sie es auf uns abgesehen haben. Wir sind wenige. Die Engländer sind viele, und wenn ihr Heer sich bewegt, dann ist es, als würde ein Wald sich bewegen. Und eines Tages werden sie kommen. Sehr bald, befürchte ich. Ich bin müde. Ich will in die Herberge zurückkehren. Könnt Ihr uns begleiten?«

»Ja, Herr.«

»Offensichtlich brauchen die Engländer ein Scheusal, um unser Land zu erobern. Sie werden dies in ihrer Chronik so niederschreiben. Doch diesem Mönch aus York sage, er soll Euch über England berichten. Von uns und von unserem Land werde ich Euch von einem unserer Mönche etwas schreiben lassen.«

Sie ritten schweigend weiter. Als sie bei der Herberge angekommen waren, berührte Macbeth Vildericus am Arm und sagte: »Nun, Ihr sollt nun auch wissen, dass ich dieses Verbrechen nicht bereut habe, doch mein Klerus hat mich gemäß seiner Regeln, die gerecht sind, bestraft. Zwei Jahre lang musste ich der Kirche und ihren Sakramenten fernbleiben. Ich habe kein Fleisch gegessen und nur Quellwasser getrunken, ich habe ein Drittel meiner Güter abgegeben. Ich bin dafür sogar belohnt worden, denn sie haben von diesem Vermögen ein Hospiz und eine Kirche gebaut, die wir einem irischen Mönch, Kolumban, geweiht haben, ein Heiliger meines Volkes, der Italien kennen gelernt hat, denn er hat ein Kloster in der Lombardei gegründet.«

»Bobbio, ja.«

»Wie heißt Ihr?«

»Vildericus von Sutri.«

»Morgen nach der Eucharistiefeier werden wir abreisen.

Schottland ruft uns, unsere südlichen Grenzen sind in Gefahr. Das ist mein Schicksal … Ich muss versuchen, es so lange wie möglich von mir fernzuhalten. Dankt Benedikt IX. Diese Stadt ist wunderbar, aber die Kirche … die Kirche scheint mir zu groß zu sein, zu prunkvoll, zu reich für den Glauben an Christus. Hoffen wir, dass es morgen nicht regnet. Gehabt Euch wohl.«

»Verzeiht mir, Herr, wenn Euch einer meiner Gedanken beleidigt haben sollte. Ich muss Euch noch den Umhang zurückgeben.«

»Behaltet ihn, Vildericus von Sutri, es ist Wolle von unseren Schafen. Er wird Eure Erinnerung an uns wach halten.«

Eine unbezahlbare Lektion, doch auch so bitter, dass Vildericus sich als geradezu einfältig empfand, und dennoch machte ihn die Richtigstellung dieser Geschichte aus dem letzten Thule froh. Sie hatte ihn gelehrt, niemals den Zeugnissen zu vertrauen. Die gesprochenen oder geschriebenen Worte wurden zumeist auf das brüchige Gewebe des Scheins gestickt oder auf den schlechten Stoff der Lüge.

Endlich war er wieder in seinem Zimmer und hatte Feuer in der Feuerschale gemacht. Nachdem er sich fast vollständig seiner Kleider entledigt hatte, setzte er sich dicht neben die Schale. Es war zu spät, um Dorotea aufzusuchen, vielleicht würde er sie erwarten, wenn die Küche schloss, und sie nach Hause begleiten. Es klopfte, er hatte die Tür mit dem Schlüssel zugeschlossen. »Einen Augenblick Geduld!«, rief er und zog sich trockene Wäsche und eine trockene Kutte über. Es war Demetrius, leichenblass mit dem eingefallenen und spitzen Gesicht eines Menschen, der keinen Schlaf mehr kennt. Er ließ sich auf einen Stuhl fallen und sagte: »Übereifer, Stolz und auch Hoffart, wenn du willst. Ich bin ein unseliger Dummkopf und ein Unglücksrabe.«

»Was ist geschehen?«

»Er hat mich zu sich gerufen. O Vildericus, ich habe mich selbst ins Unglück getrieben.«

Er rang die Hände, der Schweiß war ihm ausgebrochen, und Vildericus hätte ihn gerne umarmt, um ihn zu beruhigen.

»Diese Frau, von der ich dir erzählt habe … Ich habe mich mit ihr getroffen, ohne je etwas Böses zu tun, doch ich bin am helllichten Tag mit ihr auf der Straße spazieren gegangen. Ich hatte den Kopf verloren. Wir waren auf dem Palatin, an anderen Orten. Sie müssen mich gesehen haben, und sie haben ihm davon berichtet, und er ruft mich zu sich und liest mir einen Bericht der Miliz vor über ein ungebührliches Verhalten eines hohen Beamten des Lateran, so hatten sie geschrieben. Ich schwöre dir, ich habe nichts getan, ich habe sie nicht einmal bei der Hand gehalten. Wir haben nur geredet. Ja, ich weiß, ich bin unvorsichtig gewesen, aber bei all diesen Bischöfen und Kardinälen mit ihren Konkubinen, ihren Huren … Zu allem Übel habe ich mich auch noch verteidigt, dass er mich nicht für ein Verhalten beschuldigen könne, das mehr als schicklich ist, er, der hier drinnen Orgien feiert … Er hat gesagt, dass er mich nach Grottaferrata zurückschickt und einen Brief an Bartholomäus sendet, in dem er mich eines schändlichen Betragens beschuldigt.«

»Was heißt das schon? Du sagst ihm, wie die Dinge sich verhalten, und Bartholomäus weiß gut, mit wem er es hier zu tun hat. Er wird dich ermahnen, das ist alles.«

»Nein, nein, ich werde für immer seine Achtung verlieren. Ich bin vernichtet!«

»Ich versuche, mit ihm zu sprechen, warte hier auf mich.«

Vildericus betrat das Vorzimmer der päpstlichen Gemächer und sagte einem der Priester der Kanzlei, dass er mit Benedikt IX. sprechen wolle. Doch dieser antwortete, der Papst sei beschäftigt und er möge morgen wiederkommen. Neben dem anderen Priester saß auch dieser Gianni, der Spitzel und Vertraute. Sie sahen ihn an, flüsterten miteinander und lachten.

»Könnt Ihr ihm ausrichten, dass ich mit ihm sprechen möchte, wenn er frei ist?«

»Über den verliebten Primicerius? Ist er zu Euch gegangen, um sich auszuweinen?«, fragte ihn dieser unangenehme Mensch.

Vildericus ging in sein Zimmer zurück, doch Demetrius war bereits gegangen. Er war besorgt und suchte ihn auf dem ganzen Stockwerk. In seinem Studierzimmer war er nicht, und Vildericus fragte alle, denen er begegnete, ob sie ihn gesehen hätten, ging zum Refektorium hinunter, das zur Hälfte leer war. Dorotea brachte ihm das Essen. Nein, sie wisse nichts, und auch der Koch konnte nicht verstehen, warum so viele weggeblieben waren. Er würde eine große Menge an Speisen fortwerfen müssen, vielmehr, nein, er würde sie für ihn aufheben. Vildericus wisse ja, an wen er diese Speisen viel sinnvoller verteilen könne. Dann verabredete Vildericus sich mit Dorotea. Er erwarte sie an der Hintertür und wolle sie nach Hause begleiten.

Der Nordostwind hatte das Unwetter des Nachmittags zum Meer getrieben, und am Himmel waren große Flecken mit Sternen zu sehen. Sie gingen lange vor der Kirche Santa Croce in Gerusalemme hin und her und umrundeten sie. Dorotea war eine aufmerksame und interessierte Zuhörerin, und mit ihr zu sprechen bereitete Vildericus ein außergewöhnliches Vergnügen, als hätte er seit Jahren tief in seinem Innern darauf gewartet; eine verschlossene Muschel, die sich nun geöffnet hatte. Und dann verspürte er den Duft der wiedergewonnenen Freiheit Doroteas, nach so vielen Ängsten und Beschämungen, und ihr Name klang schön.

Vier Tage später wurde die Leiche von Demetrius im Flussbett des Tibers in der Nähe der Ripa Greca gefunden. Der Präfekt trug die Nachricht in den Palast, doch der Papst war beschäftigt, und der Protoscriniarius war noch nicht gekommen, und daher teilte er die Neuigkeit jenem Gianni mit, der ihm nahe legte, mit niemandem darüber zu sprechen. Nur dass sich in diesem Augenblick in der Kanzlei Benedikts IX. Omar befand, der ein

Schriftenbündel zum unterschreiben gebracht und es den beiden Kanzleischreibern übergeben hatte. Aus dem Augenwinkel hatte er den Eintritt des Präfekten und dessen veränderten Gesichtsausdruck wahrgenommen und hatte mit gespannter Aufmerksamkeit und gespitzten Ohren die Unterhaltung zwischen dem Präfekten und dem Vertrauten gehört. Der Vertraute jedoch bemerkte ihn, ging zu ihm hinüber und fragte ihn, ob er sich aufgehalten habe, um vertrauliche Angelegenheiten zu belauschen. Als dieser verneinte, drohte er ihm, ihn als Sklaven an einen Schiffseigner zu verkaufen, wenn er es wagte, irgendeinem Menschen vom Besuch des Präfekten zu erzählen.

So erfuhr Vildericus die Neuigkeit von Omar. Sie erschütterte ihn bis in die Tiefe seiner Seele, und ein Schluchzen steckte ihm in der Kehle. Er versuchte, ein Gebet zu sprechen, doch es kam ihm vergeblich vor. Demetrius war bereits weit fort, vom Reich des Heiligen Geistes übergelaufen in das eisige und neblige Land der Selbstmörder. Doch schnell gewann er die Festigkeit seines Geistes wieder, die er für einen Moment verloren hatte, und mit ihr die Ursache dieser Tat: Er musste jedoch seinen Zorn im Zaum halten, und er würde seine Feder beherrschen müssen, mit der er an Bartholomäus von Grottaferrata schreiben würde, wie alles gekommen war. Dann entschloss er sich, dass er das Gesicht Benedikts IX. sehen wollte, doch er durfte Omar nicht verraten, der ihm erzählt hatte, womit dieser Gianni ihm gedroht hatte, und daher nahm er sein Pferd und ritt zur Ripa Greca. Dort, auf der linken Seite des Flusses, befanden sich noch viele Menschen, darunter auch einige Wachen. Es war offensichtlich, dass sie sich neugierig um den Leichnam geschart hatten. Vildericus wollte ihn nicht sehen und ritt eilig wieder zum Palast zurück. Als er in das Vorzimmer des Papstes kam, ging er direkt auf die Tür zum Schreibzimmer zu, ohne ein Wort zu sagen. Die beiden überraschten Priester liefen ihm schreiend hinterher, doch er konnte noch rechtzeitig die Tür öffnen und hinter sich mit dem Riegel verschließen. Das Schreibzimmer lag wegen der fast geschlossenen Fensterläden und der langen zugezogenen Vorhänge im Halbdunkel: Im Zimmer war niemand, doch er vernahm Stimmen, die aus dem angrenzenden Empfangsraum kamen. Er ging zur Tür, die dorthin führte, öffnete sie vorsichtig, glitt hinein und schloss sie wieder lautlos hinter sich. Zunächst schien der Raum vollständig dunkel zu sein, doch dann erkannte er durch die dichten Rauchschwaden drei brennende Lampen, die vor dem bischöflichen Stuhl des Papstes standen, sodass der darauf Sitzende gänzlich geblendet war. Ein Mann in einem karmesinroten Mantel stand vor ihm, dessen Kopf durch seine ungeheure Haarpracht riesengroß erschien. Etwas seitlich von ihnen kniete ein nackter Körper, die Arme nach vorne ausgestreckt und auf einen Stuhl gestützt. Es war eine Frau, eine ziemlich fettleibige Frau.

»… Und wisset, Eure Heiligkeit, dass in diesen Tagen die Sonne fast still steht, denn der Krebs hat sie aufgehalten und wartet darauf, sie zur Umkehr zu bewegen: eine vorzügliche Konstellation, denn ihre lebendige Frucht wirkt auch auf die Fruchtbarkeit der Absichten. Und die Vereinigung des Manifesten mit dem nicht Manifesten«, sagte der karmesinfarbene Mann mit leiser und eindringlicher Stimme, »verspricht uns außerdem einen günstigen Verlauf, vorausgesetzt, der Mond mit seinen düsteren Absichten kommt uns nicht zuvor …«

»Ich spreche mit ihm«, rief der Papst aus, »ich spreche immer mit ihm!«

»… und verwandelt sich nicht in Hekate. In diesem Fall müsstet Ihr Euch an eine vorläufige Lösung halten, bei der die Energie, die Euer Schicksal auszeichnet, in eine Vermittlung fließen sollte …«

»Und wenn ich dies vermeiden möchte?«, fragte Benedikt IX.

Vildericus hatte das Gefühl, ganz leicht zu werden, und er fühlte sich zugleich den dreien ganz nah, ohne sich zu bewegen und ohne das geringste Erstaunen.

»Ich bitte Eure Heiligkeit, den seidenen Faden meiner Worte nicht zu durchtrennen. Sie sind nur zum kleinsten Teil die meinen, ich empfange sie von zwei Wesenheiten: von der Karte des Himmelsgewölbes, dessen wunderbarer Plan durch das Medium der Äonen offenbar wird, welche aus ihm hervorgehen, und von der tiefen Erde, die mir die positiven und negativen Mächte über diese Rauchspiralen zeigt, die ich allein deuten kann. Hier, jetzt, schaut, wie sie sich leicht zu Eurer rechten Seite hinneigen ... da, da! Es ist alles ganz deutlich: Ihr seid aufgerufen, den Weg zur Erfüllung Eurer kühnsten Erwartungen zu beschreiten. Doch um dies zu erreichen, müsst Ihr Eure Kraft mit der Kraft des Leibes dieser Frau vereinigen. Nun wird sie Ihren Mund in Euren Dienst stellen, um Eurem Organ die notwendige Härte zu verleihen, damit Ihr in sie eindringen könnt. Nicht in das große Gefäß der Empfängnis, sondern in das kleine, sodass Ihr Euch mit ihrem machtvollen Inneren vereinigen könnt. Wohlan, stellt Euch vor sie ...«

An diesem Punkt verspürte Vildericus den Drang, vorwärts zu gehen und selbst wider die Natur in diese Frau einzudringen. Die roten und weißen Farben verlängerten sich zu waagerechten Streifen, die seinen Kopf berührten, die Lampen verbreiteten ein ansteckendes Licht, und sein Körper schwamm auf diesen Rauchspiralen. Doch die schwache Peitsche des letzten Restes von Verstand trieb ihn aus dieser unberechenbaren Verirrung und drängte ihn hinaus. Sie flüsterte ihm sogar ein, dies leise zu tun, leise die Klinke zu bewegen, leise in das Studierzimmer zu schlüpfen und leise die Tür wieder zu schließen, den Vorhang eines der Fenster zurückzuziehen, die Läden und Fensterflügel aufzustoßen und tief einzuatmen, als ihm klar wurde, dass dieser Rauch von einer üblen Substanz aufgestiegen sein musste, von giftigen Wurzeln oder Pilzen, die dieser Scharlatan benutzte, um jene zu beherrschen, die auf seine dunklen Künste zurückgriffen. Zum Glück hatte er kaum geatmet. Doch er fühlte sich ermattet und setzte sich und wartete. Jemand versuchte, den Riegel aufzuschieben. Er tröstete sich bei dem Gedanken, dass er dieser unangenehmen Situation gerade noch rechtzeitig entronnen war. Die Tür, die zum Vorzimmer führte, wurde geöffnet, und der Vertraute des Papstes, dieser Gianni, trat ein.

»Ihr habt den Befehl des Papstes missachtet. Er kann Euch nicht empfangen.«

»Ich warte auf ihn, denn ich will ihm eine wichtige und schwer wiegende Nachricht überbringen, ein schrecklicher Selbstmord, und ich will, dass er der Erste ist, der darüber unterrichtet wird.«

»Aber Ihr seid doch zuerst über den Selbstmord von Demetrius unterrichtet worden, von diesem arabischen Sklaven.«

»Er ist kein Sklave. Aber Ihr, woher wisst Ihr das? Ich komme von dort, vom Fluss, aber Ihr?«

»Der Präfekt hat es mir erzählt. Nun, wir werden sehen, wir werden sehen … Jedenfalls darf sich die Nachricht nicht verbreiten. Wir drei wissen es, vielleicht vier mit diesem Araber. Benedikt IX. darf es nicht erfahren, absolut nicht. Er ist schon viel zu erschüttert wegen der Nachrichten aus dem Norden. Ihr seid gehalten, das Geheimnis zu wahren. Und nun ist es besser, wenn Ihr in Euer Zimmer zurückkehrt.«

»Ich nehme keine Befehle von Euch entgegen.«

»Vor zwei Tagen bin ich zum Primicerius ernannt worden, und ob Ihr es wollt oder nicht, Ihr seid mir untertan.«

Vildericus wandte den Blick von dieser giftigen Spinne ab. Demetrius war mit einem tückischen Plan in den Selbstmord getrieben worden! Um sich eines aufrichtigen Menschen zu entledigen, hatten sie ihn von seinem eigenen Wesen töten lassen! Er konnte sich nicht zurückhalten und sagte:

»Welch eine Widerwärtigkeit! Ich werde Christus um Gerechtigkeit bitten!«

»Bittet, wen ihr wollt, doch geht nun!«

Im Gang traf er den Erzdiakon der Kurie und zwei Kardinäle und erzählte ihnen von dem Selbstmord und von dessen Ursachen und klärte sie darüber auf, wer nunmehr anstelle von Demetrius ernannt worden war. Doch die drei flüchteten sich in Verständnis heuchelnde Worte, denn in ihnen regte sich die Furcht vor Benedikt IX. Im Stillen wünschte Vildericus sie zwar zum Teufel, grüßte sie schließlich jedoch mit jener nichts sagenden Ehrerbietung, die ihrer Mittelmäßigkeit entsprach. Gewiss begab er sich in große Gefahr, doch er durfte sich nicht abschrecken lassen. Der ganze Palast sollte erfahren, was geschehen war, und als er in sein Zimmer zurückkam, fand er dort Omar vor und beauftragte ihn, diese Botschaft an so viele Menschen wie möglich zu übermitteln, auch draußen in der Stadt. Als er allein war, fiel ihm eine Bemerkung ein, die der neue Primicerius gemacht hatte, über die »Nachrichten aus dem Norden«. Was mochte den Tusculaner so sehr erschüttert haben? Und er beschloss, zum Protoscriniarius zu gehen, an dem er noch nie etwas auszusetzen gehabt hatte und der ihn sofort empfing, obgleich er gerade eine Zusammenkunft mit dem Präfekten und zweien seiner Helfer hatte. Er stellte Vildericus den beiden vor und sagte, dass es richtig sei, wenn auch er die Neuigkeit erfahre als derjenige, der die päpstliche Chronik führe.

»Aber seid Ihr, Eure Eminenz, Euch des Botschafters gewiss?«, fragte der Präfekt.

»Völlig. Im Grunde war es zu erwarten, Bonifatius von Toscana ist zu weit gegangen. Eine erste Bitte, den deutschen Papst, diesen Poppo von Brixen, hierher zu begleiten, hatte er schon im Januar erhalten, und es ist ein Wunder, dass der Kaiser wieder einmal an den Ostgrenzen mit Böhmen und Polen zu schaffen hat, ansonsten hätten wir ihn mit seinem Heer schon längst wieder hier.«

»Doch in welchem Gewand wird Bonifatius hierher kommen?«

»Er ist offiziell zum kaiserlichen Statthalter für die römischen Angelegenheiten ernannt worden ...« Er kramte in einigen Pergamenten, die auf dem Tisch lagen. »Am zwanzigsten Mai. Poppo oder vielmehr Damasus II. wird in drei Tagen, am Mittwoch, in Florenz erwartet.«

»Wie viele Männer hat Bonifatius zur Verfügung?«

»Und wir, Teobaldo, wie viele haben wir? Sagt Ihr es, Vildericus, der Ihr es wisst. Wie viele hat Waimar von Salerno angeboten?«

»Fünfzig Ritter.«

»Und sie sind noch nicht gekommen. Und die Normannen? Haben wir die erhalten? Heinrich III. hat Rainolfo di Aversa und Drogone, Graf von Apulien, als seine Vasallen anerkannt. Warum sollten sie sich gegen ihn auflehnen?«

»Seine Heiligkeit hat mir gesagt, dass er dreitausend Soldaten aufstellen kann.«

Der Protoscriniarius lehnte sich im Stuhl zurück, faltete die Hände und sah zur Decke.

»Seine Heiligkeit hat eine Null zu viel gesetzt. Doch auch wenn es dreitausend Mann wären, so würden für Bonifatius fünfhundert genügen, er hat aber tausend gut bewaffnete Ritter. Das ist die Zahl, die mir der Bote genannt hat. Es tut mir Leid für Benedikt IX. Ich habe ihm gesagt, er müsse sich damit abfinden, und er hat mich des Verrats beschuldigt. Wir hingegen, Teobaldo, wir müssen an die Stadt denken. Wir wissen, dass Gruppen von Eiferern durch die Stadt ziehen und dem Kaiser huldigen – als ob die Römer Anhänger der Deutschen seien! Es ist schmerzlich, es zuzugeben, doch die Wahrheit ist, dass sie des Papstes müde geworden sind. Sie haben ihn satt, mich, die Kurie, das heißt, alle, die Teil seines päpstlichen Hofes sind. Nun könnt ihr euch vorstellen, was geschähe, wenn wir dreitausend oder dreihundert Soldaten der Tusculaner nach Rom kommen ließen und damit zeigten, dass wir Bonifatius und den Befehlen des Kaisers Widerstand leisten! Ein weiteres Gemetzel, noch mehr Blut, schon wieder Leichen im Fluss. Ist es das wert? Wir werden unsere Ämter verlieren, du, ich, die Freunde und Bevorzugten Benedikts, aber was soll's? Ich werde in meine Diözese zurückkehren, und Amen. Siehst du, Teobaldo, Vildericus ist ein junger Mann, der sich von allem und allen fern hält. Er verrichtet seine Arbeit als Chronist, beobachtet unseren Sündenpfuhl und schreibt alles auf, ohne gegen jemanden grausam zu sein. Vielleicht höchstens in seinem Innern, er, ja, er ist ein wahrer Christ, er hilft den Armen mit dem, was sie ihm in der Küche geben … Ich frage mich, ob ich jemals einer gewesen bin.«

»Übrigens, dieser Gefangene, den ihr uns entreißen konntet«, fuhr der Präfekt fort, »er hieß Arnolfus, glaube ich. Was ist aus ihm geworden?«

»Wir haben ihn gesund gepflegt, und dann ist er Richtung Norden aufgebrochen.«

»War er in Euren Augen ein Ketzer?«

»Mit seinem ärmlichen Leben als Vagabund«, erwiderte Vildericus, »der sich von den Worten Jesu Christi, unseres Herrn, beflügeln lässt – kann ein solcher Mensch ein Ketzer sein?«

»Und du, Teobaldo«, sagte der Protoscriniarius, »bist du sicher, dass du ein Christ bist? Nun, um auf unsere Schwierigkeiten zurückzukommen: Du musst alle Milizenführer der Stadtviertel zusammenholen und sie zur Pflicht rufen. Die kommenden Tage werden keine Tage gewöhnlicher Administration sein, höchste Wachsamkeit ist geboten, und ich verlasse mich auf dich: nur eingehende Überprüfungen und keine Gewalt, verstanden?«

»Ja, Herr.«

Dies also waren die Nachrichten aus dem Norden: Bonifatius zog herunter, um den neuen deutschen Papst einzusetzen. Deswegen war der Tusculaner so außer sich. Wozu er wohl noch in der Lage sein würde, bevor er sich aus dem Staub machte, vorausgesetzt, man ließe ihm die Zeit dazu? Und er selbst,

Vildericus? Er stand vor der letzten Tür und wusste, was geschehen würde, wenn sie sich öffnete. Er, der erwachsen zu sein glaubte, nunmehr ohne Farfa, keine Rückzugsmöglichkeit, mit dieser Liebe für Dorotea, die ihn in einem schwankenden Gleichgewicht hielt.

An diesem Tag war der Sack mit den Lebensmitteln voll. Der Koch hatte ihm all das zur Seite gelegt, was am Tag zuvor nicht gegessen worden war, und für Vildericus und für die vielen Menschen aus dem Viertel Suburra, die er damit erfreuen konnte, war es ein wahres Fest, und Nuvola wurde von einigen Frauen am Zaumzeug mit Geranienblüten und bunten Glasperlenketten geschmückt. Dann sagte er diesen Menschen, dass er am nächsten Tag kommen würde, um den Kindern das Alphabet beizubringen, und zwei Männer baten ihn, auch teilnehmen zu dürfen. Als er sich aufgemacht und den Rückweg angetreten hatte, war die Unterbrechung, die er durch diese heiteren Stunden gehabt hatte, zu Ende, und die Erlebnisse im Palast lasteten wieder auf ihm. Er hatte Dorotea von der Tat Demetrius', von dem finsteren Scharlatan und den Nachrichten aus Tuszien erzählt, und nun, da er vor ihr stand, stellte sich die Frage, wie es um seine Zukunft bestellt sei.

»Man wird mich entlassen, das ist sehr wahrscheinlich. Der deutsche Papst wird einen Chronisten mitbringen, dem er vertraut, und das ist auch richtig so.«

»Wollt Ihr nach Farfa zurückkehren?«, fragte ihn Dorotea.

»Nein, ich gehöre dem Orden nicht mehr an. Ich habe es dem Abt vor einigen Tagen in einem Brief mitgeteilt. Doch wenn ich diesen nicht bereits geschrieben hätte, so würde ich es jetzt tun.«

»Meinetwegen? Ist es meine Schuld?«

»Nein, was sagt Ihr da!? Nein, ich glaube nicht, dass Schuld etwas damit zu tun hat. Es ist jedenfalls nicht Eure, aber im Grund auch nicht die meine ... Schon seit einiger Zeit fühle ich mich nicht mehr zugehörig. Ein eingeschlossenes Christentum nutzt dem, der sich einschließt, und die anderen? Geben wir denn ein Beispiel? Das Beispiel hat nur inmitten anderer Menschen einen Sinn, nicht hinter einer Mauer oder in einer Höhle oder auf einer Säule in der Wüste. Ein Gebet lässt sich ganz unvermittelt sprechen, weil du das unbedingte Bedürfnis danach hast. Du hast es nicht vorbereitet und bedienst dich keiner Wiederholung, die sich in deiner müden Erinnerung festgesetzt hat. Für mich stellt sich nun die Frage, wie ich überleben, was ich tun soll.«

Er sah wieder die Gesichter der Suburra vor sich, die essenden Kinder, sah die Blumen und Girlanden, die Nuvola geschmückt hatten, die scheinbare Fröhlichkeit – die Armut war für eine Weile vergessen … Da, das war das Böse: eine Wesenheit, die sich selbst vermehrte, die sich wie die Wellen in einem Tümpel um den Stein in der Mitte ausbreitete … Dieser ertränkte Körper von Demetrius und die nackte Frau, die darauf wartete, diesen verwöhnten und bösartigen Popanz wider die Natur zu empfangen, breiteten sich mit einer schrecklichen Zersetzung in seinen Muskeln und in seinen Nerven aus, die ihn niederdrückte.

»So lange könnt Ihr hier bleiben, bei mir.«

»Ja, ich danke Euch … Ich glaube, dass meine Zuneigung zu Euch … ja … seit dem ersten Erwachen vor vielen Jahren. Ihr hattet mir einen Löffel mit warmer Milch an die Lippen geführt, auf diesem Bett.«

»Ich werde sie Euch wieder wärmen, wenn Ihr wollt«, sagte sie lächelnd.

Er hätte sie gerne gestreichelt. Es hätte genügt, ihr Haar zu berühren, doch in dieses kleine ordentliche und gastliche Haus war mit ihm zusammen der Widerschein dieses beunruhigenden Palastes eingetreten, der die düstere Vorahnung einer Katastrophe mit sich zog.

»Euer unruhiger Geist …«, versuchte Dorotea zu sagen.

»Nun muss ich gehen. Morgen werde ich den ganzen Nachmittag bei Euch sein. Wir werden zusammen einen Ausweg finden, Ihr werdet sehen. Ich werde immer bei Euch sein, Dorotea.«

## 51

Montag, 13. Juni: Gestern Abend, als ich in den Palast zurückkam, habe ich mein Zimmer in völliger Unordnung vorgefunden. Die Schubladen der Kommode und der Schrank standen offen, Kutten und Wäsche lagen auf dem Boden, das Bett war durchwühlt, meine Papiere und Bücher, auch das Evangelium – alles war verstreut. Offensichtlich haben sie das Tagebuch gesucht, es aber nicht gefunden. Als ich hinausgegangen bin, habe ich die Tür mit dem Schlüssel zugesperrt. Im Refektorium hat sich der Bibliothekar neben mich gesetzt und mir erzählt, dass Benedikt IX. den Oberrabbiner und zwei führende Männer aus der jüdischen Gemeinde zu sich gerufen hat, und als einzigen Kommentar hat er den Daumen und den Zeigefinger gegeneinander gerieben. Ich habe an Suppone geschrieben und ihm berichtet, was ich gestern vom Protoscriniarius über die kurz bevorstehende Ankunft des deutschen Papstes erfahren habe, der vom Markgrafen von Toscana begleitet wird und dann den Stuhl Petri einnehmen wird. Auch einen kurzen Satz über den Selbstmord des Primicerius und eine Bemerkung über die veränderte Luft, die man hier drinnen zu atmen beginnt.

Vildericus versteckte das Tagebuch im Hohlraum der Mauer zwischen dem Fenster und dem Fensterladen auf der linken Seite und war gerade dabei, sich zu waschen, als jemand mit mehreren harten Schlägen an die Tür klopfte. Es war Omar. Sein Gesicht war voller grüner und blauer Flecken, sein Hemd zerrissen, und auf dem Rücken hatte er blutige Striemen. Vildericus half ihm, sich bäuchlings auf das Bett zu legen, dann säuberte er mit einem nassen Tuch sanft seinen Rücken vom Blut.

Omar atmete schwer, doch die Augen waren lebhaft, ein Zeichen, dass der Druck auf seiner Brust von einem unbändigen Zorn herrührte. Vildericus' Zuwendung lockerte diese Verkrampfung ein wenig, und langsam beruhigte er sich und atmete wieder normal. Ohne das geringste Schluchzen füllten sich seine Augen mit Tränen.

»Du musst zum Verwalter hinuntergehen, du brauchst eine Salbe. Er weiß, was er dir geben muss. Dann musst du verbunden werden, die Haut ist an einigen Stellen aufgerissen.«

»Oh, das ist nichts.« Omar setzte sich auf. »Hier tut es mir weh.« Er zeigte auf die rechte Seite seines Unterleibs. »Ich werde gleich wieder gehen, aber erst will ich dir alles erzählen. Wenn du mir etwas zu trinken gibst.«

»Ein wenig Wein?«

»Nein, nur Wasser. Es hat alles gestern Abend angefangen, das heißt, heute Nacht. Ich konnte nicht schlafen, und wie ich es oft tue, streiche ich durch das Haus. Ich komme ins vierte Stockwerk und höre leise Stimmen von der Treppe her. Plötzlich taucht dieser Spitzel auf, und ich drücke mich in eine dunkle Ecke. Doch dort ist wohl eines der Bodenbretter, auf das ich trete, kaputt, und er schaut in meine Richtung. Wenn ich mich nicht bewegt hätte, wäre vielleicht nichts geschehen, stattdessen laufe ich fort und er hinter mir her. Ich bin schneller als er, gewiss, doch auf dem Treppenabsatz des ersten Stockwerks stoße ich mit einer Wache zusammen, die mich aufhält und mich an ihn übergibt. Sie binden mir die Hände hinter dem Rücken zusammen und bringen mich nach unten in ein enges Loch im Keller, mit einer Tür aus dickem Holz. Dieser Gianni entlässt die Wache und schlägt mich zusammen – Faustschläge, Fußtritte –, und als ich am Boden liege, versetzt er mir einen Tritt hier in den Bauch. Ein verteufelter Schmerz, ich schreie. Und er geht. Doch heute Morgen kommt er wieder und beschuldigt mich, dass ich mein Versprechen nicht gehalten und einem Haufen Leute die geheime Nachricht über Demetrius mitgeteilt hätte, was vielleicht wahr ist, doch das ist eine vorgeschobene Beschuldigung. Das Schwein bindet meine Hände los und dann vorn wieder zusammen, und dann bindet er sie oben an einem Haken fest und fängt an, mich auszupeitschen ... Ich glaube, ich bin ohnmächtig geworden. Weißt du, wer mich befreit hat? Der Koch, dieser gute Mann. Er muss es von den Wachen erfahren haben.«

Vildericus brachte Omar zum Verwalter, der die Wunden untersuchte und ihnen dann eine passende Salbe gab. Mithilfe eines Dieners trug er diese auf Omars Rücken auf und legte ihm einen festen Verband an. Doch noch mehr beunruhigte ihn der Fußtritt in den Bauch. Er lief zum Kloster Santa Maria und erhielt vom Abt die Erlaubnis, Bruder Ricardus, den Kräuterkundigen, zum Palast mitzunehmen. Dieser untersuchte Omar ganz genau und ordnete Kräuterumschläge an, die er Vildericus zusammen mit den Anweisungen gab, wie diese zuzubereiten waren. Vildericus hätte Omar gerne zu Dorotea gebracht, doch in der Verfassung, in der sich dieser befand, wäre er nicht in der Lage gewesen, den ganzen Weg bis dorthin zu gehen. Er half ihm, wieder in sein Zimmer hinaufzusteigen, legte den bereits fiebernden Jüngling ins Bett und machte ihm die Umschläge, zu denen der Kräuterkundige geraten hatte. Vildericus würde ihn pflegen. Dieser Junge war sein Freund. Es ging hier nicht um seine Pflicht als Christ. Und außerdem wollte er das genaue Gegenteil des Primicerius sein. Er ging zum Koch, ließ ihn wissen, welche Pflege der Kräuterkundige vorgeschrieben hatte, und erklärte ihm, dass er bei Omar bleiben wolle, und bat ihn, sich darauf einzustellen. Sicherlich wisse er, der Koch, besser, welche Speisen gut für einen Kranken seien. Er möge einen Diener schicken und brauche die üblichen Zeiten nicht zu berücksichtigen.

Er verließ zwei Tage lang das Zimmer nicht, nicht einmal, als der Papst ihn zu sich rief, was ihn auf eine wehmütige Weise befriedigte. Dieser Junge war wichtiger als der vermeintliche Erbe des Apostels Petrus … Er folgte Christus, und er betete zu ihm, er möge den Jungen retten, und auf eine Art, wie er es noch nie erlebt hatte, spürte er, während er zu ihm sprach, wie er neben ihm herging, die beiden Söhne des Zebedäus an seiner Seite, und etwas weiter entfernt Andreas, Bartholomäus, Thomas und Simon Petrus. Sie stiegen in eine Ebene hinab, in der bereits viele Menschen versammelt waren, die von überall hergekommen waren, von Judäa, von Jerusalem und auch von Tyros und Sidon, um ihn zu hören und um von ihren Krankheiten geheilt zu werden, und er, der er Omar in den Armen hielt, wusste, dass Christus ihn heilen würde …

Er kniete auf seiner Bank und hing noch seinem Traum nach, als der Primicerius eintrat.

»Benedikt IX. hat Euch gerufen, und Ihr seid nicht gekommen. Ich habe mir den Umstand gemacht, hierher zu kommen, um Euch zu holen. Ihr müsst mir folgen.«

Vildericus erhob sich von seiner Kniebank, er ging zum Bett, und mit dem Rücken zu diesem Eindringling sagte er: »Ich pflege einen Kranken, der von einem Schuft, der ihn getreten und ausgepeitscht hat, schwer verletzt worden ist. Hinaus.«

»Der dort ist der Schuft, nicht ich! Und ich habe die Macht, dies zu tun und Euch den Befehl zu geben, mir zu folgen!«

»Teilt Seiner Heiligkeit mit, was ich Euch gesagt habe, und wenn Ihr draußen seid, so schließt die Tür.«

Der Mann ging und schlug die Tür zu, Omar lächelte und sagte mit der dünnen Stimme, die ihm noch geblieben war: »Ich bin kein guter Christ, Vildericus. Aber ich habe unter den Dienern einige vertrauenswürdige Freunde, und ich kann mit dem Messer umgehen.«

»Beruhige dich. Leg dich wieder schlafen, denn sonst gehst du mir auf die Nerven. Und wenn du dann erst noch anfängst zu reden!«

»Das stimmt nicht! Das heißt, es ist wahr, dass ich dir auf die Nerven gehe, aber nur, wenn ich nicht mit dir spreche.«

»Wenn du so weitermachst, dann peitsche auch ich dich aus, so wie ich es mir schon einige Male vorgestellt habe, und dann werfe ich dich aus dem Fenster!« Vildericus setzte sich auf die Bettkante und strich Omar über die Stirn. »Nein, dieses Mal werde ich es nicht tun.«

»Aber ich ertrage es nicht, dich auf dem Boden schlafen zu sehen. Diese Nacht schlafe ich dort, ich bin es gewöhnt.«

»Ich bin es auch gewöhnt.«

16. Juni: Gestern ging es Omar bereits besser, die Schmerzen im Unterleib haben fast aufgehört. Er rühmt die Kräuterumschläge von Santa Maria, und ich weiß, wem er das verdankt. Gegen Mittag sind vor dem Palast zwei Abteilungen mit etwa sechzig schwer bewaffneten Rittern aufgetaucht, vierzig von ihnen mit den Wappen der Tusculaner auf den Schilden und den Bannern. Die anderen, die keinerlei Wappen trugen, scheinen Söldner aus dem Süden zu sein, vielleicht Normannen. Sie sind durch die ganze Stadt gezogen, und schließlich sind sie hier im Kreis um das Reiterstandbild des Konstantin aufgezogen. Eine Demonstration der Stärke? Welcher Stärke? Gestern Nachmittag habe ich mit Nuvola meine gewohnte Verteilung von Lebensmitteln wieder aufnehmen können, doch den versprochenen Unterricht musste ich wegen des Regens aufschieben. Bei Dorotea gewesen; ich bin kein Priester, ich bin kein Mönch mehr, ich habe ihr gesagt, dass wir heiraten sollten, sie hat ihre Vergangenheit dagegen angeführt, doch sie war glücklich. Wir werden weiter darüber sprechen. Sie ist ein so sanftes, ernsthaftes, großherziges Wesen. Wie viele Male habe ich das schon gesagt! Ihr früheres Gewerbe hat ihre Seele nicht im Mindesten verdorben. Es klopft …

Nachdem er das Tagebuch versteckt hatte, öffnete er die Tür: Es war einer der Priester aus der päpstlichen Kanzlei. Benedikt IX. bitte ihn zu sich. Schon vor der angelehnten Tür zum Vorzimmer hörte man zornige Stimmen, und die des Papstes übertönte alle anderen. Vildericus sah den Priester an, der in duldsamer Mutlosigkeit die Arme ausbreitete. Als er in das Schreibzimmer kam, traf er dort den Protoscriniarius, diesen Gianni, den Erzdiakon der Kurie und den Präfekten an. Benedikt IX. stand mit hochrotem Gesicht im Zimmer und schrie auf den Erzdiakon ein.

»Und du sagst mir, wir sollen aufgeben?! Du warst doch auch dort, in San Michele in Sassia. Wer hat mich denn zum Papst gewählt? Die Priester, die Bischöfe und das römische Volk. In wahrer apostolischer Tradition! Der Einzigen!«

»Ich würde sie nicht apostolisch nennen«, raunte der Erzdiakon mehr zu sich selbst.

»Und der da!? Dieser mit Polenta aufgezogene Poppo, Diener des sächsischen Königs. Von wem ist der gewählt worden?! Na?! Von ihm! Wie einer seiner Barone.«

»Vom Standpunkt der Rechtmäßigkeit …«, versuchte der Protoscriniarius dazwischenzugehen.

»Der Standpunkt der Rechtmäßigkeit kann mir gestohlen bleiben. Das heißt … was wolltet Ihr sagen?«

»Dass die Ernennung des Bischofs von Brixen außerhalb unserer alten Tradition ist, das ist nur zu wahr, aber Ihr, Eure Heiligkeit, seid auf einem Konzil abgesetzt worden …«

»Ein Papst kann nicht abgesetzt werden«, schrie Benedikt IX., »und ein Konzil mit einem deutschen Heer auf den Feldern Neros ist nichts weiter als ein Possenspiel!« Und an Vildericus gewandt: »Du, warum siehst du mich so an?«

»Wenn Ihr es wünscht, so kann ich Euch auch nicht ansehen.«

»Ah, Vildericus, ich habe dich kommen lassen, weil du mir mehr als einmal gute Ratschläge gegeben hast. Die Lage ist dir bekannt.«

»Nicht ganz.«

»Bonifatius wird in vier Tagen von Florenz aufbrechen«, erklärte der Protoscriniarius.

»Mit dem neuen Papst!«

»Mit dem neuen Papst«, wiederholte der Protoscriniarius.

»Und Ihr, Eure Heiligkeit«, griff Vildericus ein, »fragt nun diese Herren, ob Ihr Widerstand leisten sollt oder nicht.«

»Wir müssen es tun! Es geht auch um die Ehre und die christliche Würde dieser heiligen Stadt, bei Gott!«

»Die Antwort auf diese Frage scheint mir nicht schwierig zu sein«, sagte Vildericus. »Ich verstehe nichts von Waffen und vom Kriegshandwerk, doch ich glaube, dass alles von der Kampfstärke abhängt, die man aufbringen kann.«

»Genauso ist es«, sagte der Präfekt.

»Zum Teufel ist es so! Da sind die Stadttore. Wenn wir die schließen, können wir jahrelang aushalten.«

Der Protoscriniarius und der Präfekt wechselten einen Blick, der Erzdiakon senkte den Kopf, und Vildericus fragte erheitert:

»Gibt es genügend Lebensmittel für eine so lange Belagerung?«

Alle sahen ihn an, Benedikt IX. mit offenem Mund.

»Nein, die gibt es nicht«, antwortete der Präfekt, »und was die Stadttore betrifft – die Porta Salaria, die Porta Nomentana und die von San Valentino –, so ist die Stadtmauer dort in einem solch schlechten Zustand, dass es viel Zeit bräuchte, um sie wieder aufzubauen, und es würde eine nicht unerhebliche Summe kosten.«

Benedikt IX. ließ sich auf den Stuhl fallen, und alle anderen Anwesenden verstummten.

»Also muss ich aufgeben. Vildericus, einen Vorschlag, ich bitte dich darum!«

»Seht einmal, Eure Heiligkeit, Clemens II. ist in der Hitze der Hundstage in Rom geblieben, und als er aufgebrochen ist, um ihr zu entfliehen, ist er zum Himmel aufgestiegen ...«

»Oder in die Hölle hinab«, sagte der Papst.

»Oder in die Hölle hinab; und jener kommt nach Rom, wo in Kürze Sirius seine Feuerpfeile zur Erde herunterschickt, wie die Alten sagten, und das tödliche Sumpffieber ausbricht. Und so wird auch er in den Himmel gehen, oder in die Hölle, und Ihr könnt ruhig zurückkehren. Den Kaiser werden wir ohnehin in den nächsten zwei oder drei Jahren nicht zu Gesicht bekommen, und vielleicht überlegt er es sich in dieser Zeit anders.«

»Da gibt es aber ein Hindernis«, warf der Protoscriniarius ein, »Bonifatius von Toscana hat an Benedikt IX. geschrieben … lest vor, Eure Heiligkeit.«

»Ein Verräter! Lest Ihr!« Er warf dem Protoscriniarius eine kleine Pergamentrolle, die vor ihm auf dem Tisch gelegen hatte, ins Gesicht.

»Nennt ihn nicht so, Eure Heiligkeit; diese Aufgabe wurde ihm mit einer sehr deutlichen Drohung aufgezwungen. Nun, das Schlimme ist, dass er den Befehl hat, Seine Heiligkeit hier in Rom zurückzuhalten. Verstehen wir uns richtig, nicht, ihn einzusperren, sondern gerade so, wie es mit Gregor VI. war …«

»Um mich als Gefangenen in die deutschen Lande zu verschleppen.«

»So wie ich Bonifatius kenne, wird er alles tun, um eine solche Lösung zu verhindern.«

»Ich habe meine Ritter, die mich bis zum letzten Mann verteidigen werden!«

»Was Eure Ritter angeht, Eure Heiligkeit, so möchte ich eine Bitte an Euch richten«, sagte der Präfekt, »ihre Runde durch die Stadtviertel hat auf die Bevölkerung eine ganz besondere Wirkung gehabt. Wie soll ich sagen …«

»Das ist mir völlig gleichgültig.«

»Haltet sie zurück, ich flehe Euch an, sie werden Euch sehr nützlich sein für Eure Verteidigung und um Euch in Sicherheit zu bringen; aber hier in der Stadt …«

»Das heißt, ich muss warten, bis dieser Poppo krepiert. Das ist doch erniedrigend!«

»Heinrich III. hat ein Heer, wir nicht. Ein deutscher Papst ist vielleicht erniedrigend. Für uns alle.«

Die Unterredung zog sich noch lange hin, immer über dieselben Themen, immer ermüdender. Zur neunten Stunde endlich konnte Vildericus in sein Zimmer zurückkehren. Omar hatte ihn erwartet, um mit ihm zu essen. Nach dem Mahl verließ er den Palast und begab sich zum Hause Doroteas. Doch Dorotea war nicht dort, vielleicht war sie bei ihrer Arbeit aufgehalten worden, und als er später zum Abendessen ins Refektorium hinabstieg, wartete er, bis alle Tischgenossen den Raum verlassen hatten, und ging in die Küche. Er würde sie nach Hause begleiten. Er konnte sie jedoch nicht finden, und der oberste Koch erklärte ihm, dass sie nicht einmal zur Mittagsmahlzeit erschienen war. Vildericus lief zu ihrem Haus: Nein, dort war sie nicht. Er klopfte an den Häusern in der Straße an. Die Nachbarn hatte sie am Abend zuvor nach Hause kommen sehen, doch an diesem Morgen, nein, keiner erinnerte sich daran, gesehen zu haben, wie sie das Haus verließ. Und so begannen die Tage der angstvollen Suche und der Verzweiflung. In der Nacht versuchte er, die Bettler zu befragen, die an den Seiten der Treppe von Santa Croce in ihre Lumpen gehüllt Unterschlupf suchten: Nein, keiner erinnerte sich, eine Frau aus diesem Haus kommen gesehen zu haben. Erst in der dritten Nacht erzählte einer von ihnen, ein junger Mann, dem er eine Flasche Wein gegeben hatte, er erinnere sich an einen Wagen dort vor dieser Tür, an einen zweispännigen Wagen und an zwei Männer. Ja, sie hätten geklopft, doch an Weiteres konnte er sich nicht mehr erinnern. Ein Wagen! Mitten in der Nacht! Entführt also! Von wem? Weshalb? Wegen des Mals der Hure, das jemand entdeckt hatte? Vielleicht würden sie sie gehen lassen, wenn sie sich mit ihr vergnügt hatten. Vildericus begann durch die Stadt zu laufen, hielt sich vor den Häusern der besseren Familien, der Adligen, der hohen Prälaten auf und wandte sich an den Protoscriniarius und an den Präfekten, damit sie Nachforschungen anstellten.

Am Nachmittag des sechsten Tages, es war ein Mittwoch, der 22. Juni, ruhte er sich gerade in seinem Zimmer aus. Er hoffte, dass ihn ein wohltätiger Schlaf von der Wirklichkeit ablenke, da trat Omar ein, den er seit dem Donnerstag zuvor nicht gesehen hatte, weil dieser an jenem Abend ins Dormitorium zurückgekehrt war und seine Arbeit wieder aufgenommen hatte. Durch den Anblick des vor Müdigkeit grauen Gesichtes von Vildericus ließ er sofort von seinem üblichen scherzhaften und derben Gebaren ab, und als er erfahren hatte, was geschehen war, und dass alles Suchen vergeblich gewesen war, nahm er die Angst seines Freundes in seinem Herzen auf, ohne dass sein Geist sich jedoch davon berühren ließ, und er sagte plötzlich: »Du fragst dich, wer, und hast noch keine Antwort gefunden. Ich gebe sie dir: Da ist ein Mann, der etwas darüber wissen müsste, oder schlimmer noch, der darin verwickelt ist: diese niederträchtige Ratte, die dir nachgespürt hat und dir tagelang gefolgt ist.«

»Meinetwegen. Aber was kann ich tun? Soll ich hingehen und ihn fragen?«

»Nein, natürlich nicht. Vielleicht … vielleicht gibt es eine Lösung. Lass mich nachdenken. Auf Wiedersehen.«

Eine Lösung! Gott im Himmel, nein! Er musste Omar zurückholen, und er versuchte, seinen Namen zu rufen, doch er blieb ihm in der Kehle stecken, und außerdem war der junge Mann schon fort. Er wusste, worin diese Lösung bestand. Er selbst hatte in den verborgenen Falten eines halben Traums daran gedacht … der ihn nun wieder zu Dorotea zurückkehren ließ. Er sah sie vor sich, und zum ersten Mal überfiel ihn die Ahnung, dass er sie vielleicht nie mehr wieder sehen würde, und die Gebete, die darauf warteten, gesprochen zu werden, verflogen.

Indessen brach im Palast eine völlige Verwirrung aus, die ihren Höhepunkt am 25. Juni, einem Samstag, fand. Das Morgengrauen und die Abenddämmerung waren die bevorzugten Momente der Flüchtenden mit ihren übervollen Taschen und Beuteln; auch Papiere wurden mitgenommen. Nur die weltlichen Mitglieder des Hofes harrten aus. Vor allem diejenigen, die in der Verwaltung beschäftigt waren, glaubten nicht, derselben Gefahr ausgesetzt zu sein wie der Klerus.

»Das scheint hier ein Nest voller Mäuse zu sein, die das Nahen einer hungrigen Katze spüren«, bemerkte der Protoscriniarius an jenem Morgen, als er sich bei Vildericus einfand.

»Oh, wisst Ihr«, schloss er, »auch ich bin eine Maus, morgen oder übermorgen gehe ich fort und kehre in meine Diözese zurück.«

»Kommen sie?«

»Nach meiner Berechnung müssten sie schon in Bolsena sein, noch drei, höchstens vier Tage, und sie sind hier.«

»Und die größte Maus von allen?«

»Eben über ihn wollte ich mit Euch reden. Vor zwei Stunden ist ein Bote angekommen, er muss Tag und Nacht geritten sein und hat mindestens drei Pferde verbraucht. Er hat mir eine Nachricht für Benedikt IX. übergeben. Ich komme gerade von ihm, eine gute Stunde bin ich dort gewesen. Nun, hier die Angelegenheit in Kürze: Die Crescentier aus der Campania, die Octavianer und die mit ihnen verbundenen Grafen von Ceccano und von Segni – Ihr wisst, wer sie sind –, sie konnten es nicht glauben, dass sie sich in den Dienst Heinrichs III. stellen können. Sie haben eine Schar von ungefähr zweihundert Rittern zusammenbekommen und nähern sich jetzt von Süden und zählen darauf, die Stadttore nach Süden zu überwachen, um seine Flucht nach Tusculum zu unterbinden. Doch sie werden nicht die Einzigen sein: Bonifatius wird als Vorhut einen Trupp von gut dreihundert Rittern schicken, die, wenn sie vor den Mauern aufziehen – von der Ponte Milvio bis in den Osten der Stadt, so denke ich mir –, viele Stadttore besetzen werden. Alle, außer einem Tor. Habt Ihr verstanden? Der Durchschlupf, um ihn fliehen zu lassen. Mit einer Reihe von Empfehlungen, die, da es sich um Bonifatius handelt, Befehlen gleichkommen. Keine tusculanischen Ritterscharen und kein Tusculum. Er wird dies mit drei Personen machen müssen, mit zwei deutschen Rittern der kaiserlichen Garde oder äußerst vertrauenswürdigen Soldaten – der Bote hat bereits dem Heerführer eine entsprechende Meldung überbracht – und einem Priester, um, sagen wir einmal so, nicht zu sehr aufzufallen und wie irgendein Adliger auszusehen, der mit seinem Kaplan unterwegs ist. Und der Durchschlupf wird den Fluss Aniene entlang frei gehalten sein, bis zum Castello Convento di Arsoli, von wo er erst dann fortgehen kann, wenn die Wogen sich geglättet haben.«

»Gut für Ihn. Aber ich, Eure Eminenz, was habe ich damit zu tun?«

»Er will keinen Priester, er will Euch.«

»Gott im Himmel! Auch das noch!«

»Es war nichts zu machen, ich konnte seine Meinung nicht ändern. Und er hat Vertrauen zu Euch, Vildericus. Doch abgesehen davon, könnt Ihr, sobald Ihr ihn nach Arsoli begleitet habt, zurückkehren, entweder hierher oder nach Farfa.«

»Und wann gedenkt er aufzubrechen?«

»Er will bis zum letzten Moment warten. In zwei oder drei Tagen. Kann ich ihm ausrichten, dass Ihr annehmt?«

»Kann ich mich verweigern? Jetzt aber möchte ich Euch etwas fragen: Ist es Euch gelungen, irgendwelche Informationen über diese Frau zu bekommen, die verschwunden ist?«

»Wisst Ihr, wie viele Leute ich mit dieser Nachforschung beschäftigt hatte? Zehn. Sie haben die ganze Stadt durchsucht: nichts. Keiner konnte etwas sagen, es tut mir Leid. Das ist ein schlimmer Augenblick, dem Präfekten gelingt es nicht, Ordnung in seinen Stadtvierteln zu halten. Die Diebstähle, Raubüberfälle und die anderen Verbrechen lassen sich nicht mehr zählen. Eine weitere Person ist verschwunden, und zwar der Primicerius, dieser Gianni. Verschwunden, in Luft aufgelöst! Wollen wir hoffen, dass der neue Papst ein wenig Ruhe bringt. Gehabt Euch wohl.«

Vildericus begleitete ihn zur Tür, schloss sie wieder, ließ sich auf seinem Kniestuhl nieder und faltete die Hände zum Gebet: Omar hatte mit dem Verschwinden des Primicerius zu tun, da war er sicher, und inwieweit war er, Vildericus, verantwortlich? Oder war nicht auch er in das schwefelige Wasser der Rache getaucht? Er versuchte, sich an die Worte Christi zu erinnern. Was war der eigentliche Sinn seiner Vergebung? Die Wiederholung dessen auf Erden, was ihm allein beim Jüngsten Gericht gebührte. Vildericus sprach mit den Demütigen, den Armen, den Kindern, doch er konnte nicht verkennen, dass sie, die immer ohne Trost waren, die Vergebung von Leid, Gewalt oder Übergriffen vor allem auf sich selbst bezogen, unfähig, für sich auch nur die geringste Gerechtigkeit zu fordern … Die Körper machten die Erde fruchtbar, und die Gewalt gab ihr diese in großer Fülle. Der Geist! Die Vernunft! Das Böse war eine Gottheit, der man es mit Gleichem vergelten musste. Wenn also der Diener des Papstes Dorotea verschleppt und getötet hatte, so war es richtig, ihn zu töten. Wenn das Leid dieser Frau groß gewesen war, so musste ihn ebenso großes Leid treffen … Und wenn es nur ein einfacher Diener gewesen war, der den Plan eines anderen ausgeführt hatte? Vildericus war mit seinen Kräften am Ende, und aus den Falten seiner Gedanken kroch der tödlichste aller Zweifel hervor: Wenn er sie ihrem Gewerbe überlassen hätte, wenn er die Ordensregeln nicht gebrochen hätte, wenn er sie nicht geliebt hätte … der Weg, auf den er sie geführt hatte, und die strahlende Hoffnung auf ein Zusammenleben waren nun vielleicht in einem Abgrund zerschellt. Er verließ die Kniebank und legte sich bäuchlings auf den Boden, die Arme ausgebreitet, um die Verbindung zur Gnade seines Herrn wieder zu finden, doch die Angst übermannte ihn. Ein unruhiger Halbschlaf erlöste ihn … Er spürte, wie ihn jemand an der Schulter berührte, jemand beugte sich über ihn, ein heller Schimmer im Fenster. Es war Omar.

»Was? Was hast du gesagt?«

»Du musst mit mir kommen. Draußen ist niemand, nicht einmal eine Wache, steh auf. Ich nehme deine Lampe. Wir werden sie unten anzünden.«

Er führte ihn in die Kellergewölbe. In deren innerstem Punkt, in einem Gang, der an der Hauptmauer endete, stand vor einer kleinen Tür ein Mann. Es war ein Diener, den er kannte. Omar sagte zu diesem, er könne jetzt schlafen gehen, und öffnete die Tür: Auf dem Boden, in einer Lache dunkler und übel riechender Flüssigkeit, lag, an Händen und Füßen gebunden, und mit einem Knebel im Mund und geschwollenem Gesicht Gianni, der Primicerius.

»Jetzt nehme ich dir den Knebel heraus«, sagte Omar zu ihm, »wenn du schreist, dann schneide ich dir die Kehle durch.«

Der Primicerius sah Vildericus an.

»Auch Ihr habt Euren Anteil an dieser reizenden Geschichte!«

»Sei still! Du antwortest jetzt nur auf meine Fragen.«

»Nimm ihm diese Fesseln ab«, sagte Vildericus, »du hast ihn doch schon bezahlen lassen, jetzt lass ihn gehen.«

»Warte. Willst du nicht wissen, wohin sie Susanna gebracht haben?«

»Gib mir wenigstens ein wenig Wasser. Seit zwei Tagen gebt ihr mir schon nichts zu trinken.«

»Danach. Ich gebe dir welches, wenn du schön auf alle Fragen antwortest. Was weißt du von der Köchin, von Susanna? Sie ist eine Freundin von Vildericus, ihr richtiger Name ist Dorotea. Zwei Männer haben sie mitten in der Nacht abgeholt, und nun ist sie verschwunden.«

»Ich weiß nicht, von wem du sprichst. Ich weiß nichts.«

Omar versetzte ihm einen Tritt gegen die Beine. Vildericus glaubte, sich übergeben zu müssen, doch er hatte an diesem Tag noch nichts gegessen, und so spuckte er nur Schleim.

»Muss ich die Frage wiederholen?«

»Das werdet ihr alle teuer bezahlen.«

Ein erneuter, kräftigerer Tritt, und der Mann ließ ein Stöhnen hören.

»Ich ertrage das nicht«, sagte Vildericus, »ich kann nicht mit ansehen, wie ein Mensch gequält wird ...«

»Diese Leute haben Dorotea gequält!«

»Ich ertrage keine Gewalt. Befreie diesen Mann, Omar! Ich flehe dich an! Du musst ihm helfen, bring ihn in sein Zimmer, du musst ihn verbinden, wie auch ich es mit dir getan habe ...!«

Vildericus ging fort. Er hörte den Primicerius, der ihm hinterherrief: »Lasst mich nicht hier unten, edler Vildericus!«

Er konnte sich kaum noch auf den Füßen halten. Mühsam stieg er die Treppen hinauf, jede Stufe eine unermessliche Anstrengung. Er rang nach Atem. Dann schloss er sich in sein Zimmer ein, ließ sich auf das Bett fallen, die Erschöpfung übermannte ihn und gewährte ihm Schlaf.

Als er erwachte, stand die Sonne bereits hoch, und Omar saß neben ihm.

»Am Ende hat er gesprochen: Sie haben Dorotea in dieses alte, unbewohnte Haus kurz hinter der Porta San Sebastiano gebracht.«

»Auf wessen Veranlassung?«

»Er wusste nur, dass sie sie geschändet haben. Doch ich glaube ihm nicht. Er war auf diesem Wagen, zusammen mit einem anderen Mann. Meinst du, du kannst aufstehen? Ich habe dir etwas zu essen gebracht. Wenn du willst, dass wir dorthin gehen, musst du etwas essen. Die Milch ist auch gut, wenn sie kalt ist, und hier ist eine frische *Foccaccia* und ein bisschen Honig.«

»Und dieser Mann?«

»Mach dir keine Sorgen. Los, steh auf. Und hör auf mich und trink wenigstens die Milch!«

Ein dichter Wald begrenzte die Via Appia an diesem kurzen Stück vor dem Stadttor. Sie nahmen einen Pfad auf der linken Seite, der zwischen den Brombeersträuchern kaum auszumachen war. Es schien, als wären die hochstämmigen Bäume mit den Trümmern jeglicher Art verwachsen. Und dann das Haus, das mit seinen vier Stockwerken, den leeren Fensterhöhlen, nach oben hin von einem Feuer geschwärzt war, das vermutlich das Dach aufgezehrt hatte. Um sie herum war lautes Krächzen von Krähen zu hören. In einem der Zimmer im untersten Stockwerk stand ein Bett mit sauberen Laken. Vildericus hielt inne und sah es sich an; Omar hob etwas vom Boden auf. Es war ein goldener Ring mit einem kleinen veilchenblauen Stein. Vildericus erkannte ihn wieder und steckte ihn auf den Zeigefinger der rechten Hand. Ein grenzenloser Schmerz durchfuhr ihn und nahm ihm den Atem, und er taumelte hinaus.

»Hier in der Gegend sind unter der Erde eine Menge Höhlen von den alten Römern und auch von den ersten Christen. Warte! Da ist jemand hinter diesen Büschen dort.«

Es war ein alter, in Lumpen gehüllter Mann. Er lehnte am Stamm einer Eiche und trank etwas aus einem Tonkrug.

»Wollt Ihr etwas davon?«

»Lebst du hier?«, fragte ihn Omar.

»Ich bin der Hüter der ruhigsten Heerschar, die es auf der Welt gibt, und ich halte die Dämonen fern.«

»Hast du vielleicht vor einiger Zeit zwei als Menschen verkleidete Dämonen gesehen, die eine Frau in das Haus hineinschleppten?«

»Gewiss habe ich sie gesehen. Die Schreie der Frau haben mich geweckt.«

Vildericus streckte einen Arm zum Baum aus, dann schob er sich näher heran und glitt langsam zu Boden, die Stirn an die Rinde gelehnt. Dorotea hatte geschrien, dort in diesem Haus – das Leben für beide verloren, kein Atem mehr, keine Kraft mehr zum Schreien, der Tod, das Ende, das Schweigen. Er würde sinnlos in der Welt nach ihr suchen.

»Und dann?«, fragte Omar.

»Dann haben sich diese beiden fortgemacht, doch kurz

darauf sind zwei andere hineingegangen, und die Frau hat wieder geschrien.«

»Kennst du Seine Heiligkeit, Benedikt IX.?«

»Ja, natürlich! Ich habe ihn einmal dort unten auf der Straße gesehen, mit seinen Rittern, doch er hat mich nicht gegrüßt.«

»War er einer der Männer? Bei dieser Frau?«

»Nein, ich glaube nicht. Alles kann sein … aber nein, ich glaube wirklich nicht.«

»Und dann?«

»Und dann was?«

»Die Schreie, und was ist dann geschehen?«

»Ach, nichts. Ich bin eingeschlafen, ich konnte ja nicht die ganze Nacht wach bleiben.«

»Hast du die Frau wiedergesehen?«

»Nein, meine Herren. Doch ich habe einen der Männer, glaube ich, mehr als einmal gesehen. Er war gut gekleidet und hatte ein kurzes Schwert, wobei anzumerken ist, dass ich mich immer verstecke, wenn ich Schritte höre. Wie vorhin, als Ihr näher kamt, dann verstecke ich mich, um mich nicht den Wölfen zum Fraß vorzuwerfen.«

Omar musste Vildericus helfen aufzustehen, seine Stirn war voller Blut. Omar wusste, dass er nicht mit ihm sprechen durfte, sondern dass er ihn nur beim Gehen stützen und ihm die tiefen Äste vor dem Gesicht wegziehen musste. Als sie den Palast erreicht hatten, führte er ihn in sein Zimmer und half ihm, sich auf das Bett zu legen. Was sollte er ihm sagen? Vildericus' Körper war wie der eines Toten, unbeweglich, die Augen weit geöffnet, nicht ein Lidschlag. Er konnte nichts für ihn tun und ging. Eine Stunde später betrat der Protoscriniarius das Zimmer.

»Ich habe geglaubt, dass auch du dich davongemacht hättest. Vildericus! Fühlst du dich nicht gut?«

Vildericus erhob sich von seinem Bett und sagte:

»Diese Freundin von mir … ihr richtiger Name war Dorotea … man hat sie entführt, geschändet und getötet.«

»O Jesus im Himmel! … Das tut mir Leid, es tut mir sehr Leid … Weiß man, wer das getan hat?«

»Leute aus dem Palast vermutlich.«

»O mein Gott! Das sind wahrlich schreckliche und grausame Zeiten. Hier, hör einmal!«

Man hörte Schreie.

»Er ist es, der da schreit. Vor einer Stunde hat man in den Kellergewölben den Primicerius entdeckt, auf schlimme Weise zu Tode gekommen. Er hat sich zu viele Feinde gemacht, hat allen hinterherspioniert, auch mir. Eine schöne Schlinge, ein Seil, das an einem Haken an der Decke befestigt war, und Amen. Der Herr wird gewiss keine großen Schwierigkeiten mit einem wie dem haben … wie übrigens auch mit mir nicht. Ich gehe fort. Ich bin gekommen, um mich von dir zu verabschieden.«

Vildericus hob die Augen zu seinem Gast.

»Wie?«

»Hat dich die Nachricht vom Primicerius erschüttert?«

Vildericus atmete schwer. Das Haus in Sutri, das Feld, die Eiche und die Olivenbäume zeigten sich grau vor ihm, ohne Blätter, er konnte sie nur noch auslöschen.

»Ja, Eure Eminenz.«

»Ich bin auch gekommen, um dir Folgendes zu sagen: Wenn du nach der Reise nach Ascoli nicht nach Farfa zurückkehren willst, kannst du immer in meine Diözese kommen. Das habe ich dir bereits gesagt, glaube ich. Ich bin kein Heiliger, aber ich schätze Menschen sehr, die aufrichtig sind und etwas im Kopf haben … Gute Reise. Pass jedoch auf, er ist ein Werwolf.«

Vildericus ließ sich auf die Kniebank sinken. Er betrachtete seine gefalteten Hände und fiel in eine bleierne Stille, als ob es keinen Hauch von Leben mehr gäbe.

»Ich habe dir etwas zu essen gebracht.«

Es war Omar, er stellte ein Speisebrett auf den Tisch.

»Früchte, ein wenig Fleisch, Brot, ich habe auch Wein gefunden … Nun iss zumindest ein wenig davon, du bist bleich wie der Tod!«

»Geh weg«, flüsterte Vildericus.

»Wie? Warum? Wegen dieses Schweins? Konnte ich ihn am Leben lassen?«

»Es ist meine Schuld. Doch ich will dich nicht mehr sehen, scher dich fort.« Er erhob sich und ging zum Bett, um sich niederzulegen. Er war völlig erschöpft. Omar sagte noch einige Worte der Rechtfertigung, der Begründung und der Reue, die als sinnloses Raunen an sein Ohr drangen. Vildericus schloss die Augen.

## 52

Am 27. Juni wurden die Reiterscharen des Markgrafen von Toscana an den östlichen Mauern in der Nähe der Stadttore bis hin zur Porta Asinaria gesichtet, mit der einzigen Ausnahme der Porta Nomentana. Der Befehl, die Tore alle zu schließen, ließ eine lange Belagerung befürchten. Einen großen Teil der Bevölkerung aus den Stadtvierteln Trastevere und Burgus, die nicht mit sicheren Mauern versehen waren, trieb es in die Viertel am linken Tiberufer. Händler und Handwerker schlossen ihre Läden ab, doch viele Backstuben wurden von wütenden Bewohnern dazu gezwungen, wieder zu öffnen. Diese überfielen auch zwei Lager der öffentlichen Lebensmittelversorgung, um sich mit Vorräten jeglicher Art einzudecken. Die Versuche der Wachen, einzugreifen, hatten wenig oder keine Auswirkung, denn der Umbruch betraf den höchsten Machtinhaber, und dies führte dazu, dass sie sich zu völliger Untätigkeit verpflichtet fühlten.

Benedikt IX. hatte bereits all sein persönliches Eigentum und alles, was sich an Wertvollem in seinen Gemächern im Lateranpalast befunden hatte, in seinen Palast in Trastevere bringen lassen, auch die beiden Knaben und die Kurtisane, die vor kaum einem Monat in seinen Dienst getreten war. Und er wartete die Entwicklung der Dinge in einer Art düsteren Trägheit in seinem Studierzimmer ab. An jenem Nachmittag brachte ihm einer seiner Boten die Nachricht, dass die Truppen von Bonifatius von Toscana auf Höhe des Lago Sabatino angekommen seien und dass sie vermutlich am Abend des folgenden Tages in Rom einziehen würden. Die beiden Priester der Kanzlei, die noch an seiner Seite geblieben waren, fragten ihn vorsichtig nach dem Aufbruch.

»Morgen, Eure Heiligkeit? … Im Morgengrauen?«

»Zur dritten Stunde.«

»Sollen wir den Befehlshaber der Garde informieren? Auch den Mönch, diesen Vildericus?«

»Ja.«

Zunächst hatte Vildericus überlegt, ob er mit Nuvola noch in die Suburra, zum Quirinal und zum Esquilin reiten sollte, um sich von den Menschen dort zu verabschieden, doch er fühlte sich nutzlos. War er einmal aus ihrem Leben verschwunden, so würden sie ihn schnell vergessen. Er ging zu Fuß nach Santa Maria und wurde von Abt Enricus warmherzig empfangen und von den Mönchen herzlich begrüßt.

Der Abt erklärte seinen Mönchen, welche Aufgabe Vildericus zu erfüllen habe, dann sprach er von Hildebrandus, der noch in den deutschen Landen war, von der Freundschaft und der Achtung, die ihn an Vildericus gebunden habe, und dann wünschte er ihm eine gute Rückkehr. Doch in seinen Worten schwang eine leichte Übertreibung mit, als ob darunter ein Gedanke läge, der nicht ihrem Sinn entspräche. Vielleicht hatte ihn Suppone darüber unterrichtet, dass Vildericus den Orden verlassen hatte, und in Wahrheit wünschte der Abt wahrscheinlich, dass er ihm nie mehr unter die Augen käme.

Vildericus stellte dies gleichgültig fest. Alles war bedeutungslos geworden, Santa Maria, Sant' Agnese, Farfa ... alles. Er ging fort, Rom war eine unbezahlbare Lehrerin gewesen – man konnte sich menschlicher Beziehungen nie sicher sein –, und als Gipfel der Ironie verdarb sie einen Teil dieser Täuschungen bereits in ihrem Entstehen. Das Licht würde sich für ihn nicht mehr entzünden. Er hatte Dorotea verloren, und die Hälfte seines Lebens war mit ihr gegangen. Wenn er ihren Körper vor sich sah, wahrscheinlich in den Fluss geworfen, der ihn mit seinen dunklen Wassern aufschwemmte, füllte sich sein Herz mit Bitterkeit. Ihm blieb jetzt, da er allein war, nichts weiter, als sich wieder in die Hände Christi zu begeben, Engel und göttliches Wesen, allwissend und immerdar lebendig. Doch auch ER war in der Stille der himmlischen Sphären vielleicht allein.

Vildericus schlief schlecht in dieser Nacht, ein unruhiger und dumpfer Schlaf; als er sich in den Stall begab, mit dem prall gefüllten Beutel, in dem sich seine Habseligkeiten befanden, sein Tagebuch und die alten Schriften, die ihm der Bibliothekar heimlich zugesteckt hatte, weil niemals jemand nach ihnen gefragt hatte – *Der Bürgerkrieg* von Lucanus und das apokryphische Evangelium von Thomas –, begrüßte ihn Nuvola mit einem aufgeregten Wiehern, denn dieser Beutel verhieß einen langen Ritt. Er erwiderte ihre Liebesbezeugungen mit einigen Zärtlichkeiten und sanften, müden Worten, die er in ihre nervösen Ohren flüsterte.

Vor dem Tor des Palastes warteten bereits die beiden deutschen Ritter der kaiserlichen Garde neben ihren gescheckten Pferden. Sie trugen gewöhnliche Kleidung, hatten aber ihre Schwerter bei sich, und an den Flanken der Pferde waren Pfeilköcher und Bogen befestigt. Einer der beiden war Herbert, der Vildericus mit einem freundschaftlichen Ausruf begrüßte: »Wieder einmal gemeinsam!«

Der andere hieß Alfred, ein jüngerer Mann, dem die Natur das Lächeln versagt zu haben schien.

»Er ist aus Thüringen und erst seit kurzem hier und kann kein Wort in eurer Sprache sprechen.«

Ein Stallbursche brachte zwei Pferde, einen Rappen mit einem kostbaren Sattel und einen Grauen mit einem gewöhnlichen Sattel, an dem zwei Beutel befestigt waren.

Die beiden Priester der Kanzlei und einige Beamte erschienen in der Tür, und kurz darauf trat Benedikt IX. mit düsterem Gesichtsausdruck heraus. Er trug ein kostbares weltliches Gewand aus braunem Leder. Dann gab er allen die Hand und stieg auf seinen Rappen, gefolgt von seinen beiden Begleitern. Omar erschien in der Tür, und als der Papst und die beiden Ritter schon losgeritten waren, trat er einige Schritte an Vildericus heran.

»Werde ich dich wiedersehen?« fragte er, doch Vildericus antwortete nicht. »Wenn du nach Farfa zurückkehrst, so komme ich dorthin.«

»Ich weiß es nicht.«

»Ich … ich musste ihn strafen … vielleicht ist es mein Blut … es war nur gerecht.«

Vildericus schloss die Augen mit einem tiefen Seufzer und sagte:

»Ich habe dich gern gehabt … sehr gerne. Gott sei mit dir, er möge dir vergeben. Lerne weiter.« Und er gab seinem Pferd die Fersen.

Auf dem ganzen Weg durch die Stadt und auch später, als sie durch die Porta Nomentana geritten waren, drehte sich der Tusculaner kein einziges Mal um, um auf Rom, das er nun verließ, auf seine Jahre als Papst, die Jahre der Macht, der sündigen Zügellosigkeit und des Amtsmissbrauchs zurückzublicken. Der von Bonifatius versprochene Durchgang war freigehalten worden, und sie trafen auf keine Menschenseele. Nachdem sie sich rechts gehalten und die Via Tiburtina überquert hatten, begaben sie sich auf das rechte Ufer der Aniene. Nach einem großen Bogen um die ersten Ausläufer der Tiburtiner Berge kehrten sie auf die Straße zurück, die nach Tivoli führte. Kein Wort war bis zu diesem Moment zwischen ihnen gefallen. Nun aber hielt der Tusculaner, der zwei Karaffen Wein getrunken hatte, einen klagenden und unartikulierten Monolog, in dem es um Verrat ging, um den Kaiser, um seine Papstwürde, um das Schicksal und um die Frauen. Während er sich über dieses letzte Thema ausließ und deren arglistigen Charakter und die unersättliche Wollust beklagte, in der sie stets gefangen seien, hielt er sein Pferd an, was auch die anderen veranlasste, stehen zu bleiben.

Auf einem Feld, hinter einer Reihe Ulmen, saß, an den Stamm einer hundertjährigen Akazie gelehnt, eine sehr junge Bäuerin, deren zur Seite geneigtes Haupt darauf deutete, dass sie sich in tiefem Schlaf befand. Benedikt IX. stieg vom Pferd und ging zu ihr hin. Beim Niedersetzen hatte sich der Rock der jungen Frau über den Knien aufgebauscht. Von ihren nackten, ein wenig gespreizten Beinen angezogen, stand er da und betrachtete sie. Dann beugte er sich über sie, hob ihren Rock bis zur Scham, nahm sie bei den Schultern und drückte sie nieder, sodass sie auf dem Rücken zu liegen kam.

Die junge Frau erwachte, sah ihn über sich und begann zu schreien, allerdings nur kurz, denn er drückte mit seiner linken Hand ihren Kopf auf den Boden und schob mit der rechten Hand ihren Rock über die Schenkel. Er hielt inne, sah sie an, dann öffnete er seine Hosen und versuchte, in sie einzudringen.

»Du dreckiges Schwein!«, rief Alfred auf Deutsch aus, was Herbert in demselben Tonfall sogleich übersetzte.

Das Mädchen versuchte, sich mit aller Kraft herauszuwinden, doch es gelang ihr nur, den Kopf für kurze Momente zu heben und zu schreien. Der Papst, der immer rasender wurde, packte sie zornig am Hals.

Da sprang Vildericus vom Pferd und stürzte sich von einer gewaltsamen Kraft fortgerissen in blindem Zorn auf Benedikt

IX., packte ihn und warf ihn zu Boden. Er trat ihn wütend in den Leib und auf die Beine, ohrfeigte ihn und schlug ihn mit den Fäusten ins Gesicht, bis er merkte, dass der Tusculaner, dessen Gesicht blutüberströmt war, sich nicht mehr wehrte. Das Mädchen war aufgesprungen und starrte ihn an, und neben sich nahm er die beiden Ritter wahr.

»Geh fort«, sagte Herbert zu dem Mädchen, und zu Vildericus: »Es genügt, mein Freund.«

»Nein, nein!«, schrie Benedikt IX., »er muss weitermachen ... er hat Recht ... es ist richtig ... Ich weiß nicht, was in mich gefahren ist. Er hat recht gehandelt. Ich bitte dich ... noch einmal, noch mehr!«

Die beiden halfen dem Papst auf, dem das Blut aus der Nase lief. Vildericus blieb, wie er war – auf Knien. Den Kopf gebeugt, sah er auf seine Hände. Dann stand er auf und erklärte Herbert, dass er nun fortginge; er verabschiedete sich auch von dessen Kameraden und rief Nuvola herbei.

»Nein, geh nicht fort! Vildericus, bleib bei mir!«, schrie Benedikt IX. laut.

Vildericus stieg auf sein Pferd, wendete es und trieb es zum Galopp an.

»Vildericus! Ich habe das nicht gewusst, das von Dorotea, ich schwöre es dir! Gianni wollte sie nicht töten! Komm zurück!« Und mit ersterbender Stimme flüsterte er: »Sie hat sich selbst getötet ... sie hat sich die Adern aufgeschnitten ... mit einem Stück Glas ... Ich würde immer auf dich hören ... mein Vater ...«

Er war schon weit fort, nahm nur das dumpfe Geräusch der Hufe wahr und die Wirrnis in seinem Innern, Gedanken, die sich langsam klärten, jetzt, wo er die römischen Dämonen und den Schmerz hinter sich ließ, während der leere Raum der Zukunft sich mit Kindern bevölkerte, die mit Buchstaben rangen. Er ritt davon mit dem Glauben an den einzigen Christus, an den freundlichen Messias, der in seinem Sieg getötet worden war und dem er das Pferd gegeben hätte, damit er sich auf den langen Reisen in Galiläa erholen könne. Er, der Stallbursche seines Herrn, die Zügel in der Hand, in geduldigem Warten auf den Widerschein seiner ewigen ungehörten Worte … um das Leid zu mildern …

# FRANK SCHÄTZING

»Virtuos gemeuchelt, sprachlich wendig, mit viel
Gespür für historisches
Flair, Spannung und Witz.«
*Kölnische Rundschau*

45531

GOLDMANN

# GOLDMANN

*Das Gesamtverzeichnis aller lieferbaren Titel erhalten Sie*
*im Buchhandel oder direkt beim Verlag.*
*Nähere Informationen über unser Programm erhalten Sie auch im Internet unter:*
***www.goldmann-verlag.de***

★

Taschenbuch-Bestseller zu Taschenbuchpreisen
– Monat für Monat interessante und fesselnde Titel –

★

Literatur deutschsprachiger und internationaler Autoren

★

Unterhaltung, Kriminalromane, Thriller
und Historische Romane

★

Aktuelle Sachbücher, Ratgeber, Handbücher und
Nachschlagewerke

★

Bücher zu Politik, Gesellschaft, Naturwissenschaft und Umwelt

★

Das Neueste aus den Bereichen
Esoterik, Persönliches Wachstum und Ganzheitliches Heilen

★

Klassiker mit Anmerkungen, Anthologien und Lesebücher

★

Kalender und Popbiographien

★

**Die ganze Welt des Taschenbuchs**

★

Goldmann Verlag • Neumarkter Str. 28 • 81673 München

Bitte senden Sie mir das neue kostenlose Gesamtverzeichnis

Name: ____________________________

Straße: ____________________________

PLZ / Ort: ____________________________